KB263829

낙하산 병사의 선물

마타요시 에이키 소설집

엮은이

마타요시 에이키 又吉榮喜, Matayoshi Eiki

1947년 오키나와 남부 우라소에에서 태어나 류큐대학 법문학부 사학과를 졸업했다. 1975년 「바다는 푸르고」로 제1회 신오키나와문학상 가작에 당선되면서 데뷔한 이후 오키나와의 현실을 그린 작품을 꾸준히 발표해왔다. 1976년 「카니발 소싸움 대회」로 제4회 류큐신보 단편소설상을, 1978년 「조지가 사살한 멧돼지」로 제8회 규슈예술제문학상 최우수상을, 1980년 「긴네무 집」으로 제4회 스바루 문학상을, 1996년 「돼지의 보복」으로 제114회 아쿠타가상을 받았다. 주요 출간작으로 『긴네무 집』(1981), 『낙하산 병사의 선물』(1988), 『돼지의 보복』(1996), 『인과응보는 바다에서』(2000), 『인골전시관』(2002), 『마타요시 에이키 컬렉션』(전6권, 2025), 『몽환왕국』(2023) 등이 있다.

옮긴이

곽형덕 郭炯德, Kwak, Hyoung Duck

일본어문학 연구 및 번역자로 명지대학 일어일문학전공 교수로 재직 중이다. 저서로 『김사량과 일제 말 식민지문학』(2017)이 있고, 편역서로는 『오무라 마스오와 한국문학』(2024), 『오키나와문학 선집』(2020), 『대동아문학자대회 회의록』(2019)이 있다. 번역서로는 『배면의 지도』(김시종, 2024), 『일본풍토기』(김시종, 2022), 『무지개 새』(메도루마 슌, 2019), 『돼지의 보복』(마타요시 에이키, 2019), 『지평선』(김시종, 2018), 『한국문학의 동아시아적 지평』(오무라 마스오, 2017), 『아쿠타가와의 중국 기행』(2016), 『니이가타』(김시종, 2014), 『김사량, 작품과 연구』 1~5(2008~2016) 등이 있다

낙하산 병사의 선물
마타요시 에이키 소설집

초판발행 2025년 12월 30일

지은이 마타요시 에이키
옮긴이 곽형덕

펴낸이 박성모
펴낸곳 소명출판
출판등록 제1998-000017호
주소 서울시 서초구 사임당로14길 15 서광빌딩 2층
전화 02-585-7840
팩스 02-585-7848
이메일 somyungbooks@daum.net
홈페이지 www.somyong.co.kr

ISBN 979-11-7549-028-4 03830
정가 23,000원

낙하산 병사의 선물

마타요시 에이키 소설집
곽형덕 옮김

일러두기

- 일본식 발음표기는 되도록 국립국어원의 외래어표기법을 따랐지만, 발음에 근접하게 바꾼 것도 많다. 또한 다소 불규칙해 보이더라도 한국어 어감에 맞게 'か'를 '가'나 '카'로 'た'를 '다'나 '타'로 뒤에 오는 단어에 맞게 선별했다. 일본어 장음은 한국어에서는 생략해서 표시할 수밖에 없지만, 현저하게 어감이 이상한 부분은 장음을 일부 살린 부분이 있다. 특히, 인물명, 작품명에는 이러한 나름의 규칙을 적용했다.
- 지명 및 고유명사 등은 처음에 나오는 경우에 한해 한자나 알파벳을 일부 병기했지만 널리 알려진 지명 등의 경우에는 예외로 했다.
- 현재 차별 용어로 인식되는 용어들도 당시의 분위기를 제대로 전달하기 위해 그대로 번역했다.

차례

바다는 푸르고

산호초 화석으로 이루어진 좁은 통로는 만조가 되면 수심 40에서 50센티 정도 되는 바닥에 가라앉기에 전신이 샅샅이 깎인 왕바위는 모래사장에서 외떨어져 수면에 덩그러니 남겨져 있다. 지역 어부들이 '가미지龜地'라 부르는 이 바위는 멀리서 보면 거북이 모양이다. 등딱지가 볼품없이 크고 위쪽 먹잇감을 잡아먹으려 목을 한껏 늘어뜨린 채, 그 옛날 걷는 법을 잊어버린 늙은 거북이 형상이다. 등딱지 뒷부분 주변에는 바다 식물이 밀생하고 있다. 강한 갯바람을 정면에서 맞아 줄기만이 터무니없이 굵고 가지와 잎은 작고 적다. 뿌리는 바위 구멍에 파고들어 있다. 어린아이 어깨 정도의 식물 집단은 민머리 뒤에 남은 엄지손가락 한 개 분의 머리카락에 불과하고 여기저기 땅에 붙어 뻗어 있는 연두색 잡초를 제외하면 작은 톱니무늬 바위 표면이 안하무인으로 드러나 있다.

소녀는 마침 거북이바위 등딱지와 목 한가운데쯤에 앉아 하루의 절반 이상을 보냈다. 습관이다. 언제인가 무심코 앉았던 장소, 그저 그런 이유였다. 난바다에서 바람이 강하게 불어와 관목 가지와 잡초와 함께 소녀의 짧은 머리카락을 흐트러뜨린다.

바다는 단조로워 보였다. 언제까지고 아무런 변화 없이 왔다 되돌아가는 파도. 규칙적인 일상이 영원히 이어진다. 소녀는 정신이 아찔해진다. 난 앞으로 오십 년이나 살아야 하는 걸까. 소녀는 자꾸만 한숨이 나왔다. 세월이여 빨리 가버리렴. 지금 당장이라도 노인이 되고 싶어라. 산호에서 자란 작고 큰 늪이 난바다까지 펼쳐져 있다. 푸르게 넘실대는 물결은 가속도가 붙어 바위와 격돌한다. 바닷물 아래에서 바위는 극단적으로 깎여나가 버섯 모양이다. 파도가 물러가고 다음 파도가 밀려오는 단 몇 초 동안 해수면이 투명해지고 바닥이 들여다보인다. 뾰족해진 바위표면과 산호초 덩어리 사이로 형태가 다양한 검은 구멍이 나 있다.

청색, 노랑, 황금색, 짙은 녹색의 세로 줄무늬나, 노란 줄무늬의 열대어가 물속에서 움직이고 있다. 강한 햇빛이 물밑까지 비치고 푸른 물에 흰 빛의 고리가 수면에 이어지며 흔들린다. 계속 보고 있으니 눈이 아프다. 소녀는 눈을 거의 깜빡이지 않는다. 입을 조금 벌리고 있다. 옷자락이 나부끼자 흰 세미타이트 스커트 차림의 양쪽 무릎을 안고 계속 앉아 있다. 바다도 하늘도 아닌 먼 바다를 보고 있다. 무심히 노인의 배가 돌아오는 것을 기다리고 있다. 무심히, 또한 늪지로 시선을 떨군다. 강한 파도가 치면 물고기는 어떻게 하고 있을까. 문득 소녀는 걱정한다. 구멍 안으로 숨어드는 것일까. '가미지' 주위에는 열대어가 많다. 섬 아이들이 낚시를 하는 모습을 소녀는 여러 번 봤다. 아이들은 소녀의 옆을 지나가거나, 옆에 앉으면서도 소녀를 조금도 신경 쓰지 않았다. 소녀는 아이들의 행동을 눈을 깜빡이지도 않고 집중해서 봤다. 무사태평하네. 아이들은 어른들처럼 물고기가 잡힐 때까지 기다리지 않는다. 낚싯대를 계속 움직이고, 자리를 바꾸고, 바위의 우묵한 곳에 낚싯대를 고정한 채로 어딘가로 뛰어갔다. 그러다 대략 한 시간 쯤 지나면 자리를 떠났다. 소녀는 선 채로 전망이 좋은 바위의 혹처럼 볼록한 곳에서 아이들이 먼 해변가 나무숲으로 사라질 때까지 지켜봤다. 갑자기 쓸쓸함을 느낀다. 소리가 사라지고 어쩐지 으스스한 고요함이 다시 찾아온다. 소녀는 겨우 원래 있던 자리로 돌아와 앉는다. 다시 바다를 바라본다. 고요함을 찾아 이 섬에 왔는데 하고 자신을 타이르듯 말한다. 어린아이들이 올 때마다 소녀는 같은 행동을 하고 같은 생각을 한다.

　파도가 하얗게 밀려와서 바위와 부딪쳐 하얗게 부서지며 물보라를 있는 힘껏 날린다. 다시 물러갈 때도 흰 거품을 세운다. 소녀는 세탁기의 비눗방울을 떠올린다. 파도는 거대한 무리를 이루고 있다. 바다 표면 여기저기에 무리를 만들고 덮쳐 온다. 부서져도 계속 이어서 솟아올라 공격해 온다. 먼 바다에서 작아 보이던 파도가 차례로 조우하고 합쳐져 거대한 물결을 이루고 낮고 두툼한 소리를 울려 퍼뜨리며 다가온다. 파도가 일어 갑자기 바다 속으로 끌려들어 갈 듯한 느낌이 든 소녀는 몸을 뒤로 젖힌다. 기름처럼 소리 없이 고요해진 바다는 소녀를 무아지경에 빠뜨려 바다에 몸을 던지고 싶은 충동을 강하게 불러일으킨다. 맹렬히 앞으로 나아가며 충돌하는 파도는 모든 것을 튕겨내겠다는 듯 방약무인함을 노골적으로 드러낸다. 거친 파도가 항상 몰아치는 암석 지대를 소녀는 싫어할 수 없었다. 미묘하게 마음이 편안해지는 기분이 들었다.

소녀가 머무는 집은 나루터 근처의 조금 높은 언덕에 있다. 1층은 식당을 겸하는 잡화점이고 2층은 숙박시설과 연회장을 겸하고 있다. 주인 노부부는 두 평 조금 넘는 일식 식당에서 숙식을 해결하고 있었다. 철근 콘크리트로 만들어진 건물은 하얀색 페인트로 마구 칠해져 있었고, 지붕 아래 벽에 미사토식당이라고 검고 크게 쓰여 있다. 벽 표면은 흐린 노랑이나 갈색 염료가 번져 있는데, 소녀는 이 건물을 볼 때마다 눈이 아플 정도로 눈이 부셔서 잔뜩 얼굴을 찌푸리고 눈을 감은 채로 손으로 눈두덩을 눌렀다. 울타리의 홍초 너머에도, 소녀의 방 창 너머에도 바다가 보였다. 흰 건물 뒤에도 위에도 하늘이 끝없이 펼쳐져 있다. 깊은 푸름 한가운데에 흰 건물이 있다.

6월 중순, 소녀는 하루에 세 번 왕복하는 연락선에 몸을 싣고 두 시간 동안 몸이 흔들렸다. 마지막 배였다. 바다는 잔잔했다. 바다 위 여기저기에 흩어져 있는 왕바위는 명확한 형태를 하고 있다. 여름 햇볕은 어스레한 적란운 틈새로 약한 빛을 비추고 있다. 구름 꼭대기는 황금색에 에워싸여 있다. 해수면이 평온한 붉은기가 긴 황색으로 변했다. 몇 명인가의 노인과 중년 여자가 지붕 아래에 들어가 미동도 하지 않고 앉아 있다. 소녀는 갑판으로 나가서 선실 벽에 기댄 채로 배가 나아가는 방향을 멍하게 보고 있다. 어린아이들이 그 주위를 까불며 뛰어다니고 있다. 배 엔진이 단조로운 소리를 반복하고 있다. 미사토섬 해안가가 하얗고 어렴풋이 떠오르고 있다. 가까이 접근함에 따라서 판다누스^{야자수계열 식물} 군생이 해파리와 같은 홀쭉한 잎을 드러냈다. 작은 섬의 만은 독수리 부리처럼 길고 가느다랗다. 곶에서 선착장까지 100미터 정도 떨어져 있다. 가는 곳마다 산호초가 만든 해수면 가까이의 얕은 여울이 날이 저물어 갈 무렵에도 잘 보였다. 배가 하천처럼 구불구불하고 거무칙칙한 수심이 깊은 곳으로 나아갔다. 선착장은 수십 개의 드럼통을 눕혀 놓고 그 위에 단단한 판자를 고정시킨 홀쭉한 뗏목 모양이었다. 긴 쇠사슬이 양쪽에서 두 개 뻗어나가 방조림의 목마황과 철근 말뚝에 이중으로 묶여 있었다. 선착장은 수량水量이 늘면서 배와 알맞게 높아졌다. 승객이 앞 다퉈서 선착장으로 이어진 횡목으로 걸어갔다. 선착장에 있던 사내 몇이서 과일 상자와 주스, 통조림 케이스를 부산히 내리기 시작했다. 소녀는 앞만을 바라보고 앞선 무리 뒤를 따라가며 모래사장을 천천히 올라갔다.

소녀는 한밤중과 새벽녘에 눈을 떴다. 습관이다. 여름이불을 개고 창문에 걸린 더러워진 노랑 커튼을 젖히는 시각은 언제나 정오가 조금 지난 무렵이었다. 방의 유일한 창문은 동향이지만 소녀는 아침 해를 보지 못 했다. 여름 햇살이 평온한 낮은 연산連山의 능선을 희미하게 물들이다가 이윽고 작열하는 유리창의 파편과도 같은 백황색白黃色으로 변해 넓은 하늘로 퍼져간다. 수평선에서 적란운이 수백 개의 알통을 드러내며 뭉게뭉게 피어오른다. 이따금 떠가는 구름에 햇살이 지워진다. 갑자기 시야가 명확해진다. 진녹색 목마황 숲과 흰 모래사장이 만을 또렷이 나눈다. 바다에는 파도가 없다. 각양각색의 바다색이 진해졌다 흐려졌다 하며 산재하는 크고 작은 산호초와 왕바위를 둘러쌓다. 작은 후미가 굽어지고 휘어지면서 섬의 끝으로 뻗어간다. 하늘은 깊고 푸르다. 소녀는 창가에 서서 머리빗으로 머리카락을 빗으면서 수평선 부근을 보고 있다. 오래도록 자세를 바꾸지 않는다. 그러다 세면 용품을 들고 뜰로 내려갔다. 수도꼭지는 1층 부엌과 뜰에 하나씩 밖에 없다. 소녀는 부엌 물은 쓰지 않는다. 노부부와 인사를 나누는 일은 성가시다. 수도꼭지를 힘껏 돌린다. 수도 압이 약한지 물이 쫄쫄 나온다. 소녀는 치약을 듬뿍 짜서 이를 닦았다. 손의 움직임이 앙증맞다. 물이 세면대에서 흘러넘치고 있는데도 소녀는 앞을 보며 흰 치약 범벅인 입 안으로 칫솔을 밀어 넣고 있다. 고구마 밭과의 경계에 홍초가 심어져 있다. 때마침 꽃은 절정이라서 다수의 새빨간 꽃봉오리가 푸른 하늘을 찌를 기세다. 수도꼭지 근처에 있는 대여섯 그루 해바라기 빛깔이 곱다.

점심 식사 시간이 한참 전에 지나서 식당에 손님이 없다. 세수를 하고 풀밭에 앉아 있던 소녀는 자리에서 일어나 뒷문을 통해 부엌을 지나 식당으로 들어왔다. 여위고 작은 노파가 부산을 떨며 식기를 설거지 하고 있다. 소녀를 본다. 어쩔 수 없이 소녀는 고개를 숙였다. "지금 말이야." 하고 남자인지 여자인지 모를 쉰 목소리를 낸 노파는 바로 식기로 눈을 돌렸다. 주름이 특히 눈가에 모여 있지만 젊은 시절에는 꽤나 촉촉했을 눈은 크기 때문에 한 층 더 추악해 보였다. 잿빛 머리를 단발머리로 짧게 자르고, 언제나 소매 없는 흰색 두꺼운 천으로 만든 속치마 모양의 원피스를 입고 있다. 하지만 소녀에게 그런 노파의 이미지는 거의 남아 있지 않다. 목덜미로 땀이 번지고 있는 노파는 밥공기를 다 씻은 후 하나하나 재빨리 닦아낸다. 같은 행주로 목덜미를 닦으면서 "뭐 먹고 싶어?"라고 말한 후 손으로 다리가 낮은 밥상에 턱을 괴고 있는 소녀를 쳐다봤다. 소녀는 뭘 먹고 싶은지 몰라서 "반찬 조금이요." 하고 작은 소리로 말했다. 노파는 "반찬 말이지." 하고 조금 소리를 높였다. 소녀는 미동도 하지 않았다.

소녀는 '가미지'에서 같은 장소에만 앉는다. 어느새, 가미지에 와서, 어느새 그곳에 앉는다. 이번에는 저기에 앉아 볼까, 혹은 가볼까 하는 의지를 완전히 잊은 듯하다. 소녀가 숙소에서 '가미지'에 오가는 길은 처음과 똑같다. 발걸음도 동일하다. 다리가 제멋대로 힘없이 움직인다. 특별히 피곤해 보이지는 않지만 귀찮은 듯한 기분이 끊임없이 든다.

가미지에 가는 일과가 시작된 지 이제 이십 일이 넘어간다. 오늘밤도 어젯밤도 똑같다. 소녀는 그림을 보고 있는 듯한 감각에서 빠져나올 수 없다. 광대한 노을. 잔잔한 바다. 바위나 방풍림, 낮은 산의 그늘. 날이 저물 무렵이면 해수면에서 난반사된 빛이 누그러져서 작은 물고기가 헤엄치는 모습이 잘 보인다. 소녀는 멍하니 아래를 보고 있다. 춥지 않나……. 막연히 그렇게 생각해 본다. 해수면에 닿고 싶지 않다. 어린 시절에는 물가에 오면 정신없이 물을 손으로 떠보거나 휘젓고는 했다. 하지만 온몸을 물에 흠뻑 담그고 싶어진다. 큰 소리로 응원가 풍의 노래를 불러본다. 반도 다 부르지 못 했는데 목소리가 나오지 않는다. 이번에는 작은 소리에 마음을 담아 애절한 노래를 부른다. 점차 소리가 스러지며 한층 더 애달파진다.

언제나 같은 시간에 약속이라도 한 듯 어부가 돌아온다. 소리 없이, 먼 바다에 검은 점이 나타났다. 소녀가 멍하니 바라보고 있는 사이에 검은 점은 갑자기 배로 변한다. 어느새 작은 배는 네 척 다섯 척으로 늘어난다. 아직 바람은 멎지 않는다. 엔진 소리가 명료해졌다. 소리는 넓은 해수면에 흡수돼 잔향을 허락하지 않는다. 소리가 시원해서 거슬리지 않는다. 소녀는 시큰둥했지만 아무런 표식도 없이 바다에 나가서 정해진 시간에 틀림없이 돌아오는 것이 신기했다. 뭘 하고 오는 걸까 하고 소녀는 생각했다. 하루에 한 번은 꼭 그런 생각을 했다.

배는 차례차례 해변으로 올라왔다. 어부들은 재빨리 배를 정리하고 짐을 내리기 시작했다. 소녀와는 꽤 거리가 있다. 얼굴의 형태나 자태가 모두 같아 보인다. 같은 모양의 흑인 인형이 돌아다니고 있는 것처럼 보인다. 모두 어째서 저렇게 돌아다니고 있는 걸까? 나도 있는 힘껏 돌아다니며 땀을 흘리면 무언가가 벗겨져 나갈까? 하지만 수은을 온몸에 올린 것처럼 께느른한 감각은 무엇일까. 중학교에 다닐 무렵 이과 실습을 떠올렸다. 친구가 떠들면서 수은 한 알을 소녀의 손바닥 위에 올렸다. 가장 무거운 것이 철이나 돌이라는 선입견이 있었던 소녀는 뜻밖의 중량에 깜짝 놀랐다. 저 사이를 마구 돌아다닐 수만 있다면 하고 머릿속 깊은 곳에서 어렴풋이 떠올렸다. 하지만 몸에 힘이 들어가지 않는다. 손가락 하나 움직이는 것조차 귀찮았다. 어부들은 두세 그룹으로 나뉘어서 귀가하기 시작했다.

생각 탓인지 노인의 배는 약하고 속도도 느린 듯한 기분이 든다. 노인은 대부분의 어부와 떨어져서 배를 묶는다. 그리고 매번 마지막에 돌아간다. 소녀는 어느새 눈치 챈다. 아침에 늦게 나가는 것일까. 해안가에는 어부 두세 명이 남아 있었다. 배가 뭍으로 올라오고 소리가 사라졌다. 검고 작은 노인이 소리 없이 움직인다. 바다 위에는 아무 것도 없다. 노인은 뭘 하러 간 것일까 하고 소녀는 생각한다. 저토록 나이가 들었는데 저토록 끝도 없는 미지의 세계로 홀로 나가다니. 타인과 대화를 하거나, 행동하거나, 생활하거나 하는 모든 것이 귀찮아져서 외딴섬에 온 것이 분명해. 하지만 소녀는 외따로 떨어져 지낼 수 없을 것 같은 기분이 든다. 작은 배를 타고 홀로 육지에서 몇 시간이나 떨어져 지내야 하다니 불가능한 일이다. 노인이 보통내기가 아닌 것 같은 기분이 들었다. 며칠 전까지는 노인을 매일 봐도 아무런 느낌도 들지 않았는데 어제부터는 노인과 마음이 잘 맞을 것 같다고 깊이 믿기 시작했다. 오래 전부터 알던 친구로 이 세상에서 유일한 내 편은 노인 밖에 없노라고 자기 혼자서 지레짐작을 했다. 그러는 사이에 여러 공상을 했다. 이러한 이미지도 소녀의 머릿속을 휘저었다.

노인이 날 끌고 가면 좋겠어. 해변에 앉아 있는 나를 겨드랑이에 강제로 팔을 껴서 배에 신고 먼 바다로 나가면 좋겠어. 나는 아무런 저항도 하지 않을 거야. 가만히 얌전히 있을 거야. 만약에 바다로 내던져지더라도 발버둥질은 안 할래. 어차피 내게는 승산이 없으니까. 설사 이긴다 해도 나는 배를 저어서 육지까지 갈 힘이 없어. 제 멋대로 떠다니는 작은 배에 실려 구조를 기다려도 한 두 시간 이상 있을 자신이 없어. 노인이 날 죽이고 싶다고 말한다면 나는 죽을 수밖에 없어. 노인이 나를 발가벗겨도 상관없어. 노인에게 덤벼들지도 않을 거야. 온몸에 힘을 빼고 될 대로 되라고 가만히 있을 거야. 노인이 내게서 모든 걸 빼앗아 가도 좋아.

노인에게 정복당하고 있다는 공상을 하며 소녀는 말할 수 없는 쾌락을 찾아낸다. 노인은 이윽고 배를 다 정리하고 장대와 짐을 들고서 귀가한다. 소녀 쪽을 향해서 걸어오고 있지만 아직 멀리 있어서 얼굴의 형태는 명확하지 않다. 소녀는 집중해서 계속 보고 있다. 점차 다가온다. 겨우 알아볼 수 있다. '노인'임이 틀림없어. 내가 본 게 맞아. 소녀는 가슴을 쓸어내렸다. 노인은 한 걸음 한 걸음 모래를 밟으며 힘차게 걷고 있는 것처럼도, 축 늘어진 어깨와 떨궈진 고개에서 늙음과 피로가 드러난 것처럼도 보인다. 노인은 소녀에게 등을 돌리고 이윽고 판다누스가 군생하고 있는 작은 길을 빠져나와 촌락으로 들어간다. 한참동안 노인이 사라진 주위를 응시하고 있던 소녀는 한숨을 깊이 내쉬었다.

　　노인이 돌아왔다. 황색 기름이 뜬 것 같은 바다였다. 바람이 그치고 판다누스의 몇 천 개나 되는 긴 잎이 명확히 보였다. 만에 얼굴을 쑥 내밀고 있는 듯한 다양한 형태를 하고 있는 바위의 색깔이 검다. 태양은 회색빛이 도는 적란운에 삼켜져 형태 없이 다채로워 보이지만 차분히 빛을 머금고 있다. 동쪽 상공에서 이윽고 어둠이 다가왔다. 처음에는 노인의 배와 바위를 구분할 수 없었는데 해안가에 접근함에 따라서 어디서 움직이고 있는지 명확히 알 수 있었다. 엔진 소리는 아직 소녀의 귀에 들려오지 않았다. 대부분의 어선은 귀항해 있었다. 노인의 배는 다른 배와 아무런 차이가 없었지만 소녀는 노인이 나아가는 항로를 잘 알고 있다. 그러므로 만에 들어오기만 하면 바로 식별할 수 있다.

　　'가미지'에서 해안가로 건너갈 때, 슬랙스 무릎까지 젖었지만 별로 신경은 쓰이지 않았다. 노인의 배가 만의 어귀로 들어오는 동시에 정박지인 해안가를 목표로 힘껏 달렸다. 왜 달리는 것인지 소녀는 알 수 없었다. 자신이 달리고 있다는 사실조차 금방 잊어버렸다. 고무 샌들이 모래 깊숙이 박히는데도 직선으로 내달렸다. 물웅덩이를 피하지 못 했다. 슬랙스가 다시 젖었다. 만의 안쪽은 물이 얕아서 만조일 때를 가늠해서 돌아오지 않으면 곤욕을 치른다. 노인의 배는 시간을 잘못 계산한 것 같다. 바닷물이 충분히 빠져서 물가에서 10미터 정도 앞에서 배가 모래땅에 올라앉았다. 노인은 대나무 장대를 들고 두세 번 배를 앞으로 가게 하려 했지만 물이 아직 다 차오르지 않은 듯 했다. 아주 가까이서 보자 배는 기대한 것보다 작지 않아서 네댓 명은 충분히 탈 수 있을 듯 하다고 소녀는 느꼈다. 하지만 먼 바다를 떠올리면 살아서 돌아올 수 있을 것 같지 않았다. 노인이 배에서 내려 밀기 시작했다. 소녀는 숨을 돌리고 해안가에 서서 노인의 모습을 바라보고 있었다. 배가 꿈적도 하지 않을 것 않았다. 소녀는 미처 숨을 가다듬을 틈도 없이 배를 향해 뛰어가서 노인과 나란히 배를 밀었다. 한동안 의심스러운 듯 소녀의 얼굴을 쳐다보며 밀던 팔의 힘을 뺐던 노인은 소녀가 알아듣기 힘든 목소리로 무언가 한마디 말한 후에 다시 팔에 힘을 주었다. 하지만 소녀가 편하게 배를 밀 수 있도록 자리를 내어주지는 않았다. 소녀는 노인의 왼편에서 좁은 곳을 밀었다. 오랜 세월 바닷물에 길들여진 노인의 탁한 음성을 처음으로 듣고 소녀는 얇은 팔에 온힘을 쥐어짰다. 목적지로 배를 밀었지만 거의 움직이지 않았다. 하지만 노력을 멈추지 않았다. 고무 샌들 끈이 풀어졌다. 맨발이 됐다. 모래에 박힌 발을 있는 힘껏 빼내는 동작은 참을 수 없을 정도로 기분이 좋았다. 노인의 팔이 보였다. 근육뿐인 팔은 흑갈색으로 타서 혈관이 드러나 있었다. 노인은 자신을 훼방꾼 취급 하지 않는다. 지금 깨달았다. 노인의 배에 다가가며 망설임은 없었다. 몽유병 환자처럼 노인에게 다가갔다. 자신이 노인에게 쓸모 있는 사람이라고 느끼자 소녀의 심장은 마구 뛰었다.

　반바지와 흰 셔츠를 입은 두 사람이 종종걸음으로 달려왔다. 젊은 남자들이었다. 무언가 중얼대며 배를 향해 다가왔다. 소녀는 불안했다. 단신에 어깨가 탄탄한 남자가 "저리 비켜." 하고 굵은 목소리로 말하면서 소녀의 팔을 밀어젖혔다. 소녀는 두세 걸음 비슬거리다 반쯤은 일부러 엉덩방아를 찧었다. 물기가 즉시 하반신을 적셨다. 소녀는 그대로 주저앉았다. 얼굴에서 핏기가 가시는 것을 느낄 수 있었다. 바로 부아가 치밀었다. 두 사내의 얼굴 표정과 행동거지 하나하나에서 잔혹함을 느꼈다. 인간은 모두 죽는 존재인데 어쩌면 저렇게 잔혹해질 수 있을까. 어떤 인간이라도 홀로 죽을 따름인데. 갑자기 참을 수 없어졌다. 한순간이지만 두 어부를 용서할 수 있을 듯한 마음이 들었다. 하지만 바로 울화가 치밀어 오르며 두 어부를 상어가 물어서 찢어버렸으면 좋겠노라고 진심으로 빌었다. 참을 수 없다. 여기서 도망치고 싶다. 건장한 두 젊은 남자의 피부에 손톱을 세워 할퀴고 이로 물고 머리카락을 쥐어뜯고 싶다. 그렇지만 할 수 없다. 점차 궁지에 몰릴 뿐이다. 뭘 해도 오래도록 주저하는 습관이 굳어 있다. 기쁨도 분노도 발작적으로는 튀어나오지 않는다. 이들은 내게 아무런 악의도 없어. 소녀는 자신을 타일렀다. 하지만 젊은 남자들의 옆얼굴이나 등을 보는 것만으로도 울화가 더욱 치밀어 올라서 구역질이 밀려왔다. 어서 돌아가. 소녀는 그렇게 빌었다. 필사적이었다. 안 보려 결심했지만 그들에게서 눈을 뗄 수 없었다. 반바지 아래로 나온 소나무 뿌리와도 같은 굵은 다리에 무수히 많은 새까만 털이 보였다. 우욱 하고 큰 소리가 나고 목이 아팠지만 토는 나오지 않고 타액만이 계속 입안에 모였다.

사내들은 박자를 맞춰 기합을 넣으며 배를 서서히 뭍으로 밀어 올렸다. 배를 고정하는 줄을 박아놓은 말뚝으로 가서 닻을 내리고 작업을 끝냈다. 그 순간은 불과 몇 분에 불과했지만 소녀에게는 마치 한 시간도 넘게 느껴졌다. 그 자리에 있는 것조차 괴로웠다. 소녀는 일어섰다. 사내들은 노인에게 몇 마디 말을 건네더니 왔던 방향으로 걸어가 사라졌다. 노인은 장대와 물고기를 배에서 내리기 시작했다. 노인은 소녀를 보지 않았다. 소녀는 노인을 향해 소리를 내지 않으려고 선 채로 움직이지 않았다. 노인은 짐을 정리해서 어깨에 메더니 소녀에게 작게 고개를 끄덕인 후 걷기 시작했다. 소녀는 깊은 안도감을 느꼈다. 하지만 갑작스러운 일이라 인사를 돌려주지 못 해 후회스러웠다. 소녀는 모래사장으로 올라가서 노인이 저 멀리 어둠 속으로 사라질 때까지 눈을 떼지 않았다. 노인은 젊디젊다. 젊은 사내들은 글러 먹었어. 소녀는 생각했다. 너무 강할 뿐이야. 타인의 마음을 고려하지 않아. 인간은 약자가 돼 보지 않으면 약자의 마음을 알 수 없어. 여자도 안 돼. 여자는 뱀과 같은 강함이 있어. 나이든 남자만 괜찮아. 한때 강했던 시절이 있으니까.

그 후 소녀는 노인의 배에 탈지말지 고민했다. 열흘 넘게 역시 '가미지'에서 그저 바라만 볼 뿐이었다. 노인이라면 나를 구해줄 수 있을지도 몰라. 최근 들어 소녀는 갑자기 그렇게 느끼기 시작했다. 감사하는 마음으로 눈물이 번졌다. 저 노인을 위해서라면 뭐든 할 거야. 노인에게 지배받고 싶었다. 여전히 소녀의 사고는 두서가 없었지만 성적인 망상이 젊은 여자의 육체에서 일렁였다. 내 흰 몸. 그의 검은 몸. 내

부드러운 몸. 그의 단단한 몸. 내 단아함. 그의 맹렬함. 허영도 감정도 사고도 존재하지 않는다. 본능적인 운동만이 남는다. 모래 위에서 모래를 튀기며 모래에 파묻히며 모래가 가득 묻은 노인의 굳은 손가락이 거칠게 내 몸을……. 나는 연체동물보다 더 휘어진다. 그리고 모든 행위가 끝나면 죽은 듯 모래에 위를 향해 누워 깊은 잠을 자자. 몇 시간이고, 며칠이고. 순간의 도취였다. 소녀는 바로 망상에서 깨어났다.

소녀는 예전에는 오후 4시부터 '가미지'에 앉아 있는 습관이 있었지만, 요즘은 3시 즈음부터 앉아 있다. 노인이 오기를 목을 빼고 기다렸지만 그렇다고 그 시간이 길게 느껴지지도 않았다. 묘한 감각이다.

바닷가는 매일 비슷했다. 광대한 바다도, 하늘도 파랗고, 석양은 장엄하며, 환상처럼 느껴지는 해안가의 귀어 풍경. 바람이 강하게 계속 불어와서 소녀는 상쾌한 기분이 들다가 갑자기 마음이 가라앉았다. 만약 노인이 내가 기대하고 있는 그런 사람이 아니라면……. 노인의 배에 탄 후 그의 약점을 알게 될까봐 겁이 났다. 그렇게 된다면 살아갈 이유를 잃어버릴지도 모른다. 작은 것을 품고서 자기 멋대로 재단해 자신을 지키는 경향이 있는 소녀는 이번에도 노인을 마치 자신을 구해줄 수 있는 위대한 존재라고 믿고 있었다. 소녀는 긴 시간 망설이고 고민했다. 몇 번이고 머릿속에서 지웠다 썼다를 반복했다. 이윽고 망상만으로 노인을 마음의 버팀목으로 삼아서는 안 된다고 정했다. 이대로라면 공허한 마음에 변화가 없다. 오늘도 어부들과 그리고 노인이 돌아왔다. 꼭 배에 타겠어. 소녀는 결심했다. 스스로 자신의 행동을 정한 것은 거의 1년 만이었다. 내일 타자. 날짜도 정했다.

소녀는 모래사장에서 노인을 기다렸다. 여름이지만 날이 밝지 않은 해안가는 추웠다. 소녀는 무릎을 세워 얼굴을 묻으려 등을 쭈그리며 모래에 주저앉았다. 하늘에 별은 아직 많았지만 무척 높이 있는데다 중천에 있어서인지 주위는 어두웠다. 돌아갈 곳이 어디에도 없다는 자포자기 심정이 든 소녀는 두 시간 정도 가만히 있었다. 추위가 감각을 마비시켜 이러지도 저러지도 못 하는 괴로움을 누그러뜨린 덕분에 다른 때보다 기분이 편안했다. 바닷가에 너무 일찍 왔다. 어부들은 아침 일찍 움직인다는 소문을 어디선가 들었는데 언제나처럼 새벽녘에 눈을 뜬 소녀는 그대로 밖으로 나왔다. 숙소로 돌아가자. 해안가를, 부락을 헤매며 걷자. 몇 번이고 소녀는 생각했다. 하지만 허리와 엉덩이가 무거워서 뜻한 대로 움직여지지 않았다.

50미터 정도 앞에 희미하게 불이 타오르기 시작했다. 소녀는 가슴의 고동이 격렬해지는 감정을 억누를 수 없었다. 도깨비불이다. 바다에 빠져 죽은 사람의 혼이 떠돌고 있다. 죽기 싫다고 미친 사람처럼 외치면서 죽어갔던 원한을 간직한 사람의 불덩어리.

자세히 보니 휴대용 석유등이다. 오전 4시 조금 전 노인은 석유등을 의지해서 낚싯대와 커다란 자루를 들고 나타났다. 만조다. 말뚝에 동여 맨 배에 바닷물이 출렁대고 있었다. 노인은 소녀의 존재를 눈치 채지 못 하고 그 몇 미터 앞을 가로질러서 배를 향해 걸어갔다. 둥글게 퍼진 희미한 빛 주위에서 노인은 짐을 쌓고 배를 점검했다. 소녀는 앉은 채로 노인을 주의 깊게 바라봤다. 될 대로 되라는 자포자기 심정으로 계속 바라봤지만 무언가 맥아리가 없었다. 노인은 말뚝에서 줄을 풀어서 배를 바다로 밀기 시작했다. 물은 아직 충분히 차지 않았다. 배는 좀처럼 움직이지 않는다.

소녀는 일어나서 천천히 노인에게 다가가 뒤쪽에 가만히 서 있었다. 한동안 노인은 눈치 채지 못 하고 배를 밀다가 인기척을 느끼자 고개를 돌렸다. 순간 소녀는 노인이 놀란 것 같다고 느꼈지만 주위가 어두워서 몸의 윤곽 밖에 보이지 않았다. 미동도 하지 않고 노인은 그저 바라볼 뿐이다. 소녀도 미동조차 하지 않았다. 노인은 배 위에 놓아둔 석유등을 조용히 집어 들고 정체불명의 존재에게 들이밀었다. 약한 적흑색 빛이 소녀의 망령과도 같은 상반신을 밝혔다. "할아버지." 소녀는 입을 조금 움직여서 원망스러운 듯한 목소리를 냈다. "누구신가?" 노인은 목소리는 조금도 들썽거리지 않고 오히려 차분했다. "절 기억하시나요?" 빠른 말투로 소녀는 말했다. 낮과 밤 모두 노인에게 주의를 집중해 왔다. 그러므로 소녀는 노인과 친밀한 사이인 듯한 착각에 빠져 있다.

"그래." 노인은 소녀를 응시하면서 천천히 고개를 끄덕였다. 노인이 나를 본 것은 딱 한 번뿐이었어. 소녀의 응어리가 풀렸다.

"할아버지, 낚시 하러 가요?"

목소리가 가볍게 나왔다.

"맞아."

노인의 목소리는 거칠고, 굵고, 중후해서 시비조와 구분하기 어려웠다.

"저도 돕게 해주세요."

소녀는 전에 노인의 배를 함께 밀었던 사실을 떠올리며 말했다. 노인은 몸을 돌리지 않고 두세 걸음 정도 배로 걸어가 석유등을 배 안에 둔 채로 배를 다시 밀기 시작했다. 바닷물이 기분 탓인지 불어나서 배가 잘 미끄러졌다. 하지만 역시 거의 움직이지 않았다. 소녀는 아무런 말도 하지 않고 노인의 옆으로 가서 뱃전에 양손을 댄 채로 노인을 흉내내 배를 힘껏 밀었다. 운동화를 신은 소녀의 발목이 모래에 폭 들어갔다. 노인은 힘을 빼지 않고 계속 밀었다. 배가 나아가지 않는 한 발도 뺄 수 없다. 노인은 영차영차 하며 기합을 넣으며 단숨에 밀었다. 몇 번인가 같은 기합을 듣는 사이에 소녀는 그에 맞춰서 동시에 미는 요령을 터득했다. 내 협력이 필요한 거야. 소녀는 깨달았다. 노인도 내가 도움이 된다고 느끼고 있어. 소녀는 용기가 솟아서 설령 죽는다 해도 이 배를 움직이게 하겠다고 결심하고 젖 먹던 힘까지 짜냈다. 배는 서서히 움직이기 시작했다. 2미터 정도 움직이자 그 앞으로 바닷물이 차서 힘을 주지 않아도 배가 쉽게 앞으로 나아가서 물에 떴다. 노인은 다리를 크게 벌려 배에 탔다. 노인은 소녀 쪽으로 몸을 돌려서 큰 동작으로 고개를 끄덕이더니 대나무 장대로 모래땅을 밀고 그 반동으로 배를 움직였다. 소녀는 허둥대기 시작했다. 물로 뛰어들며 배를 쫓았다. 선미 언저리에 매달렸는데 다리가 꼬여서 엄청난 기세로 앞으로 고꾸라졌다. 물보라가 소리와 함께 크게 튀어 올랐다. 얼떨결에 양손으로 지탱해서 얼굴을 처박지 않았지만, 목덜미 아래는 흠뻑 젖었다. 노인은 바로 닻을 내린 후 배에서 내려 소녀를 안아 일으켰다. 주의 깊게 소녀를 살핀 후 상처가 없음을 확인하자 손을 놓고 어깨를 가볍게 밀며 탁한 목소리로 한 마디 말하고서는 잰걸음으로 배로 돌아갔다. 알아듣기 힘들었지만 소녀는 무슨 말인지 알아들었다. 옷을 갈아입고 오라고 했어. 잠시 멍하니 있다가 노인이 배에 발을 걸치자마자 뛰기 시작해서 물에 들어가 가까스로 배를 잡았다. 이번에는 소녀의 행동을 보고 배를 되는 대로 앞으로 밀지는 않았지만 노인은 따가운 눈초리로 소녀를 바라봤다.

"고기 잡으러 가야해."

"저도 데려가주세요."

소녀는 지지 않고 강한 어조로 말했다.

"안 될 일이야."

"부탁이에요. 한 번만 배에 태워주세요. 네?"

소녀의 욕망은 있는 그대로였다. 소녀는 거의 의식하지 못 한 상태에서 말을 하고 있었다. 하지만 연기는 아니었다. 목소리도 얼굴도 진심이었다.

"안 된다니까."

노인은 닻을 끌어 올리고 장대를 써서 배를 움직였다. 소녀는 필사적으로 배를 따라가며 뒤처지지 않기 위해서 뛰었다. 꽤 힘들었다. 지금이라도 쓰러질 듯 했다. 말한 것과 달리 노인은 당황했다. 서너 번 더 저었다. 그런데도 소녀는 뒤따라가 매달렸다. 노인은 장대로 미는 것을 멈췄다.

"손을 놓으렴."

노인은 주먹을 들어서 소녀의 손을 치려는 시늉을 했다. 소녀는 입술을 악물고서 매달리고 있는 손에 힘을 더 넣었다. 멀리 등잔불이 켜져 있다. 조금 전부터 넓은 동굴과 바닷물이 부딪치며 나는 소리가 언제까지고 사라지지 않을 듯한 어렴풋한 소리가 들려왔다. 해명 소리가 공허하게 느껴졌다. 그러는 사이에 물의 흐름을 타고 배는 점차 모래사장에서 멀어져 갔고 바닷물이 소녀의 가슴까지 오고 이윽고 목까지 차올랐다.

"……저 죽을 것 같아요."

중얼거렸다. 노인은 배를 더 이상 젓지 않는다. 하지만 소녀를 구해서 배에 태우려고도 하지 않았다. 바닷물은 차갑다. 소녀는 묘한 쾌감을 느꼈다. 기분이 상쾌한 피로함이다. 소녀의 행동에 이유가 있음을 노인은 깨달았다.

"뭘 하려고?"

감정을 거의 알 수 없는 말투다.

"태워주세요."

"안 된다니까."

"왜요?"

"왜냐고 물어봐도 안 될 일이야."

"부탁이에요. 제 평생의 소원이에요."

소녀의 저항은 집요했다. 노인은 억지로 소녀가 손을 떼게 해서 전속력으로 배를 타고 멀어지거나 소녀를 배에 끌어 올리는 양자선택을 해야 했다.

"왜 타려는 거야?"

"타고 싶어요."

"진심이야?"

"네, 정말이에요."

대화는 계속 이어졌다. 소녀의 목소리는 고통스러운 듯 했지만 말투는 흐트러지지 않았다. 이 몸이 바다에 나가려는 행위를 법률이든 세상이든 뭐든 간에 멈추게 할 수는 없어. 똑같은 일이야. 이 소녀가 바다에 나가려는 염원은. 그걸 말리다니 말도 안 되는 일이야. 물론 이런 식으로 노인의 생각이 명확했던 것은 아니다. 하지만 자기만의 고집은 분명 노인의 일부이다.

출어 준비에 땀을 흘리는 바다 사나이들의 혈기왕성한 목소리가 더욱 커졌다. 이런 소리를 소녀는 해명^{바다 울음소리}으로 착각했다. 동료 어부들이 이 광경을 보더라도 거북하거나 쑥스럽지는 않았지만 노인은 서둘러서 소녀의 겨드랑이에 손을 넣어 배로 끌어 올렸다. 소녀를 앞에 앉히고 노인은 엔진에 시동을 걸더니 선미의 방향키를 잡았다. 연발총처럼 기분 좋은 소리와 함께 만 밖으로 배는 나아갔다.

　그러는 사이에 소녀는 으스스한 추위를 느끼기 시작했다. 동트기 전의 해상은 모래사장보다 추웠다. 작은 배는 뱃머리 앞을 올리고 상하로 흔들리면서 바람을 가르고 나아갔다. 전방의 어둠이 깊었지만 노인은 오른쪽 손을 방향타에 올리고 소녀의 어깨 너머로 무언가를 응시하며 배의 속도를 올렸다. 산호초나 바위가 많은 얕은 여울 안쪽에서도 배는 빠르게 이동했다.

　소녀의 얇은 블라우스는 피부에 착 달라붙어 있다. 소름이 돋는 것이 느껴졌다. 냉기가 계속 멍해지는 머리를 자극해서 각성시켰다. 소녀는 매일 거울을 향해서 앉지만 아무것도 비춰지지 않는 것 같다고 느꼈다. 거울에 모습이 비치지만 그 모습이 자신이라는 확신이 없다. 하지만 이 순간 자신의 몸이 자신의 것 같다는 묘한 감각을 처음으로 느꼈다. 목 위로는 젖지 않았다. 가슴과 복부가 신경 쓰인다. 배에 탔을 때부터 계속 가슴에 대고 있던 밀짚모자를 치웠다. 한층 더 자극이 세졌다. 전신을 흔드는 듯한 자극이다. 몇 번이고 작은 한숨을 내쉬었다. 소녀는 양 발로 밀짚모자의 차양을 밟고 어둠 속에서 빛나고 있는 듯한 노인의 눈빛을 피해서 노인에게 등을 향하고 양손을 가슴에 대고 있었다. 그대로 가만히 있었다. 그러는 사이에 가만히 주위를 주물러 봤다. 성적인 쾌감은 느껴지지 않지만 두 개의 융기에서 명확한 반응이 전해온다. 난 역시 여자구나. 조용히 그런 느낌이 들었다. 소녀는 반쯤 넋을 잃고 있었는데 노인이 등을 쏘아보는 듯한 느낌이 신경 쓰였다. 하지만 노인이 없다면 이 어두운 광대한 바다에 외톨이잖아. 소녀는 말할 수 없을 만큼 몸서리가 났다. 이 노인은 눈치가 없어. 나는 이렇게 젖은 채로인데. 움츠리고 있던 소녀가 움직였다. 노인은 소녀가 바닷물에 젖은 것에 신경이 쓰였다.

　"옷을 벗고 이걸로 닦으렴."

　한손으로 방향키를 잡은 채로 팔을 최대한으로 펴서 목에 두르고 있던 수건을 소녀에게 내밀었다. 소녀는 허둥대며 가슴에서 손을 치우고 노인을 봤다. 눈이 어둠에 익숙해지고 있었지만 노인의 눈은 알 수 없었다. 주저했다. 노인의 몸은 거북해 보였다. 소녀는 수건을 받았다.

"그리고 이것도 입어."

재빨리 노인은 입고 있는 짙은 녹색 점퍼를 벗었다. 소녀는 받아들었지만 친절하다고 느끼는 한편으로 의심스러웠다. 할아버지는 내 알몸을 보고 싶은 것 같아. 남자가 입던 이런 옷 따위를 입을 것 같아 하고 억지를 부렸다. 소녀는 양손으로 남자가 준 물건의 끝을 집고서 가슴에 닿지 않도록 팔을 뻗었다. 손가락 끝에 힘을 넣었다. 강한 바닷바람에 날아갈 위험이 있었다. 노인은 아무런 말도 하지 않았다. 소녀는 팔과 손가락에 피로를 느꼈지만 자세를 바꾸지 않았다. 배는 고요함을 깨며 나아갔다. 이윽고 소녀는 수건으로 블라우스를 문지르듯이 몇 번이고 닦고 점퍼를 입었다.

소녀는 앞을 응시하고 있다. 무언가 거대하고 단단한 것과 부딪치지 않을지 걱정돼 제 정신이 아니었다. 이제 곧 부딪친다. 이제 곧 부딪친다. 이런 걱정은 출발할 때부터 강도의 차이는 있었지만 계속 사라지지 않았다. 이렇게 오랜 시간 배를 타고 가는데도 장애물과 부딪치지 않다니 믿기 어려웠다. 이 배는 어쩌면 같은 장소를 빙글빙글 돌고 있는지도 모른다. 뒤에 앉아 있는 자는 과연 사람일까. 움직임이 없는데 정말로 이 배에 타고 있기는 한 걸까. 소녀는 뒤돌아볼 용기가 없었다. 만약 이 배에 타고 있는 사람이 나뿐이라면 밤이 영원히 계속될지도 모른다. 잠깐 진지하게 걱정했다. 밤이 지나면 날이 밝아온다는 어린 시절부터의 경험은 꿈이었을까. 울고 아우성쳐도 아무도 도와주지 않는다. 소녀는 몸을 떨었다. 노인이 내게 상냥하게 군다면 나는 기쁜 마음으로 모든 것을 주리라. 모든 것? 여자의 흰 몸이 떠올랐다. 남자에게 범해진 후 자살하는 여자는 응석을 부리는 거야. 이 배에 타고 있는 사람이 내가 아니라면 나는 눈물을 흘리며 감사할 것 같다. 할아버지, 제게 말을 걸어주세요. 어떤 말이라도 괜찮아요. 무언가. 엔진의 힘찬 소리와 뱃머리에서 둘로 갈라지는 물의 둔한 소리가 가까스로 소녀를 지탱했다. 소녀는 무한을 처음으로 실감했다. 노인은 언제까지나 말이 없었다. 소녀는 평소에도 하루가 길어서 정신이 아찔했는데, 어둠 속에서 보내는 지금 이 시간은 한층 더 강렬하게 정신이 멀어졌다. 배가 떠난 후 두 시간도 지나지 않았는데 날이 밝아왔다.

　　전방에 수평선이 갑자기 번지며 주위가 어슴푸레하게 누른 빛깔을 띠었다. 소녀가 보고 있는 사이에 넓어지고, 그에 따라서 비가 오는 것처럼 음산하고 탁한 색으로 바다가 변하고 있다. 수평선 근처 하늘에 잿빛 둥근 구름과 띠 모양의 두터운 구름이 뚜렷이 모습을 드러냈다. 상공은 아직 어둡다. 소녀는 처음으로 동쪽 방향을 알게 됐다. 잿빛 해면은 점차로 배 근처 어둠을 쫓아냈다. 먼 해수면이 황금색으로 물들었다. 수평선으로 낮게 뻗어가는 어둑어둑한 구름 위쪽으로 황금색 테두리가 보였다. 그러다가 곧바로 날카로운 흰 빛이 나타났다. 소녀는 눈도 깜빡이지 않았다. 태양은 둥근 모양이 아니었고, 순식간에 빛이 커지다 이윽고 구름 위로 올라섰다. 구름은 불태워져 엷어지고 점차로 상공에 있는 희고 거대한 구름과 투명한 푸른 하늘이 나타나 넓어져간다. 태양에서 배를 향해 해수면을 일직선으로 뻗어가던 황금 비늘과 닮은 빛이 서서히 좁혀져 온다. 그에 따라서 검은 해수면은 점차로 푸른색으로 변해간다. 회백색 적란운이 서서히 맑고 푸른 색깔을 뽐낸다. 거대한 창해의 한 면이 새파랗게 변한다. 소녀는 멀리 바다를 바라봤다. 아무런 탁함도 없이 무한한 물이 무거운 듯 작게 물결치고 있다. 하늘을 올려다 볼 여력은 없다. 너무나도 하얗고 아름답게 빛나서 눈이 아플 정도다. 바다의 강한 햇볕에 익숙해져 있는 줄 알았는데 역시 아프다. 소녀는 눈을 떴다. 배는 새하얀 파도를 일으키며 멈추지 않고 항해하고 있었는데 풍경은 어디나 비슷했다. 소녀가 아침 해를 조금이라도 본 것은 어린 시절 이후 처음이었다. 불안은 안개처럼 흩어져 사라졌다.

　　모래사장을 떠난 지 이제 4시간이 지났다. 소녀는 배 멀미를 하기 시작했다. 머리가 무거워지고 오랜 시간 동안 등을 구부리고 한 쪽 무릎을 세워 양손으로 잡고서 이마를 댔다. 그러는 사이에 가슴과 위 근처에서 불쾌함이 치밀어 올라왔다. 이윽고 목구멍 안쪽이 아파오면서 목구멍으로 신물이 올라왔다. 얼굴이 부어서 부석부석해지고 열이 났다. 그러다 갑자기 핏기가 빠지면서 소름이 끼칠 정도로 오한이 왔다. 필사적으로 참았다. 기분을 달래기 위해서 외설적인 상상을 필사적으로 해보려 했지만 머릿속에서 바로 사라져 버렸다. 바다에 뛰어들고 싶은 충동이 끊임없이 일어났다. 의식은 거의 몽롱한 상태였다. 머릿속 깊은 바닥에서부터 죽으라고 명령하는 목소리를 들었다. 눈은 흐릿했다. 손으로 더듬으며 배의 가장자리를 찾아서 있는 힘껏 굴러 들어가려 했다. 현실과 꿈의 경계가 흐릿하고 움직이고 싶어도 절대로 움직일 수 없는 가위눌림 상태와 비슷했다. 머리를 단단히 죄는 듯한 압박감을 이를 악물며 견뎠다. 정신을 놓지는 않았다. 서서히 '현실'로 돌아갔다. 자신의 가냘픈 어깨를 거칠게 잡으려는 사람이 앞에 있음을 알아차렸다. 노인의 단단하고 거칠고 울툭불툭한 왼손이었다. 갑자기 위장의 내용물이 올라오는 것을 느낀 소녀는 노인의 손을 뿌리치려고 발버둥 치면서 쭈그려 앉았다. 노인의 단단한 다섯 손가락은 소녀의 어깨를 단단히 잡고 있는 채로였다. 소녀의 얼굴은 충혈돼 있다. 미끈미끈한 토사물이 목구멍으로 올라와 입을 거쳐 갑판 위로 뿜어져 나왔다. 몇 번 토를 했지만 무언가 치밀고 올라오는 고통은 아직 사라지지 않았다. 소녀는 식욕이 없고 소식을 해서 토사물의 양은 얼마 되지 않았다. 위액과 타액이 몇 십 번이나 나왔다. 완전히 다 토한 것을 확인한 후에 노인은 엔진을 끄고 배가 십여 미터 미끄러져서 동력을 잃자 방향키를 뒤로 하고 소녀의 등을 오른쪽 손으로 문지르기 시작했다. 토사물 위로 쓰러질 듯한 소녀의 가슴에 노인의 왼손이 둘러졌다. 양쪽 가슴에 노인의 왼손이 강하게 닿았는데도 소녀는 아무런 감각도 느끼지 못 했다. 될 대로 되라는 마음조차도 들지 않았다. 노인은 끈기 있게 꽤 오랫동안 소녀의 등을 계속 문질러줬다. 그 사이에 소녀는 아무런 말도 하지 않았다. 소녀는 흐트러진 호흡과 몸의 열기 모두 정상으로 돌아오자 마침내 살 것 같은 기분이 들었다. 노인은 허리춤에 끼워둔 수건을 바닷물에 적셔서 물기를 짜낸 후 소녀의 얼굴을 닦아줬다. 그 후 토사물을 닦은 후 바닷물에 다시 적신 다음 몇 번이고 같은 동작을 반복해서 원래대로 돌려놨다. "죄

송해요." 아직 남아 있는 불쾌한 기분이 사라지지 않은 채로 소녀는 말을 했지만 마음만은 훈훈했다. "배 멀미란다." 하고 노인은 말하고 수건을 짜서 아무렇지 않게 낚싯바늘 등을 수납하는 잡동사니 나무상자 위에 펼친 후 낚싯대로 고정하고서 엔진 시동을 바로 걸었다. 배를 다시 모래사장으로 돌리는 배려는 전혀 없었다. 소녀는 노인이 새벽에 줘서 목에 두르고 있던 수건을 들어 살펴봤는데 오물은 묻어있지 않았다. 노인에게 돌려줄까도 생각해 봤지만 다시 목에 둘렀다. 블라우스는 거의 말랐다. 노인의 점퍼는 숨 막힐 듯이 덥지는 않았지만 갑자기 떠오른 듯 벗어서 무릎에 올려놨다.

바다는 끝없이 넓게 펼쳐져 있다. 아무런 장애물도 없다. 그리고 적막했다. 움직임도 소리도 변화도 없이 단조로운 평면이 끝없이 뻗어 있다. 과밀함이나 혼잡함이 전혀 없다. 물 색깔은 진한 청색이다. 소녀는 바다를 응시했다. 검게 변하거나, 진녹색으로 보이기도 했다. 이 광대한 세계에 물고기만이 산다니 믿을 수 없다. 무언가 다른 생명체가 있지 않을까. 소녀는 그렇게 믿었다. 머릿속이 묘하게 선명해졌다. 이 단조로움 속에는 미묘한, 그리고 위대한 조화가 있다. 소녀는 푸른색 해수면에 희고 거대한 대머리 괴물이 나타날 듯한 예감이 들었다. 깊은 한숨을 내쉬었다. 이 조화를 침범하는 무언가에 제재를 가할 수호신은 반드시 이 바닷속에 있을 것이다. 거대한 수호신이다. 적란운보다도 거대한 수호신. 점차 소녀는 인간 사이에 존재하는 차이 등은 말할 가치도 없다고 믿었다. 능력도 모습도 별 차이가 없다고 생각을 갑자기 바꾸자 용기가 솟아났다. 모두와 사이좋게 지낼 수 있을 듯한 기분이 들었다.

노인이 배의 속도를 늦췄다. 기관에서 나는 소리는 변함이 없다. 지금까지 배 안으로 튀어 들어오던 물이 사라졌다. 엔진을 껐다. 노인은 사람 머리의 두 배 정도 되는 닻을 들어 올려서 천천히 바닷속으로 가라앉혔다. 뱃머리가 조금 올라가며 배는 멈췄는데 그런데도 좌우로 천천히 움직였다. 배가 물을 두드리는 것인지, 물이 배에 부딪치는 것인지, 물이 배를 스치는 좋은 소리가 같은 간격으로 이어졌다. 소녀는 뒤돌아봤다.

"여기서 낚시를 해요?"

2미터 정도의 장대를 조정하며 노인은 눈을 뜨지 않은 채로 끄덕였다. 소녀는 낚싯대로 낚시를 한다는 당연한 사실이 이상했다. 실제로 물고기를 잡아 올리지 않으면 믿을 수 없다는 묘한 감각이 들었다. 노인은 가운뎃손가락 두 개 정도 크기의 검붉은 고기조각을 낚싯바늘에 끼고 릴을 천천히 돌려서 줄을 바닷속으로 내리기 시작했다. 낚싯줄로 신중하게 바닷속을 탐색하는 듯 몇 번이고 릴을 감았다. 일이 초 돌리다 멈추고, 다시 몇 번인가 돌리다 멈췄다. 그러다 마지막으로 몇 번 돌린 후 줄을 고정했다. 노인은 낚싯대를 지탱하고 줄과 해수면의 접점을 응시했다. 바람이 몹시 거칠게 불어왔지만 해수면은 이상할 정도로 아주 고요했다. 바람과 파도가 없는 고요함과는 달랐다. 소녀는 노인의 기개를 느끼고 배의 앞쪽으로 향해갔다. 사방팔방, 아래 위, 구름을 제외하면 푸른색만이 끝없이 펼쳐져 있다. 소녀는 어지럼증을 느끼고 한 손으로 이마를 눌렀다. 하지만 컨디션은 나쁘지 않아서 다시 배 멀미를 할 것 같지는 않았다. 노인에게 이유 없이 말을 걸고 싶어졌다. 노인을 돌아봤다.

"매번 이렇게 멀리 오세요?"

노인은 작게 끄덕이며 "무섭구나?" 하고 물어봤다. 소녀는 고개를 옆으로 크게 저었다. 솔직히 무섭다는 느낌은 없었다.

"여기가 할아버지 일터에요?"

노인이 배 멀미를 돌봐준 후 소녀는 그에게 응석을 부리고 싶어졌다.

"내 일터 따위는 없어."

노인은 고개를 들지 않았다.

"하지만…… 매번 낚시를 하는 장소가 있을 거 아니에요?"

노인은 소녀를 바라봤다.

"나는 바다에서 낚시를 한단다."

"하지만…… 특별히 많이 하는 곳은 있잖아요."

“그런 곳은 없어.”

“그러면 여기도 처음이에요?”

“그렇지.”

“특별히 고기가 많이 잡히는 곳은 없어요?”

“그야 있지. 물고기에 따라서 잡히는 곳이 달라. 계절도 있고…… 시간도…… 그리고 날씨도 고려해야 하고. 다만 그런 걸 별로 신경 쓰지 않아.”

“왜요?”

“어떤 고기가 잡힐지 기다리는 즐거움이 사라지잖아.”

“하지만 할아버지는 프로잖아요. 어부잖아요. 재미로 하는 게 아닐 텐데요.”

“물고기의 특징에 맞는 속임수나 낚싯대나 미끼 등을 나도 모르지 않아. 아암 잘 알지. 제대로 알아. 하지만 그게 뭐라고. 고기를 잡을 자신은 얼마든지 있어. 물고기는 먹을 만치 잡고 있단다.”

“…….”

“모자 써야지.”

노인이 말했다. 소녀의 옷은 완전히 말랐다. 노인은 옅은 쥐색 긴 바지에 카키색 긴소매 셔츠를 입고 목에는 소녀가 토한 오물을 닦은 후 말린 수건을 두르고 비로야자 잎으로 만든 삿갓 모양의 모자를 쓰고 있었다. 소녀는 그걸 지금 알아차렸다. 무릎을 가리고 있던 밀짚모자를 썼다. 노인을 따라서 턱끈을 단단히 조였다. 바람이 세서 줄이 끊어지면 순식간에 수십 미터는 날아가 버린다.

지금까지 간신히 참고 있었던 요의가 강하게 느껴졌다. 하복부에 온몸의 힘이 쑥 들어갈 때마다 묘한 쾌감이 일어났다. 소녀는 주저했다. 노인에게 엉망진창으로 당하고 싶다고 막연히 바랐던 자포자기 심정은 약해져 있었다. 하지만 갑자기 노인의 정면을 향해서 당당하게 오줌을 누고 싶어졌다. 하지만 소녀 자신만의 힘으로는 그럴 수 없었다. 노인이 무언가 말해주면 좋겠다고 생각했다. 노인의 지시에 따르자.

하지만 노인은 낚싯줄이 드리워진 수면을 응시하고 있을 뿐이다. 할아버지 하고 불러보려 했다. 하지만 그만뒀다. 태양은 한순간도 그늘지지 않는다. 노인의 팔에 난 털이 자세히 보였다. 여기서 지금 옷을 다 벗으면 내 모근 구멍까지도 보이겠지. 몸을 가릴 만한 것은 무엇 하나 없다. 소녀는 몇 번이고 망설였다. 하지만 오히려 대담해진다. 처녀 특유의 대담함이 있다. 이 노인은 여자 꽁무니를 쫓아다니는 남자하고는 다르다. 바다는 끝 모를 만큼 무언가를 저장하고 있다. 내가 아무리 오줌을 싸도 아무렇지도 않다. 결코 폐가 되지 않는다. 조금씩 싸서 말려볼까 생각해 봤다. 아니면 바다로 뛰어들어 수영을 하는 척 하면서 바다에서 모른 척하고 소변을 보려고도 했다. 소녀는 소변을 참을 수 없어져서 조금만 움직여도 기세 좋게 오줌이 분출할 것 같았는데 이상하게 여유를 느꼈다. 노인에게 부끄러운 모습을 보이다니 무언가 긴장된다. 보는 사람이 젊고 멋진 남자라면 나도 주저하지 않을까. 바로 그런 생각을 지웠다. 언젠가 모래사장에서 자신을 쓰러뜨렸던 젊은 남자를 떠올렸다. 사내들처럼 서서 할 수 있으면 편리할 텐데. 어째서 여자는 조심스럽게 해야만 하는 것일까. 내놓고 대담하게 하면 그만이다. 남자들이 냉정해지고 무관심하면 여자들도 긴장하지 않고 해결할 수 있다. 소녀는 정신없이 노인에게 소리쳤다.

"할아버지 저 오줌 마려워요."

노인은 의아한 듯한 표정으로 소녀를 바라보다, 작게 끄덕이더니 낚싯대로 눈을 돌렸다.

"난 안 봐."

노인은 중얼거렸다.

"좋을 대로 하렴."

퉁명스럽게 말했지만 순수한 노인이라고 느꼈다. 하지만 소변을 보려 해도 험난했다. 서서 할 수는 없다. 배가 조금씩 흔들리고 있다. 웅크리기에 적합한 곳도 없다. 갓난아기처럼 노인에게 안겨서 해볼까. 소녀는 입술을 깨물었다.

"할아버지, 자리를 바꿔줘요."

소녀는 배 뒤쪽의 갑판으로 올라가서 평평한 곳을 찾았다. 수납함 덮개였다. 노인은 낚싯대를 오른쪽 손으로 지탱한 채로 허리를 들어서 턱으로 소녀에게 신호를 보냈다. 균형을 유지하며 바로 자리를 바꿨다. 배가 크게 움직였다. 소녀는 배가 뒤집혀도 좋다고 순간 바랐다. 소녀는 슬랙스와 함께 하의를 내리고 바로 쭈그렸다. 오른 손으로 배의 가장자리를 잡았다. 바람이 세다. 힘을 줬다. 전신에서 힘이 빠져나간다. 등줄기로 불쾌한 느낌이 전해왔다. 옷을 입지 않은 채로인 하반신이 갑자기 차가워졌다. 쾌감이 동반했다. 끝난 후 십여 초 동안 눈을 감고서 그대로 있었다. 얼마 안 있다 일어나 슬랙스를 올리고 주뼛주뼛 크게 발돋움을 했다. 두세 번 심호흡을 했다.

"할아버지."

돌아보며 노인의 등에 대고 불렀다.

"다 했구나."

소녀는 미소 짓고 끄덕였다. "이제 자리를 바꿔야지." 노인은 바로 일어났다. 이윽고 노인은 소녀에게 등을 돌리고 선미에서 소변을 눴다. 소녀의 마음이 갑자기 누그러졌다.

어디서 나타났는지 모를 바다뱀이 갑자기 소녀의 눈을 사로잡았다. 흰색과 검은색이 교차하며 줄무늬를 이룬 2미터 정도의 몸을 크게 구불구불 거리며 배에서 멀어지지 않고 꽤 민첩하게 헤엄쳐 다니고 있다. 거뭇한 머리는 작고, 꼬리는 납작하지만 넓다. 육지의 뱀에게 보이는 가로로 긴 복부 비늘은 거의 없다. 푸르게 갠 해수면을 자유자재로 다니는 그 모습이 선명히 떠올라서, 새파란 바다를 계속 응시하며 꿈을 꾸는 기분이었던 소녀는 정신이 번쩍 들었다. 반면 조용하고 거대한 평면에 고작 2미터 크기에 불과했지만 이상한 움직임으로 주위와 명확히 대조적인 물뱀의 몸빛은 소녀를 무아경에 빠뜨렸다. 일이 분 후 소녀는 "아앗." 하는 큰 소리를 내며 눈을 크게 떴다. 노인이 뒤돌아봤다.

"저기요, 저기."

소녀는 허리를 뒤로 빼면서 팔을 있는 힘껏 뻗어서 해수면을 가리켰다.

"이라부바다뱀잖아."

노인은 천천히 말했다. 노인은 조금 전에 이미 눈치 채고 있었다. 노인이 바다뱀을 보자 소녀는 조금 용기가 났다.

"독이 있어요?"

흠칫흠칫 뱃전에 손을 대고 몸을 앞쪽으로 내밀었다.

"물리면 몇 시간 안에 사람은 죽어."

무심한 듯한 표정으로 노인이 말했다.

"덤벼들지는 않겠죠?"

"이 녀석은 아무리 때려도 화도 안 내는 걸."

"얌전해요?"

"……."

"하지만 그로테스크해요."

소녀는 노인이 말뜻을 알지 못 해서 대답하지 못 한다고 느끼고

"어쩐지 섬뜩한 물고기에요."

하고 다시 말했다. 타인의 기분까지 챙기는 여유가 생겼다.

"익숙해지면 꽤 귀엽단다."

"낚으면 어때요?"

소녀는 여린 목소리로 말했다. 하지만 막상 노인이 바다뱀을 낚는다면 큰 소동을 피우며 막았을 것이다.

"이 녀석이 미끼를 문다면 모를까."

낚싯바늘은 수십 미터 깊이의 물에 밀려 표류하면서 물고기를 기다리고 있다. 낚싯바늘이 어느 정도 깊이에 있는지 소녀는 알 수 없었지만 바다뱀이 낚싯바늘에 달려들 것이라고는 도저히 믿을 수 없었다.

"우리를 친구라고 느끼는 걸까요?"

소녀는 어린아이와 같은 발상을 하며 중얼거렸다. 어쩐지 섬뜩했지만 소녀는 자기편이 늘어난 듯한 기분이 들었다. 끝없는 해양에서 긴 시간 동안 노인과 둘이서만 있었던 소녀는 바다뱀에게 애착을 느꼈다. 명확한 목적도 없이 작은 배에 탄 소녀는 눈앞에 펼쳐진 단조로운 시간을 예상하고는 정신이 아찔해지기 시작했다. 소녀는 뜻밖의 파충류 출현을 환영했다. 소녀는 장대로 건질까 고민해봤다. 바다뱀은 멀리 갔다가 다가왔다가 수면 아래로 내려갔다가 다시 나타났다가 이윽고 멀어지더니 시야에서 사라졌다. 소녀는 가만히 그 방향을 응시했다. 바다는 아무 일도 없었던 것처럼 평온함을 가장하고 있다. 이제 곧 다시 나타날 거야. 소녀는 그렇게 믿었다. 그렇게 믿게 만드는 힘이 투명한 푸른 해수면에 있었다. 검정과 하양으로 엇갈린 줄무늬와 특이한 영법泳法이 똑똑히 나타나리라. 최근 3, 4개월 사이에 민감하게 환시를 보고는 했던 소녀의 눈은 이번에도 환시를 볼 위험이 있었다. 하지만 소녀의 시야에 바다뱀은 결국 다시 나타나지 않았다. 색채가 너무나도 또렷했다. 바다도. 뱀도. 혼탁한 세계와는 달랐다. 노인은 바다뱀에 무관심한 듯 했지만 소녀는 별로 신경 쓰이지 않았다.

소녀는 목이 말랐다. 노인을 바라봤다.

"목말라요."

노인은 오른손으로 낚싯대를 잡은 채로 자루 안에 한 손을 넣어서 알루미늄 수통을 꺼냈다. 소녀는 천천히 받아서 목이 바닷바람에 끈적끈적해진 것을 느끼고 입 안 가득 수통을 밀어 넣더니 입을 헹군 후 바다에 뱉었다. "뭐 하는 짓이야." 노인은 수통을 낚아챘다.

"물이 얼마나 귀한데. 그 정도는 알 거 아니야. 밥도 물도 일 인분 밖에 안 가져왔어."

노인은 빠르게 말하고 크게 숨을 내쉰 후 입을 다물었지만 소녀를 계속 노려보고 있다. 진심으로 화를 내고 있잖아. 소녀는 신기한 듯 노인을 봤다. 과거에 이런 식으로 내게 화를 낸 사람이 있었을까. 노인은 진심이야. 소녀는 위축되지 않았다. 응어리가 사라지는 느낌이 들었다. 놀라움이라고도 새로운 발견을 한 기쁨이라고도 특정할 수 없는 눈빛을 노인의 눈에서 놓치지 않았다. 노인은 손을 있는 힘껏 뻗어서 수통을 소녀에게 건넸다. 소녀는 바로 받았다.

"이참에 밥을 먹어야겠어."

노인은 역시 자루에서 알루미늄 도시락통을 꺼내서 소녀와의 사이에 두고서 뚜껑을 열었다. 주먹밥 네 개, 생선조림, 오이무침, 매실장아찌 두 개가 들어 있었다.

"어서 먹으렴."

노인은 주먹밥을 집고서 먼저 먹기 시작했다. 소녀도 주먹밥을 들었다.

"젓가락은 없나요?"

"있잖아. 다섯 손가락이."

노인은 주먹밥을 들은 채로 손을 조금 들어보였다. 소녀는 우스꽝스럽다고 느꼈다. 방금 전까지 진심으로 화를 냈으면서. 순수하다는 느낌은 이런 것일까. 소녀는 물을 두 모금 정도 마신 다음에 주먹밥을 먹었다.

"할아버지, 비상식량이나 물은 준비 안 해 두나요?"

"안 해."

"어째서요?"

"난 아직 늙다리가 아니야."

"젊은이라 해도 준비하는 걸요."

소녀는 『남해표류기』를 읽고 해상에서 물과 식량이 얼마나 중요한지를 관념으로 잘 알고 있다.

"난 무사히 돌아갈 수 있어."

"하지만 물통 정도는 짐이 안 되잖아요. 비상용으로요."

"걱정할 필요 없어."

"할아버지는 앞일을 신경 쓰지 않는 것 같아요."

"걱정할 필요 없다니까!"

할아버지는 끝내 격한 어조로 말했다.

"할아버지는 바다가 얼마나 무서운지 몰라서 그래요."

소녀는 한 마디도 지지 않았다.

"뭐라고?"

노인은 소녀를 정면으로 바라봤다. 소녀도 밥알을 씹는 것을 멈추고 노인을 봤다.

"네가 뭘 안다는 거야?"

"전 책을 읽어서 안다고요."

"이 몸은 육십 년을 바다에서 살았어."

소녀는 입을 다물었다. 60년 넘게 살아가고 있다는 사실이 터무니없이 위대하게 느껴졌다. 유치한 말을 해버렸다고 후회했다. 노인은 소녀가 어떻게 나올지를 살피듯이 한동안 뜸을 들였다. 소녀는 손가락에 붙은 밥알까지도 깨끗하게 먹었다.

"받으렴."

노인은 두 개째의 주먹밥을 투박한 검은 손으로 아무렇지도 않게 집어서 소녀에게 내밀었다. 하나 더 먹고 싶었지만 이렇게 빨리 도시락을 다 비워버리다니 아깝다. 소녀는 옆으로 고개를 저었다.

"할아버지 드세요."

"난 이제 됐어."

"그러면 나중에 나눠 먹어요. 사이좋게."

소꿉장난을 하고 있는 듯한 그리운 기분을 소녀는 느꼈다. 소녀는 주먹밥을 받아서 도시락통에 넣고서 뚜껑을 닫았다. 그러더니 무언가 떠오른 듯 원래 있던 대로 끈으로 묶고 종이봉투에 넣은 후 자리에서 일어나 자루에 신중하게 집어넣었다.

식후에 느끼는 참을 수 없을 정도의 권태감이 전혀 없었다. 몸을 한껏 뻗어서 강한 바닷바람을 몇 번이고 들이마셨다. 몸의 균형이 무너지며 배가 흔들렸다. 원래 있던 자리에 다시 앉았다.

"할아버지, 매일 바다에 나오는 거 질리지도 않아요?"

속마음과는 반대로 말에 다소 가시를 담는 습관을 소녀는 자책했다.

"질린다니?"

"그렇잖아요. 바다는 단조로우니까요."

"단조롭다고?"

"매일 단조로우면 질리니까요."

"……아니야. 재미있는 일도 많단다."

"재미있는 일이라고요?"

"매일 달라."

"바다 색깔이 달라져요?"

"색도 바뀌고, 물고기도…… 무엇보다 어떤 물고기가 잡힐지 기대되고."

"할아버지는 몇 살 때부터 이 일을 했어요?"

"일곱 살부터지."

"벌써 육십 년이군요."

좋지 않다고 생각하면서도 말하지 않으면 직성이 풀리지 않았다. 노인은 동일한 내용을 두 번 묻거나 말하는 것을 극도로 싫어한다. 몇 번이고 확인해야만 직성이 풀리는 소녀를 이해할 수 없는 듯 했다.

"그 사이에 바다일 말고 다른 일도 해 봤어요?"

"생각해 본 적도 없어."

"그렇게 오랜 세월 동안…… 용하게도 질리지 않았네요."

반쯤 독백 같다.

"……."

"할아버지는 바다 체질인 것 같아요."

"그런 게 아니야. 난 손재주가 없어서 제 몫을 할 때까지 오래 걸렸어. ……젊은 시절에는 지금과 같은 디젤 배도 없었고. 노로 저어야 가는 보트를 썼어. 같은 처지의 어부가 바람 방향을 읽고서 파도 사이로 교묘하게 배로 나아가는 모습을 본체만체하다가 바람에 쓸데없이 떠내려간 적도 있어. 2, 3일 동안 표류했는데 하마터면 죽을 수도 있었지."

소녀는 가슴이 요동쳤다. 바다의 무서움을 모른다고 방금 전 했던 자신의 말이 마음에 남아 있는 것일까. 일부러 표류라고 말하고 있잖아.

"손재주가 없으면 다른 일을 하지 그랬어요?"

침착함을 가장했다.

"이제 다 잊어버렸어. 다 옛날 일이잖아. 하지만 무슨 일이 있어도 바다에 나가고 싶었어. 아마 오기 같은 것이었을지도 모르지. 그랬지…… 바다를 떠나 2, 3일 지나면 쓸쓸해지고 허전해서 가만히 있을 수 없었으니까."

나는 지난 19년 동안 무얼 하며 살아왔던 것일까. 지난 2, 3개월 동안 생각하는 것조차 귀찮아져서 될 대로 되라는 식의 마음을 품고 있었는데 그건 완전히 사라졌다. 무엇 하나 애정을 느끼지 못 하고 자연이 품고 있는 비밀이 얼마나 흥미로운지 알지 못 했던 나. 소녀는 자신의 모습을 조각조각 응시했다. 소녀는 느닷없이 외침에 가까운 속사포를 쏟아냈다.

"전 앞날이 전혀 보이지 않아요! 뭔가 하기 전부터 결과를 뻔히 알 수 있어요! 그러니 바보 같은 짓만 하고요!"

노인은 침착했다.

"자신을 너무 과신하고 있는 것 아니야? 사람이 하는 일은 모두 뻔하다면 뻔한 일이야…… 하지만 모두 꼭 필요한 일이야……. 물고기도 지금 이 순간을 힘껏 살아가고 있어. 저 작은 몸으로. 모두 있는 힘껏 살아가고 있다고…… 자신이 할 수 있는 일을 힘껏 하면 되는 거야."

"그게 바보 같다고 하는 말이잖아요!"

"무언가를 정말로 해 본적은 있는 거니? 하나부터 시작해서 자기 힘으로 말이다…… 아마도 없을 거야. 아무 것도 그렇게 해 본적이 없으면서 못 한다 못 한다고 말하면 안 되지."

노인은 말끝에 다소 힘을 줬다. 소녀는 마음이 조금 차분해졌다. 대학 입학도 내 힘만으로 해낸 게 아닌 걸까. 역시 아니야. 그러면 무엇을? 평생에 걸쳐서 완성해야 하는 거지. 아니야 미완성이잖아. 노인도 마찬가지야. 노인도 미완성이라는 기분이 들었다.

"할아버지는 정말 최선을 다해서 살아가는군요."

노인은 한동안 소녀를 바라봤다.

"맞아 최선을 다해야지…… 무언가를 만들지 못 하더라도 자손들에게 남겨주기는 해야 하잖아. 상처 입지 않도록…… 그때까지 무책임하게 살아가면 안 되는 법이야."

노인이 무엇을 남긴다는 것인지 알 수 없었다. 하지만 바다를 지키고 있는 것은 노인들이다. 우리가 교실에서 자세한 해양이론을 간파하는 동안에도 지치지 않고서 이들 나이든 어부들이 바다를 지탱하고 있는 거야.

바닷물은 검은 빛이 낀 보라색처럼 보였다. 긴 시간 동안 물고기는 미끼를 물지 않았다. 소녀는 노인이 정말로 어부인지 의심스러워졌다. 너무 느긋하다. 낚싯줄을 당겨서 미끼가 제대로 있는지 확인해 보는 것이 맞지 않나? 하물며 노인은 직업이 어부인데 말이다. 소녀는 바다에 드리워진 낚싯대의 미묘한 움직임을 놓치지 않기 위해서 눈을 떼지 않고 있었다. 노인의 낚싯대는 두 개다. 하지만 하나밖에 안 썼다. 소녀는 점점 더 납득이 되지 않았다. 소녀의 조바심이 눈에 띄게 두드러졌다. 앉은 채로 의미 없이 몸을 움직이기 시작했다. 큰 소리를 내고 싶다는 충동에 휩싸였다. 노인의 냉정함이 도무지 이유를 알 수 없는 소녀의 초조함을 증폭시켰다. 수평선 전체에 적란운이 피어올라서 움직이지 않았다. 바람은 강하게 계속 불어왔다. 파도가 없어서 배는 별로 흔들리지 않았다. 하지만 고요한 바다의 어쩐지 으스스한 물결은 알 수 있을 것 같았다. 바닷속에 닻을 내리고 배를 세워 낚시를 하다가 지금은 닻을 올려서 파도의 흐름에 배를 맡기고 있다. 배의 움직임은 느렸지만 돌풍으로 갑자기 몇 미터 이상 질주하기도 했다. 그런데도 바람이 돌고 도는 것인지 원래 위치로 돌아와 있다. 엔진에 시동을 걸어서 다른 곳을 찾았으면 하고 소녀는 생각하며 몇 번이고 노인의 얼굴을 바라봤다. 미끼는 이미 떨어져 나가고 없을 거야. 늙다리 같다고 소녀는 마음속에서 외쳤다. 노인의 단단한 구릿빛 옆얼굴은 마치 자신은 한순간도 방심하지 않으며 물고기가 미끼를 물어뜯어간 순간을 놓칠 리 없다고 소녀에게 대답하고 있는 듯 했다. 햇볕은 무시무시할 정도의 빛과 열을 여전히 내뿜고 있었다. 여름은 절정이었는데 바다는 지나치게 조용했다. 소녀는 긴 침묵을 견딜 수 없었다.

"할아버지, 할아버지는 매일 이렇게 단조롭게 살고 있는 건가요?"

노인은 천천히 끄덕였다.

"무료하지 않아요? 보람은 있어요?"

소녀는 캐묻는다. 노인은 고개를 돌려서 소녀를 봤다.

"지루할 리가 없잖아……."

"보람은요?"

"……생각해 본 적도 없단다."

"한 번도?"

"살아 있는 걸로 충분하잖아. 이러쿵저러쿵 불평을 해대는 건 사치스러운 일이야."

"……."

"이렇게 광대한 바다가 있고, 셀 수 없이 많은 물고기가 있어. 인간도 마찬가지 존재란다."

"……."

"인간은 일하거나, 노래를 하거나 하면 충분히 가치가 있잖아. 이러니저러니 하면서 구별하는 건 별로 좋지 않아."

소녀는 그가 뭐라고 하는지 제대로 이해할 수 없었다. 갑작스럽게 노인이 달변을 구사하는 이유는 시끄러운 소녀를 빨리 납득시켜서 침묵시키려는 의도로도 보였지만, 그런 것 치고는 혼잣말에 가깝고 말투도 거칠지 않았다.

"할아버지는 아침부터 밤까지 어부 일밖에 머릿속에 없나봐요. 매일같이."

소녀의 목소리는 누그러져 있었다. 한동안 침묵이 이어졌다.

"할아버지한테 세상은 그저 바다인 것 같아요."

"그거야 그렇지."

"한 해 내내 그렇죠?"

"맞아."

"정말 단순명백하네요. ……그저 바다뿐이라니."

소녀는 멍하니 저 멀리 있는 바다를 응시했다. 그러다 정신이 들었다.

"그런데 바다에 뭐가 있나요?"

"……."

"뭘 발견할 수 있어요? 아니 뭘 발견했어요?"

"그렇게 허풍을 떨만한 일은 없어. 바다에는 가짜가 없으니까."

소녀는 어머나 하고 놀라는 기분이 들었다.

"이 배는 가짜잖아요. 인간이 만든 거니까."

노인의 말을 끊고 싶어졌다. 노인이 도시에서 살아 본 경험이 있을 것 같다고 소녀는 갑자기 생각했다.

"가짜가 아니야. 내가 생명을 불어 넣었으니까. 나 혼자서 반년이나 걸려서 만들었어."

노인은 낚싯대에서 왼손을 떼고서 배의 구석을 세게 붙잡았다. 기분 탓인지 굵은 탁성이 한층 더 굵어진 듯 했다.

"가짜는 그럼 뭐예요?"

"뭐라고 해야 할지…… 바다와 잘 맞지 않는 것이 아닐까."

잘 맞지 않다는 것은 조화되지 않는 의미라고 소녀는 해석했다. 배를 보고 대칭되는 것을 떠올렸다. 반쯤 아무렇게나 말했다.

"예를 들어 철제 선박 등인가요?"

"맞아. 거기에 그물을 쓰는 배도 못 써."

"그물은 안 된다고요?"

"그건 비겁한 짓이야."

"어째서요?"

"무조건 그래."

"어째서요?"

지체 없이 소녀는 추궁했지만 노인의 기분을 망치지 않기 위해서 온화한 눈빛을 지었다. 노인은 생각을 끄집어내듯이 해수면의 낚싯줄을 응시하고 있던 시선을 조금 움직였다.

"바다가 원래도 돌아오려면 천 년도 만 년도 걸릴 수 있어. 물고기를 한 마리씩 낚으면 피해는 없지만."

이렇게 광대한 바다에서 한 마리씩 낚시를 하든 그물로 물고기를 잡든 오십보 백보라고 소녀는 생각했다. 무엇보다 이렇게 무사태평하게 일을 하면 생활이 안 되지 않냐고 소녀는 솔직히 물어보고 싶었다.

"하지만 할아버지, 그물을 쓰면 더 벌 수 있잖아요?"

"바다는 돈을 벌려고만 존재하는 게 아니란다."

노인은 말이 떨어지자마자 말했다.

"바다는 사람과 똑같아."

노인은 호흡을 한 후에 말을 이어갔다.

"바다는 누구의 것도 아니야. 바다는 바다의 것이야. 인간이 제멋대로 해서는 안 될 일이야. 그리고…… 낚싯대를 쥐고 있으면 마음이 편안해진단다. 바다 깊은 곳에서 아버지와 동생이 말을 걸고 있는 것 같아."

노인의 어조는 변함없었지만 소녀는 깜짝 놀라서 노인의 옆모습을 뚫어지게 바라봤다. 소녀는 한 순간의 쓸쓸해 보이는 그늘을 놓치지 않았다. 소녀의 심장은 더욱 빨리 뛰었다. 목소리를 부드럽게 만들며 소녀는 말했다.

"할아버지의 아버지와 동생은 바다에서 죽었어요?"

"……."

"그런 거예요? 할아버지. 할아버지의 아버지와 동생은 바다에서 죽은 게 맞아요?"

"…… 많은 동료들도 마찬가지야. 바다는 많은 죽음을 부처님처럼 지켜주고 있어."

소녀는 까닭모를 무서움을 느꼈다. 가족의 죽음을 낯선 사람에게 쉽게 말하는 모습이 의심스러웠다. 더 파고들어 듣고 싶은 마음을 잃었다. 여전히 인정사정 봐주지 않는 황백색 햇볕이 바다를 데워서 곳곳에 수증기가 피어오르고 있다. 노인은 아무런 말도 하지 않았다.

바다의 움직임은 확실히 적어졌지만 소녀는 충족감을 느끼고 있다. 광대함과 깊이도 무한해 보인다. 얼마 전까지 완고하게 소녀를 감싸고 있던 진한 막에 균열이 생기고 있었다. 소녀는 곳곳에 구멍이 뚫리고 찬바람이 그 사이로 불어오는 감촉에 이유도 없이 갑자기 기뻐졌다. 바다는 나를 밑바닥까지 받아들여 줄 거야. 한없이 결코 질리지 않고. 하지만 갑자기 바다가 단조롭고 시시한 물질처럼 느껴져서, 소녀는 힘을 줘서 눈을 감고 뺨에 공기를 불어넣어 부풀린 후 고개를 저었다. 파란색 이외의 색은 구름밖에 없어서 소녀는 어디에 자신이 있는지 얼마나 커다란지 등의 감각을 잃고 현기증이 났다. 노인에게 응석을 부리고 싶다고 잠깐 고민하며 표정을 살폈는데, 노인의 진지한 표정을 보고서 한 손으로 이마를 누른 채로 참았다. 바다 새도 날지 않아서 생물이라고는 노인과 소녀 둘 뿐인 듯 했지만 불안함은 없었다. 시간이 지나갔다.

"할아버지는 이렇게 넓은 바다 한복판에서 혼자 있는데 고독하지 않아요?"

소녀가 말했다. 어지럼증은 거의 사라졌다. 노인이 작게 고개를 옆으로 흔들자 소녀가 다시 말했다.

"어쩌면 그럴 수 있죠?"

"어쩌면이라니."

"할아버지랑 비슷한 사람들이 모두 함께라서 그런 것 아닌가요."

노인은 미묘하게 끄덕였다.

"바다에서 죽은 사람들이죠."

"그렇지."

"폭풍에 배가 침몰한 거예요?"

'무서운 것을 보고 싶다'는 심리가 소녀에게는 있었다.

"그런 셈이지. 동료들도 그렇고…… 아버지와 동생은 열병으로 그렇게 됐으니까."

"……"

"아버지와 동생을 알몸으로 바다 아래로 보냈어. 한 발에 하나씩 큰 돌을 묶었지."

"어디였어요?"

"여기서부터 서쪽으로 이 십 리 정도 떨어진 바닷속이야."

"수장했어요?"

소녀는 놀라서 심각한 목소리로 물었는데, 수장하는 것이 당연하다는 생각이 이유 없이 들었다.

"깊은 바닷속은 춥잖아요."

소녀는 바닷속을 들여다보며 해수면을 바라봤다.

"동료 어부들이 가마에 불을 지펴서 태웠다고 해서 나와 크게 한 판 했었지."

"힘들었겠어요."

"그 녀석들은 이후로 나를 무서워하고 있어."

"결국 수장을 한 건가요?"

"오늘처럼 쨍쨍 찌는 날이었어. 아버지를 보낼 때도 동생을 보낼 때도."

"오래 전 일이에요?"

"아버지가 십일 년 전이고 동생은 사 년 전 일이야. 어찌 잊을 수 있겠어. 아버지를 바다에 보낸다고 했더니 동생이 엄청나게 울었어. 얼굴을 두세 대 때렸더니 수긍했지만."

노인이 폭력을 썼다니 거짓말이야. 무서운 이야기를 하고 있는데도 노인과 평

화롭게 이야기를 할 수 있었다.

"모두 반대하는데 어째서 할아버지는 수장을 선택한 거죠?"

"어째서고 뭐고 없어."

노인은 빛나는 눈으로 소녀를 응시했다.

"우리는 물고기를 먹고 살아왔으니, 죽으면 물고기 밥이 되는 건 당연한 일이야."

"할아버지가 죽어도 바다에 수장되나요?"

그렇게 말한 후 소녀는 뜨끔했지만 타인을 상처 입혔을 때와 같은 자책하는 마음은 없었다.

"물론이야."

"할아버지는 물고기가 육체를 먹어도 혼은 천국에 갈 수 있다고 믿나요?"

소녀는 아시아 고원지대의 풍습인 조장鳥葬을 떠올리고 있었다.

"그런 건 모르겠어……. 바닷속이야 말로 어부에게는 제일가는 천국이니까."

바다에 집착하는 노인을 소녀는 이상하다고 느끼지 않았다. 나 또한 무언가에 빠져들지도 모른다는 예감이 퍼져갔다.

"할아버지는 종교가 있어요?"

"종교? 종교라고 할 수 있으려나 모르겠지만 살아가는 자체가 종교지. 이렇게 늙을 때까지 눈도 귀도 건강하니 얼마나 고마운 일인지 몰라."

평범하다고만은 말할 수 없었다. 필사적으로 살아가는 것, 그것이야말로 아름답다. 소녀는 그렇게 자신을 타일렀다.

"신은 바로 바다로군요……."

소녀는 혼잣말처럼 무의식 상태에서 말했지만 목소리 만은 노인에게 닿았다.

"바다는 살아가는 것이야. 그러니 바다는 살아있어. 신은 아니야."

소녀는 노인에게 마음을 내주고 있었다. 하지만 결코 노인을 받아들일 수 없다는 굳은 의지도 고개를 내밀고 있었다. 그때 소녀는 강하게 눈을 감고 뺨을 부풀리고 고개를 옆으로 젖는 습관을 반복했다.

“전 말이에요. 할아버지.”

소녀는 기력이 떨어질까 걱정하며 노인을 바라보지 않고 바다 먼 곳을 바라봤다.

“저는요. 아무런 도움도 되지 못 하는 자신이 너무 초라하고 하찮아 보였어요. 이렇게 사느니 차라리 폭탄에 몸이 산산조각 나버리는 편이 좋겠다 바라기도 했고요.”

일견 목눌해 보이는 노인은 결코 무지하지 않다. 노인의 내면에는 단단한 봉이 뻗어 있는 것처럼 심지가 굳다. 소녀는 존경하는 마음이 들었다.

“……무언가 할 수 있어. 커다란 일만 바라는 것은 잘못됐어. 바다를 보렴. 아무런 부족함도 없어. 우리가 힘들다 고통스럽다고 말하는 것은 바다가 물고기를 만드는 현상에 비하면 경미한 일이야. 바다에 나왔으니 잘 알 거야.”

맥락은 달랐지만 소녀는 수긍했다. 안심하는 마음이 들었다. 배가 요람처럼 흔들려서 순간 황홀한 기분이 들었다.

“……전 가출했어요.”

노인의 대답을 기다렸지만 옆얼굴은 구릿빛 동상처럼 굳어져 있다.

“할아버지는 도망치고 싶었던 적 없어요?”

“어디로 도망을 칠 수 있겠니. 어디를 가도 바다밖에 없어. 게다가 왜 도망을 쳐야 하지?”

노인이 조금 화를 낸 듯 하다고 소녀는 느끼고 조금 주저했다.

“할아버지는 육지가 싫어서 바다로 도망친 게 아닌 거군요.”

힐문하는 말투는 아니었다. 소녀는 어느새 노인을 동정하고 있었다.

“육지는 물고기를 잡아서 팔고 잠만 자는 곳이야…….”

소녀는 억양이 없는 말투를 납득할 수 있었다. 바다는 직장 같은 곳이군요 하고 말하고 싶었지만 말하지 못 했다. 노인의 생활을 자신의 척도로 가늠하기 어렵다고 느꼈기 때문이다.

“할아버지에게 바다는 싸움터네요.”

소녀는 여유가 생겼다. 목소리도 다소 쾌활해져서 온화해졌다.

"……바다는 나를 집어삼키려 하고 있어. 난 늘 다리에 힘을 주고 살아."

소녀는 노인의 발을 봤다. 검은색 버선을 신고 배 바닥의 널빤지를 밟고 있었다. 확실히 힘이 들어가 있었다. 버선을 신고 있으면 발이 물쿠러지지 않을지 소녀는 마음에 걸렸지만 금방 잊어버렸다.

은색 비늘이 빛나는 물고기 떼가 빠른 속도로 배 옆을 헤엄쳐 사라졌다. 길이 30센티 정도의 적어도 수백 마리는 족히 되는 물고기 떼였다. 하지만 해수면은 은색으로 변하지 않았다. 바다는 지나치게 푸르고 투명했다. 은색 물고기 한 마리 한 마리가 섞이지 않고 뚜렷하게 해수면에 비쳤다. 다만 불시에 일어난 일에다 속도가 빨라서 소녀는 물고기의 모습을 식별할 수 없었다. 물고기 떼는 해수면을 스칠 정도로 헤엄쳤는데 한 마리도 수면 밖으로 모습을 드러내지 않아서 물결이나 물보라는 일지 않았다. 소리도 전혀 나지 않았다. 소녀는 물고기 떼가 사라진 방향을 응시하며 다시 돌아오지 않을지 주시하면서 물고기가 출현했던 방향으로 고개를 돌려 다른 물고기 떼가 또 나타났으면 하고 기대했다. 하지만 단 한 번뿐이었다. 꽤 오랫동안 눈을 떼지 않았지만 자세를 고치고 반대편 뱃전 쪽으로 조금 몸을 내밀었다. 쥐색의 옅은 셔츠 뒷면이 젖혀져서 강한 바람이 불자 펄럭였다. 소녀는 신경 쓰지 않았다. 다른 쪽 해수면에도 아무런 변화가 없었다. 바다에는 좌우나 동서남북은 없다. 힘껏 주변을 살폈다. 하지만 온화한 푸름이 펼쳐져 있을 뿐이었다. 마침내 소녀는 포기하고 노인을 향했다.

"할아버지 봤어요?"

노인은 소녀를 쳐다보지 않은 채 가볍게 끄덕였다.

"물고기였어요. 커다랗고 아주 많은."

"……."

"저런 물고기는 안 잡아요?"

"그렇지도 않아. 때로는 내 낚시에 걸리기도 하거든."

“그물을 쓰면 전부 잡을 텐데요. 커다란 그물로. 한 번에 말이에요.”

“난 안 해.”

“어째서요?”

“아까 말했잖아.”

노인의 어조가 강해서 소녀는 입을 다물었다.

그렇게 반시간 정도가 지났다.

“언제나 이 부근에 있는 늙정이야. 옛 친구라고 할 수 있어.”

노인은 소녀를 쳐다보지 않고 턱을 치켜 올리고 혼잣말처럼 말했다. 노인이 말을 걸어준 것이 소녀는 기뻤다.

“뭐라고요?”

소녀는 잘 알아들을 수 없었지만 몸을 내밀며 해수면을 바라봤다. 기세 좋게 몸을 내밀었다. 배가 꽤 기울었다. 해수면 아래 2미터도 되지 않는 깊이에서 1미터 정도 크기의 물고기 한 마리가 천천히 헤엄치고 있었다. 황금색으로 모양은 도미와 닮았다.

“와 어쩌면 좋아. 크다. 정말 커요. 잡아요, 빨리. 할아버지, 어서요.”

소녀가 떠들어댔다.

“왜 그래요 할아버지. 도망가잖아요. 어서요. 서둘러요.”

“이 녀석은 내 소꿉친구 같은 존재야. 뭐 그렇다 해도 녀석이 제 멋대로 미끼를 물면 어쩔 수 없지만.”

물고기가 몇 년쯤 살았는지는 도무지 알 수 없지만 노인의 이야기를 믿었다. 물고기는 오랜 시간 배 주위를 유영하며 몇 번이가 사라졌다가 다시 나타났다. 그러더니 마침내 어딘가로 사라졌다.

“전에도 봤어요? 할아버지.”

제정신으로 돌아온 듯 소녀가 물었다.

“그럼.”

“최근에도요?”

"일주일 전에도 봤지."

"역시 여기에서요?"

"정확히는 여기서 남쪽으로 오십 리 정도 떨어진 곳이야."

"같은 물고기가 맞아요?"

"그럼."

"어떻게 알아요?"

"보면 알 수 있지."

"할아버지는 쓸쓸하지 않죠?"

물고기와도 친해지는 노인을 소녀는 순간 부러워했다.

"……쓸쓸해지기도 해."

"정말이요?"

"나는 바다 밑바닥에 말을 걸어. 아버지는 돔을 좋아했으니 돔으로 변했을 거고, 동생은 문어가 됐을 거야."

말끝에서 엉뚱한 억양이 느껴졌다. 소녀는 미소 지었다. 노인은 입가에 표정을 드러내지 않고 눈을 크게 뜨고 있어 기개가 넘쳤다. 내가 마음마저 갑자기 바치고 싶어진 이유는 노인의 모든 것을 집어삼킬 듯한 기개 때문인지도 모르겠다.

"할아버지……는 외톨이군요."

소녀가 말했다. 소녀 자신이 외톨이라는 사실을 실감하면서. 하지만 그렇지 않다고 부정할 수 있는 무언가를 발견했다. 어느덧 며칠 전까지와는 다른 자신을 자각하고 말로 표현할 수 없는 기대하는 마음이 솟아났다. 노인은 물고기가 사라진 후에도 한동안 바닷속을 계속 응시했다.

"할아버지의 친구는 물고기인가요?"

"……놀이 상대이기도 하고 싸움 상대이기도 하지."

노인은 고개를 들었지만 소녀를 안 보고 정면을 응시한 채로 말했다.

"하지만 결국 물고기를 죽이는 거 아닌가요."

엉겁결에 말한 후에 몹시 후회했다. 자신의 손으로 자신을 파괴하고 있는 듯한 공포가 퍼져나갔다. 말을 취소하려고 안달을 했지만 더욱더 당황스러울 뿐이었다. 노인도 한동안 침묵을 지키고 있다가 소녀를 한 번 돌아보고서 원래 자리로 돌아가 바다를 응시했다.

"일곱 살 때부터 뱃일을 해왔으니 그런 건 당연한 일이야……. 물론 잡아 올린 물고기는 죽지만. 하지만 무언가를 죽이고 있다는 느낌은 없어."

소녀는 안도했다. 하지만 심술궂은 질문이 입 밖으로 나왔다. 이 노인은 나를 감싸줄 거야 하고 소녀는 직관적으로 알아차렸다.

"하지만 자신이 살아가기 위해서 다른 생물을 희생양으로 삼는 건 안 되지 않나요?"

말하면서 노인의 표정을 살폈는데, 노인이 강하게 반발하지 않는 것 같다고 느끼고 말을 이어갔다.

"그러한 논리를 허용하면 자신이 살아가기 위해서 타인을 희생시키는 것도 가능하지 않나요."

말을 마친 후 소녀는 고개를 돌려 노인의 눈을 피했다. 참을 수 없는 기분이 들었다. 노인은 잠시 소녀를 돌아본 후 바로 앞쪽에 시선을 고정했다. 노인이 대화를 할 때 습관인 듯 했다.

"누가 뭐라고 해도…… 그건 우리 어부에게 좋고 싫음의 문제가 아니야……. 정해진 일이야. 물고기도 살아가고 있고, 우리도 그쪽도 살아가고 있어. 그건 자연스러운 일이야. 가장 자연스러운 일이야."

소녀는 무언가 옥죄어 오는 듯한 기분으로 들었다. 자신의 내면에 뒤엉켜있는 실을 풀기 위한 순서를 찾으려 노력했다. 노인은 침묵했다. 소녀는 한동안 노인이 말을 이어가기를 기다렸다. 노인은 대화를 싫어하지 않았지만 쓸데없이 말을 하지는 않았다. 소녀는 노인의 이야기에 반론해야 될지 동의를 할지 망설였다. 어떻게 하면 노인이 조금 더 이야기를 해줄지 안달이 났다.

“할아버지는 행복해요?”

“…….”

“말해 보세요. 행복해요?”

“……잘 모르겠단다. 최근 수십 년 동안 한 번도 떠올려 본적도 없어. 고민한다고 해도 알 수 없고. 하지만 바다나 해안가에서 생명체가 꿈틀대는 모습을 보면 혼자서 풀이 죽어 있을 수는 없어. ……바다를 보렴. 얼마나 활기에 넘치는지. 뭐 하러 자기 혼자 세상 다 산 얼굴을 해야만 하는 거야.”

소녀는 노인이 백치처럼 단순한 것인지, 혜안이 빛나는 것인지 잘 알 수 없었다.

“하지만 바다는 항상 똑같잖아요. 따분하지 않아요?”

“아니 그건 아니지. 확실히 변하고 있어. 해초가 자라는 것도 바닷물의 흐름도 매일 달라지고 있어. 산호초도 항상 새로 태어나고 커지고 죽어가니까. 모든 것이 변하고 있어.”

노인이 흥분하고 있는 것 같다고 소녀는 느꼈다.

“……할아버지는 작은 것도 잘 보네요……. 할아버지는 뭘 위해서 일하고 있어요?”

사실 소녀는 무얼 위해서 살아가는지를 물어볼 요량이었다. 철저하게 파고들지 못 하고 있다.

“뭘 위해서라니…….”

노인은 심호흡을 한 번 했다.

“그런 건 생각해 본 적도 없어. 그걸로 된 거야. 계절이 바뀌고 그 날 하루를 그저 살아갈 뿐이야.”

찰나를 살아가는 주의는 아니다. 그 날 하루를 필사적으로 살아간다는 의미가 강하다. 소녀는 노인과 대화를 하며 리듬이 잘 맞는다는 사실을 자각했다.

갑자기 노인의 상체가 바삐 움직이기 시작해서 소녀는 무언가 말하려고 입을 벌리다가 다물었다. 노인은 책상다리를 하고 앉아 있었는데 허리를 조금 띄우고 양쪽 무릎을 세워서 다리를 벌린 후 다리에 힘을 줬다. 앞이 휜 2미터 정도의 낚싯대를 혈관이 튀어나온 왼쪽 손으로 지탱하고 오른쪽 손으로 릴을 감았다. 소녀가 믿을 수 없는 속도였다. 검붉은 옹이 가득한 팔에서 햇볕이 빛났다. 눈빛은 날카롭게 해수면의 한 곳을 응시하며 두툼한 입술이 단단히 닫혀 있다.

"물고기가 걸렸군요. 걸렸어요."

엉겁결에 소녀는 떠들며 노인의 옆에 몸을 내밀었다. 배가 크게 기울어지며 흔들렸다. 노인은 순간 소녀를 노려보며 "가만히 있어야 해. 알았지?"하고 언성을 높였다. 하지만 소녀는 기가 전혀 죽지 않았다. 소녀는 마음 깊은 곳에서 솟아오르는 기쁨을 감출 수 없었다. "할아버지, 물고기가 걸렸어요. 걸렸어요." 소녀는 더욱 소란을 떨었다.

"조용히 해." 노인이 큰 소리로 꾸짖었다. 소녀는 순간 입을 다물었지만 바로 다시 떠들었다. "어서요. 어서." 소녀는 배 가장자리를 양쪽 주먹으로 치면서 노인을 재촉했다. 노인은 필사적이었다. 햇볕이 스며들어 빛나고 있는 녹색 수면과 스칠 정도에 무언가가 보이자마자 낚싯대에 반응 좋게 걸려서 공중으로 떠오르다가 원을 그리면서 배 안으로 떨어졌다. 노인은 있는 힘껏, 익숙한 손동작으로 불규칙하게 튀어오르는 60센티 정도 되는 물고기를 누르고, 오른쪽 손을 뻗어서 꼬챙이를 들어서 물고기의 눈 위를 두세 번 쿡 찔렀다. 물고기는 더 이상 튀어 오르지 않았지만 꼬리에서 몇 번인가 경련이 일어나더니 이윽고 움직임이 멈췄다. 머리 쪽에 커다란 검은 세로줄이 두 개 그어져 있고, 진노랑 타원에 가까운 형태에 입이 돌출된 물고기였다. 노인은 민첩하게 낚싯바늘을 빼서 미끼를 끼고 릴을 돌려서 깊은 바닷속에 내려 보낸 후 방금 잡아 올린 물고기를 곰곰이 들여다봤다. 감격에 젖어 있다고 소녀는 느꼈다. 이 노인은 사실 부자가 아닐까? 노후의 취미로 낚시를 하고 있는 것이 아닐까? 노인은 뱃바닥에 있는 망태에 물고기를 바로 넣었다. 뜨거운 햇볕에 노출되면 물고기의 신선도는 급속도로 사라질 거야 하고 소녀는 믿었다.

연달아 물고기가 잡혔다. 해수의 움직임을 타고 물고기 떼가 배 근처를 유영하고 있는 듯 했다. 물고기 떼가 몰려다니는 곳에는 바다 새도 모여든다고 소녀는 책에서 읽었는데 새는 한 마리도 보이지 않았다. 몇 분도 되지 않아서 물고기가 또 잡혔다. 작은 낚싯대 끝이 갑자기 휘어졌다. 줄이 팽팽해지는 동시에, 아니 한 순간에 노인은 재빨리 릴을 감았다. "잡았어요? 잡았어요? 또 잡았어요?" 소녀가 신나서 말했다. 노인이 릴을 감는 속도는 물고기를 잡으면 잡을수록 빨라졌다. 물고기가 잡혀서 튀어 오를 때 햇볕이 반사돼 눈이 부셨다. 길이 45센티, 색은 전에 잡은 것과 비슷한 아열대 지역의 물고기가 파란 배경을 뒤로 하고 선명하게 보였다. 멈춰 있는 공간에서 온몸에 있는 힘껏 힘을 주고 튀어 오르는 물고기…… 아 살아 생동하고 있어 하고 소녀는 느꼈다. 다음 순간 또 한 마리의 물고기가 뱃전을 넘어서 배로 떨어졌다. 바로 꼬챙이로 숨통을 끊고서 노인은 다음 물고기를 노리고 릴을 빠른 속도로 풀어서 바다 깊숙이 내려 보냈다. 노인의 팔과 목덜미 근육에 선명하게 튀어나온 혈관과 힘줄이 목조 부조와 닮았다. 크게 뜬 안광이 강한 눈. 윤곽이 입체적인 얼굴은 한층 굳어져 있다. 노인은 계속 엉거주춤한 자세로 있었다. 낚시꾼을 갑자기 바닷속으로 끌고 들어갈 수 있을지도 모르는 강한 힘의 물고기가 걸릴지도 모르기에 세심한 주의를 기울이고 있는 것처럼 보였다. 이제는 물고기가 걸리는 것이 아니라 마치 제멋대로 배로 뛰어오르는 것처럼 낚여 올라왔다.

"앗 또 걸렸어요."

"앗 또."

"할아버지, 물었어요. 물었다고요."

"할아버지, 빨리 당기세요. 빨리요. 도망치잖아요. 서둘러요. 빨리 하라니까요."

"다음에는 어떤 물고기일까요. 붉은색 물고기일까요."

"저 빨리 보고 싶어요."

"또 걸렸어요. 정말 커요."

소녀는 넋을 잃어버린 듯 했다. 물고기를 너무 많이 잡아서 한순간에 배가 뒤집어질 수도 있다고 믿자 소녀는 신경이 많이 쓰였지만 바로 잊어버렸다. 소녀 때문에 배가 많이 휘청거렸다. 노인은 몇 번인가 주의를 줬다. 하지만 소녀는 귀 기울여 들지 않았다. 갑자기 일어서거나 뱃전 쪽에 몸을 내밀거나 뱃바닥에 모아 놓은 물고기를 만지거나, 낚싯줄을 따라가며 해수면을 주시하거나, 노인에게 할아버지 힘내세요 하고 응원을 하거나, 지금까지 몇 마리를 잡았는지를 알려주거나…… 확실히 들떠있다. 몇 십 분인가 지났다. 차차 고기잡이가 안 좋아졌다. 하지만 간헐적으로 물고기가 잡혀 올라왔다. 소녀도 차분함을 되찾기 시작했다.

　　망망대해와 하늘은 끝도 없이 펼쳐져 있고 고요하며 움직임이 없다. 노인의 바다 격투는 자칫하면 나 홀로 달밤에 바삐 체조를 하는 모습처럼 소녀에게 느껴졌다. 주변이 한층 조용해졌다. 노인의 등이 흠뻑 젖어있는 것을 소녀는 이제야 알아차렸다. 소녀는 물고기를 쳐다봤다. 뱃고물 바닥에 아무렇게나 내던져진 물고기들은 화려한 색채때문에 더욱 초라해 보였다. 물고기가 눈알을 크게 뜨고 있다. 뭘 보고 있는 걸까? 소녀는 눈을 피했다. 물고기가 죽어 있다는 실감은 없었다. 불쌍하다는 마음이 들었다. 바다 저 멀리에서 헤엄치고 있던 물고기를…… 어째서 일부러…… 설령 노인이 필사적으로 살아가려 한다 해도…… 소녀는 해수면을 봤다. 이렇게 단조로운 무기물 속에서 생명체가 나오다니……. 내가 알지 못 하는 세계에는 정체불명의 생명체가 빼곡하게 들어차 있다. 소녀는 몸을 떨었다. 위장 상태가 조금 나빠졌다. 전속력으로 지금 당장 배를 육지로 돌려! 엉겁결에 소리를 지를 뻔 했다. 몇 번인가 입을 벌리려 했지만 소녀는 그때마다 그만뒀다. 그 사이에 관념의 변화가 생겼다. 수중에서 살아가는 존재는 괴물도 유령도 아니다. 내가 일상에서 항상 보고 사는 물고기와 똑같은 존재야. 소녀는 '정체'를 파악한 듯한 기분이 들었다. '정체'는 단순한 거잖아. 우리 인간이 일부러 복잡하게 만들고 있어. 그건 그렇고 이상하잖아. 어디를 봐도 아무것도 없는데 낚아올리면 물고기가 올라오잖아…… 게다가 이렇게 밝은데 바닷속은 암흑이라니……. 문득 소녀는 자신과 바다 사이에 널 판 하나 밖에 존재하지 않는다는 사실을 깨달았다. 배 바닥의 널빤지는 겨우 두께가 5센티 쯤이다. 작은 배는 어디를 봐도 육지의 끝자락도 보이지 않는 광대한 해수면에 떠있다. 내 '생'은 흔해빠진 널빤지 위에 올라타 있다. 이 널빤지에 작은 구멍이라도 나면 눈 깜짝

할 사이에 나는 죽고 만다. 이론으로는 알고 있으나 죽음은 소녀에게 실감할 수 없는 실체다.

"할아버지, 배가 전복되면 어떻게 해요?"

"……."

"음, 구명 도구는 있죠?"

"전복될 일은 없어."

노인은 자리에 앉았다.

"하지만 만에 하나라도……."

"걱정할 필요는 전혀 없어."

그것을 끝으로 소녀는 침묵했다. 노인은 결사적이다. 물고기는 더 이상 미끼를 물지 않았다. 노인의 얼굴이 약간 누그러졌다.

소녀는 갑자기 푸른 바다에서 벌거벗고 헤엄치면 아름다울 것 같다고 느끼며 자신의 새하얀 가슴과 엉덩이를 떠올렸다. 철벅철벅 하며 물결을 일으키는 영법은 좋지 않다. 배영이나 평영이 꼭 맞아. 내 나체는 바다에 삼켜지지는 않겠지만 훌륭하게 조화될 거야. 누구에게도 방해받지 않을 수 있어. 나는 자유야. 게다가 물은 차가우니 몸이 상쾌해질 정도의 피로가 쌓여서 개운해질 거야. 밀짚모자를 벗고 머리핀도 빼고 검은 머리카락을 바닷물에 담궈야지. 화장도 때도 모두 씻어버려야지. 그리고 마음껏 어디까지고 헤엄쳐서 돌아다니자. 소녀는 기대에 부풀어 용기가 솟아났다. 하지만 조금 지나자 자신이 1미터도 헤엄칠 수 없다는 사실을 깨달았다. 그러다 한여름 대낮에도 심해는 어두컴컴하고 으스스할 것이라고 생각하자 별안간 기분이 울적해졌다. 소녀는 이처럼 사물의 어두운 면에 이상하리만치 집착하는 자신의 신경을 자책하며 화가 났다. 소녀는 한동안 해수면을 바라봤다. 그러는 사이에 물이 뿜어져 나오고 물길이 점차 거세져서 소녀의 눈길을 사로잡았다. 소녀는 몇 번인가 눈을 깜빡이다 하늘을 올려봤다. 바로 눈을 굳게 닫았지만 한동안 눈꺼풀을 크게 뜨고 있어도 흰 별이 떠오르며 시력이 원래대로 돌아오지 않았다. 소녀는 바닷바람이 기분 좋게 느껴졌다. 어두운 물속에서 작은 물고기나 약한 물고기도 모두 있는 힘껏 살아가고 있다고 생각하자 소녀는 용기를 다시 회복했다. 아 점심을 먹다 남겼지. 문득 남긴 주먹밥이 떠올랐다.

"할아버지, 밥 먹을까요?"

노인은 고개를 끄덕였다. 소녀는 주먹밥 하나를 손에 쥐고,

"하나는 할아버지 드세요."

하고 건넸다.

"넌 안 먹니?"

노인은 물었다. 소녀는 응어리가 한 번에 풀렸다. 두 번 연이어 크게 고개를 끄덕였다.

"주먹밥은 할아버지가 만들었어요?"

주먹밥을 한 입씩 베어 물며 소녀가 말했다. 노인이 끄덕였다.

"매일 만들어요?"

노인은 고개를 끄덕였지만 소녀를 쳐다보지 않았다. 낚싯줄을 드리운 채로다.

"할아버지, 제가 밥을 만들어드릴까요?"

소녀는 무심한 듯 말했다.

"……넌 참 착한 아이구나."

노인은 눈빛을 바꾸지 않고 말했다. 소녀는 화가 났다. 이래 보여도 나도 여자인데. 벗은 몸을 보여줘 볼까. 4시가 조금 넘은 시각이었다.

주먹밥 하나로도 몸 상태가 바뀌고 나아가서는 두뇌에 영향을 미치는 듯 했다. 이렇게 오랜 시간동안 어디를 봐도 파란색 이외에는 없는 평면이 소녀에게 '세상이 멈춘 것 같다'는 감각을 불러왔다. 소녀는 이유도 모른 채 가슴이 두근거렸다. 점차 무언가 할 수 있을지도 모른다는 자신감이 솟아났다. 도시의 혼잡함 한복판에서 아

무런 고민 없이 공허하게 시간이 가는 것만을 멍한 표정으로 바라보고 있던 나였다. 지금 그렇게 되기 전의 자신을 필사적으로 되돌리려고 하는 나였다. 소녀는 눈물을 머금고 노인의 옆얼굴을 말로 표현할 수 없는 감사의 마음을 담은 눈으로 바라봤다. 뱃전 쪽에 부딪치는 파도가 기분 좋은 소리를 내고 있었다.

어릴 때부터 시를 좋아했던 소녀는 시를 머릿속에서 떠올렸다. 바다, 바다, 바다……. 넓고, 넓은, 넓은…… 푸르고, 푸른, 푸른……. 중얼거릴 뿐 제대로 정리되지 않았다. 결국 포기하고 이번에는 바다를 찬양하는 노래를 작은 목소리로 불렀다. 점차 눈물이 났다. 이렇게 뛰어난 노래를 만든 사람은 얼마나 훌륭한가라고 생각하며 몇 번이고 곱씹듯이 반복했다. 바다가 아름답게 느껴졌다. 강한 햇볕은 소녀의 노출된 가슴을 태웠지만 열기가 전해지기 전에 강한 해풍이 불어왔다. 기분이 좋았다. 하지만 그런 소녀의 기분은 오래 지속되지 않았다. 소녀는 깜짝 놀랐다. 어쩐지 나른하다. 고개를 들어 주위를 돌아보며 살폈지만 무척 귀찮았다. 방금 전에 '정체'를 확실히 밝혔잖아. 몇 번이고 강하게 자신을 타일렀다. 하지만 허탈함은 사라지지 않았다. 뒤에서 누군가 손을 뻗어서 가느다란 목을 졸라 죽이려 한다 해도 돌아보지 않을 것 같았다. 아니, 목에 손이 감기고 강한 힘으로 조른다. 그렇다 해도 소녀는 눈깜짝 하지 않고서 앞을 보고만 있을 것이다. 그리고 무표정한 채로 죽어간다…….

소녀는 해수면에 시선을 계속 고정했다. 바다는 진한 코발트색이지만 소녀에게는 검게 보였다. 노인이 말했던 죽은 자들이 수면 가까이에 떠올라서 흔들리고 있는 듯한 기분이 들었다. 소녀는 정신을 차리고 노인을 바라봤다. 노인은 변함없이 낚싯대를 지탱하고 낚싯줄 앞을 응시한 채로였다. 미동도 하지 않는 노인의 모습을 소녀는 멍하니 바라봤다. 노인의 굴곡이 깊은 구릿빛 얼굴, 날카롭고 큰 눈, 두툼하지만 앙다문 입술, 그리고 팔에는 혈관이 튀어나와 있다. 노인의 그런 모습은 소녀에게 점차 평안함을 불러왔다. 소녀는 다시 바람과 햇볕을 기분 좋게 느끼기 시작했다. 노인은 나를 구해준다, 아니야 노인이 뭘 할 수 있다는 거야. 마음이 내키지 않았지만 소녀는 입을 열었다.

"너무 더워요."

목이 잠겨 있었다. 노인은 잘 듣지 못 한 것 같았다. 대답이 없다. 소녀는 낙담했지만 용기를 쥐어짰다.

"할아버지 덥지 않아요?"

노인이 뒤돌아봤다. 소녀는 마음이 놓였다.

"이제 배가 앞으로 나갈 거야. 그러면 선선해."

세상 사람들은 선해. 소녀는 자신을 타이르듯 말했다.

"바다에 발을 넣어도 될까요? 배가 뒤집어져요?"

더위는 느껴지지 않았다. 다시 노인의 말을 듣고 싶다, 아니 듣지 않아도 되잖아 하면서 지독하게 망설인 끝에 응석을 부리듯이 말했다.

"그렇게 하면 배가 뒤집어질 거야."

소녀는 낯빛이 나쁘지는 않은지 노인의 표정을 살폈다. 소녀는 혼날지도 모른다며 지레짐작하자 가슴이 갑자기 뛰었다. 후회했지만 오히려 말하기 쉬워졌다.

"할아버지…… 죽을 때는 바다에 잠기는 건가요?"

한 시간 정도 전에 같은 질문을 했었지 하고 소녀는 깨달았다.

"무섭지 않아요?"

"뭐가?"

노인은 소녀를 봤다.

"그렇잖아요. 외톨이는."

"많이 있어."

"하지만 죽으면 대화도 할 수 없지 않아요?"

"푹 쉴 수 있어……. 깊이 가라앉아서, 어둡고 조용한 곳에서……."

"……."

"누구도 방해하지 않는 곳이야. 바다는 어찌 할 수 없어. 터무니없이 광대해."

"할아버지는 바다에서라면…… 언제 죽어도 좋아요?"

노인은 이해가 잘 되지 않아서 한동안 입을 다물었다.

"그런 건 스스로 정하는 게 아니란다."

노인은 자살이 뭔지 잘 모르는 것 같다.

"나는 매일 감사하고 있어. 오늘도 이렇게 무사하게 지낼 수 있음에. 바다는 나를 끌고 가려 하고 있어. 틈을 노리고 있어."

"무엇에 감사해요?"

"그렇지. 아마도 바다일 거야. 명확하지는 않다만."

광대한 바다 한복판에 있으면 외톨이라는 적막감이 오히려 엷어진다. 이런 공간에 노인과 둘뿐이라는 사실이 새삼스럽게 신기했다. 소녀는 문어요괴를 무심히 떠올렸다. 어린 시절 그림책 등에서 봤던 기억이 난다. 끈으로 묶은 항아리를 바다 밑바닥으로 내려 문어가 자신의 은신처라 믿으며 들어가면 끌어올려서 잡는 방식이다. 소녀는 무수히 많은 은색 작은 물고기로 북적거리는 수면을 바라보고 있다. 소녀의 머리에서 문어는 조각조각 났고 이윽고 거대한 문어요정으로 변신했다. 털이 없는 거대한 머리만 수면에 내밀고 있는 바다 요괴. 배와 수 미터 거리를 지키며 검은 색의 까까머리를 파도 사이로 가끔 내밀며 배를 따라가는 요괴다. 소녀는 수면을 주의 깊게 탐색했다. 문어요괴를 보면 반드시 익사한다고 해서 어부들로부터 기피 대상인 요괴의 정체를 소녀는 영문도 모른 채 발견하려 했다. 바다는 신비하지만 으스스한 곳은 아니라고 소녀는 느꼈다. 바다는 햇볕이 강해서 지나치게 밝다. 괴물이 암약할 틈은 없다. 소녀는 깊게 한숨을 쉬었다. 희미하게 자신감이 싹 텄다.

나이가 많다 해도 이 노인도 남자야. 여자에게 끌리지 않는 걸까. 소녀는 배에 타기 전부터 의문을 품고 있었다. 아니야 내가 나체가 되면 분명히 동요할 거야. 확인하고 싶어. 소녀는 방금 전부터 그렇게 생각을 떠올리다가 지우고, 지웠다가 다시 떠올리기를 반복했다. 어차피 오줌 누는 장면을 봤으니 하고 생각해도 자포자기 심정이 들지 않았다. 배는 조용히 나아가고 있었다. 노인의 조금은 엄숙한 옆얼굴과 뒷모습은 소녀의 의지를 약하게 만들었다. 조금 움직이는 것만으로도 혼쭐이 날 것 같은 기분이 들었다. 성욕이 없는 사람을 소녀는 자신 외에는 생각할 수 없었다. 난 이제 속지 않아. 하지만 소녀는 여전히 흔들렸다. 타인 따위 어떻게 되든 상관없다는 자포자기 심정이 든 후 결국 자신에게 죄가 있다는 식으로 가책을 느낀다. 소녀는 어두운 마음에 휩싸였다. 하지만 강렬한 푸른 바다와 푸른 하늘이 소녀에게 박진감 넘치게 다가왔다. 강한 바람이 소녀를 흔들었다. 순간 좋은 기분이 들었다. 오후 5시를 지나고 있었다. 낮의 께느른함은 느낄 수 없었다. 소녀는 알고 있다. 집에 있을 때 이 시간이면 심야 열대야로 머리카락을 쥐어뜯으며 뒹굴 정도로 괴로웠다. 소녀는 백일몽과 같은 회상을 더 이상 하지 않았다. 내 장래는 밝아 하면서 억지로 용기를 불어넣었다. 태양은 한 순간도 흐려지지 않았다. 올려다보는 만물의 눈을 다 불태우고 정체를 보여주지 않으려는 듯 했다. 태양은 있는 힘을 발휘하면서 조용했다. 위대한 존재만이 보여줄 수 있는 여유다. 내가 있는 힘껏 손발을 뻗어서 큰 소리를 지른다고 해도 누구 하나 움찔하지 않는다. 소녀는 노인을 진정 살아있는 인간이라고 처음으로 인정하기 시작했다. 몇 개월 만에 소녀는 의지를 세워 자신의 주장을 펼쳤다.

"할아버지."

노인은 천천히 소녀를 바라봤다.

"더워서 그런데 옷을 벗을게요."

소녀는 모자를 벗어 바람에 날아가지 않도록 작살을 누름돌 대신으로 놓고 신발을 벗었다. 엉거주춤한 자세로 진하지 않은 분홍색 슬랙스와 쥐색 티셔츠를 벗고 속옷을 벗은 후 작살 아래에 놓았다.

"저기요 할아버지, 괜찮죠?"

소녀는 노인을 내려다봤다. 무슨 상황인지 파악하고 있었지만 노인의 말투는 변하지 않았다.

"피부가 벗겨질지도 몰라. 배위에서 나체로 있으면 안 돼. 뜨끔뜨끔 해서 잠을 잘 수 없어."

노인은 이윽고 수면으로 시선을 옮겼다. 소녀의 부드러운 짧은 머리카락이 바람에 흐트러졌다. 바람의 격렬한 움직임이 소녀의 머리카락에 집중됐다. 바람은 소녀의 새하얀 몸에도 거세게 불어 닥쳤다. 소녀는 벌어지는 양발에 힘을 모아서 힘껏 버텼다. 쭉 뻗은 매끈매끈한 다리. 부드러운 형태가 예쁜 가슴. 잘록한 허리. 관능미를 간직한 몸이 푸르른 바다 위에 선명히 떠올랐다. 소녀는 양손을 앞으로 내밀고 손바닥을 보고 팔을 봤다. 그러더니 천천히 시선을 가슴에서 복부로 옮겼다. 해수의 향기가 갑자기 강해진 듯한 느낌이 들었다. 양손으로 번갈아가며 팔, 목덜미, 어깨, 가슴, 옆구리, 허벅지, 엉덩이를 가볍게 덧그려본다. 등줄기가 찌릿찌릿 하다. 서 있기가 힘들다.

"……예뻐."

소녀는 중얼거렸다. 그러다 갑자기 조금 몸을 앞으로 조금 숙이면서 노인을 향해 두세 걸음 다가가서 바위처럼 단단한 어깨 위에 한 손을 올렸다.

"할아버지, 저 예뻐요? 예쁘죠?"

그렇게 말하며 출랑대다 팔을 자신의 목덜미에 감고, 허리를 비틀어서 있는 힘껏 자세를 만들어 보여줬다. 노인은 끄덕였지만 시선은 수면을 향한 채로였다.

"있잖아요. 할아버지, 정말로 예뻐요? 네?"

소녀는 노인의 어깨를 흔들었다. 노인은 곰곰이 소녀를 쳐다봤다.

"그야 예쁘고말고. 정말이야. 이렇게 젊은데."

"고마워요. 정말이죠? 휴 다행이다."

소녀는 손뼉을 치는 척을 했다. 균형을 잃자 배가 기울어졌다. 소녀는 바다에 빠질 뻔 한 것을 필사적으로 버텼지만 몸이 기울어지면서 앞으로 고꾸라져서 노인의 목에 매달렸다. 노인은 오른쪽 손으로 낚싯대를 잡은 채로 상반신을 소녀에게 향해서 오른쪽 손으로 소녀의 오른쪽 팔을 꽉 잡았다. 소녀의 가슴이 노인의 어깨에 밀착됐다. 노인은 밀어젖히듯이 소녀를 자리에 앉혔다.

"자 이제 옷을 입고 얌전히 앉아 있으렴. 정말로 살이 다 타면 고생 할 거야."

소녀는 더 예쁘다는 말을 잔뜩 듣고 싶었다. 하지만 심장의 고동이 멈추지 않는다. 입을 다문 채 노인이 시키는 대로 자리에 앉았다. 노인은 수면을 계속 바라볼 뿐이다. 마음이 진정된 후에 천천히 옷을 입기 시작했다. 깊게 한숨을 쉬었다. 창피했지만 후회는 없었다. 눈물이 눈가에 번졌다.

석양이 갑자기 나타난 것 같다고 소녀는 느꼈다. 배는 태양을 비스듬하게 뒤쪽으로 보는 방향에 있었다. 어느새 태양이 서쪽 수평선 위로 기울어 갔는데 소녀는 잘 알지 못 했다. 태양은 솟아나서 굳어 있는 거대한 적란운 뒤로 지고 있었는데 여전히 엄청난 기세로 열과 빛을 발산하고 있었다. 얼마나 시간이 지난 것일까. 이윽고 구름의 윤곽이 붉어지다 노랑으로 변하더니 하늘 한 면으로 퍼져갔다. 구름이 옅은 주황색으로 물들어가고 근처의 황금색이 어린아이들의 색종이처럼 두서없는 모양을 만들어낸다. 태양에서 멀어져가며 더욱 붉은 색을 띠었다. 높은 하늘에는 아직 푸른색이 남아있었지만 노란 장막이 점차 내려왔다. 구름 골짜기 사이로 흰색 둥근 태양이 보였다. 가까스로 정체를 봤다고 소녀는 느꼈다. 태양의 온화함을 봤다. 온힘을 다해 작열하는 태양의 충실함을 봤다. 동틀 무렵의 태양과는 다르다. 아침 해보다 의연하다. 젊고 난폭함이 없다. 그리고 빛이 정지된 듯한 각양각색의 난색暖色,^{빨강 노랑}등의 색깔도 눈을 아프게 하지 않는다. 소녀도 겨우 무언가를 끝냈다는 충실한 감정을 느꼈다. 무엇을 했는지는 명확하지 않다. 노인이 지는 해를 맞으며 적동색으로 물들어 있다. 소녀는 고생 많으셨다고 말하고 싶었다. 팔을 뻗어봤다. 역시 새빨갛다. 바다 한 면이 붉게 타오르고 있다. 아침과는 다른 붉음이다. 쏘는 듯한 강함이 없다. 바다의 끝은 흰빛을 띠는 황금색이다. 계속 끝이 나타난다. 소녀는 깊게 숨을 쉬었다. 바다의 끝에 왔다고 생각했는데 물에 떨어진 노랑 빛이 배까지 뻗어왔다. 가까스로라는 느낌이 들었다. 길게 뻗은 작열하는 태양이다. 이윽고 저녁놀이 길게 이어졌다. 구름이 점차 어둑어둑해졌다.

노인은 물고기가 걸렸을 때와 같은 속도로 릴을 감았다. 줄이 물을 가르는 소리와 낚싯대 앞에서 나는 마찰음을 구별할 수 없었지만 작고 기분 좋은 소리를 소녀는 들었다. 노인은 낚싯줄을 완전히 감더니 낚싯바늘에서 검붉은 살점을 떼어내 바다에 던졌다. 낚싯대를 뱃전에 조심스레 두고서 허리를 펴고 엔진에 시동을 걸었다. 배는 점차 빠르고 큰 소리를 냈고 스크루가 물살을 난폭하게 휘저었다. 배는 앞으로 빠르게 나아갔다. 바람이 한층 강해졌다. 노인은 오른쪽 손으로 방향키를 잡고서 책상다리를 했다. 소녀는 출어할 때처럼 노인에게 등을 돌리지 않았다. 노인을 마주보고 앉았다.

"다른 곳으로 가는 건가요?"

소녀는 노인에게 몸을 내밀며 말했다.

"집에 가야지."

저녁놀 대부분은 짙은 회색 어둠에 덧칠해지고 있었다.

"전 돌아가고 싶지 않아요."

강한 어조였다.

"이대로 계속 가요. 갈 수 있는 곳까지요. 네? 할아버지."

오늘 하루 배에 타고 있는 동안 몇 번인가 소녀는 돌아가고 싶었다. 공연히 육지로 가고 싶었다. 하지만 어디로? 하고 떠올려 보면 기분이 울적해져서 그 때마다 다시 생각했다. 노인과 함께 있으면 마음이 가라앉는다. 동틀 무렵 어둠의 고요를 상기하자 갑자기 몸서리가 쳤다. 노인은 내편이야. 이제 무서울 것이 없어. 마음이 용솟음쳤다.

"할아버지 하고는 어디든 갈 수 있어요."

어제였다면 결코 하지 않을 말이었다. 창피한 마음도 들지 않았다.

"밤에는 집에 가서 자야지."

"그건 누가 정했어요?"

"누구도 정하지 않았어……. 그게 자연스러운 일이야."

"할아버지도 자요?"

노인은 끄덕였다.

"물고기도요……?"

"모두 밤이 되면 잠이 들어."

"밤에는 할아버지 별을 보고서 방향을 정했었죠? 옛날 어부들은 모두 그렇게 했잖아요."

노인은 다시 끄덕였다.

"밤바다라니……. 넓고 조용하고 암흑에 잠겨 있겠죠. 이런저런 생각을 하게 될 거예요."

"……."

"인간은 정말 보잘 것 없는 존재인 것 같아요."

반 쯤 혼잣말처럼 소녀는 말했다. 밀짚모자를 벗어서 무릎에 끼워 넣었다. 짧은 머리카락이 흐트러졌다.

"밤바다는 사나워요?"

머리카락이 얼굴을 덮어서 시야가 방해를 받았지만 힘들지는 않았다.

"난폭할 때도 있고 조용할 때도 있지."

"괴물이 나와요?"

"괴물?"

"무언가 거대한 거요."

"그야 나오지."

"어떤 거요? …… 정말로 큰 걸로요."

"그야 크고말고."

"어느 정도요? …… 고래 만큼요?"

"고래의 대여섯 배는 될 거야."

"어떤 모양이에요?"

"이런저런 게 있지."

"색깔은요?"

"검은 녀석도 있지. 반은 빛에 닿으면 은색이고. 달이 빛나는 밤에만 나타나."

"······할아버지, 정말로 봤어요?"

"그럼 봤지."

"또 본 사람이 있어요?"

"바다사람이라면 예부터 봐왔던 거란다."

"요즘에도 있을까요?"

"최근에는 별로 못 봤어."

노인은 돌고래나 무언가를 고래라고 착각하고 있는 것이 아닐까? 드물게 고개를 보고서 괴물로 착각하고 있는 것은 아닐까.

"자세히 이야기 해줄래요?"

"······."

"할아버지가 본 그대로요."

"······."

소녀는 마음이 답답해졌다.

"······넌 어디에 묵고 있니?"

"사토미 식당이요."

소녀의 목에서부터 나온 목소리는 조금 날카로웠다. 울상이 이상하게 굳어졌다. 노인은 거짓말을 하지 않았어. 무언가 이유가 있으니 상세하게 말할 수 없는 거야. 소녀는 그렇게 믿었다. 그렇다면 처음부터 대화의 주제를 돌렸으면 될 것을. 노인에게는 경박한 면이 있어. 노인은 먼 곳을 계속 바라볼 뿐이었다. 이야기가 끊어져도 오래도록 말을 하지 않아도 소녀는 어색하지 않았다. 바다 괴물 이야기는 금기인 거야. 노인은 무심코 말을 흘렸을 뿐이야. 그걸 도중에 눈치 채고 허둥지둥 입을 닫은 거야. 서쪽 하늘에 처음으로 별이 보이기 시작했다.

노인은 배의 출력을 낮추고 엔진을 껐다. 저녁 바람이 불지 않을 무렵이라 파도는 없었지만 배는 상당한 기세로 모래로 올라갔다. 노인은 재빨리 배에서 내려서 선미를 밀었다. 소녀도 허둥대며 배에서 내렸다. 둘이서 서너 번 밀자 배는 완전히 물 밖으로 나갔다. 노인은 닻을 던진 후 뱃바닥에 손을 뻗어서 직경 수 미터에서 10미터 정도의 밧줄을 끌어당겨서 물가에 박혀 있는 철 말뚝 머리에 걸었다. 밧줄 앞쪽은 고리 모양이다. 소녀는 배가 떠내려가지 않을까 싶어 걱정했다. 노인은 태연했지만 손은 재빨랐다. 이른 아침 나갔던 많은 배가 철 말뚝에 동여매져있었다. 크기는 다소 다르지만 모양이나 거무스름한 색은 비슷했다. 색깔은 바위와 분간이 잘 되지 않았지만 완만한 초승달 모양은 바로 티가 났다. 고기를 잡고 돌아왔을 때의 부산했던 여운이 어렴풋이 남아 있었다. 몇 명인가 어부가 있었지만 망망대해에 둘러싸인 어스레한 물가에 있으니 누군가를 부르는 소리나 움직임은 전혀 신경 쓰이지 않았다. 노인은 아침에 쌓아둔 물건을 안고서 걷기 시작했다. 배를 돌아보지도 않았다. 왜 이렇게 서두르는 것일까? 소녀는 그렇게 생각했다. 이대로라면 나만 두고 혼자 갈지도 모른다. 옆에서 물고기가 들어 있는 봉투를 잡았다.

"이거 제가 들게요, 할아버지."

노인은 발걸음을 늦추고 괜찮은데 하면서도 봉투를 소녀가 받기 쉽게 방향을 바꿨다. 소녀는 양손으로 신중하게 받았다. 죽었지만 생물의 명확한 무게를 느꼈다. 소녀는 얕은 여울의 물을 있는 힘껏 밟고서 물보라를 튀기며 걸었다. 차가운 물이 운동화에 스며들었다. 모래에 계속 파고드는 발에 힘을 주고 빼내면서 걸었다. 발이 땅을 밟고 있다는 명확한 느낌이 들었다. 그런 생각을 하며 노인을 바라봤다. 꽤 앞서가고 있다. 소녀는 허둥대며 물가로 올라서서 노인을 뒤따라갔다. 양손에 들고 있는 봉투가 불규칙하게 흔들리는 가운데 조바심이 났다. 봉투를 강하게 쥐었다. 소중한 것이라 느꼈다. 겨우 따라잡았다. 간신히 가쁜 숨이 잦아들었다. 노인의 옆얼굴을 쳐다봤다.

"할아버지, 저녁밥 제가 차려 드릴까요?"

"……아니 괜찮아."

노인은 고개를 옆으로 작게 저었다. 노인은 시선을 발밑으로 떨어뜨리고 있었는데 등을 펴고 있는 모습을 보니 지친 것 같지는 않았다.

"마음이 바뀌면 알려줘요."

소녀는 바로 포기했다. 거절하리라 쉽게 예상할 수 있었다. 노인은 가볍게 끄덕였다. 부락 주변에는 어둠이 짙게 내려앉아 있었다. 만에 떠 있는 것처럼 보이는 바위와 곶도 형태가 흐려져서 주위의 연무와 같은 무언가에 뒤섞여 들어가 있었다. 노인과 소녀가 모래를 밟는 발소리도 어둠에 빨려 들어갔다. 두 사람은 아무 말 없이 걸었다. 바다와 노인에게는 더 좋은 무언가 새로운 것이 있으리라고 소녀는 자신에게 말하며 조각조각 침잠하려는 불안을 씻어냈다. 내가 말을 하면 노인은 언제고 여유가 있을 때 응답해 줄 거야. 묘한 자신감이 솟아났다. 세상 사람들은 사실 모두 노인과 비슷해. 노인은 괴짜가 아니야.

"할아버지, 내일 와도 되죠?"

노인은 소녀를 향했다.

"되죠?"

"……또 와서 뭘 하려고."

"시치미를 떼다니 좋지 않아요."

"뭐가?"

"또 태워주세요."

"바보 같은 소리 하지 마."

"전 진심이에요."

"고기잡이는 목숨을 걸고 하는 거야."

"그러니까 진심이라고요."

"진심이라도 안 돼."

"어째서?"

"아무리 해도 안 돼."

노인과 난 대등해. 소녀는 기뻤다.

"얌전히 있을게요……. 네, 태워줘요."

"오늘로 끝이야."

"폐를 끼쳤나요?"

"그런 게 아니야."

"그럼 어째서?"

이런 식의 말다툼을 계속 하면서까지 어째서 이토록 집요하게 굴 수 있는지 소녀 자신도 알 수 없었다. 내가 배에 꼭 타야 할 이유는 어디에 있는 것일까?

"할아버지, 많이 피곤하시죠?"

소녀는 화제를 바꿨다. 노인은 고개를 옆으로 작게 저었다.

"전 피곤해요. 온몸이 녹초가 됐어요. 하지만 괜찮아요."

소녀는 신경 쓰지 않았지만 배 위에서 허리가 아팠던 것과, 발이 마비됐던 것과, 물고기 지느러미에 집게손가락을 다쳐서 피를 조금 흘린 것과, 가벼운 일사병에 걸렸던 것을 떠올렸다. 자신의 '육체'를 소녀는 자각할 수 있었다.

모래사장을 벗어나서 양쪽에 있는 돌담과 이어지는 길로 들어섰다. 바람의 살랑임은 약했지만 낮과는 완전히 달라서 시원했다. 길의 폭은 수 미터였지만 인적이 없었다. 두 사람의 앞에도 뒤에도 아무도 없었다. 이윽고 사거리에 이르렀다. 노인은 멈춰 서서 봉투를 소녀에게서 받았다.

"이제 다 왔어……. 여기서 쭉 가면 집이야."

오른쪽 골목길을 턱으로 치켜 올려 가리켰다.

"할아버지 집까지 따라가도 되나요?"

노인은 고개를 옆으로 저었다.

"이거 가져가렴."

커다란 푸른 생선 한 마리를 봉투에서 꺼냈다. "자 받아." 노인이 소녀의 얼굴 앞에 봉투를 내밀었다.

"괜찮아요."

"자, 어서."

소녀는 비린내 나는 생선을 맨손으로 잡는 것이 싫지는 않았지만 가벼운 마음으로 받을 수 없었다. 이 생선은 노인이 필사적으로 멀고 깊은 바다에서 잡아 올린 것이다. 먹어버리면 영원히 사라져 버린다. 이처럼 묘한 감각에 사로 잡혔기 때문이다.

"사양하지 말고 받아."

소녀는 받았다. 손이 마음대로 움직였다. 온몸에 묵직한 무게가 파고들었다.

"할아버지는요?"

"난 어업협회에 갈 거야. 생선을 팔아야지."

소녀는 쥐고 있는 생선을 노인에게 돌려주지 않아도 된다고 생각했다.

"할아버지, 내일도 태워줘요."

"안 될 일이야. 이제 가렴."

"약속해줘야 가죠."

"난 그럼 이만."

노인은 왼쪽 길을 향해 걷기 시작했다.

"할아버지, 오늘은 정말 감사했어요."

노인의 뒷모습은 어쩐지 발걸음이 무거워 보인다고 소녀는 느꼈다. 노인은 있는 힘껏 살고 있다고 자신을 타일렀다.

"할아버지, 조심히 가세요."

10여 미터 쯤 멀어졌지만 어둠이 노인의 모습을 지우고 있어서 소녀는 목소리를 높였다. 노인은 아무런 말이 없었다. 뒤돌아보지도 않았다. 이제 안 태워준다는 목소리가 머릿속에 남아 있었다. 소녀는 하지만 내일도 분명히 태워줄 거라고 믿었다. 소녀는 어둠을 들여다보며 앞을 응시했다. 짙게 내린 어둠 속으로 노인은 이미 사라지고 없었다.

낙하산 병사의 선물

우리는 자주 내기를 했다. 누군가 무언가 할 수 있냐고 물으면 누군가는 그렇다고 말한다. 그러면 물었던 소년이 아니야 못할 걸 하고 단정한다. 그 후 한동안 말다툼을 하다가 자 그러면 하며 내기를 건 후 손가락을 걸고 굳게 다짐한다. 이겨도 아무 보상도 없다. 상금도 없다. 무슨 내기를 했는지도 흐지부지되고 며칠 지나 잊어버린다. 그런 후 다시 다른 내기가 시작된다.

연습용 폭약이 터져서 만들어진 얕은 구덩이 속에서 우리는 엎드린 채로 기어가며 한창 내기를 하고 있었다. 그 날은 붉은 깃발이 곳곳에 세워져 있었다. 우리는 미군이 실탄 연습을 하고 있는 중이라고 믿었다. 군용 비행기 두 대가 바다울음 소리 같은 폭음을 푸른 하늘에 울려댔다. 하지만 폭발음이 없다. 평소라면 비행기 소리가 작아지면서 땅위에서 폭발음이 울렸다.

갑자기 비행기 안쪽에서 둥글고 작은 것이 듬성듬성 흩뿌려졌다. 그것은 흰색으로 흩어지더니 차례차례 길게 뻗으면서 위쪽이 갑자기 부풀었다. 유키오가 낙하산이다 하고 외쳤다. 우리는 난리법석을 떨며 자리에서 일어났다. 하지만 구덩이 밖으로 나가지 않았다. 눈앞에는 사탕수수가 빽빽이 자라 있고, 울창한 잡목雜木이 낮은 높이로 여기저기 흩어져 있다. 그 너머도 이쪽도 지대가 낮아서 바다에 잠겨 있는 것 같다. 낙하산의 조용하고 한가한 움직임이 선명히 보인다. 나는 '아 전쟁이다'라고 생각하니 흥분이 가라앉지 않았다. 적에게 발견되지 않도록 밀짚모자를 깊게 눌러쓴 후 거친 흙덩이에 다시 포복 자세를 취했다. 하늘을 올려다봤다. 가만히 눈을 떼지 않았다. 유키오의 목소리는 작아지지 않았다.

이쪽으로 온다. 아니야, 다른 곳이야. 우리는 두 명씩 짝을 지어서 손가락을 자신감 있게 걸었다. 나와 미치루는 낙하산이 오는 것에 걸었다. 낙하산은 이쪽으로 올 거야. 결기 넘치는 얏치가 변성기가 완전히 지난 '어른 목소리'로 단정했다. 가슴의 고동이 멈추지 않았다. 낙하산은 지표면 근처에서 급격하게 부풀어 오른 것처럼 보이자마자 사람의 발이 땅에 닿았다. 그러더니 타다닥 소리를 내며 우리가 있는 구덩이 쪽으로 돌진해 왔다. 우리는 비명을 지르면서 구덩이 밖으로 뛰쳐나갔다. 도망치지 마, 도망치지 마 하고 고함을 지르며 얏치가 죽을힘을 다해 우리를 쫓아왔다.

쾌 오래 달렸다. 우리는 숨이 찼다. 잡목 숲과 바위에 가려서 낙하산 병사의 모습은 보이지 않았다. 우리는 종종걸음으로 걸었다.

"왜 도망쳐?"

얏치가 우리를 번갈아가며 둘러봤다. 숨을 헐떡거렸다.

"놈들은 벌레야. 아부지가 그러셨어. 지난 전쟁에서도 겁쟁이였다고. 어처구니없는 놈들이야."

"그렇지만 권총이 있어."

히데미쓰가 말했다.

"놈들은 못 쏴."

얏치는 히데미쓰를 노려봤다.

"어째서?"

내가 물었다.

"겁쟁이니까."

얏치는 나를 쳐다봤다.

"얏치, 확실하지?"

유키오가 몇 번이고 확인했다. 또 내기의 예감이 들었다.

"너 나를 지금 의심하는 거구나."

얏치는 유키오의 어깨에 손을 올렸다.

"그런 건 아니야."

유키오의 목소리는 동요하고 있었다.

"너희들은 아무런 욕심도 없어?"

얏치는 멈춰 섰다. 우리는 얏치를 둘러쌌다.

“뭐가 있는데?”

미쓰히데가 물어봤다.

“뭐든지 있어.”

얏치의 눈빛이 조금 부드러워졌다고 나는 느꼈다.

“어쩌면 받을 수 있을지도 몰라.”

얏치는 지금까지 미군으로부터 받았던 것이 무엇이었는지 득의양양히 공표했다. 나는 귀까지 덮을 수 있는 모자가 갖고 싶다. 확실히 낙하산 병사는 모자를 쓰고 있다. 아마도 소가죽으로 만들어서 부드럽겠지. 우리는 얏치를 선두에 세우고 되돌아갔다.

“내가 영어를 써서 받아 올게. 너희들은 뭐가 좋아?”

얏치가 물었다. 우리는 제각각 원하는 것을 몇 개 말했다.

“만약에 저 미군 병사가 죽었으면 어떻게 되는 거야, 얏치?”

유키오가 물었다.

“저런 훈련으로 죽지 않아. 바보 같은 소리만 할래.”

얏치가 노려봤다.

“어쩌면 그럴 수도 있잖아.”

유키오는 물러서지 않았다.

“죽었으면 전부 우리 거잖아. 그치 얏치.”

히데미쓰가 말했다. 얏치는 고개를 끄덕이지 않았다.

“미군에게는 내가 말 할 테니 너희들은 아무 것도 하지 마.”

아무 말도 하지 않아, 아무 말도 하지 않아, 절대로 아무 말도 안 할게. 우리는 연신 끄덕이며 말했다. 나는 저 낙하산 병사가 죽어 있으면 좋겠다고 문득 기대했다. 죽어 있으면 모자도 그 많은 배지badge도 손에 넣을 수 있을지 모른다. 낙하산 천도 끈도 모두 말이다. 끈을 가져다주면 여자들은 기뻐할 거야. 낙하산 병사가 어쩐지 무섭다는 느낌이 문득 들었다. 굴곡이 깊고, 얼굴이 긴 붉은 면상. 높은 코. 인간의 모습이 아니다. 죽어 있는 듯한 파르스름한 눈동자. 문득 얏치가 대단하다고 느껴졌다. 얏치가 우리를 보고 있다.

"손을 위로 올리면 안 돼."

"어째서?"

유키오가 물었다.

"녀석들을 겁줘서 궁지에 몰면 안 돼. 그러면 권총을 쏠 거야."

얏치는 유키오를 쳐다봤다.

"조금 성을 내는 정도야 괜찮지만 손을 올리면 우리가 때리려는 줄 알 거야."

"만약에 권총을 쏘면 어쩔 거야, 얏치?"

미치루가 말했다. 작은 몸집과 궁상맞은 얼굴에 어울리게 목소리도 가늘고 작다.

"너 계속 뭐라는 거야?"

얏치는 큰소리로 되물었다.

"권총을 쏴대면 부락 종을 울려서 아부지들을 모아야지, 얏치."

나는 말참견을 했다. 미치루는 나보다 싸움이 약하다. 미치루가 귀엽다고 나는 늘 느껴 왔다.

"내가 종을 울리고 올까봐."

미치루는 내 얼굴을 들여다봤다. 우리는 얏치의 표정을 살폈다. 얏치는 입을 다물고 있다.

몸집이 작은 미군이라고 나는 느꼈다. 하지만 섬 어른들은 더 작았다. 낙하산 병사는 우두커니 서 있었다. 우리가 다가오는 모습을 바라보고 있는 것 같았다. 낙하산은 정리돼 있었다. 얏치는 인사를 반복하면서 가까이 다가갔다. 헬로, 헬로. 희미해서 잘 보이지 않는 미소를 유지했다. 얏치의 얼굴이 맞는지 잠시 의심할 정도였다. 우리는 신중하게 다가갔다. 낙하산 병사는 무언가 작은 소리로 말하고 있었다. 얼굴이 경직돼 있었다. 내 얼굴도 마찬가지다. 낙하산 병사의 얼굴이 한순간 이상한 모양으로 일그러졌다. 웃고 있는지도 모르겠다. 얏치는 헬로라고 계속 말하면서 오른손을 올리더니 조금 흔들어 보였다. 방금 전에 낙하산 병사에게 손을 올리지 말라고 했으면서 말이다. 나는 한층 더 낙하산 병사의 움직임을 신경 썼다. 낙하산 병사는 허리춤의 권총대에 오른손을 가져갔다. 얏치도 눈치를 챈 것 같았다. 얏치는 가슴팍과 주머니를 양손으로 계속 쳤다. 아무 것도 없다는 몸짓이다. 도망치지 마, 도망치지 마. 얏치는 숨죽이며 소리를 냈다. 계속 우리를 곁눈질 했다.

"이 녀석 이등병 떨거지야. 어깨와 옷깃 배지를 보면 알 수 있어."

이등병과 장교가 어떻게 다른 것인지 나는 막연히 고민했다. 얏치는 눈을 크게 뜨고 있다. 무언가 어색하다. 하지만 가슴을 묘하게 부풀리고 낙하산 병사를 계속 주시하고 있다.

"미군은 혼자서는 암 것도 못 해."

다시 작은 목소리로 얏치가 말했다. 그 말이 맞는지도 모르겠다. 미군들은 휴가 때도 혼자서는 부락을 걸어 다니지 않으니까. 얏치는 낙하산 병사에게 다시 말을 걸었다. 얏치는 큰 소리를 내서 영어로 말했다. 보통은 일부러 숨죽인 듯한 말투로 말하는데 영어는 무언가 다르다. 뭐라고 하는지는 모르겠다. 하지만 낙하산 병사가 놀랄까봐 난 제정신이 아니다. 낙하산 병사는 무언가를 띄엄띄엄 말했다. 얏치의 영어가 통하는 듯 했다. 얏치와 낙하산 병사의 대화를 듣는 것은 처음이 아니다. 하지만 얏치의 영어 실력은 어쩐지 불안하다. 통역인 사키야마의 유창한 실력과 비교해서 그런 것인지도 모른다. 하지만 지금 이 순간 얏치는 무척 미덥다. 낙하산 병사는 고개를 끄덕이고 있다. 조금 마음을 연 것 같다. 나는 안심했다. 얏치가 우리를 뒤돌아 봤다.

"이 미군을 부대까지 따라갈 거야, 모두 함께."

목소리가 느낌 탓인지 흥분된 듯 하다.

"미치루 너도 같이 가야 해."

얏치는 미치루를 봤다. 미치루는 우리의 몇 걸음 뒤에 서 있다. 지금이라도 뛰어서 도망칠 태세를 취하고 있다. 얏치는 낙하산 병사와 악수를 할 수 있을 정도로 가까이 다가갔다. 악수는 하지 않았다. 낙하산을 가리키며 무언가 말하고 있다. 낙하산을 가져다줄까 하고 말하고 있는 듯 하다. 설마, 가져도 되냐고 말하고 있는 것은 아니겠지. 낙하산 병사는 고개를 저었다. 그런 걸 가져갈 수 있을 리 없다고 나는 의아해 했다. 하지만 낙하산 병사는 가볍게 어깨에 짊어졌다. 얏치는 걷기 시작했다. 우리는 얏치의 주위에 떼를 지어 따라갔다.

"모두 앞에서 걸어야 해. 미군이 무서워 하니까."

얏치가 말했다. 목소리를 조금 낮추면 좋을 텐데 하고 나는 생각했다. 낙하산 병사가 우리의 말을 알아듣기라도 하면 어쩌려고 저러는 걸까. 나는 낙하산 병사 바로 앞에서 걸었다. 다른 사람과 상태가 달랐다. 낙하산 병사는 절름대고 있다. 난 알고 있다. 몇 번이나 훔쳐봤다. 아직 아무도 눈치 채지 못 한 듯 하다. 착지할 때 낙하산에 끌려간 부작용일까. 나는 낙하산 병사의 모자가 탐났다. 하지만 무사히 미군 부대까지 안내할 수 있다면 그것으로 족하다. 유키오의 목소리는 작지 않았다.

"이 미군이 무언가 주기는 하는 거야?"

나는 귀를 쫑긋 세웠다.

"지금부터야. 끝나면 받을 수 있어……. 너희들은 앞장 서기나 해."

얏치는 낙하산 병사에게 다가갔다. 영어로 말하는 사이에 하브^{오키나와 독뱀}, 하브라는 말이 들려왔다. 풀숲을 손가락질을 했다. 하브를 조심해야 한다고 말하고 있는 것 같았다. 낙하산 병사가 하브를 무서워할 리 없다. 게다가 권총을 휴대하고 있다. 오히려 하브를 바비큐처럼 먹어치울지도 모를 일이다. 하지만 낙하산 병사는 내 예상과는 달리 발밑의 수풀을 신경 쓰며 바라봤다. 눈빛도 초초해 보였다. 낙하산 병사는 의외로 겁쟁이인지도 모른다. 얏치가 말한 그대로다. 하지만 낙하산 병사가 이렇게 작은 섬에서 낙하산 낙하 연습을 하다니 이상하다. 실수라도 하면 바다에 떨어지고 만다. 바다에는 상어가 우글우글 하다. 얏치는 수첩 같은 것을 오른손으로 들고서 오른쪽 집게손가락으로 가리키며 낙하산 병사를 올려다보고 무언가 말했다.

"얏치 그게 뭐야?"

내가 들여다봤다. 미군의 아내가 갓난아기를 안고 있는 사진이다.

"나중에 알려줄게."

얏치는 나를 밀어젖히는 시늉을 했다.

유 와이프? 베이비? 얏치의 영어는 나도 알아들을 수 있다. 낙하산 병사는 끄덕였다. 신묘한 얼굴이다. 얏치는 프리티라거나 뷰티풀이라는 말을 반복해서 말했다. 그 뜻도 알았다. 얏치는 낙하산 병사의 기분을 정확히 꿰뚫고 있다. 미군은 모두 얼굴과 표정도 닮아 있다. 어쩌며 이 낙하산 병사가 이등병이라서 깔보고 덤벼들고 있는지도 모른다. 아니면 자기보다 서너 살 위인 겨우 스물에서 스물하나 정도의 나이라고 짐작하고 마음을 놓고 있는 것일까. 어쨌든 완전무장하고 있는데다 완력으로도 이길 수 있을 것 같지 않은 미군을 농락하는 얏치는 대단하다. 얏치가 영어를 알아들을 수 있어서 용기가 넘치는 것이라고 느꼈다. 얏치는 사진을 흔들면서 스크랩 불발탄 고철 오케이? 스크랩 오케이? 하며 말하기 시작했다. 분명히 불발탄을 요구하고 있다. 나는 낙하산 병사의 얼굴을 가만히 들여다봤다. 낙하산 병사는 엷은 웃음을 지었다. 두세 번 명확히 끄덕였다. 얏치는 사진을 낙하산 병사의 가슴주머니 깊숙이 넣고는 지퍼를 닫은 후 또 뭔가를 말하기 시작했다. 나는 심장이 빨리 뛰는 것을 느꼈다. 나는 기회를 엿봐서 얏치에게 "모자, 모자."라고 작은 소리로 말했다. 지금이라면 모자를 받을 수 있다. 얏치는 겨우 나를 봤다. "그건 나중이야." 위압적인 목소리였다. 무서운 눈초리를 짓고 있다. 나는 발걸음을 재촉해 유키오 일행 옆으로 갔다. 손짓을 하면서 낙하산 병사에게 샤포모자를 달라고 몇 번인가 직접 말해보려 했다. 하지만 용기가 나지 않았다. 낙하산 병사가 화를 내며 총을 쏠지도 모른다. 모처럼 얏치가 받아낸 약속도 망칠지 모른다. 설령 화를 내지 않더라도 무언가 창피했다. 낙하산 병사가 되묻는다면 난 어찌 해야 하나?

우리는 완만한 돌투성이 언덕을 내려왔다. 미군이 부순 석회암을 전면에 깔고서 롤러로 고르게 만든, 섬을 한 바퀴 돌 수 있는 군용도로에 이르렀다. 왼쪽은 바로 해안으로 떨어지는 언덕이다. 반대편 사멸한 산호 바위 틈의 얕은 땅에서 자라고 있는 잡초와 잡목은 강한 햇볕을 받은 탓인지 상록常綠인데도 물기도 윤기도 없다.

마사코의 알몸을 보여주면 낙하산 병사는 모자를 줄지도 모른다. 나는 문득 그렇게 생각했다. 정말로 마사코의 허벅지는 갑자기 두꺼워지고 새하얗게 변했다. 정말 부드럽겠지. 나는 그때 깜짝 놀랐다. 아직 2주도 지나지 않았다니. 중학교 3학년인 마사코는 어엿한 성인 여자다. 나보다 두 살밖에 많지 않은데. 지금도 마사코와 친구들은 빨래나 목욕을 하고 있을지도 모른다. 바위에서 솟아나는 물은 어떤 가뭄에도 마르지 않는다. 바로 저기다. 저기 소철이 군생하고 있는 절벽에서 해안으로 내려가는 도중의 커다란 바위 틈새다. 불발탄을 줍고 돌아가는 길에 샘으로 내려가서 목마름을 채우고 얼굴과 머리카락을 씻는 것은 내 즐거움 중 하나다. 내 즐거움은 하나 더 있다. 유키오 등과는 다르다. 그들은 아직 어린아이다. 하지만 지금 샘에 내려가서는 안 된다. 목마름은 조금 참자. 하지만 누군가 내려갈지도 모른다. 워터, 워터 하며 손가락으로 가리키면서 낙하산 병사를 안내하면 어쩌지. 나는 제정신이 아니었다. 얏치가 못을 박았다. 위압적인 목소리로 말했다.

"아무도 샘으로 물 마시러 내려가면 안 돼."

유키오가 불만어린 표정을 지었다. 우리는 무사히 한 곳에 모여 있는 소철소철속의 식물 옆을 지나갔다. 얏치가 어른 같다고 나는 다시 느꼈다. 샘으로 물을 뜨러 가거나 세탁을 할 거면 꼭 대여섯 명이서 함께 가라고 마을 어른들은 평상시에 입에서 신물이 날 정도로 여자들에게 훈계했다.

아담한 사탕수수밭이 늘어나 있다. 부락에 접근하고 있었다. 얏치는 낙하산 병사에게 아직도 불발탄 이야기를 하고 있는 듯 했다. 작은 잡화점에서 불발탄을 매매하고 있다. 일주도로와 면하고 있다. 부락에서는 미군 부대와 가장 가까이에 있는 곳이다. 가게 앞에 가주마루뽕나무과 상록 나무가 있다. 으스스하게 울창한 검은 나뭇잎 그늘이 또렷하게 흰 석회암으로 만든 도로에 떨어져 있다. 정신없이 움직이고 있는 어린아이 네 명이 나무 그림자를 벗어나지 않는다. 어른들은 이 가게에서 저녁거리를 사거나 시원한 바람을 쐬며 사랑방처럼 썼다. 때때로 정오가 조금 지난 무렵 맥주를 사러 오는 미군도 있다. 지루함을 달래려는 듯 미군 대부분은 오래도록 모여 있었다. 그럴 때면 마을에서는 여자들 대신 남자들이 가게에 갔다. 삼 주 전 쯤 미군 두 명이 가게 아주머니의 오토바이를 제멋대로 타고 다녔다. 부락 남자들이 여기저기 찾으러 다니다 겨우 아카미네 아저씨의 사탕수수밭 한가운데에 뒤집혀져 있는 오토바이를 발견했다. 그런데 사탕수수가 여지없이 꺾이고 뽑혀 나갔고 오토바이도 우그러져 있었다. 부락 사람들은 점점 더 미군이 싫어졌다. 그래서 지금 얏치가 낙하산 병사를 미군 부대까지 데려다준다며 오토바이를 빌려달라고 부탁하는데도 피부가 검은 뚱뚱보 아주머니는 이토만 지역의 방언이 섞인 큰 목소리로 완강히 거절했다. 얏치도 지지 않고 큰 소리로 설득을 이어갔다. 불발탄, 불발탄이라는 말을 계속 하고 있다. 낙하산 병사는 그 사이에 더욱 초조해 보였다. 두 사람의 대화를 가만히 보고 있다가 주위를 둘러보기도 했다. 나는 무언가 말을 걸고 싶었다. 하지만 아무런 말도 하지 못 했다. 등짐 무겁지 않아? 역시 대단해 하고 말하고 싶었다. 이윽고 아주머니와 얏치가 가게 뒤쪽으로 돌아갔다. 우리도 따라갔다.

아주머니는 헛간에 걸려 있는 자물쇠를 열고서 미제 오토바이를 꺼냈다. 얏치는 바로 올라타서 힘껏 액셀을 돌렸다. 폭발음과 같은 난폭한 소리가 연이어서 울려 시끄러웠다. 얏치는 낙하산 병사에게 큰 손짓을 하며 뒤에 타라고 영어로 말했다. 낙하산 병사는 순간 주저하는 것처럼 보였다. 하지만 바로 올라탔다. 그들은 힘껏 튕겨나가듯이 달렸다. 우리는 얏치, 얏치 하고 소리를 지르면서 달렸다. 낙하산 병사는 크고 오토바이는 작아서 대갈 장군 모양이라 불안정해 보였다. 얏치의 운전은 거칠었다. 운전면허가 있을 리 없다. 얏치에게 오토바이를 훔친 미군에게 화낼 자격은 없다. 왜냐하면 얏치도 몇 번인가 오토바이 사고를 낸 적이 있어서다. 농로에서 논밭일을 끝내고 돌아오는 니시메 할아버지의 소쿠리를 쳐서 엎은 것이 삼 주 전 쯤이다.

얏치가 우리를 돌아봤다. 속도를 줄였다. 우리가 따라오는 것을 기다렸다. 우리가 겨우 2, 3미터 정도까지 거리를 좁히자 바로 급발진해서 석회암 가루를 뿜어 올렸다. 몇 번이고 그걸 반복했다. 유키오는 지르퉁했다. "이제 걷자" 하고 말했다. 우리는 걷기 시작했다. 그러자 틀림없이 저만치 앞서 가던 오토바이가 유턴을 해서 다가왔다. 그러더니 서늘한 표정의 얏치가 "안 뛰어?" 하고 우리에게 화를 냈다. 우리가 뛰는 모습을 보더니 다시 앞서 달렸다. 몸집이 작은 미치루는 언제나 맨 뒤에서 겨우 따라왔다. 얼굴색이 창백했다. 목이 마른 듯 했다. 나도 그렇다. 입술부터 바짝 말라 있다. 침도 나오지 않는다. 겨우 나와도 희고 작게 오므라들었다. 미군기지 게이트 근처에 이르렀다. 정문 초소에서 총검을 등에 맨 철모를 쓴 미군이 나오는 모습이 보였다. 오토바이 뒤에 탄 낙하산 병사가 배신하지 않을지 나는 신경이 쓰였다. 오토바이에서 내리자마자 미군 헌병과 함께 권총을 얏치에게 겨누고 체포할지도 모른다. 얏치가 도망치면 초소 옆에 세워둔 군용 지프를 타고 추격할 것이다. 우리는 누가 먼저라고 할 것도 없이 멈춰 섰다. 오토바이가 유턴해왔다. 미군 헌병이 가만히 보고 있다.

"함께 가자. 불발탄을 나눠서 받아야지."

얏치는 우리 한 사람 한 사람의 얼굴을 둘러보며 말했다.

"모두 가자."

유키오가 말했다. "하지만 뛰지는 마."

"맞아. 저 미군이 놀라니까."

히데미쓰가 헌병을 턱으로 가리켰다. 얏치는 조금 있다 낙하산 병사를 내리게 했다. 오토바이를 손으로 밀며 정문으로 걸었다. 얏치는 걸으면서 낙하산 병사에게 불발탄을 받기로 한 약속을 확인하고 있었다. 헌병에게 들릴지도 모르는데도 말이다. 얏치가 얼마나 부주의한지 모른다고 나는 걱정했다. 이윽고 낙하산 병사와 헌병 둘이서 무언가 빠르게 말을 했다. 우리는 가만히 서 있었다. 낙하산 병사는 얏치나 우리에게 땡큐라고 말했다. 얏치는 돌아가려 하지 않았다. 낙하산 병사는 손을 들어 흔들고는 잘 가라는 손짓을 했다. 헌병은 우리를 웃음기 하나 없는 표정으로 응시했다. 얏치는 오토바이를 되돌렸다. 한동안 끌고 가다가 이윽고 올라탄 후 폭음을 울리며 부락을 향해 달렸다. 우리는 흰 흙먼지 속을 누가 먼저랄 것도 없이 달렸다.

그들은 언제나 비행기로 찾아왔다. 낙하산 강하 연습은 작년 가을부터 시작됐다. 낙하산은 장소를 가리지 않고 낙하했다. 야마자토 할아버지네 밭에, 마에다 할아버지 집 현관 앞 사탕수수밭에, 벤잔 씨네 집 초가지붕에도. 내가 직접 본 것은 아니다. 학교에서 수업을 듣고 있는 중에 일어난 일이기 때문이다. 남자 선생님 수업이라서 빠져나올 수 없었다. 유키오는 매번 수업 중에 뛰어나갔다. 낙하산이 떨어지는 모습을 매번 자세하게 우리에게 이야기해줬다. 하지만 나도 두 번인가 낙하산 병사를 봤다. 수업이 끝난 후였는지 휴일이었는지 명확하지는 않다. 첫 번째 낙하산 병사는 낙하하다가 불발탄장사 이토만 아주머니네 파파야의 두꺼운 줄기를 꺾으며 떨어져서 부상을 입은 채 얼굴을 찌푸리고 주저앉아 있었다. 두 번째는 공민관^{한국의 마을회관}_{과 유사한 시설} 근처 전봇대에 추락해서 낙하산 줄이 걸리는 바람에 전선이 끊어지는 일이 벌어졌다. 전선에 번쩍번쩍하며 동색 불꽃이 튀어서 마을 전체에 큰 소동이 벌어졌다. 두 번 다 얼마 안 있어 미군 지프가 와서 낙하산 병사를 데려갔지만, 두 번째는 지프가 사라진 후 십 분 쯤 지나자 미군 공병대가 출동해서 전봇대로 기어 올라가 사태를 간단히 수습했다.

하얀색 낙하산이 크게 펼쳐지며 끝도 없는 푸른 하늘에서 천천히 내려오는 모습은 장관이었다. 수업중에 창문 너머로 몇 번이나 봤다. 그럴 때마다 우리가 소란을 피우자 격노하며 제지하던 오키나와 본섬 출신의 젊은 남자 선생님이 정말 미웠다. 점점 더 수업 따위는 하찮게 느껴졌다. 하지만 낙하산보다 실탄 투하에 우리는 더욱 큰 매력을 느꼈다.

이른 아침 고구마밭 저편에 있는 실탄 투하 훈련장 안에 있는 망루에서 붉은 깃발이 높게 올라가면 오전 9시 무렵 본섬인 가데나 공군기지에서 검은색 폭격기 십여 대가 날아왔다. 나는 몇 번이나 가슴의 고동을 느꼈다. 우리는 그때마다 철조망에 얼굴을 붙이고 흔들어 넣으며 야단법석을 떨었다. 이 비행기들은 상공을 천천히 선회하다 이윽고 조금 더 작은 정찰기가 저공으로 날아다니며 훈련장 안의 안전을 확인했다. 만약에 농사를 하는 자나 불발탄을 줍는 자를 발견하면 머리를 스칠 정도로 낮게 날아 위협하고 무선으로 훈련장 안의 높은 감시소에 연락해서 지프를 탄 헌병을 보내 체포했다. 체포된 사람은 남녀노소 가리지 않고 걷지 못 할 정도로 총부리로 엉덩이를 두들겨 맞은 후 철조망 밖으로 내던져졌다. 낙하산과는 달리 부락 근처에 폭탄은 떨어지지 않았지만 파편은 철조망을 넘어서 곧잘 날아왔다. 우리는 있는 힘껏 그것을 찾아다니며 서로 쟁탈전을 벌였다. 어른 주먹 크기 정도의 덩어리를 손바닥 위에 올릴 때의 중량감은 말로 표현하기 힘들 정도로 기분이 좋다.

지금은 여름방학이라서 훈련이 있는 날에는 파편을 주울 수 있다. 방학 과제인 곤충 채집, 조개껍데기 채집, 식물 채집 대신에 우리는 모두 돈이 되는 불발탄 파편을 줍는데 열심이었다.

지난 번 구해준 낙하산 병사 챔버즈로부터는 아무런 소식이 없다. 오늘이야말로, 오늘이야말로 불발탄을 받을 수 있다고 믿었다. 우리의 가슴은 기대에 가득 차서 뛰었다. 하지만 이미 2주일 가까이 지났다. 우리는 얏치에게 푸념을 했다. 얏치도 게정거렸다. 우리는 마음이 진정되지 않았다. 콜라를 마시려다가 손에서 병이 미끄러져서 병을 깨고 마는 식이다.

그러므로 우리와 얏치는 아침 폭탄 투하 때 전에 없이 신이 나서 떠들어댔다. 우리는 철조망을 따라 꿈실거리면서 폭발음의 크기, 폭탄의 수, 폭발 방향을 맞추는 내기를 걸었다.

때때로 유달리 커다란 소리가 들려오면 우리는 놀라서 내기를 중단했다. 꽤 근처에서 흙이나 돌이 튀어왔다. 우리는 움찔하며 집중했다. 하지만 파편이 철조망을 넘어 날아오지는 않았다. 나는 폭발음이 크면 클수록 폭발이 많으면 많을수록 폭발하는 장소가 가까우면 가까울수록 가슴이 두근거린다. 오늘은 파편을 꽤 많이 주울 수 있을 테니까. 비행기는 저 멀리 있는 푸른 하늘에 빨려 들어가서 사라졌다. 하늘 가득 반향하고 있는 비행기 소리도 사라졌다. 갑자기 매미 소리가 들려왔다. 방금 전에 하늘을 울렸던 폭발음은 거짓말 같다.

"이제 끝났겠지."

얏치가 말했다. 우리는 철조망을 따라 걸으며 파편을 찾아다녔다. 땅에 눈을 붙이면서 천천히 부대 방향으로 걸었다. 나는 때때로 고개를 들어서 모두를 봤다. 일행과 떨어지지 않으려고 신경을 썼다. 모두 혈안이 돼 있다. 하지만 좀처럼 찾을 수 없다. 찾았어? 서로에게 확인해 본다. 나는 밀짚모자를 벗었다. 손등에서 머리와 눈두덩이의 땀을 훔쳤다. 역시 모두 필사적이다. 무언가를 주웠다가 바로 다시 버렸다. 얏치도 다른 아이들보다 갑절이나 상반신을 앞쪽으로 기울이며 천천히 걸어 다녔다. 눈을 깜빡거리지도 않았다. 얏치는 평상시에 커다란 파편 밖에 줍지 않는다. 작은 것은 아무런 말없이 우리에게 던져줬다. 얏치는 배포가 크다고 나는 늘 느꼈다. 철조망 안쪽에서 냄비 뚜껑 크기의 두툼하고 무거워 보이는 파편을 발견했다. 저걸 주우면 콜라나 통조림 열 개는 살 수 있다. 하지만 나는 그것을 오래 쳐다보지 않기로 했다. 철조망 안에 있으니 어찌 해 볼 수 없다. 발아래에는 크고 작은 돌멩이가 가득했다. 돌과 돌 사이에는 잡초가 무성하다. 돌멩이는 비바람을 맞고 색이 변해서 적동색 파편과 헷갈렸다. 오히려 백골은 분간하기 쉬웠다. 나는 작은 두개골 하나를 돌 틈에서 발견했다. 하지만 누구에게도 알리지 않았다. 신기한 일이 아니다. 전쟁에서 죽은 일본군 병사나 미군 병사, 혹은 오키나와 섬사람의 두개골은 해안에도, 바닷속에도, 구멍에도, 밭에도, 울창한 나무 사이에도 흔해 빠졌다. 하지만 탱크나 군함 비행기나 포탄의 잔해는 거의 남아 있지 않다. 오늘은 글렀다고 생각했다. 구아바^{トロピ}컬푸르츠를 따라 가고 싶다. 조개나 성게를 주우러 가는 것도 좋다. 우선은 샘으로 가서 물을 마시고 나서 가야지. 하지만 누구에게도 말할 수 없다. 내 앞에 있던 유키오가 얏치를 불렀다.

"안으로 들어가지 마, 얏치."

“뭐라고.”

얏치가 등을 펴더니 유키오를 돌아봤다. 마치 나를 보는 듯한 느낌이 들어서 유키오를 쳐다봤다.

“철조망 안으로 들어가면 어떻게 되는지 몰라?”

“하지만 여기에는 아무 것도 없잖아.”

“비행기가 또 날아올 거야.”

히데미쓰가 말참견을 했다. 미치루도 다가왔다.

“그럼 순순히 빈손으로 돌아갈 거야? 콜라 마시고 싶지 않아?”

유키오는 히데미쓰를 노려봤다.

“하지만 히가 아저씨가 너덜너덜해졌던 걸 벌써 잊은 거야?”

히데미쓰는 유키오를 깔보며 말했다. 나는 맞장구를 쳤다. 하지만 너덜너덜하다는 표현은 미숙하다. 히가 아저씨는 죽지 않았다. 얏치가 사실을 잘 알고 있다.

그때 히가 아저씨와 함께 철조망을 넘어서 포탄 파편을 줍고 있었으니까. 마지막 비행기가 표적사격 목표 지점에 기관총을 쏘아대며 날아갔다. 얏치 일행은 그 표적보다 200미터 떨어진 곳에 탄피가 떨어져 있기에 주변을 살피면서 그것을 주웠다. 그런데 마지막 비행기라고 믿었던 것이 잘못이었다. 다시 비행기 한 대가 날아와서는 저공으로 기관총을 발사했다. 얏치는 스치는 상처 하나 입지 않았지만 히가 아저씨는 본섬의 고자중앙병원에 입원중이다. 하지만 얏치는 입을 다물고 유키오를 바라볼 뿐이다. 얏치도 통조림과 콜라가 절실한 것일까. 아니, 그건 아니다. 그의 눈빛은 결코 철조망에는 들어가지 않겠다는 결의로 가득하다. 나까지 노려보고 있는 듯한 기분이 들었다. 얏치가 히가 아저씨를 꾀서 함께 갔다는 소문이 있다. 얏치는 그 후 마음에 부담을 안고 있는지도 모른다. 그렇지만 얏치가 실탄 연습을 기다리며 마음 설레고 있었음을 나는 몇 번이고 간파했다. 실탄은 낙하산처럼 바다나 부락에 떨어지지 않는다. 철조망 안쪽 사격 지점의 목표를 거의 벗어나지 않는다.

"그렇지, 얏치."

유키오가 말했다.

"바보 같은 소리는 하지 마."

얏치는 한동안 유키오를 응시했다. 겨우 움직이기 시작했다. 얏치도 히데미쓰도 미치루도 다시 파편 줍기에 열중했다. 유키오의 눈빛은 공허해 보였다. 엉뚱한 방향인 철조망 저편을 자주 봤다. 나는 빨리 고구마를 캐러 가고 싶다. 이렇게 철조망에 들러붙어 있으면 그 안에 있는 것과 다를 바 없다고 나는 떠올리며 주위를 둘러봤다. 미군 병사가 사격을 할 위험성은 없을까. 나는 얏치를 바라봤다. 하지만 말할 수 없다. 나는 따분해서 철조망을 오른손으로 만지며 걸었다. 문득 손을 쑥 집어넣어 봤다. 미군 병사는 철조망에 고압전류를 흘리고 있다고 어른들이 자주 이야기 했다.

모처럼 여름방학인데 실탄 연습이 없다. 우리를 정말 바보취급 하고 있어. 나는 지난 밤 챔버즈가 거대한 군함을 타고 해안가 잔교에 나타나는 꿈을 꿨다. 잔교에는 나 혼자 서 있었다. 난민 텐트 안은 낮 동안의 열기가 모여서 숨 막힐 듯 더웠다. 챔버즈는 높은 돛대 위에서 큰 소리를 질렀다. 영어라서 좀처럼 의미를 알 수 없었다. 갑자기 일본어가 선명히 들려왔다. 선선했던 초가지붕도 불탔다. 난민 텐트막사 생활도 이미 4개월이 넘었다. 미군의 전쟁용 텐트다. 하지만 이등병 텐트라 좋지 않다.

가주마루 나무 그늘은 역시 선선하다. 나는 졸음이 밀려왔다. 매미 소리가 귓속 안쪽까지 파고 들어왔다. 가주마루 검은 잎사귀가 하나하나 흰 지면에서 흔들리고 있다. 거대한 적란운은 오늘도 움직이지 않는다. 몇 겹으로 피어올라 굳어진 채로 지평선 어딘가에 걸려 있다. 길가의 잡초는 흰 먼지를 뒤집어쓰고 시들어 있다. 가게 앞뜰에 있는 파파야 작은 열매도 커다란 잎사귀도 먼지를 뒤집어쓴 채 무거운 듯 고개를 숙이고 있다. 나무에 달려 있는 하나, 둘, 셋……. 파파야 열매 여섯 개는 얼마 안 있어 어린아이들이 모두 비틀어 따갈 것이다.

가게의 물품들, 식료품과 잡화도 꾀죄죄한 느낌이다. 나는 좀처럼 눈을 깜빡이지 않았다. 가게 아주머니가 화내는 목소리도 어딘가 박력이 없다. 유키오를 봤다. 유키오는 물탱크 수도꼭지를 열어둔 채로 물을 마시고 있다. 아주머니가 화내는 소리가 다시 들려왔다. 유키오가 다가왔다.

"물도 맘대로 마실 수 없다니."

입가를 손으로 아무렇게나 닦으면서 유키오가 돌아보며 말했다. 빡빡머리인데 모자를 안 쓰고 있다. 이틀 전에 지프를 탄 미군이 낚아채간 듯 했다. 미치루는 나무 그늘에서 어른용 밀짚모자가 데굴데굴 굴러가는데 집으려고 하지도 않는다.

"저건 글렀어."

유키오는 얏치 옆에 앉았다. 얏치는 부대 쪽을 바라보면서 발아래 뿌리와 뿌리 사이의 건조한 땅을 손가락으로 파고 있었다.

"아무 것도 모르는 주제에."

얏치는 유키오를 봤다. 우리는 챔버즈가 가져올 불발탄 수량과 종류, 양에 내기를 걸었었다. 흥미진진했다. 하지만 어제도 오늘도 내기를 하지 못 하고 있다.

"얏치, 챔버즈는 이등병이잖아. 놈은 아무 것도 할 수 없어!"

"그럼 내기할까?"

얏치는 손가락을 내밀었다.

"만약에 가져오면 너한테는 안 준다."

"가져와도 발각될 거야."

"그러니까 내기지."

유키오는 머뭇머뭇 거렸다. 나는 자세를 고쳐 앉았다.

"반드시 가져올 거야. 내가 강하게 말할 거니까."

"만약에 오지 않으면 눈물이 쏙 빠지도록 혼내준다고 겁을 줄 거야?"

유키오가 빠른 말투로 말했다.

얏치는 부대 정문 방향을 봤다. 눈물이 쏙 빠지게 혼낸다고? 장난도 정도가 있지 하고 나는 걱정했다. 미군을 울리는 게 가능한 일일까. 얏치는 수염도 두껍고, 턱도 단단하고, 눈도 부리부리 하고, 팔도 두껍고, 근육이 많다. 그건 분명하다. 하지만 17살 치고는 키가 작다. 나와 동급생인 히데오보다 4, 5센티나 작다. 미군은 권총과 칼도 휴대하고 있다. 부대에는 기관총도 탱크도 있다. 하지만 나는 아무런 말도 하지 않았다. 유키오가 말했다.

"얏치, 저기로 가 볼 거야?"

"어디로?"

"저기 정문 초소 말이야. 저기 있는 헌병에게 물어보면 알 수 있을지도 몰라. 어쩌면 불러줄지도 모르고."

철조망 건너편 저 멀리 어묵 모양의 병사와 콘크리트로 만들어진 직사각형 건물이 작게 보였다. 도대체 어디에 챔버즈가 있다는 거야? 뭘 하고 있는 걸까.

우리는 그저께 정문 초소에 갔었다. 전혀 안 갔던 게 아니다. 그때 헌병은 커다란 셰퍼드 군용견을 초소 기둥의 두꺼운 쇠사슬로 묶어 놨다. 초소에 묶인 군용견이 신기했다. 헌병은 깡마르고 키가 작았다. 헌병은 언제 봐도 당당한 체격이다. 어쩌면 헌병이 군용견을 통제하지 못 할지도 모른다고 생각하니 겁이 많이 났다. 얏치도 분명히 안절부절 못했다. 곁눈질로 흘끗흘끗 몇 번이고 군용견을 봤다. 헌병에게 경례 포즈를 취한 것도 부자연스러웠고 "유핸섬"이라던가 "베리굿"이라던가 뻔히 보이는 거짓말을 할 때도 목소리가 흥분돼 있었다. 헌병의 코는 높고 큰데다 휘어져 있었는데 붉은 얼굴의 여윈 뺨 때문에 더욱 두드러져 보였다. 헌병은 우리를 노려본 채로 서 있었다. 얏치가 군용견을 칭찬하기 시작했다. 군용견은 정문 그늘에 계속 앉아 있다. 길고 붉은 혓바닥을 내밀고 조금씩 헐떡이고 있었는데 호흡이 거칠었다. 우리를 지그시 응시하며 일어나지도 짖지도 않았다. 하지만 방심해서는 안 된다. 훈련을 받은 군용견이다. 헌병의 신호 한 번으로 어금니를 드러내고 굵고 날카로운 소리를 내고 미친 듯이 짖으며 우리에게 달려들어서 고기 한 근 정도는 물어뜯어내고 말 것이다. 언젠가 유키오가 군용견을 향해 돌멩이를 던지자 녀석들은 어금니를 드러내기는 했지만 짖지도 않고 몇 번이고 철조망으로 달려들었다고 한다. 유키오는 군용견이 철조망을 넘어서 올까봐 벌벌 떨면서 쏜살같이 도망쳤다고 한다. 한 달 쯤 전 일인데도 유키오는 눈앞에 마치 군용견이 있기라도 한 것처럼 말했다. 하지만 그저께였나 유키오는 얏치의 바로 옆에 서서 개와 가장 가까운 곳에 서 있었다. 유키오의 이야기는 거짓말일까. 헌병은 신중한 것인지 아니면 우리를 경멸하고 있어서인지 좀처럼 우리에게 틈을 주지 않았다. 큰 코 헌병에만 국한된 이야기는 아니다. 가엾다고 느꼈다. 하지만 헌병은 조금도 가엾지 않다. 이웃 난민 텐트에 사는 아카미네 할아버지가 고구마밭에서 캐낸 국수상자 안에 들어있던 두개골을 헌병에게 들이밀며 헌병과 두개골을 교차해서 가리키며 "유세임 유세임"하고 차분한 목소리로 너도 곧 이렇게 될 거라고 으르고 싶다고 몇 번이고 생각했다. 미군은 어색하고 쓸쓸한 것을 참지 못 해서 이쪽에서 웃는 얼굴로 인사를 하면 바로 친해질 수 있다고 얏치는 최근 자주 말했다. 지금까지는 대체로 그랬었던 것 같다. 하지만 역시 헌병은 달랐다. 얏치는 확실히 허둥대고 있다. 웃는 얼굴도 손짓도 잔뜩 굳어 있다. 이윽고 얏치는 돌아가려 했다. 그런 상황에서도 웃는 얼굴로 "굿바이 굿바이" 하고 계속 말했다. 우리는 누가 먼저라고 할 것 없이 잰걸음으로 걸었다. 뛰지는 않았다. 뒤돌아보지도 않았다. 총을 쏠 것 같지는 않았다. 하지만 군용견은 역시 신경이 많이 쓰였다.

"전에도 갔었잖아."

얏치가 말했다. "혼내주지도 못 했잖아."

"그 때 헌병은 특별했어, 얏치."

유키오가 말했다.

"오늘도 별로 다르지 않잖아."

"아니야 달라, 얏치. 군용견이 없었잖아."

무슨 소리를 하는 거야 하고 나는 생각했다. 초소 그늘에 엎드려 있는 군용견이 여기서 보일 리 없다. 발가락 관절이 순간 아팠다. 개미에게 물린 것일까. 운동화는 벗어놓은 상태다. 나는 개미를 집어 올려서 아무렇지 않게 유키오에게 던졌다. 발가락을 긁으니 빨개져 있었다.

"얏치, 글자를 써서 헌병에게 줄까?"

내가 말했다. 얏치가 나를 봤다.

"누가 가져갈 거야?"

유키오가 물었다.

"모두 함께."

내가 바로 말했다. 하지만 정작 속마음은 마사코에게 가져가게 하고 싶었다. 마사코는 이미 어른이다. 나는 그것을 알고 있다. 미군이 젊은 여자를 안고 싶어 한다는 사실을. 너는 아직 꼬맹이다. 마음속에서 나는 유키오를 비웃었다. 마사코는 눈도 입술도 아름답다. 가슴도 부풀어 있다. 언젠가 산바시에서 봤던 허니미군의 애인 역할을 하는 오키나와인 여성. 양공주와 비슷한 의미로 사용됨와는 비교조차 할 수 없다. 그때 본 허니는 피부색이 검고 광대뼈가 돌출돼 있고 기름기가 긴 안구가 튀어나와 있었다. 체형도 마른 작은 체구의 남자처럼 거칠었다. 그런 여자하고 가면서도 미군은 팔짱을 낀 채로 득의양양했었으니까.

"누가 쓸 거야?"

얏치가 말했다.

"얏치는 못 써?"

나는 의심스러운 듯이 물었다. 하지만 뜻밖의 일은 아니다. 얏치는 중학생 무렵 학교에 가는 척 하며 산과 들로 놀러 다녔으니까.

"맞아. 누가 쓸 거야?"

유키오가 말했다. 통역이…… 하고 나는 아차 하는 순간에 말을 시작하려다 참았다. 통역은 색골이다. 사람을 속인다. 부락 사람 모두가 싫어하는 자다. 샘물에서 미역 감는 여자들 사진을 숨어서 찍고 있다는 소문을 나도 몇 번이고 들었다. 하지만 그건 거짓말인 듯 하다. 그자가 샘물에서 미역 감는 젊은 여자들을 보고 사진을 찍는 정도로 만족할 리가 없으니까.

"누가 쓸 거야?"

유키오가 집요하게 다시 물었다. 나는 발가락을 계속 긁었다. 그 통역이라면 마사코의 나체를 보여주는 즉시 쓸 거다.

"되지도 않는 말 그만해."

유키오가 자리에서 일어났다. 나는 유키오의 얼굴을 보지 않았다. 유키오는 작은 돌멩이를 주워서 길 건너편의 철조망에 세게 던졌다. 철조망에 돌멩이가 맞고 떨어졌다.

챔버즈는 안 올 거야, 아니 올 거야. 나는 몇 번이고 망설였다. 안 오는 것이 확실하면 샘물에 가볼 텐데. 나는 혼자서라도 샘물에 갈 수 있다. 나는 유키오 일행이, 아니 얏치조차도 모르는 비밀을 알고 있다. 얏치는 자신이 여자와 그걸 해봤다고 말하고 다닌다. 털도 수북하게 자라 있다. 하지만 샘물의 '비밀'은 알지 못 하겠지. 얏치는 우물을 깊이 팔 수 있으면 좋겠다고 말했다. 그렇게 되면 여자들도 매일 저녁 샘물로 물을 길러 가지 않아도 될 거라고. 아무것도 모르고 하는 소리다. 하지만 미군이 모든 텐트막사에 모래와 시멘트와 철근, 목수 도구 등을 대량으로 놓아두고 있는데도 어째서 마을 어른들은 누구 하나 그걸 사용하지 않고 방치하고 있는 것인지 나는 이유를 알 수 없었다. 눈을 감았다. 매미 울음소리가 더욱 커졌다. 샘물을 상상했다. 즐겁다. 마사코와 친구들은 미군의 연습 일정을 확인하고 샘물에 다니고 있다. 미군 병사에게 들키지 않기 위해서다. 하지만 아침부터 계속 휴식중인 미군도 있는 것 같다. 그런 병사들이 샘물을 발견하고 물장난을 치고 있는 나체의 여자들을 풀숲에 숨어서 보고 있는지도 모른다. 미군 병사는 사진을 좋아한다. 젊은 여자들이 머리와 몸을 씻는 샘물 사진을 찍는다. 그러면 나는 마사코 앞으로 가서 어서 돌아가라고 미군을 쫓아버린다. 지난 밤 신기한 체험을 했다. 마사코의 팬티가 눈앞에 보인다. 마사코는 다리를 크게 벌린다. 꿈이었다. 무척 기분이 좋았다. 잊을 수 없다. 아침까지 넓적다리가 점액으로 미끈미끈했다.

하지만 나는 놀라지 않았다. 그게 뭔지 잘 알고 있다. 마사코가 물놀이를 하는 장소와 시간을 몰래 미군 병사에게 가르쳐주면 무언가 받을 수 있을 터다. 커다란 불발탄을 놀랄 정도로 많이 받을 수 있을지도 모른다. 챔버즈도 다르지 않다. 마사코에게 커다란 불발탄을 보여주고 가게에서 달러로 바꾼 후 콜라를 사주고 싶다.

역시 불발탄은 발견하지 못 한 모양이다. 유키오 일행은 아무 것도 지니고 있지 않다. 작은 것이라도 발견했다면 분명히 야단법석을 떨었을 것이다. 나와 얏치는 계속 털썩 앉아 있었다. 가주마루 나무 아래에서 시원하게 있었던 것이 오히려 득이었다. 하지만 어쩌면 그들은 불발탄을 발견해서 어딘가에 숨겨놓았는지도 모른다. 나와 얏치를 따돌리고 가게에서 몰래 달러로 바꾸려는 것은 아닐까. 우리는 넌더리가 나도록 찾으러 다녔다.

챔버즈는 연락을 전혀 하지 않았다. 하지만 이 가게 앞 일주도로로 군용 트럭이나 군용 지프가 자주 다녔다. 군용 자동차가 통과할 때마다 우리는 허둥대며 가까이 다가갔다. 흰 석회 가루 먼지가 피어올랐다. 우리는 입을 막고 눈을 가늘게 떴다. 하지만 차에 타고 있는 미군의 얼굴을 놓치지 않고 봤다. 유키오는 챔버즈가 오지 않을 것이라고 자주 말하던 주제에 군용 자동차로 뛰어가 스칠 정도로 접근해서 불안한 커다란 눈으로 챔버즈를 찾고 있었다. 하지만 유키오는 몸집이 가장 '어른'스럽다. 나는 조금 전부터 유키오와 히데미쓰 사이에서 기다림에 지쳐 있었다. 잡담할 내용이 떠오르지 않는 모양이다.

"있잖아, 얏치. 이제 가자."

우리는 얏치를 재촉했다.

"너 혼자 가. 상관없으니까."

그러자 얏치의 비위를 맞출 수 있을 듯한 이야기를 무턱대고 말하기 시작했다. 조개 줍기, 구아바 따기, 헤엄치기, 나무에 올라가서 도마뱀 잡기 등. 얏치는 잡초 잎을 뜯어낸 후 침과 함께 뱉었다.

"너희들은 꺼져."

유키오 일행도 챔버즈의 불발탄이 가지고 싶은 모양이다. 나는 간파하고 있다. 조금 시간이 지났다. 두 사람은 다시 나무뿌리에 주저앉았다. 나는 일하러 가는 것이 내키지 않았다. 가주마루 나무에서 나가면 어디에 다시 그늘이 있단 말인가? 유키오가 히데미쓰에게 속삭였다.

"이런 데 계속 있어야 하다니 지겨워 죽겠어. 미체고구멍 세 개에 가면 있을 거야. 얏치 녀석 뭘 생각하고 있는 걸까."

나는 그 목소리를 들었다. 얏치에게도 들렸을까, 안 들렸을까? 그들을 쳐다보지도 않았다. 미치루는 작은 칼로 대나무를 계속 깎았다. 동박새 새장을 만들고 있다. 어차피 다 만들면 얏치나 유키오에게 뒷통수를 맞거나 협박을 당하고 뺏길 것이 틀림없다. 하지만 미치루는 만드는 행위 자체를 즐기고 있다. 순식간에 몇 개나 만들었다. 유키오와 히데미쓰는 가게 앞 전신주에 돌을 던지며 놀기 시작했다. 명중할지 말지 내기를 하고 있는 듯 했다.

"기다리는 게 좋겠어."

얏치가 갑자기 말했다. 나는 얏치를 쳐다봤다. "이렇게 더운데 아무리 찾아도 없잖아. 고생도 이만저만이 아니고."

"맞아 얏치."

내가 말했다. "챔버즈를 기다리는 게 좋겠어. 미군은 거짓말을 하지 않잖아."

얏치는 내 쪽으로 몸을 돌리지 않았다. 별로 말을 하고 싶지 않은 듯 했다.

전에는 미군이 먹던 과일이나 빵, 소시지를 받았다. 군용 트럭 장막 안에 있던 십여 명의 미군이 무언가 아우성을 쳐대면서 나무 그늘에 앉아 있던 우리에게 던졌다. 하지만 단 한 번뿐이다. 좀처럼 기대할 수 있는 확률이 아니다. 챔버즈를 기다릴 수밖에 없다.

"얏치, 낙하산이 또 떨어지면 좋을 텐데 말이야."

나는 얏치를 봤다.

"이번에는 반드시 불발탄을 받아올 수 있을 거야."

얏치가 나를 노려봤다.

"너도 챔버즈가 안 올 것 같아?"

"아니야, 얏치. 챔버즈는 꼭 올거구만."

나는 허둥대며 말했다.

"바보 같은 말투는 쓰지 마."

얏치는 잡초의 길고 가느다란 잎사귀를 따서 치아로 뜯어서 뱉었다. 나는 일어서고 싶지 않았다. 샘물 근처 바다에서 수영을 하고 싶었다. 사실은 바지를 입은 채로 마사코 일행과 함께 물놀이를 하고 싶다. 하지만 창피하다. 나는 깡말랐다. 팔에 근육도 별로 없다. 샘물까지 가는 건 멀게 느껴졌다. 구름 대부분이 지평선에 스칠 정도로 걸친 채 굳어져서 몇 겹으로 피어오르고 있었다. 떠 있는 구름도 굳어 있고, 태양도 굳어 있으며, 천공은 무엇 하나 움직이지 않고 한 순간도 흐려지지 않았다.

자동차의 배기음이 크게 들렸다. 유키오 일행이 소란을 피웠다. 챔버즈야, 챔버즈라고. 우리는 바로 자리에서 일어났다. 백색 먼지가 날아들었다. 우리는 고개를 돌리지 않았다. 우리를 지나치다가 급브레이크를 밟는 소리가 났다. 먼지가 한층 더 피어올랐다. 먼지가 가라앉자 칙칙한 진녹색 장막을 친 군용 지프가 모습을 명확히 드러냈다. 챔버즈가 조수석에서 내렸다. 흰색 반팔 셔츠를 입고서 차양이 있는 전투모를 쓰고 있다. 틀림없이 챔버즈다. 얏치가 달려서 그의 옆으로 다가갔다. 우리도 모두 뛰었다. 챔버즈는 역시 미군이라고 나는 느꼈다. 얼굴은 역시 이상하지만. 특히 푸른 눈이 그렇다. 저게 살아 있는 사람의 눈이라니. 우리가 그의 눈에 제대로 비쳐지고 있기는 한 걸까. 얏치와 챔버즈가 영어로 무언가 이야기를 나눴다. 둘 다 웃음을 짓고 있다. 나는 마음을 놓았다. 우리는 두 사람을 둘러쌌다. 챔버즈의 길고 두껍고 긴 구두가 신경 쓰였다. 이렇게 더운데 말이다. 붉은 색 목덜미에 땀을 흘리고 있으면서 저런 구두라니. 푸르고 두꺼운 혈관이 보이는 살결의 거친 목덜미다. 챔버즈가 얏치의 눈을 보고 있어서 나는 천천히 그를 관찰할 수 있었다.

"얏치, 이번에는 제대로 말해야 해. 약속을 받아야 해."

유키오가 연이어 말했다.

"알고 있어."

얏치는 유키오를 흘끗 봤다. 미치루가 챔버즈에게 새장을 내밀었다. 아직 반 정도 밖에 만들지 못 했으면서. 미치루에게 이런 배포가 있다니 의외였다. 얏치가 눈과 턱으로 미치루를 제지했다. 미치루는 새장을 도로 물렸다. 상반신을 탈의하고 있는 거구의 남자가 운전석에서 내렸다. 가슴 털이 자라 있는 붉은 색의 육중한 근육질 가슴! 그야말로 진정한 미군 병사다. 모자는 챔버즈의 것과 비슷했다. 거구의 남자는 여자가 없는지 둘러보고 있는 듯 하다고 나는 느꼈다. 얏치는 거구가 신경 쓰이는 것 같았다. 곁눈질로 흘끗흘끗 봤다. 갑자기 챔버즈가 서먹서먹 하게 느껴졌다. 얏치는 낮은 목소리로 챔버즈에게 굿바이라고 말하고서 지프에서 멀어졌다. 챔버즈는 지프에 탔다.

"얏치, 약속은 어떻게 할 거야? 챔버즈가 뭐라고 해?"

유키오가 다시 물었다. 얏치와 챔버즈는 거구에게 들키지 않기 위해서 이야기를 중단했는데도 말이다. 어쩌면 그렇게 세상물정 모르는 촌뜨기일까 하고 생각하는 한편으로 무슨 이야기를 했는지 나 또한 알고 싶었다.

지프는 다시 배기음과 먼지를 일으키며 멀어졌다. 우리는 몇 걸음 정도 지프를 쫓았다. 유키오는 스크랩 오케이? 스크랩 오케이? 하고 소리치면서 20미터 정도 따라갔다. 되돌아온 유키오의 얼굴은 먼지에 뒤덮여 하얗게 변해 있었는데 흘러내리는 땀으로 몇 줄인가 균열이 있었다. 손발에 묻은 먼지도 얼룩 모양이었다. 추하다고 나는 느꼈다. 우리는 얏치를 에워쌌다.

"얏치 이번에는 확실해? 챔버즈가 가져오는 거 맞지?"

얏치는 입을 다문 채로 걸었다.

"언제 온데?"

"불발탄 받을 수 있지?"

"더우니까 저리 비켜."

얏치는 우리를 밀어 헤치면서 나무 그늘에 앉았다. 그러더니 태연하게 말했다.

"틀림없어. 내일이야."

챔버즈가 우리를 데려갔던 장소, 잡목을 불태우면 불발탄 파편을 찾을 수 있다는 장소에 강한 실망감을 느꼈다. 우리가 자주 지나가는 들길 바로 옆에 있는 긴 잡초로 가려져 있는 들판이다. 나무다운 나무는 거의 없다. 우리는 그곳에 들어가지 않는다. 독사가 있을 것 같아서다. 게다가 커다란 불발탄이 있을 것 같지도 않았다. 도대체 어디에서 날아오는 것일까. 철조망에 근접해 있다. 이 부근에서 훈련을 했던 흔적도 전혀 없다. 하지만 챔버즈가 말해준 장소이니 발견할 수 있을지도 모르겠다. 그것보다 불빛에 민감한 미군이 지프를 타고 달려오지는 않을까. 아니다. 챔버즈가 있으니 아무렇지도 않다. 이리저리 걱정해 보았자 소용이 없다. 얏치와 챔버즈는 오토바이에서 18리터 통을 내렸다. 휘발유가 들어 있다. 우리가 먹고 자는 난민 텐트의 음료수도 똑같은 18리터 통 안에 들어 있다. 군에서 불하한 물품이다. 나는 흥분해서 몸이 떨렸다. 어차피 얏치가 우두머리라고 자신을 타일렀다. 챔버즈가 뚜껑을 열었다. 얏치는 막대기로 수풀을 쳐내면서 나아갔다. 독사를 쫓아내고 있다. 챔버즈는 불그스름하고 투명해서 맛있어 보이기까지 하는 액체를 주변에 뿌리면서 얏치를 따랐다. 우리도 뒤를 따라갔다. 얏치가 되돌아봤다.

"오토바이 뒤에 가 있어. 성가시게 하지 말고."

우리는 되돌아갔다.

"으스대기는."

유키오가 중얼거렸다. 얼마 안 있어 얏치와 챔버즈도 돌아왔다. 챔버즈가 기름 종이를 둥글게 말아서 라이터로 불을 붙여서 풀숲에 던졌다. 우리는 엉겁결에 뒤로 물러섰다. 얏치는 오토바이를 뒤로 끌고 갔다. 놀라울 정도로 불이 잘 붙어서 불꽃이 높이 피어올랐다. 순식간에 불길이 건너편으로 급속도로 옮겨 붙어서 잡초와 낮은 잡목을 에워쌌다. 푸르고 투명한 불꽃, 노랑 불꽃, 불은 한 가지만이 아니다. 팔과 얼굴에 열이 전해져왔다. 대낮에 내리쬐는 햇볕의 열기와는 다르다.

오랜 전에 우리는 한 번 불에 둘러싸였다. 태양도 구름도 움직이지 않고 한 순간도 흐려지지 않았던 마치 오늘과 같은 날이었다. 우리는 잡목림 안에서 불발탄을 찾아다니고 있었다. 오늘은 또 왜 이렇게 덥냐고 몇 번이나 불평했다. 두부콩을 기름에 튀기는 듯한 소리가 났다. 미치루가 느닷없이 소리를 질렀다. 나무 사이에서 붉고 투명한 불꽃을 발견했다.

우리는 반사적으로 불이 없는 방향으로 뛰었다. 누구도 입을 열지 않았다. 있는 힘껏 달렸다. 겨우 수풀을 벗어났다. 우리는 근처의 조금 높은 제방에 올라갔다. 미군 한 명이 들고 있는 호스와 같은 것에서 잡목림 방향으로 불이 뿜어져 나왔다. 굵은 불이 일직선으로 20미터는 족히 뻗어갔다. 쉭쉭 하는 소리가 났다. 어깨에 연료통을 짊어지고 있었다. 저건 화염방사기라고 유키오가 말했다. 전쟁에서 많이 썼던 거야. 화염방사기를 짊어진 미군 주위로 열 명 넘는 다른 미군 병사가 보였다. 담배를 피우고 있는 미군도 많았다. 얏치는 그때 함께 없었다. 나는 다리가 아팠다. 화상이나 베인 상처 같았다. 유키오도 미치루도 히데미쓰도 상처를 입었다. 하지만 몸을 조금 앞으로 숙이고 미군을 보고 있었다. 갑자기 폭발음이 귀청을 찢었다. 우리는 순간적으로 몸을 엎드렸다. 불발탄이 폭발하는 소리였다. 미군들이 사라지기를 기다렸다. 모두 기다리는 것에 진력이 났다. 미군들은 주변의 나무를 잘라냈다. 불길이 번지지 않게 하려는 방책인 듯 했다. 상당한 면적의 들판을 불태웠다. 불길이 잦아들어서 잔불로 변했다. 미군들이 돌아갔다. 황혼이 가까웠다. 이미 부락 어른들도 몰래 모여들어 있었다. 우리는 모처럼의 사냥감을 거의 잡지 못 했다.

지금도 불발탄이 폭발하지는 않을지, 풍선에 바람을 지나치게 불어 넣고 있는데 멈추지 않고 계속 넣고 있는 것은 아닐까. 곧 파열돼 큰 소리가 날 거다, 곧 난다. 나는 그렇게 느껴져서 진정이 되지 않았다. 히데미쓰가 야단법석을 떨었다.

"큰일이야. 사탕수수밭으로 옮겨 붙을 거야."

히데미쓰가 뛰어왔다. 얏치에게 알렸다. 바람은 없었다. 어쩌다 보니 농로에 불이 옮겨 붙은 것 같았다. 사탕수수밭에서 잎이 불타고 있었다. 얏치는 그야말로 크게 놀라서 허둥댔다. 하지만 우리에게 명령을 내렸다. 우리는 뺨에 닿는 열기를 참으며 사탕수수를 흙 채로 뽑았다. 언뜻 보니 챔버즈가 우리 흉내를 내고 있다. 모두 스무 개가 넘는 사탕수수를 뽑았다. 이것으로 불이 더 옮겨 붙을 걱정은 하지 않아도 된다. 불이 밭에 옮겨 붙을까봐 우리는 영역을 나눠서 살펴봤다. 연기만 나는 불이 꺼질 때까지 발로 밟았다. 뽑아 놓은 사탕수수는 오토바이를 세워둔 곳으로 날랐다. 거기에 앉아서 입에 넣고 이로 껍질을 벗겨서 먹었다. 챔버즈가 칼을 써서 익숙한 손놀림으로 껍질을 벗겼다. 하지만 이로 베어서 즙을 빨아먹는 것이 우리처럼 익숙하지 않았다. 갓난아기가 밥을 먹고 있는 것처럼 미숙했다.

폭발음은 아직 없다. 우리는 몇 번이고 불길이 번지지 않는지 확인했다. 불은 사라질 것 같으면서도 좀처럼 사그라들지 않았다. 얏치가 우리에게 다시 명령했다. 우리는 먹다 남긴 사탕수수를 몇 개씩 어깨에 메고서 멀리 있는 수풀 속에 숨겼다. 밭주인에게 발각되면 험한 꼴을 당한다. 우리는 다시 돌아왔다. 얏치와 챔버즈는 불 탄 흔적 위를 걸었다. 불은 군데군데 연기를 뿜어대고 있었다. 우리의 발길은 어느새 빨라졌다. 우리는 손에 알맞은 가지를 각자 찾아서 불탄 곳을 휘저으며 다녔다. 운동화 바닥에 땅의 열기가 전해왔다. 우리는 이윽고 각기 다른 방향으로 흩어졌다. 나는 함포탄을 순간 꿈꿨다. 지난 전쟁에서 몇 만 발이나 쏘아댔다고 하는 그 커대한 폭탄을 나는 본 적이 있다. 하나라도 찾을 수 있다면……. 그러한 '횡재'에 마음을 뺏긴 것은 아니었지만 좀처럼 파편을 발견하지 못 하고 있었다. 다른 사람은 어떻게 된 것일까? 몇 개 쯤 찾았을지도 모르겠다. 어느새 나는 챔버즈 근처로 다가갔다. 길고 튼튼해 보이는 가죽 군화가 눈에 들어왔다.

옅은 초록색 헐렁헐렁한 바지, 두껍고 무거워 보이는 혁대, 하얀색 반팔 티셔츠, 차양이 있는 군용모 차림의 챔버즈는 등을 구부리고 나뭇가지로 지면을 헤집으며 다녔다. 아직 하나도 찾지 못 한 것 같았다. 챔버즈도 필사적이다. 얼굴도 목도 등도 팔도 땀에 흠뻑 젖어 있다. 나를 전혀 쳐다보지 않았다. 나는 어째서인지 챔버즈 옆을 떠나지 않았다. 이윽고 챔버즈는 등을 펴더니 나를 봤다. 작게 웃으면서 무언가 말했다. 나는 웃는 얼굴로 고개를 저었다. 불발탄을 찾았냐고 묻는 것 같았기 때문이다. 챔버즈는 무언가를 꺼내려는 듯 바지 주머니에 손을 집어넣었다. 나는 순간 기대감에 가슴이 뛰었다. 추잉검이었다. 내게 하나를 내밀기에 받아 들었다. 기대와는 조금 달랐으나 기뻤다. 챔버즈는 추잉검을 씹기 시작했다. 나도 입안에 넣었다. 나는 추잉검 포장지를 주머니에 넣었다. 나는 챔버즈가 왼손에 차고 있는 커다란 손목시계를 봤다. 챔버즈는 다시 불발탄 파편을 찾기 시작했다. 나는 챔버즈에게서 멀어졌다. 문득 파편을 대량으로 찾지 못 하면 챔버즈에게 미안하다고 느꼈다. 나는 허리를 숙이고 등을 굽히면서 얼굴을 최대한 지면 가까이에 두고 걸으며 신중하게 찾기 시작했다. 하지만 좀처럼 찾을 수 없다. 미치루와 가까워졌다. 미치루 또한 찾지 못 했다고 말했다. 유키오에게도 물어봤다. "저 미군은 아무 것도 모르는 거 아니야?" 하고 유키오가 내뱉듯이 말하고는 챔버즈를 눈으로 쫓으며 바라봤다. 하지만 얏치라면 반드시 찾았겠지 하고 나는 생각했다. 우리는 아무 것도 찾지 못 해서 난감했다. 여기에는 아무 것도 없다고 단념하자 집중력이 떨어지는 느낌이 들었다. 얏치는 오토바이 쪽을 향해서 걸었다. 고개를 조금 숙이고 있었지만 일반적인 걸음걸이로 등줄기를 펴고 있다. 포기했구나 하고 나는 낙담했다. 나는 얏치에게 다가갔다. 아무 것도 찾지 못 한 듯 했다. 나는 말을 걸까말까 순간 주저했다.

"……얏치, 너도 못 찾았지?"

"여기를 불태운 것은 전투기가 포탄을 떨어뜨리기 쉽게 하려던 거였는데. 우리도 파편을 찾기 쉽고……. 그런데 왜 이렇게 힘들지."

얏치는 침을 퉤 하고 뱉었다. 그렇게까지 하지 않아도 될 텐데 하고 나는 생각하며 자리에서 일어났다. 유키오 일행도 돌아갈 채비를 했다. 나는 모르는 척을 했다. 그들이 지나간 후 챔버즈를 기다렸다. 그들이 오토바이 주위에서 챔버즈 욕을 하고 있는 듯 했다. 유키오의 목소리가 한층 더 크고 빈번히 들렸다. 파편을 찾던 중에도 얏치와 챔버즈가 몇 번인가 서서 이야기를 나누는 모습을 나는 봤다. 얏치가 챔버즈를 모욕하지 않았을까? 챔버즈는 멀리 떨어진 구석에 선 채로 우리를 보고 있다. 챔버즈는 눈을 한 번도 감지 않는 것 같다고 나는 느꼈다. 얼굴색도 햇볕에 탄 것

치고는 어딘가 더 어둡다. 기분 탓인지 움직임도 활력이 없다. 미군은 이렇게 활기가 없는데 연습 때만 다른 것일까? 나는 미군이 짓는 표정 변화를 이제 알 것만 같았다. 냉정히 볼 수 있다. 미군과 근접 거리에서 얼굴을 마주해도 아무렇지도 않다. 지금 챔버즈는 낙담해 있다고 나는 느꼈다. 챔버즈는 내 눈을 보지 않은 채로 앞을 지나쳐서 얏치 옆으로 갔다. 챔버즈는 추잉검을 씹지 않고 있다. 챔버즈도 얏치도 아무런 말도 하지 않았다. 둘 다 엉뚱한 곳을 응시하고 있다.

챔버즈는 일행에게는 추잉검을 주지 않았다. 둘만의 비밀이라도 생긴 양 나는 미약하지만 가슴 떨림을 느끼고 입안의 추잉검을 남 몰래 천천히 움직였다. 얏치는 오토바이에 올라탔다. 나는 서둘러 그들에게 다가갔다. 오토바이 뒷자리에 챔버즈는 타려고 하지 않았다. 올 때는 휘발유 18리터 통을 안고서 당당히 탔으면서 말이다. 얏치가 어서 타라고 말한 듯 했다. 챔버즈가 오토바이에 탔다. 나는 마음이 놓였다. 얏치는 오토바이를 저속으로 움직였다. 얏치는 올 때처럼 뒤를 돌아보면서 챔버즈에게 말을 걸려고 하지 않았다.

"얏치, 이번에는 부대까지 데려다주지 마."

오토바이 옆을 달리고 있는 유키오가 큰 소리로 말했다. 챔버즈가 무슨 말인지 알아들을지도 모르는데 그렇게 말했다. 나는 작은 가슴 떨림이 아직 가시지 않았다.

"얏치 이번에는 불발탄 가게까지만 태워다 줘."

유키오는 거듭 확인했다. 얏치는 작게 끄덕였다. 히데미쓰가 늦게 온다고 생각하자 뒤에서부터 얏치에게 말을 걸었다. 오토바이가 멈췄다. 우리도 멈춰 섰다. 히데미쓰가 뛰어왔다. 뛰는 자세가 이상하다. 히데미쓰는 양손에 두개골 하나를 들고 있었다.

"뭐 하러 그런 걸 가져오는 거야?"

유키오가 말했다.

"백골이야. 문지르니 빛이 났어."

히데미쓰는 말려 올라간 셔츠 옷단으로 백골을 문질러 보여줬다.

"뭐 하는 거야?"

유키오가 말했다. "먹지도 못 할 것을."

"맞아."

얏치가 맞장구를 쳤다.

"가게에서도 저런 건 안 사. 불발탄하고는 달라."

얏치는 비아냥거리며 챔버즈를 봤다.

"오늘은 그냥 고기나 잡으러 갈 걸 그랬나봐. 그치 유키오."

"내 말이 그거야, 얏치."

유키오가 대답하며 얏치에게서 시선을 돌려 두개골을 바라보며 "빨리 버려" 하고 손바닥으로 두개골 정수리를 쳤다. 통통 하는 울리는 소리가 났다. 벌을 받을 거야 하고 나는 생각했다.

"이 미군도 얼마 안 있다가 이런 꼴이 될지도 몰라."

얏치가 말했다.

"맞아, 얏치. 베트남에서 그렇게 될 거야."

유키오가 옅은 웃음을 지으면서 챔버즈를 바라봤다. 챔버즈는 무슨 일이 벌어지고 있는지 대강 알지도 모른다. 그는 가만히 백골을 응시하고 있다. 신묘한 얼굴이다.

"저 녀석 알아들으려나. 자기 이야기를 하는데도 모르는 것 같아."

얏치가 웃으면서 말했다. 모두 큰 소리로 웃었다. 나도 웃는 표정을 만들어 보였다. 하지만 입가가 경직돼 있다. 챔버즈도 한 박자 늦게 웃었다. 웃음소리는 한 층 더 커졌다.

우리는 철조망 어디쯤에 파편이 많을지 내기를 걸었다. 유키오와 히데미쓰는 특히 정색을 하고 서로 자기의 주장을 내세웠다. 나는 더 이상 일하고 싶지 않았다. 몸이 어쩐지 나른했다. 나무 그늘은 시원했다. 우리는 가주마루 나무 뿌리 근처에 앉아서 줄기에 등을 기대고 있었다. 단발머리를 한 마른 여자아이가 다가왔다. 윤곽이 하얗고 어렴풋하게 보였다. 발걸음 소리가 멀리서 들려왔다.

눈앞의 흰 길은 사람의 왕래가 적었다. 부대의 미군들도 부락 어른들도 병영이나 전답의 나무 그늘이나 난민 텐트에서 낮잠을 자고 있는 것 같다. 마른 소녀의 그늘은 검고 두껍고 짧게 땅에 눌러 붙어 있었다. 소녀가 들고 있는 보퉁이 안에는 포탄 파편이 들어 있다. 바닥에 있는 무거워 보이는 형태의 모습에서 그것이 무엇인지 알 수 있었다. 게다가 저 소녀가 파편을 팔러 오는 모습을 우리는 몇 번이고 본 적이 있다.

"또 오빠 심부름 하니?"라고 유키오가 놀리면서 소녀와 함께 가게로 들어갔다. "아주머니." 하고 부르는 소녀의 목소리가 귀엽다. 소녀는 8살에서 9살 쯤이다. 소녀의 오빠는 경찰이다. 남매는 둘 뿐이라서 주워온 불발탄 파편을 어린 여동생을 시켜서 팔고 있다. 아마도 가게 아주머니가 값을 후려치는 것을 각오하고 심부름을 보내는 것 같다. 어째서 제 발로 오지 않는 것일까 하고 나는 생각했다. 경관이 와도 이상하지 않은데 말이다. 어른들 누구나 하는 일이니까. 이 가게 아주머니만 해도 하고 있다. 가게 헛간 외에도 마루 밑에 대량의 불발탄을 감춰두고 있다는 소문이 있다. 불량한 미군들도 때때로 무언가 가져와서 맥주나 토주土酒와 바꿔 간다. 대포에 넣는 커다란 화약이 들어 있는 새로 보급된 실탄인 것 같았다. 한번은 통역인 사키야마가 혼자 몰래 와서 요구사항을 받아주지 않으면 군대에 고발하겠다고 위협했다고 한다. 하지만 당찬 성격의 아주머니는 그랬다가는 마을 청년들이 네 녀석 몸을 산산조각 낼 것이라고 거꾸로 위협해서 쫓아버렸다. 부락을 좀처럼 혼자서 걸어 다니지 않는 또 다른 군대 통역 이야기도 있다. 붉은 얼굴에 눈이 가늘고 영양 상태가 좋아 뚱뚱보인 그가 한밤에 아주머니 가게에 숨어들었다고 한다. 그가 아주머니에게 무엇을 요구했는지 나는 알고 있다. 아주머니와 통역이 그걸로 '이어져 있다'고 유키오가 한참 전에 말해줘서 의외라고 느끼고 있었다. 남편도 아이도 없는 아주머니는 웬만한 사내가 감당할 수 없을 정도로 여장부다. 하지만 대체로 한 달에 한 번 불발탄을 사러 오는 나하 지역 업자에게 속아서 싸게 팔고 있는 모양이다. 소녀가 텅 빈 보퉁이를 흔들면서 돌아가고 있었다.

손짓으로 부르는 미군을 나는 봤다. 정문과 우리 사이의 한 가운데 쯤에 서 있다. 챔버즈임을 바로 알아차리지 못 했다. 한낮의 백광이 흰 지면에 난반사되고 있어서다. 챔버즈잖아 하고 나는 선 채로 말했다.

"정말이잖아."

하고 모두가 내 손가락 끝을 봤다.

"정말이야."

유키오와 히데미쓰가 소란을 떨었다.

"이번에는 뭔가 줄 모양이야. 무언가 가져 왔어."

챔버즈는 여전히 손짓을 하고 있다. 왼쪽 겨드랑이에 종이봉투 같은 것을 끼고 있다.

"저런 식으로 유인한 후에 초소 헌병이 총을 쏠지도 몰라."

유키오가 겁을 줬다. 무슨 헛소리를 하는 거야 하고 나는 생각했다. 속으로는 봉투 안에 있는 것을 갖고 싶은 주제에. 실제로 유키오는 곧잘 정문 초소로 가서 헌병의 총을 빌려서 쏘는 흉내를 내며 놀고 있다. 또한 땅에 닿을 듯 말 듯 총을 메고는 헌병과 나란히 경례를 등을 하며 사진 담당 미군에게 찍어달라고 한 적도 있다. 무엇보다 지금이라도 달릴 것처럼 길로 튀어나갈 준비를 하고 있지 않나. 아니지, 유키오 따위 어떻게 되든 무슨 상관이란 말인가. 뭘 주려고 하는 걸까. 나도 안절부절 못 했다.

"가보자."

얏치가 말했다. 우리는 챔버즈를 향해 걸어갔다.

뛰어가고 싶다. 챔버즈도 걷기 시작했다.

"헬로 챔버즈, 헬로."

얏치는 한 손을 들었다. 웃는 얼굴이 무척 부자연스럽다. 챔버즈도 웃는 얼굴로 가볍게 인사를 했다. 챔버즈는 얏치에게 무언가 말하면서 종이봉투를 줬다.

"뭐야"

"뭐지?"

우리는 얏치를 둘러쌌다.

"기다려. 지금 열게."

얏치도 들썽들썽 하고 있다. 미제 담배다. 여섯 보루나 나왔다.

"내가 담배를 가져오라고 전에 말했어."

얏치는 마치 자기 것을 과시하고 있는 듯 했다. 한 보루 씩 우리에게 줬다. 나는 무게를 확인하고 뒤집어봤다. 하지만 정말로 한 보루나 주는 것일까? 얏치가 영어로 무언가 챔버즈에게 이야기하고 있다.

"얏치, 가져도 되는 거야?"

유키오가 물었다. 우리는 얏치를 동시에 봤다.

"그럼 당연하지."

무언가 신기해하는 듯한 얼굴이다. 우리는 다시 소란을 떨었다. 챔버즈도 있어 하면서 나는 마음을 진정시켰다. 챔버즈는 우리에게 가볍게 손을 들어서 인사를 했다. 나는 바로 인사에 답했다. 챔버즈는 다시 정문으로 돌아가려 했다.

"얏치, 챔버즈는 가는 거야?"

내가 물었다.

"응 일이 있다고 하던데."

얏치는 "챔버즈" 하고 불렀다. 그가 돌아보자 "굿바이" 하고 말했다. 챔버즈도 "굿바이"라고 대답했다. 나는 아무런 말도 하지 못 했다. 얏치는 챔버즈에게 등을 돌리고 걷기 시작했다. 우리도 동시에 걸었다.

"또 가져오라고 했으니까 기대해도 좋아."

얏치는 누구에게라고 할 것도 없이 말했다.

"가져올 수 있을 만한 것을 제대로 알려줬어."

나는 뒤돌아봤다. 챔버즈는 어깨와 손을 거의 고정시키고 걸어가고 있었는데도 상당히 빠른 속도로 멀어져 갔다. 우리는 챔버즈가 준 담배를 아주머니 가게로 가서 달러나 음식, 혹은 담배로 교환할 작정이다. 모두 저절로 걸음이 빨라졌다. 얏치는 교환의 명수다.

"챔버즈랑 해안가에서 술을 마실 거야. 오늘 밤인데 너도 올래?"

얏치가 말했다. 우리는 허둥대며 물었다.

"챔버즈도 정말 오는 거야?"

"정확히 어디서 만나?"

"몇 시야?"

챔버즈는 튼튼하게 만든 불빛이 강한 회중전등을 가져왔다. 나는 탐이 났다. 회중전등이 있으면 낮과 밤이 별로 다르지 않다. 모래에 놓은 회중전등 빛은 얏치와 챔버즈의 옆을 통과해서 십여 미터 앞에 있는 물가를 비추고 있었다. 건전지가 아깝다. 나는 방금 전부터 건전지가 신경 쓰였다. 모닥불이 거의 다 타서 불길이 잦아들고 있었다. 우리는 작은 판자 정도밖에 찾아내지 못 했다. 어른들도 장작이 부족한 상황이다. 좋은 고체 연료는 좀처럼 없었다. 하지만 불길이 조금 남은 것만으로도 나는 마음이 놓였다. 달빛이 모래사장을 멀리까지 어렴풋이 비추고 있었다. 피어오른 흰 색 적란운도 보였다. 해안가를 따라 나 있는 휜초도, 낮은 산도, 바닷물도 거무칙칙한 상태로 가만히 있었다.

모두 가만히 있다. 방금 전부터 일행 모두 입을 열지 않았다. 챔버즈의 베트남 파병이 결정됐다고 한다. 얏치는 찻종에 담긴 술을 연이어 입으로 가져갔다. 얏치의 뒤에 늘어져 있는 판다누스의 검은색 잎사귀 그림자가 선명했다. 챔버즈는 양쪽 무릎을 세우고 양손으로 두른 채 약간 고개를 숙이고 있었다. 그러다 무언가 떠오른 듯이 고개들 들고 술을 마셨다. 내가 가져온 찻종이다. 우리는 각자 집에서 술을 조금씩 가져오기로 약속을 했는데, 나는 몇 번인가 망설인 끝에 챔버즈가 마실 술도 가져왔다. 나는 책상다리 자세를 유지했다. 하지만 히데미쓰도 미치루도 자꾸만 발을 뻗고 한쪽 무릎을 세워 앉으면서 책상다리 자세를 무너뜨렸다. 다리 복사뼈 쪽에서 무언가가 움직였다. 소라게다. 손으로 만져보지 않아도 알 수 있다. 나는 소라게가 움직이는 것을 막지 않았다. 다리에 올라와서 앞으로 나아가다 내 발이 방해를 한 모양인지 소라게는 필사적이었다. 얼마 안 가 소라게는 내 다리에서 멀어졌다. 나는 한밤 해안가에서 무수하게 많은 소라게가 기어 다니는 모습을 상상했다. 챔버즈는 양반다리를 한 번도 하지 않았다. 나는 모래를 떠서 손가락 사이로 떨어뜨렸다. 모래는 건조돼 있고 작아서 순식간에 흘러내렸다. 나는 몇 번이고 같은 동작을 반복했다. 유키오가 바다를 향해서 팔을 흔들었다. 나지막한 물소리가 났다. 물가 구석에서 두세 척의 사바니오키나와의 작은 나무배 모양의 배가 보였다. 챔버즈는 얏치보다 네 살 밖에 많지 않은데 벌써 아내와 두 아이가 있다고 한다. 챔버즈의 동료들도 대부분 그런 모양이다. 옆에 있는 미치루는 모래를 파고 있었다. 구멍이 꽤 깊었다. 나는 모래를 만지다 멈췄다. 캘리포니아에서 살고 있다는 챔버즈의 아내와 아이는 송금을 받아서 생활하고 있다고 한다. 두 시간 쯤 전 우리가 챔버즈를 기다리고 있는 사이에 얏치가 해준 이야기다. 챔버즈는 우리가 믿듯 부자는 아닌 모양이었다. 챔버즈의 부모님은 두 분 다 그가 어릴 때 병사했다고 한다. 챔버즈 기운을 내, 하고 나는 위로해주고 싶었다. 영어를 할 수 있으면 얼마나 좋을지 떠올려 봤다. 다른 미군들은 밝고 쾌활하고 난폭하기까지 한데 챔버즈는 그렇지 않다. 챔버즈는 겁쟁이인 것일까. 나는 찻종 술을 입에 조금 머금었다. 쓰다. 하지만 천천히 목구멍으로 밀어 넣었다. 목구멍이 뜨겁고 짓무를 것 같았다. 어째서 이렇게 맛없는 술을 사람들은 좋다고 마실까. 어른들이 매일 같이 반주를 하는 것이 이상했지만 찻종 술 한 잔 정도는 마실 수 있을 듯 했다. 몸이 데워진 듯한 기분이 들었다. 바닷가 밤바람이 춥기에 나는 긴팔 상의를 입고 왔지만 챔버즈는 낮에 입던 옷 그대로다. 흰 반팔 셔츠에 군모를 쓴 채로다. 어느새 챔버즈는 방금 전에 내가 했던 것과 똑같은 동작을 하고 있다. 모래를 긴 손가락 사이로 스르륵 흘려보내고 있다.

　유키오가 기세 좋게 자리에서 일어났다. 모래가 떨어지면서 튀어 오르지 않았을까. 발밑에는 고등어통조림이 열려 있다. 다 먹지 않아서 남아 있다.

　"어디 가?"

나는 조금 과격하게 물었다. 이걸 계기로 모두 말을 하면 좋겠다고 생각했다.

"오줌 싸러."

유키오는 퉁명스럽게 말하고서 물가로 걸어갔다. 어린 시절 마사코가 오줌 누는 모습을 본 적이 있다. 4, 5년 전이다. 마사코는 이제 어린아이가 아니다. 나는 그 사실을 알고 있다. 브래지어도 하고 있다. 벌써 중학교 3학년이다. 내년에는 나하 시내로 일하러 간다고 했다. 챔버즈도 여자와 놀며 마음을 달래면 좋을 텐데. 나는 챔버즈를 바라봤다. 얏치는 챔버즈가 동료와 비행기를 타고 때때로 고자 시내에서 여자를 산다고 말했다. 나는 미군인데 당연하지 하고 맞장구를 쳤다.

얏치와 친구들의 고구마밭도 가시철사 철조망 안에 있다. 뭐니 뭐니 해도 누군가의 눈치를 보며 밭일을 할 필요가 없다. 나는 감사한 마음이 들었다. 언제나 친구들과 놀 수 있으니까. 별빛이 밝아서 주위가 잘 보였다. 대부분 들판이다. 밭과 고구마를 찾아다녔다. 헌병이 순회하며 감시하고 있다. 나는 뭐 하러 얏치와 약속을 했을까. 고구마를 봉투 가득 챔버즈에게 선물해주겠다고 말이다. 얏치가 비밀리에 나에게만 권유를 해서였을까. 누구에게도 말하면 안 된다고 몇 번이고 얏치가 다짐을 받아냈기 때문이었을까. 가시철사 철조망은 옆으로 몇 단이나 둘러쳐져 있다. 하지만 헐거운 부분이 있다. 얏치는 양손으로 위아래의 유자철선을 벌려서 구부러뜨린 후 발을 넣었다. 나도 똑같이 따라했다.

"위험해. 천천히!"

낮은 소리로 얏치가 말했다. 문득 얏치가 상냥하다고 느꼈다. 고구마는 반 년 정도 넘게 누구도 경작을 하지 않고 있다. 고구마가 가득 자라 있을까. 아니면 말라서 썩어버렸을까. 때때로 폭탄도 떨어진 모양이다. 얏치는 약간 새우등을 하고는 천천히 걸었다. 몇 번이고 "아무 소리도 내지 마!" 하고 나를 돌아봤다. 숨죽이며 걷고 있는데도 말이다. 얏치는 뒤에 내가 잘 있는지 신경이 쓰이는 것 같았다. 얏치는 오른 손에 텅 빈 마대자루를 들고 있다. 돌아갈 때 고구마가 가득차면 교대로 들어야 할지도 모른다. 나는 발밑을 조심했다. 불발탄 파편을 찾을 수 있을지도 모르기 때문이다. 하지만 돌멩이와 구별이 잘 되지 않았다. 챔버즈가 들고 있는 회중전등이 탐났다. 빛이 무척 강하다. 고구마밭 멀리까지 비출 수 있어서 밭을 찾기 쉬웠고 고구마를 캘 때도 커다란 것을 찾기 쉬웠다. 우리는 밭 깊숙한 안쪽으로 걸어갔다. 주위에 가시철사 등은 더 이상 보이지 않았다. 직 하고 연속으로 나는 소리와 벌레 소리가 몹시 크게 들렸다. 어째서 나는 동의했을까. 후회됐다. 하지만 돌아가자는 말은 도저히 할 수 없었다. 캐낸 고구마 전부를 설마 챔버즈에게 다 주지는 않겠지 하고 생각을 고쳐먹었다. 할머니에게 서너 개는 드릴 수 있으면 좋겠다. 고구마를 먹고 싶다고 할머니가 중얼대는 소리를 몇 번이나 들었다. 실제로 난민 텐트에서의 생활은 숨막힐 듯 덥고 땀을 많이 흘려서 체력을 많이 소모한다. 우리는 야채나 야채참푸르^{야채}볶음밥밖에 먹지 못 했다. 매일 비슷한 음식에 진력이 난다. 한 번은 홀로 동쪽 부락의 고구마를 훔치러 갔다가 두세 개 쯤 캤을 때 밭주인에게 걸려서 죽을힘을 다해서 도망쳤던 적도 있다. 겨우 도망을 쳤지만 다시 하라고 하면 신물이 날 정도다. 다행히 동쪽 끝에 있는 아라사토新里 부락과는 교류가 적었다. 나를 잡으러 뛰어왔던 아저씨는 내가 어디에서 굴러온 자인지 알 길이 없었을 것이다. 나 또한 그 아저씨가 누군지 모른다. 우리는 학교에서도 동쪽 부락에 사는 아이들과는 놀지 않았다. 미군들도 그 부락에 가면 태연히 돌아다니지 못하는 모양이다. 이번에야말로 할머니가 고구마를 드실 수 있을지도 모르겠다. 우리도 먹고 싶다. 오히려 얏치에게 감사해야 하는지도 모르겠다. 가시철사만 해도 나 홀로 뚫고 들어갈 수 없으니까. 산들바람이 불어왔다. 어떤 움직임도 없었다. 낮과 비교하면 훨씬 안정된 느낌이다. 풀도 나무도 훤초도, 그리고 적란운도 그렇다. 문득 하브가 신경 쓰였다. 어째서 지금까지 조심하지 않았을까. 나는 얏치의 바로 뒤에서 걸어 다녔다. 얏치는 나를 돌아보더니 "바로 앞이야." 하고 목소리를 죽이며 말했다. 밤에는 위험하다. 하브는 직사광선에는 약하지만 밤에는 먹이를 찾아다닌다.

갑자기 멀리서 빛이 보였다. 움직이고 있다. 바로 회중전등 불빛인 것을 알았다. "밤에는 미군에게 가까이 가지 않는 편이 좋아. 그들은 겁이 나면 바로 총을 쏠지도 몰라." 갑자기 얏치가 평소에 자주 하던 말이 떠올랐다. "저 헌병이 우리 밭을 도둑들로부터 지켜주고 있다고 믿으면 되잖아, 얏치" 하고 내가 기지를 발휘했던 순간을 떠올렸다. 그때 나는 "저 미군들은 이렇게 먼 섬까지 와서 암흑 같은 밤에 잠도 못 자고 보초를 설 거라고 상상이나 해 봤을까?" 하고 말했었다.

하지만 한시라도 빨리 도망치고 싶다. 내가 얏치의 팔을 잡아끌자 그가 돌아봤다. 나는 팔을 최대한 쭉 뻗어서 불빛이 비추는 방향을 가리켰다.

"저기 봐봐."

"알고 있어!"

얏치가 말했다. "별거 아니야. 아주 멀리 있어."

하지만 얏치의 발걸음은 불빛 반대방향을 향해서 빨라졌다. 고구마밭 방향으로 가는 것이라고 믿었다. 나는 불빛이 계속 신경 쓰였다. 붙잡히기라도 하는 날이면 모포가 머리에서부터 발끝까지 뒤집어 씌인 채 동아줄이나 철사에 꽁꽁 묶여서 가데나비행장에서 군용기에 실려 베트남으로 이송된다고 했다. 베트남에 보내지면 아마도 죽은 목숨이다. 베트남 사람들은 난폭하다고 챔버즈가 말했다고 한다. 그들의 얼굴 모양은 필리핀 사람과 닮았다. 베트남 사람들이 우리랑 닮았다고 했던 얏치의 말은 틀렸다. 필리핀 사람과 우리는 확실히 다르다. 챔버즈에게 고구마를 먹인다는 계획은 어딘가 창피하다. 그는 매일 맛있는 음식을 먹고 있으니까. 하지만 히데미쓰는 구아바를 아무렇지도 않게 챔버즈에게 내밀었다. 단단한 돌덩이 같은 푸른색 과일을 말이다. 그런데도 챔버즈는 히데미쓰에게 웃어 보이면서 필사적으로 베어 먹으려 했었다. 맛있을 리가 없다. 구아바보다는 고구마가 훨씬 맛있다.

갑자기 개가 짖어댔다. 우리는 반사적으로 멈췄다. 짖는 소리가 어디서 나는지 살폈다. 분명히 불빛 쪽이다. 헌병의 군용견임이 틀림없다. 녀석들은 침입자를 발견하면 군용견을 풀어서 물게 놔둔다. 자기 힘으로 때려잡는 것이 아니라 마치 나쁜 것은 모두 군용견이라는 표정을 하고서 아무렇지도 않게 우리가 울부짖을 때까지 물어뜯게 놔둔다.

"도망쳐!"

얏치가 말하고서 쏜살같이 도망치기 시작했다. 나는 죽을힘을 다해 그를 따라 갔다. 군용견이 짖는 소리가 히스테릭하게 들려왔다. 점점 더 커진다. 개가 짖는 소리가 어디서 들려오는 것인지 나는 문득 알 수 없어졌다. 어쩌면 군용견을 향해 뛰어가고 있지는 않은지 걱정됐다. 서둘러 난민 텐트 안으로 숨어들고 싶다. 아무리 찔 듯 덥다고 해도 괜찮다. 오늘 밤은 얏치와 함께 난민 텐트 안에 숨고 싶다. 마구 소리를 쳐대는 헌병의 목소리가 개가 짖는 소리와 섞여서 들려왔다. 겁쟁이 미군들이 깜짝 놀라서 어쩔 줄 모르는 듯 했다. 군용견의 쇠사슬 목줄을 놓지도 못 한 채 어둠을 향해 어색하게 소리치고 있을 뿐이다. 가시철사에 이르렀다. 나는 조금 안심했다. 우리는 정신없이 빠져나왔다. 나는 가시철사에 팔을 긁혔다. 고통이 밀려왔다. 피가 나오는 것 같았다. 미끈미끈했다.

"선오브빗치! 선오브빗치!"

얏치가 가시철사 안쪽을 향해 외쳤다. 우리는 잰걸음으로 걸으면서 호흡을 가다듬었다. 얏치는 갑자기 떠오른 듯 돌멩이를 주워서 가시철사 안으로 힘껏 던지며 영어로 무언가 소리쳤다. 몇 번인가 같은 행동을 반복했다. 나도 한 번 돌을 던졌다. 나는 빨리 돌아가고 싶었다. 군용견이 짖는 소리는 좀처럼 멀어지지 않았다. 군용견은 가시철사 쯤이야 쉽게 빠져나올 수 있다. 연속해서 두 발의 총성이 울렸다. 얏치는 튕겨나가듯이 힘차게 뛰어갔다. 나도 멀어지지 않으려고 있는 힘을 쥐어짜서 따라갔다. 다시 총성이 울렸다. 진지하게 겨냥해서 쏘는 것인지 하늘을 향해 위협사격을 하는 것인지 알 수 없었다. 헌병에게 우리의 모습이 보일까? 하지만 회중전등 불빛은 보이지 않았다. 회중전등이 없어서 다행이라고 나는 달리면서 생각했다. 불빛이 발각됐다면 헌병이 바로 조준 사격을 해서 우리는 사살됐을지도 모른다. 우리는 일주도로를 지나서 난민 텐트막사로 이어지는 작은 길로 들어섰다. 더 이상 총성은 울리지 않았다. 군용견이 짖는 소리도 이제 사라졌다. 안심했다. 아쉬움이 남았다. 이번에야말로 할머니에게 고구마를 가져다 드릴 수 있었는데. 얏치도 똑같은 마음인 듯 했다. 얏치의 작은 여동생과 남동생은 언제나 고구마를 먹고 싶다고 졸랐으니까. 우리는 크고 격렬하게 숨을 헐떡이며 걸었다. 가시철사 안에서 사진이 찍혔으면 어쩐다. 나는 문득 신경이 쓰였다. 증거사진이 있으면 설령 도망쳤다고 해도, 어떤 변명을 해도 언젠가 반드시 체포된다. 아니다, 괜찮아. 사진 플래시가 터지지 않았다. 확실하다. 손에서 나던 피는 멈췄다. 하지만 이런저런 장애물을 밟았다. 타박상과 생채기가 많이 생겼다. 욱신거렸다. 얏치는 호흡을 가다듬은 후 아무런 말도 하지 않았다.

"얏치, 큰일 날 뻔 했잖아."

내가 말했다. 얏치는 고개를 끄덕일 뿐이었다. 우리는 각자의 난민 텐트막사로 가며 헤어졌다. 헤어지며 얏치가 말했다.

"내일 다른 애들하고 만날 때 오늘 있었던 일은 아무에게도 말하면 안 돼. 앞으로도 안 돼. 약속이다?"

나는 엉겁결에 끄덕였다. 나는 얏치와 오늘 밤 조금 더 함께 있고 싶었다. 좀 더 이야기를 하고 싶다. 이대로 헤어지면 마음이 진정되지 않는다. 하지만 말을 걸기 힘들었다. 뭐라고 하면 될지 알 수 없다. 어쨌든 약속을 지키자고 결심했다. 얏치는 텅 빈 자루를 든 채로 난민 텐트에 들어갔다. 텐트 안 램프의 진한 오렌지색이 따뜻해 보였다. 나는 자신의 텐트를 향해서 뛰어갔다.

초등학교 여학생 네 명이서 빈 통조림과 못 일고여덟 개를 가져왔다. 가게 아주머니는 "좀 더 큰 걸 가져와야지"라고 말하면서 둥근 설탕 눈깔사탕 8개를 내줬다. 여자아이들은 눈깔사탕을 입안에 넣고서 혀로 굴려가면서 가주마루 나무 그늘로 들어갔다.

"빨리 집에 안 가면 미군에게 잡혀간다."

유키오가 여자아이들을 쫓아냈다.

　조금 있다가 정말로 미군 지프가 왔다. 미군기지 정문 방향에서 자동차 소리가 났다. 지프가 흰 흙먼지를 피어 올린 후 먼지를 꼬리에 끌면서 돌진해 왔다. 또 스피드광 미군이 일주도로를 달리며 난리군 하고 나는 생각했다. 지프가 아주머니 가게 앞으로 가까이 다가왔다. 나는 눈을 가늘게 뜨고서 손으로 입을 막은 채로 고개를 돌렸다. 하지만 가늘게 뜬 눈으로 최대한 조수석을 주의 깊게 살펴봤다. 브레이크를 밟는 소리가 났다. 지프 앞좌석에 타고 있던 죽고 싶어서 환장한 미군이 뛰어내렸다. 상의를 벗고 있다. 운전자도 상의를 벗고 있다. 조수석에 흰 반팔 티셔츠를 입고 있는 미군은 다름 아닌 챔버즈였다. 챔버즈도 바로 내렸다. 그는 내려서 우리에게 신호를 보냈다. 뭐라 표현하기 힘들 정도로 천진난만한 미소다. 얏치가 바로 자리에서 일어났다. 뛰어서 챔버즈 옆으로 가서는 무언가 이야기를 시작했다. 둘의 대화는 바로 끝났다. 얏치가 우리를 향해서 말했다. 챔버즈의 얼굴이 굳어있다.

　“스크랩을 받을 수 있어.”

　“정말이야, 얏치?”

　“그렇다니까.”

　유키오 일행이 떠들어댔다. 그들은 아직 어린아이다. 나는 자신에게 진정하라고 타일렀다. 내일 아침 챔버즈는 가데나기지로 향한다. 하지만 챔버즈는 명랑해보였다. 이야기를 곧잘 하며 지프의 장막을 득의에 찬 모습으로 열어젖혔다. 나는 깜짝 놀랐다. 폭약이 없는 포탄 껍데기가 가득 쌓여있다. 포탄 하나의 크기가 내 발 길이와 비슷했다. 챔버즈의 동료 미군들이 마구 호통을 치듯이 빠른 말투로 말했고, 챔버즈가 끄덕이자 포탄 껍데기를 한 번에 두세 개 씩 껴안았다. 또 무언가 큰소리로 말하면서 가게 앞뜰에 던졌다. 둔중한 소리가 났다. 화초 몇 송이가 찌부러졌다. 챔버즈도 얏치도 같은 작업을 시작했다. 나도 같이 거들려고 했다. 하지만 남자들은 즉시 포탄을 들었다. 옆에 서 있는 우리를 나가떨어지게 할 기세다. 낯선 얼굴의 미군은 얼굴이 검붉고 윤곽이 깊을 뿐만이 아니라 음험한 눈을 크게 뜨고 있다. 어느새 방금 전 쫓아냈던 여자아이들이 우리 옆에 왔다.

“위험해.”

나는 여자아이들을 물러나게 했다. 하지만 다시 가까이 다가왔다. 지프를 타고 오는 미군은 여자아이들에게도 ‘영웅’이다. 미군 지프나 미군을 봤다는 사실만으로도 여자아이들 사이에서는 화제다. 뛰어나온 가게 아주머니는 히데미쓰와 유키오로부터 사정을 듣더니 계속 웃음을 지으면서 “땡큐 땡큐” 하며 평상시에 ‘염소 눈’이라는 별명으로 불리는 미군에게 몇 번이고 고맙다고 말했다. 고마움을 표하면서 “폭약이 들어 있으면 더 좋았을 텐데”라고 말하면서 얏치에게 속삭였다. 얏치는 입을 다물고 작업을 계속했다. 얏치는 이미 훌륭한 어른이라고 나는 느꼈다.

“왜 화약은 없는 거야?”

유키오가 물었다.

“화약은 이토만 사람들이 고기를 잡을 때 다이너마이트로 쓸 거야.”

가게 아주머니는 반쯤은 신바람이 났고, 반쯤은 가라앉은 목소리로 대답했다. 평소에는 우리와 이야기도 하지 않았으면서 이상한 일이다.

그들은 포탄 껍데기를 다 내렸다. 미군 두 명은 “헤이 마마. 비어. 헤이 비어”라고 말하면서 가게 아주머니에게 맥주를 마시는 시늉을 했다. 아주머니는 순간 두리번거렸지만 허둥대며 맥주를 꺼내왔다. 둘 다 단숨에 맥주 한 병을 비웠다. 그러더니 달러도 내지 않고 앞뜰 물탱크 수도꼭지를 잔뜩 열어 얼굴과 머리를 적셨다. 급기야는 서로 물을 뿌리며 어쩐지 기분 나쁜 큰 웃음소리로 떠들어댔다. 샘물을 애써 떠와서 채워 놓은 것인데 이렇게 마구 써대다니 안 될 일이다. 가게 아주머니는 그저 바라보고 있을 뿐이다. 불평도 하지 않았다. 난리를 치는 두 병사는 베트남에 파병 결정이 나지 않은 것이리라. 얏치와 챔버즈가 대화를 나누고 있다. 챔버즈는 웃음을 지으면서 “노, 노.” 하고 고개를 저었다. 오늘 밤 해안가에서 술을 마시자고 얏치가 말한 모양이다. 챔버즈의 셔츠는 흠뻑 젖어서 등에 착 들러붙어 있었다. 챔버즈는 상식이 없는 다른 미군들과는 다르다. 물탱크를 쓰려고 하지 않았다. 챔버즈를 샘물로 데려가서 놀게 하고 싶었다. 나는 전부터 그렇게 생각하고 있었다. 하지만 챔버즈가 다른 미군에게, 저렇게 상식도 없는 미군에게 샘물의 위치를 알려 줄까봐 그게 걱정됐다. 하지만 괜찮다. 챔버즈는 신용할 수 있다. 게다가 마사코도 이제 어른이다. 지금 가면 마사코와 일행이 있을지도 모른다. 베트남 전쟁터에 여자는 분명히 없겠지. 훨씬 전에 샘물을 알려줬다면 챔버즈도 일부러 고자 시내 등으로 여자를 사러 가지 않아도 됐을 텐데. 하지만 중년이나 노파 등 다른 여자들이 싫어하지 않았을까. 낫을 휘둘렀을지도 모른다. 아니지, 저 아주머니는 미군이 무슨 짓을 해도 가만히 내 버려두지 않나. 마사코 이외의 여자들은 모두 가게 아주머니와 다를 바 없다. 아무런 불평도 하지 못 한다. 게다가 챔버즈는 샘물에 갈 시간이 없다. 챔버즈는 곧 떠난다. 가서 죽을지도 모른다. 설령 돌아온다 해도 두 손을 잃을지도 모른다. 반신불수가 돼 침상에 누워 있게 될지도 모른다. 그렇게 되면 샘물에도 갈 수 없다. 샘물의 위치를 알려주고 싶다. 지금이 기회다. 챔버즈는 한 손을 허리춤에 댄 채로 일어나서 수건으로 목덜미를 닦고 있다. 하지만 어떻게 말하면 좋을까. 영어로 뭐라고 해야할지 모르겠다. 손짓을 떠올려 봤다. 적당한 손짓이 떠오르지 않는다. 아무리 해도 통하지 않는다. 하지만 챔버즈는 곧 베트남에 가버린다. 용기를 내야한다. 챔버즈의 나체는 징그러울까. 추하다. 마사코가 챔버즈의 나체를 보고 어떻게 느낄지 모르겠다. 거꾸로 챔버즈가 마사코의 나체를 보면 그녀가 어떻게 생각할지도 모르겠다. 이 여자아이들도 조금 더 자라면 제 발로 몸을 씻으러 샘물에 갈지도 모른다. 그 무렵이면 가슴도 부드러워지고 부풀어 있겠지.

가죽장화를 벗고 차가운 물에 발을 담구는 것만으로도 얼마나 좋은 기분이 들까. 분명히 챔버즈는 모른다. 전쟁터는 덥겠지. 우리는 그럴 마음이 들면 언제든 샘물로 갈 수 있는데 챔버즈는 그렇지 못 하다. 저 미군 두 명은 위험하다. 저 녀석들에게 샘물이 발각되면 지독한 꼴을 당하고 만다. 모두의 즐거움을 빼앗긴다. 아니지, 챔버즈는 다른 미군에게는 함구할 거야. 챔버즈는 틀림없이 샘물을 마음에 들어 할 텐데. 얏치에게 말해보자. 얏치는 찬성할까. 챔버즈에게 선물을 하려고 위험천만한 고구마밭에까지 갔으니까. 방금 전에는 챔버즈에게 술을 마시자고까지 권하지 않았

나. 얏치는 이런 대낮에, 땀을 흘리고 있는 시간에, 술을 마시자는 이야기를 해서는
안 됐다. 나는 미치루 옆을 떠났다. 얏치에게 말을 걸 기회를 기다렸다. 영어를 할 줄
아는 얏치는 얼마나 좋을까. 하지만 챔버즈는 얏치보다 훌륭하다. 죽을지도 모르는
베트남에 가지 않나. 얏치보다 네 살밖에 많지 않은데 전쟁터로 간다. 챔버즈를 조금
더 빨리 샘물로 데려갔어야 했다. 이렇게 갑작스레 베트남에 갈 줄은 꿈에도 몰랐다.
미군은 오고가는 식으로 빠르게 교체된다. 손으로 목과 겨드랑이 땀을 닦은 후 손을
흔들면서 얏치가 챔버즈에게 등을 보였다. 나는 그 옆으로 다가갔다.

“얏치.”

나는 얏치의 귓가에 입을 최대한 붙였다. 땀 냄새가 났다. 챔버즈가 나를 보고
있는 것을 곁눈으로 알 수 있었다.

“챔버즈를 샘물에 데려갈까?”

얏치는 검붉고 더러워진 얼굴이 내 바로 정면을 향했다. 나를 노려봤다.

“누구를?”

“……챔버즈 말이야.”

“그건 안 돼. 누구에게도 말해서는 안 된다고. 알아들었어?”

목소리를 낮게 꾹꾹 누르고 있지만 말투는 거칠었다. 나는 아무런 말도 하지 못
했다. 나는 얏치의 눈을 응시한 채로 우두커니 서 있었다.

“아무에게도 말해서는 안 돼. 알았지?”

얏치는 다시 살벌하게 노려봤다. 나는 끄덕였다. 유키오 일행이 조용히 다가왔
다. 비참하다는 느낌이 들었다. 얏치는 이미 어른인지도 모르겠다고 나는 문득 생각
했다. 하지만 무언가 반발하고 싶었다. 하지만 무언가 마음이 놓였다.

“헤이 챔버즈.”

물장난에 지쳐 지프에 탄 미군이 챔버즈를 불렀다. 한 명은 지프 앞쪽에 탄 채
로 다리를 쭉 뻗고 있었다. 챔버즈는 우리 일행 한 사람 한 사람의 얼굴을 보면서 지
프에 탔다. 바로 엔진 소리가 났다. 흙먼지도 피어올랐다. 지프는 급하게 유턴을 한

후에 속도를 올려서 미군기지 정문을 향해 내달렸다. 나는 챔버즈에게 굿바이라고 말하고 싶었다. 하지만 말하지 못 했다. 큰 소리를 내면 아직 들릴 것이다. 하지만 늦었다. 이제 소리를 질러도 들리지 않겠지. 손을 흔들어보려 했다. 얏치와 일행은 앞뜰 포탄 앞에 몰려서 소란을 떨고 있었다. 그들은 지프도 나도 쳐다보지 않았다. 나는 한손을 들어서 세게 흔들었다. 보고 있는 사이에 지프가 미군기지 정문으로 사라졌다.

카니발 소싸움 대회

미군 카니발 축제날이면 섬 구석구석에 있는 수십 개 미군기지 정문이 오키나와 주민에게 개방된다.

소년은 진짜 대포와 전투기, 탱크 등을 보고 만져봤으나 아침나절 두세 시간 만에 지쳐버렸다. 생각했던 것만큼 신기하지 않았기 때문이다. 원래 큰 관심이 없었고 무엇보다 줄을 오래 서야해서 귀찮았다. 함께 있던 히데오가 미제 아이스크림을 받기 위해 줄을 서겠다고 고집을 부려서 소년은 다른 곳으로 갔다. 어젯밤 우쿠이선조의 영을 되돌려 보내는 의식를 하며 밤을 새워서 떡, 어묵, 고기, 달콤한 사탕수수가 소년의 뱃속에 가득 차 더부룩했다. 그런데 이제 와서 몇백 명 넘는 줄에 서서 기다리고 싶지 않다.

잔디뿐인 벌판의 끝도 없이 일직선으로 이어져 있는 폭이 넓은 아스팔트 도로 위에서 소년은 즈크화를 벗었다 신었다 하면서 걸었다. 뜨거운 햇볕에 살이 타고 있었다. 지쳐 혼자 걷노라니 맨발에 닿는 자극이 기분 좋았다. 소년은 목이 말랐다. 침이 하얘지더니 양이 줄고 나오지 않았다. 물이 마시고 싶었다. 부락에는 어디에나 우물이 있는데 이곳은 어째서인지 아무 것도 없다. 소년은 갑자기 걱정이 됐다. 자신의 차례가 되기 전에 아이스크림은 모두 사라질 것이다. 소년은 그렇게 자신을 타일렀다. 두꺼운 나무상자나 트럭 한 대가 쑥 들어갈 것 같은 직육면체 나무상자가 줄 지어 쌓여 있었다. 소년은 아무리 걸어도 양쪽에 있는 그것들로부터 벗어날 수 없었다. 나무상자는 커다란 못을 박아 튼튼했다. 안에는 무엇이 들어 있을까. 그날 처음으로 소년은 내용물이 알고 싶어졌다. 매일매일 멍하게 그 앞을 지나쳤을 뿐이다. 철조망 밖에서 볼 때 작아보였던 상자의 거대함에 소년은 무척 놀랐다.

그해 서력 1958년은 기타나카구스크 마을에 있는 즈케란 체육관 옆에서 특별히 소싸움 대회가 열렸다. 오후 1시 대회 시작까지는 아직 시간이 있다. 정오 사이렌이 이제 막 울렸다. 소년은 유리창에 코를 찌부러뜨리고 농구를 하고 있는 스무 명 정도의 미국인 청년을 보는 것도 지겨워져서 창문 아래에 앉아 멍하니 앞을 바라보고 있었다. 평일이면 철조망 밖에서 이곳을 바라보며 아무렇게나 드러눕고, 달리고, 구르며 돌아다니고, 물구나무서기를 하고 싶었다. 그런데 막상 와보니 잔디는 모포에 앉아있는 것처럼 숨 막힐 듯이 더운 데다가 잔디 끝이 반바지 안의 엉덩이를 찔러댔다. 잔디에는 그늘이 없었고 푸르름만이 크고 풍요롭게 넘실거리며 멀리 있는 철조망 부근까지 물결치고 있었다. 언덕으로 뻗어가는 철조망 바닥에서부터 거대하고 흰 소나기구름이 솟아오르더니 굳어졌다. 부락에서 소란스럽게 우는 매미 소리가 들리지 않았다. 깨끗하게 깎아서 손질한 잔디의 한쪽 면이 빛나고 있었는데 흰색이 비치는 초록이다. 잔디가 엉덩이를 찔러서 생긴 고통이 좀처럼 사라지지 않자 소년은 밀짚모자를 엉덩이에 깔았다. 오키나와에서 가장 큰 체육관인 이곳은 외따로 떨어져 있다. 체육관 그림자가 약 1미터 폭으로 드리워져 있다. 소년은 간신히 작열하는 햇볕을 정면으로 받지 않았다. 얼룩이 없는 새파란 중천을 올려다보자 백광이 이마와 눈에 쏟아져서 아프다. 체육관 표면은 햇볕에 그을려 빛 바래 있다. 소년이 앉아 있는 직선 모양의 그늘 만이 새까맣게 빛을 차단해서 평소의 시력이 돌아왔다. 모든 게 명확했다. 펄펄 끓어오르는 땅에서부터 쨍쨍한 하늘에서 열기가 솟구쳤다. 사실 큰 소리도 나지 않는데 이상하게 소란스러운 날이었다.

소싸움장은 미군 병사가 오락용으로 미식축구나 축구를 하는 광장에 마련돼 있었다. 풀이 발에 채여 벗겨지고 노출된 주홍색 땅에 통나무 말뚝 십여 개를 새로 박아 둥근 금속 로프를 다섯 번 감았다. 관람석에 간이의자가 오백 개 쯤 있었다. 열 쌍의 싸움소는 아직 모여 있지 않다. 체육관에서 20, 30미터 떨어진 간이 나무 말뚝에 소 여러 마리가 묶여 있다.

갑자기 새된 외침 소리가 났다. 남자들이 빠른 걸음으로 한 곳에 모여 점차 무리를 지어 둘러싸고 있다. 소년은 자리에서 일어나 밀짚모자를 쓰고 나무말뚝 주위에 앉았다. 이미 50명 쯤의 인간 울타리가 만들어졌다. 키가 작고 뚱뚱하며 얼굴이 검은 중년 여성이 발돋움해서 머리와 머리 사이를 들여다보고 있다. 초등학교 1, 2학년 무렵의 아이 다섯 명이 한곳을 지그시 바라보며 소리 없이 묘하게 웃고 있다.

여자의 발밑에 오래된 알루미늄으로 만들어진 대야가 놓여 있었다. 그 안에 수십 개의 콜라가 담겨 있다. 소년은 콜라를 발견하더니 아이들을 보며 저 콜라는 얼마야? 하고 반복해 말했다. 땀이 배어 나왔다. 침이 혀에 작게 고였다. 소년은 중년 여자와 시선이 마주치자 허둥대며 눈을 피하고 군중을 헤치면서 안으로 들어갔다.

매우 큰 코만 아니면 오키나와 사람과 혼동될 정도로 닮은 남미 계열인 듯한 작은 체구의 남자가 소 고삐를 잡고 있는 오키나와 남성에게 마구 소리치고 있다. 남자는 고개를 숙이고 약간 저자세로 한마디도 하지 않았다. 그러다 그는 소가 갑갑해 하며 머리를 흔들거나 치켜뜰 때 교묘하게 고삐를 끌어서 진정시키고 있다. 약간 멀리서 포위하듯이 서 있는 노인과 젊은이들은 주위 사람과 눈을 맞추거나 고개를 끄덕이고 투덜거리며 서로 무언가를 이야기하면서 외국인과 고삐와 소로 시선을 옮겼다가 다시 검은색 외제차를 바라봤다. 소년은 사람들이 쓰는 방언을 듣고 주위의 분위기를 파악한 후에야 무슨 일이 있었는지를 겨우 알아챘다. 소로부터 몇 미터 뒤에 있는 외제차를 봤다. 조수석 문은 확실히 움푹 패어 있다. 뿔로 할퀸 듯한 몇 줄인가 수십 센티의 흰 선이 그어져 있다. 그렇다면 그 움푹 팬 자국은 소가 박치기를 한 흔적이다. 하지만 천공을 향해 똑바로 뻗어 있으며 짧고 바깥쪽으로 돌출된 양쪽 뿔이 어째서 구멍 두 개를 문에 내지 않은 것인지 궁금해졌다. 소년은 의아했다. 다시 소를 봤다. 황백색 공기 속에서 둔하게 빛나며 하늘 저 멀리 무언가를 향해 있는 듯한 뿔. 뿔은 소가 선천적으로 타고 태어나는 것으로 특별히 이상한 점은 없다. 물기를 머금은 검은자위가 가득한 눈 바로 위에서 어른 주먹 크기만한 혹을 발견했다. 그렇다면 그 자국은 소의 박치기 때문에 생긴 것이 아니라 불룩 솟은 혹에 부딪친 것이 아닐까. 머리가 무척 큰 소다. 커다란 돌에 견줄 수 있는 무게였을 터다. 외제차가 입은 상처는 오히려 경상에 가깝다.

외국인은 질리지도 않고 눈을 계속 부릅뜨고서는 소년이 영문 모를 말로 무언가 실황중계처럼 중얼대는 것을 말리지 않았다. 더운 것인지 위협을 하려는 것인지 꽃무늬 알로하셔츠 단추를 전부 다 천천히 풀어버렸다. 바람이 불지 않아서 겉옷은 칠칠치 못하게 아래로 처져 있다. 드문드문 나 있는 가슴 털 사이로 늑골이 드러나 있다. 뜨거운 흰 태양 광선에 비친 사람들의 하얀 겉옷과 모자는 곡선 부분이 흐릿하게 보였고, 검은 그림자와 사람들의 검은 눈, 검은 소 등 검정색이 더욱 강렬하게 부각됐다. 그렇기에 외국인의 색채가 풍부한 겉옷이나 붉은 가슴 색은 짝이 맞지 않는 이물처럼 느껴졌다. 백 명에 가까운 인파는 그곳에 내내 서 있었다. 몸을 거의 움직이지 않았다. 모두 어떻게 된 거야? 소년은 사람들을 둘러봤다. 같은 고향 사람이 지금 혹독한 일을 겪고 있잖아. 상대는 고작 한 명이잖아. 어떻게 된 거야 다들. 그러는 사이에 외국인은 고삐를 쥔 남자에게 헤이컴온 헤이컴온 하고 손짓을 하더니 팔팔한 병사처럼 외제차로 다가가 다시 뭐라고 소리를 지르면서 움푹 들어간 자국을 오른쪽 주먹으로 세게 탕탕 쳐댔다. 손가락 두 개 정도는 될 듯한 작은 파편이 서너 개 떨어졌다. 잘 닦은 차의 검은 표면에서 은색 마맛자국과도 같은 얼굴이 드러났다. 그것을 보더니 외국인은 결국 이성을 잃고 차문을 구둣발로 연속해서 찼다. 서서히 마맛자국이 더욱 심해졌다. 주위를 둘러싼 군중의 원형 대형은 그대로다. 동요하는 기색도 없다. 외제차를 망가뜨리다니 큰일이야 하고 사람들은 걱정했다. 하지만 틀림없이 소가 한 짓이니 소가 나쁘다고 굳게 믿었다. 자신과는 관계가 없다는 식으로…….

　총을 쏘지는 않을까 하고 소년은 겁이 나서 성인용 밀짚모자 차양을 잡아 올려 시야를 확보했다. 하지만 사람이 많으니 괜찮을 것 같다는 생각이 더 강했다. 잘 보니 권총은 휴대하고 있지 않은 듯 했다. 소고삐를 쥐고 있는 남자를 봤다. 변함없이 고개를 약간 숙이고 외국인의 발 언저리를 바라보는 눈은 조금도 움직이지 않았다. 수건을 두른 머리에 햇볕이 쏟아져 들어와서 귀뿌리 부근에서 땀이 계속 흘러내리고 있다. 날카로운 소뿔이 우뚝 솟아 있는 소의 고삐를 쥐고 있는 이 남자는 이웃 부락에 사는 스무 살을 넘긴 청년이다. 인사 대신 웃어보여도 무뚝뚝하게 응시할 뿐인 남자를 소년은 평소에도 싫어했다. 고개를 들어 노려보고 있는 듯 하고 묘하게 어둡고 칙칙한 그의 눈빛을 지금은 볼 수 없었다. 눈을 내리뜨고 아래를 계속 보면서 깜빡이지도 않고 있기 때문이다. 꼴좋다는 기분이 들었지만 이내 사라졌다. 소싸움을 붙이고 있을 때 청년의 위풍당당했던 위세는 거짓말 같았다. 싸울 의지가 없는 소를 보면 몇 번이고 발로 땅을 차면서 이럇이럇 하는 비명과도 같은 호령을 넣어 질타하고, 때리고, 억지로 싸우게 하지 않았던가. 그런데 막상 자기 차례가 되자 싸우지 않다니 어찌된 일인가. 어째서 이토록 다를까. 고삐를 쥐면서 적의 눈을 훔치고 비겁하게도 상대방 소의 눈에 모래를 끼었거나 코를 줄로 때리거나 한다는 소문이 나도는 이 남자가 이토록 온순해질 수 있다니. 소가, 아니 소만이 몸을 주체하지 못하고 가만히 있지 않았다. 평소와 전혀 다르지 않은 침착한 표정이다. 소는 외국인에게 어서 꺼져라 하고, 마치 시끄러운 파리가 귀찮게 한다는 듯 꼬리를 휘두르고 있다. 혼자 싸우는 것에 익숙해진 소는 언제 어디서도 여유만만 하다. 오히려 몰려든 무리를 귀찮아 하고 있다. 외국인이 싸우려 덤비면 언제라도 맞서 싸우겠노라 마음먹은 소의 속마음은 거대한 검정색 몸을 가만히 두지 않고 크게 흔들고 있는 모습에서도 확인할 수 있다. 눈은 검고 투명하며 촉촉이 젖어 있다. 소싸움에서 매번 승리했던 자부심 넘치는 소의 눈이다. 자부심과 자신감에 지탱되고 있는 그런 눈이다. 진정한 용기를 지닌 자의 다정하고 큰 눈. 그런 소의 뿔을 보라. 바로 무적의 표상이다. 이 세상의 어떤 강적에게라도 자신감 있게 맞서 싸우는 흙빛을 띤 희고 단단한 뿔이다. 소년은 소를 보며 막연하지만 그렇게 느꼈다. 주위에 몰려든 많은 사람들이 어린아이처럼 보였다. 열등하고 무력한 존재처럼 보였다.

청년의 뒤에는 푸른 바탕에 주조회사酒造會社 광고 문구가 들어간 핫피마쓰리 때 입는옷 차림의 소 고삐를 쥔 사람이나, 녹색 바탕에 청량음료 회사의 선전 문구가 들어간 핫피를 입고 소 고삐를 쥔 사람이 여럿 있었다. 무언가를 고민하는 듯 팔짱을 끼고 미동도 하지 않은 채 외국인을 가만히 바라보다가 소와 청년을 봤다. 그들 사이에 섞여 이 소의 주인인 중년 남자가 팔짱을 끼고 외국인의 동태를 살피면서 무언가 떠오른 듯 옆에 있는 사람들과 몇 마디 소곤댔다.

소싸움에서 패배한 소나 상처 입은 소를, 소 주인들이 죽인 후 잡아먹는 장면을 소년은 몇 번이나 목격했다. 잠시 소 주인을 쳐다봤다. 소년은 이번에도 소를 잡아

먹을까봐 몇 번이고 소와 남자를 번갈아서 봤다. 어릴 때부터 밤낮을 불문하고 있는 힘껏 키웠을 소를 싸움에서 졌다고 잡아먹다니 주인의 심정을 헤아릴 수 없다. 아무런 망설임도 없는 것일까. 부드러운 소의 털이나 그 따뜻한 몸을 쉽게 잊어버릴 수 있을까. 인간이 만든 존재가 아니지 않나. 때로는 다른 그 누구에게도 말할 수 없는 주인의 슬픔을 헤아려주는 유일한 존재가 아닌가. 소년은 막연하나마 그렇게 믿었다. 이 소는 1년 전에 니시하라 마을 원로가 나하시에 있는 소고기 도살장으로 팔려 갔는데 구생일생으로 살아남았다. 마침 도살장에 있던 기노완에 살고 있는 소싸움 애호가인 야마시로 씨가 소를 발견하고, 그 훌륭한 소뿔과 우렁찬 울음소리에 반해 데려가면서 살아남은 사실을 소년은 잘 알고 있다.

사람들이 만든 울타리는 소년이 둘러볼 때마다 두터워진 듯 했다. 하지만 여전히 오키나와 사람과 체구가 거의 비슷한 키가 작은 외국인의 독무대다. 소년은 사람 울타리를 눈으로 헤집고 알 만한 사람들을 찾아봤다. 있다. 소년의 맞은편, 앞 열 쪽에서 팔짱을 끼고 있는 목수나 미군 부대에서 일하는 직원은 소년이 알고 있는 청년들이다. 키가 작고 상반신에 근육이 불룩한 모습도 서로 비슷했고 가슴을 펴고 다리를 옆으로 부자연스럽게 벌리고 걷는 모습도 서로 닮았다. 또한 둘 다 인상이 험악했다. 소년은 그 험악한 인상이 늠름해 보였다. 광대뼈가 튀어나오고 턱이 사각형 모양으로 옆으로 퍼져 있으며 진한 수염을 깎은 자국이 검은 얼굴에도 확연히 드러나 있었다. 커다란 눈에 기름기가 도는 험악한 인상은 작다리 외국인의 작고 가는 얼굴에 균형이 맞지 않는 두툼한 입술과 높고 큰 코보다는 몇 배 더 위압감이 느껴졌다. 근육이 붙은 형태를 보아도 이는 명확했다. 만에 하나로도 이들이 작다리 외국인과 싸워도 질 리가 없다. 어째서 싸우지 않을까. 소년은 알 수 없었다. 같은 편이 백 명이나 있는데 말이다. 소년의 눈은 자연스럽게 다른 사람을 찾고 있다. 토우마 할아버지^{단메}는 평상시에 우리를 모아두고 가라데를 보여주면서 얼마나 득의양양했던가. 어쩌면 그것은 어린애 속임수였는지도 모른다. 하지만 팔짱을 끼고 당당하게 서서 작다리 외국인의 뒷모습을 응시하고 있다. 곧 한 발짝 내딛을 듯한 자세다. 하지만 그 자세를 취하는 시간이 너무 길다. 단메도 믿을 사람이 못 된다. 이하 지역의 단메도 팔짱을 끼고 서 있다. 아내와 단 하나뿐인 아이를 전쟁에서 잃고 쓸쓸함을 달래기 위해 소싸움 소를 조련하는 일에 몰두하고 있다는 소문이다. 일반 가정에서는 도저히 식탁에 올리기 힘든 쌀이나 두부, 계란, 호박, 죽은 닭 등을 잡탕으로 섞어서 끓인 호화로운 음식을 소에게 항상 먹이기 위해서 상당한 면적의 땅을 거의 다 팔아치웠다고 한다. 단메의 소는 강력했지만 나서야 할 때 미동도 하지 못하는 단메는 믿을 수 없다. 노부히코 얏치는 키가 커서 군중 속에 있어도 찾아내기 쉬웠다. 오늘은 사바니오키나와에서 예부터 사용된 어선를 타지 않는 날일까. 어부인 얏치의 갈색 팔 근육에는 피가 지나가는 길이 뚜렷이 보였다. 그와 한 번 손을 잡았을 때 단단하고 커다란 손의 고통스러울 정도로 센 악력을 소년은 떠올렸다. 하지만 다림질을 한 바지와 하얀색 깃을 헤친 셔츠, 반들반들 하게 닦은 구두를 신은 모습이 부조화스러워서 마치 다른 사람을 보고 있는 듯 했다. 평상시의 씩씩한 기상은 어디에서도 찾아볼 수 없다. 머리가 벗겨진 유난히 큰 머리의 요시무라 씨는 교감 출신으로 표준어가 능숙하기 때문인지 지역에서 두터운 신망이 있었다. 그는 부락의 이런저런 일들을 결정하거나 선거를 좌우할 정도의 영향력을 지닌 인물이다. 하지만 뒤쪽에 서서 애써 앞으로 나오려 하지 않았다. 밀짚모자로 대머리를 가리고 있어서 얼굴과 목덜미 주름이 드러나 갑자기 늙다리인 것처럼 느껴졌다. 소년은 한동안 요시무라 씨에게서 눈을 떼지 못하고 흘끗 본다고 할 수 없을 정도로 다시 빤히 쳐다봤다. 요시무라 씨의 옆에 서 있는 사람은 도살이 생업인 히가 씨다. 평상시 좀처럼 웃지 않는 커다란 눈을 번뜩이던 조금 살이 찐 중년 남자인데 이상하게도 지금 그의 눈은 무척 조용하다. 그 옆에 있는 사람은 결혼을 하면 여자는 놀고먹는다고 단정해 혼인도 하지 않은 채, 소와 일상생활을 함께 하면서 소를 훈련시키며 살아가는 약간 곱추인 깡마른 히가 아저씨다. 아저씨로 말할 것 같으면 죽음에 직면한 늙은 소를 사흘 밤낮 동안 잠도 자지 않고 간병했지만 보람도 없이 저 세상으로 보낸 후 석 달여 동안 술독에 빠져서 신이고 나발이고 말이지 하면서 저주를 퍼붓고 울며 세월을 지새웠다는 희대의

애우가愛牛家다. 하지만 작다리 외국인이 소에게 손을 대지 않아서일까? 무표정에 무
관심으로 일관했다.

그렇지. 소년은 퍼뜩 깨달았다. 이치로 닌세가 있었지. 가슴의 고동이 높아져
간다. 눈을 부릅뜨고 사람들을 둘러봤지만 그와 비슷한 사람이 없음을 알고 이번에
는 천천히, 한 사람 한 사람을 면밀하게 주시했다. 여기에는 없다. 역순으로 다시 찾
아봤다. 역시 없다. 소년은 애석해 하면서도 묘한 안도감을 느꼈다. 이치로 닌세라
면 주저하지 않고 뛰어들 텐데. 오야마기노완 소싸움 대회가 열린 지 두 달 밖에 지나
지 않았다. 싸움소가 서로 맞잡고 온 힘을 다해서 뿔을 걸고 코끝을 땅에 거의 스칠
정도로 밀착시키면서 미동도 하지 않을 때였다. 기다림에 지친 것인지 큰 몸집의 웃
통을 벗은 미군 병사 한 명이 뛰어 들어왔다. 소싸움이 길기는 했다. 삭신이 늘어지
는 무더운 오후 태양에 몸 안의 수분과 활력을 다 뺏긴 것인지 싸움이 시작된 후 얼
마 지나지 않아 소는 복부로 커다란 숨을 내쉬었다. 그러다 길고 더러운 하얀 침을
아래로 늘어뜨리고 여덟 개의 다리를 사박거리는 흙에 묻었다. 나는 몇 번이나 작
게 하품을 하면서 소들이 왜 이렇게까지 싸워야 하는 것인지 이해할 수 없었다. 붉
은 얼굴이 햇볕에 타고 맥주를 몇 병이나 마셔서 얼굴이 불콰해진 몸집이 큰 사내는
울타리 근처에 있는 소싸움장 안에서 맞붙어 있는 싸움소를 향해 황새걸음으로 다
가가더니 두 싸움소의 엉덩이를 번갈아가며 발로 걷어차고 꼬리를 잡아 마구잡이로
흔들어댔다. 소싸움장 안의 가장자리에 앉아서 소의 고삐를 교대로 움켜쥐던 이치
로 닌세는 바로 무언가 외치며 다가가더니, 몸집이 큰 사내가 하는 말을 듣지도 않
고 두툼한 팔을 뒤로 꺾어서 끌고 나갔다. 몸집이 큰 미군 병사는 172센티인 이치로
닌세보다 키가 훌쩍 커서 닌세는 마치 발끝을 세우고 턱이 위를 향하고 있는 듯한
이상한 걸음걸이를 할 수밖에 없었지만 참으로 멋졌다. 큰 사내가 왼손에 들고 있던
맥주병을 끝까지 놓지 않아서 조금 거북했다. 사람들은 제각기 떠들어댈 뿐 아무런
행동도 취하지 않았다. 이치로 닌세는 주저하지 않는다. 이치로 닌세가 있었다면 이
런 작다리 외국인 따위 바로 잡아서 던져버렸을 것이다. 그렇다 하더라도 외국인은

소가 얼마나 무서운 존재인지 모른다.

소년은 다시 주위를 봤다. 짙은 녹색 미제 선글라스를 쓰고 있는 사람이 많다. 어울리지 않는다고 소년은 느꼈다. 네모난 얼굴에 큰 선글라스라니. 오밀조밀하고 작은 얼굴에 선글라스라니. 낮은 코로 무거운 듯 흘러내리는 선글라스. 수건을 머리에 감고서 선글라스를 쓴 몇몇은 확실히 익살맞아 보였다. 밀짚모자를 써서 그늘이 얼굴에 깊게 드리워 있는 채로 선글라스를 쓰고 있는 모습도 어딘가 이상했다. 맨발보다 훨씬 클 것 같은 미제 구두를 신고서 작다리 외국인의 3미터 옆에 서 있었지만 말수가 확 줄어든 조금 통통한 노인이 보였다. 그가 누군가 하고 봤더니 2, 3년 전에 군용지료軍用地料, 미군기지에 대한 토지임대료를 일괄로 미국 민정부民政府로부터 받아서 소년의 부모님과 할아버지, 근처에 사는 숙부에게 격렬히 비난을 받은 소년의 친척인 하기 단메였다. 남미로 이민할 것이라는 소문이 파다했으나 이 대머리 노인은 그 돈으로 싸움소 두 마리, 젖소 세 마리를 샀다. 작다리 외국인에게 너무 바짝 다가간 것은 아닐까. 갑자기 소년은 걱정됐다. 자칫 잘못하면 어떤 일에 휘말려서 두들겨 맞을 위험이 있다. 하지만 소년은 바로 다른 곳을 바라봤다. 미야히라 씨의 얼굴도 이상해 보였다. 키가 작고 털이 짙은 검은 피부의 미야히라 씨를 바라보며 영어를 아는 사람이 없으니 혹시 그가 나설지도 모르겠다고 느꼈다. 미야히라 씨는 미군이 전용으로 이용하는 대형 택시 운전기사로 미군 시설 안에도 자주 드나들어서 영어를 듣고 말할 수 있는 능력이 충분했다. 소년이 한동안 주시하고 있어도 얼굴 표정을 확실히 알 수 없는 이 남자는 팔짱을 바꿔 끼지도 않았다. 갑자기 소년은 영어를 못 하니 방언으로 말하면 되잖아 하고 다시 생각했다. 시선을 돌려서 아는 사람을 한 명씩 찾아내는 것도 귀찮아졌다.

"야나, 아메리카와다쿠르세!(이상한 미국인을 해치워버려)" 갑자기 격한 목소리가 터져 나왔다. 젊은이의 목소리 같았다. 한참 뒤쪽에서 들려온 빠른 말투였다. 소년은 잘 듣지 못했다. 귀를 기울였다. 소리는 그 후 들리지 않았다. 동요가 더욱 커졌다. 많은 사람이 목소리의 주인공을 찾으려 고개를 돌렸다. 좀 더 항의를 하라는 동작임을 소년은 알 수 있었다. 이번에는 아까 전에 목소리가 들렸왔던 정면에서부터 들려왔다. "야사, 다쿠르세!(그래 해치워 버리자)" 새된 목소리다. 하지만 멀리서 들리는 역시 빠른 박자의 말이다. 사람들은 그 쪽으로 고개를 돌리더니 순간 입을 다물었다. 목소리를 낸 사람은 다시 입을 열지 않았다. 주위가 술렁이기 시작며 점차 확대돼 커졌다. 바로 옆에 있지 않고서는 누가 낸 소리인지 알 수 없다. 큰 소리를 낸 주인공들은 정말로 이 작다리 외국인을 해치울 마음이 있기는 한 것일까. 소년은 의심스러웠다. 하지만 기대 또한 하고 있었다. 누군가 이 둥근 원에서 튀어나와 나로 말하자면 하고 나설 것만 같은 기분이 들기도 했다.

소년은 남자들을 다시 둘러봤다. 햇볕에 타 까무스름한 얼굴이 밀짚모자의 짙은 그림자에 가려져 표정을 확실히 알 수 없다. 그래서인지 진한 수염을 깎은 자국이 더 부각돼 보인다. 어둠 속에서 빛나는 몽구스의 눈과도 비슷한 기름기가 도는 수 백 개의 눈은 무엇을 보고 무슨 생각을 있고 있을까. 밀짚모자의 차양을 앞으로 늘어뜨리거나 깊게 눌러쓰거나 해서 얼굴을 가리고 있는 사람도 많다. 서너 명씩 무리를 지어서 무언가 이야기를 나누고 있었다. 하지만 말소리가 선명하지 않아서 간헐적으로 들려오는 한두 마디로 그들의 말이 방언임을 소년은 겨우 알 수 있을 뿐이었다. 소년은 사람들이 계속 그 자리에 우뚝 서 있는 것 같다고 느꼈다. 주변의 사람들과 이야기를 할 때도 작다리 외국인은 물론이고 소와 고삐를 쥔 남자에게서 시선을 돌리지 않았고 자세를 조금도 바꾸지 않았다. 작다리 외국인의 행동은 다른 이들보다 몇 배나 호들갑스러워 보였다. 아우성을 치면서 소와 외제차를 번갈아 가리킬 때마다 커다란 반지가 몇 차례 햇볕에 빛났다. 이상하게도 소년은 그것에 집착했다.

원을 그리고 있는 대형이 조금 더 바깥으로 넓어진 듯 하다고 소년은 느꼈다. 작다리 외국인이 미치광이 같아서 사람들이 겁을 집어먹기 시작했는지도 모른다. 작다리 외국인은 모자를 안 쓰고 있다. 짧고 곱슬곱슬한 검은색 머리를 빗으로 정리한 흔적이 남아있다. 햇볕은 잠시도 흐려지지 않았다. 무한의 흰 공간에 열이 넘실대고 있다. 작다리 외국인의 두개골에 햇볕의 직사광선이 쏟아지고 있다. 뇌수가 부글부글 끓어오르고 있지는 않을까. 갑자기 소년은 그런 억측을 했다. 작다리 외국인은 지나치게 집요하다. 심상치 않게 화를 내고 있다. 작다리 외국인의 머리카락이 축축하다. 포마드가 아니라 배어 나온 땀 때문이다. 머리에서 나온 땀이 얼굴로 내려와 다시 목덜미에 몇 줄이나 늘어져서 등으로 파고 들어가 흘러내렸고 헐렁한 알로하 셔츠는 피부에 착 달라붙어 있다. 머리가 이상해지지 않다니 이상하다. 더위 때문이다. 외국에서 온 사람은 오키나와의 습하고 무더운 더위를 참을 수 없다. 차라리 모자를 깊게 눌러쓰고 겉옷 단추를 제대로 채우고 있는 편이 더위를 더 잘 막을 수 있다. 작다리 외국인은 아무 것도 모른다. 자신의 의견이 맞다는 것을 증명하고 싶다는 듯 소년은 사람들을 다시 둘러봤다. 주변을 봐보란 말이야. 여기서 태어나서 자란 사람들만 있잖아. 더위 따위에 그들은 꿈쩍도 하지 않아. 목덜미나 팔에서 배어 나온 땀을 닦으려고도 하지 않아. 아무렇지도 않잖아. 몇 시간이고 이 상태로 가만히 있을 수 있어. 나도 아무렇지도 않아. 러닝셔츠와 반바지 차림인 나 또한 더위는 대수롭지 않아. 소년이 믿듯 사람들은 방관만 하지는 않았다. 냉정해 보이는 군중의 깊게 눌러쓴 밀짚모자 사이로 깜빡임이 없고 검고 윤이 나는 눈은 고삐를 쥐고 있는 청년에게 말없는 성원을 보내고 있었다. 사람들은 잘 알고 있다. 아무런 불평도 하지 않고 쓸데없는 일에 관여하지 않으면 원만하게 일이 잘 처리 된다는 사실을. 절대적으로 자신하고 있다. 자신이 참으면 원만히 수습된다. 고삐를 쥔 남자도 참고 있다. 주위 사람들도 견디고 있다. 그것이 고통스럽지는 않다. 고삐를 쥔 남자를 사람들은 가여워하지 않는다. 고개를 계속 숙이고 작다리 외국인이 강하게 말 할 때마다 고개를 계속 숙이고 있는 남자는 외국인이 하는 말을 속으로 흘려듣고 있을 뿐이다. 그는 싸우고 싶어서 고개를 흔들고 들며 몸을 움직이고 꼬리를 빙빙 돌려가며 발로 마른 땅을 차서 흙먼지를 피어 올리는 소의 고삐를 교묘하게 제어하고 있다.

소는 가만히 있지 않았다. 소야 너라도 그 자와 싸워 하고 소년은 갑자기 생각했다. 이런 작다리 외국인에게 바보취급을 당하지 말란 말이야! 소가 얼마나 맹렬히 돌진하는지, 그 날카로운 뿔이 얼마나 무서운지 작다리 외국인은 알지 못하는 것일까. 계속 앙알앙알 떠들어대면 소가 가만있지 않을걸. 소가 성을 내면 자동차 하나 부서지는 정도로 끝나지 않아. 화가 나 있는 소가 어떤 순위인지 소년은 알지 못한다. 하지만 싸움소는 아무리 순위가 낮아도 그 어떤 인간보다 강하다고 소년은 믿고 있다. 온순하지만은 않은 소의 품격을 소년은 느끼고 있다. 작다리 외국인은 그런 사정을 전혀 모른다고 소년은 믿었다. 모른다면 처절하게 느낄 만큼 알려줄 필요가 있다. 그렇지 하고 소년은 무언가 짚이는 것이 있었다. 이 소는 주인이 서라고 하면 서고 앉으라면 앉는 말귀를 알아듣는 소다. 풋내기인 척 아무 것도 모르는 척 소에게 공격하라고 말하면 된다. 소년은 고삐를 쥔 남자를 뜨거운 눈빛으로 쳐다봤다. 그러면 작다리 외국인 따위 거품을 물고 쏜살같이 도망치면서 갈팡질팡 할 텐데. 고삐를 쥔 남자는 고개를 들지 않았다. 소년은 소리를 내서 말해보려 했다. 방언으로 말하면 작다리 외국인은 알지 못할 테니. 하지만 목소리가 나오지 않았다. 몇 번이고 작다리 외국인과 고삐를 쥔 남자, 그리고 소를 바라봤다. 몇 번이고 입을 벌려봤으나 그 때마다 침을 삼키며 분해했다. 점차 삼킬 침도 잘 나오지 않고 말라갔다. 주위에 있는 사람들은 고삐를 쥔 남자가 참고 있음을 직감할 수 있었다. 그들은 아무런 말도 하지 않았지만 마음으로 이어져 있었다. 말 그대로 이심전심이다. 한 사람도 빠지지 않고 마구잡이로 날뛰어라. 그러면 나도 날뛰어야지. 소년은 크게 벌어진 작다리 외국인의 커다란 입에 돌이라도 억지로 쑤셔 넣고 싶었다. 돌. 그렇지 돌을 소에게 던져서 날뛰게 만들어서 외제차를 부수게 하자. 철저하게 부숴버리면 작다리 외국인도 더 이상 불평을 하지 않을 거야. 돌을 찾아봤다. 하지만 하나도 찾을 수 없었다. 분한 마음 한편으로 알 수 없는 안도감이 솟아났다. 샅샅이 주변을 뒤져서 돌을 다시 찾을 생각은 들지 않았다. 군중의 무력함은 어린아이만도 못하다. 소년은 그렇게 느꼈다. 소뿐이다. 이렇게 많은 군중이 주목하고 있는데도 위축되지 않는 작다리 외국인을 소년은 한순간이지만 선망했다. 대낮의 햇볕은 머리 바로 위에 가까이 떠 있다. 말라서 주홍색으로 변한 마른 땅에 짧고 진한 그림자를 드리운 무리가 침묵을 지키고 있다.

작다리 외국인은 확실히 끈질기다. 소와 외제차를 계속 가리키면서 같은 말을 몇 번이고 반복하고 있다. 다른 미국인과는 확실히 다르다. 소년은 그렇게 느꼈다. 미국인은 이런 일이 벌어지면 격노하기는 했다. 하지만 변상을 위해 수속을 할지 아니면 포기할지를 재빨리 판단했다. 이 작다리 외국인은 화를 내고 싶었는지도 모른다. 하지만 정말로 화를 내고 있는지는 의아하다. 평소에 괴롭힘을 당해서 그 울분을 풀려는 것일까?

거구인 맨스필드 씨가 사람들을 밀어내고 언제 군중의 원 안으로 들어온 것인지 소년은 알 수 없었다. 둘러싸고 있는 사람들의 얼굴을 주의 깊게 몇 번이고 둘러봤다. 소년의 눈은 무의식적으로 '오키나와인'을 찾고 있었는지도 모른다. 그래도 신장 195센티, 체중 130킬로의 체구가 눈에 들어오지 않았을 리 없다. '오키나와인'과는 체구 자체가 완전히 달라서 알아차리지 못했던 것일까. 아니면 맨스필드 씨가 근처를 지나가다가 한순간의 주저함도 없이 파고 들어왔는지도 모른다.

맨스필드 씨는 커다란 올챙이배를 작다리 외국인의 코앞에 내밀고 영어로 무언가 말하고 있다. 작지만 힘차고 확실한 목소리다. 새된 소리를 내던 작다리 외국인의 영어가 갑자기 잦아들었다. 맨스필드 씨의 얼굴을 바로 위로 올려다보면서 작다리 외국인은 외제차와 소의 고삐를 쥔 남자를 가리키며 몇 십 번 반복했던 동작을 취하면서 변함없이 빠르게 말했다. 하지만 앵알앵알 하는 소리가 조금은 작아졌다고 소년은 느꼈다. 소년은 작다리 외국인이 대단히 궁상스러워 보이기 시작했다. 마치 말을 많이 할수록 궁지에 몰린 약자가 끊임없이 살려달라고 빌고 있는 것처럼, 물이 사라져 금붕어가 온몸으로 바동대며 눈을 부릅뜨고 커다란 눈을 깜빡이고 있는 것처럼 느껴졌다. 그래서인지 소년의 기분은 후련하지 않았다.

갑자기 "아이고 정말(아키사미요)" 하고 어긋어긋하고 묘한 오키나와 억양으로 맨스필드 씨가 외쳐대자 사람들이 큰 소리로 제각각 웃었다. 소년은 깜짝 놀라서 치아를 보이며 웃었지만 소리는 나오지 않았다. 웃음소리는 넘실대며 퍼져갈 뿐 좀처럼 멈추지 않았다. 겨우 여운이 남을 정도로 가라앉았을 때 24, 25살 정도의 마른 체구의 남자가 결심하고 앞으로 나서더니 몸을 굽히고 외제차의 부서진 부분을 만지면서 소뿔을 올려다보고 있는 맨스필드 씨의 귓가에 무언가 말했다. 맨스필드 씨는 그 남자로부터 두세 마디 사정을 듣더니 무슨 일인지를 금방 알아차린 모양으로 고개를 끄덕였다. 그는 양팔을 허리에 대고 꼼짝 않고 있는 작다리 외국인을 향해서 유창한 영어로 말했다. 그 말은 길었다. 설득하고 있는 듯 했다. 맨스필드 씨가 일본어로 말할 때는 그렇게 어색하더니 작다리 외국인을 향해 영어로 말할 때는 어찌나 박력이 있는지 몰랐다. 그의 멈추지 않고 계속되는 말에 소년은 깜짝 놀랐다. 마른 체구의 남자는 작다리 외국인이 소가 드나드는 바로 그 옆에 외제차를 댄 것이 잘못이라고 맨스필드 씨에게 귀엣말을 한 듯 했다. 실제로 소싸움을 기다리는 소를 매어 두는 말뚝이 있는 곳이기는 하다. 게다가 외제차는 여기가 아니라도 어디든 주차할 수 있을 만큼 소싸움장 주변은 넓었다. 왜 하필이면 여기에다…… 하고 소년은 생각했다. 맨스필드 씨는 작다리 외국인의 그러한 잘못을 명확히 지적하는 듯 했다. 소싸움에 나서는 소가 싸우고 싶어서 근질근질한 상태라는 것 정도는 상식이 아닌가. 소싸움을 하려고 일부러 여기까지 왔으니 일촉즉발의 상태다. 차를 그런 소 옆에 대는 사람 쪽이 문제다. 미국인 아니라 누구라도 소가 알 바가 아니다. 어쩌면 소는 미국인의 차라서 일부러 그랬는지도 모른다. 말귀를 잘 알아듣는 소가 아닌가. 소의 주인이 미국인을 싫어하니까. 분명히 소 주인이 소에게 몇 번이고 말했을 테니 그런 추정도 무리는 아니다. 소년은 가슴이 몹시 두근거렸다. 무언가 이상한 기운을 소년은 점차 느꼈다. 영어로 마구 떠드는 맨스필드 씨는 완전히 다른 사람 같다. 그보다 맨스필드 씨가 화를 내고 있다. 온순한 맨스필드 씨가 화를 내다니! 얼굴 가득 날씨 때문에 생긴 땀을 줄줄 흘리면서 화를 내고 있다. 소년이 바라던 장면이기도 하다.

가까운 마을 안에서 소싸움 대회가 열릴 때면 맨스필드 씨는 늘 그 거대한 체구를 드러내고 싸움이 시작되기 전후에 소년들을 모아놓고 아이들을 높이높이 들어 올리거나 목말을 태우거나 팔뚝에 매달거나 진귀한 장난감을 주거나 했다. 그런 그를 상상할 수 없을 정도로 지금은 다른 사람 같다. 얼굴에 살이 올라서 눈이 작고 작은 입 사이로 흰 치아를 보이며 내내 상냥했던 그 얼굴은 지금 조금도 남아 있지 않다. 소년은 예전의 맨스필드 씨 얼굴을 열심히 떠올려 봤다. 맨스필드 씨는 소싸움장에 와서 곧잘 커다란 주머니에서 소년들이 처음으로 보는 향기로운 미제 과자를 꺼내줘서 인기가 많았다. 오키나와 소년들은 언제나 맨스필드 씨를 둘러싸며 모여들었다. 소년들은 실없이 웃으면서 더 달라고 졸랐다. 맨스필드 씨는 아이들의 얼굴을 정확히 기억했다. 소년들이 과자를 받았음에도 시치미를 뚝 떼고 다시 손을 내밀면 야 너 두 번째잖아 하고 일본어로 말하며 얼굴을 잔뜩 찌푸리며 굵은 집게손가락으로 아이의 이마를 눌렀다. 그런 동작은 묘하게 애교가 있고 친해지기 쉬운 얼굴이라서 소년들은 겁을 먹기는커녕 우쭐대며 몇 번이고 손을 내밀었다.

지금의 맨스필드 씨의 모습은 역시 다른 사람 같다. 소년은 그렇게 믿었다. 같은 사람이라니 도저히 믿을 수 없다. 맨스필드 씨의 유머도 소년의 인상에 깊이 남아있다. 어떤 소싸움 대회에도 꼭 하는 버릇 중에 이러한 것이 있다. 엄청난 힘을 내고 있기에 물러서고 싶어도 물러설 수 없고 밀치려 해도 밀칠 수 없는 백중세인 두 소가 뿔을 걸고 지면에 따리를 박은 채로 가만히 버티고 있는 시합은 흔하다. 고삐를 쥔 사람은 잘 쓰는 쪽 발을 들어서 땅을 차거나 고삐를 감고 풀다가 다시 감으면서 계속해서 호령한다. 그러는 사이에 시가 따위를 입에 물고 연기를 피우며 소가 다시 움직이는 순간을 맨스필드 씨 천천히 기다린다. 그는 고삐를 쥔 사람이 구호를 넣는 순간을 기다렸다가 큰 소리로 구호를 넣기 시작한다. 절묘한 타이밍이다. 게다가 고삐를 쥔 사람의 언어를 자기 식으로 따라하며 반복하기에 관중들의 폭소를 유발한다. "이럇" 하고 말하면 "히얏", "하얏" 하고 말하면 "홧"이나 "키얏", "아럇" 등 잘 알아들을 수 없는 말을 하며 어딘가 기묘한 소리를 낸다. 좀처럼 잘 웃지 않는 소년도 포복절도하며 눈물을 흘릴 정도로 웃었다. 장내 구석에 앉아서 콜라를 마시며 고삐를 교대로 쥐기 위해 기다리고 있던 사람들도 웃음을 참지 못한다. 소싸움 한복판에 있는 고삐를 쥔 두 사람의 진지한 얼굴이 이상하게 느껴질 정도다.

소년은 이런 순간도 떠올렸다. 작년 여름 있었던 아게나 지역 소싸움 대회에서 있었던 일이다. 앞선 대회에서 왼쪽 뿔을 집중적으로 공격당해 뿔 뿌리가 안정되지 않아 흔들거리는 우라소에 지역의 이소이치고라는 날카로운 소뿔이 자랑인 소가 몇 미터 앞에서부터 맹렬히 돌진해 박치기를 했다. 따악 하고 커다란 쇠망치와 쇠망치를 충돌시키는 듯한 둔탁하고 커다란 소리가 난 순간 이소이치고의 왼쪽 뿔이 딱 하는 소리와 함께 땅으로 떨어졌다. 뿔이 빠진 곳에서 피가 콸콸 쏟아져서 이마와 안면 귀 뿌리와 목을 적셨다. 소들은 더욱 흥분해서 상대 소의 혹은 자신의 얼굴을 부수기라도 할 듯 격렬하게 박치기를 주고받았다. 뿜어져 나오며 방울져 떨어지는 피는 멈추지 않았다. 선혈이 거무칙칙한 피와 섞여서 얼마 안 가 검은 색으로 변하더니 딱딱하게 굳었다. 소년의 근처에 있던 맨스필드 씨는 점차 과장될 정도로 얼굴을 찌푸리더니 아 불쌍해 이제 그만해 등의 얼빠진 말을 일본어로 외쳐댔다. 그러더니 양손으로 얼굴을 보일 듯 말 듯 감싸면서 애용하는 접이식 의자를 들고 뒤편의 군중들 속으로 조용히 사라졌다. 소년은 소싸움 대진이 여전히 많이 남아서 승부의 행방을 궁금해 하던 중에 눈이 벌겋게 부어오른 채로 퇴장하던 맨스필드 씨의 모습을 잊을 수 없었다. 분명히 평범한 소싸움은 아니기는 했으나 거구의 맨스필드 씨가 겁을 먹었다고 느꼈다. 거구에 항상 위협을 느꼈던 소년은 뭐야 몸집만 크지 겁쟁이잖아 하고 비웃었다. 하지만 소년은 그때부터 맨스필드 씨를 좋아하기 시작했던 것 같다.

그때 맨스필드 씨는 화를 냈어야 했다. 피를 뚝뚝 흘리면서까지 싸우게 하는 고삐를 쥔 사람이나 소주인 혹은 대회 주최자에게, 혹은 그것을 흥미 깊은 눈빛으로 보던 관객에게, 아니면 싸우고 있던 소에게라도. 지금 작다리 외국인에게 화를 내기보다 그 때 화를 내는 편이 더욱 자연스러웠다. 또한 같은 나라 사람에게 화를 내기보다는 외국인에게 화를 내는 편이 이치에 맞지 않나. 땀을 흘려 윤곽이 햇볕에 빛나고 잔꾀를 부리지 않고 명확한 반응을 느끼며 대지를 밟고서 검고 둥근 거대한 돌처럼 맹렬히 돌진하여 마치 혼이 울려 퍼지듯 땅울림을 관중에게 선사하던, 한 순간에 온몸의 힘을 집중시켜 모든 것을 다 잊고 잠시도 망설이지 않고 뿔로 박치기를 한 번 할 때마다 상대방 소의 털을 한줌 잡아 뜯을 정도의 거센 박치기로 오래도록 이름을 널리 알리던 소는 정석대로 최후의 박치기 기술을 시도한 후 그날 저녁 완전히 부서졌다. 미간에 커다란 쇠망치를 가볍게 치자 쑥 하고 쇠망치의 끝부분이 들어가며 이소이치고는 운명했다.

말수가 점점 적어져서 입을 다물어 버린 작다리 외국인은 갑자기 두세 번 고개를 크게 끄덕이며 웃더니 손을 내밀었다. 소리 없는 웃음이었다. 그는 누르무레한 커다란 치아를 드러내며 웃었다. 소년은 이상한 느낌이 들었다. 맨스필드 씨는 무언가 말하면서 글러브와 같은 손으로 상대방 손을 바로 잡았다. 작다리 외국인은 입을 크게 벌리고 목이 마른 듯한 웃음소리를 냈다. 소년은 그것이 부자연스럽게 느껴졌다.

작다리 외국인은 한순간 곁눈으로 고삐지기를 흘끗 보더니 외제차에 올라탔다. 맨스필드 씨를 뒤로 하고 마침 정면에 있는 소년을 마주보고 앉더니 일부러 액셀을 세게 밟아서 배기가스와 흙먼지를 피우며 난폭하게 차를 운전해서 사라져 갔다.

소년은 작다리 외국인과 눈이 마주쳤다고 느꼈다. 울적해 하는 표정의 남자를 소년은 봤다. 어중간하게 굽히고 타협한 자신을 탓하며 작다리 외국인은 오늘밤 잠들지 못할지도 모른다. 작다리 외국인은 왜 끝까지 자신의 의지를 관철시키지 못했을까? 소년은 갑자기 작다리 외국인이 불쌍해졌다. 양손을 올리거나 어깨를 움츠리거나 하는 과장스러운 맨스필드 씨의 평상시 습관이 가짜처럼 보였다. 어딘가 어색했다. 붉은 빛을 띠고 있는 작은 입술이 독살스러워 보였다. 젊은 남자 서너 명이 꽤 능숙한 영어로 맨스필드 씨와 이야기를 나누고 있는 모습을 소년은 바라봤다. 하지만 사람들의 원형 대형은 좀처럼 오그라들지 않았다. 맨스필드 씨와 일정한 거리를 두고 있다. 주위의 몇몇은 무리를 지어 낮고 작은 목소리로 이야기를 나누고 있다. 겨우 알아들을 수 있는 방언을 들어보니 모두 안도하고 있음을 알 수 있었다. 하지만 당연한 일로 여기며 특별히 기뻐할 정도는 아니라는 식의 태연함이 엿보였다. 소년은 그런 모습을 보며 의아했다. 이들도 맨스필드 씨를 기분 나빠하고 있다. 속마음으로는 기쁘지 않은 것이 아닐까. 맨스필드 씨에게 달려가서 잘했다고 찬양하며 스킨십을 하고 헹가래(이것은 좀 지나치니 그만두더라도)를 치거나, 아니면 적어도 땡큐 하고 한 마디 정도는 해도 좋지 않은가. 하지만 전혀 그런 태도를 보이지 않았다.

고삐를 쥐고 있는 젊은 남자는 반대였다. 외제차가 사라진 직후에 머리에 수건을 감은 채로 맨스필드 씨에게 아무런 말도 하지 않고 고개를 깊게 숙였다. 그러더니 두 개의 뿔 이외에는 불순물을 접근시키지 않겠다는 듯한 검은 융단과도 같은 부드러운 전신에 나 있는 가지런한 털을 빛내고 있는 싸움소를 끌고 몇 걸음 걷다가 멈춰서 돌아보며 다시 고개를 숙였다. 대중의 울타리에 막혔지만 맨스필드 씨는 키가 커서 얼굴이 그 위에 튀어나와 있었다. 고삐지기는 멀리서 맨스필드 씨의 이목구비가 희미하게 보일 때까지도 고개를 계속 숙였다. 몇 번 멈추고 몇 번 뒤 돌아보며 몇 번 고개를 숙였던 것일까.

맨스필드 씨가 애용하는 비로야자 잎으로 만든 삿갓이 묘하게 어울리지 않아서 소년은 계속 신경이 쓰였다. '오키나와' 산이라는 느낌이 갑자기 사라졌다. 맨스필드 씨는 푸른색 수건을 꺼내 얼굴, 목, 옆구리, 팔의 땀을 계속 닦았지만 비로야자 삿갓의 턱 끈을 풀려고 하지 않았다.

조지가 사살한 멧돼지

이틀 후가 페이데이급료일다. 존 일행은 소액의 돈밖에 없다. 존 일행은 달러를 금방 다 써버렸고 머지않아 조지의 주머니에도 빌려줄 돈이 남아 있지 않았다. 호스티스들은 늘 그래 왔던 것처럼 자리에 앉아 상대도 하지 않았다. 입구 쪽 문을 빈번하게 쳐다보는 모습을 조지는 이미 눈치 채고 있었다. 손님이 오기를 기다리고 있다. 조지는 밖으로 나가고 싶었다. 하지만 말을 꺼낼 수 없다. 야단법석을 떨어대던 존 일행도 점차 어색함을 느끼기 시작한 듯 했다. 위스키를 이미 한 병 다 비웠다. 호스티스들은 캐시현금 캐시 하며 술을 더 내오지 않고 젖가슴과 허벅지도 만지지 못하게 했다. 존도 와일드도 워싱턴도 생각이 많아 보였다. 셋 다 얼굴이 불그레하고 뚱뚱보다. 누구의 얼굴 할 것 없이 점차 불그스름해지고 거구 셋 다 조금씩 초조해 하고 있다. 자칫 잘못 건드리면 당장이라도 고래고래 소리 지르고 난폭하게 굴지도 모른다는 그러한 낌새를 느꼈다. 조지는 아직 차분해 보였다. 하지만 동료들의 이상한 분위기로 인해 점차 심장 고동이 빨라진다. 조지는 뭘 하더라도 어중간하게 해서는 안된다고 믿었다. 안 마실 거라면 한 방울도 마시지 말고 호스티스와도 이야기를 하지 말아야 한다. 대신 마실 작정이면 고주망태가 될 때까지 마시고 호스티스와 페팅이나 섹스까지 해야 한다. 그렇게 해야만 뒤탈이 없다.

호스티스 두 명이 아무렇지도 않은 듯 조용히 일어나 문으로 다가갔다. 얼굴이 검붉게 탄 백인이 들어왔다. 그들은 셋 다 커다란 눈알을 흘깃흘깃 하고 있다. 베트남 귀휴병이다. 조지는 바로 알아차렸다. 이들 귀휴병은 돈 씀씀이가 난폭하다. A사인바미군 출입이 가능한 업소 호스티스는 그들을 '산山 사나이'라 부르며 극진한 서비스를 한다. 돈을 뜯어내기에는 최고의 상대다. 조지 일행은 그들을 함부로 대할 수 없다. 조지 일행이 미국 본국에서 와서 아직도 오키나와에서 근무하는 병사인 것에 비해 그들은 백전연마된 실전 경험을 쌓은 선배다. 하지만 그들은 자나깨나 전쟁을 잊을 수 없는 상태라고 조지는 믿었다. 아무리 퍼마셔도 아무리 소란을 피워도 아무리 흥청망청 놀아도 아무리 섹스를 해도 전쟁 기분에서 빠져 나올 수 없다. 그들은 항상 피스톨이나 잭나이프를 주머니에 숨기고 기지 안에서는 물론이고 일단 기지 밖에 나가도 무수한 폭행을 해댔다. 다른 일행과 달리 조지는 그들을 경멸했다.

마침내 한 명 남은 호스티스가 일어섰다. 그러자마자 존이 짙은 털이 무성한 굵직한 손으로 여자의 왼팔을 꽉 쥐고 아우성쳤다. 우리를 놓고 가는 거야! 그럼 누가 서비스할 거야! 열등 민족 주제에 감히 우리를 업신여기는 거야! 여자는 오른손으로 존의 얼굴을 밀고 팔을 뿌리치려 했다. 존은 그녀를 강제로 끌어당겨 무릎 위에 자빠뜨렸다. 양측에서 와일드와 워싱턴이 여자의 팔과 다리를 눌렀다. 와일드가 히스테릭하게 외치며 발을 차올리는 여자의 엷은 검은색 속옷을 벗긴 후 큰 소리로 웃으며 조지의 얼굴에 그것을 집어 던졌다. 와일드는 여자의 허벅지 사이에 다리를 비집어 넣고 교묘하게 여자의 다리를 벌린 후 성냥에 불을 붙여 여자의 양다리가 모아져 있는 부분을 비추며 웃어댔다. 존도 워싱턴도 고개를 기울이고 몸을 틀어서 필사적으로 훔쳐보면서 웃었다. 조지는 표정이 굳어진 채로 응시했다. 여자는 전신을 푸드득푸드득 대며 도무지 알 수 없는 말로 아우성쳤다. 존이 손수건으로 여자의 입을 틀어막았다. 와일드는 여자의 털을 태웠다. 지직 하고 털이 타들어가며 줄어들고 오그라들더니 바로 불이 꺼졌다. 문득 조지는 '산쓰 사나이'들을 봤다. 산 사나이들은 엷은 웃음을 짓고 있다. 호스티스들은 계속 존 일행을 멈추게 하려고 산 사나이들을 조르고 있는 것 같았다. 산 사나이들은 가만히 보고 있을 뿐이다. 여자는 살갗에 달라붙은 두툼한 흰색 드레스를 입고 있다. 존 일행이 계속 벗기려 했지만 마음대로 되지 않았다. 워싱턴이 잭나이프를 꺼내들었다. 조금 벌어져 있는 여자의 앞가슴에 잭나이프를 밀어 넣어 흉부에서부터 옷을 쫙 찢었다. 여자가 날뛰었다. 필사적으로 버둥대는 것처럼 보였다. 잭나이프가 여자의 피부에 닿자 드레스에 피가 배어나왔다. 조지는 여자가 손수건 안에서 이를 갈고 있다고 느꼈다. 눈을 부릅뜨고 있다. 조지는 일어서서 자리 귀퉁이로 다가갔다. 워싱턴은 잭나이프로 여자의 목덜미나 안면을 여기저기 어루만져대고 있었다. 웃는 얼굴이지만 장난을 치는 것이 아니다. 조지는 쿵쾅대는 심장의 고동을 어찌할 수 없다. 술에 취한 것과는 조금 다르다. 눈을 갑자기 파내고 코를 도려내고 경동맥을 순식간에 자를지도 모른다. 모든 호스티스가 존 일행을 둘러싸고 아우성치고 있다. 한탄하고 있는 듯 하기도 하다. 화를 내고 있는 듯 하기도 하다. 슬퍼하고 있는 듯 하기도 하다. 조지는 혼돈스러웠다. 호스티스 한 명이 뒤에서부터 존의 아래턱에 양손을 걸치더니 있는 힘껏 당겼다. 존은 턱을 들고 괴로워하면서 눈 위에 있는 여자의 얼굴을 흘끔 본 뒤 오른쪽 주먹을 쥐고 여자의 턱으로 쳐올렸다. 털썩하는 이상하고 큰 소리가 났다. 여자는 아무 소리도 내지 않고 바닥에 쓰러졌다. 여자들은 더욱 소란을 피우며 쭈그리고 앉아 동요하다가 여러 명이서 여자를 계산대 위로 날라 눕히고 얼음을 넣은 수건으로 턱을 식혔다. 그러더니 다시 존 일행을 둘러싸고 계산대에 누워있는 여자를 손가락으로 가리키며 모두가 아우성쳐댔다. 산 사나이들도 일어섰다. 양손을 허리에 대고 팔짱을 끼고 주머니에 넣고 동료들끼리 무언가를 의논하고 웃으면서 보고 있다. 워싱턴의 잭나이프는 지금 여자의 작고 편평한 유방으로 다가가고 있다. 검고 큰 젖꼭지가 천천히 회전하고 있는 푸른 빛 가운데서 두드러진다. 아이를 대여섯 명 낳은 마흔 살이 다 돼 보이는 여자 같다고 조지는 생각했다. 두꺼운 화장 아래에는 혈색이 없고 피부가 늘어지고 꺼칠꺼칠해져 있을 것이다. 미군이 그런 여자를 희롱하며 놀고 있다. 조지는 비위가 상했다. 빨리 강간해 버려라. 다 끝나면 내가 피스톨로 쏴 죽여 버리마. 여자 둘이서 워싱턴의 잭나이프를 뺏으려 뒤엉키다가 둘 다 팔이 베여서 피가 났다. 그 중 한 명은 출혈이 심해 물수건 두 장을 대더니 계산대 안쪽에 웅크리고 있었다. 워싱턴은 어지간히 화가 난 것 같았다. 워싱턴은 두 여자를 눈으로 쫓더니 여자의 어깨를 놓아주고 일어섰다. 여자는 몸을 바동거리다 몸을 일으켰다. 와일드의 다리에 발이 걸려 넘어지고 게다가 존이 손을 세게 뿌리친 반동으로 여자는 자빠졌다. 여자는 쓰러진 채로 바닥을 네 발로 기어가 도망쳤다. 워싱턴이 여자를 승마자세로 깔고 앉아 무언가 외치면서 등이나 엉덩이 부분의 옷감을 칼로 갈랐다. 다시 흰 천에 피가 새어 나왔다. 여자는 입을 틀어막아 놓은 손수건을 빼지 못했다. 여자가 울부짖고 있었다. 붙인 속눈썹이 비뚤어지고 아이섀도가 벗겨지고 분이 떨어지고 두껍게 바른 루즈가 일그러지자 조지는 그녀가 추녀처럼 느껴졌다. 여자는 마침내 워싱턴을 뿌리치고 화장실 문을 열고 안으로 들어갔다. 워싱턴은 잭나이프의 손잡이를 문틈에 끼워 열쇠가 채워지는 것을 막더니 양손으로 문의 손잡이를 끌어당겼다. 잭나이프가 바닥에 떨어졌다. 문이 무서운 기세로 열렸다. 워싱턴은 엉덩방아를 찧었다. 약간 뚱뚱한 호스티스가 잭나이프를 주워서 워싱턴에게 겨눴다. 워싱턴은 바로 일어서더니 화장실 문 앞에 모여 있는 여자들을 위협해서 기가 죽은 틈을 타 화장실로 들어가 문을 닫았다. 열쇠를 채우는 소리가 났다. 그렇다고 생각하자 바로 문을 두드리는 소리, 비명, 욕을 퍼붓는 듯한 소리, 신음 소리, 요란스럽게 웃는 소리, 고함 소리, 그런 소리들이 뒤섞여서 울렸다. 여자에게서 손수건을 빼낸 것 같았다. 호스티스들은 교대로 손잡이를 돌리고 당기며 문을 두드리더니 여자들끼리 무언가를 의논하고 안의 상황을 걱정하고 있다.

존과 와일드는 냉정함을 꽤 되찾았다. 그런데도 갑자기 크게 웃거나 고함을 쳐댄다. 조지는 애가 탔다. 여자의 얼굴에 술을 마구 끼얹고 싶다. 잔이나 병을 위스키 선반이나 바닥에 던져서 부수고 싶다. 무언가 하지 않으면 존 일행은 무력한 놈들이라는 취급을 받고 만다. 하지만 기회를 잡을 수 없다. 너무나 엉뚱하다. 어째서 나는 모두가 일을 저지를 때 바로 나서지 못할까. 지나치게 고민이 많은 게 아닐까. 소란을 떠는 여자들도 결코 나를 치켜세울 일은 없다. 패기 없는 놈이라고 매도할 뿐이다. 한 달 전에도 존 일행이 역시 난폭한 짓을 저질렀다. 나는 그때도 아무런 행동도 하지 못 했다. 며칠 후 여자들은 그날 밤 사건을 잊고 아양을 떨며 존 일행을 따라갔단 말이다. 그걸 확실히 기억하고 있는데도 나는 이 모양이다. 멍청한 여자들이다. 구제불능이다. 화장실 안에 있는 워싱턴조차 문전박대를 당하지는 않는다. 내일 밤이 되면 여자들은 아무런 일도 없었다는 듯 워싱턴에게 술을 따르고 젖가슴을 만지게 해줄 것이다. 워싱턴의 자랑인 그의 콧수염을 껍질과 함께 잭나이프로 벗겨내고 싶다. 호스티스들을 한 명도 남김없이 사살하고 싶다. 속이 좋지 않다. 권총이 없다.

아쉽다. 가지고 다녀야겠다. 술병에, 라이트에, 네온사인에, 주크박스에 총알을 박아 넣으면 깨지는 소리가 얼마나 상쾌할까. 큰 입을 벌리고 징그럽게 웃고 있는 모든 인간들의 목구멍에 총알을 박아 넣으면 어떨까.

문이 열리더니 마스터가 뛰어 들어왔다. 검고 기름기 도는 둥근 얼굴과 조금 살이 찌고 키가 작은 모습이 노란색 와이셔츠 및 검은 나비넥타이와 묘하게 어울린다. 그 중년 남자는 바로 존에게 다가가 무언가 말하기 시작했다. 사정을 이미 알고 있는 것 같았다. 조지는 존의 등 뒤로 다가갔다. 마스터는 영어가 상당히 능숙했다. 하지만 목소리가 작다. 알아듣기 힘들다. 마스터는 무리해서 냉정한 척을 하는 듯 했다. 조지는 대강 뭐라고 하는지 알아들었다. 돈으로 매듭을 지으려 한다. 존이 일어나면서 외쳤다. 너희 가게 A사인을 취소시켜 버릴 거야! 알아들었어? 상관없다는 거야. 미군의 비위를 상하게 해서 미군출입허가증A사인을 취소당해 난처해진 업자는 지금까지 수도 없이 많았다. 존의 으름장이 얼마나 강력한 것인지 조지는 잘 알고 있다. 마스터는 별안간 억지웃음을 짓더니 존 일행을 달래고 담합을 시작한 것 같았다. 마스터는 존 일행의 의중을 떠보고 흥정을 하면서 점차 금액을 낮게 불렀다. 존 일행은 제대로 상대해 주지 않았다. 네 놈도 잭나이프에 찔려 보고 싶어 하며 겁을 줄 뿐이다. 마스터는 도리어 크게 웃는 얼굴을 지으며 존 일행의 안색을 살피며 금액을 부른다. 20달러, 이게 마지막이야. 이 이하로는 절대 합의할 수 없어. 사내는 정색을 하고 나온다. 부녀 폭행, 상해 보상금, 기물 파손 대금이 모두 다 합해서 겨우 20달러라고? 이게 뭐야 하고 조지는 의아해 했다. 이 금액은 우리 한 명이 하룻밤에 쓰는 술값만도 못하다. 돈을 바로 내동댕이쳐 버리고 싶다. 어중간한 돈에 집착하는 마스터가 보이는 한심한 모습에 질력이 난다. 얼굴도 보고 싶지 않다. 하지만 존 일행은 마스터를 노려보고 고함을 지를 뿐이다. 여자가 더 나빠. 돈은 1달러도 낼 수 없어.

화장실 주변에서 여자들이 술렁거렸다. 워싱턴이 바지 허리띠를 조이면서 나왔다. 마스터는 워싱턴에게 바로 다가가 담합을 시작했다. 양 눈이 개개풀린 워싱턴은 마스터를 제대로 보지도 않고 눈에 거슬린다는 듯이 마치 글러브를 다루듯 손으로 그의 얼굴을 밀쳤다. 마스터는 비틀거리다 시트에 발이 걸려 넘어져 바닥에 엉덩 방아를 찧었다. 워싱턴은 몽유병자처럼 문을 열고 밖으로 나갔다. 존이 떠나면서 협박하는 말을 뱉었다. 왜 이렇게 난리를 쳐대나. 그저 장난을 조금 했을 뿐이잖아. 전쟁에서 진 열등한 인간들 주제에. 조지는 화장실을 봤다. 강간을 당한 듯한 모습의 여자가 같이 일하는 여자들에게 둘러싸인 채로 웅크리고 있었다. 아무런 말도 없다. 죽은 것이 아닐까 하고 조지는 걱정했다. 산 사나이들이 줄곧 여자를 불렀다. 뭘 하고 있는 거야. 어서 앉으라고. 조지는 허둥대며 존 일행을 따라 밖으로 나갔다. 열기가 후텁지근했다. 마스터로 보이는 사람의 큰 목소리가 들려왔다. 조지는 돌아보지 않았다. 욕을 퍼붓는 듯한 소리를 들었다. 오키나와 방언 같다. 저 말투 저 어조를 보면 확실히 욕을 하고 있는 듯 했다. 마스터는 도망칠 준비를 하면서 주먹을 치켜들고 이를 갈고 있었다. 하지만 호스티스들은 산 사나이들 주변에 몰려 있음이 틀림없다. 욕을 먹은 여운은 오래도록 조지의 귓가에 남았다. 나는 아무런 나쁜 짓도 하지 않았는데 하고 조지는 억울해 했다.

조지는 존 일행의 두세 걸음 뒤에서 걸었다. 존 일행은 오키나와 사람을 죽여 버리겠노라며 목소리를 높이고 있다. 진담인지 농담인지 알 수 없다. 택시를 노릴까, 슈퍼마켓을 노릴까 하고 말하고 있다. 강도짓을 하려는 것임을 조지는 알아챘다. 점점 더 광폭한 짓을 하지 않으면 뒤틀린 속이 진정되지 않나 보다. 아니, 부질없는 걱정이다. 존 일행은 그저 술 마실 돈과 여자만 있으면 그만이다. 그들은 길을 가다가 여자들의 스커트를 난데없이 펄럭 걷어 올린다. 여자들은 모두 팬티를 안 입고 있어 '수풀'이야. 여자들이 꺅꺅 소란을 떨잖아. 그거 즐거워하고 있을 뿐이야. '오리엔탈'은 팬티에 손을 넣게 해줘, 맘대로 하게 가만히 있어. 내 손가락이 지칠 때까지 말이야. 너한테도 그런다고? 그런데 말이지. 저기 있는 에미코는 내 무릎 위에 두 다리를 벌리고 바로 올라타서 말이야. 목에 착 감긴다니까. 아무리 해도 떨어지지 않아. 나한테는 골칫거리야. 무슨 헛소리야. 그렇게 싫어하지도 않고 히쭉히쭉 웃어대던 주제에. 뭐라고? 그래 분명히 소란스럽지. 맥주를 서로 뿌려대며 야단법석을 떨어대잖아. 이봐, 조지, 넌 어디가 좋아? 어디라도 상관없어. 조지는 엉겁결에 말했다. 아직도 돌아갈 생각이 없는 것일까. 조지는 술을 더 마실 기분이 들지 않았다. 겨드랑이 아래에 땀이 배고 있다. 나쁜 예감이 들었다. 워싱턴의 상태는 평소와 다르지 않다. 하지만 잭나이프를 치켜들던 모습이 아직 생생하다. 나는 여자 거기에 맥주를 부어서 마시게 만들었어. 몇 번이고 말이야. 억지로 비틀어 박아 넣어서 말이지. 거기로 마셔도 술에 취하는 모양이야. 정말이라니까. 대부분의 여자는 결국 녹초가 돼. 워싱턴은 득의양양하게 말하고 있다. 여자들은 겨드랑이를 잡아당기고 있다. 존 일행은 추잡한 말로 여자들을 놀리고 괴롭힌다. 익숙한 행동이다. 그러다가 존 일행은 멈춰섰다. 이봐, 조지! 하고 워싱턴이 뒤돌아보며 말했다. 네 시계도 내놔. 시계? 조지는 바로 알아차렸다. 전당포에 잡힐 요량이다. 이 정도로는 돈이 될 리 없다고 조지는 말했다. 전당포는 모두 쩨쩨해서 말이야. 자, 그럼 어쩌라는 거야 조지. 존이 쳐다봤다. 네가 어떻게든 할 수 있어? 조지라면 할 수 있다고 와일드가 말했다. 조지는 돈을 부지런히 모으고 있어. 그것도 듬뿍. 그렇군 하고 존이 엷은 웃음을 짓는다. 조지가 말한 대로 시계나 라이터, 펜던트, 잭나이프를 전당포에 맡기면 얼마나 돈이 된다는 거야 어, 워싱턴? 내가 돌아가서 가져올까 하고 조지가 말했다. 돈을 모아서 어쩔 셈이냐는 듯한 세 명의 눈빛이 싫었다. 그렇게 해 조지. 페이데이 때 나눠서 꼭 갚을게. 존이 조지의 어깨를 두드렸다. 물론 돈을 갚은 적은 단 한 번도 없다. 하지만 아무래도 좋다. 워싱턴, 네가 함께 가봐 하고 와일드가 말한다. 혼자서도 괜찮다고 말하며 조지는 워싱턴을 바라봤다. 워싱턴은 조지의 어깨에 두툼한 팔을 두르고 조지를 껴안는 듯한 자세를 취하더니 아니, 같이 가자 하고 말했다. 택시를 타고 가면 반시간이면 돌아올 수 있어. 그럼 부탁해. '미시시피'에서 보자. 존이 그렇게 말하고 조지의 빰을 가볍게 두드리더니 황새걸음으로 걷기 시작했다. 조지 일행도 바로 택시를 탔다. 성대하고 쾌활하게 놀자. 어, 조지? 베트남에 가면 한동안은 이런 유흥도 할 수 없어. 워싱턴은 계속 조지의 어깨를 두드렸다. 조지는 워싱턴에게 돈을 건네준 후 병사 침대에 엎드려 누워서 에밀리에게 편지를 써야지 하고 몇 번이고 떠올렸다. 아직 열 시도 되지 않았다. 존이 분명히 부르러 오겠지. 어차피 가야 한다. 존은 거의 매일 밤 나를 부르러 온다. 도대체 존은 나를 뭘로 생각하는 걸까.

백인 여자들이었다. 다섯 명 모두 긴 고수머리를 하고 있었는데 색깔은 모두 달랐다. 밤색과 블론드도 있다. 가슴은 컸지만 생기가 없고 피부색의 젖꼭지가 작아 보였다. 조지는 이들이 처녀라고 믿었다. 나보다 연하임이 틀림없다. 어떤 것이 누구의 젖가슴인지 잘 모르겠다. 모두 닮아있는 데다 여자들은 뱀처럼 서로 뒤얽혀 있다. 밀착시킨 몸을 뒤틀면서 검고 울퉁불퉁한 손가락으로 조지의 가슴이나 하복부 등을 어루만지며 도발하고 있는 오키나와인 호스티스가 천하게 느껴졌다. 땀, 정액, 활기, 연기, 위스키, 화장품 등이 뒤섞인 듯한 냄새가 났다. 농후한 냄새가 좀처럼 사라지지 않았다. 그 중에서 에밀리와 닮은 여자를 발견했다. 조지는 뚫어지게 화면을 응시했다. 최대한 벌어진 희고 살집이 좋은 가랑이 사이로 그 여자는 안면에 늘어진 짙은 갈색 머리카락을 흔들었다. 혀를 놀리고 있다. 분홍색 입술도 커다란 눈도 아직 순진하고 귀엽다. 안 돼 하고 조지는 부정했다. 이건 에밀리가 아니야. 에밀리는 곱고 흰 치아로 잘 웃는다. 머리카락은 뒤로 묶는다. 여자들의 섹스가 화면 한가득 자주 클로즈업 된다. 요트는 해상을 떠돌고 있다. 파란 공간에 흰색의 벌거숭이 여자 다섯 명이 선명하게 떠오른다. 갑판에서 한낮의 백광을 강하게 받은 채로 벌거벗은 여자들이 꿈틀대고 있다. 조지 바로 뒤에서 16밀리 영화 필름이 회전하는 소리가 들렸다. 조지는 별로 신경 쓰이지 않았다. 여자들은 셋이나 다섯이서 이상한 체위를 몇 번이고 바꿨다. 혀 놀림과 손놀림에도 빠져있다. 소리가 없는 만큼 더욱 색달랐다. 여자들은 얼굴이 고통으로 일그러지면서도 카메라 방향을 애써 찾아가며 양다리를 벌린다. 부자연스럽다. 역시 연기다. 하지만 조지는 간파하지 못했다. 조지는 거짓말이라고 느꼈다. 미국 여자라니 믿을 수 없다. 저 얼굴, 두 팔과 다리. 주름도 기미도 없다. 군살도 없다. 보고 있는 사람을 싫증나게 만드는 짓궂음도 전혀 없다. 반들반들하고 부드러워 보이는 흰 피부로 보아 다섯 명 모두 십 대로 보인다.

호스티스가 조지의 바지 지퍼를 열더니 단단하고 작은 손을 집어넣었다. 순간 조지는 그 손을 꼬집었다. 뜻 하지 않은 힘이 나왔다. 호스티스는 쉰 목소리로 비명을 지르며 무언가 외치더니 자리에서 일어나 사나운 표정으로 멀어져 갔다. 존도 워싱턴도 와일드도 각각의 호스티스와 페팅을 하고 있는 듯 했다. 암흑 속에서 그들이 아무 말 없이 꿈틀거리고 있다. 시트 여기저기에서 일거리가 없는 호스티스 몇 명이 꼼짝 않고 담배를 피우고 있다. 푸르고 투명한 영사기 광선에서 흰 연기가 피어올랐다. 조지는 다시 화면을 뚫어져라 쳐다봤다. 젊은 여자들도 열심히 노력하고 있구나. 살아가기 위해 필사적이구나. 모두 죽을 만큼 부끄러울 텐데. 조지는 멍하니 생각했다. 무언가 구원을 받은 듯한 기분이 들었다.

영화가 끝났다. 검붉은 조명이 들어왔다. 천장에 매달린 라이트가 소리도 없이 돌면서 붉은색, 푸른색, 황색 광선을 내뿜으며 벽에 붙은 백인 여자의 누드 포스터에 스포트라이트를 비추고 있다. 조지는 만취하고 싶었다. 오늘밤은 잠을 잘 수 없을 것 같았다. 에밀리가 나오는 악몽을 꾸다 가위가 눌릴지도 모른다는 예감이 든다. 조지는 따라놓은 그대로 거품이 사라져서 미지근한 맥주를 무리하게 목구멍에 부어 넣었다. 맥주를 다시 컵에 부어서 단숨에 들이켰다. 두세 번 반복하자 작은 맥주병은 바로 비어 버렸다. 조지는 계산대에 서 있는 여자에게 손가락으로 소리를 내서 맥주를 가져오라는 시늉을 했다. 여자는 맥주를 바로 가져와서 조지의 옆에 앉아 술을 따랐다. 분칠이나 루주가 제대로 먹지 않았는지 사색의 낯빛을 한 마른 얼굴의 여자다. 호스티스들의 교성이 쿵쾅대는 재즈 소리에 섞여 시끄러웠다. 하지만 이 여자는 아무 말도 없이 무표정하다. 여자는 조지가 한 모금만 마셔도 바로 맥주를 따랐다. 조지는 맥주를 마실 때 첨잔을 하지 않았다. 그는 병이 비면 제멋대로 새 맥주를 가져왔다. 조지는 여자가 호텔에 가자고 말하면 승낙해도 좋겠다고 생각했다. 하지만 미국인인 내가 먼저 말할 수는 없다. 오키나와인은 정면에서 우리를 보지 않는다. 외출할 때 나는 늘 그것을 느낀다. 그렇지만 여자는 내가 곁눈으로 보자 말끄러미 내 얼굴을 응시했다. 나는 허둥지둥 댔다. 조지는 욕지기가 올라왔다. 더 이상은 마시지 못 한다. 여자는 조지의 입에 계속 술잔을 갖다 대며 술을 권했다. 조지는 입술을 한 입 적실 만큼 마시다 호스티스의 젖가슴 부위를 만져서 기분을 어지럽히면 된다고 존이 했던 말을 떠올렸다. 그렇게 하면 무리하게 마시지 않아도 되니까. 하지만 조지는 여자 몸을 만지려다 망설였다. 호스티스가 조금 만졌다고 꺅꺅 소란을 떨며 몸을 꼬고 도망칠 리 없는데도 말이다. 조지는 일어나서 주크박스로 다가가 25센트를 넣고 시끄러워 보이는 노래를 다섯 곡 찾아서 스위치를 눌렀다. 천장이라도 무너졌으면 하고 바랐다. 어떻게 저렇게 까무잡잡하고 자그마한 현지인 여자 따위와 함께 걸어 다닐 수 있지? 존은 무슨 기분일까. 그가 한낮에 쇼핑을 할 때나 영화를 보러 갈 때 오키나와 여자와 팔짱을 끼고 다니는 기분을 알 수 없다. 누가 보더라도 이상하지 않을까. 여자의 키는 존의 가슴팍 밖에 오지 않는다. 여자가 조지의 자리에 앉아 가만히 담배를 피우고 있다. 조지는 빨리 돌아가고 싶었다. 숙소에서 에밀리에게 편지를 쓰고 싶다. 하지만 도저히 존 일행에게 말할 수 없다. 바보 취급을 받을 것이 불 보듯 뻔하다. 조지는 자리에 앉았다. 여자는 맥주를 따른 후 조지의 입으로 잔을 대면서 귓가에 잘래? 하고 속삭였다. 조지는 맥주를 다 마셔버렸다. 올나이트 10달러라고 여자가 말했다. 서비스 듬뿍 해줄게. 여자가 조지의 목에 팔을 두르더니 조지의 귀를 혀로 핥았다. 여자는 거슬거슬하고 거뭇한 피부의 팔을 내 팔에 휘감으면서 계속해서 짧은 영어로 말하며 유혹했다. 때때로 외설스럽게 성교하는 모양을 손가락으로 만들면서 싱글싱글 웃는다. 나는 옆자리 존 일행을 봤다. 존 일행도 나를 보고 있다. 역시 의미심장하게 히죽히죽 웃으면서. 너는 그 정도로 담력이 없냐? 하는 눈빛으로. 그들은 호텔로 갈 모양이다. 나는 여자를 향해 OK라고 말한 후 크게 끄덕였다. 여자는 몇 번이고 건배를 했다. 좀 더 취해야지 하면서도 나는 술을 거의 마실 수 없었다. 무리하면 구토를 한다. 여자는 계산대에서 핸드백을 가져오더니 화장실로 들어갔다. 내가 저 여자와 자면 오키나와인이 친근하게 느껴질지도 모른다. 화장실에서 나온 여자는 레츠고라고 말하며 조지의 손을 잡아끌었다. 존 일행은 여전히 여자들과 농을 치고 있다. 조지는 그들과 함께 가고 싶다. 여자가 조지를 재촉했다. 존 일행과 여자들의 시선을 느끼면서 조지는 당당히 문을 열었다.

　적색, 청색, 녹색, 가지각색의 네온간판. 종, 횡, 비스듬하게 쓴 네온 간판이 끊임없이 점멸하고 있다. 보도 포석에도 여러 가지 색채가 희미하게 빛나고 있다. 같은 간격으로 심은 종려나무 검은 나뭇잎 그늘이 정지돼 있는데도 좀처럼 알아차리지 못 했다. 주변에는 택시와 고급 외제차가 가득 주차돼 있다. 택시 운전기사들은 문 밖에서 몇 명씩 그룹을 지어 손님을 시무룩한 표정으로 기다리고 있다. 어스레한 골목길에는 몹시 지친 듯한 여자들이 여럿 모여 있었다. 아무 말도 없고 몸짓이나 거동도 없다. 조지와 여자가 지나가자 눈을 뒤룩뒤룩 움직였다. 골목길 옆에는 빈 맥주병, 위스키병, 통조림캔, 양동이 등이 버려져 있다. 조지는 힘껏 차버리고 싶다고 몇 번이나 고민했다. 하지만 주저했다. 힘껏 차버리면 시멘트 길이나 벽에 부딪쳐 커다란 소리가 나기 때문이다. 여자는 조지와 팔짱을 끼고 있으면서도 한마디도 하지 않았다. 얼굴도 무뚝뚝해 보였다. 업소에 있을 때와는 다른 사람 같은 느낌이다. 조지는 택시에 타자며 여자에게 눈치를 줬다. 여자는 바로 저기라고 차갑게 말하며 조지를 쳐다보지 않았다.

　3층 호텔이다. 미국인에게 영업하기 위해 만든 호텔이다. 교섭은 여자가 했다. 단신으로 좀 뚱뚱한 중년 여성이 조지와 여자를 안내했다. 맨 꼭대기 방이다. 조지는 바로 눈앞을 걷고 있는 더부룩이 파마머리가 신경 쓰였다. 이 여자가 화장실 청소도 하고 더러워진 섹스 보조 기구를 처리하고 있음이 틀림없다고 조지는 믿었다. 불을 켜고 방에 들어갔다. 여자가 열쇠를 조지에게 건넸다. 더부룩이 파마머리가 방을 나가면서 여자에게 오키나와 방언으로 무언가 말하더니 히쭉 웃었다. 호텔 룸이 아니라 여자의 방이라는 느낌이 들었다. 커튼도 침구도 화장대도 부속품을 넣는 도구도 융단도 불그스름하고 화려한 색채다. 여자는 핸드백을 든 채 욕실로 들어갔다. 수도꼭지에서 물소리가 났다. 이윽고 여자가 나오더니 조지에게도 들어오라고 했다. 조지는 정성을 들여서 비누칠을 해서 몸을 닦았다. 조지는 허리에 목욕 수건을 감고 나왔다. 예전에 팬티와 셔츠를 다 입고 나와서 여자에게 웃음거리가 된 경험이 있다. 왜 이리 늦어 하고 여자는 담배 연기를 피우면서 영어로 말했다. 속옷만 걸치고 있는 여자는 담배를 입에 문 채 욕실로 들어갔다. 거나하게 취한 채로 물을 뒤집어써서인지 조지는 머리가 무거워졌다. 더블침대에 엎드린 자세로 쓰러졌다. 화장수와 땀, 정액 등이 뒤섞인 냄새를 맡았다. 기분 탓인지도 모른다. 시트는 세탁을 한 듯 했다. 하지만 그 아래 매트에는 분명히 몇백 번에 걸친 섹스로 인한 땀이 깊이 스며들어 있을 것이다.

여자는 섹스에 숙련돼 있다. 알몸을 보니 틀림없는 중년의 몸매다. 에밀리의 얼굴이 풀프레임으로 겹쳐졌다. 조지는 섹스를 끝내자 혐오감이 갑자기 몰려왔다. 모두가 취해있어. 제정신이 아니야. 나도 그래. 정상이 아니야. 도대체 나를 이런 곳에 처넣은 놈들이 누구지. 누구의 짓이냐고. 이런 도시와 이런 섬에. 조지는 화장실에 걸터앉았다. 침대에서 알몸으로 위를 보고 누운 채로 담배를 피우고 있는 저 여자인가. 께느른한 피로감이 든다. 별안간 의식이 몽롱해지려 한다. 제임스의 상관이 그 자인지도 모른다. 제임스의 상관에게 언제 베트남에 파병되는지 몇 번이나 물었다. 그때마다 아직 지령이 없다면서 상대도 해주지 않았지만. 그러면 언제 미국으로 돌아갑니까? 하고 물었다. 그것도 지령이 없다며 상대도 해주지 않았다. 거짓말이다. 제임스는 모두 알고 있다. 일부러 모른 체해서 나를 불안하게 하려 한다. 제임스는 살인 훈련만 내게 강요할 뿐이다. 살인을 할 일이 없음에도. 한낮에 부글부글 끓어오르는 태양열을 정면으로 받은 나는 두개골에 금이 가는 줄 알았다. 몇 번이고 현기증이 났다. 우리는 적도 없이 의미도 없이 그저 실탄을 쏴댔다. 시시해 죽겠다. 내가 잠시 정신을 놓고 있으면 제임스는 마치 백 년 동안 나를 계속 증오해 왔다는 듯이 화를 내고 욕질을 해댄다. 훈련에서 적은 탄환을 쏘며 달려들지 않는다. 진지할 수 있다니 어딘가 정상이 아니다. 제임스는 나를 원망하고 있다. 이렇게 정신이 아찔해지는 훈련을 언제까지 시킬 셈인가. 울화통이 터질 지경이다. 후련해지고 싶다. 베트남에 가서 실전에 참가하던지 에밀리가 있는 곳으로 돌아가던지 어느 쪽이든 명확히 하고 싶다. 매일 영문을 알 수 없다. '실제로 죽이'는 훈련은 아니다. 내가 같은 인간을 죽일 수 있을까. 인간을 죽이는 것은 어떠한 느낌일까. 조지는 술이 깨 잠이 오지 않는 한밤중에 거의 매일 밤 병사 천장을 응시하면서 그런 상념에 빠졌다. 때때로 실제로 죽여보고 싶었지만 아무리 기다려도 그 명령은 하달되지 않았다. 다만 매일 훈련이 이어질 뿐이다. 이제 충분히 알겠다. 머리에 펑크가 날 지경이다. 베트남에서 공훈을 올렸다고 편지에 쓰면 에밀리가 분명히 답장을 보내겠지. 틀림없다. 내가 출세하지 않았기 때문에 에밀리는 정나미가 떨어졌는지도 모른다. 그렇지 않고서 에밀리가 편지를 보내지 않을 리가 없다. 내가 편지를 보낸 후 벌써 67일이 지났다. 그 편지만 해도 내가 매일 밤 깊이 고민하며 2주 동안 정성들여 썼다. 제임스가 날 미워하는 이유는 알고 있다. 내가 몸집이 작고 허약해서다. 제임스는 언제 어느 때고 내게 들어보란 듯이 말한다. 이봐 조지, 군인은 체격이 좋아야 하는 법이야. 그러면 어째서 나를 군대 따위에 끌고 왔나. 나는 애초에 군대에 갈 마음이 조금도 없었다.

조지는 병사로 돌아갈 마음을 품고 화장실에서 나왔다. 여자는 여전히 위를 향해 누운 채로 담배를 피우고 있다. 여자가 일어나서 재떨이에 담배를 뭉개 끄더니 조지를 봤다. 원스 모어? 하고 묻더니 이제 줘야지 하며 손을 내밀었다. 뭐야? 하고 조지는 의심스러웠다. 여자는 10달러라고 말한다. 방금 전에 줬잖아 하고 조지가 고개를 옆으로 흔들자 그건 끝났어 하고 말했다. 여자는 지금부터 할 돈이라고 손가락을 움직이며 재촉했다. 조지는 약속이 다르다고 느꼈다. 분명히 여자는 올나이트 10달러라고 말했었다. 틀림없다. 존 일행도 언제나 말해왔다. 올나이트 10달러, 쇼트타임 5달러라고. 조지는 여자를 응시했다. 여자는 한 번 하는 값이 10달러라고 말했다. 이런 여자에게 우습게 보여서는 안 된다. 처음에 준 10달러에 올나이트라고 둘이서 약속했잖아. 말을 약간 더듬듯 말했다. 여자가 영어로 반문했다. 조지보다 영어가 유창하다. 조지는 긴장했다. 분명히 10달러에 올나이트라고 네가 약속했잖아. 난 쇼트타임이라고 했어. 그게 시세야. 다른 여자한테도 물어보면 되잖아. 당신이 틀렸다고 할 테니까. 여자는 빠르게 말했다. 존 일행이 증인이야. 그럼 존을 여기에 불러 보시던가. 여자는 덤비듯 따진다. 존이 내 주장을 증명해 줄 것이다. 하지만 존 일행은 내가 겨우 10달러에 집착해서 만족스러운 섹스를 하지 못했다고 놀리지 않을까. 나는 오래도록 웃음거리가 될 것이 분명하다. 게다가 지금쯤 존 일행은 한참 즐기고 있을 때다. 그들의 기분을 망칠 수는 없다. 어떻게 납득 시킬 수 있을까. 조지는 망설였다. 예상을 벗어났다. 뭘 그래. 겨우 10달러 가지고 하며 여자가 말했다. 호스티스 친구들 모두 조지는 구두쇠 신병이라 말하고 있어. 알아? 언제 베트남에서 죽을지도 모르면서 돈을 모으고 있다고 말이야. 조지는 욕지기가 끓어올랐다. 나는 고향에 에밀리가 있어 너희들이 뭘 안다고 그래. 오 그래? 그런데 안 그런 사람이 있어? 여자는 자포자기한 것처럼 보였다. 모두 그래 당신도 그렇고. 오키나와 여자들은 모두 심심풀이일 뿐이니까. 그거야 어쩔 수 없잖아. 그건 나도 알아. 그런데 정식으로 결혼을 하고 교회에서 신부와 신에게도 제대로 서약까지 한 경우는 뭐야. 미국으로 돌아가면 바로 더러운 쓰레기 취급하듯 오키나와 여자를 버리잖아. 그건 어째서 그래? 우리 마을에도 몇 명이나 있어……. 내 여동생도 그러고 있고. 불그레한 털이 난 아이까지 남겨놓고 말이야. 미국 군인은 모두 그래. 미국에 에밀리가 있으니까 그런 거잖아. 속아 넘어간 여자들이 바보지만 말이야. 에밀리가 오키나와 여자를 엉망진창으로 만들어 놓고 있는 건 알아? 에밀리를 나쁘게 말하지 마. 조지는 부르짖었다. 에밀리는 너희들과는 달라. 남자 앞에서 아무렇지도 않게 옷을 훌딱 벗어대는 여자들과는 달라. 조지는 여자의 밋밋한 젖가슴을 봤다. 여자는 양손을 허리에 대고 도리어 젖가슴을 조지에게 밀어 올릴 듯한 자세를 취했다. 그럼 뭐 하러 여자를 사는 거야. 10달러 정도도 아까워하는 남자가. 신병들은 씀씀이가 좋아. 하룻밤에 100달러 200달러 탕진하는 애들은 널려 있어. 조지는 팔짱을 끼고 여자를 정면에서 바라봤다. 무슨 헛소리야 그게? 이런 더러운 곳 따위 나도 싫지만 어쩔 수 없을 뿐이야. 그럼 어째서 여길 오는 건데. 이런 곳밖에 갈 곳이 없으니까 그렇지. 이 섬은 말을 타고 돌아다닐 평원도 숲도 아무것도 없잖아. 좁고 숨이 막힌다고. 비위생적인 밤이 있을 뿐이야. 밤에 여는 카바레 외에 뭐가 더 있어. 뭐 하나 제대로 나를 만족시켜 주지 않아.

너도 마찬가지잖아. 아니라고? 방금 전에 마신 술이 마침 조지의 목구멍을 적셔주고 있었다. 조지는 말이 부드럽게 나와서 묘한 기쁨을 느꼈다. 겁쟁이 같으니. 당신은 전쟁이 무서워서 그러는 거야. 에밀리나 말을 찾아대는 아직 어린이야. 나랑 잘 때마다 가위눌리는 놈이 있어. 산 사나이 가운데 하나야. 잠에 취해 갑자기 큰 소리를 질러댈 때가 있어. 지금 나가면 위험해. 적이 거기 있어 하는 식이야. 게다가 땀에 흠뻑 젖어 있어. 나도 그 사내와 잘 때마다 수면이 부족해 죽겠어. 그 겁쟁이는 나한테 매달려서 벌벌 떨며 동이 트기만을 기다려. 여자는 속옷을 입기 시작했다. 조지는 어찌할 줄 몰랐다. 엉겁결에 조지는 여자의 양쪽 어깨를 잡았다. 허리에 두른 목욕 수건이 흘러내릴 듯 했다. 여자는 바로 어깨의 손을 뿌리치고 스커트를 입으면서 말했다. 지배인에게 쇼트타임으로 바꿔 달라고 해놓을게. 그렇게 되면 일 분도 더 우물쭈물할 시간이 없어. 조지는 바보 취급을 당하는 듯한 기분이 들었다. 무언가 뒤죽박죽이다. 여자가 문을 열면서 자신이 대신 치른 팁을 달라고 손을 내민다. 50센트. 여자는 문을 닫으려고도 하지 않고 손을 빼려고도 하지 않았다. 조지는 1달러를 건넸다. 꼭 다시 돌아와야 해. 안 오면 가만있지 않겠어. 알겠지? 여자는 애매하게 고개를 끄덕이며 문을 닫았다. 바로 돌아오겠다는 여자가 핸드백과 팁을 갖고 나가는 모습이 이상했다. 하지만 조지는 될 대로 되라는 식이었다. 조지는 옷을 입었다. 여자는 돌아오지 않을 지도 모른다. 뒤를 따라가야 할까. 망설였다. 뒤숭숭하다. 15분이 지났다. 조지는 결심하고 빠른 걸음으로 계단을 뛰어 내려갔다. 가죽 구두소리가 반향하고 있다. 조지는 소리가 신경 쓰였지만 그대로 뛰어 내려갔다. 계산대 앞에서 여자가 기다리고 있었다는 듯 서 있었다. 조지가 가까이 다가가자 웃는 얼굴로 호텔비를 청구했다. 존 일행에게서 호텔비는 선금으로 이미 지불됐다고 들었다. 여자가 이미 낸 것은 아닐까. 내일 업소에서 나한테 손을 다시 내밀지 않을까 하고 조지는 걱정했다. 하지만 아무런 말도 하지 않고 여자가 말한 값을 치렀다.

　잭의 기분을 알 수 있다. 잭은 가지고 있던 탄환 전부를 카바레 화장실에 쏴서 박아 넣었다. 있는 돈을 몽땅 털어서 여자를 기쁘게 해줬는데 그 여자는 가게가 문을 닫고 아무도 눈치 채지 못하게 도망쳐버렸으니까. 조지는 길을 모른다. 뒷골목인 것 같다. 빨리 택시를 잡고 싶다. 깡마른 개 한 마리가 쓰레기통에서 흘러넘친 쓰레기를 뒤지고 있다. 맥주나 위스키, 청량음료 빈 병이 아무렇게나 쌓여있다. 벽에서는 소변 악취 냄새가 배어 나온다. 조지는 잰걸음으로 걸었다. 병이 발에 채여 쓰러지더니 굴러가 양측 시멘트벽에 새된 소리가 울려대더니 머지않아 쥐 죽은 듯이 고요해진다. 네온사인도 외등도 적어 사위는 어둡다. 존은 운전기사를 면도칼로 위협해서 열여섯 번이나 택시요금을 떼어먹고 매상을 전부 빼앗았다고 곧잘 자기 자랑을 했다. 존은 몸집이 커서 택시 기사와 완력다짐을 해도 지지 않는다. 과연 나는 이길 수 있을까. 오키나와인 중에도 나보다 큰 사람은 있다. 떼어먹는다고 해도 겨우 25센트다. 빼앗는다고 해도 뻔한 돈이다. 조지는 큰길로 나가지 않으면 택시를 잡을 수 없다고 생각했다. 네온사인이 늘기 시작했다. 보이나 호스티스의 호객 행위도 빈번해졌다. 새벽 2시를 꽤 지난 시각이다. 그런데도 남녀 삐끼가 손뼉을 치며 큰 소리로 외치고 있다. 헤이, 플로어 쇼 헤이, 스트립, 헤이, 무비, 헤이, 서비스, 헤이. 조지는 피하며 지나갔다. 모르는 척을 했다. 팔이라도 붙잡히면 거절하지 못할 듯한 기분이 들었다. 아아, 그 여자랑 함께였다면 하고 생각했다. 아무렇지도 않게 걸어갈 수 있을 텐데. 오키나와 여자 따위 두들겨 패버려야 한다. 조지는 자신을 타일렀다. 무엇을 겁내나. 그 정도도 못 한단 말인가. 와일드는 PX 여자를 워싱턴은 하우스메이드를 존은 여고생을 성폭행했다고 자랑하고 다닌다. 하지만 부녀 성폭행은 도저히 못 할 것 같다. 여자도 필사적으로 저항할 테니. 아무리 완력다짐에서 이기더라도 저항하는 사람과는 하고 싶지 않다. 게다가 하며 조지는 내심 존에게 말을 걸었다. 성폭행해서 여자가 아이를 낳아도 역시 자신의 아이가 아니냐고 말이다. 너는 아무런 느낌이 없는 거야? 조지 너는 이제 스물한 살이잖아. 네가 뭐라고 벌써 득도한 것처럼 굴어. 어디선가 그런 소리가 들려왔다. 나는 무력하지 않다. 내 사격 솜씨를 여자들이 알지 못할 뿐이다. 하지만 동료들은 모두 알고 있으면서도 어째서 나를 두려워

하지 않나. 왜 날 바보 취급 하는가. 내가 정말 무언가 저지를 수 있다고 믿지 않아서일까. 여자는 짙은 갈색 머리가 좋아. 검은 머리는 질색이다. 나는 지금 여자를 쫓고 있나? 아니 그게 아니야. 아니, 그럴지도 몰라. 모르겠다. 제임스 상관의 아내는 에밀리와 조금 닮았다. 한 번만이라도 말을 해보고 싶다. 제임스는 신분에 걸맞지 않다. 아니, 그렇지 않을지도 몰라. 나는 적어도 하사관까지는 출세하지 않으면 안 되겠지. 상병 계급에 에밀리가 만족하지는 않을 거야. 무언가 공훈을 쌓아야만 한다. 제임스는 아무 걱정 없겠지. 미국인 아내가 있으니까 말이야. 헤이 헤이 하고 누군가 불렀다. 조지는 뒤돌아봤다. 서투른 말씨의 영어지만 아무래도 알로하셔츠 차림의 조금 뚱뚱한 검은 얼굴의 오키나와인은 백인 매춘부를 사라고 말하고 있음이 분명하다. 조지는 이 남자의 얼굴을 응시했다. 조지는 미국인 여자를 안고 싶다고 며칠 밤이고 안달했다. 하지만 그때마다 어쩔 수 없다고 포기했다. 미국인 여자가 매춘 따위를 할 리가 없으니까. 이런 더러운 곳에서. 조지는 엉겁결에 외치면서 뛰기 시작했다. 너희 오키나와인과는 달라. 내가 속을 줄 알아. 선오브빗치(빌어먹을). 호객꾼의 큰 소리가 들려왔다.

　빨강, 파랑, 노랑, 핑크 등의 하반신에 착 달라붙어서 가슴팍에서 끈으로 연결된 멜빵바지가 보였다. 정신을 차려보니 흑인들이 무척 많다. 뒤룩뒤룩 대는 맹렬하고 큰 눈. 네온사인 색이 비춰서 어두침침하게 흐려진 검은 얼굴. 입술을 있는 대로 크게 벌린 채로 웃고 있다. 희고 큰 치열. 정말 터무니없는 곳으로 흘러들어온 듯 했다. 조지는 취기가 확 가셨다. 흑인들은 네댓 명씩 무리를 짓고 있다. 그들은 외제차 주위와 벽에 기대서, 가게 입구에, 어두운 곳에, 밝은 곳에, 사내들끼리 혹은 허니나 호스티스와 어깨를 걸고 손을 잡고 눈으로 조지를 주시했다. 조지가 눈앞을 지나가려고 하는 순간 갑자기 침이나 씹던 껌을 뱉었다. 별안간 외설적인 말, 도발적인 말을 하며 호통을 치기 시작했다. 조지는 지그시 전방을 응시한 채로 있었다. 걸음걸이도 바꾸지 않았다. 빠른 걸음으로 바꾸면 그들이 덤벼들 것 같아서다. 앞으로 나아가자 흑인 무리들 가운데 마치 사슴을 습격하는 맹수와도 같은 눈빛이 늘어났다. 조지는 여자 따위를 떠올릴 때가 아니라고 멍하니 생각했다. 권총을 휴대하고 다녀야 한다. 갖고 다닐 때도 많은데 이번에는 운이 나쁘다. 하지만 이 흑인들에게 열 발 이상 쏴도 여전히 치아를 드러내고 눈을 부라리며 내게 덤벼들지 않을까. 그러면 양쪽 눈에 총알을 박아 넣어서 맹인으로 만들어 주마. 명중시킬 수 있을까. 어느새 발걸음이 빨라진다. 흑인들의 놀림과 도발도 비례해서 늘어났다. 분명하게 무언가 깨지는 소리가 났다. 조지는 발밑을 봤다. 병이 산산조각 나서 깨져있다. 맥주가 거품을 내면서 시멘트 보도에 검은색으로 흘러갔다. 와하하 하는 쌍스러운 웃음소리가 일어나고 소리가 높아졌다. 웃음 사이로 모욕하며 크게 외치는 소리가 튀어 나오고 다시 웃음소리가 높아졌다. 웃음소리는 양측 콘크리트 벽 사이를 울리며 쉽게 사라지지 않았다. 조지는 엉겁결에 멈췄다. 펀치가 눈앞까지 뻗어와서다. 전신의 근육이 단단한 키 작은 흑인이 복싱 풋워크를 하며 잽으로 허공을 헛치면서 조지의 주위를 맴돌았다. 녹색 민소매 러닝셔츠에서 불거져 나온 팔은 네온사인 난광亂光에 비쳐 검게 윤이 났다. 팔뚝 굵기는 조지의 두 배다. 조지는 모른 척하고 걷기 시작했다. 복서 사내는 조지의 안면과 턱, 팔, 옆구리, 등, 후두부를 주먹으로 가볍게 치거나 쿡쿡 찔러냈다. 이따금 실수인지 일부러 그러는 것인지 알 수 없는 아픔을 느끼게 하는 펀치도 있다. 조지는 계속 모른 척을 했다. 복서 사내는 오른쪽 머리로 조지의 등을 들이박기 시작했다. 뭘 하려는 것이야 하고 조지가 뒤돌아보자 다시 앞으로 돌아 펀치를 조지의 안면에 내밀었다. 조지의 눈을 노려보고 히쭉히쭉 웃으며 풋워크를 계속하면서 조지에게서 떨어지지 않았다. 주위의 흑인들도 웃고 큰 소리로 외치면서 줄줄이 따라왔다. 주먹을 치켜들거나 휘두르는 자도 있다. 풋워크를 따라하는 자도 있다. 미성년으로 보이는 작은 흑인이 축구를 하자는 듯 빈 병맥주 캔을 조지에게 걸어찼다. 클럽 '나이아가라' 입구 부근에 모여 있던 흑인들 무리 안에서 팔다리가 길고 가느다란 사내가 뛰어나와 조지를 안았다. 엉겁결에 조지는 몸을 휙 돌려 피했지만 긴 팔에 목이 감겨버렸다. 사내는 팔을 조지의 목에 휘감은 채로 함께 걸으며 조지의 귓가에 잠시 간사한 목소리로 속삭였다. 이봐 친구 함께 마시자. 조지는 오싹했다. 흑인이 느닷없이 멈춰 섰기 때문에 조지는 걷다가 긴 팔에 목이 졸리는 형국이 됐다. 흑인은 힘이 셌다. 조지는 저항하지 못 했다. 이 흑인과 한패로 보이는 흑인 몇몇도 조지를 에워싸더니 큰 소리로 웃었다. 그들은 겉보기에는 친구인 것처럼 '나이아가라'로 들어갔다.

그들은 조지를 검고 단단한 자리에 꼼짝 못하게 앉혔다. 그러더니 양측과 앞뒤를 포위하고는 위스키? 맥주? 하고 물었다. 조지는 작은 소리로 말했다. 왓? 흑인은 큰 소리로 다시 물었다. 비어비어 OK? 계산대의 오키나와인 호스티스가 맥주를 몇 병인가 들고 왔다. 맥주를 잔에 넘치게 따르면서 흑인들 모두가 조지에게 건배하며 어서 마시라고 독촉했다. 조지는 단숨에 들이켰다. 그러자 누군가가 조지의 잔에 맥주를 다시 붓고 원샷을 하라고 독촉했다. 이번에도 조지는 단숨에 들이켰다. 그러자 또 다른 누군가가 잔을 채우는 식이다. 두세 명이 교대로 계산대에서 맥주를 가져왔다. 조지가 다 마실 때마다 흑인들은 그를 치켜세우며 더 마시라고 권했다. 머지않아 조지는 위가 크게 팽창한 느낌을 참을 수 없어졌다. 더 이상 마실 수 없다. 흑인들은 말이 많았다. 조지에게 이런저런 일들을 물었다. 조지는 대부분 입을 다물고 있었다. 말하지 않다니 술이 모자라기 때문이라는 듯 흑인들은 조지의 입에 잔을 들이댔다. 이봐 친구 마셔. 어차피 여기 계산은 네가 해야 해. 조지는 시끄러운 주크박스 소리에 섞인 그런 목소리를 들었다. 조지는 일어나야 한다고 느꼈다. 이대로라면 지독한 꼴을 당한다. 얻어맞지 않고 여기서 나갈 방법은 없을까. 조지는 입을 다물고 있었다. 맞장구도 치지 않았다. 웃음도 짓지 않았다. 끄덕이지도 않았다. 흑인들은 추잡하게 조지를 조롱하고 몇 번이고 맥주를 권했다. 조지는 마시지 않았다. 더 마시면 내장에 있는 내용물이 치밀어 오를 듯 했다. 그 중 한 명이 조지의 입에 맥주병을 처박았다. 조지는 몸을 뒤흔들고 싶었다. 그러자 몇 명이 어깨와 양팔을 누르며 턱을 위로 올렸다. 난폭하게 부어 넣은 맥주는 조지의 몸과 위를 자극했다. 조지는 격렬하게 목이 멨다. 눈물이 흘렀다. 그러자 다른 사람이 이번에는 위스키병을 입에 처박고 안에 있는 술을 부었다. 입속, 목구멍, 위, 가슴이 태워진 것처럼 뜨거웠다. 콜록대자 목구멍이 얼얼하게 아팠다. 침을 삼키기만 해도 목구멍이 아팠다. 구역질이 올라왔다. 조지는 필사적으로 참았다. 토하면 내장이 문드러질 것 같은 느낌이 들었다. 조지가 콜록대자 흑인이 조지의 등과 목덜미를 문질러 주면서 흰 치아를 드러내고 맥주를 다시 조지에게 들이부었다. 그러기를 몇 번째였는지 오른손을 누르고 있던 힘에 틈새가 생겼다. 조지는 온 힘을 다해 입가에 있는 병을 치웠다. 병은 바닥에 떨어지며 깨졌다. 또렷한 소리가 났다. 흑인들은 크게 떠들면서 조지의 머리나 등에 맥주를 부었다. 조지는 밀치락달치락하며 일어섰다. 조지의 무릎이 테이블을 쳐 올렸다. 병이나 컵, 얼음을 담은 통이 바닥에 떨어져 깨지는 소리가 들렸다. 조지는 몸에 휘감기는 몇 개의 손을 있는 힘껏 뿌리치며 문을 열고 도망치려 하다가 누군가의 다리에 걸려 넘어져서 바닥에 굴렀다. 누군가가 소리를 쳐대며 조지의 머리카락을 양손을 움켜쥐고 잡아당겼다. 조지의 얼굴이 들어 올려졌다. 흑인들의 강인해 보이는 긴 다리가 눈앞에 죽 늘어섰다. 다른 두 명이 조지의 팔을 잡았다. 팔이 기역자로 꺾여 아픔을 느꼈다. 조지는 황급히 일어섰다. 사내는 왼손으로 조지의 머리카락을 잡아당기며 조지의 얼굴을 들게 하더니 조지의 좌우 뺨을 오른쪽 손바닥으로 세게 때렸다. 착 하는 여운이 남았다. 귀 안쪽의 감각이 마비된 듯 했다. 멀리 바닥에서 흑인들이 마구 소리를 질러대는 소리가 울리고 소리가 불규칙적으로 커졌다. 머리카락을 마구 당기는 아픔은 느낄 수 없었다. 양팔을 받치고 있는 힘이 풀렸다. 조지는 다시 웅크려 앉았다. 조지는 취한 척을 하자고 마음먹었다. 흑인은 머리카락을 당기며 조지의 턱을 들어 올렸지만 조지는 눈을 뜨지 않았다. 그러자 허리와 배에 발길질을 해댔다. 앞이 뾰족한 큰 가죽구두 같았다. 조지는 무의식중에 얼굴을 찡그리고 눈을 굳게 감았다. 몇 번이고 발로 차였다. 진통이 사라지지 않았다. 검둥이 자식들 두고 보자. 조지는 마음속으로 외쳤다. 분함이 치밀어 올랐다. 하지만 몸이 저려서 실제 만취한 것과 크게 다르지 않았다. 이 빚은 꼭 갚아주마. 한 놈도 빼놓지 않고 얼굴을 확실히 기억해주마. 하지만 역시 조지는 눈을 뜨지 않았다. 누구 하나 제대로 얼굴을 기억하지 못했다. 어째서 흑인은 이토록 얼굴이 닮았지. 조지는 이를 악물고 있다가 별안간 입을 칠칠치 못하게 벌리고 전신의 힘을 빼 기절한 척을 했다. 흑인들은 조지의 머리카락을 당기고 귀싸대기를 때렸다. 그러다 허리나 배를 발로 차는 것을 좀처럼 멈추지 않고 일으켜 세우지도 않았다. 몇몇 흑인이 조지의 어깨와 배와 다리를 누르고 혼자서인지 둘이서인지는 모르지만 조지의 허리띠를 풀러 바지를 벗기려 하고 있었다. 조지는 갑자기 눈을 뜨고 무언가 큰 소리로 외치며 욕설을 퍼부으며 필사적으로 저항했다. 하지만 몸을 거의 움직일 수조차 없다. 속옷이 벗겨졌다. 하복부에 위화감을 느꼈다. 흑인들은 조지를 눌러놓고 꼼짝 못하게 하고는 큰 소리로 누군가를 불렀다. 조지는 흑인 여자 셋이 자신을 내려다보고 서 있는 모습을 봤다. 지금까지 어디에 있었던 것일까. 흑인 여자는 덫에 걸린 영양처럼 날뛰고 있다. 조지의 눈이 부릅떠졌다. 조지는 이를 악물었다. 여자들은 만면에 희고 큰 치아를 드러내고 있다. 모두 비슷한 얼굴이다. 짐승처럼 개성이 없다. 여자들은 프리티프리티 하고 웃으면서 하이힐 끝으로 조지의 살을 흔들고 문지르거나 쓰다듬고 다시 맥주를 퍼부었다. 흑인 여자들의 흥미는 좀처럼 사라지지 않는 모양이다. 카운터에서 요리용 작은 식칼을 가져온 여자 한 명이 의미심장하게 소리 없는 웃음을 지었다. 그 여자는 조지의 안면에 식칼이 아물거리게 했다. 식칼이 둔하게 빛났다. 여자는 몸을 구부리고 춤을 추면서 조지의 하복부에 식칼을 밀착시키더니 천천히 움직였다. 조지는 이를 갈았다. 이 흑인 여자들은 무슨 일이 있어도 죽여 버려야 한다. 하지만 하복부를 기는 식칼은 제정신이 아니다. 갑자기 눈앞이 어두워졌다. 또 한 명의 여자가 조지의 얼굴에 두 다리를 벌리고 올라탔다. 이 여자는 그대로 주저앉았다. 단단히 죄어진 엉덩이가 조지의 안면에 밀착했다. 소변을 싸버려. 흑인 남자의 목소리가 들렸다. 하지만 여자는 상위 체위로 섹스를 하듯이 몇 번이고 엉덩이를 아래위로 흔들면서 회전하다 멈추고 크게 웃으며 일어났다. 이윽고 흑인 여자들은 장난에도 질린 듯 어딘가로 사라졌지만 그때 큰 소리로 빠르게 말하며 조지의 하복부에 두 번이나 연속해서 침을 뱉은 여자가 있었다. 하복부가 면도칼에 베인 것처럼 따끔거렸다. 상처는 고작 실선 정도였지만 흑인 사내들이 입에 위스키나 맥주를 머금고 강하게 분사하거나 양칫물을 뱉어내서 통증이 더해졌다. 마침내 흑인 사내들은 조지의 옷에서 주머니를 뒤지고 달러를 있는 대로 약탈해 갔다. 조지는 눈을 뜨지 않았다. 흑인 사내 둘이 조지의 발을 한 쪽씩 잡고 들어서 새된 목소리로 조소를 하는 중에 조지는 질질 끌려 나가 바깥으로 내팽개쳐졌다. 마침내 한 명이 웃으면서 조지의 얼굴에 소변을 갈겼다. 알코올과 정액 그리고 짐승의 체취 등이 뒤섞여서 고약한 냄새가 났다. 흑인의 몸에서 분출하고 있는 소변의 기세와 무게가 느껴졌다. 뜨뜻미지근한 감촉. 욕지기가 갑자기 강해졌다. 참아냈다. 눈을 뜰 수 없었다.

매일 밤 조지는 생각했다. 제퍼슨은 어린 여자애를 성폭행했다. 파커는 여자네 집 가족이 한참 자고 있는 사이를 노려 중학생을 성폭행했다. 워싱턴은 호스티스를 성폭행했다. 한밤중까지 불면이 지속됐다. 나는 어째서 싸워서 질 위험이 전혀 없는 무력한 부녀자에게조차 아무 짓도 할 수 없단 말인가. 내가 방아쇠를 당기면 모두 나를 존중하지 않을까. 존도 상관도 흑인들도 여자들도…….

무거운 공이치기를 세우고 스프링이 있는 방아쇠를 당긴다. 귀를 먹먹하게 하는 굉음. 내 오른손은 반동으로 튕기고 전신이 단단히 죄어진다. 뭐라 하기 힘든 그 순간. 다만 방아쇠를 당길 수만 있다면…….

어느 밤부터인가 한 사람의 표적이 어렴풋이 떠올랐다. 노인에게는 갑작스러운 사건이겠지만. 조지는 그렇게 믿었다. 하지만 뭐 그거야 나도 마찬가지야. 내가 군대에 끌려와서 이런 곳으로 옮겨진 것도 아닌 밤중에 홍두깨 같은 일이잖아. 노인은 스크랩불발탄을 줍고 있는 듯 했다. 매일 밤 하는 일인지도 모른다. 마대와 같은 것을 들고 있었던 것 같다. 노인이 있는 곳은 출입금지구역이 아니다. 하지만 바로 근처에 출입금지 실탄연습장 포탄 파편이나 약협 등이 사방에 널려 있다. 나는 몇 번이고 이곳에서 그런 것을 줍고 있는 오키나와인을 봐왔다. 대부분은 한 사람이다. 동일 인물일까? 어쨌든 내일모레 밤에 약협을 주우러 오면 내 손에 걸려 죽는다. 운이 없는 날이 될 것이다. 내가 일부러 죽이고 싶은 사람을 골라서 죽이는 것은 아니니까. 귀청을 찢으며 귓속에서부터 치밀어 오르는 듯한 저 무수한 제트 전투기 엔진 소리는 거의 매일 밤 끝도 없이 울려댔다. 병사에는 강력한 방음 장치가 설비돼 있다. 하지만 조지는 이명과 같은 소리가 쉬지 않고 들려와 잠을 잘 수 없다. 그 금속음은 같은 기세로 낮게도 높게도 울리지 않고 파동도 없이 조용히, 마치 영원히 울릴 것처럼 끝도 없이 이어졌다. 수면제 양은 날이 가면 갈수록 늘어났다. 불면은 괴로웠다. 두세 달 전까지는 에밀리와의 추억에 잠겨서 긴 밤도 고민하지 않았는데 말이다. 병사에서 한 발 나가면 그 소리는 어디까지고 조지를 따라다녔다. 조지는 수면제가 몸에 나쁘다는 사실을 잘 알고 있다. 처음에는 술로 달래보려고 했다. 하지만 원래 알코올을 다량으로 마시지 못하는 체질인데다 의식불명이 될 때까지 술에 취하지도 않는 체질이 화를 불러서 효과가 없었다. 여기서 별을 보고 벌레 소리를 듣는 일은 몽상에 가깝다. 록키는 조용했다. 조지는 최근 갑자기 꿈에 빠져드는 일이 늘어났다. 별도 많다. 우리는 창가에서 자주 별을 봤다. 수풀과 호수도 조용했다. 때때로 무언가 짐승이 멀리서 우는 소리가 났고 그 소리가 길게 여운을 남겼다. 조지와 록키의 꿈은 언제나 단편적이라 두서가 없다.

조지는 손목시계를 봤다. 7시 40분이다. 사위는 아직 희붐했다. 철조망 바깥쪽에서 살랑거리는 잡초 가운데 벌레가 울고 있다. 바람이 선선했다. 얼마나 기분 좋은 황혼이란 말인가. 이러한 시각에 우리는 카바레로 외출하고는 했다. 이곳은 카바레 따위와는 비교가 안 된다. 보초가 부럽다. 그들은 카바레에 가자는 권유를 뿌리칠 이유를 무리하게 떠올리지 않아도 되니까. 그렇다고 해서 내가 오늘 밤 존의 꾐을 거절했다는 것은 아니다. 존이 같이 나가자고 권하러 오기 전에 병사를 빠져나왔을 뿐이다.

노인은 그곳에 있었다. 조지는 산들바람에 실린 노인의 체취가 느닷없이 코를 찌르는 것을 느꼈다. 노인은 아스팔트를 밟는 조지의 가죽 구두 소리를 이미 듣지 않았을까. 노인은 둥글고 검게 웅크리고 있었다. 곱사등이와도 같은 노인은 우리가 외출하러 나가려는 찰나 철조망의 바깥쪽에서 자갈투성이 들판, 돌의 균열이나 돌과 돌의 틈새에 매달려 생육하는 윤기 없고 꺼칠꺼칠하며 길고 짧은 잡초 등에 마치 몸을 숨기듯 작은 몸을 구부리고 주위를 꺼려하며 꿈틀거리고 있다. 나는 노인을 한 번도 놓치지 않았다. 존 일행은 '미시시피'에서 있을 열락悅樂 이야기에 푹 빠져서 아직 눈치 채지 못하고 있는 듯 했다. 조지 일행이 지나갈 때 노인은 가만히 돌처럼 굳어져 있다. 하지만 눈은 신중하게 깜빡이지도 않고 조지의 눈을 바라보고 있었다. 늘 그랬다. 구바야자수 잎으로 만든 원추형 삿갓를 깊숙이 꾹 눌러 쓴 주름투성이 원숭이와 같은 얼굴, 원숭이와 같은 눈. 그런데 조지는 움직이지 않는 원숭이 눈을 확실히 봤다. 하지만 그게 무슨 표정인지 전에는 몰랐다. 눈을 크게 떴다. 조지는 앗 하는 소리를 내며 알아차렸다. 공포와 증오. 바로 적의 눈이다. 검고 욕심이 가득한 눈, 공포와 증오로 크게 뜬 눈. 베트남인의 눈. 피부 색, 몸 모양, 게릴라. 내 적은 저런 인간이다. 조지는 갑자기 몸서리를 쳤다.

눈에 거슬렸다. 어서 꺼져라. 조지는 내심 외쳤다. 사냥감이라면 내가 다가가는 낌새만 있어도 도망칠 것이다. 하지만 노인은 도망치지 않았다. 나를 뚫어지게 쳐다본 채로 있다. 눈으로는 나를 경멸하고 꺼려하는 주제에 말이다. 조지는 노인에게 옆얼굴을 보이며 멈춰서더니 담배에 불을 붙였다. 어서 도망쳐. 그렇지, 하고 조지는 불현듯 알아챘다. 저 눈은 누군가와 닮아있다. ……존이다. 워싱턴하고도, 제임스하고도…… 아니지, 에밀리는 아니야. ……나를 깔보는 눈, 나를 위축시키는 눈. 조지는 다시 걷기 시작해서 노인과 멀어졌다. 그들 오키나와인은 결코 정면에서 얼굴을 쳐다보지 않는다고 조지는 믿었다. 스쳐지나갈 때 고개를 숙인 듯했다. 하지만 스쳐지나가는 순간 곁눈질로 나를 봤다. 나는 똑똑히 알아챌 수 있다. 그리고 그들은 뒤돌아서 나를 응시하고 있다. 나는 결코 뒤돌아보지 않는데도 말이다. 패전한 오키나와인 주제에. 저런 눈빛을 짓다니! 센 척을 하면서. 저 노인은 가만히만 있으면 살해당하지 않는다고 믿고 있을까. 조지는 걸으면서 고민했다. 그렇다면 손을 들어라 백기를 올려라. 항복해라. 역시 흑인과는 다르다. 흑인은 살해당할 것 같으면 큰 눈을 뜨고 커다란 치아를 드러내며 큰 기성奇聲을 내지르며 나한테 저항하겠지. 그렇지 않으면 수치심도 체면도 버리고 비명을 지르며 필사적으로 도망치다 살려달라고 애걸

복걸할 것임이 틀림없다. 오키나와인은 저항하지 않고 표정도 그다지 바뀌지 않은 채 아무런 말도 없이 조용히 죽어갈 것이다. 네게 단 한 번만 집행유예를 부여하마. 조지는 자신에게 타이르듯 말했다. 노인을 뒤돌아보지 않았다. 발걸음에도 변화가 없다. 앞으로 몇 분 있다 나는 돌아올 것이다. 그런데도 도망가지 않는다면 너를 사살하마. 거짓말이 아니다. 사살당할 거야. 노인에게는 틀림없이 느닷없는 돌발적 사건임이 틀림없겠지. 나 또한 모르지 않는다. 하지만 그러한 사건은 인간 모두에게 평등하다. 운일 뿐이다. 조지는 계속 걷기 시작했다. 내가 굳이 철조망 바깥을 유의해서 본 것은 아니다. 그런데도 왜 저렇게 해가 질 무렵의 색채에 뒤섞인 연두색이 들어간 거무스레하고 오래된 옷을 입은 작은 몸집의 노인을 발견했단 말인가. 노인은 발견된 것이다. 살인자인 내게. 운이라고 말할 수밖에 없다. 베트남도 마찬가지다. 우리가 아무리 아등바등 날뛰어본들 어떻게 할 수 없다. 그건 그렇다 치더라도 조지는 내심 노인에게 물었다. 당신은 왜 숨지 않았어. 내 발소리가 들렸잖아. 무언가에 몰두해 있었던 거잖아. 아니면 벌레 울음소리가 너무 컸던 거야? 이대로 어디까지고 곧장 가버릴까. 조지는 문득 고민했다. 아니지 하고 바로 부정했다. 그럴 수 없다. 점점 불면증이 악화돼 버릴 뿐이야. 비참하기 그지없어. 난 무력하지 않아. 조지는 자신을 훈계했다. 오키나와인도 존도 제임스도 누구도 나를 멸시할 권리는 없어. 용서하지 않겠어. 나를 무능하게 취급하는 그 누구도. 내게는 타자의 생사를 좌우할 힘이 있어. 내 손가락에 타자와 타자를 둘러싼 수많은 타자의 운명이 맡겨져 있다. 틀림없어. 창조주가 만든 인간이, 내 무심한 의지와 결정으로 눈 깜짝할 사이에 영원한 우주로 날아가 버린다. 굉장한 일이 아닌가. 안 그래 조지? 조지는 크게 유턴했다.

　도망치지 않는 놈이 나빠. 조지는 혼잣말을 했다. 언제였던가. 한낮이었지. 분명히 내가 휴가를 받은 날이었다. 나는 이렇게 철조망을 따라 걷고 있었다. 갑자기 철조망 바깥에서 돌이 날아왔다. 날아든 돌은 전부 철조망에 맞아 떨어질 뿐 내게 닿지 않았다. 더러워진 민소매 러닝셔츠를 입은 까무잡잡한 오키나와인 아이들이 이를 악물고 있는 모습이 필사적으로 느껴졌다. 내가 다가가자 밀짚모자를 누른 채로 도망쳤는데 그러면서도 투석은 멈추지 않았다. 맨발로 그 돌멩이투성이 들판을 어디까지고 도망쳐 갔다. 그 아이는 내게 사살될지도 모른다는 공포심을 품고 있었던 것일까. 아이는 도망쳤다. 그래서 나는 죽이지 않았다. 노인의 눈은 그 아이와 닮아 있다. 어째서 노인은 도망치지 않을까. 어느 비 오는 날, 해질 무렵도 아니었는데 주위는 어두컴컴했다. 나는 흠뻑 젖은 채로 어렴풋이 밖을 바라보며 전과 같이 철조망을 따라 걷고 있었다. 나는 일부러 비에 젖었단 말이다. 아무것도 생각하지 않아도 될 것 같았으니까. 철조망 너머에서 비에 젖은 커다란 검은자위가 나를 응시하고 꼼짝 않고 서 있었다. 털이 착 달라붙은 암캐였다. 늘어진 유방이 몇 개나 있었다. 나는 개가 필사적으로 살아가고 있다고 느꼈다. 이런 곳에 먹잇감이 있을 턱이 없잖아. 하지만 개는 내 진의를 오해하고 절름발을 끌면서 멀어져 갔다. 나도 무턱대고 살생을 하지는 않는다.

조지는 제자리걸음 하듯이 세게 벋디뎠다. 가죽구두 소리가 아스팔트에 울리더니 정적에 가득 찬 공간을 깨뜨렸다. 15분 쯤 지났을까. 노인은 아직도 그곳에 있을까. 하지만 조지는 손목시계를 보지 않았다. 보초나 순회 경비에 적발되지는 않았을까. 조지는 문득 떠올렸다. 하지만 바로 고개를 가로 저었다. 들키든지 말든지 내 결심에는 변함이 없다. 조지는 이명이 울리는 것을 느꼈다. 오늘밤에는 정말 희귀하게도 제트엔진 소음이 울리지 않았다. 앗, 그런데 내 귓속 깊은 곳에서부터 키잉 하고 그치지 않고 연속해서 울리는 쇳소리는 뭐란 말인가. 벌레 소리인가. 하지만 이곳은 돌도 잡초도 흙도 없는 아스팔트가 광대하게 깔린 평면이다. 철조망 너머 쪽에서 우는 벌레소리일까. 그렇다고 하기는 정말 가까이에서 들린다. 몸이 달아오른 여름 벌레들은 도대체 어디서 울고 있는 것일까. 방금 내가 본 것, 철조망 뒤에 숨어있던 것, 그것은 인간이 아니다. 조지는 자신을 타일렀다. 사냥감이다. 먹잇감을 찾아 나온 멧돼지. 꺼칠한 털이 전신에 나있고 날카로운 어금니를 숨기고 있는 짐승. 돼지와 닮은 짐승임이 틀림없다. 나는 멧돼지를 본 적이 있다. 틀림없다. 몸의 길이가 1.5미터 내외로 코로 땅을 파서 음식물을 뒤지는 야행성 짐승이다. 멧돼지는 꿰엑꿰엑 소란을 피우며 필사적으로 내게 저항을 하거나 알아볼 수 없을 만큼 빠른 속도로 도망치리라. 나는 숨통을 끊어놓을 자신이 없다. 내 사격 솜씨로는 어렵다. 하지만 나는 최선을 다하려 한다. 조지는 사위가 충분히 어두컴컴해진 것 같다고 느꼈다. 조지는 퍼뜩 떠올렸다. 나는 저항도 도망도 칠 수 없는 늙어빠진 늙은이밖에 죽이지 못하는 것은 아닐까. 베트남하고는 다르다. 아니지, 저건 멧돼지일 뿐이야.

지면 가까이에서 어둠이 가라앉고 있다. 풀숲에 웅크리고 있는 검고 단단한 것이 무엇인지 불명확하다. 조지는 멈춰선 채 의식적으로 장승처럼 우뚝 버티고 서서 마음을 가다듬었다. 움직이지 않고 조지의 작은 움직임도 놓치지 않겠다는 듯이 주의 깊게 응시하고 있는 검은 덩어리와는 8, 9미터 거리가 있다. 째려봐서는 안 된다. 조지도 응시했다. 얼굴이 굳어졌다. 타관 놈이라고 하는 듯한 눈. 나는 잘 알고 있다. 그런 눈으로 나를 쳐다보지 마. 너희들이 그런 눈으로 보지 않아도 나 또한 이런 곳에 있고 싶지 않아. 어쩔 수 없이 동원돼 있는 것뿐이야. 무슨 수가 있겠어. 조지는 큰소리로 소란을 피우고 싶은 충동을 억제했다. 네가 그런 눈으로 나를 바라볼 자격은 없어. 더러운 카바레에서 일하는 호스티스의 아비일 뿐이잖아. 저 여자들은 곧잘 떠들고 웃어. 너는 말이 없지만 눈은 별로 다르지 않아. 나는 헐렁헐렁한 알로하셔츠에 숨겨둔 호주머니 뒤쪽에서 매그넘505를 꺼내 안전장치를 풀었다. 재깍 하고 기분 좋은 소리가 났다. 검은 그림자가 약간 움직인 것 같았다. 총구를 향했다. 오른쪽 집게손가락에 힘을 넣었다. 그것만으로 좋다. 이것으로 모든 것이 끝난다. 노인은 영원함의 저편을 엿보고 있다. 날이 저물고 밝고 지는 일상의 반복이 그에게서 사라진다. 노인은 불변의 존재로 바뀐다. 뭐라고 하는 거야. 인간의 목숨 따위 간단하다. 지금 단번에 저 덩어리가 움직이는 순간 방아쇠를 당겨주마. 조지는 결심했다. 하지만 움직이지 않고 있다. 방아쇠를 꽉 쥔 오른쪽 집게손가락이 굳어갔다. 팔이 무겁다. 감각이 마비돼 간다. 어서 움직여라. 도망치라고. 덤벼라. 내심 조지는 외쳤다. 조지는 한쪽 무릎을 붙이고 왼손으로 오른쪽 손목을 굳게 쥐며 자세를 고정했다. 그때 덩어리가 등을 폈다. 조지는 마음껏 방아쇠를 당겼다. 넓은 공간에 굉음이 울리더니 약협이 튀어나오는 동시에 그림자가 서서히 웅크려 앉았다. 사격 반동으로 조지의 팔이 잠시 경련을 일으켰다. 조지는 비슬거리면서 검은 물체 쪽으로 다가갔다. 발에 힘이 빠져서 조지는 휘청대며 철조망에 기댔다. 노인은 삿갓을 쓴 채로여서 목이 기묘한 모양으로 휘어있고 얼굴은 더욱 심하게 비틀려 있었다. 몸은 엎드린 채로 였는데 거북스러워 보이는 얼굴은 조지를 향해 있었다. 죽는 순간까지 나를 응시하고 있었다니. 그는 수확물이 거의 들어있지 않은 듯 부풀어 오르지 않은 마대를 오른손으로 세게 쥐고 있다.

조지는 안전장치를 하지 않은 채 권총을 뒷주머니에 쑤셔 넣고 비트적비트적 철조망에서 벗어났다. 어느새 규칙적으로 나열된 높은 외등의 강한 흰 불빛이 광대한 규모의 군사기지를 포위하고 있다. 조지는 목적지도 없이 계속 걸었다. 조지는 노인이 살아있을지도 모르겠다고 믿었다. 겨우 한 발 박아 넣은 것에 불과하다. 치명상이 될 리 없다. 꼼작 않고 엎드려서 숨을 죽이고 내가 떠나는 순간만을 기다리고 있지 않았을까. 피도 보이지 않았다. 나는 튀어나온 피를 뒤집어쓰지 않았다. 내가 범인인가? 나는 철조망에 지문을 남겼다. 나는 살인죄로 사형에 처해질까. 류큐경찰은 나를 체포할 수 없다. 포고령 제87호가 있다. 그러면 군법회의에 처해질까. 군법회의라면 사형에 처해질 리 없다. 잘 되면 도리어 베트남 전선에 보내지는 것으로 끝날 것이다. 미국으로 송환될지도 모른다. 어쩌면 에밀리와 만날 수 있다. 조지는 걸으면서 실쭉 웃었다. 하지만 심장의 심한 고동은 사라지지 않았다. 노인이 설령 죽었다고 해도 상관없다. 조지는 자신을 타이르듯 말했다. 그렇지. 내일 아침 제임스 상관의 사모님에게 드라이브를 가자고 해서 시체를 보여줘 볼까. 그러면 제임스도 조금은 나를 다시 보지 않으려나. 아니면 사슴을 태우는 노천에서 가솔린을 뿌려 태워버릴까. 아니지, 화장이고 매장이고 저런 노인에게 해줄 가치는 없다. 게다가 나는 철조망을 타고 넘을 수 없다. 높은 철조망 끝에는 몇 줄기로 유자철선이 설치돼 있다. 가장 가까운 게이트에서도 3킬로 이상 떨어져 있다. 파리가 꼬이고 구더기가 끓어 부패해서 시커먼 즙이 흘러나와 땅에 깊이 스며들 때까지 내버려 두자. 어쩌면 사체에서 적출한 탄환을 보고 내가 사격했다는 사실은 알 수 있을지 모른다. 조사를 받을지도 모른다. 어떻게 변명해야 할까. 멧돼지와 혼동했다? 조금 늦은 시각이라 너무 어두워서 시력이 감퇴해서 그랬다고 할까? 그렇지 않으면 노인이 기지 안에 들어왔다 철조망을 넘어 밖으로 도망쳤다고 할까. 나는 공중에 대고 위협사격을 두 발 했다. 그런데도 도망을 쳤다. 나는 어쩔 수 없이 쐈다? 사살한 이유가 확실하기는 하다. 미군기지 안에 오키나와인이 무단으로 침입하면 무엇을 하든 상관없이 바로 사살해도 좋으니까. 하지만 노인이 어떻게 철조망을 넘을 수 있을까. 아니면 하고 조지는 이상하리만치 또렷하게 생각했다. 아니면 시체를 50미터 정도 안쪽으로 끌어다 출입금지구역에 놓아둘까. 과연 이렇게 성가신 핑계를 짜내야만 할까. 취조관은 어차피 제대로 조사하지 않을 것이다. 나는 존이나 제임스에게 사실을 숨김없이 이야기하고 싶다. 아무리 계속 걸어도 조지는 피로함을 느끼지 않았다. 풀숲에서 멀리 떨어졌지만 벌레 우는 소리가 조지의 귓가에서 이상하게 높아져만 갔다.

창가에 검은 벌레가

유리창에 나방이 들러붙어 있다. 가만히 움직이지 않았다. 유리창 안쪽인지 바깥쪽에 붙어 있는지 알 수 없다. 작은 벌레들이 유리창에 부딪쳐 튕겨 나갔다. 옆방에서 들려오는 갓난아기 울음소리는 목이 아픈 모양인지 쉬어 있다. 얼마나 계속 울었던 것일까. 어느새 아버지가 아이를 달래는 소리, 마구 호통 치는 소리는 들려오지 않았다. 갓난아기의 부모를 부르러 내려간 것일까, 혹은 잠이 들어버린 것일까. 나는 그것 참 통쾌하다고 느꼈다. 이런 장사를 하는 죄다. 선풍기 바람을 오래 쐰 탓인지, 머리가 무겁다. 나는 상반신을 일으켜 선풍기 머리를 돌렸다. 일어나 몸을 앞으로 굽히는 운동을 두세 번 했다. 유리창은 삐걱대며 잘 움직이지 않았다. 온 힘을 다해 유리창을 잡아끌자 홈에서 삐져나와 버렸다. 작년 가을에는 유리창을 바닥에 떨어뜨려서 전체를 깨먹은 적도 있다. 유리창 업자를 부르러 가는 게 귀찮아서 해가 저물 무렵 덧문을 닫아 두고 수험 공부를 했다. 바깥공기를 심호흡했다. 작은 벌레가 귓가에 부딪쳤다. 이미 60와트 알전구에 작은 벌레들이 무리 지어 부딪치며 날아다니고 있다.

나는 계단을 내려갔다. 개천에는 쓰레기가 모아져 있다. 괴어 있는 물이 희미하게 빛나고 있다. 각다귀가 생긴 것이 틀림없다. 뒤편 출입구 문을 열었다. 아버지가 안에 있는 모습이 보였다. 갓난아기를 안은 채 푸에르토리코 계로 보이는 작은 키의 미군 병사와 마주하고 있다. 갓난아기 둘이 울고 있었다는 것을 나는 눈치 챘다. 미군 병사는 끊임없이 말하고 있다. 나는 귀를 기울였다. 내가 대학에서 배우는 영어와는 다른 독특한 뉘앙스다. 게다가 미군 병사의 말투는 술이 취해 혀가 말려서 조용한 왈츠가 흘러나올 뿐인데도 알아듣기 어려웠다. 하지만 뭐라고 하는지는 대강 파악했다. 미군 병사는 헤이 파파. 너희 가게는 너무 비싸 날 속여서 달러를 많이 뜯어가잖아. 이런 말을 반복하더니 아버지의 어깨를 두드리다 가슴을 쿡쿡 찔렀다. 아버지는 주름이 많은 마른 얼굴에 미소를 띠면서 고개를 흔들다 고개를 젓더니 다시 끄덕였다. 대체로 양손으로 무언가 제스처를 취하는데 오늘은 뜻대로 되지 않는 듯 했다. 마마는 카운터 안에 있다. 바텐더인 쇼지 군은 오늘 쉬는 날인 모양이다. 미군 병사가 상당히 많았다. 여자들은 그들을 사이에 두고 끼어 앉아 버번을 따르며 무언가 시시덕거리고 있었다. 다만 내 또래 학생이 마시는 것 마냥 떠들썩하지는 않다. 나는 카운터 너머 마마에게 말했다.

"갓난아기가 울고 있던데요."

"그냥 내버려 둬. 운다고 해서 죽지는 않잖아."

마마는 나를 보면서 셰이커를 흔든다. 마마는 얼굴에도 목에도 사지에도 희고 부드러운 지방이 올라 있다. 특히 붙인 속눈썹을 한 커다란 눈에 나는 압도됐다.

"그런데 날카롭게 우는 소리가 나던데……. 누구 애지?"

"사에코 씨네 아이지 뭐."

"밋치 다 됐어." 하고 마마는 큰 소리를 질렀다.

"우유 잘 먹이고 있지? 너희 아버지가 말이야."

"진짜 젖이 필요한 게 아닐까?"

"사에코 씨는 정말 말랐잖아. 젖이 잘 안 나오겠지. 게다가 말이야, 젖가슴은 여자의 무기니까. 소중히 하지 않으면……. 준도 이미 알고 있으려나?"

마마는 짓궂게 장난치듯 웃었다.

"마마, 이번에는 바이올렛과 스크류드라이버 한 잔 더."

밋치가 내 어깨에 가볍게 손을 얹었다.

"준. 자고 있던 거야? 이렇게 바쁜데 좀 도와줘. 어제가 페이데이였잖아. 앞으로가 더 큰일이야."

"그런 걸 마셔? 세잖아."

"뭘, 괜찮아."

"정말로 마시지 않아도 괜찮아. 주스나 물을 술인 척하고 마시면 미군은 만족한다니까."

나는 뜻하지 않게 주위를 흘끗 봤다. 나는 '일본어를 알아듣는 미군 병사는 없겠지' 하고 생각했다.

"아니야. 정말로 나를 취하게 하려고 한다니까. 그리고 유혹하려 해. 그게 아니면 술 마시러 안 오겠지. 미군들은 보기보다 쩨쩨해."

밋치가 소리를 죽이지 않고 말했다.

"하지만 매일 밤 그러는 거잖아. 아무리 젊다고 해도 그러다 큰일 나."

"땡큐. 그래도 말이야. 미군들은 부대에 뭐든 넘쳐 나지만 부족한 것이 하나 있어. 그게 뭔지 알겠어, 준? 바로 여자야. 아직 젊잖아. 어쩔 수 없어. 그러니까 우리가 구원해 주는 여신 같은 존재가 될 수밖에. 아, 마마, 고마워요."

마마는 보라색과 오렌지색 액체가 든 잔을 카운터에 놓는다.

"밋치, 미키는 잘 지내?"

"마마, 가게에서는 미키에 대해 말하지 마요."

밋치는 잔을 양손에 들고 일어섰다.

"이런, 아가씨가 부끄러워서 그러나. 알았어. 이젠 말하지 않을게."

밋치는 자기 자리로 돌아갔다. 흰 파라슈트드레스가 적색, 청색, 황색의 회전라이트에 비춰져 각각의 색으로 물들었다. 이것이 웨딩드레스라면 밋치는 행복할까 하고 나는 생각해 봤다.

"아가씨 소개해 줄까?"

담배를 피우면서 마마가 말했다. 나는 깜짝 놀랐다. 설마 마마가 내 마음속을 꿰뚫어 보고 있을 리가 없다.

"흐음, 그래 봤자 술집 여자잖아요."

"그럼 안 돼? 이번에 좋은 아이가 들어왔어. 일도 잘하고."

얼굴을 보고 싶다는 생각이 들었다. 하지만 어떻든 간에 호스티스인 것에는 변함이 없다.

"전 대학교수 딸을 소개 받을 건데요."

반은 농담인 것처럼 또 반은 진심 어린 듯이 말했다.

"뭐라는 거야? 그런 여자는 제대로 일도 못 해. 도움이 될 리 없잖아."

"졸업하고 나서 해. 아직 일러, 이르다고."

나는 마마의 담배를 한 대 뽑아 들었다. 마마가 라이터로 불을 붙여줬다.

"준아 너희 아버지 말이야. 너한테 직접 말하는 걸 이상하게 꺼려하는데 말이지. 너를 꽤 걱정하고 계셔. 공부를 소홀히 하지 않을까 하고."

아버지가 A사인바를 시작한 지 3년이 지났다. 이제 와서 무슨 말을 하고 있나 하는 기분이 들었다.

"마마한테 말해 달라고 부탁이라도 했어요?"

"뭐 그건 아니지만……."

마마는 매니큐어를 새빨갛게 바른 가느다란 손가락으로 재치 있게 재를 떨어뜨린다.

"그래도 너희 아버지는 너를 졸업 후에 내지로 보내고 싶은 것이 확실해. 널 정말 걱정하고 있어."

귀를 기울였다. 아버지에게 사납게 달려들던 미군 병사의 목소리는 들리지 않았다. 나는 뒤돌아봤다. 아버지는 없었다.

"마마! 준!"

밋치의 큰 목소리가 들렸다. 나는 다시 돌아봤다.

"무슨 일이야?"

마마는 묘하게 침착하다. 구석 자리는 천 년 수령 나무 그늘에 걸쳐 있어서 어두컴컴해 잘 보이지 않는다. 흰 드레스를 입은 밋치가 일어서려고 엉거주춤하고 있는 모습을 잘 알 수 있다. 미군 병사에게 붙잡힌 듯 했다. 나는 자리로 다가갈까 말까 망설였다. 마마를 봤다.

"한 잔 더?"

마마는 변함없이 태연했다.

"잠깐 와줘!"

나는 밋치의 목소리에서 범상치 않은 상황임을 느꼈다. 헤이 마마, 카운터 끝에 앉아있던 미군 병사가 마마를 불렀다. 위스키 잔을 기울여 한 잔 더 달라는 제스처를 취했다. 마마는 미군 병사에게 다가가면서 내게 턱을 치켜올렸다.

"준, 가봐."

나는 그 자리로 다가갔다. 백인 병사는 밋치의 허리와 목에 손을 감고 개개풀어진 흐리멍덩한 파란 눈으로 나를 올려다봤다. 동료 병사는 자리에서 떨어져 쭈그려 앉은 자세로 자고 있다.

"무슨 일이야, 밋치?"

나는 냉정함을 가장했다. 이런 일에는 익숙하다. 하지만 밋치가 있으니 이상하게 긴장된다.

"미군이…….."

밋치는 미군 병사를 밀어젖히는 듯한 자세를 취하면서 손가락으로 가리켰다.

"매일 있는 일이잖아."

나는 말했다.

"아니야. 이 미군은 진심으로 내 목을 조르려고 했어. 갑자기 세게 조르다가 풀었다…… 아앗 아파, 뭐 하는 거야?"

미군 병사가 밋치의 팔을 꽉 쥐었다. 불룩하고 부드러운 팔에 흔적이 남을지도 모른다. 하지만 밋치는 큰 소리를 내지 않았다.

"이놈, 처음인가."

나는 미군 병사의 눈을 보면서 밋치에게 물었다. 설마, 이 미군 병사가 일본어를 알아듣지는 않겠지. 선오브빗치! 갑자기 미군 병사가 큰 소리를 내더니 굵은 팔을 마구잡이로 휘두르기 시작했다. 나는 엉겁결에 뒤로 물러섰다.

"왜 그래, 밋치!"

나는 밋치를 봤다. 밋치는 목에 걸려 있는 팔을 필사적으로 밀어 올려 갑갑한 듯한 목소리를 짜냈다.

"방금 전까지는 얌전했……는데…… 말이야…… 지나치게 얌전해서, 나도……
말이 없어서…… 베트남 이야기를 했어…… 전쟁 이야기는 싫은 거겠지…… 한 마디
도 하지 않더니…… 내가 반복해서 물어…… 보니까…… 말이야, 화가 난 것 같아."

"그건 터부잖아. 알면서 왜 그랬어?"

나는 미군 병사를 보지 않고 말했다.

"전쟁을 잊기 위해 마시러 오는 거야. 전쟁을 떠올리게 하면 안 돼."

그건 그렇다 쳐도 나는 자신이 무엇을 말하고 싶은 것인지 알지 못한 채 우두
커니 서 있었다. 여차하면 아버지를 부를까? 하고 말하지는 못했다. 미군 병사는 겟
아웃 겟아웃(저리 가 저리 가) 하며 아래턱을 몇 번이고 치켜 올리며 나를 쫓아버리려
했다. 헤이 유 겟아웃. 미군이 다시 팔을 번쩍 올려서 위협했다. 취한 것일까, 아니면
관심들이 없는 것일까. 그도 아니면 주크박스에서 소란스러운 음악이 나오기 때문
일까. 미군 병사도 호스티스도 이쪽을 돌아보려 하지 않았다. 나는 그가 술잔을 집어
던지지는 않을지 걱정하며 조심했다. 술잔이나 위스키 그리고 얼음통이 테이블 구
석 쪽에 몰려 있다. 아마도 밋치가 신경을 써서 옮겨놓은 것 같았다. 이대로면 미군
병사의 손이 닿지는 않는다. 바퀴벌레가 테이블 위 위스키 잔 주변을 배회하기 시작
했다. 미군 병사가 바퀴벌레를 보면 큰일이 날지도 모른다. 격노해서 테이블을 들어
올리고 난동을 피울 수도 있다. 나는 신경이 많이 쓰였다. 하지만 미군 병사는 점점
밋치를 부둥켜안는 행위에 열중하고 있다. 바퀴벌레는 벽으로 도망쳤다. 한 마리가
나왔다 해도 아버지에게 알려야 한다. A사인을 취소당한다. 미군 병사는 밋치의 가
슴에 얼굴을 비비며 "오오, 좋은 향기 좋은 향기" 하고 갑자기 돌변해서 어리광 섞인
영어로 말했다. 나는 다시 시작됐다고 생각했다. 미군 병사는 술에 취하면 으레 여자
에게 응석을 부렸다. GI컷짧게 깎은 미군의 머리 모양을 한 둥글고 불그스름한 얼굴의 미군은
마치 아이가 어머니에게 매달리듯이 안겨 있다. 알로하셔츠를 입은 그의 몸은 밋치
의 몇 배가 넘는데도 말이다. .

"알았어, 존. 그렇게 세게 조르지만 마……. 그래 그렇지."

밋치는 영어로 미군 병사를 달래기 시작했다. 내게 눈짓을 하고 일본어로 말했다.

"이제 괜찮아, 준. 그래도 근처에 있어 줘."

밋치와 존의 맞은편 자리는 비어 있지만 그 자리에 앉을 수는 없다. 나는 카운터 안으로 들어가려고 했다. "아, 아파." 하는 소리가 나더니 밋치가 다시 거북한 소리를 내기 시작했다. 미군 병사는 밋치의 목을 끌어안았다. 두꺼운 미군 병사의 팔에 밋치의 안면이 밀착해 있다. 밋치는 양손으로 미군 병사의 팔을 누르면서 아래턱을 들어 입을 열고 있다.

"준, 위스키 잔……줄래?"

밋치가 괴로운 듯 말했다. 나는 그들의 뒤로 돌아가 테이블 위에 있는 잔을 밋치에게 건네줬다. 존의 후두부를 위스키 병으로 세게 쳐서 기절시켜 버릴까 하고 순간 생각했다. 밋치는 존의 얼굴에 필사적으로 몸을 꼬면서 잔을 내밀었다.

"자, 마셔. 마시라고."

존은 짐승과도 같이 낮게 으르렁 소리를 내면서 잔을 물리쳤다. 잔은 바닥에 부딪치며 깨졌다. 그 순간을 카운터에 있던 마마가 봤다.

"숨, 쉬기, 어려워."

밋치의 목소리는 도중에 끊겼다. 밋치의 목은 두꺼운 팔에 끌어 안겨 있다. 붉고 덥수룩한 팔에 난 털이 밋치의 코와 입에 밀착돼 있다. 나는 망설였다. 밋치는 나를 언뜻언뜻 봤다. 나는 마마 쪽을 쳐다봤다. 마마는 담배를 피우면서 카운터 자리에 앉은 미군에게 미소를 보냈다. 나는 결심했다. 존 옆에서 그의 어깨를 두드렸다. 배후로 돌아가면 술에 취한 미군 병사가 갑자기 술병 등으로 때리려 덤벼들기 때문이다. 그들은 전쟁터에서 든 버릇 때문인지 배후에서 누군가 오면 특히 벌벌 떨었다. 존은 나를 노려보더니 한쪽 팔을 휘젓다가 "겟아웃 유." 하고 낮게 잠긴 목소리로 위압적으로 말했다. 존에게 손을 대기라도 하면 얻어맞을 것 같다. 밋치의 팔을 당겼다. 존은 알아듣기 힘든 영어로 무언가 외쳐댔다. 눈 깜짝할 사이에 내 얼굴은 글러브와 같은 커다랗고 부드러운 손에 거칠게 움켜져서 세게 눌렸다. 나는 비틀거리며 좌석 가장자리에 발이 걸려 바닥에 엉덩방아를 찧었다.

"준, 맞서 싸우면 안 돼. 잭나이프가 있어."

밋치가 빠른 어조로 말했다. 나는 일어섰다.

"정말이지."

나는 다소 멋쩍었다.

"어째서 그런 흉기가 있는 거야?"

"그건 적이 언제나 주변에 있다고 느껴서 일거야. 언제 어디서든 나이프와 피스톨이 없으면 불안한 거야."

밋치는 오른손을 빼서 존의 머리를 천천히 어루만졌다. 존은 밋치의 얼굴을 올려다봤다. 이윽고 존은 기분 좋은 듯이 눈을 감았다.

나는 위스키 잔을 들고 담배를 입에 문 마사코 아주머니가 화장실에서 나오는 모습을 우연히 봤다. 그녀는 그대로 존의 옆자리에 앉았다. 마사코 아주머니는 술을 벌컥벌컥 마시는 버릇을 고치지 못한 듯 했다. 그녀는 존의 목에 한쪽 팔을 걸치고서 재떨이에 담배 연기가 나게 놔둔 채로 탁한 목소리의 영어로 말했다.

"헤이, 존, 또 밋치를 독차지할 거야? 너 도대체 밋치에게 뭐야? 어, 까불지 마. 나를 어떻게 할 작정이야? 너 밋치를 보려고 매일 오면 안 돼! 안 된다고. 밋치는 이미 있어 이것이 있어."

마사코 아주머니는 엄지손가락을 세우고 존의 눈앞에 들이밀어 보였다. 존은 눈을 뜨지 않았다.

"그러지 마세요, 마사코 아주머니. 겨우 얌전해졌잖아요."

밋치는 고개를 작게 흔들었다.

"뭐라고! 나한테 불평을 늘어놓을 셈이야? 조금 반반하다고 건방지게 굴려는 거지? 젊으면 누구나 얼굴이 예뻐. 나도 예전에는 손님이 나한테 홀딱 반했어. 정말이야. 너, 이 잘생긴 남자가 너한테 정말로 홀딱 반했다고 믿으면 실수하는 거야. 이

놈들한테 우리는 유흥일 뿐이야…… 아이가 태어나도 장난, 동거도 장난……. 알겠어? 건방지게 까불지 마, 정말이야.”

마사코 아주머니는 취해서 붉게 물든 덥수룩한 머리를 흔들며 횡설수설 댔다. 하지만 붉게 부어오른 듯한 눈은 커져 있다. 마사코 아주머니에게는 7, 8세 정도 되는 정신박약에 혼혈인 딸이 한 명 있다.

“마사코 아주머니. 전 그렇게 믿은 적 없어요. 제가 마사코 아주머니에게 언제나 신세를 지고 있는데 왜 그러겠어요.”

“진심이야? 정말이지…… 그럼, 어째서 독차지하는데!”

“독차지하지 않았어요. 봐요. 모두 한 명씩 사이좋게 있잖아요. 존과는 콤비라고요. 마사코 언니도 조니나 잭과 콤비잖아요.”

나는 마사코 아주머니가 존을 좋아한다고 느꼈다. 마사코 아주머니도 방금 전까지 누군가 상대하고 있었던 것이 분명하다. 누구도 돌아간 흔적은 없었다. 누군가 쫓겨나기라도 했단 말인가.

“콤비? 뭐가 콤비야? 그걸 하는 것뿐이잖아. 까불지 마.”

어떻게 달래면 좋을지 몰라 나는 초조했다.

“헤이 존.”

마사코 아주머니는 존의 귓가에 대고 큰 소리로 불렀다.

“나랑 건배하자. 한 잔 따라 줘.”

마사코 아주머니는 위스키병으로 존의 얼굴을 몇 번이고 지근댔다.

“그게 아니면 나랑은 이제 안 마실 셈이야? 나이 든 여자랑은 안 해? 웃기지 마. 미군들은 모두 배신자야, 응? 그렇잖아. 헤이, 존!”

존은 얼굴을 밋치의 팔에 밀착시킨 채로, 노№ 하고 말하며 손을 흔들더니 마사코 아주머니를 쫓아내려는 듯한 제스처를 취했다.

“뭐라고!”

마사코 아주머니가 외쳤다.

"나를 바보 취급 하네. 미군 주제에 뭐라는 거야. 오키나와인을 바보 취급 하다니 가만있지 않아……. 응, 존? 응?"

마사코 아주머니는 존의 얼굴을 자신에게 향하게 하려고 손에 들고 있던 위스키병을 떨어뜨렸다. 깨질 것이서 나는 깜짝 놀랐지만 다행히 병은 존의 커다란 구두에 맞고 굴렀다. 나는 병을 집어 들었다.

"존? 나한테 해줘. 여기야, 여기."

마사코 아주머니는 손가락으로 존의 귀 안쪽을 가볍게 덧그리면서 존의 뺨에 키스했다.

"난 자유라고……. 밋치에게는 미키가 있어. 깜둥이야, 밋치는 깜둥이의 허니야."

이번에는 영어로 말했다.

"마사코 아주머니! 마마가 불러요."

나는 엉겁결에 엉터리 말을 했다. 마사코 아주머니는 나를 올려다봤다. 묘하게 번쩍이는 눈이다.

"뭐야, 준이잖아. 공부는 잘하고 있니? 학생은 공부가 최우선이잖아. 어서 공부하고 와. 이 층에 올라가렴."

헤이 유 겟아웃. 존이 악센트가 세고 탁한 목소리로 말했다. 존의 눈이 갑자기 열리더니 마사코 아주머니를 노려봤다. 헤이 유 겟아웃, 겟아웃. 존의 아주머니를 내쫓으려는 제스처가 격해졌다. 마사코 아주머니는 존의 기세에 놀라서 바닥에 떨어졌다. 존은 성냥에 불을 붙였다. 불을 마사코 아주머니 얼굴에 거의 스칠 정도에서 비췄다. 마사코 아주머니는 자리에서 일어났다. 존은 불이 그녀의 얼굴에 닿지 않게 하려고 얼굴 움직임에 맞춰서 손을 움직였다.

"뭐하는 거야, 이 미군은?"

마사코 아주머니는 등줄기를 반듯하게 폈다.

"태우려는 거야? 어디 태워 보시지."

그녀는 아래턱을 성냥불에 들이밀었다. 성냥불이 뿌리까지 타자 존은 그것을 재떨이에 던졌다. 존은 다시 성냥에 불을 붙여서 마사코 아주머니가 가까이 오려하자 막았다.

"헤이, 겁쟁이 자식아. 자 어서 해, 태워 보라잖아. 너희들은 전쟁에서 이기지 못할 거야."

나는 마사코 아주머니가 혹시라도 영어로 말하지는 않을까 싶어 전전긍긍했다. 마사코 아주머니는 영어 회화가 능숙하지는 않지만 그래도 말이 통했다. 미군 병사는 자존심이 강하다. 바보 취급을 당하면 미치광이처럼 행동했다. 마사코 아주머니도 어떤 장단에 춤을 잘못 추다가는 불덩어리로 변할지도 모른다. 성냥에 붙은 불이 존의 손가락 쪽으로 내려오자 밋치는 "화상 입겠어" 하고 영어로 말하면서 입으로 불어서 불을 껐다. 존은 그다지 취하지 않았는지도 모른다. 존은 마사코 아주머니나 밋치에게 불을 붙이려고 하지 않았다. 하지만 느닷없이 좌석이나 테이블에 불을 붙이려고 했다. 성냥을 몇 개씩이나 한 다발로 묶어 불을 붙여댔다. 주위를 전혀 돌아보지 않고 주위에 갖다대고 던지기까지 했다. 불은 바로 꺼졌다. 하지만 나는 위험하다고 느꼈다. 도수가 센 위스키에 던지면 인화할지도 모른다. 위스키는 식탁보에도 듬뿍 스며들어 있다. 하지만 나는 가게가 불에 탄다는 실감이 잘 나지 않았다. 무엇이든 다 타버려라. 말끔하게 처음부터 다시 시작하고 싶은 마음도 있다. 하지만 역시 귀찮다. 화재는 나지 않는 편이 좋다. 나는 주위를 둘러봤다. 다른 미군 병사들이 흉내를 내기 시작하면 손을 쓸 수 없다. 그들은 폭도로 변해 MP군사경찰에게 쫓겨 안개처럼 흩어지면 오늘 밤 마신 술값도 떼어먹힌다. 우리 쪽 자리를 주목하는 미군 병사는 다행히 아무도 없다. 호스티스들도 시시덕 거릴 뿐이다. 한동안 지그시 이쪽을 보고 있던 마마가 카운터에서 밖으로 나왔다. 마마는 미소를 지으며 한두 마디 영어를 써가며 존을 달랬다. 존의 머리를 쓰다듬으며 마사코 아주머니를 봤다.

"마사코, 너 적당히 하지 않을래? 매일 왜 이러는 거야!"

"내가 뭘 했다고 그래."

마사코 아주머니는 양손으로 존의 팔을 안았다.

"난 손님을 접대하고 있어. 호스티스가 손님을 접대하는 게 뭐가 나빠? 그렇지, 밋치? 그렇잖아, 준?"

마사코 아주머니는 마마를 똑바로 보지 않았다. 허스키 보이스도 가냘프다. 겟아웃. 존이 팔꿈치로 밀었다. 마사코 아주머니는 자리에 쓰러지면서도 존의 팔을 놓지 않았다.

"존이 싫어하잖아."

마마가 말했다.

"손님도 좋고 싫은 감정이 있어. 존도 남자야. 군인도 남자라니까."

"존은 나를 좋아하지 않는 거야? 으응, 존?"

마사코 아주머니는 존의 팔에 매달렸다. 적당히 그만두면 좋으련만 하고 나는 생각했다.

"처음에 널 상대 해 준 게 누구니? 겁쟁이인 너를 무릎에 안고 언제까지고 울게 해 준 사람이 누구였어?"

마사코 아주머니는 영어를 쓰지 않았다. 존은 마사코 아주머니의 얼굴을 보지 않고 밋치의 뺨에 자신의 볼을 비비고 있다.

"다 잊어버렸구나. 아니면 기억하면서도 모른 척을 하고 있는 거지. 너 까불지 마. 나도 아직 끝내주는 여자야."

"마사코."

마마가 엄하게 불렀다.

"이제 그만두지 못해? 널 해고할 수도 있어. 젊은 아가씨는 얼마든지 있으니까."

"아, 전부 다 내가 나빠. 누가 나쁘지 않다고 했어?"

마사코 아주머니는 잔에 위스키를 따라 단숨에 들이켰다. 그러더니 목이 메어 울었다. 좀처럼 그치지 않을 울음이다. 잔에 몇 번이고 입술을 문질렀다. 곧 양손으로 머리를 감싸안았다. 잔에 검붉은 립스틱이 묻어 있다. 덥수룩한 파마머리를 때때로 쥐어뜯기까지 했다.

“밋치.”

마마가 말했다.

“존하고 엉덩이 흔드는 춤이라도 춰봐, 준, 주크박스 하자. 아무거나 괜찮아. 이십오 센트 넣어야 해.”

나는 주머니를 찾았지만 1센트도 없다. 마마는 내 제스처를 봤다.

“카운터에 있어……. 됐어, 내가 갈게.”

마마는 존의 어깨를 두드리더니 영어로 말했다.

“뭘 그렇게 풀이 죽어 있어, 존. 전쟁 따위는 곧 끝날 거야. 자, 춤을 춰봐. 유쾌하게 춰 보자.”

마마는 밋치에게 눈짓을 했다.

“레츠고.”

밋치는 자리에서 일어나 존의 손을 끌어당겼다. 존이 자리에서 일어났다.

“마마, 전쟁 이야기는 하면 안 돼요.”

밋치가 말했다.

“오늘, 존이 상관에게 두들겨 맞았대요. 잊어버리고 싶은 거라고요.”

“그랬었구나.”

마마는 밋치를 포함해 다른 사람들과 플로어 중앙으로 나아갔다.

“블루스도 틀어줘요, 마마.”

“오케이.”

“밋치.”

마사코 아주머니가 말했다. 나는 또 달라붙을까봐 걱정이 앞섰다.

“달러를 안 주면 손가락 하나 건드리게 해선 안 돼. 우리는 싸구려 물건이 아니야. 군인은 여자에게 약점이 있어. 알고 있어, 밋치?”

밋치는 크게 끄덕이더니 나를 봤다. 나는 미소를 지어 보였다. 마사코 아주머니는 잔을 들고 일어섰다. 나는 부축하려 했다. 하지만 쓰러질 것 같은 기색은 없다.

"준, 존은 귀여워 그렇지."

나는 고개를 끄덕였다.

"그래도……. 저런 녀석도 이제 남자가 다 됐어. 저렇게 말이야. 남자는 좋겠어. 너도 남자니까 똑바로 해."

나는 몇 번이고 고개를 작게 끄덕였다.

"물론 나 따위가 설교 따위는 할 수 없을지 몰라. 앞이 뻔하잖아. 나 따위는 말이야, 이제."

마사코 아주머니는 다시 화장실로 들어가는 듯 했다. 나는 무언가 한마디 말해 주고 싶었다. 하지만 영양 상태 나빠 보이는 갈색으로 퇴색한 머리카락이 뒤얽힌 얼굴과 광대뼈가 튀어나온 거무스름한 아주머니의 얼굴을 보니 애써 말할 기분이 들지 않았다.

아침 해가 높이 떠 있다. 이대로 자다니 괴롭다. 나는 자리에서 일어나 의자를 창가로 끌어다놓고 앉아 발돋움을 하면서 밖을 봤다. 밋치의 방 창문에 쳐진 불그스름한 커튼이 바람에 흔들리고 있다. 야윈 들개가 창문 아래에서 냄새를 맡으며 돌아다니고 있다. 눈에 잘 띄는 자갈색 개다. 밋치가 음식물 쓰레기를 자주 던져 주는 것이 틀림없다. 존은 거의 매일 밤 술을 마시러 와서 밋치의 방이 어디인지 묻고 싶어 하는 눈치다. 밋치는 가르쳐 주지 않았다. 존은 폐점 시간까지 버텨서 밋치의 뒤를 따라갈 속셈인 듯 했다. 하지만 마마나 다른 호스티스들이 교묘하게 다뤄서 매번 좌절됐다. 혹은 멍청하게도 술에 만취해서 어느새 밋치를 놓치는 것 같았다. 한 번은 존이 밋치의 방이 어디인지 가르쳐 달라고 내게 애원했다. 나는 모른다고 말하며 버텼다. 며칠 전에 밋치가 호되게 입막음을 시켰기 때문이다. 그렇다 해도 밋치가 가게 뒷문으로 이어진 작은 골목길 녹슨 함석지붕 집 아래에 살고 있을 줄은 꿈에도 몰랐을 것이다. 2주 정도 전이었나 확실하지는 않지만 골목길에서 밋치의 이름을 애타게 부르면서 지나가는 존을 나는 이 방에서 내려다 본 적도 있다. 들개가 창문 아래에서 좀처럼 떠나지 않았다. 나는 아직 밋치가 방에 있는 것이라고 생각했다. 전신주 옆 쓰레기통은 쓰레기와 더러운 것들이 흘러 넘쳐 있다. 들개가 들쑤셔 놓았음이 분명하다. 때때로 바람을 타고 악취가 내 방으로 흘러 들어왔다. 학교에 갈 때나 산책하며 오갈 때 전신주 주변에서 악취가 심하게 났다. 판자나 전신주 쓰레기통에 둘러싸인 작은 공간이라 남녀 가리지 않고 소변을 보기 쉬웠다. 미군 병사는 이 골목길로는 좀처럼 지나다니지 않았다. 다만 미키는 예외다. 미키는 토요일 아침 10시 전후에 이 골목길을 빠른 황새걸음으로 지나쳐 갔다. 때때로 나와 눈이 마주치면 희고 큰 치아를 갑자기 드러내고 손을 들어 보였다. 그 후에 밋치의 방으로 들어갔다. 오늘도 이미 들어가 있을 시간이다. 밋치가 커튼을 완전히 걷자 그녀의 방이 여기서부터 훤히 들여다보였다. 시궁창, 소변, 쓰레기에서 나는 악취가 내 방보다 훨씬 지독할 것이다. 창문 바로 근처에 도랑이 가로놓여 있다. 도랑 양측에는 잡초가 무성하고 들개가 그곳에 똥을 쌌다. 도랑에서 발생한 모기는 잡초가 무성한 곳에서 엥엥 거리며 피를 찾아 무리지어 춤을 추었다. 밋치와 미키는 그런 환경에서 몇 개월 넘게 거의 매주 껴안고 있다. 나는 조금 전까지 눈을 멍하니 뜬 채 계속 엎드려 있었다. 상태가 좋지 않은 선풍기는 목과 날개의 회전이 좋지 않아서 귓전에 드르륵 하는 소리를 쏟아냈다. 여름방학이지만 대학가는 학생운동을 멈추지 않았다. 책을 읽을 기분이 들지 않았다. 땀이 질퍽질퍽 솟고 끈적끈적 하게 달라붙어 기분이 나빴다. 구론보깜둥이 미키의 마음을 알 수 없다. 들개가 밋치의 방 창문 아래 시커먼 양지쪽에 주저앉아서 길고 붉은 혓바닥을 내밀고 숨을 헐떡이고 있다. 양철 지붕 꼭대기는 수증기가 올라오는 것처럼 희게 흐려져 있다. 전신주 전선도 축 늘어져 움직이지 않는다. 흰 골목길 근처에도 멀리 판자로 만든 집 창문에서도 사람 그림자를 찾아 볼 수 없다. 모두 낮잠을 자는 것일까. 책상에 놓인 탁상시계를 봤다. 아직 오전 11시도 되지 않았다.

"준."

나는 깜짝 놀랐다. 밋치가 창밖으로 상반신을 쑥 내밀고 웃음을 짓고 있다. 붉은 꽃무늬 모양 원피스의 가슴팍이 열려 있어서 희고 풍성하게 솟아있는 신체의 일부가 조금 엿보였다.

"샌드위치 줄까? 들어와."

나는 고개를 크게 끄덕였다. 서둘러 화장실로 내려가 얼굴을 씻고 방으로 올라가서 파자마를 벗은 다음 낡은 노란색 셔츠와 엷은 갈색 바지를 입었다. 태어날 때부터 곱슬머리라 빗질이 쉽지 않다. 아버지는 부재중인 듯 했다. 머지않아 귀환하는 해병대를 고자_{오키나와 본도 중부에 있었던 도시} 근처 부대에서 유치하기 위해 업자들과 함께 정부, 시, 군 관계자를 만나러 나간 모양이다. 나는 아버지가 왜 A사인 업자조합 고자지부 부회장 따위를 하고 있는지 의아했다. 뭐가 어찌 됐든 밤까지 돌아오지 않으면 내가 곤란하다. 호스티스들의 갓난아기를 달래는 처지가 될 것이 뻔하다. 노크를 했다.

"어서 들어와."

밋치의 목소리가 들렸다. 나는 손잡이를 당겼다. 헤이, 준. 컴온. 굵고 허스키한 목소리가 들렸다. 창문 광선에 미키의 검은 흙빛 얼굴이 떠올랐다.

"헤이, 미키. 잘 지내지?"

나는 영어로 말했다.

"헤어스타일 멋있어, 미키."

귓가와 목덜미를 깨끗하게 면도했다. 미키는 희고 큰 치아를 한껏 벌리고 크게 뜬 눈을 뒤룩거렸다. 나는 미키가 기쁘게 웃고 있다고는 좀처럼 생각할 수 없다.

"쇼토쿠 아저씨가 하신 거야?"

나는 손가락 두 개로 가위모양을 만들어 머리카락을 자르는 제스처를 만들었다. 노노, 피엑스PX. 미키는 소리 없는 웃음을 계속 지었다. 나는 미키가 앞으로도 계속 피엑스에서 머리를 자르기를 바랐다. 그러면 쇼토쿠 아저씨도 마음을 졸이지 않아도 되니까. 흑인의 자라지 않고 두피에 달라붙어 파고 들어갈 듯한 쪼글쪼글한 머리카락을 2, 3주에 한 번 자르는 일은 고역이 아닐 수 없다. 쇼토쿠 아저씨 가게는 백인 병사 전용이다. 금발에 직모인 손님이 많다. 혹시라도 흑인이 들어온 드나들다 발각되는 날이면 모처럼 잡은 단골손님을 모두 놓치고 만다. 다만 쇼토쿠 아저씨는 충분히 조심스러워서 가게 문을 닫은 후에 미키를 들였다. 밋치가 그렇게 하라고 시켰겠지만 말이다.

"이거 먹어. 많이 기다렸지?"

밋치는 둥글고 작은 식탁에 샌드위치 두 조각을 올려놓았다.

"이거 꽤 맛있어. 많이 먹어. 뭐 마실래, 커피? 코코아?"

"커피."

마시고 있던 커피 잔 두 개가 눈에 들어왔다.

"밋치가 만든 거야?"

치즈랑 파슬리 그리고 토마토 등이 끼워져 있다.

"맞아. 어때, 맛있어?"

밋치는 부엌에서 컵과 설탕, 병에 든 커피를 쟁반에 올려 가져왔다.

"맛있어, 밋치. 요리 솜씨가 제법이네."

"맞아. 나도 여자니까."

밋치는 짓궂게 웃으면서 식탁 보온병에 든 뜨거운 물을 커피 잔에 부었다.

"설탕은 알아서 넣을 수 있지?"

나는 고개를 끄덕였다. 밋치의 부드러워 보이는 두 개의 봉긋 솟은 곳에 눈길이 갔다. 여자의 매력을 느꼈다. 밋치는 샌드위치와 주스, 맥주를 바구니에 넣고 식탁 아래에서 카키색 큰 종이봉투를 꺼냈다. 서양배와 오렌지가 언뜻 보였다. 밋치와 눈이 마주친 후 바로 말했다.

"미키의 선물이야?"

밋치는 끄덕였다.

"먹어볼래?"

그녀는 오렌지를 꺼냈다.

"아니야."

나는 고개를 저었다.

“사양하지 말고 먹어.”

밋치는 오렌지를 둥근 궤적으로 던졌다. 나는 그것을 잡았다.

“매번 집을 봐 주잖아……. 앞으로도 잘 부탁해.”

나는 끄덕였다.

“유키는?”

“밖에 놀러갔어.”

“학교에는 다녀왔어?”

“선생님들이 파업중이라 쉬는 것 같아.”

나는 무심코 창문을 봤다. 미키와 눈이 마주쳤지만 바로 피했다. 헤이, 준. 시가렛. 미키는 내게 담배를 내밀었다. 미키의 팔은 털이 적고 근육이 단단히 죄어있어서 검고 윤이 났다. 낙타 그림이 그려진 미국 담배가 작게 보였다. 한 대 꺼내 들자 미키는 한 갑 통째로 내게 줬다. 나는 땡큐 하고 말했다.

“피엑스에서 싸게 살 수 있어.”

밋치가 말했다.

“뭐든지 미국 물건을 살 때는 미키에게 부탁해…… 미키도 기뻐할 거야. 미키는 너랑 친구가 되고 싶어 하니까.”

나도 어렴풋이 느끼고 있었다. 하지만 친구라니 바보 같은 짓이다.

“너희 아버지한테도 몇 보루 가져다 줬어.”

“아버지가 가게서 팔고 있어?”

나는 말했다. 그것도 어렴풋이 알고 있었다.

“맞아……. 거의 다른 데로 흘려보내는 듯 해. 요즘에는 다른 미군하고도 거래를 튼 것 같아……. 쉿. 우리 사이의 비밀이야.”

“어째서?”

시시한 것을 말해 버리고 말았다.

“마마가 시끄러우니까.”

밋치는 윙크를 해 보이더니 커피를 따랐다. 나는 살짝 밋치를 봤다. 느슨한 웨이브를 준 머리를 붉은 끈으로 묶고 있어서 목덜미가 보였다. 아, 밋치는 어른이야. 핑크색 귀걸이에서도 이상하게 색기가 느껴졌다. 그녀의 목덜미와 귓불을 미키가 두툼하게 말리는 혀로 빤다. 두툼하고 거슬거슬한 검붉은 긴 혀로 그녀의 몸 구석구석을 핥는다. 밋치의 얼굴에 흑인의 타액이 농밀하게 들러붙는다……. 매주 몇 시간이고……. 샌드위치를 먹고 싶은 마음이 들지 않았다. 속이 조금 메슥거렸다. 꼼짝 않고 있으면 어색해져서 나는 커피를 홀짝거렸다. 밋치는 오키나와 여자잖아 하고 나는 생각했다. 지금 이렇게 오키나와인 남자와 만나고 있지 않나. 윤이 나는 군살 없는 중간키인 밋치의 육체가 머릿속에 떠올랐다. 나는 어이, 밋치 라고 말하고 싶다. 어이 밋치, 네가 흑인의 허니인 이유는 오로지 달러 때문이잖아. 아니면 다른 것이 좋아서? 미사일이 좋은 거야? 지금까지 몇 번이고 말하고 싶었다. 하지만 말할 수 없었다. 지금도 말하지 입 밖에 꺼내지 못 했다. 밋치는 지금 침착하며 웃지 않았다. 업소에 있을 때와는 다른 모습이다. 하지만 미키와 있을 때가 제일 즐거운 듯 했다. 토요일이면 미키는 보란 듯이 히쭉히쭉 웃으며 2층에 있는 내게 손을 흔들었다. 그리고 당당하게 밋치의 방으로 들어갔다. 흑인들은 오키나와인 허니를 만들면 콧대가 무척 높아졌다. 나는 나쁘게 생각하지 않는 척하며 미키를 봤다. 그는 양쪽 무릎을 세운 채 담배를 피우고 있다. 책상다리를 하지도 못하는 주제에 하고 나는 생각했다. 밋치의 방에 들어갈 때는 오키나와인인 나조차도 주저하는데 흑인인 그는 제멋대로다.

"준, 사과 먹을래?"

나는 깜짝 놀랐다. 호흡을 한 번 고르고 고개를 끄덕였다. 기분이 미묘하게 누그러졌다. 밋치는 작은 칼로 사과 껍질을 벗겼다. 신중하지만 익숙한 손놀림은 아니다. 하지만 좋은 아내가 될 것 같다고 느꼈다. 미키는 빨리 나가고 싶어서 마음을 졸이고 있는 것일까. 나는 슬쩍 흑인을 봤다. 미키는 영자신문을 얼굴 옆으로 움직이며 보면서 담배를 피우고 있다. 두 사람은 유키가 돌아오기를 기다리는 것일까.

“유키가 많이 늦네.”

나는 말했다.

“일찍 나갔어?”

“바로 저 앞이야. 이제 돌아올 거야.”

밋치의 목소리는 묘하게 엄한 느낌이 들었다. 나는 신경이 쓰였다. 미키에게 영어로 물었다.

“미키, 네가 왔을 때도 유키는 없었어?”

“있었어. 하지만 밋치랑 유키 둘이 싸웠어.”

미키는 연기를 뿜는다.

“싸웠다고?”

나는 밋치를 봤다. 밋치는 사과 심을 헤적이고 있었다.

“싸웠다고?”

이번에는 밋치를 봤다.

“밋치가 피크닉에 데려가지 않는다고 해서.”

미키가 말했다.

“버릇이 된다면서.”

밋치가 나를 봤다.

“중요한 시기야. 유키코가 쓸쓸해하는 것은 나도 잘 알아. 그래도 응석을 부릴 때 그대로 놔두면 안 돼. 내년에는 중학생이니까 자기도 알아듣겠지.”

그렇게 느껴서 그런지 목소리가 흥분돼 있다.

“그래도…… 놀고 싶은 나이잖아.”

“물론 나 혼자면 데리고 갔지. 그런데 오늘은 미키가 함께 있잖아.”

밋치는 조금 목소리 톤을 떨어뜨렸다. 미키가 어쩌면 일본어 단어를 하나라도 알 수도 있기에 나는 순간 신경이 쓰였다.

“유키코는 허니가 되고 싶어 해. 아직 아무것도 모르면서. 어린애잖아.”

"······."

"갖고 싶은 물건은 뭐든 사 주고 있어······. 돈도 꽤 주고 있고. 무엇 하나 빠지지 않게 해줬어."

밋치는 테이블에 상체를 쑥 내밀고 상반신을 구부렸다. 가슴팍이 열려서 부드러워 보이는 희고 봉긋한 부분이 보였다. 나는 허둥지둥 댔다.

"유키코를 잘 돌봐줘, 준. 조만간 노타이셔츠를 만들어 줄게······. 언젠가는 양복도 맞춰 줄 거야. 나 곧 기술을 전수받아."

어려운 말을 다 알고 있네 하고 나는 문득 생각했다. 마음이 점차 흥분됐다.

"아직도 다녀?"

나는 무심한 듯 물었다. 밋치는 미소를 짓더니 가볍게 고개를 끄덕였다.

"힘들지 않아? 일이 매일 밤늦게 끝나잖아."

"괜찮아. 아직 젊잖아. 무엇보다 양복이 완성돼 가는 것을 보면 정말 기뻐. 지금은 내 것만 만들 수 있지만 머지않아 유키코 것도, 네 것도, 미키 것도 만들어 줄 수 있어. 내가 만든 옷을 많은 사람이 입게 될 거야."

미키 옷도 만들다니, 그럼 내 것만이 아니잖아. 쳇 뭐야 하고 생각했다.

"유키랑 놀아 주는 시간도 좀 만들지 그래."

내가 말했다. 밋치는 작게 고개를 끄덕였다. 유키는 마사오랑 사귀고 있는 듯했다. 5월 경 대학에 입학할 때 받은 축의금이 남아서 나는 유키에게 흰 천 소재 모자를 사 줬다. 유키가 다른 모자를 쓰고 있는 모습을 본 것은 2주 전 쯤 한낮이었다. 내가 유키에게 사 줬던 모자를 쓴 마르고 큰 키에 피부색이 검은 중학생 마사오가 밋치의 집 주위에서 서성대고 있었다. 그가 유키의 남자 친구라는 것을 그때 느꼈다.

"미키, 오케이?"

밋치가 영어로 말했다. 미키는 치아를 드러내고 끄덕이더니 일어섰다.

"바지 샀어, 미키?"

밋치가 말했다. 나는 그 모습을 봤다. 공작새 모양과 같은 사이키델릭한 색채의

긴 바지다. 히가 시내에 있는 그 재단사구나. 밋치도 알고 있겠지. 흑인은 앞니를 숨기려 하지 않는다.

"어째서, 나를 데려가지 않은 거야?"

밋치는 미키를 노려봤다. 안 어울려? 밋치는 대답하지 않는다. 오, 쏘리. 흑인은 과장스러운 몸짓으로 어깨를 움츠렸다. 다음부터는 꼭 같이 가자. 흑인의 과장된 제스처는 언제 봐도 진력이 난다. 밋치가 내게 미키를 소개하고 두 달 정도 지났을 무렵이었다. 어떤 데모였는지 잘 기억나지 않지만 입학하자마자 미군기지 항의 데모에 간 적이 있다. 나는 학생이라 노동자 꽁무니에 붙어 다니며 투석을 하고 쇠파이프를 휘두르다 총검과 곤봉을 든 경찰에게 뒤쫓기고 있는 사이에 경비하고 있던 미군 병사와 얼굴을 맞대게 됐다. 그 중에 미키가 있었다. 미키는 나를 보더니 지금처럼 어깨를 움츠리는 몸짓을 하며 웃었다. 하지만 나는 눈을 피하고 얼굴 표정이 굳어졌다. 그리고 바로 동료 그룹에 섞였다. 흑인에게도 나름의 성격이 있다. 나는 그것을 점차 알게 됐다. 얼굴도 다르고 표정도 다르다. 짐승이 아니다. 하지만 나는 어떠한 흑인에게도 방심할 수 없었다. 거무칙칙한 입술 사이로 커다랗고 흰 치아를 노출시키고 입안에서 타액을 모은 후 밋치 미안, 아임 쏘리 따위의 말을 간사한 목소리로 잘도 뱉었다. 그렇게 하는 것만으로도 마음이 누그러져서 쉽게 표정을 풀고 끄덕이는 밋치도 밋치지만 말이다. 진심으로 화를 내고 있던 것인지도 의심스럽다. 다만 미키를 이용하려고 하면 쉽게 할 수도 있다. 나는 미키 덕분에 혼마치 스트리트에 모여 있는 흑인 그룹을 이제 두려워하지 않는다. 폭행이나 강탈 등을 당할 것 같으면 미키의 이름, 근무 부대, 계급, 미키 이즈 마이 프렌드라고 말하면 그만이다. 그러면 화를 면하고 무사히 풀려난다. 다만 그런 경험은 아직 두 번밖에 없다.

"레츠고 미키."

밋치는 바구니를 들고 일어섰다. 파라슈트드레스의 넓은 자락이 내 목덜미를 스쳤다.

"준, 유키코를 부탁해."

밋치는 녹색 네커치프를 머리에 쓰고 목에 묶었다. 밋치는 가게 동료들처럼 머리를 갈색이나 붉은색으로 물들이지 않았다.

"파라솔은? 덥다 더워."

나도 자리에서 일어났다.

"괜찮아, 지프를 타고 가니까."

"바다에 가?"

"지금부터 정하려고."

헤이, 준. 미키가 다가왔다. 유키코를 부탁해 응. 자, 여기 팁이야. 나는 꾸깃꾸깃한 1달러 지폐를 받아들었다. 밋치의 얼굴을 봤다. 밋치는 하이힐을 신고 있다. 나를 보고 있지 않다. 흑인에게서 달러를 듬뿍 짜내면 그만이라고 나는 생각했다.

아이들이 훔쳐보고 있다. 벌써 세 번째다. 멤버 다섯 명은 그대로다. 단발머리 유키도 그 안에 있다. 흔들리는 창문 틈새로 얼굴을 반 쯤 집어넣은 채 보고 있는 마사오가 흰색의 둥근 여자 모자를 손에 들고 있다. 내가 유키에게 선물한 그 모자다. 마사오는 멀리서도 눈에 잘 띄는 기름과 먼지로 더러워진 검은색 긴 바지를 입고 있다. 초등학교 5, 6학년으로 보이는 두 소년은 모자 차양을 뒤로 향하게 쓰고 양손으로 얼굴을 판자벽에 붙인 채로다. 초등학교 2, 3학년으로 보이는 소녀는 오래된 양동이 위에 올라가 창문으로 안을 훔쳐보고 있다. 때때로 마사오가 소녀들의 머리를 꽉 눌렀다. 하지만 그들은 거의 미동도 하지 않았다. 유키가 바로 뒤에 쭈그리고 앉아서 공기놀이를 하다가 땅에 무언가 쓰고 있었다. 아이들은 유리를 활짝 열고 2층 창틀에 앉아있는 내 존재를 눈치 채지 못했다. 나는 큰 소리로 화를 내고 쫓아내고 싶지는 않았다. 정오를 조금 넘긴 무렵이라 열기가 좁은 방 안 가득 가라앉아서 선풍기나 바깥바람으로는 좀처럼 사라지지 않았다. 대낮부터 뱀처럼 휘감긴 채 교미하고 있는 밋치와 미키가 나쁘다. 나는 도저히 훔쳐볼 마음이 들지 않았다. 혹시라도 밋치와 미키가 훔쳐보는 아이들을 발견하면……하고 나는 기대했다. 그렇게 하면

둘도 절도와 예절을 알 수 있지 않을까. 어서 발견해라. 발견해라. 저 검은 짐승 같은 흑인에게 밋치의 전신이 희롱 당하다니 오싹한 기분이 든다. 하지만 그들은 정말로 아이들이 훔쳐보고 있다는 것을 눈치 채지 못하고 있을까. 훔쳐보고 있음에도 아무렇지도 않은지도 모른다. 이 골목길 근처 아이들은 "미가이추미(보러 갈까)?" "미가이카(보러 가자)" 하고 큰 소리를 내며 신이 나서 곧잘 떠들고 돌아다녔다. 그것은 이미 아이들의 놀이 중 하나였다. 밋치가 모를 리 없다. 아이들이 술렁대는 소리, 꾹 눌러 참으려 했으나 새어 나오는 속삭임을 여기서도 알아챌 수 있다. 밋치도 모를 리 없어. 마사오는 전신주에 기어올라 꽤 높은 곳에 있는 철제 지지대에 발을 올리고 양손으로 달라붙어서 밋치의 방 안을 훔쳐봤다. 십여 일 전 대낮에 전신주에 기어올라서 소켓 전구를 빼서 도망친 범인도 바로 이 녀석이다. 그 결과 여름 벌레가 모조리 내 방의 빛을 향해 모여들었다. 나는 일어나서 계단을 내려가 뒷문으로 나갔다. 마침 그때 웅크리고 훔쳐보고 있던 둥근 얼굴에 조금 살이 찌고 피부가 까만 소년이 벌떡 일어나면서 큰 소리를 냈다.

"얼레리 꼴레리. 깜둥이 허니래요. 깜둥이 허니래요."

그것에 맞춰서 남아 있던 아이들도 덩달아 놀려댔다.

"얼레리 꼴레리. 깜둥이 허니래요."

마사오는 허둥대며 전신주에서 내려오기 시작했다. 유키는 그 자리에 못 박힌 채로 멍하니 친구들을 보고 있었다. 갑자기 커튼에서 검고 커다란 얼굴이 아이들 눈앞에 나타났다. 미키가 큰 눈을 부릅떴다. 작게 비틀거리다 엉덩방아를 찧는 아이들, 아앙 하고 울음을 터뜨리는 아이, 기겁해서 작게 경련을 일으키는 아이도 있었다. 미키는 그 모습을 보더니 낄낄대며 원숭이처럼 크게 웃었다. 밋치가 미키의 머리를 양손으로 어루만지면서 목을 내밀었다. 나와 눈이 마주쳤다. 나는 바로 시선을 피했다. 전신주에서 내려온 마사오가 유키의 손을 잡아당겼다.

"유키."

밋치가 엄하게 말했다.

"뭐하고 있어. 이런 곳에서."

자기 집 주변이잖아. 이런 곳이라니 말이 안 된다고 나는 생각했다. 둘은 서로 손을 잡고 달리기 시작했다. 내 쪽으로 오고 있다.

"준, 애들 좀 잡아 줘!"

밋치가 창문에 몸을 내밀었다. 가슴에 걸친 푸른 목욕 수건이 떨어지자 그 사이로 보동보동한 흰 살이 보였다. 나는 엉겁결에 뛰고 있는 두 아이를 피했다. 그들도 피했다. 마사오는 내게 몹시 세게 부딪쳤다. 나도 그도 쓰러질듯 하다가 엉덩방아를 찧었다. 그 상황에서 유키도 천천히 주저앉았다. 마사오는 바로 벌떡 일어났다. 그는 나를 노려보고 유키를 한 번 보더니 내 옆쪽으로 뛰어가 골목길 판자 벽 모퉁이를 돌아서 사라졌다. 붉고 커다란 꽃무늬 모양의 옷단이 넓은 원피스를 입고 샌들을 발 끝에 걸친 밋치가 종종걸음으로 다가왔다. 나는 일어서서 엉덩이를 털었다. 밋치는 허리 옆 옷매무새가 흐트러진 것을 바로잡으며 말했다.

"미군 근처에 가면 안 된다고 했잖아. 잊은 거야, 유키? 듣고 있어?"

미키도 미군이잖아. 밋치가 하는 말은 모순이다. 밋치는 속옷을 안 입고 있는지도 모른다. 산들바람이 별안간 불어와 파라슈트드레스 옷자락이 흔들리자 나는 깜짝 놀랐다.

"일어나렴."

유키는 밋치가 손을 당겨서 일으켜 세워 주기를 바라고 있는 듯 했다. 유키는 간신히 일어섰다.

"이거 미군이 준 거야."

유키는 크레용상자를 밋치에게 내밀었다. 돌로 창문 아래 땅바닥에 낙서를 하던 게 아니었다.

"언제?"

밋치는 화가 치밀어 오른 듯 말했다.

"오늘 받았어."

"어디서?"

"학교에서."

"학교?"

밋치는 내 얼굴을 봤다.

"어째서 학교에서 미군의 선물을 학생들에게 나눠주는 거야. 이런 식이면 모두 미군을 따르게 돼 곤란해."

"그래 맞아."

나는 유키의 엉덩이를 털어 줬다. 거뭇하게 마른 몸이었지만 이미 부풀어 오른 육감이 있었다.

"모두 말이야. 있잖아. 나한테 허니의 여동생, 허니의 여동생이라고 말하고 있어. 모두 부러워하는 것 같아."

요즘 들어 유키의 말투가 갑자기 어른스러워졌다고 나는 느꼈다. 밋치는 유키의 얼굴을 바라봤다. 대답하기 곤란한 듯 했다.

"있지 있지. 어제 말이야. 학교에 허니들이 왔었어. 미군들과 함께. 정말 예뻤어."

"어른이 되면 선생님이 돼야 해. 공부를 많이 해서. 응? 유키."

밋치는 유키를 혼내려다 잊어버린 듯 했다. 유키는 고개를 저었다.

"아냐 난 허니가 될 거야. 어른이 되면 양복도 사 준다고 했어."

"무슨 소리야? 양복은 언니가 얼마든지 사 줄게. 응, 알았어? 선생님이 되야지. 착실히 공부해서."

유키는 한층 더 강하게 고개를 저었다.

"난 허니가 될래. 허니가 되면 스테이크도 먹을 수 있잖아."

나는 유키가 하는 말이 이런 세상에서는 확실한 것처럼 느껴졌다.

"스테이크? 어디서 그런 말을 배운 거야?"

"모두 알아. 미군은 조르면 사 준다고 하던데, 뭘."

마른 갈색 개가 우리를 보더니 주뼛주뼛 신경을 쓰면서 전신주나 판자벽에 코를 대 쿵쿵 냄새를 맡고 다녔다. 사람이나 개 등의 소변 냄새가 스며들어 있을 것이다.

"널 배고프게 만들었어? 그렇게 했어? 언니가 유키만 했을 때는 감자나 아무것도 들어 있지 않은 미소시루된장 국물만 매일 먹었어. 그때에 비하면 지금은 진수성찬이야. 그 이상 무엇을 바라는 거야?"

"언니."

유키가 말했다.

"나 흑인의 허니가 돼도 될까?"

나는 깜짝 놀랐다. 밋치는 눈을 크게 떴다.

"어디 한번 다시 말해 봐!"

유키는 깜짝 놀란 듯한 눈초리로 밋치를 올려다보더니 이윽고 고개를 숙였다. 아랫입술을 가볍게 깨물고 있다. 나는 말했다.

"유키는 미키 아저씨가 좋아?"

유키는 가만히 있었다.

"이상한 소리 하지 마."

밋치가 나를 봤다. 유키, 어른이 되면 뭐가 될래? 허니가 될 거야? 누구의? 미키 아저씨 같은 사람하고 사귀는 허니가 될 거야? 어째서? 그렇잖아 뭐든 사 주잖아. 나와 유키는 둘이서 있을 때면 트럼프 놀이에도 질려서 몇 번이고 이러한 이야기를 나눴다. 나는 개를 쳐다봤다. 개는 앞다리와 코로 넘쳐나는 쓰레기를 계속 뒤적이고 있었다. 방금 전 울상을 짓고 있던 흰 모자를 쓴 초등학생 둘이서 개에게 돌멩이를 던져 쫓아버리더니 쓰레기통 안을 들여다봤다.

"여기엔 아무것도 없어!"

밋치가 야단쳤다.

"어질러 놓으면 가만 안 둔다. 뒤질 거면 부대 쓰레기장에 가 봐."

아이들은 뒤돌아보면서 떨떠름하게 판자 벽 구석으로 걸어가 사라졌다. 여자아이도 따라갔다. 나는 화가 난 듯한 밋치를 본 적이 별로 없다. 유키가 얼마나 걱정되면 하고 나는 자신에게 타이르듯 말했다.

"이제 나가 놀렴."

밋치는 상반신을 구부리고 유키의 얼굴을 들여다봤다.

"밤이 되면 꼭 돌아와. 늦지 않게 와야 해."

유키는 고개를 끄덕였다. 크레용을 든 채로 아이들이 길모퉁이 쪽으로 걸어갔다. 기분이 무겁게 가라앉는 것 같았다.

"지금 바다에 가고 싶어."

유키의 뒷모습을 보면서 갑작스럽게 말했다.

"바다?"

"바다에 가면 후련하잖아."

"어째서?"

"어쨌든 여러모로 정말 좋은 기분이 든다니까."

나랑 가 볼래? 근처에 요미탄이나 이시카와에라도. 나는 몇 번이고 말해보려 했다. 하지만 목소리가 나오지 않고 목구멍 아래로 시들어 버렸다.

"나 말이지. 곧잘 꿈을 꿔. 더워서 그런가. 대부분은 바다를 건너는 꿈이야. 수영해서 가고 있어. 하지만 매번 실패야. 큰 파도가 오거나 지쳐서 도중에 그만 두거든. 대개는 바다에 가라앉아서 고통스러워. 그러다 눈이 떠진다니까."

밋치는 '섬'에 돌아가고 싶은 거야. 그런 억눌린 마음의 표출이다.

"섬에 어머니가 계셔?"

나는 말했다.

"해변에 나와 계실 거야. 분명히, 내일."

밋치는 약간 머리를 숙인 모양새다. 나는 밋치가 아직 꿈꾸는 소녀라고 느꼈다. 밋치는 나를 봤다.

"어머니는 내게 뭘 사 준 적이 한 번도 없어. 나한테 애써 주는 사람은 미키뿐이야…… 유키는 아무것도 몰라."

또 미키인가.

“미군은 부자니까.”

“……”

“어떤 여자에게나 뭐든 사 줄 뿐이야.”

나는 밋치를 보지 않았다.

“무슨 소리를 하는 거야? 미키는 정말 순수해.”

밋치는 나를 올려다봤다.

“그래도 어째서 깜둥이 따위랑.”

나는 순간 밋치를 봤다. 평소의 응어리를 지금이라면 말할 수 있다고 느꼈다.

“깜둥이 따위를 왜 상대하는 거야? 남자는 얼마든지 있잖어. 오키나와인, 일본인, 백인까지. 흑인은 호스티스를 바보 취급 하지 않아? 밋치는 정말 이상해졌어.”

단숨에 말했다.

“깜둥이 깜둥이라고 제발 그렇게 말하지 마. 오키나와 사람과 무슨 차이가 있다고 그래……. 그 사람들도 귀여운 구석이 있어. 응석받이들이야. 다만 남자들 앞에서만 거들먹거리고 싸움질을 하고 강한 척 행동할 뿐이야.”

“존이 더 좋지 않아? 백인이잖아. 어느 쪽을 선택해야 한다면 말이야.”

두꺼운 입술에서 커다랗고 조금 더러워진 흰 치아를 드러내고 타액을 모아서 침을 흘리고 있는 흑인의 얼굴이 바로 떠올랐다. 게다가 흑인은 거대한 자신의 것을 꺼내서 여자의 얼굴에 웃으면서 비빈다고 했다. 아마도 밋치의 얼굴에도 그것을 비벼댔을 것임이 틀림없다. 나는 몸이 떨렸다. 그 상대가 밋치가 아니라면……. 적어도…….

“미키는 말이지.”

밋치가 말했다.

“나와 잘 때면 나한테 달라붙어서 새근새근 자곤 해. 이상한 기분이야……. 나, 빨리 아이를 낳아 보고 싶어.”

밋치는 양손을 위로 뻗더니 발돋움을 했다. 내 팔, 목덜미와 등에서 땀이 배어

나왔다. 오래된 이런저런 판자를 아무렇게나 맞붙인 판자벽이나 함석 단층집 지붕의 시커먼 윤곽이 선명한 그림자를 땅바닥에 떨어뜨리고 있다. 모든 그림자는 정지돼 있다. 희고 거대한 적란운도 중천에서 흘러내려 땅 근처에서 굳어 있다. 새파란 상공은 멀고 깊다. 희고 노랗게 빛나는 태양을 직시할 수 없다. 밋치의 등이 둥근 모양으로 젖어 있다. 몇 줄기 땀이 흰색으로 부풀어 올라 안쪽에 스며들어 있다. 노출된 팔의 보송보송한 솜털이 명확히 보였다. 이제 화장품 향기는 풍기지 않았다. 미키의 체취가 일광 소독 된지도 모른다.

"큰일이야."

내가 말했다.

"뭐가?"

밋치는 나를 봤다.

"흑인 아이를 낳으면 큰일이잖아."

"어째서?"

"그렇잖아. 딱딱하고 오그라든 털을 가진 흑인 아이가 태어나잖아."

"보통 그렇다고 하던데."

"버림받을 거야. 병역이 끝나면 다들 본국으로 철수하잖아."

"만일 버림받는다고 해도 손해 볼 것은 없어. 여자를 버리는 남자는 어디에나 있어. 우치난추오키나와인도 그렇잖아. 아니야?"

밋치는 역시 내 마음을 전혀 모르고 있다. 나한테는 눈길조차 주지 않는다. 존에게 밋치의 집 위치를 가르쳐줘서 미키와 큰 싸움을 시켜 볼까 하는 마음도 문득 들었다. 그러면 밋치와 미키는 헤어질지도 모른다. 반드시 비겁한 수단은 아니다. 만약 미키가 나한테 조금이라도 반항한다면 지금 바로 밋치가 보는 앞에서 여지없이 혼내 줄 수도 있다.

"하지만 말이야, 준. 미키와 미국에 가서 결혼하는 건 아직 먼 훗날의 일이야. 유키코가 학교를 잘 다니고 좋은 직업을 얻고 결혼까지 한 후 쯤이니까."

"밋치도 나이를 많이 먹을 텐데."

나는 어쩐지 안심했다.

"그럴까? 아줌마가 돼 있을까? 주름과 기미도 생기고. 그렇게 되면 미키도 싫증이 날지도 모르겠네."

밋치는 웃었다. 희고 고르게 난 치아가 선명히 보였다. 발그스름하고 부드러운 입술에 입맞춤하고 싶다고 생각했다. 그녀의 입술을 흑인의 입술이 하룻밤 내내 끈적거리며 빨고 있다니. 나는 오싹해 하며 몸서리를 쳤다. 더 내리쬐라. 더 덥게. 게다가 입술만이 아니지 않나. 나는 고개를 흔들었다. 밋치는 집 쪽을 보고 있어서 눈치채지 못했다. 미키가 마음에 걸리는 모양이다. 나는 마마에게도 부아가 치밀었다. 마마가 밋치를 미키에게 '알선'한 장본인이다. 밋치는 좋아하지 않았다. 그 무렵 밋치는 매일 밤 울고 있었다. 야에야마에서 나온 직후였다. 나는 확실히 기억하고 있다. 외로움, 분함, 수치심 그리고 특히 괴로움으로 울고 있었다. 유키가 알아차릴까봐 이를 악물거나 손수건을 입안에 밀어 넣고 눈물을 참은 모양이다. 터져나오는 울음을 참지 못 하고 골목길로 나와 구석에 웅크리고 앉아 양손으로 얼굴을 감싸고 있던 모습을 60와트 외등 빛 사이로 볼 수 있었다. 나는 방의 전기를 끈 채로 그런 그녀의 모습을 봤다. 마사코 아주머니나 마마나 선배 호스티스들이 곧잘 밋치를 달래줬다.

"너무 더워. 이제 들어갈게."

밋치는 손바닥으로 태양을 가렸다. 태양에 얼굴이 까맣게 타라. 그러면 미키와 잘 어울리겠지. 나는 속이 꼬일대로 꼬였다. 하지만 고개를 끄덕였다.

"준, 유키코랑 재밌게 놀아줘. 부탁할게."

나는 다시 고개를 끄덕였다. 밋치는 빠른 걸음으로 돌아갔다. 미키는 아직 알몸인 채로 위를 보고 엎드려 누워 담배라도 피우고 있겠지.

낮 동안 유키오의 집에 가 보려고 나는 몇 번인가 작정했다. 하지만 실행할 수 없었다. 이십 분만 걸으면 갈 수 있는 거리지만 직사광선이 강렬했기 때문이다. 푸르고 투명한 공간에 충만한 열이 쨍쨍하게 지표에 흘러내리고 있었다. 이런 무더위라면 밀짚모자를 써도 머리가 어질어질하다. 떠올리는 것만으로도 발에 피로가 쌓였다. 게다가 유키오는 데모나 파업에 참가하러 가서 집에 없을 것이 분명하다. 나는 위를 보고 누운 채로 천장의 옹이구멍을 바라보고 있었다. 옹이구멍의 윤곽은 명확하지 않다. 하늘은 어스레하고 방에는 어둠이 괴어있었다. 유키오의 학점은 괜찮을까. 나는 어렴풋이 걱정했다. 유급이라도 할 작정인지……. 나는 졸업만은 확실히 할 작정이다. 그런데 무슨 일을 할까……. 어느 미국계 상업회사에라도 취업하게 되겠지 하고 막연히 떠올려봤다. 매해 영문과 졸업생의 취업률은 좋은 편이다. 하지만 아무도 모를 일이다. 아버지는 적어도 업소를 운영하는 동안은 나를 보살펴 줄 것이다. 아무튼 3년 이후의 이야기다. 여름방학도 삼분의 이가 지났다. 한 번 정도는 바다수영을 하고 싶다. 혼자서는 마음이 내키지 않는다. 적어도 중고등학교 때처럼 유키오가 함께라면……. 대학에서 학생운동을 하고 있는 유키오가 A사인바 2층에 찾아오기는 역시 힘들겠지. 그건 아무 일도 아닌데……. 뛰어 올라가는 누군가의 발소리가 들려오더니 문을 두드리기 시작했다.

"준, 있어? 준."

허스키 보이스다. 마사코 아주머니다. 나는 선 채로 문을 열었다.

"전기도 켜지 않고 뭐해."

마사코 아주머니는 아직 술에 취하지 않았다. 취하지 않은 마사코 아주머니는 얌전하다.

"왜 그러세요?"

나는 물었다.

"밋치가 싸우고 있어. 다카코와."

"어디서?"

"가게에서야."

"마마는 없어요?"

마사코 아주머니는 고개를 흔든다.

"아버지는?"

다시 고개를 흔든다. 나는 귀찮다고 말하며 혀를 찼다. 하지만 바로 가겠다고 말했다. 마사코 아주머니는 문을 열어젖힌 채 내려갔다. 나는 불을 켜고 낡은 셔츠를 입은 채 빗질을 했다. 어떻게 대처할지 잠시 고민했다. 맞붙어 싸우고 있는 두 사람 사이에 들어가서 있는 힘껏 떼어 놓으면 되겠지. 나는 불을 끄고 나갔다.

여자들은 맞붙어 싸우고 있지 않았다. 카운터 주위에 선 채로 무언가 언쟁을 하고 있을 뿐이었다. 마사코 아주머니가 옆에서 "그만 둬. 그만 둬" 하고 조심스럽게 말했다. 자리에 앉아 있는 미군 병사나 호스티스들은 드물었다. 그들은 술을 마시고 무언가 말을 하면서 흘끗흘끗 밋치와 그녀들 쪽을 쳐다봤다. 나는 왠지 모르게 뒷문 구석과 정원수 종려나무 화분이 있는 자리 근처에 몸을 숨겼다. 여자들은 내가 온 것을 눈치 채지 못했다. 나는 귀찮은 일이 벌어졌다고 생각했다. 우선 밋치의 싸움 상대인 다카코와는 한 번도 대화를 한 적이 없다. 아버지는 도대체 왜 저런 여자를 고용한 것일까. 머리카락은 오글쪼글한 파마였고 눈알은 뒤룩뒤룩하고 입술은 두꺼우며 색이 거무스름하고 둥근 얼굴은 굳어 보이는……. 저건 흑인이 아닌가, 아무리 두껍게 화장을 해도 변장이 통할 리 없다.

"쳇 조심해. 깜둥이 매독은 지독하다고 하잖아. 거기도 얼굴도 흐물흐물해져서 녹아내릴 테니까."

흑인 사이의 혼혈아로 보이는 여자가 아무렇지도 않게 깜둥이라는 말을 썼다.

"내 앞에서 깜둥이가 어떻다느니 냄새가 난다는 말은 하지 말아줄래."

밋치의 어투는 거칠었다.

"밋치, 너 말이야. 일 년 내내 저런 깜둥이한테 몸을 내준 거야? 그렇게 미사일이 좋은 거야? 아니면 이건가?"

다카코는 손가락 두 개로 동그라미를 만들어 보였다.

"뭐라고! 다시 한 번 말해 봐."

밋치는 지금이라도 맹렬하게 달려들 기세다.

“그래, 지독하다. 그렇게 말하다니.”

마사코 아주머니가 말참견을 했다. 다카코는 마사코 아주머니를 봤다.

“언니, 설마 밋치랑 저 깜둥이가 로맨틱한 연애로 묶여 있다고 보는 건 아니죠? 깜둥이가 술을 마시러 와서 호텔에 둘이 갔을 뿐이잖아. 밋치가 깜둥이의 미사일 맛을 보더니 잊지 못하는 거잖아.”

다카코는 흰 치아를 내보였다.

“깜둥이가 여기에 마시러 온다고? 그렇게 말 했어?”

밋치의 얼굴이 다카코의 옆얼굴로 다가갔다.

“너 말이야, 깜둥이는 악취가 나. 저쪽으로 가지 않을래?”

다카코는 손을 내젓고 코 근처에서 공기를 흩뜨리는 손짓을 했다.

“그럼 넌 뭔데?”

밋치가 말했다.

“넌 매독에 걸렸었잖아. 연고를 바르는 모습을 본 사람이 있어.”

“뭐라고! 그래, 조사해 봐. 자 어서 조사해 보시지.”

다카코는 푸른색 세로 줄무늬가 들어간 옷자락이 긴 핑크색 원피스를 걷어 올렸다. 조금 더 걷어 올리면 팬티가 보일 것이다.

“나중에 마스터에게 조사해 보라고 할 거야. 잊지 마.”

밋치가 흘낏 나를 본 듯한 기분이 들었다. 밖으로 나갈까 하고 고민했다. 역시 아직 아무도 눈치 채지 못했다. 몸을 조금 구부렸다.

“그래 잊지 마. 너도 잊지 말라고. 그래도 말이야.”

다카코는 스커트를 내리면서 다시 소리 없는 웃음을 지었다.

“피는 못 속인다니까. 네 엄마도 깜둥이 허니였다던데. 유키코도 언젠가 깜둥이를 찾을 거야. 얼마 지나지 않아서.”

“너 다시 한 번 말해 봐.”

밋치는 다카코의 멱살을 잡았다. 두 주먹이 단단해 보였다.

"지금 내가 틀린 말을 했다는 거야."

다카코는 밋치의 손을 뿌리쳤다.

"그만두지 못해?"

마사코 아주머니가 밋치의 팔을 눌렀다.

"그런 네 머리는?"

밋치의 어투는 변함없다.

"그거 파마야? 오글쪼글하잖아. 흑인하고 똑같아."

"난 틀림없는 우치난추라고! 내 애인도 틀림없는 우치난추야."

다카코의 얼굴이나 태도는 진력이 나지만 그 주장에는 동의할 수 있다. 둘이 엉겨 붙어 싸울 것 같지는 않았다. 달라붙어 싸우기 시작하면 바로 개입하려고 준비했다.

"어차피 놈팽이잖아. 돈만 뜯길 뿐이야. 사랑받고 있다는 느낌은 큰 착각이야. 너도 그런 남자를 버리고 백인이나 흑인을 붙잡는 게 어때? 너한테 흑인은 정말 잘 어울려."

밋치는 상당히 화가 치민 모양이다.

"난 너처럼 미사일에 제정신을 잃는 여자가 아니야."

밋치보다 네다섯 살 위인 여자는 좀처럼 도발에 넘어가지 않았다. 그녀는 계속 이죽거렸다.

"너처럼 미군에게 넋까지 팔진 않아. 나는 말이야, 마사하루가 미군 부대에서 작업을 하다 잘려서 어쩔 수 없이 이런 일을 하고 있을 뿐이야. 마사하루도 나한테 이런 일까지 시켜서 먹고살고 싶지는 않다고 언제나 말하고 있어."

"난 미군 돈을 벌고 있어. 우치난추가 우치난추에게서 돈을 벌면 뭐가 되는데?"

"글쎄. 정말 그럴까."

다카코가 비웃었다.

"그건 마스터가 언제나 하는 말이잖아? 네 본심이 아니야. 그렇잖아. 넌 우치난추와는 어울리지도 못 할 거야."

"그게 무슨 소리야, 응? 무슨 소리야. 너야말로 그 남자한테 사랑을 받는다고 생각하다니 웃기지도 않아. 남자는 모두 길고 올곧게 뻗은 머리카락을 한 여자를 좋아해. 윤기가 있고 부드러운 검은 머리카락 말이야."

나는 이제 슬슬 밋치도 싫어졌다. 여느 바에 있는 호스티스와 크게 다르지 않다. 나는 그녀를 지나치게 과대평가하고 있었는지도 모른다. 말싸움을 해라, 둘 다 상처를 입어라. 나는 말리지 않겠다. 번뜩 그런 생각이 떠올랐다. 존에게 알려 주고 말겠다.

"억지 부리지 마. 그럼, 네 젖통은 그게 뭐야? 어린아이 같아. 깜둥이나 허니로 삼아 주는 거야. 제 정신이라면 아무도 상대를 안 해주니까."

다카코는 엷은 웃음을 지었다. 나는 그것은 틀렸다고 생각했다. 적어도 백인 병사 존도 밋치를 좋아한다.

"그러면 튀어나온 치아는 뭐야? 암흑 그 자체잖아. 치아만 보일 뿐이야."

"뭐라고!"

다카코는 밋치의 양쪽 귀를 거칠게 움켜쥐었다. 밋치는 고개를 저었다. 다카코가 바닥에 무언가를 내던졌다. 팅 하는 소리가 났다. 귀걸이인 듯 했다.

"뭐 하는 거야? 어서 주워. 주워. 용서하지 않겠어."

밋치는 그 답례로 다카코의 목걸이를 잡아당겼다. 다카코는 밋치의 손을 누르고 손을 떼어 놓으려고 밀치락달치락했다. 그러는 사이에 밋치는 목걸이를 포기하고 다카코의 가슴을 양손으로 눌렀다. 다카코는 카운터의 높은 의자에 부딪쳐 엉덩방아를 찧었다. 마사코 아주머니가 다카코를 뒤에서부터 안아 일으키면서 "뭐하는 짓들이야. 이제 그만해. 어린애도 아니고." 하고 말하며 밋치를 봤다. 다카코가 마사코 아주머니를 바라보며 말했다.

"저 년은 담배 한 갑에도 깜둥이에게 다리를 벌릴 거야. 우리는 도저히 할 수 없는 짓이야. 그렇잖아, 마사코 언니."

나는 여자들에게 가까이 다가갔다. 밋치는 나를 보고도 그만두지 않았다.

"거짓말 하지 마! 그러는 건 너잖아. 모두 알고 있어."

"뭐라고? 언제 내가 누구랑 잤다는 거야? 말해 봐. 어서, 말해 봐."

"그래, 내가 봤어. 어쩔래?"

밋치는 다카코의 가슴을 잡았다. 다카코가 그녀의 손을 뿌리쳤다.

"너한테서는 고약한 냄새가 나. 지독한 깜둥이 냄새가 난다고. 저리 가버려. 깜둥이 땀은 아무리 닦아내도 안 떨어져. 네 모공부터 온 몸 여기저기에 스며들어 있어. 아주 깊숙이."

밋치가 카운터의 컵을 들었다. 얼마 안 있어 안에 들어 있던 액체를 다카코 얼굴에 끼얹었다.

"그만 두지 못해?"

나는 둘 사이에 손을 넣었지만 그녀들의 가슴에 닿아서 바로 손을 움츠렸다.

"뭐 하는 거야!"

다카코는 카운터의 맥주병을 손으로 쳤다. 맥주병이 바닥에 떨어져 깨졌다.

"앗, 위험해. 발 조심해."

마사코 아주머니가 큰 소리로 외쳤다. 그녀는 엉거주춤한 자세로 파편을 피하면서 내 가슴을 손으로 찔렀다.

"쇼지 군은 오늘도 쉬는 날이라 없어. 남자는 너 혼자라고. 둘을 좀 갈라놔."

미군 부대에 고용된 쇼지 군은 4, 5일 전부터 철야 단체 교섭과 파업에 참가하고 있는 모양이다. 나는 밋치와 다카코 사이를 떼어 놓으려고 사이에 들어갔다.

"그만둬."

"준, 이 여자한테 더 가까이 가지 마."

다카코에게 준이라고 불리다니 낯간지럽다.

"어째서?"

"이 여자는 깜둥이랑 살잖아. 오키나와 남자 따위는 바보 취급하고 있어. 거기 크기부터 달라."

다카코가 다시 엷은 웃음을 지었다. 나는 조롱받는 듯한 기분이 들었다.

"아무튼 이제 그만해. 손님도 안 들어오잖아."

나를 밀어내려고 하는 힘은 밋치 쪽이 더 강했다. 다카코는 도발할 뿐 손으로 밀쳐내지는 않았다. 누구의 것인지 모르지만 진한 향수 냄새가 코를 찔렀다.

"거짓말이야, 준. 이 여자는 병에 걸렸어."

밋치는 다카코의 팔을 붙잡은 채 나를 쳐다봤다.

"미군에게 옮기면 A사인바가 취소될걸. 너희 아버지는 큰일을 치를 거야. 우리야 다른 곳에서 벌어먹고 살면 되지만."

"정말이야?"

나는 자못 놀란 것처럼 다카코를 봤다.

"엉터리야, 엉터리를 믿는 거야? 내가 아까부터 몇 번을 말해야 알아들어."

다카코는 내 팔에 젖가슴을 밀착시켰다. 내가 몸을 움츠리자 내 팔 너머로 밋치의 가슴을 떠밀었다. 밋치는 조금 비틀거리다 내 낡은 셔츠의 끝단을 잡았다.

"어떤 놈팽이도 말이야. 깜둥이나 미국인보다 오키나와 사람을 좋아하잖아. 안 그래 준?"

엉겁결에 끄덕일 뻔했다. 밋치가 내 얼굴을 보고 있다.

"아무튼 자리에 앉아."

"왜 계속 깜둥이라고 지껄이는 거야? 깜둥이 같은 머리를 하고 있으면서."

밋치가 팔을 뻗어서 다카코의 머리카락을 움켜쥐려 했지만 두피에 오그라든 머리카락이 득실해서 마음대로 되지 않았다. 하지만 몇 번이고 시도했다. 다카코는 파리를 쫓아버리려 하듯이 그 때마다 머리를 흔들었다.

"네 머리카락은 편리하네. 아무리 잡으려 해도 잡히지 않아. 나처럼 곧고 길게 뻗은 머리는 아주 불편해. 어떻게 하면 너처럼 쪼글쪼글할 수 있어? 가르쳐 줄래?"

"어디 한번 붙어보자 이거야?"

다카코는 억지스럽게 굵은 목소리를 냈다. 머리카락을 서로 뜯게 되면 밋치가 진다. 완력다짐을 해도 살이 찌고 단단해 보이는 다카코가 훨씬 세 보였다. 다카코는 밋치의 팔 부근을 움켜쥐었다.

"그만둬, 그만두지 못 해."

나는 손을 떼어 놓으려 했지만 보통 힘이 드는 게 아니다. 미군들이 싸움은 안 된다고 영어로 말했다. 자리에 앉아 있던 GI커트를 한 마른 장신의 사내가 옆에 서 있다.

"그래, 그만둬. 둘 다."

그 미군 병사의 알로하셔츠 옷자락을 쥐면서 미사가 말했다.

"입 다물고 있지 못해?"

밋치가 일본어로 말했다.

"그래, 그럼. 입 다물고 있을게."

미사는 GI컷을 한 미군의 손을 이끌고 화장실로 함께 들어갔다. 나는 여자들 싸움이야말로 무시무시하다고 문득 생각했다. 가슴팍이 벌어지고 스커트가 말려 올 라가고……. 흰 젖가슴과 넓적다리가 노출됐다.

"그만들 뒤. 곧 마마가 올 거야."

마사코 아주머니가 말했다.

"마사코 아주머니, 손님이에요."

다카코는 아래턱으로 문 쪽을 가리켰다. 미군 병사 세 명이 문을 열고 들어왔 다. 마사코 아주머니는 헬로 하며 웃음을 지으면서 그들에게 접근했다.

"다카코 씨도 밋치도 앉아."

나는 그렇게 말하고 턱을 치켜 올렸다.

"언젠가 꼭 결말을 짓자고, 꼭이야."

다카코는 엷은 웃음을 지으면서 밋치를 봤다. 나는 밋치의 어깨를 가볍게 안았 다. 다카코는 주크박스에 동전을 넣었다. 시끄러운 멍키댄스^{1960년대에 유행했던 댄스 장르의 하}

나. 손을 상하로 움직여 추는 것이 원숭이를 흉내 내 굉장히 유머러스한 춤이다 노래가 나왔다. 다카코는 바닥 중앙에서 몸을 비비꼬며 춤을 췄다. 미군 병사는 손으로 박자를 맞췄다. 하지만 얌전한 편이다. 아직 알콜이 충분히 들어가지 않은 모양이다. 밋치는 카운터 의자에 앉았다. 엉덩이를 흔드는 춤은 밋치도 미키도 능수능란했다. 음악이 흐르면 언제 어디서나 바로 춤을 추었다. 다카코가 격렬하게 몸을 흔들었다. 입술을 꽉 깨물고 있는 듯 했다. 얼마 안 있어 다카코는 춤을 멈추더니 화장실 근처의 파우더룸으로 들어갔다. 잠시 후 그녀는 가방을 들고 바로 나오더니 미군 병사 세 명과 앉아있던 마사코 아주머니에게 "오늘 밤은 술 마실 기분이 아니라 들어갈게." 하고 말했다. 그러더니 내 쪽을 쳐다보지도 않고 문을 열고 나가 버렸다.

나는 밋치 옆에 앉았다. 정면에 있는 위스키 선반 위에는 백인 여자의 누드 포스터 전시판이 있다. 소란스러운 소리는 그쳤다.

"화장이 잘 안 먹어……. 정말 질색이야."

밋치는 혼잣말인 듯 중얼거렸다. 손에 들고 있던 맥주잔에 주홍색 립스틱 자국이 남아 있다.

"밋치는 화장을 덕지덕지 안 해도 충분히 괜찮아."

"진하게 바르지 않으면 화장이 잘 안 먹어."

"과음해서 그런 거 아니야? 조금 쉬면 어때. 낮에도 양재학원에 다니잖아."

"……."

밋치는 잔을 조금 흔들었다. 안에 있는 액체가 흔들리며 빛났다.

"왜 싸운 거야? 사이가 나쁘지 않았잖아."

밋치는 고르게 난 흰 치아를 내보이며 장난스럽게 웃었다.

"나 말이야. 미인이잖아. 모두 질투하는 거야."

그러더니 그녀는 내 얼굴을 들여다봤다.

"그런데 준도 그렇게 생각해?"

나는 시치미를 떼며 "뭐가?" 하고 물었다.

“내가 미인이냐고?”

명확하게 악센트를 주고 말했다. 나는 고개를 끄덕였다.

“흐음, 그렇게 진지하게 말하기야?”

밋치는 내 아래턱을 가볍게 문질렀다.

“남자들은 정말 확실히 말한다니까.”

나는 밋치의 기분이 나아졌다고 느꼈다.

“나 여자랑은 잘 안 맞나 봐. 모두 나를 눈엣가시처럼 여길 뿐이야. 내 편은 마마뿐이야…….”

묘하게 차분한 말투다. 방금 전까지 그렇게 흥분해 있었는데 믿을 수 없을 정도다.

“마마는 내가 있으면 돈벌이가 괜찮은 거야. 하지만 마음속으로는 조금 질투하고 있을지도 몰라. 마마는 예쁘지만 이제 나이가 많잖아……. 하지만 이거 비밀이야.”

“다카코는 그게 섞여 있지 않을까?”

“이제 그 여자 이야기는 하지 마.”

그녀는 잔을 응시한 채로 강한 말투로 내뱉었다.

“아버지는 뭐하고 계실까?”

“…….”

“레스토랑에 있을까?”

“…….”

“그건 그렇고, 마마가 늦네. 이상해.”

나는 때때로 입구 문을 바라봤다. 마사코 아주머니가 다가왔다. 나와 밋치의 얼굴 사이에 얼굴을 들이밀었다.

“밋치 네 자리로 돌아가. 잭 일행이 아까부터 기다리고 있어.”

밋치는 아무 말도 없이 잔에 있는 액체를 마셨다.

“다카코 말이야. 저 여자는 술 취하면 아무데서나 오줌을 싼다니까. 스커트를 걷어 올리고 아주 동그란 엉덩이를 내밀고는 아무렇게나…… 밋치도 알고 있지, 응?”

밋치는 반응이 없다.

"정말로요?"

나는 물었다.

"정말이야. 쏴쏴 하는 소리가 나. 오래도록 쭈그려서 하니까."

"봤어요? 마사코 아주머니가?"

마사코 아주머니의 표현은 묘하게 생생했다. 나는 조금 더 자세히 듣고 싶었다.

"몇 번이나 그랬어. 네 방 바로 아래에서도 그랬어, 준."

"그만해요…… 금방 갈게요. 가 있어요, 마사코 언니."

"얼른 와야 해."

마사코 아주머니는 자리로 돌아갔다.

"마사코 아주머니가 취하면 아무도 못 말려. 이제 곧 또 그럴 걸. 전에 봤잖아."

나는 고개를 끄덕였다.

"밋치, 엄마는 살아계셔?"

느닷없이 질문이 입 밖으로 나왔다. 어머니 이야기가 나오면 밋치가 술술 신세 타령을 한다는 사실을 잘 알고 있다.

"살아 계셔……. 엄마는 젊을 때 남자한테 버림받았어. 그래서 내가 태어난 거고."

그녀는 잔을 양손으로 어루만지면서 말했다.

"그 남자가 훌륭한 뱃사람이었다고 엄마는 말하지만 다 거짓말이야…… 그래도 미군이나 흑인은 아니었어."

"유키는?"

"그 다음에는 제대로 결혼해서 입적도 했는데 유키코가 태어난 거야. 얼마 안 있어 그 남자도 갑자기 사라졌다나."

나는 더 이상 말을 하지 않았다. 하지만 이미 마마한테 들어서 전부 알고 있는 이야기다.

"나랑 유키 둘 다 눈이 크고 검잖아. 비밀이 있어."

밋치는 다시 장난스럽게 내 얼굴을 들여다봤다.

"우리가 갓난아기였을 때 엄마가 이런저런 일용직을 많이 했어. 그동안에 우리를 기둥에 끈으로 묶어 놨다더라. 큰 소리로 울었다나봐. 그래서 이렇게 아름다운 눈이 된 거야."

밋치는 눈을 시원스럽게 뜨며 익살을 떨었다.

밋치, 컴 온.

미군 병사가 불렀다.

"밋치, 얼른 와. 가만 안 둬." 혀가 조금 꼬인 마사코 아주머니의 목소리가 이어졌다.

"밋치의 어머니는 뭐 하고 계셔?"

나는 물었다. 밋치는 일어섰다.

"건강하셔. 자 이제 일하자. 일할 시간."

빠직하는 소리가 났다. 밋치의 흰 하이힐이 유리 파편을 밟은 소리다.

"미안하지만 준, 이것 좀 치워 줄래?"

나는 끄덕였다. 밋치가 자리에 앉자 마사코 아주머니와 미군 병사들은 갑자기 소란스러워졌다. 나는 냉장고를 열었다. 차가운 코카콜라를 단숨에 마셨다. 화장실에서 서둘러 빗자루와 쓰레받기를 꺼내 들었다.

나는 엎드려 누워서 천장을 가만히 보고 있다. 윙윙거리며 귀에 거슬리는 소리가 났다. 모기가 어둠 속을 계속 날아다녔다. 뺨이나 목, 팔의 피를 빨아먹게 해서 방심하게 만든 후 있는 힘껏 때려 으깨버렸다. 세 마리를 으깼다. 이 모기는 좀처럼 피를 빨지 않았다. 사각 유리창이 흰빛을 띠고 불빛 속에 떠올라 있다. 희미하게 점멸하는 네온의 붉은색이 보였다. 몇 시인 걸까? 4시가 지나자 식당 킹에서 B런치를 먹었다. 바로 방으로 돌아와 선풍기에 머리를 대고 있다가 잠들어 버렸다. 선풍기는 멈춰 있다. 자동 타이머를 두 시간에 맞춰뒀기 때문이다. 아버지가 미군 장교를 구워

삶아 사온 것이다. 등이나 목에서 나는 땀은 다타미의 먼지를 빨아들여 반팔 러닝셔츠에 들러붙어 있다. 모기가 발끝을 물었다. 나는 천천히 상반신을 일으키며 손으로 바로 때렸다. 탁 하고 통쾌한 소리가 났다. 손에도 발끝에도 모기가 죽은 감촉은 없다. 나는 목을 흔들면서 불을 켰다. 눈과 이마가 무겁고 아팠다. 창문을 열었다. 썰렁한 바람이 얼굴에 닿아 눈이 뻑뻑했다. 책상 위 자명종을 봤다. 8시 10분이다. 나는 창 근처에 앉았다. 머리를 긁은 후 발돋움과 하품을 이어서 했다. 매일 보던 갈색 들개가 쓰레기통 냄새를 맡으면서 휘젓고 있었다. 언제까지고 살이 찌지 않는 궁상맞은 개라고 나는 어렴풋이 생각했다. 대낮에는 어딘가 그늘에 엎드려 누워서 긴 혓바닥을 내밀고 헐떡대며 숨을 쉬고 있겠지. 고양이가 분주하게 뛰어내려 왔다. 함석지붕이 한낮 태양의 열기를 간직해서 식지 않았던 것일까. 유리에 검은 나방이나 검은 벌레가 부딪치고 들러붙어 꿈틀거렸다. 뒷골목에는 네온이나 외등이 거의 없었다. 별자리가 선명하게 보였다. 별빛이 비쳐서 함석이나 시멘트 기와지붕을 셀 수 있다. 왠지 밋치와 이야기 나누고 싶은 밤이다. 밋치는 가게에서 야단법석을 떨고 있겠지.

도랑을 따라 난 길을 걸어오는 세 명을 보고 처음에는 부모 자식 사이라고 생각했다. 길이 좁아져서 일렬로 걷고 있다. 선두가 형, 중앙이 여동생, 끝이 아버지. 아버지는 미국인이다. 얼마 안 있어 윤곽이 확실해졌다. 나는 일어서서 전기를 껐다. 두 번 정도 술주정꾼이 술병과 돌을 던져서 창문을 깨뜨린 적이 있다. 주정꾼은 벌레나 야생동물과 닮아서 밝은 곳에 민감한 것 같다. 하지만 이 셋은 술이 취한 기색이 조금도 없다. 내 떨떠름한 예감은 적중했다. 이 셋은 유키와 마사오, 그리고 미국인 존이었다. 나는 가슴이 두근거렸다. 삐끼가 마사오고 콜걸이 유키, 존이 손님이다. 갑자기 이상한 생각이 들었다. 존은 밋치에게 차인 것일까. 그래서 유키로 바꾼 것일까. 설마, 유키는 초등학생이다. 나는 계단을 내려갔다. 발걸음이 자연스레 빨라졌다. 침착하자고 자신을 타이르듯 말했다. 마사오가 밋치의 집 문을 열려는 중이었다. 나는 엉겁결에 종종걸음으로 달려서 등을 세우고 섰다. 나를 본 마사오에게 말했다.

"너 무슨 짓을 하려는 거야!"

마사오가 말대답을 할 것 같아 나는 방어 태세를 취했다. 나는 몇 번이고 망설이다 나흘 전에 밋치의 집 위치가 그려진 지도를 영어로 썼다. 나는 마사오에게 그 종이 쪼가리를 존에게 건네주라고 50센트와 함께 줬다. 하지만 마사오는 내 기세에 주춤해 유키와 나를 두리번두리번 번갈아 볼 뿐이었다. 그러더니 갑자기 유키에게 열쇠를 건네주고 도망쳤다. 꽤 빠르다. 쏜살같다.

"유키, 왜 그래? 이 미군은 누구야?"

이번에는 표준어로 물었다. 유키는 고개를 숙인 채 아무런 말도 하지 않았다. 하지만 눈을 위로 떠서 내 모습을 살피고 있음을 나는 놓치지 않았다.

"왜 그래? 뭘 할 작정이야?"

엉겁결에 말투가 세졌다.

"마사오가 저 사람에게 말을 걸었어."

유키는 볼을 부풀렸다.

"어째서?"

"……."

"왜 말을 걸었는데? 마사오가?"

"그게…… 이 미군은 언제나 같은 곳에 서 있잖아…… 누군가를 기다리고 있는 것처럼."

"그래서 말을 걸었다는 거야? 하지만 너희들이 나서서 말을 걸 것까지는 없잖아."

내 옆얼굴을 물끄러미 바라보고 있는 존의 눈빛이 신경 쓰였다. 그의 커다란 눈에서 번쩍거리는 적의를 느꼈기 때문이다. 침착하자, 침착해야지 하고 나는 자신에게 타이르듯 말했다.

"어쩔 셈이었어? 이런 미군 따위를 데려와서."

나는 존이 일본어를 알아듣지 않을지 신경이 쓰였다.

"난 더 이상 어린아이가 아니야."

유키의 목소리에는 힘이 들어가 있다. 나는 뜨끔하고 놀랐다.

"상관하지 마! 난 허니가 될 거야."

크레용을 갖고 길가나 집안에서 놀던 유키와는 마치 다른 사람 같았다. 유키가 삼 주 전까지 종이봉투에 크레용으로 그림을 그리던 모습을 기억하고 있다. 하지만 유키는 그 무렵에도 잘 놀다가 갑자기 어리둥절해 하거나 무언가를 지그시 응시하는 등 조금 이상한 모습이었다.

"아직 너무 이르잖아."

나는 말했다.

"언니한테 혼날 거야."

나는 자신이 무슨 말을 하고 있는지 잘 모른 채 말했다. 마사오의 탓이다. 어느 날 미키와 밋치가 데이트를 하러 나간 후, 나는 평소처럼 유키와 놀아 주려고 했었다. 그때 마사오가 창문 너머로 훔쳐보고 있었다. 마사오는 내 기척을 눈치 채더니 바로 어딘가로 가 버렸다. 그 모습을 본 유키가 갑자기 싱숭생숭해져서 내가 해 주는 이야기에도 관심을 잃었다. 결국 유키는 밋치의 립스틱과 분을 칠하고 밖으로 나갔다. 나는 그 무렵 유키, 화장도 하니? 하고 웃으면서 말했을 뿐이다. 그때 단단히 주의를 줬어야 했다고 이제 와서 후회했다.

판자 벽 뒤에서 마사오가 나오더니 유키와 손을 잡고 길모퉁이를 돌아서 가는 모습을 나는 커튼 사이로 다 봤다. 도화지에는 몸치장을 한껏 한 여자가 눈을 크게 뜬 채로 방 한가운데서 고개를 젖히고 위를 보고 있는 모습이 그려져 있었다. 그 그림이 아직 기억에 남아 있다. 나는 유키의 얼굴을 물끄러미 바라봤다. 어쩐지 분을 얼굴에 바른 것 같다. 이 일대의 여자아이들은 아무렇지도 않게 미군 병사와 키스를 하거나 그들에게 가슴을 만지게 해주고 달러를 달라고 조른다는 소문이 돌고 있다. 나는 유키는 그렇지 않다고 부정해 왔다. 밋치는 유키에게 용돈을 매일 충분하게 주고 있으니까. 호스티스인 히데 아주머니가 했던 말이 떠올랐다. 준, 어제 학교 사친회PTA, Parent-Teacher Association은 각 학교의 보호자와 교직원 모임에 불려갔었어. 우리 시게코가 학교에서 돌아오는 길에 미군 구두를 닦아서 달러를 벌고 있다고 하지 뭐야. 안경 쓴 선생이 그렇게 말하더라니까. 우리 시게코가 말이야. 쬐끄만한 게 미군에게 돈을 받고 키스를 하게 해준다고 했어. 흥, 뭘 안다고 함부로 말하는 거야. 결혼도 안 한 주제에. 선생한테 지독하게 혼났어. 그 여자가 날 혼낼 자격은 없잖아. 그치? 그렇잖아. 준, 너는 어떻게 생각해? 내가 나빠? 나쁘지 않지. 나 혼자 아이를 여섯이나 키우고 있어……. 히데 아주머니는 취한 것일까. 술이 깬 것일까. 잘 알 수 없다. 술집은 문을 닫은 후였다. 히데 아주머니는 하룻밤 내내 수다를 떨 기세였다. 마마가 달래서 집으로 보냈다.

"오라버니 이제 가줄래."

유키가 말했다. 어른스러운 말투다. 서늘해진 눈초리를 희미한 불빛 아래서도 잘 알 수 있다. 나는 존을 흘끗 봤다. 키 큰 미군 병사는 유키와 정말로 그걸 하려는 것일까. 믿기지 않는다. 존은 부대에서 술을 마시고 온 듯 했다. 얼굴이 지나치게 벌겋다. 그렇게 느껴서인지 알코올 냄새도 지독하다. 내가 말도 안 되는 착각을 하고 있는 것이면 좋겠다. 존의 파란색 눈은 결코 작지 않지만 깊숙이 틀어박혀서 심약해 보였었다. 지금은 어떤 눈을 하고 있을까. 나는 존의 눈을 응시하려 했지만 그럴 수 없다. 몹시 탐하는 눈인가. 수욕獸慾에 불타는 눈인가. 지금 존에게 어떤 말을 하면 좋을지 당황스러웠다. 겟아웃 하고 말하고 싶어서 허둥댔다. 하지만 역시 말하지 못했다. 유키는 존의 팔을 양손으로 무거운 듯이 잡아당겼다. 유키의 눈은 나를 보고 있다. 둘이서 방으로 들어갔다. 문이 닫혔다. 열쇠를 잠그는 소리가 났다. 나는 문을 밀어 봤다. 열리지 않았다. 밋치에게 알려줘야만 한다. 자연히 발걸음이 빨라졌다. 발에 차여 빈 병이 쓰러져 구르다 멈췄다. 어떤 병이었는지 나는 확인하지 않았다. 내일이면 어차피 사라지고 없다. 아이들이 병 장수에게 가져다 팔기 때문이다. 크게 틀어 놓은 재즈 소리에 귀가 먹먹했다. 천장에서 둥근 라이트가 돌고 그에 따라서 적, 청, 녹, 황색 불빛이 미군 병사와 호스티스 그리고 소파와 테이블, 정원수, 종려나무, 바닥, 카운터, 위스키 선반 등을 비췄다. 옷자락이 길고 붉은 원피스를 입은 밋치는 백인 병사 두 명 사이에 끼인 채로 앉아 있다. 한순간 주저했다. 어떻게 알리면 좋을까? 카운터에 있는 마마는 알로하셔츠 모습으로 뚱뚱보 대머리 미군 병사를 접대하고 있다. 보이인 쇼지 군은 잔을 닦고 있다. 파업이 끝난 모양이다. 세 쌍의 남녀가 몸을 흔들면서 춤을 추고 있다. 나는 살짝 밋치의 등 뒤로 다가가서 어깨를 두드렸다. 밋치는 미소 짓던 얼굴을 비틀어 나를 올려다봤다. 양측에 있던 두 명의 미군 병사도 나를 힐끗 봤다.

"유키가 미군에게 붙잡혔어. 빨리 와. 뒷문으로."

나는 빠른 어조로 말했다. 밋치의 웃는 얼굴이 순식간에 사라지고 경직됐다. 나는 뒷문을 나와 밋치를 기다렸다. 도랑의 괴인 물이 어렴풋이 빛을 담은 채 정지돼 있었다. 도랑을 따라 잡초 사이로 두세 마리 반딧불이가 희미한 빛을 발하고 있다. 밋치는 바로 나왔다.

"뭐가 어찌 됐다는 거야?"

"유키가 미군을 방 안으로 데리고 들어갔어."

나는 단도직입적으로 말했다. 존의 이름은 일부러 말하지 않았다. 나는 존과 밋치를 대면시켜서 존에게 밋치의 집을 무심한 듯 가르쳐 주려 했다. 밋치는 눈을 크게 떴다. 하지만 바로 빠른 걸음으로 걷기 시작했다.

"내 방이지?"

걸으면서 밋치가 물었다. 그녀는 나를 바라보지도 않는다. 나는 "응." 하고 고개를 끄덕이고 밋치보다 한 발 뒤떨어져서 같은 보폭으로 걸어서 멀어지지 않았다. 밋치는 문 손잡이를 돌렸다. 열쇠는 아직도 잠긴 그대로다. 밋치가 몇 번이고 난폭하게 손잡이를 돌리고 잡아당긴다. 문은 덜커덕하는 소리를 내지만 열릴 기색은 없다. 밋치는 주먹으로 문을 두드리기 시작했다.

"유키 문 열어. 언니야."

큰 소리로 불렀다. 다시 강하게 문을 두드리고 소리를 질렀다. 가만히 안의 기척을 살폈다.

"유키 열라니까. 거기에 누구랑 있는지 다 알아. 아무것도 안 할 테니 어서 열어."

이웃 사람들이 모여들지도 모른다. 간이문은 소리가 커서 지붕까지 흔들렸다. 하지만 큰길가의 네온사인 거리에서는 아무 소리도 들리지 않을 것이다. 다만 소변을 보러 골목길로 들어오는 미군 병사나 호스티스는 눈치 챌 수도 있다. 딱히 내가 수치를 맛보는 것은 아니라고 다시 느꼈다.

"내 목소리 들리지? 들리는 거 다 알아. 유키야. 언니 말 잘 잘 듣는 착한 아이였잖아. 무슨 일이야? 불만이라도 있는 거야? 언니가 다 들어줄 테니까 어서 문 열어."

밋치는 더욱 격렬하게 문을 두드렸다. 손이 아플 정도로 두드렸다. 나 따위는 안중에도 없는 듯한 태도다. 유키와 존은 정말로 벌거벗은 채 안고 있는 것일까? 문과 침실 사이는 5미터밖에 떨어져 있지 않다. 문 하나를 사이에 두고 언니가 아우성을 치고 있는데 섹스에 몰두할 수 있을까?

"유키 들리지? 벌써부터 남자랑 사귀면 안 돼. 지금은 공부를 해야 해. 공부하지 않으면 좋은 신부가 될 수 없어. 응? 유키."

무언가 엉뚱하다. 나는 갑자기 유쾌해졌다. 토요일 밤 미키와 밋치의 섹스는 일상이다. 유키가 밤늦게까지 자지 않고 판자 한 장 너머에서 벌어지는 일을 몰랐을까? 둘이서 뱀처럼 뒤얽혀 있는 모습에 가만히 귀를 기울이고 옹이구멍에 눈을 밀착시킨 채로 그 일부나 전부를 보지 않았다고 장담할 수 있을까. 밋치는 그것조차 눈치 채지 못하고 있었던 모양이다. 밋치의 침실과 유키의 방 사이에 있는 칸막이 판자도 내가 미키를 닦달해서 설치하게 했다. 미키가 베니어합판을 부대에서 가져와 나와 함께 못을 박았다. 아직 그로부터 6주도 지나지 않았다. 도대체 그전에는 어떻게 하고 있었던 것일까. 그건 그렇고 미키는 목수일이 능숙하다. 나는 열등감을 느꼈지만 밋치가 차가운 단팥죽을 만드는데 열중하고 있었기 때문에 마음은 편했다. 간식을 먹기 전에 칸막이를 다 만들었다. 넷이서 간식 단팥죽을 먹었다. 밋치와 미키는 쾌활해 보였다. 나는 밤일을 생각하고 있는 것이라고 느꼈다. 흑설탕으로 만든 단팥죽 맛은 좋았다. 나는 미키보다 더 많이 먹었다. 간식을 먹은 후, 나는 산수를 가르쳤지만 유키는 건성으로 들을 뿐이었다.

"책상이 필요하지 않아?"

나는 미키 보고 들으라는 듯이 말했다. 하지만 미키가 일본어를 모른다는 사실을 떠올린 후 내가 뭐 하는 거지? 하고 생각했다. 이런 미군은 할 수 있는 한 이용해야 한다. 유키의 책상은 소면 상자 두 개에 평평한 판자를 올려 만들어서 조악했다. 책꽂이도 없다. 책꽂이를 만들어 주려고 작정했지만 아직 실행에 옮기지는 못했다.

"유키, 너 어리석은 짓을 하고 있구나. 마사오지. 모두 마사오가 부추긴 거야."

문을 두드리는 횟수와 강도 모두 떨어지고 있다.

"유키야, 언니가 혼내지 않을게, 어서 열어. 마사오 일도 없던 일로 해줄게. 응? 그러면 됐지?"

잠시 안의 상황을 살폈다. 나도 귀를 기울였다. 쥐 죽은 듯이 고요하다. 갑자기 밋치는 문을 격렬하게 두드렸다.

"유키코! 너 어서 나오지 못해! 네 마음대로 해. 이제 언니도 모르니까!"

밋치는 문을 양손으로 민 채 고개를 숙이고 있다. 앞머리가 얼굴에 드리워졌다. 초라해진 중년 여자 같은 느낌이 들었다. 그녀가 울고 있는 것 같았지만 얼굴을 들여다보지는 않았다. 앗, 그렇지 하고 나는 떠올렸다. 나는 창문 쪽으로 돌아갔다. 아무것도 하지 않은 채 밋치의 등 뒤에 서 있는 것은 어색했다. 창을 통해 들어갈 수 있을지도 모른다. 밋치는 내게 감사해야 할 것이다. 하지만 창문이 닫혀 있고 안쪽의 커튼도 내려져 있었다. 창문을 밀어서 당겨 봤지만 움직이지 않았다. 자물쇠가 걸려 있다. 방안 알전구에서 나오는 따듯하고 둥근 빛을 어렴풋이 보였다. 밋치를 봤다. 문손잡이를 가볍게 쥔 채로 고개를 숙이고 있다. 존은 밋치에게 잡힐 것이다. 밋치는 미키에게 호소하겠지. 그러면 미키는 분노해서 존과 큰 싸움을 할 것이다. 나는 몇 번이고 고개를 옆으로 저었다. 나는 미키를 생각했다. 이 흑인과 헤어진다고 해서 밋치가 불행해질 일은 없다. 커다란 포스터가 떠올랐다. 흑인이 트럼펫을 불고 있는 흑백 포스터가 밋치의 침대 옆벽에 붙어 있다. 못생긴 흑인이다. 밋치는 어째서 그런 기분 나쁜 포스터를 붙이는 것일까. 각다귀가 발 앞쪽의 피를 빠는 모습을 봤다. 나는 한쪽 발 샌들을 벗어서 다른 쪽 발을 긁었다. 번갈아 가면서 그렇게 했다. 지독하게 간지럽다. 팔에도 각다귀가 달라붙어서 찌르고 있다. 있는 힘껏 내려쳤다. 착 하고 아주 기분 좋은 소리가 났다. 각다귀가 찌부러진 느낌은 나지 않았다. 검은 물체가 지붕에서 떨어졌다. 나는 깜짝 놀랐다. 고양이다. 심장의 격한 고동이 좀처럼 사라지지 않았다. 고양이는 골목길을 달려서 도랑을 뛰어넘고 쓰레기통 위로 올라간 후 판자벽을 타고 지붕으로 올라갔다. 심장의 심한 고동이 겨우 진정됐다. 갑자기 창문 열쇠를 여는 소리가 났다. 나는 방어하는 자세를 취했다. 유리문이 열렸다. 커튼이 젖혀졌다. 그러자 얼굴이 불쑥 앞에 나타났다. 나는 엉겁결에 "밋치." 하고 외쳤다. 밋치가 뛰어나왔다. 존의 얼굴 표정은 알 수 없다. 심각해 보이기도 했고 의심스러운 표정 같기도 했다.

"유키코 안에 있지? 있지?"

밋치는 마음을 단단히 먹고 존에게 일본어로 물었다.

"헤이, 밋치."

존은 갑자기 웃는 표정을 지으며 양손을 내밀어 부둥켜안는 듯한 몸짓을 했다. 밋치는 상관조차 하지 않고 안의 상황을 파악하면서 창틀에 손을 걸치고 안으로 들어가려고 발을 들었다. 창 안의 어렴풋한 빛 사이로 흰빛의 부드러워 보이는 넓적다리가 보였다.

존은 노노 하고 손을 흔들면서 밋치가 들어가려는 것을 제지했다. 문이 열리자 그는 영어로 말하면서 문가로 갔다. 밋치는 발을 내려놓으며 문으로 뛰어갔다. 나도 뒤따라갔다. 문이 열렸다. 밋치는 존을 밀어젖힐 듯한 자세로 안으로 들어갔다. 나는 들어갈까 하고 주저했다. 존도 문을 열어 둔 채로 안을 보고 우두커니 서 있다.

"유키! 너란 아이는 정말."

큰 소리가 났다. 그러자 갑자기 유키가 울음을 터뜨렸다.

"언니 미안해."

유키의 울음소리는 커져만 갔다. 밋치의 목소리는 떨려서 알아듣기 힘들다. 밋치의 기세가 한풀 꺾인 것 같았다.

"이제 안 할게. 미안해. 미안해."

유키는 격렬하게 흐느껴 울었다. 하지만 울음소리는 그치지 않았다. 나는 한두 걸음을 걸어 발을 안으로 들여놓고 목을 늘어뜨려 안을 들여다봤다. 둘 다 앉아 있다. 밋치의 등이 보인다. 팔을 얼굴에 대고 계속해서 머리를 흔들었다. 그 바람에 유키의 머리카락이 흐트러져서 어엿한 여자처럼 보였다. 벌거벗고 있지 않았다. 나는 크게 한숨을 쉬었다.

"유키, 이 집에서 나가. 마음대로 해. 이제 언니도 몰라."

유키의 울음소리가 한층 더 커졌다. 나는 두세 걸음 뒤로 물러섰다.

"내 얘기 듣고 있니! 뭘 만지작거리고 있어! 그만둬!"

유키가 크레용을 빼앗긴 것 같았다.

"언니가 세상에서 사라지면 좋겠어."

흑흑 하는 유키의 목소리가 도중에 끊겼지만 확실히 들렸다.

"뭐라고? 너 지금 무슨 말을 하는지 알고 있어?"

밋치의 큰 소리가 들렸다. 내 옆얼굴을 빤히 쳐다보는 존의 시선이 신경 쓰였다. 서로 한 마디 말도 하지 않고 있는 것도 거북하다. 어째서 밋치는 존에게 덤벼들지 않는 것일까. 존의 머리카락을 쥐어뜯고 그의 얼굴에 손톱을 세우지 않는 것일까. 유키는 나쁘지 않다. 아직 어린아이다.

나는 문에서 멀어졌다. 도랑을 건넌 후 골목길을 정처 없이 걸었다. 발밑에서 고양이가 뛰어나왔다. 다시 가슴에서 심한 떨림이 느껴졌다. 이상하게 고양이가 많다. 방금 전에 나왔던 녀석일까. 많은 집이 골목길까지 방을 늘려서 허니에게 비싼 값으로 세를 내줬다. 지루하게 방 안에서 뒹굴고 있을 때면 옹이구멍으로 방 안을 들여다보고 싶은 충동이 일어난다. 몇 번인가 훔쳐본 적도 있다. 하지만 시시하다고 자신에게 타이르듯 말하고는 했다. 그래봐야 허니잖아. 하찮은 여자들이다. 이 골목길에서도 해 질 녘이 되면 미군 병사에게 돈을 받고 배 아래와 젖가슴을 만지게 해

주는 여자들을 자주 본다. 그런 여자들이다. 그들을 특수한 존재로 결론짓자 아무런 감정도 일어나지 않았다. 어째서 밋치에게만 신경이 쓰이는 것인지 알 수 없다. 대낮에 마키코가 아이들 눈앞에서 미군 병사와 키스하는 모습을 한 번 본 적이 있다. 그때 나는 2층 방에 있었다. 서둘러 집에서 뛰어나온 밋치가 큰 소리로 주의를 줬다.

"마키코 그런 모습을 사람들에게 보여줘서는 안 돼."

마키코는 미군 병사의 가슴에 안긴 채로 반박했다.

"사람들이 언제나 너를 훔쳐보고 있어. 뭐가 달라?"

잠시 언쟁을 벌였지만 얼마 안 있어 마키코는 미군 병사와 손을 잡고 골목길에서 나갔다. 밋치는 역시 남들과 다르다고 나는 그때도 확실히 느꼈다. 몇 번이고 방으로 돌아가려 했다. 하지만 이대로는 진정이 되지 않았다. 나는 밋치의 집으로 되돌아갔다.

문을 열었다. 유키도 미키도 흐느껴 울고 있었다. 존은 그 옆에서 무릎에 양손을 끼고 앉아 있다. 존은 나를 봤지만 아무런 말도 하지 않았다. 말을 걸어주면 들어가기 좋을 텐데 하고 나는 바랐다. 나는 발소리를 내면서 들어갔다. 유키가 흘끗 나를 쳐다봤다. 나는 존과 비스듬하게 옆에 앉았다. 무언가 말하지 않으면 어색하다.

"유키 이제 공부하는 거야. 알았지?"

어색함을 느꼈다. 유키는 고개를 끄덕였다.

"유키한테 공부 계속 가르쳐 줄 거지?"

밋치는 나를 똑바로 쳐다보지 않았다. 목소리도 가냘프다. 나는 고개를 크게 끄덕였다.

"준 오라버니, 가르쳐줘."

유키가 얼굴을 들어 나를 봤다. 눈은 풀려서 흐리멍덩하고 눈가가 불그스름했다.

"그래, 함께 공부하자."

나는 말했다. 저 베니어합판 칸막이가 정말 도움이 될까 하고 걱정했다. 언제인가 음악 소리 많이 시끄럽지 않니? 하고 유키에게 물었다. 아니 하고 유키가 고개를 젓더니 좋은 기분이 들어. 마음이 싱숭생숭해 하고 말했다. 미키와 밋치는 볼륨을 올리고 스테레오로 나오는 음악에 따라 춤을 췄다. 밋치의 발톱이 눈에 들어왔다. 불그스름한 매니큐어가 칠해져 있다. 손톱도 붉게 물들어 있다. 입술에도 붉은색이 또렷하다. 얼굴에 바른 분의 두께도 알 수 있다. 낮과는 다른 사람 같다. 대여섯 개의 크레용이 내 무릎 근처에 널려 있다. 나는 멍하니 보고 있다가 주워서 유키에게 건네줬다.

"유키."

나는 말했다.

"밤에 밖에 나가면 안 돼. 언니가 책은 사 준다고 하니까 그걸 봐. 얌전하게 있어야 해. 밖에는 무서운 사람이 많아."

"알았어."

밋치가 말했다.

"밖은 무서워. 정말이야. 마사오랑 놀 때도 꼭 집 안에서 놀아. 언니네 집에서 놀아야 해. 분명히 약속했잖아."

유키는 고개를 끄덕였다.

"내 화장품을 맘대로 바르면 안 돼. 그건 어른이 되고 나서야."

유키는 크레용을 상자에 넣으면서 끄덕였다.

"이제 됐어 유키. 방에 들어가서…… 책 읽으렴."

밋치가 말했다. 유키는 아무 말도 하지 않고 일어나서 크레용 상자를 들고 방으로 갔다.

"내 흉내를 내는 거야."

밋치가 나를 봤다.

"그저 흉내야. 아무것도 아니야."

밋치는 자신을 타이르려 듯 했다. 나는 끄덕였다.

"유키 앞에서 화려한 모습은 하지 않으려 했는데……."

밋치는 작게 혀를 찼다.

"나처럼 되고 싶은 거야. 예쁜 양복을 입고 화장을 해서 돈을 받고 싶어 해. 아직 어린아이야. 아무것도 몰라."

밋치는 눈을 피했다.

"허니는 그런 게 아닌데. 아무것도 몰라서 그래."

밋치가 내 눈을 봤다.

"유키코 말이지. 여자는 홀로 서야한다는 건방진 말을 한다니까. 마사오 때문인 듯 해. 언니가 좋아하는 미키와 함께 살 수 없는 이유를 유키 때문이라는 식으로 주제 넘는 말을 했나봐."

좋아하는 미키라는 말을 듣자 나는 위축됐다. 문득 존을 쳐다봤다. 존은 발의 자세를 바꿔서 앉아 있다. 앉아 있는 것이 고역인 듯 했다. 그래도 얌전히 있다. 밋치는 존을 무시하고 있다. 나는 꼴좋다고 느꼈다. 반면, 존이 무언가 말을 할지도 모른다고 기대했다. 존은 유키와 정말로 섹스를 한 것일까? 하고 나는 의심했다. 이윽고 그럴 리 없다고 부정했다. 섹스를 했다면 밋치가 반미치광이처럼 존에게 악을 쓰고 덤비지 않았을까. 아니면 내가 밖에 나가 있을 때 악을 쓰고 덤볐는지도 모른다. 아니야, 그런 소리는 들리지 않았다.

"마키코가 제멋대로 맛있는 음식을 사 주고 영화를 보여주고 선물을 사줘서 그런 거야. 마키코는 자유로운 상태라서 누구와도 어울려 다녀. 여유가 있는 거야."

나는 고개를 끄덕였다.

"내 힘으로는 유키를 키우지 못하는 것일까? 돈을 조금 모은 후에 불러온 것인데……. 준은 알고 있지? 유키는 바텐 아주머니 집에서…… 별로 귀여움을 받지 못했잖아. 완전히 주눅이 들어 있었잖아."

밋치가 속을 털어놓으며 이야기를 한다. 나는 가슴이 설렜다. 어쩌면 밋치는 나를 좋아하는지도 모른다.

"유키가 점점 나한테서 멀어져 가는 기분이 들어. 나도 유키를 버릴지도 몰라……. 다카코가 말한 것처럼 나도 엄마 피를 잇고 있으니까."

어렴풋이 웃고 있는 것처럼 보였다. 언니답게 유키에게 전력을 다 했어? 그저 돈을 대준 것뿐이잖아. 미키와 계속 그 짓만 하고 있었잖아. 하지만 나는 실제로는 아무 말도 하지 못했다.

아버지는 한 여름에 밋치를 채용했다. 이미 1년이 지났다. 나보다 한 살 연상인 그녀는 어딘가 쓸쓸해 보였지만 나와는 곧잘 허물없이 지냈다. 그녀는 아이스크림을 좋아했다. 아이스크림을 파는 자전거 방울 소리가 들려오면, 밋치는 내가 사올게 하고 말한 후 선글라스를 쓰고 곧잘 뛰어나갔다. 아저씨, 아저씨 하고 부르는 밋치의 목소리가 멀어져 갔다. 그녀는 어디까지든 뒤쫓아 가서 꼭 아이스크림을 사 왔다. 때로는 숨을 헐떡대며 돌아와서 나는 여자니까 붉은색을 먹을 거야. 준은 녹색 하고 말하면서 아이스크림을 내게 줬다. 밋치는 골목길에서 내 창문을 올려다보며 큰 소리로 부를 때가 종종 있다. 아이스크림 먹으러 와. 곧 녹으니까 어서 와야 해. 어느 날인가 내 방에 함께 갔을 때 방 아래에서 아이스크림 행상 자전거가 지나가고 있었다. 나는 알면서도 아무 말도 하지 않고 있었다. 밋치는 즉각 일어나서 상체를 앞으로 내밀고 큰 소리로 자전거를 멈춰 세웠다. 하지만 애인 미키가 생긴 후로는 PX에서 큰 상자에 든 아이스크림을 가져오게 했다. 그 후 밋치는 아이스크림을 거의 사 먹지 않았다. 아니 내 착각인지도 모른다. 밋치는 아이스크림을 직접 만들려고 작은 냉장고를 계속 사 달라고 미키에게 졸랐다. 나는 부엌을 쳐다봤다. 아직 냉장고는 사주지 않은 모양이다. 미키는 가난한 군인이라고 밋치가 전에 말했던 것을 떠올렸다. 어째서 미키에게 폭 빠져 있는 것일까. 설마 아이스크림이 먹고 싶어서는 아니겠지. 존이 밋치의 어깨를 주뼛주뼛 만지더니 술을 마시러 가자고 권유했다. 밋치는 존을 뚫어져라 보더니 영어로 소리 높여 말했다.

"지금 그럴 때가 아니잖아. 다른 여자랑 마셔. 섹스도 하고."

존은 어이없다는 얼굴로 밋치를 바라봤다. 밋치는 손으로 쫓아내는 듯한 제스처를 하면서 겟아웃 하고 말했다. 꼴좋다 하고 나는 통쾌해 했다.

"어린애 같은 미군은 정말 처치 곤란이야."

밋치가 나를 바라보며 일본어로 말했다. 나는 존이 일본어를 조금은 이해할까 봐 신경이 쓰였다. 존은 조금 고개를 숙이다 주저앉더니 일어서지 않았다.

"같이 잘 때도 이런저런 바보 같은 걸 생각하나봐. 울부짖는 다니까."

존하고도 잔 거야? 나는 태연한 척하며 묻고 싶다.

"그걸 하고 나서도 말이야. 나한테 달라붙어 잠이 들어. 이런 백인은…… 흑인은 좀 달라. 흑인은 몇 번이고 계속해. 이쪽이 노곤해질 때까지. 그래도 응석을 부리는 것보다는 훨씬 나아."

역시 잤구나. 미키만이 아니다.

"그만. 이제 이런 이야기는 그만하자. 너 집에 갈 때 존도 좀 데려가."

나는 일어나며 존에게 나가자고 영어로 말했다. 존의 두툼한 팔을 안아 올렸다. 존은 격렬하게 내 손을 뿌리치더니 나를 노려봤다. 그러더니 밋치를 바라봤다. 밋치는 그의 몸짓을 보고 있다.

"그럼 좋아. 가게로 와. 셋이서 마시자."

밋치가 말하며 일어섰다.

레스토랑에 가자고 어렴풋이 생각했다. 하지만 고개를 젖혀 어두운 천장을 보며 아무렇게나 누워 있다. 어느 식당에 가서 어떤 요리를 먹어야 할지 도무지 정할 수 없고 그럴 마음도 없는 것 같다. 아버지는 동업자와 내일 있을 미군 당국과의 교섭을 위해 마지막으로 상의를 하러 나가서 부재중일 것이다. 호스티스의 갓난아기들을 내가 봐야만 한다. 아이를 데리고 있는 호스티스들이 가게에 나오지 않으면 좋겠다고 생각했다. 오늘 밤은 문을 닫기를 바랐다. 몇 시일까. 밖은 아직 어렴풋하게 밝아서 외등과 네온사인의 반사가 적은 듯 했다. 마마는 왔을까. 오늘은 페이데이 직전이다. 바가 늘어선 거리를 어슬렁거리는 미군 병사는 많을지도 모른다. 하지만 가게는 한가할지도 모른다. 호스티스는 두세 명밖에 출근하지 않았을 것이다. 설마 달러를 쓰지도 않는 미군 병사에게 그저 조롱을 당하는 것만으로 기뻐할 리 없기 때문이다. 페이데이 전의 미군들이 불쌍하다고 언젠가 밋치가 말한 적이 있다. 달러가 없으니 술도 마시지 못하고 여자의 침대에도 갈 수 없잖아. 시내에서 야단법석을 떨어대며 녹초가 될 때까지 돌아다니면서 말이야. 그 후 부대에서 자기 침대에서 쓰러지듯 잔다니까. 오늘도 그러기를 나는 바랐다. 미군이 마시고 떠들며 페팅을 하는 동안 호스티스들의 갓난아기들을 돌보는 일은 비참하기 그지없다. 가게는 가까운 시일에 다시 흥청망청 달러를 써대는 미군으로 넘칠 것이다. 아버지가 드물게 짓는 웃는 얼굴이 떠올랐다. 모두 기뻐하라고. 산에서 돌아온 사람들이 잔뜩 올 거야. 왕창 쥐어짜야 해. 1년 치는 챙겨야 해. 평소 말수가 적고 온순한 아버지가 어째서 저런 식으로 변하는 것인지 의아했다. 나는 천장을 응시한 채로 계속 생각했다. 모두 성병에 주의해야 해. 걸리면 바로 의사에게 보여주고. 오프리밋출입금지 표찰이라도 붙으면 속수무책이야. 모두 조심해서 일해. 이 가게 설비에 얼마나 많은 달러가 들었는지 알아? 만점 서비스를 해줘. 충분히 귀여워해 주라고. 모두 흥분한 것처럼 보여야 해. 하지만 정말로 흥분하면 안 돼. 결정적인 순간에 제대로 하는 게 제일 중요해. 나쁜 아버지가 아니라고 나는 다시 생각했다. 미군에 대한 투쟁이 강화·확대되고, 컨디션 그린외출 금지령이 내려졌을 때도 아버지는 데모나 파업 등에 참가한 내게 불평 한마디도 하지 않았다. 모두 오키나와 사람들이잖아. 모두 열심히 살고 있어. 며칠이고 해제가 되지 않더라도 누구 하나 투덜거리지 않았다. 이런 상황이 계속된다면 택시 기사를 해야할 수도 있어. 여자들에게 우치난추를 접대하는 업소에 아르바이트라도 소개해 줘야 할 거야. 아버지의 직업을 경멸할 수 없다고 나는 곧잘 자신에게 타이르듯이 말했다. 밋치, 마사코 아주머니, 마마 그리고 다른 많은 여자들도 아버지를 필요로 했다. 하지만 서너 명의 갓난아기에게 우유를 먹이거나 안아주거나 장난감을 흔들어 주는 베이비시터를 하기는 정말 싫다. 하지만 가게 문을 닫고 아이를 데리러 오며 부모들의 가라앉고 피곤한 듯한 혹은 안심한 듯한 그러한 얼굴을 보고 있노라면, 서너 시간 정도 아이를 돌봐주는 일도 괜찮다는 생각이 들기도 했다. 호스티스들도 필사적으로 살고 있다고 나는 다시 생각했다. 그녀들은 갓난아기를 데리러 오기 직전까지 미군 병사를 상대로 자지러지게 웃고 떠들었을 것이다. 밋치는 어떨까? 아이가 생겨도 일을 계속 할까. 호스티스를 계속 할까. 아니, 유키가 존을 끌어들인 쇼크로 호스티스 일을 얼마 안 있어 그만둘 듯 하다. 그날 밤 셋이서 마셨을 때 밋치는 술을 들이부으며 바로 취해 버렸으니까. 나는 자리에서 일어섰다. 크게 발돋움을 하고 목을 몇 번이고 돌렸다. 외등이 들어와 있다. 며칠 전까지만 해도 등은 깨져 있었다. 그 창문 아래 길모퉁이에 오줌을 싸는 남자나 여자는 아직도 많다. 오줌 싸는 사람들이 외등을 깨는 것인지도 모른다. 아버지가 전구를 바꿔 끼웠겠지. 크고 작은 검은 벌레가 전구 주위를 날아다니다 부딪치고 튀어 나갔다. 나는 늘어져 있는 알전구를 껐다. 벌레는 아직 창문에 달라붙어 있지 않고 방 안에도 들어오지 않았다. 유키는 이제 마사오와 밤놀이를 하지 않는 걸까. 나는 창문 아래를 멀거니 내려다보면서 생각했다. 더 이상 미군 병사를 끌어들이지 않겠지. 하지만 존이 이미 밋치의 집 위치를 알아 버렸다. 나는 존이 밋치 집을 살피는 모습을 두 번이나 봤다. 첫 번째는 영화를 보고 돌아오는 길에, 두 번째는 책을 읽고 있을 때 개가 짖어댔는데 오래도록 그치지 않아서 쫓아버리려고 창문에 다가갔을 때다. 두 번 다 밤눈에도 확실히 알 수 있는 키가 큰 GI컷을 한 둥근 얼굴이 서성대다 이윽고 문을 두드렸다. 그러자 밋치가 나오더니 그와 조금 말다툼을 했고 곧 둘은 집안으로 들어갔다. 밋치의 집을 존에게 가르쳐 준 사람은 내가 아니야 하고 자신을 타이르듯 말했다. 확실히 마사오에게 지도를 주기는 했다. 하지만 마사오가 정직하게 집 주소를 존에게 건네주지는 않았을 것이다. 그날 밤 마사오는 나를 보고 도망치지 않았나. 겁을 먹었던 것이 증거다. 그건 그렇다 치더라도 밋치는 존이 자신의 집에 드나드는 것을 허용한 것일까. 아무 걱정도 없는 것일까. 하지만 밋치가 어쩐지 가련하다는 생각이 들기도 했다. 나는 유키의 공부를 봐주는 것이 싫지는 않았다. 오히려 따분함을 이겨 내기 위한 좋은 놀이 상대다. 다만 공부를 가르치는 사이에 밋치가 흑인과 시시덕거리다니 부아가 치밀 따름이다. 유키와 마사오 너희들이 잘 못한 것은 없어 하고 나는 문득 생각할 때가 있다. 대학에서는 시위가 끝난 후에 다시 연쇄 시위가 계속되고 있는 모양이다. 여름방학이 일주일 전에 끝났지만 나는 대학에 한 번도 가지 않았다. 풍경이 차그랑차그랑 울렸다. 마음이 조금 누그러졌다. 잠시 귀를 기울였다. 하지만 이윽고 질려버렸다. 나는 라디오에서 가요를 들으며 볼륨을 높였다. 바닥에 흐트러져 있는 만화 잡지를 주워서 배를 깔고 누운 채로 읽기 시작했다.

순간 라디오가 고장나 이상한 소리가 났다. 하지만 밖에서 소란스러운 소리가 나는 것을 바로 깨달았다. 혹시 하고 생각했다. 나는 창가에 기대서 얼굴만 내밀고 몸을 숨겼다. 존과 미키가 큰 소리를 내며 고함을 쳐대고 있다. 드디어 해냈다 하고 속으로 득의양양한 미소를 지었다. 하지만 심장이 심하게 고동쳐댔다. 나는 라디오 스위치를 껐다. 담장에 서 있는 미키가 검은 피부색 때문에 담장 안의 어둠 속에 느닷없이 밀어 넣어진 것처럼 보였다. 하지만 그의 목소리는 존보다 훨씬 크고 말수도 많다. 밋치는 둘 사이에 서 있지만 떼어 놓으려 하지 않았다. 하지만 알아듣기 어려운 영어로 무언가 가끔 말했다. 문 근처에 서서 가만히 보고 있던 유키를 손짓으로 부르더니 넌 방에 들어가 있어 하고 말하는 소리는 알아들을 수 있었다. 유키는 안으로 들어갔다. 얼마 안 지나서 창문 커튼의 음영 진 곳에서 유키의 얼굴이 보였다. 둘이서 싸우는 것은 당연하다. 밋치는 토요일 이외에는 미키를 배신하고 존과 자고 있는지도 모른다. 미키가 존의 가슴팍을 쿡쿡 찔렀다. 존은 미키보다 키가 조금 더 컸는데 답례로 미키의 옆얼굴을 밀었다. 주먹다짐이 일어나리라 느꼈다. 밋치가 무언가 영어로 말하면서 둘을 제지했다. 백인 거리에 흑인이 한밤중에 들어오다니 큰 일이 날지도 모르겠다고 느꼈다. 존이 가게에 있거나 혹은 큰길을 걷고 있는 백인들에게 알려지면 미키는 틀림없이 반죽음이 될 것이다. 밋치도 잘 알고 있다. 아직 미키의 편을 들고 있는 것 같다. 둘은 손을 거둬 들인 후에도 다시 말다툼을 시작했다. 큰 소리였지만 너무나 빠른 영어라서 알아들을 수 없다. 밋치도 밋치라고 나는 생각했다. 흑인 허니가 백인 거리에 있는 A사인바에서 일 하다니 그것부터 잘못된 일이다. 둘은 다시 서로를 손가락으로 찔러댔다. 이번에는 찔러대는 방법도 다양하고 빈번했다. 목소리도 히스테릭하게 커졌다. 미키가 판자 벽 쪽으로 밀어붙여져서 그야말로 어둠과 그의 모습이 잘 분간 되지 않았다. 미키가 다시 반격을 해서 존은 점차 구석으로 몰렸다. 존의 한쪽 발이 도랑에 처박히며 몸의 균형을 완전히 잃고 도랑 속에 엉덩방아를 찧었다. 미키는 아래턱을 올렸다 내렸다 하면서 낄낄 웃어대며 희고 큰 치아를 드러냈다. 밤눈에도 그 모습이 선명히 보였다. 존이 일어섰다. 진흙과 물에 더러워진 하반신이 무디게 빛났다. 존은 미키를 붙잡으려고 했지만 그는 웃으면서 교묘한 발놀림으로 존의 촉수를 물리쳤다. 술래야 날 잡아라 하듯이 양손을 치며 혀를 내밀고 몸을 굽히더니 손가락으로 소리를 낼 정도의 여유도 있다. 허둥지둥 하던 존은 큰 소리로 외쳤다. 확실히 들렸다. 더러운 깜둥이 새끼! 갑자기 미키의 커다란 웃음소리가 사라졌다. 하지만 하얀색 치아는 잘 보였다. 밋치가 존의 오른손을 잡아당겼다. 물탱크에서 발을 씻어. 하고 밋치가 영어로 말하면서 마에다 씨의 헛간 쪽에 있는 콘크리트제 둥근 물탱크를 계속 가리켰다. 마에다 할아버지는 물 사용에 엄격했다. 물탱크 수도꼭지에 입을 대고 물을 마시던 아이들이 쫓겨나는 모습을 나는 몇 번이나 봤다. 밋치가 나를 부르는 것은 아닐까. 밋치가 나를 부르면 어떻게 할지 순간 망설였다. 나를 부르면 밋치에게는 모르는 척 하고 술집에 있는 백인들에게 알려줄까. 미키도 존에게 욕을 돌려줬다. 내가 알고 있는 미키와는 역시 다르다. 그는 말수가 적고 수줍음을 잘 타는 것 같았지만 이번에는 달랐다. 미키는 아우성을 치며 존의 눈앞에 아래턱을 들이밀었다. 눈 깜짝할 사이에 존의 어퍼컷이 그의 턱을 파고들었다. 아우성 소리가 이상한 신음소리로 바뀌었다. 미키는 비틀대며 판자벽에 부딪치더니 그대로 주저앉았다. 발로 걷어차려고 하는 존을 밋치가 양손으로 가슴부터 밀어내면서 제지했다. 필사적이다. 나는 바로 시기하는 마음이 일어났다. 존은 밋치를 손으로 밀어젖히고 미키의 머리와 얼굴 등을 짓밟았다. 밋치가 무언가 말하자 존도 빠르게 말하며 외쳤다. 밋치는 몸을 펴서 발돋움하는 자세로 존의 뺨을 쳤다. 찰싹하는 소리가 들렸다. 나는 엉겁결에 몸이 굳어졌다. 존이 날뛰다 멈추고 가만히 있었기 때문에 밋치의 영어가 잘 들렸다.

"너희 엄마랑 아이가 슬퍼할 거야. 이렇게 난폭하게 굴면 어떻게 해. 난폭하게

굴면 안 되는 거잖아. 붙잡히면 독방에 갇히게 돼. 고향에 돌아가는 것이 늦어져도
좋은 거야?”

　밋치는 존의 손을 끌어당겨서 등을 구부리게 하고 머리를 어루만지기 시작했
다. 나는 존이 모욕당하고 있다며 화를 내지는 않을까 신경이 쓰였다. 밋치가 존의
귓가에 혀를 가까이 대고 있다. 무언가 속삭이고 있는 모양이다. 존은 어린아이처럼
얌전해졌다. 나는 가게의 백인 병사들에게 알리려고 일어섰다. 그때 미키가 그 틈을
노리고 주저앉은 자세로 근처에 있던 깨진 병을 존을 향해 던졌다. 병은 존의 머리
를 빗나가 도랑을 넘어 건너편 판자벽에 맞고 떨어졌다. 검은 고양이가 뛰어나와 그
들 사이를 가로질러 가더니 판자벽 틈 사이로 빠져나가 잡초로 도망쳤다. 밋치가 존
을 제지하려고 그의 알로하셔츠를 잡아당겼다. 버튼이 떨어져나간 것 같았다. 존의
다부진 가슴이 드러났다. 쭈욱 하는 소리가 났다. 겨드랑이나 어딘가에서 옷이 찢어
진 것 같았다. 미키는 존의 한쪽 발에 태클을 했다. 그 기세에 밋치가 비틀거리며 엉
덩방아를 찧었다. 미키와 존은 쓰러져 뒤얽힌 채 구르다 도랑에 빠졌다. 도랑은 성
인 남자 둘이 푹 빠질 만큼 크지 않았다. 그렇다 해도 이들의 몸 여기저기에 미군 병
사나 호스티스, 어린아이, 갓난아기, 노인의 소변과 구토물이 뒤섞인 진흙이 흠뻑 묻
어 스며들 것이다. 밋치는 주저앉은 채로 정말 이럴 거야, 너희들 맘대로 해! 하며 영
어로 외쳤다. 그들은 진흙투성이 손으로 서로의 얼굴이나 머리카락을 여자들이 싸
우는 것처럼 붙잡고 쥐어뜯었다. 때때로 영어인지 외침인지 알 수 없는 기성이 터져
나왔다. 특히 미키가 내는 소리는 알 수 없다. 나는 추악한 그들의 얼굴 표정이 생생
하게 보이지 않는 것만으로도 밤을 사랑했다. 또한 그들과 멀리 떨어져 있어서 좋았
다. 그들은 서로 뒤엉키다가 떨어지면서 펀치로 응수하고 있지만 좀처럼 결착이 나
지 않았다. 밋치가 일어나서 판자벽에 기댄 채로 조용히 응시하기 시작한 듯 했다.
흑인인 미키는 여전히 민첩하다. 캥거루처럼 점프하며 뛰어다닐 정도의 기력이 남
아 있다. 미키는 오그라든 머리카락이 두드러지는 단단해 보이는 검은 머리로 존의
GI컷을 한 머리를 연신 들이박았다. 나는 그들에게 잭나이프가 있지는 않을지 신경

이 쓰였다. 이 싸움은 분명히 주먹질로 끝난다. 두 사람이 서로 호통을 쳐 대는 속도가 무척 빠르고 히스테릭해서 알아듣기 힘들었으나 밋치가 서로 자신의 것이라며 양보하지 않고 있는 것이 틀림없다. 그러지 말고 서로 찔러 죽여라. 존의 펀치는 헛스윙이 두드러졌다. 미키는 가볍게 피하면서 존을 야유했다. 갑자기 존이 미키의 샅을 찼다. 미키는 우욱 하고 짐승이 멀리서 짖듯이 외치며 샅을 한 손으로 누르면서 이상한 자세를 한 채 가랑이를 크게 벌린 걸음으로 내 방 창문 아래로 달려왔다. 존이 쫓아갔다. 나는 들키지 않으려고 더욱더 몸을 구부렸다. 존이 따라붙었다. 미키가 병상자에서 맥주병을 꺼내 들고 다른 병을 쳐서 깨뜨린 후 되돌아보면서 깨진 병목을 기가 죽은 존의 목덜미에 찔렀다. 존은 끄윽 하는 묘한 비명을 지르더니 목을 누른 채 뒷걸음질 치면서 도망쳤다. 하지만 출혈량에 깜짝 놀랐는지 양손을 보면서 주저앉아 헬프 헬프 하며 울음을 터뜨렸다. 미키는 잠시 병을 든 채로 손을 흔들면서 컴온 컴온 하고 말하다가 밋치를 큰 소리로 불렀다. 밋치는 노노 하고 외치면서 고개를 저었다. 미키는 병을 버리고 샅을 감싸는 듯한 황새걸음으로 큰길가로 도망쳐 어둠과 뒤섞였다. 밋치가 가게 뒷문으로 뛰어 들어갔다. 얼마 안 있어 마마와 네 명의 호스티스, 그리고 세 명의 백인이 나왔다. 밋치는 미키의 이름을 말하며 그가 도망친 방향을 몇 번이고 손가락으로 가리켰다. 밋치는 미키를 배신했다. 갑자기 나는 묘한 기분이 들었다. 백인 한 명이 그쪽으로 뛰어가 봤지만 바로 돌아와 무언가 서로 말하더니 둘이서 존을 가게 뒷문으로 옮겼다. 존은 아직 겁을 먹고 울고 있다. 마침 나온 아버지가 노노 하며 거절한다. 하지만 미군 병사들은 상관하지 않고 들어갔다. 마마와 호스티스 둘도 악취에 코를 쥐고 함께 사라졌다.

　나는 바깥 계단을 따라 내려갔다. 눈을 비비면서 이 난리에 겨우 일어났다는 시늉을 했다. 마사코 아주머니와 마리, 밋치가 무언가 심각해 보이는 이야기를 하고 있다. 마리가 나를 봤다.

　"준 싸움이 났었어. 미키와 존이야."

　나는 고개를 끄덕이고 구체적인 이야기를 들으려고 말을 걸려 했다. 마마가 여자들을 불렀다. 마사코 아주머니와 마리가 가게로 들어갔다.

"존이 찔렸다면서?"

나는 말했다.

"내가 말렸어. 아무것도 안 한 게 아니야."

밋치는 눈을 크게 뜨고 있었는데 입가가 굳어 보였다.

"왜 싸운 거야?"

나는 밋치와 존이 잔 것을 미키가 알아차렸다고 상상했다. 미군은 대단히 질투가 심하다.

"미군들은 모두 자포자기 상태야."

백인 병사들은 그렇다 치더라도 휘파람을 불면서 리드미컬하게 걸어가는 미키를 나는 몇 번이고 봤다.

"정력이 넘치는 거 아닐까. 특히 미키는……."

"미키는 너희들이 행복한 거라고 말했어. 데모를 아무리 해도 자신들처럼 죽을 걱정은 없다면서……."

나는 무언가 반발하고 싶었다. 하지만 아무것도 떠오르지 않았다.

"데모를 할 때 지키는 병사들은 말이야. 총검으로 데모하는 사람들을 쫓아내잖아. 하지만 사실은 데모대 사람들이 말하는 그대로 되면 좋겠다고 모두 말하는 모양이야. 데모를 하며 전쟁을 그만둬라! 아메리카로 돌아가라고 말하잖아."

"그럼, 빨리 돌아가면 되겠네."

그렇게 말하는 자신이 어른답지 못하다고 느꼈다.

"간단한 문제가 아니잖아."

밋치는 아직 미키 편을 들고 있다고 나는 느꼈다. 도대체 흑인의 어떤 점이 좋은 것일까. 역시 밋치는 호스티스에 불과한지도 모른다.

"전선에서도 백인과 흑인은 서로 으르렁거린다고 했어. 적이 눈앞에 있는데도. 생사의 갈림길에서도 말이야."

어째서 흑인 따위에게 반하는 거야. 엉겁결에 덧붙인 찰나였다. 각다귀가 다리를 물었다. 가만히 서 있을 수 없다. 나는 작게 제자리걸음을 계속했다. 반팔 셔츠에 나와 있는 팔이나 목도 물렸다. 밋치는 비교적 가만히 있는 편이다.

"하지만 모두 사실 남보다 외로워한다니까."

밋치가 말했다.

"미군은 내성적인 사람들이 많아서 부대에서 일하는 우치난추 여자에게 말도 걸지 못하나 봐. 그러니까 술을 마시러 와서 우리가 돈을 버는 거야…… 하지만 돈도 술도 없을 때는 발작적으로 폭행을 한다니까."

나는 밋치가 엷은 웃음을 지었다고 느꼈다.

"미키에게는 흑인 여자가 있어. 언제인가 함께 전당포에 갔을 때 미키 지갑에서 전당표랑 사진이 떨어졌어. 여자 사진이었어. 캐물으니까 사귀는 사람인 듯 했어."

나는 단숨에 엉터리 말을 했다. 밋치는 얌전하게 내 얼굴을 바라봤다. 나는 빨리 말했다.

"나는 분했지만 아무것도 할 수 없었어. 지금까지 숨기고 있었지만."

"맞아……. 미키는 내 손을 쥐고 팔을 어루만지며 가만히 자다가 모든 것을 잊겠다고 말한 적도 있어."

"하지만 기지에서 베이스 택시를 하는 고이치 아저씨 말로는 미군들이 작업원을 야단친다고 하던데…… 여자들은 이득이네."

"정말이야. 어느 쪽이 진짜일까?"

"……."

"그 사람들 허세만 가득해."

밋치가 미키의 이야기를 이런 식으로 하다니 드문 일이다.

"나한테 달라붙어서 울 때도 창문 커튼을 닫은 후에 운다니까."

"미군이 운다고?"

나는 말했다. 하지만 이전에도 밋치에게 들었던 기억이 있다.

"그 사람들 울보야. 그걸 한 후 미군에게 고향이나 처자식 이야기를 물어보기도 해. 술을 조금 먹여서 말이야. 그러면 조금 있다가 빨리 집에 가고 싶다면서 울음을 터뜨린다니까. 꼭 어린애 같아."

나는 밋치가 흥분하고 있는 것이라고 느꼈다. 멀리서 작게 울리던 사이렌 소리가 점차 커지더니 마침내 가게 뒷문에서 멈춘 것 같았다. 소리는 바로 사라졌다. MP카일까, 경찰차일까, 구급차일까. 몹시 시끄러웠으니 세 대 다 온 것인지도 모른다. 유키가 나왔다.

"있잖아, 미키랑 존이 싸운 거야?"

밋치는 애매하게 고개를 끄덕인다.

"밤에 밖에 나가면 안 돼."

유키는 싸우는 모습을 계속 보고 있었는지도 모른다. 하지만 미키가 존을 찌른 현장은 그쪽 창문에서는 보이지 않는다. 유키 발 근처의 잡초 사이에서 반딧불 한 마리가 점멸하고 있다. 때때로 산들바람이 뺨과 목덜미 겨드랑이로 불어와서 서늘했다. 하지만 각다귀는 아직 내 땀이나 피에 집착하고 있다.

"자 이제 들어가자."

밋치는 유키의 머리카락을 어루만지면서 걷기 시작했다.

"밋치." 하고 부르는 소리가 들렸다. 갓난아기를 안은 아버지가 다가왔다. 갓난아기는 울고 있지 않았지만 자고 있지도 않다.

"밋치 너 요즘 술을 너무 마시는 것 아니야? 얼굴이 해쓱해."

아버지는 주름투성이인 마른 얼굴에 내려앉은 검고 긴 앞머리를 쓸어 올리면서 말했다.

"괜찮아요. 손님한테 졸라서 계속 술을 사게 만들어야 해요, 아저씨."

밋치는 나를 보더니 가냘프게 웃었다. 그러고 보니 그녀가 조금 여위었음을 두꺼운 화장 사이로 알 수 있었다.

밋치는 어머, 아직도 안 자네 하고 말하면서 갓난아기의 뺨을 손가락으로 만졌다. 갓난아기의 얼굴이 부풀었다. 어머머, 귀여워라. 나중에 미녀가 되겠어 하고 밋치는 부드러워 보이는 뺨에 뽀뽀했다.

"나도 볼래."

유키가 발돋움을 해서 아버지의 팔을 잡아 당겼다.

"유키도 좋은 신부가 돼서 귀여운 아이를 낳아야지."

아버지가 등을 구부려서 갓난아기를 유키의 얼굴에 가까이 가져갔다. 유키는 귀여워, 귀여워 하면서 호들갑을 떨다가 아이의 뺨을 양손으로 감싸더니 뽀뽀를 했다. 밋치가 말렸다.

"유키 집에 들어가 있어. 언니는 아저씨랑 할 얘기가 있어."

유키는 고분고분하게 고개를 끄덕이다가 몇 번이고 뒤를 돌아보면서 집으로 들어갔다.

"밋치의 그 흑인 말이야. 으음. 미키는 본국에 송환되거나 유럽 쪽에 배치될 것 같다고 하던데. MP가 말해 줬어. 이제 여기에는 있을 수 없다고."

나는 내심 득의양양한 미소를 지었다. 이제 그 흑인은 밋치의 눈앞에 나타나지 않는다.

"그래…… 존은 죽은 거야?"

"아니 멀쩡해."

얌전한 존은 목에 추한 상처가 남아서 더욱더 내성적으로 변할지도 모르겠다고 나는 생각했다.

"그 녀석이 군대 창고에서 물품을 몇 번이나 훔쳤던 것 같아. 그게 들킨 모양이야."

밋치는 놀라는 기색이 거의 없다. 짚이는 데가 있음이 틀림없다.

"아저씨, 전에도 말했지만 나도 곧 이사해요. 집을 찾았어요."

나는 무언가 떠오르는 것이 있었다. 역시 유키가 존을 끌어들인 것이 밋치에게는 엄청난 쇼크였다.

"그래 그러는 편이 좋을지도 몰라. 뒤탈도 없을 거고."

아버지는 태연하다. 밋치를 대신할 여자는 바로 찾을 수 있으니까. 미키는 이제 떠난다. 밋치는 이제 어딘가로 가지 않아도 된다. 하지만 이번에는 존이 달라붙을지도 모른다.

"어디로?"

나는 물었다.

"비밀이야."

밋치는 미소를 지었다. 나는 누구에게도 말하지 않을 결심이다. 그런데도 가르쳐 주지 않다니 하고 분해했다.

"언젠가 가르쳐 줄게."

나는 마음이 누그러졌다.

"미키와는 헤어지겠네."

아버지가 물었다.

"어떻게 할 수 없잖아요, 아저씨."

아버지는 고개를 끄덕였다. 밋치가 미키와 헤어지는 것은 내 책임이 아니다. 나는 타이르듯 자신에게 말했다. 흑인 따위와 달라붙어서 밋치가, 오키나와의 밋치가 정말로 행복했을 리 없다.

"또 밤에 일할 거야?"

나는 물어봤다.

"그것밖에는 수가 없잖아."

무뚝뚝한 말투다. 전에 말했을 때는 돈을 모아서 되도록 빨리 밤일을 그만두고 작은 양재점을 열겠다고 했으면서.

"미키는 붙잡혔을까?"

나는 아버지를 봤다.

"아직이야. 하지만 무선으로 헌병대를 불렀으니까 곧 잡히겠지."

"미키 말이지."

밋치는 내게 말했다.

"나한테 오는 게 제일 즐거웠다고…… 일주일에 한 번……. 그들에게 필요한 것은 여자밖에 없어."

밋치는 엷은 웃음을 짓고 있다. 나는 압도당해 당황했다. 밋치라는 사람이 변한 듯한 기분이 들었다. 아버지가 말했다.

"그렇겠지. 미군기지에는 뭐든 있잖아. 다만 여자와 전쟁만이 없어. 여기는 전쟁터가 아니니까. 미군은 모두 칼로리 만점의 젊은이들이야. 어딘가로 발산해야 했을 거야…… 흥청망청 젖가슴을 주무르는 시간이지."

아버지는 손가락을 입안에 넣고 빨며 움직이는 갓난아기를 흔들며 걷다가 계단을 올라갔다.

"준."

밋치가 갑자기 말했다. 아버지와 갓난아기의 뒷모습을 보고 있던 나는 뒤돌아봤다.

"나 매력 있어? 아직 좋은 남자를 찾을 수 있을까? 아무도 못 찾으려나. 어떤 것 같아?"

밋치는 웃음을 띠면서 내 얼굴을 들여다봤다. 나는 왠지 안심했다.

"매력 있어. 가게에서 제일이야."

나는 가게에서 제일이라고 말하지 않는 편이 좋았다고 후회했다. 나는 밋치가 어른이 된 것이라고 느꼈다. 예전에는 밤중에 울면서 내 방을 두드렸던 때가 있었다. 미군이 무섭다고 말했었다. 나는 깜짝 놀랐지만 내가 의지가 되는 사람이구나. 나는 어른이구나 하고 자각했다. 그로부터 아직 1년밖에 지나지 않았다. 밋치는 갑자기 늙어 버릴지도 모른다. 밤에 봐도 하얗게 떠 있을 정도로 지금은 보송보송한 손, 팔, 목도 다……."

"밋치, 오늘 밤에 가게에는 나오지 않는 편이 좋아."

모기가 내 발을 물었다. 몇 군데나 벌겋게 부어올라 있을 것이다. 나는 밋치의 방에서 느긋하게 이야기를 나누고 싶었다.

"어째서?"

"……."

"출근하려고. 술 마시고 법석을 떨거야. 취하고 싶어."

그래 끙끙 앓지 않았으면 해. 하지만 나는 그런 마음을 입 밖에 내지 못했다. 멀리서 어둠 속에 서 있는 아이 둘이 이쪽을 바라보고 있는 것 같다. 무언가 한마디라도 밋치를 위로해 주고 싶었다. 하지만 할 수 없다. 밋치는 곧잘 미군들을 달래 줬다. 밋치가 건넨 위로의 말은 내가 들을 때마다 거의 똑같았다. 언젠가 너희 나라로 돌아갈 수 있을 거야. 자포자기해서는 안 돼. 남자잖아. 참아야 해. 자, 한 잔 더 해. 이건 내가 살게. 내일 다시 기운이 나면 또 와야 해. 이와 똑같은 말을 밋치에게 되돌려 줄까.

"준, 오늘 밤 함께 마실까?"

"어?"

"마시자, 응?"

밋치는 신바람이 난 목소리를 냈다. 나는 엉겁결에 끄덕였다. 하지만 밋치는 손님을 접대해야 한다. 나와 이야기를 할 수 있는 여유는 없을 것이다. 하지만 그래도 좋다.

"그럼 먼저 가 있어. 난 옷 갈아입고 갈게."

밋치는 빠른 걸음으로 돌아갔다. 나는 뒷모습을 응시했다. 예전에 밋치는 일을 중요하게 생각하며 불타올랐다. 녹초가 될 때까지 진지하게 임했다. 다음날에는 대체로 안짱다리 걸음을 해서 창피하다고 해서 내가 몇 번이나 식료품을 사다 줬다. 체위를 바꾸는 것을 싫어해서 두들겨 맞거나 돈을 떼이거나……. 하지만 곧 마마나 다른 호스티스들에게 배워서 능수능란해졌다. 그 무렵에 나는 자주 술집에 내려갔다. 밋치는 낙담한 미군을 춤추게 하는 것이 특기였다. 밋치도 춤추는 것을 좋아했다. 자, 모두 함께 춤추자. 주크박스가 시끄러운 록 음악을 고래고래 틀어댔다. 자, 춤추자. 그렇게 무기력하게 있지 말고. 밋치는 큰 소리로 외쳐대며 미군들의 손을 잡고 일어나서 플로어 중앙으로 끌고 갔다. 미군 병사들은 점차 손뼉을 치다가 한 명이 나오고 두 명이 나와서 플로어를 가득 채웠다. 그들은 미친 듯이 전신을 흔들며 몸을 비비 꼬고 여자를 꼼짝달싹 못하게 안고서 울부짖고 또 울부짖으며 더욱더 격렬하게 춤을 췄다. 호스티스에게 마구 키스를 하는 미군 병사도 있다. 벽에 걸린 누드화가 있는 벽에 달라붙어서 키스를 하는 미군 병사도 있었다.

"준."

목소리가 들렸다. 그쪽 방향을 봤다. 뒷문을 반쯤 열고 마마가 서 있었다.

"밋치는?"

나는 손가락으로 밋치의 집을 가리켰다.

"옷 갈아입으러 갔어."

"어서 오라고 해줘. 지금 많이 바쁘잖아."

"오케이."

마마는 바로 문을 닫았다. 낮고 으스스한 목소리, 각다귀가 어지럽게 날아다니는 소리가 귓가에서 났다. 젠장이라고 생각했다. 언젠가 봤던 미군제美軍製 강력한 살충제를 뿌리고 싶다. 이 부근의 잡초 수풀에서 밋치와 함께 반딧불이를 몇 마리고 양손으로 떠서 올렸던 적이 있다. 방에 있던 유키에게도 보여 줬다. 전등 좀 꺼 줄래? 아 정말로 빛난다. 아름다워, 아름답다……. 한낮의 녹슨 양철 지붕이 검은 실루엣처럼 정자돼 있다.

긴네무 집

긴네무 : 루카나 루코셉팔라Leucaena leucocephala. 열대아메리카 원산의 상록수. 꽃은 백색이며 향내를 내뿜는다. 높이는 10미터에 이른다. 제2차 세계대전 종전 후 파괴된 흔적을 위장카모플라쥬 하기 위해, 미군이 오키나와 전역에 이 나무 종을 뿌렸다. 자귀나무와 비슷한 외형이다.

긴네무가 밀생한 언덕은 꾸불꾸불 물결치며 사방으로 퍼져 있다. 언덕 바로 뒤에는 거대한 적란운이 피어올라 굳어진 채 움직이지 않고 태양은 한순간도 흐려지지 않았다. 긴네무의 부드러운 잎사귀는 수분을 잃고 시들어가고 있다. 나는 눈앞에 축 늘어진 잎을 뜯어냈다. 포탄으로 남김없이 불태워진 들판을 덮어서 감추기 위해 미군이 막대한 양의 긴네무 종자를 비행기로 뿌렸다고 들었다. 가지가 뒤섞이며 무성해져 긴네무는 방풍림으로는 그만이다.

우리는 긴네무 숲 사이에 끼인 언덕길을 내려왔다. 나는 불하받은 HBT미군 군복, Herringbone Blouse and Trousers. 오키나와전 이후 미군이 의복이 부족한 오키나와 주민에게 보급했음 바지 옷자락에 붙어있는 하얀 석회분이 신경 쓰였다. 조선인을 알고 있다. 나보다 대여섯 살 아래일 것이다. 30살 전후다. 미군 엔지니어를 해서 돈도 꽤 있는 그 조선인이 요시코를 폭행했다니 도저히 믿기 어렵다. 아사토에 사는 아저씨가 목발을 멈췄다. 그러더니 주름투성이 작은 얼굴을 들었다.

“정말로 있었단 말이지?”

“정말이이야. 있었어. 몇 번이나 말해야 알아. 정말이라고.”

유키치는 혀를 가볍게 차며 구바 삿갓을 손에 들고 수건으로 얼굴과 목덜미, 겨드랑이를 난폭해 보일 정도로 닦았다. 그 조선인은 낮 동안에는 일요일에도 좀처럼 모습을 보이지 않는 것 같았다. 9일 전 금요일 아침에 사건은 벌어졌다. 부락 뒤편에 있는 고구마밭에서 요시코가 능욕당하는 모습을 유키치가 가메코바카龜甲墓, 묘실의

지붕이 거북이 등딱지 모양을 한 오키나와 전통 무덤 그림자에 숨어서 목격했다. 유키치가 요시코 할아버지에게 사건을 말했고 할아버지가 내게 상담을 했다. 하루코가 술집에 나가 부재한 때를 틈타 우리는 함석지붕 단층집에서 사흘 동안 은밀히 이야기를 나눴다. 결국 조선인으로부터 돈을 우려내 삼등분하기로 했다. 매춘부인 요시코가 능욕을 당했으니 배상금이나 위자료를 과연 받아낼 수 있을지 나는 의아스러웠다. 하지만 유키치가 강하게 밀어붙였다. 밤에는 교섭하러 가지 못한다. 조선인이 사는 집에는 유령이 나온다는 소문이 있다. 전에 살던 사람은 1년 정도 전에 조선인에게 집을 팔고 남미로 이주했다. 그 집에서 그 누구도 1년 이상은 자리 잡고 살지 못했다. 하지만 우리는 조선인이 카빈총이나 권총을 소지하고 밤에 찾아오는 자를 향해 미군의 관습대로 발포한다는 소문이 무엇보다 마음에 걸렸다.

"겁을 주면 탱크로 부락을 쓸어버리지 않을까?"

나는 일부러 호들갑을 떨며 중얼거렸다. 요시코 할아버지의 상퇴부에서부터 절단된 오른쪽 다리를 보자 자신이 한심하게 느껴졌다.

"설마. 이제 와서 무슨 헛소리야. 경찰에 넘겨도 바로 석방될 뿐이라고 말한 게 누군데."

유키치가 뒤돌아봤다. 땀이 흘러나온 마마자국이 남은 얼굴로 나를 봤다.

"그 자는 권총을 갖고 있잖나."

할아버지가 유키치를 뚫어져라 쳐다보며 말했다. 그저께 밤이었다. 그러면 우려낼 돈으로 여자를 살 거냐고 할아버지가 유키치에게 질문하던 상황을 나는 퍼뜩 떠올렸다. 농담인지 진담인지 구별할 수 없었다. 유키치가 자신의 손녀딸을 돈으로 사면 심경이 복잡해지는 것이 당연하다. 이 부락 근처에서 매춘을 하는 여자는 요시코 한 사람이다. 유키치는 묘하게 소리 없는 웃음을 지으며 술을 계속 마셨다.

"권총을 꺼내기만 해봐. 내가 배때기를 찔러버릴 테니까."

유키치는 주먹을 꼭 쥐고 팔을 앞으로 쭉 폈다. 유키치는 키가 작았지만 상반신 근육이 단단한 가라데 유단자다. 어째서 유키치는 그때 요시코를 구해주지 않았지?

즐겼던 것은 아닐까? 목격자는 유키치 혼자다. 증거도 없다. 요시코는 지적장애가 있기는 해도 오늘 데려왔다면 좋았을 것 같다. 계수나무나 백단향 고목, 전신주가 길을 따라 서 있고 그 주변에는 말매미가 치수稚樹에 달라붙어 울어대고 있다.

아카바나하이비스커스, 부용 비슷한 서양화초가 우거지며 굳어져서 그대로 주택 울타리가 됐다. 울타리 뒤편은 대나무 숲으로 그 건너편에는 긴네무가 무성했다. 앞마당으로 들어갔다. 손질이 되지 않은 홍초의 주황색 꽃 사이로 개의 머리가 보였다. 우리는 멈춰 섰다. 개는 몸을 일으켰다. 커다란 셰퍼드다. 우리는 뒷걸음질을 쳤다. 할아버지가 휘청거렸다. 셰퍼드는 굵은 쇠사슬 기둥에 묶여 있다. 겨우 목소리가 나왔다.

"안에 계십니까."

대답이 없다. 개가 으르렁댄다. 커튼이 열리고 사내가 얼굴을 내밀었다. 사내는 선 채로 우리를 응시했다. 마침내 어렴풋이 웃으며 작은 동작으로 고개를 끄덕였다. 나는 개를 가리켰다. 사내는 고무샌들을 발끝에 걸치고 나왔다. 개의 머리를 쓰다듬어주고 동쪽 덧문을 전부 열었다. 그가 우리의 용건을 이미 파악하고 있음을 느꼈다. 키는 175센티 정도였다. 어깨통이 넓은 이 조선인의 체구는 그때나 지금이나 그다지 변하지 않았다. 하지만 새치가 섞여 있다. 나는 커다란 목제 의자에 앉았다. 할아버지와 유키치는 조선인이 권해준 자리를 거부하고 문 앞 통로에 앉았다. 건너편에 앉은 조선인의 눈은 깜박임이 거의 없다. 조선인은 알로하셔츠 주머니에서 꺼낸 시카구와카멜 담배를 내 앞에 내밀었다. 나는 한 대 꺼내 손에 쥐었다. 조선인이 라이터로 불을 붙여줬다.

"……무슨 일로 오셨습니까?"

조선인은 담배연기를 내뿜었다.

"솔직히 말씀드리죠."

나는 빨아들인 담배에 조금 숨이 막혔다.

"으음, 저기 있는." 할아버지를 눈으로 가리키며 "저 할아버지의 손녀가 당신에게 난폭한 짓을 당했다고 하고 있습니다." 하고 말했다.

조선인은 나를 응시했다. 놀란 기색이 깃든 눈이다. 나는 눈을 피했다. 곧 조선인은 담배를 재떨이에 올려놨다.

“그래서 어쩌면 좋겠습니까?”

의외였다. 너무나도 선선히 인정하고 있지 않나.

“……사실이란 말인가요.”

나는 조선인을 뚫어져라 쳐다봤다. 조선인은 작게 끄덕였다.

“우누히야!(이놈)”

할아버지가 목발을 번쩍 치켜들었다. 나는 요란스럽다고 느끼며 손으로 제지했다. 유키치도 할아버지의 어깨를 두드리며 달랬다. 조선인이 우선은 부인할 것이라고 나는 단정하고 있었다. 당신이 폭행한 현장을 마을 청년이 봤다, 당신 집에 불을 지른다고 난리를 쳐서 감당하기 힘들다. 이런 말을 나는 머릿속에서 반복해서 연습했었다. 나는 그런 말을 전할 수 없었다.

“돈으로 해결할 수 있을까요?”

조선인의 눈은 변함없이 깜박임이 없다.

“당신은 반성하고 있습니까.”

나는 강한 어조로 말했다. 조선인이 묘하게 점잔을 빼는 것에 기분이 상했다.

“돈으로 원만히 해결하면 되겠지요.”

조선인의 목소리는 냉정했다. 할아버지와 유키치가 나를 보더니 눈으로 수긍하는 뜻을 전했다.

“이미 저지른 일은 어찌할 도리가 없는데다…… 그 수밖에 없잖습니까.”

나는 일부러 천천히 말했다.

“얼마나 준비하면 될까요?”

조선인은 재떨이에 재를 떨어뜨렸다.

“당신은 어떤 식으로 생각하고 계십니까.”

나는 말을 뱉고 할아버지와 유키치를 살짝 봤다. 그들은 경직된 얼굴로 조선인을 주시하고 있다.

"일만 오천 B엔 정도면 모자랄까요?"

(B엔은 엔 표시 단위로 1948년 7월부터 달러통화제로 이행되는 1958년까지 오키나와에서 유일한 법정 통화로 사용됐다. 1950년 당시 1달러는 120B엔이었음)

조선인이 우리를 둘러봤다. 생각지도 못한 고액이다. 나는 담배를 문 채 고민하는 척 했다. 하지만 둘은 몇 번이고 고개를 크게 끄덕였다.

"이것으로 됐습니까?"

조선인은 나를 봤다. 할아버지가 내게 눈짓을 했다. 나는 조선인에게 수긍한다는 표시를 했다.

"하지만 현재 돈이 수중에 없으니 다음 주 일요일 이 시간 즈음인 두 시에 다시 와주시지 않겠습니까."

조선인이 말했다. 갑자기 할아버지와 유키치의 눈 가장자리가 흐려지고 입술이 일그러졌다. 이 둘이 폭언을 퍼붓지는 않을지 걱정스러웠다. 나는 허둥대며 말했다.

"확실합니까."

"틀림없습니다."

"그럼 좋습니다. 그때로 하죠."

나는 일어섰다. 둘을 다그쳤다.

"다시, 일요일에 옵시다."

둘은 내 기세에 눌려 앞마당으로 나갔다. 조선인은 우리를 문까지 배웅했다.

"기다리고 있겠습니다."

조선인은 허리를 많이 굽혀 인사했다. 나는 갑자기 기분이 나빠졌다.

할아버지가 찻잔을 든 손을 뿌리치듯 흔들었다. 다시 안에 있던 아와모리^{류큐 제도에서 인디카 쌀로 만드는 증류주. 도수는 30~43%}가 넘쳐흘렀다. 나는 행주로 다리가 낮은 밥상을 훔쳤다. 더 이상 주의를 주고 싶지 않다. 고등어 통조림 국물도 흐르고 있다. 비린내가 풍겼다.

"진저리나는 싸움이야."

할아버지가 뱉어내듯 말했다.

"쭈욱, 들이키기나 해요."

유키치가 술 한 되병을 한 손으로 감싸고 따랐다. 할아버지의 찻종이 기울어지며 술이 고자테두리를 댄 돗자리에 스며들었다. 할아버지는 술을 다 마시고 앉은 채로 목발에 기댔다.

"어디로 갑니까? 할아버지."

나는 말했다. 할아버지는 일어섰다. 땀 냄새가 났다. 단단한 판자를 깐 바닥에 목발이 미끄러지는 바람에 할아버지는 엉덩방아를 찧었다. 유키치가 부축해서 일으켜 세웠다.

"어디라고요? 할아버지."

유키치도 물었다.

"뒈져버려라."

할아버지는 왼편 목발로 몇 번이고 바닥을 쳤다.

"소변보러 갈 거야. 오늘 밤은 아침까지 안 들어갈란다."

할아버지는 유키치의 부축을 받고 문간을 나갔다. 창 커튼이 흔들리고 있다. 작은 꽃무늬 연분홍빛 커튼이다. 방금 전에 유키치가 요염해 보인다고 말하며 비웃었다. 알전구에 날벌레들이 떼 지어 모여 들었다. 나는 창틀에 앉았다. 아무렇게 한데 버려둔 대여섯 개 드럼통에 아이들이 올라타거나 뛰어내리며 놀고 있다.

판잣집 건너편 처마 밑에서 여자 셋이서 젖먹이 아이를 달래고 있다. 별빛이 차분해 보였다. 잡초의 움직임도 알 수 있다. 반딧불이가 그 속에서 빛나고 있다.

쓰루가 격한 소리로 항의하러 온 일요일 밤에도 반딧불이가 있었다. 하루코는 일하러 나가 있었다. 나는 이쑤시개를 물고 창가에 앉아있었다. 2주 전에 쓰루가 얼굴을 들이밀지만 않았다면 제 아무리 유키치나 할아버지에게 부탁을 받았다 하더라도 조선인에게 돈을 우려내는 계획에는 가담하지 않았을 것이다. 그때 쓰루는 술을 마시고 있었다. 술을 마시는 쓰루를 나는 처음 봤다. 큰 소리는 내지 말자. 모두 저녁 바람을 쐬고 있잖아. 응? 나는 계속해서 창밖을 두루 살피면서 목과 손을 흔들며 제지했다. 하지만 쓰루는 창밖에 얼굴을 내밀고 아우성쳤다. 나는 머리를 감싸 쥐었다. 쓰루도 조금 진정됐다. 그 년 얼굴을 난도질 하지 않고서는 죽어도 죽은 것이 아니야. 부엌칼 어디 있어? 쓰루는 부엌을 둘러봤다. 정말이야. 나는 얼굴을 들었다. 그때 흙구덩이, 나랑 당신이 들어가 있던 흙구덩이로 나는 정말로 되돌아갔어. 그런데 바로 흔적도 없이 부서져 사라져 버렸어. 그렇지 않아? 그래도 나는 돌멩이랑 흙을 헤쳐내고 당신들을 찾았어. 쓰루는 상반신을 앞으로 구부리고 자신의 얼굴을 내 얼굴에 바짝 붙였다. 눈을 야릇하게 치켜뜨고 있다. 이제 아무것도 믿을 수 없으니 옛 이야기는 그만 하면 안 돼. 쓰루는 입술을 앙다문 채 이를 갈았다. 옛날? 이제 겨우 8년 지났어. 하지만 나는 입을 다물었다. 거기서 죽은 건 히로시 혼자라고, 유감이지만 당신한텐 이게 잘된 일 아니야? 외동아들이 죽어서 거지같은 여자랑 바로 붙어먹었으니 말이야. 내가 시시한 여자라서 그랬던 거야? 내가 잘못한 거라도 있어? 그렇지, 정직하게 말하면 되잖아! 쓰루는 윤기 없는 파마머리를 쥐어뜯으며 나를 하루코를 그리고 자기 자신을 욕했다. 자색 원피스를 입고 있다. 십중팔구 단벌옷임이 틀림없다. 하루코에게 안 지려고 최대한 꽃단장을 했다고 생각하니 쓰루가 가여웠다. 하지만 바로 창문을 봤다. 이웃 사람들이 걱정됐다. 나는 평소에도 쓰루가 신경 쓰였다. 하루코와 섹스를 할 때만은 쓰루를 잊을 수 있었다. 나보다 열다섯 살이나 어린 하루코의 육체에 도취하려고 나는 노력했다. 쓰루는 혼자서 스크랩불발탄이나 빈 병을 매매했다. 나는 하루코에게서 받는 용돈을 절약해서 매달 100엔을 비밀리에 쓰루에게 보냈다. 유키치에게 품삯을 주고 돈을 보냈다. 이미 열 달이나 지났다. 하지만 쓰루는 한마디도 돈을 언급하지 않았다. 유키치가 돈을 주지 않고 다 써버린 것은 아닐까 하고 나는 최근까지도 종종 의심했다. 하지만 한 번도 추궁한 적은 없다.

그 조선인에게서 가로챈 돈을 쓰루에게 주자. 그러면 쓰루는 혼자서도 살아갈 수 있다. 속죄도 할 수 있다. 나는 단숨에 술을 들이켰다.

쓰루는 오래도록 고개를 떨구고 있다. 나는 잠이 들었다고 믿으며 얼굴을 훔쳐봤다. 그러자 쓰루가 갑자기 얼굴을 들고 일어섰다. 다리가 뒤얽혀서 껴안고 있던 기둥에 얼굴을 바로 부딪쳤다. 괜찮아? 좀 더 앉아있지 그래. 나는 쓰루의 등을 가볍게 어루만졌다. 엉겁결에 손을 움츠렸다. 그 여자가 돌아오는 것이라면 쳐다보고 싶지도 않다. 쓰루는 문이나 벽에 부딪치면서 출입구로 나갔다. 그 여자는 어디 간 거야? 일부러 멀리서 만나러 왔는데 어서 만나게 해줘. 안 나오면 며칠이고 안 돌아갈 테야 하면서 문 앞으로 들어올 때는 기세 좋게 아우성을 쳐댔다. 쓰루가 불쌍하게 느껴졌다. 잡초투성이 길을 비틀거리며 멀어져가는 쓰루에게 달려가서 어깨를 빌려주고 배웅을 해주고 싶었다. 하지만 하루코의 흰 살갗과 부드러운 감촉을 떠올리며 겨우 참았다.

오늘도 일요일이다. 나는 몸서리를 쳤다. 벽에 붙여둔 기름종이가 벗겨져 두세 군데 옹이구멍이 드러나 있다. 쓰루가 이 사진은 누구야! 하고 크게 외치더니 뜯어버렸다. 기름종이 위에 붙여놨던 이름 모를 미국 여배우의 컬러사진은 잘게 찢겨졌다. 하루코는 바지런하게 방 안을 정리했지만 이 벽지만은 바꾸려고 하지 않았다. 하루코는 그날 밤 일을 끝내고 돌아오는 길에 이웃 여자에게 이야기를 들어서 모두 알면서도 입을 꾹 다물고 있었다. 나는 아무런 말도 하지 않았다. 바로 시내로 가서 벽지를 사와야겠다고 생각은 굳혔지만 날이 갈수록 귀찮아졌다. 널빤지가 부딪히는 소리가 났다.

"젠장, 또야."

유키치의 목소리가 들렸다. "허구한 날 머리를 부딪치니 정말로 바보천치가 될 거야."

유키치가 할아버지 뒤에서 양팔을 겨드랑이 밑으로부터 껴서 붙잡은 채로 들어왔다. 할아버지는 한쪽 발을 차며 조리^{일본 짚신}를 벗으려 했지만 좀처럼 벗겨지지 않았다. 유키치가 벗겨줬다. 나는 일어섰다. 유키치가 기합을 빼고 내 배를 주먹으로 쳤다. 겉옷에 아슬아슬하게 닿을 거리에서 멈췄다. 유키치는 매일 밤 짚못을 쳐댔다. 주먹이 찌부러지고 굳어져 뭉우리돌 같았다.

"한 발로 소변을 누게 하거나 먹은 걸 토하게 만드는 일은 정말 힘들어."

유키치는 다리가 낮은 상 앞에 앉았다. 어쩌면 개구리가 우는 소리라고 믿었던 것은 할아버지가 먹은 걸 게워내는 소리였는지도 모른다. 할아버지는 휘청대면서 자기 맘대로 찻그릇 찬장을 열어 삼합 술병을 손에 쥐었다. 유키치가 어금니로 뚜껑을 땄다. 팔목시계를 봤다. 하루코가 필리핀 사람에게서 술값 대신 받은 남성용 고급 시계는 시간이 정확했다. 11시를 넘어서고 있다. 둘을 돌려보낸 후 자고 싶었다. 하지만 자리에 앉았다. 할아버지는 쭉 뻗은 다리를 야자수나무 부채로 두드렸다.

"한심한 일이야."

할아버지가 내 얼굴을 살펴봤다. 날카로운 빛을 담은 눈이다. 조선인에게서 돈을 우려낼 결심을 했을 때도 우리는 술을 마셨다. 그때도 할아버지는 지금과 같은 눈빛으로 나를 응시하고 내 손을 양손으로 꽉 쥐면서 자넬 믿어. 자네라면 확실하지 하고 몇 번을 반복해서 말했다.

"저 애 부모만 살아있었어도…… 어째서, 나 같은 놈 명줄을…… 어찌할꼬."

나는 눈을 딴 곳으로 돌렸다. 요시코의 부친은 심상소학교 교사였다. 그러나 요시코가 선천적 '지적장애'라는 걸 숨기려고 시골에 계신 아버지에게 맡겨서 세상 사람들이 모르도록 했다.

"손녀딸을 죽이고 나도 죽으려고 하기도 했다네. 정말 한심한 일이지."

할아버지는 찻종에 넘치는 술을 단숨에 다 들이켰다. 약간 목이 멨다. 유키치가 등을 쓰다듬었다.

"할아버지."

유키치는 할아버지의 귓가에 속삭였다. 하지만 굵은 목소리는 나에게도 들렸다.

"이봐요, 할아버지, 요시코를 색시로 줘요. 여자한테는 니비치결혼가 최고라니까."

"네놈에게는 못 줘."

할아버지는 가슴을 뒤로 젖혔다.

"어째서? 왜요?"

"네놈은 변변치 않아. 모두가 미군 부대로 일하러가는데…… 그런 돈벌이 되는 일은 하지 않고…… 게으름뱅이 녀석이……."

유키치는 '전과戰果'오키나와 전쟁 이후, 미군 기지 내에서 식량, 연료, 자재 등 다양한 물자를 몰래 반출하거나, 기지 주변에 버려진 물자를 재활용하거나 거래하는 방식으로 생계를 이어간 것을 통칭해서 부르는 말를 올리는 것에 수완이 좋았다. 하지만 몇 번이고 MP군 경찰와 CP시민 경찰에게 잡히는 통에 요주의 인물로 찍혔다. 유키치와 공모하는 동료는 사라졌다. 큰돈을 며칠 밤 만에 탕진하는 버릇도 있었다. 그런데 나는 유키치처럼 불발탄을 줍는 일조차 하지 않았다. 적당한 일거리를 찾으면 할 마음은 있다. 하지만 빈약한 체력으로 미군 부대에서 하는 작업은 감당이 되지 않았다.

"그럼 일을 하면 되는 거죠? 스크랩 줍기도 불발탄이 많으니 이제 그만 손을 씻을게요. 뭐 죽는 것이 두려워서는 아니고. 그러니까 목돈이 들어오면……."

유키치는 병을 들고 할아버지에게 술을 권했다. 할아버지는 찻종을 들려고 하지 않았다.

"목돈이 들어오면 실컷 놀 테지. 아무 일도 하지 않고……."

"아무리 해도 저는 안 된다는 거예요?"

유키치가 할아버지를 노려봤다.

"아암 그렇고말고."

할아버지도 노려봤다. 유키치는 병 바닥으로 낮은 상을 두드렸다.

"그럼, 좋아요! 그 대신 내가 요시코를 사도 되죠? 그 돈으로."

"뭐라고!"

할아버지는 상반신을 비틀어 유키치를 향했다.

"다시 한 번 지껄여봐."

유키치는 천천히 술을 따라 마셨다.

“이놈.”

할아버지는 유키치의 어깨를 잡았다. 하지만 바로 뿌리쳤다.

“뭐가 나쁘다고 이래요.”

유키치는 손에 든 찻종을 주시한 채 말했다. “요시코는 우치난추오키나와 여자잖아요. 어째서 우치난추 남자와 하면 안 된다는 거죠. 어째서 미군이나 조세나조선인와는 해도 되냐고요. 거꾸로가 맞잖아요. 거꾸로가 당연한 것 아니냐고요.”

“뭐라고! 네 녀석은 언제부터 이렇게 추악해진 것이냐. 그런 놈은 짐승과 매한가지야.”

할아버지는 유키치의 옆얼굴을 손으로 강하게 밀었다. 유키치는 미동도 하지 않았다.

“할아버지가 요시코와 껴안고 잔다는 소문이 파다해요.”

유키치는 입술을 악물었다. 나는 가슴이 몹시 뛰었다. 처음 들어본 소문이다.

“이 버러지 같은 놈!”

할아버지는 유키치의 어깨와 얼굴을 잡고 일어섰다. 하지만 바로 휘청대며 바닥으로 거꾸러졌다.

“이놈아 내 손녀딸에게 손을 대면 가만두지 않을 테야.”

할아버지는 일부러 다시 일어서려고도 하지 않고 양손을 벌려 엎드려 누웠다. 한 발로 유키치의 허리를 찼다. 유키치는 뒤돌아서 할아버지를 봤다.

“그럼 다시 그 조세나에게 요시코를 줘서 돈벌이를 하면 되겠네요. 돈을 받아낸 후에라도 그렇게 조세나가 좋으면 꼬드겨 보시죠. 바로 응할 겁니다. 조세나라면.”

“야 유키치!”

나는 뜻하지 않게 고함을 질렀다. 참을 수 없었다. “너 지금 누구한테 말하고 있다고 생각하는 거야.”

유키치는 나를 향해 몸을 틀었다. 입술을 깨물고 있다. 뭔가 말하고 싶은 기색이다.

"……나는 원래부터 반대였어. 오키나와인의 수치야."

"그럼."

유키치는 낮게 억누른 목소리를 냈다. 아직은 차분하다. "오키나와 여자를 더럽힌 조세나는 수치가 아니란 소리야? 오키나와 여자라고 바보 취급을 받는데 참아야 하는 거야? 경찰에게 말하면 그 녀석은 끝이었어. 인정을 베푼 거잖아."

"아니야."

나는 말했다. 혀가 꼬였다. "경찰은 아무것도 할 수 없어. 만천하에 까발리면 오히려 그 자가 군대를 데리고 와서 습격하지 말라는 법도 없어. 그것도 따져봐야 해."

유키치는 엎드려 누워있는 할아버지를 내려다봤다.

"할아버지는 미군이 무서운 거죠? 아직도 목숨이 아까워요? 예순다섯 살이나 됐는데 욕심이 나서 장수하고 싶은 거예요? 아니면 생활비가 없어지는 것이 무서운 건가요? 할아버지."

"야!"

나는 낮은 상을 주먹으로 쳤다. "너 지금 누구한테 버릇없이 말을 하고 있는 거야."

유키치는 찻종에 술을 따랐다.

"부러운 일이야. 그렇게 젊은 여자를 수중에 넣었잖아. 아니면 여자 쪽에서 그렇게 하는 건가."

유키치의 귀싸대기를 날리고 싶은 충동이 끓어올랐다. 하지만 유키치의 기묘한 표정을 알아챘다. 어렴풋이 눈물이 고인 것이 보였다. 내가 하루코와 섹스 하는 것을 유키치가 훔쳐봤다는 소문도 돌았다. 지금 그 사실을 따져보고 싶었지만 입을 다물었다.

유키치는 자리에서 일어났다.

"조선인이 야반도주 하지 않을지 감시하러 다녀올게."

"기다려. 기다리라니까."

나는 엉겁결에 일어서려 했다.

"그 녀석에게 받아내는 돈은 친형제를 학살당한 변상금이기도 해."

유키치는 뒤돌아보자마자 속사포처럼 말했다.

"조선인이 죽인 게 아니잖아. 오히려 같은 편이었지."

나는 벼르다가 말했다.

"같은 편? 지금은 미국 편이잖아?"

유키치는 미군에게서 불하받은 군화에 발을 넣었다.

"유키치."

할아버지가 누운 채 눈을 떴다. 유키치는 멈춰 섰다.

"나는 손녀딸이 가여워서 곁에 두고 잘 뿐이라네."

할아버지는 천장을 지그시 바라보고 있다. 유키치는 입을 다문 채로 나갔다. 나는 할아버지를 봤다. 나를 쳐다보고 있다. 바로 눈을 피했다. 창으로 몸을 밀어 넣고 밖을 봤다. 할아버지가 곧 돌아갔으면 싶기도 하다가 그와 밤새도록 이야기를 나누다 보내고 싶기도 했다. 바람이 불고 있다. 잡초가 술렁댄다. 아이들도 여자들도 없다. 반딧불이는 아직 있다. 땀이 밴 겨드랑이에서 느닷없이 냉기가 퍼졌다. 몸을 조금 떨었다. 무슨 소리가 들렸다. 뒤돌아봤다. 할아버지가 깡충깡충 뛰면서 목발을 집더니 밖으로 나갔다.

머리가 무겁다. 눈을 감아도 가볍게 현기증이 난다. 양쪽 관자놀이를 손가락으로 강하게 눌렀다. 반쯤 열린 창문으로 쏟아져 들어오는 햇볕에 무수히 많은 먼지가 부유하고 있다. 목덜미와 팔뚝에서 땀이 솟아났다. 돗자리에는 무언가 흔적이 생겨 있고 땅콩 껍질이 붙어있다. 1시간 전에 눈을 떴다. 다시 몸을 뒤척였다. 네커치프를 두른 하루코가 창밖으로 보였다. 세탁을 하고 있는 듯 했다. 방금 전에 된장국 향이 났다. 때때로 하루코가 누나 같은 아내처럼 느껴질 때가 있다. 그렇지만 술집 도미코에서 처음 일할 때는 자주 울었다. 터져나오는 오열을 침대 시트로 억눌렀다. 나는 밤잠이 얕았다. 하루코의 등에서 일어나는 가벼운 경련을 며칠 밤이고 느꼈다. 모르는 척을 했다. 하지만 마음은 괴로웠다. 하루코가 잠이 들어도 눈은 말똥말똥해서 동틀 녘까지 잠이 오지 않았다. 나는 그로부터 며칠 밤이 지난 후에 처음 눈치 챘다는 표정을 하고 위로해줬다. 하루코는 나에게 매달려서 이제 괜찮아졌어요 하고 말하며 코를 훌쩍거렸다. 앉은 채로 오래도록 부둥켜안고 있었다. 그날 밤 이후 하루코는 울지 않았다. 하지만 내게 달라붙어서 자는 습관이 생겼다. 손님이 하루코에게 엉겨 붙는 모습을 떠올리면 부아가 치밀었다. 미육군병원은 괜찮았다. 하루코가 17살이나 18살 무렵 쯤 아는 사람의 소개로 3년이나 일했다. 하지만 해고됐으니 어쩔 도리가 없었다. 어차피 간호사 면허도 없다. 오히려 그곳에 오래 있으면 미군의 허니가 되기 쉽다. 하루코는 이상할 정도로 침착하다. 나는 하루코의 핸드백 안이나 옷, 세탁물 통에 들어있는 속옷까지 관찰했다. 하지만 하루코가 선을 넘은 흔적은 발견할 수 없었다. 술에 취하지도 않았고 옷도 흐트러짐이 없다. 전쟁이 끝날 무렵의 일이다. 요나바루 들판에 난 작은 흙구덩이에서 검댕이가 묻어 더러워진 얼굴로 살아남았을 때부터 하루코는 이미 득도한 양 차분했다. 내가 준 고구마도 이상할 정도로 천천히 먹었다. 하루코는 등을 돌리고 부엌을 닦고 있다. 강한 햇볕에 하루코의 양 발에 난 솜털이 흔들렸다. 좋은 남자가 생기면 결혼해, 그러면 나도 아내가 있는 곳으로 돌아갈게 하고 말하고 싶다. 지금까지 몇 번이고 말하고 싶었다. 하지만 말하지 못했다. 말할 수 없다.

나는 일어나서 하루코에게 다가갔다. 하루코는 뒤돌아보며 미소 지었다.

"일어났어요? 좋은 아침이죠."

나는 고개를 끄덕이며 하루코의 어깨에 손을 얹었다.

"된장국 데울게요."

하루코는 석유곤로에 성냥을 데려고 했다. 내가 제지했다,

"숙취가 있어. 할 일을 좀 하고 나서."

하루코는 끄덕였다. 나는 하루코의 머리카락을 쓰다듬으며 칫솔과 비누를 들고 앞마당으로 나갔다. 한순간 눈앞이 캄캄해지고 괴로웠다. 물탱크 수도꼭지를 틀어놓

고 빗물을 마시고 있던 아이가 허둥대며 도망쳤다. 아이들은 대나무나 나무 막대기를 들고 공방전을 펼치고 있었다. 그중 하나가 드럼통 위로 뛰어 올라갔다. 그러더니 바로 펄쩍펄쩍 뛰었다. 아이들은 맨발이었다. 드럼통은 햇볕에 탄 것처럼 보였다.

나는 차만 마시고 밖으로 나갔다. 하루코에게 이발 비용을 많이 받았다. 조선인과 이번 일요일에 만나서 돈을 받는다. 깔보이면 안 된다. 두툼한 수건으로 땀을 닦으면서 걸었다. 적란운이 지표에 털썩 엎혀있는 것처럼 보였다. 열기가 아래와 내려와서 초목과 전선도 시들시들 해보였다. 밀짚모자로 얼굴을 가렸다. 아는 사람과 만나는 것은 질색이다. 기와조각과 자갈이 구석에 정리돼 있다. 휑뎅그렁한 광장이 많다. 전쟁 전의 길도 확실히 남아있기는 했다. 먼지투성이 하얀 길에 떨어지는 그림자는 짧다. 크고 작은 총탄 구멍이 나있는 오래된 콘크리트로 지어진 2층 건물의 빈집을 햇빛 가리개로 삼아 승합버스를 기다렸다. 맞은편 파괴된 콘크리트 건물에서 비스듬하게 휘어진 철근이 몇 개나 튀어나와 있다. 그 가운데 한 철근 끝에 콘크리트로 만든 십자가가 휘어진 채 매달려 있다. 요시코는 교회 상록교목 나무그늘에 달린 그네에 곧잘 올라탔다. 전쟁 전에 요시코는 기독교 신자였던 젊은 양친을 따라 교회에 곧잘 갔다. 나뭇가지가 흔들리며 요시코의 흰 원피스 옷단이 걷어 올려졌던 때가 기억난다. 광택 있는 검은 머리카락이 꽤 길었다. 이웃에 치과 의원이 있었다. 나는 치료를 받으러 자주 다녔다. 요시코는 그 무렵 초등학교 5, 6학년이었고 피부가 희고 살집이 통통했다. 어느 여름날 오후, 우리 집 뒷마당 사야인겐^{꼬투리채 먹는 강낭콩} 시렁 옆에서 옆집 개구쟁이 아이가 요시코의 팬티를 내렸다. 나는 제지하지 않았다. 동그란 엉덩이가 묘하게 요염해 보였다. 아카바나 담 너머로 본 태양빛에 노출된 요시코의 엉덩이를 나는 지금도 선명하게 기억한다. 그 개구쟁이 아이는 전쟁에서 죽었다. 내가 외아들을 잃은 증오나 슬픔도 신기할 정도로 희미해져 가고 있다. 쓰루를 잊으려하기 때문임이 틀림없다. 5톤 트럭에 덮개를 씌운 승합버스가 왔다. 나는 손을 들고 흙먼지 가운데 눈을 가늘게 뜬 채로 짧은 사다리를 올라갔다. 긴 의자에 앉았다. 배기가스가 날아들었다. 노인이나 아이를 동행한 중년 여자나 GI모자를 쓰고 선글라스를 낀 젊은 남자도 있다. 모르는 사람들이다. 미군 시설에 일률적으로 흰 페인트를 칠해 놔서 눈이 아팠다. 시내 버스 정류장에 "스트립쇼 오키나와국제극장에서"라는 간판이 서 있다.

버스에서 내렸다. 노점에서 대야 물속에 넣어둔 바야리스열대 과즙 주스를 마셨다. 시장통 뒷골목으로 들어갔다. 할아버지는 오래된 나무토막을 겹으로 붙인 후 미군에서 불하받은 텐트커버를 써서 얕은 지붕을 덮은 집에 살고 있다. 바로 옆 시궁창 개울에는 쓰레기가 쌓여 있어서 물이 거의 흐르지 않았다. 문이 닫혀 있었다. 뒤로 돌아갔다. 우물가에서 요시코가 세탁을 하고 있다. 허벅지가 눈에 들어왔다. 희고 부드러워 보였다. 격자무늬 블라우스 버튼이 풀어져서 볼륨 있는 앞가슴이 보였다. 나는 눈을 돌렸다. 요시코는 예전의 나를 기억하지 못하겠지만 계속 쳐다보는 것은 어쩐지 마음이 켕겼다. 검고 긴 머리가 젖어있다.

"할아버지 있니?"

하고 나는 물었다. 그제야 요시코는 고개를 들었다. 온화한 눈은 갓난아기와 다를 바 없다. 나는 가까이 다가가 다시 한 번 물었다. 요시코는 자리에서 일어나 손가락으로 가리키더니 그곳 뒷문을 향해 잰걸음으로 뛰어가 모습을 감췄다. 나는 창가로 가서 안을 들여다봤다. 어스레한 부엌이다. 외발을 한 할아버지가 자신의 나체를 씻고 있었다. 판자로 만든 벽 갈라진 틈으로 들어간 빛이 할아버지의 하반신을 비췄다. 나는 바로 눈을 돌렸다. 요시코는 목욕을 다 한 듯 했다. 할아버지가 요시코의 전신을 닦아준 것이 틀림없다. 유키치가 말했던 것처럼 정말로 같이 잤는지도 모른다. 유키치는 할아버지는 물론이고 나에게도 질투하고 있다. 내겐 하루코가 있다. 요시코는 외발에 보기 흉한 할아버지에게 조금도 반발하지 않는 것일까? 요시코는 매춘부가 됐다. 예전과는 달라졌다.

할아버지는 문을 닫고 나를 불렀다. 할아버지 뒤에 요시코가 서 있다. 나는 돗자리에 앉았다. 4조 반 방 구석진 곳에 일 홉 빈 술병이 놓여 있다. 차를 내왔다. 나는 정말 목이 마르기도 했으나 친밀감을 표시하기 위해 석 잔을 연거푸 마셨다.

"시내에 무슨 용건이라도 있었나?"

할아버지는 찻종을 주름투성이에 옹이가 많아서 울퉁불퉁한 양손으로 연신 문질렀다.

"이발이라도 하려고 나왔죠."

나는 아무렇지도 않게 말했다. 하지만 요시코의 알몸이 찻종처럼 문질러진다고 생각하자 마음이 착잡했다. 요시코는 소녀인 채로 죽는 편이 좋았다. 유키치라면 나보다 몇 배나 더 화가 치밀 것이라 생각하니 마음이 편안해졌다. 요시코는 할아버지 뒤에서 무릎을 꿇더니 가느다란 손가락으로 스커트를 잡고 있다.

"천천히 이야기나 하다 가시게."

할아버지가 말했다. 잠시 동안 침묵이 흘렀다. 차를 훌쩍대는 소리만 났다. 어색한 분위기가 감돌았다. 할아버지는 기어서 찬장을 열더니 아와모리 삼 합 병을 꺼내 들었다. 반 정도 남아있었다.

"조금 마시고 가."

할아버지는 나를 봤다. 나는 고개를 저었다. 할아버지는 차를 다 마시고 술을 따라 마셨다. 나는 무료해 했다. 야자수나무 부채로 목덜미를 부쳤다. 할아버지는 네다섯 잔을 연거푸 마셨다.

"젠장 한 잔이라도 좀 같이 마셔. 내가 주는 술은 안 마시겠다는 거야? 병신이 주는 술이 썩기라도 했을까봐 그래."

취했을 리가 없다고 나는 느꼈다. 취한 척을 하는 것이다.

"그럼 한 잔만 주세요. 머리를 깎으러 가야 해서요."

나는 앞으로 내민 술병 입구에 찻종을 가까이 내밀었다.

"차 앙금은 창밖에 버리게."

할아버지의 손은 떨리고 있다. 나는 차 앙금을 꾹 참고 목구멍으로 흘려보낸 후 뜨거운 물기를 세게 훔쳤다. 술이 잔에서 흘러넘쳤다. 나는 바로 홀짝대며 마셨다.

"조선인은 덜떨어진 놈이야!"

할아버지는 혀를 강하게 찼다. 나는 요시코를 봤다. 여전히 스커트를 손으로 쥐고 있다. 입술이 닫히고 눈도 꿈쩍도 하지 않았다. 할아버지의 눈이 내 시선을 따라왔다.

"덜떨어진 사람은 요시코가 아니야."

나는 허둥대며 눈길을 돌린 후 술을 마셨다.

"요시코가 강제로 당했다니……. 아직도 울분이 가라앉질 않네. 그런 조선인에게 바보 취급을 당하다니 참을 수 있나. 내 말이 틀린가?"

나는 연거푸 고개를 끄덕였다. 하지만 그건 할아버지의 진심이 아니라고 느꼈다. 요시코는 매춘부잖아? 매춘부 일을 하는 것은 할아버지 때문이 아닌가.

"……그놈은 원한이 있는 게야. 내 동료들이 조선인들을 작살로 찔렀으니까. 집요한 성격이라 하지 않나. 우리도 우군에게 위협을 받았었지만……."

할아버지는 술을 든 채로 중얼거렸다. 찻종이 기울어 술이 흘러넘쳤다.

"찔렀단 말이죠? 그 사내를."

"그 녀석이 아니야. 다른 놈이야. 그놈들은 인간이 아니야. 돈을 아무리 뜯어낸다 한들 괜찮아."

"손해배상금을 받아내는 것은 법률로도 인정돼 있습니다."

나는 말했다. 하지만 무언가 떳떳하지 못한 기분이 들었다. 돈을 삼등분 하자고 제안한 것은 나였다. 그때 할아버지는 의외라는 듯이 나를 응시했다. 할아버지의 그 눈빛은 지금도 선명하다. 저 조선인을 죽여 버린다면 ……하고 한순간 나는 생각했다. 모든 것이 불식될 것 같은 기분이 들었다. 그 집에 있는 가구만 해도 상당한 액수다. 유령 주택에서 혼자 사는 조선인을 죽여도 누구 하나 눈치 채지 못한다. 나는 몸을 떨었다.

"돈을 내놓지 않으면 그 자를 죽이고 나도 요시코와 함께 죽을 테야."

할아버지가 중얼거렸다. 나는 얼굴을 들었다.

"낼 겁니다. 안 낼 이유가 없습니다."

할아버지가 죽으면 요시코를 거둬도 좋겠다고 생각했다. 어쩌면 유키치가 강탈해서 매춘업소에 팔아넘길지도 모른다. 내가 할아버지라면 요시코를 죽이고 자살할 것 같다.

"너도 요시코를 유키치 녀석에게 시집보내야 한다고 생각해? 외발에 아무것도 못하는 놈의 손녀딸 따위 제대로 된 곳으로 보내지는 못 할 테지…… 내가 죽으면 유키치가 요시코를 제대로 돌봐준다는 보장을 할 수 있나?"

할아버지는 내 속마음을 간파하고 있는 듯 했다. 어쩐지 으스스한 기분이 든다.

"할아버지는 장수하실 겁니다. 아암 그렇고말고요."

"발만 제대로 쓸 수 있다면 고물상이든 폐병 팔이든 무슨 일이든 할 텐데. 나이도 그렇게 많지 않아."

양발이 다 있는 나를 책망하고 있음을 할아버지의 번뜩이는 눈매를 보고 느꼈다.

"할멈만 살아 있었어도……."

넋두리가 이어진다. 나는 엉겁결에 자리에서 일어섰다.

"이제 이발소에 가야겠어요, 할아버지."

"좀 더 마시고 가. 젠장. 이발소는 바로 옆에 있잖아."

할아버지는 술을 따랐다.

"그곳이 아니라 아는 사람이 하는 곳에 가보려고 합니다."

나는 잡아두려는 할아버지를 거짓말을 해서 물리치고 재빨리 게타를 신었다.

"그럼 일요일에 뵐게요."

말을 마쳤는데도 할아버지는 뒤돌아보지 않았다. 차색의 마른 개가 짖는다. 나는 뒤돌아봤다. 문 앞에 선 요시코가 울음을 터뜨렸다. 몸을 웅크리고 있다. 나는 기왓장 파편을 개에게 집어 던졌다. 개는 도망쳤다. 요시코는 허둥대며 집 안으로 들어갔다. 나는 이발소를 찾아서 마을을 헤매 다녔다.

태양도 적란운도 잔뜩 굳은 채로 있다. 백단향 나무그늘에 앉아있어도 눈앞이 한순간 어두워졌다. 도로변에 더러워진 잡초나 잡목이 바람에 흔들리고 있다. 나는 바지 옷자락의 먼지를 세게 털어냈다. 약속한 2시까지는 아직 15분 정도 남아있다. 시간이 되기도 전에 방문하는 것은 마음이 내키지 않아서 초조해 하는 유키치를 말렸다. 백단향의 하얀 나무껍질에 붙어있던 말매미가 아우성쳐대고 있다. 조선인 집안으로 들어갈 수밖에 없다고 느끼고 발을 수건으로 훔쳤다. 역시 양말과 구두를 신고 오는 편이 좋았다.

"일 엔도 빼주면 안 돼. 오늘은 꼭 받아내야 해. 알았지? 응?"

주변을 살펴보던 유키치가 몸을 굽혔다.

"꼴사나우니 그냥 좀 앉아있어."

나는 유키치를 노려봤다. 하지만 바로 눈을 피했다.

"돈이 없다고 하면 물건을 뺏어버려야지. 내다팔 곳은 얼마든지 알고 있어. 그쵸 할아버지?"

유키치는 허리를 펴고 백단향 작은 가지를 꺾었다. 매미 두세 마리가 날아올랐다.

"내 소중한 손녀딸을 엉망진창으로 만들어놓고서……."

할아버지는 혼잣말을 하듯이 중얼거렸다. 돈을 받아내는 행위가 정당하다는 것을 자기 자신에게 설득하고 있다.

이미 엉망진창이었지 않은가. 할아버지는 다소 술기운이 돌아서 안구가 충혈돼 있다.

"맞아요. 할아버지."

유키치는 입으로 물어서 뜯던 백단향 잎사귀를 뱉어냈다.

"조선인은 가난한 집안의 여자를 인간으로 여기지 않는 거야……. 뭉칫돈을 듬뿍 우려내야 해. 그러면 요시코를 술집에 보내지 않아도 되니까."

"……."

"우려낸 돈으로 요시코에게 좋은 것을 사 주고 좋은 음식을 먹여야죠. 할아버지가 이제 남은 생에서 가능한 것이라고는 이것밖에 없어요."

"얼빠진 녀석!"

할아버지가 목발을 잡더니 유키치를 때리려 했다. "나는 요시코 대신에 이걸 하고 있을 뿐이야. 나를 위해서가 아니야. 돈을 우려낸다는 말은 또 뭐야."

"얼빠진 녀석이 다 뭐예요. 누가 그런 걸 가르쳐 준거죠."

"입 좀 다물어!"

나는 밀짚모자를 뒤집어쓴 후 게타에 발을 밀어 넣고 일어섰다.

"가자."

유키치와 할아버지는 둘 다 야자수 삿갓을 썼다.

우리는 문 앞에서 멈춰 섰다. 아카바나가 흐드러지게 펴있다.

"조선인 외에 또 누가 있는 건 아니겠지?"

할아버지가 나를 봤다. 나는 끄덕여 보였다. 우리는 문으로 들어갔다.

"미군은?"

"할아버지는 아직도 목숨이 아까워요? 그보다는 놈이 집에 얌전히 있을지 그게 문제잖아요." 유키치가 말했다.

할아버지가 무언가 말하기 시작했다. 하지만 개가 짖었다. 커튼이 걷히더니 조선인이 나타나서 개를 제지했다. 조선인의 장발이 이마에 늘어져 있다. 생각 탓인지 수척해 보였다. 흰 깃을 젖힌 셔츠를 입었기 때문인지도 모른다.

"자 어서 들어오시죠."

조선인은 입언저리를 움직였다.

"실례합니다."

나는 게타를 벗었다. 나머지 둘에게도 들어오라고 조선인은 권했다. 둘은 망설이다 집으로 들어서려 했다. 나는 눈짓으로 고개를 옆으로 저었다. 둘은 문가 통로에 앉았다. 나는 유키치의 더러워진 발이나 할아버지의 외발을 보여주고 싶지 않았다. 나는 커다란 소파로 안내 받고 앉았다. 가구는 생각보다 적었지만 외국제 고급품이다. 조선인은 콜라와 미제 과자 그리고 호두를 권했다. 나는 목이 말랐지만 콜라를 잔에 따라서 한 모금 마시고 조금 있다가 다시 한 모금 마셨다. 유키치는 단숨에 다 마셨다. 조선인은 담배를 피우기 시작했다. 묘하게 조용한 얼굴이다. 그의 눈가는 외 겹에 위쪽으로 째져 있지만 시원스러워 보이는 눈동자를 하고 있다. 나는 그 모습을 훔쳐봤다. 조선인은 얼굴을 조금 기울여 앞뜰을 보고 있다. 대나무숲 잎들이 스치며 내는 소리가 매미 소리와 섞여서 소란스럽다. 이 조선인은 복수를 꿈꾸고 있는 것 이 아닐까. 조선인은 말을 꺼내지 않았다. 답답해졌다. 당신은 왜 돈을 받으러 온 것 인가? 당신과는 아무런 관계도 없는 일이 아닌가. 조선인에게 얕보이고 있다는 기분 이 들었다. 둘 앞에서 당당하지 않으면 안 된다. 나는 등줄기를 세웠다. 유키치도 안 정이 되지 않는 모양이다. 주먹을 꽉 쥐었다 폈다 하고 있다. 조선인은 할아버지에게 한마디도 사과하지 않았다. 요시코를 정말로 겁탈했나? 스커트와 속옷이 흐트러졌 었다고 할아버지는 말했다. 하지만 미수였을지도 모른다. 그 후에 정말로 범한 것은 유키치인지도 모른다. 처음으로 셋이서 모인 밤 유키치가 범행 상황을 위세 좋게 지 껄여 댈 때도 나는 믿지 않았다. 하지만 애써 믿어보려 했다. 지금도 나는 이 조선인 이 요시코의 몸을 빠짐없이 핥고 여기저기를 만졌다고 믿었다. 그러자 이상하게 안 정이 됐다. 나는 콜라를 침과 함께 마셨다. 이렇게 가엾은 여자를 겁탈하다니……. 나는 요시코와 관련된 어릴 적의 그리운 추억을 떠올리며 조선인을 경멸하려고 노 력했다. 하지만 요시코의 흰 육체가 조각난 채로 떠올라 통합된 이미지가 떠오르지 않았다. 작정하고 물어보자고 다짐했다. 어째서 당신은 요시코를 범했는가? 하고. 유키치가 별안간 일어나서 앞뜰을 걸어 다녔다. 대나무숲 앞에 둥근 콘크리트로 가 장자리를 만든 우물이 있었다. 잡초에 둘러싸여 몇 줄이나 잔금이 가있는 오래된 우 물이다. 유키치는 그 주변에서 두레박을 찾았다.

"그 물은 마실 수 없습니다."

조선인이 앉은 채로 말을 걸었다. "콜라로 괜찮으시다면 드리겠습니다."

조선인은 콜라 세 병을 꺼내왔다. 나는 유키치가 지긋지긋했다. 하지만 덕분에 긴장이 끊겼다.

"어째서 마시지 못하죠?"

나는 물어봤다. 마침 일어선 조선인은 대답하지 않고 책상 서랍을 열더니 가로 쓰기용 봉투를 꺼냈다.

"약속한 돈입니다."

봉투를 테이블 위에 놓았다. 순간 할아버지와 유키치가 눈을 마주했다. 씨익 움직이는 유키치의 입가를 조선인이 눈치 채지 않았을까 하고 나는 신경이 쓰였다. 나는 지폐 다발을 꺼내서 세야 할지 망설였다. 손가락으로 무심한 척 두께를 쟀다.

"그럼 그 아이의 할아버지에게 확실히 전해 주겠습니다. 그 할아버지는 표준어를 잘 말하지 못해서 제가 함께 왔던 겁니다. 집이 근처기도 하고요."

나는 조선인의 얼굴을 제대로 볼 수 없었다.

"그렇습니까. 수고하십니다."

조선인은 담배 연기를 뿜어냈다. 속마음을 꿰뚫린 듯한 기분이 들었다. 빨리 돌아가고 싶다. 당신은 먼 오키나와 구석까지 끌려온 조선인이 아닌가! 나는 마음속에서 반복해서 말했다.

"그럼 실례하겠습니다."

나는 목소리에 힘을 실었다.

"그러십니까."

조선인은 작게 끄덕였다. 나는 게타에 발을 넣었다. 할아버지와 유키치가 앞서서 걸어갔다. 뒤돌아보지 않았다. 조선인이 내 귓가에 대고 말했다.

"다음 일요일에 혼자 와주시지 않겠습니까. 드릴 말씀이 있습니다만……."

나는 아연실색하며 조선인을 바라봤다.

"부탁드립니다. 오늘하고 같은 시간에……."

조선인은 속삭였다. 할아버지와 유키치가 돌아보는 기색이 느껴졌다. 나는 수긍했다. 개를 피해 잰걸음으로 둘을 따라잡았다. 그가 무슨 의도로 그러는 것인지 납득이 가지 않았다.

유키치는 할아버지 앞으로 가는 듯 하다가 곧바로 할아버지와 보조를 맞췄다. 그러다 다시 발걸음을 빨리해서 앞서갔다. 목발로 버티는 할아버지의 양팔 힘줄이 모인 부위의 혈관이 드러나 보였다. 유키치는 돌을 찼다. 피어오른 먼지가 내 얼굴로 날아들었다. 유키치가 돌아봤다.

"돈을 조금 더 뜯어낼 수 있지 않았을까."

"더 이상 떠벌리지 마!"

나는 유키치를 노려봤다.

"내가 봤어. 내가 봤으니까 이렇게 돈을 받은 거잖아."

"……."

"도와주지 않았어도 나 혼자 흥정할 수 있었어."

"그래. 그럼 왜 부탁을 하러 왔어? 머리를 숙여서 부탁했던 게 누구야."

나는 속이 미식거렸다.

"할아버지가 자기 맘대로 가자고 한 거야."

유키치는 할아버지를 봤다. 할아버지는 지면을 응시한 채 앞서 갔다.

"넌 어째서 요시코를 도와주지 않았던 거야? 가라데를 한다면서?"

"조선인이 권총을 갖고 있을 것 같았어."

유키치는 할아버지 바로 뒤에서 걸었다. 할아버지의 쥐색 바지 뒷주머니에 구겨진 채 들어가 있는 봉투 앞부분을 유키치는 보고 있었다. 할아버지가 일부러 돈을 아무렇게나 다루고 있는 것이라고 나는 느꼈다. 긴네무 잎사귀 뒤에 매미의 허물이 달라붙어 있다. 할아버지는 몇 번이고 멈춰서 숨을 골랐다. 어째서 이런 외다리를 한 늙다리까지 데려와야 했을까. 아니지, 할아버지가 허락하지 않았을 거다. 돈을 슬쩍 훔쳐가지 않을까 하고 걱정을 했을 테니. 할아버지는 타이완 상사수相思樹, 아카시아 줄기에 기댔다. 나는 할아버지에게 손을 빌려줬다. 할아버지가 손을 잡으며 앉았다. 우리도 앉았다. 땅에 떨어진 검은 잎 그림자가 술렁거리고 있었다.

"나누세."

할아버지는 봉투를 꺼내들었다. 우리는 지폐가 바람에 날아가지 않게 신경 쓰며 옹기종기 모여 앉았다. 할아버지가 지폐를 셌다. 유키치가 침을 삼켰다. 쓰루와 하루코를 편안하게 해 줄 수 있다. 쓰루는 갑자기 나이를 먹은 듯 했다. 모발에 윤기가 사라졌다. 손이 부르터서 여자 손이라고 믿을 수 없을 정도다. 요시코의 복수도 해줬다. 조선인은 돈을 지불한 후 후련해졌을 것이 틀림없다. 할아버지는 돈을 삼등분했다. 오천 엔씩 몫이 나뉘었다. 나는 돈을 세지 않고 주머니 깊숙이 찔러 넣었다. 유키치는 손가락에 침을 묻혀서 지폐를 셌다.

"조선인이 시치미를 잡아떼면 내가 가만히 안 있으려고 했어……."

우리는 잠시 입을 다물었다. 시원한 공기를 점차 느꼈다. 젖은 겨드랑이와 등짝이 기분 나쁘게 느껴졌다.

"역시 얼마 안 되잖아. 다음에는 요시코를 데리고 가자. 어차피 조선인은 나쁜 일을 해서 돈을 모으고 있어."

"넌 멀쩡한 일이나 찾아. 아직 젊잖아."

나는 엉겁결에 말을 뱉어버렸다. 그런 넌 어떻고? 하고 반론을 당할 듯한 기분이 들었다.

"그런 바보 놈들에게 명령을 당하고 살 것 같아? 겨우 오백 엔 정도 급료를 타려고."

"너희들은 먼저 돌아가."

할아버지의 얼굴은 이상하게 일그러져 있다. 무언가 말하면 바로 울고 아우성칠 듯 했다. 나는 수긍하고 일어섰다. 유키치는 무언가 말하고 싶은 듯 했지만 긴네무 잔가지를 꺾더니 손바닥을 맞부딪친 후 걷기 시작했다. 나는 발걸음을 늦췄다. 유키치와 떨어지고 싶었다. 할아버지를 뒤돌아보지 않았다.

나는 비탈길 도중에 자전거에서 내려 밀고 올라갔다. 땀이 갑자기 배어 나왔다. 겨드랑이에 코를 댔다. 뿌려둔 하루코의 향수 향기는 아직 사라지지 않았다. 긴네무

숲에 차단돼 바람은 약해졌다. 나는 조선인의 의도를 아직 알아내지 못했다. 하루코에게 다 털어놓고 말하고 싶었다. 조선인에게 살해당하는 것은 아닐까 하고 걱정하자 하루코가 몹시 그리워졌다.

전쟁 때 보던 광경이 뇌리에 여전히 생생하다. 중년의 조선인은 울고 아우성치며 두 손 두 발을 뒤에서부터 잡고 있는 오키나와인의 손에서 풀려나려고 날뛰었다. 조선인의 마르고 벌거벗은 가슴을 총검으로 천천히 문지르던 일본 병사가 갑자기 엷은 웃음을 거두더니 스파이라고 말하며 이를 갈았다. 그 직후에 조선인의 가슴팍 깊숙이 총검을 꽂고 심장을 도려냈다. 나는 눈을 굳게 감았지만 기계가 삐걱대는 듯한 조선인의 목소리는 지금도 귓가 깊숙이에서 되살아난다.

나는 머리를 흔들었다. 턱에 고인 땀이 떨어졌다. 어쩌면 정말로 돈을 다시 뜯어낼 수 있을지도 모른다. 할아버지와 유키치에게는 비밀로 하자. 조선인은 누설하지 않는다. 이유 없이 자전거 벨을 울렸다. 요시코 말이지? 아사토 할아버지 손녀잖아. 그 아이 요즘에는 거의 나오지 않나봐. 어딘가 아픈지도 몰라. 하루코는 바닥에 걸레질을 하다 손을 멈추고 나를 올려다봤다. 하루코가 일하는 술집과 요시코의 술집은 이웃하고 있다. 그저께 일이다. 그 전날에는 유키치와 집 근처 잡화점에서 만났다. 우리는 코카콜라를 마시는 동안 서서 이야기를 나눴다. 나는 할아버지가 어쩌고 있는지 물었다. 할아버지를 만나러 갔는데 아무리 해도 안에 들여보내주지 않았어. 너 따위 들어오지 못 한다고 하면서. 이웃 사이에 도는 소문에 따르면 사람들 앞에서 보란 듯이 함부로 돈을 쓴다고 하던데……. 밥도 레스토랑에 가서 먹고 양복도 비싼 것을 사고. 하지만 얼굴은 바꿀 수가 없으니 어째요 하고 창문에 대고 큰 소리로 외쳤어. 이어서 너무 사치하는 거 아닙니까? 요시코가 시집 갈 돈도 조금은 생각해주세요. 돈을 잘 모아두면 나한테 시집 보내도 좋아요 하고 말했어. 그러자 할아버지는 창 너머에 있는 내쪽으로 찰싹 붙더니 세상 사람들한테서 손가락질을 받고 싶지 않아 하며 이를 갈며 말하더라니까. 나는 이유도 알 수 없고 그 눈빛도 이상해서 그대로 집에 돌아왔어. 나는 할아버지에게는 그다지 큰 관심이 없는 척을 하면서

너야말로 제대로 가정을 이루고 살 궁리를 하라고 유키치에게 말한 후 헤어졌다. 몇 걸음 가지 못했는데 유키치가 나를 멈춰 세웠다. 요시코는 할아버지 때문에 술집에 나가지 못한다고 그랬어. 요시코는 밤만 되면 술집에 가고 싶어서 화장을 한 채 울고 있어. 유키치는 그렇게 말한 후 어깨를 좌우로 흔들면서 시야에서 사라졌다.

유키치는 나하에 있는 젊은 술집 여자와 동거를 시작한 모양이다. 아마미오시마 출신의 키가 크고 마른 여자라고 하루코가 말해줬다. 쓰루에게 장가를 보낼 기회를 잃어버렸다. 이제 내가 있는 돈을 다 모아서 줘도 유키치는 승낙하지 않을 것이다. 나는 너무 주저했다. 이를테면 무얼 어떻게 해야 효과가 있을까 하고 지나치게 골똘히 고민했다. 나는 조선인에게서 돈을 받아낸 이후로 줄곧 고민하고 있었다. 이혼할 것이라고 단도직입적으로 말한 후 쓰루가 상당한 금액을 모아두고 있고 살결도 부드러워서 안을 때 느낌이 좋다고 유키치에게 넌지시 내비치려 했었다. 쓰루에게 돈을 전부 주면 호적을 빼줄지도 모른다. 하지만 유키치가 기다려 주려나? 기뻐하며 일단 승낙을 한 후에 아마미오시마 여자와 도망칠지도 모른다.

나는 자전거를 세우고 긴네무 줄기에 소변을 갈겼다. 뿌리 부근에서 포탄의 파편을 발견했다. 파내 보니 주먹보다 네 배는 컸다. 자전거로 나르려고 해봤지만 원래 있던 곳에 파묻은 후에 작은 돌로 주위를 쌓아서 감췄다. 조선인이 찾아내는 것은 싫었다. 위치를 잊지 않기 위해 긴네무 두 줄기를 꺾었다.

드디어 비탈길을 다 올라갔다. 바람이 전신을 스쳐 지나갔다. 요시코와 유키치를 결혼시키고 할아버지와 쓰루를 결혼시키면 어떨까 하고 문득 떠올렸다. 불가능하지는 않다. 나는 엉겁결에 자전거에 걸터앉아 벨을 네다섯 번 울렸다. 그러자 아이들이 옆에 있는 긴네무 나무를 헤치며 나왔다. 초등학생처럼 보이지만 발걸음은 묵직했다. 남자 아이가 세 명, 여자아이가 한 명이다. 모두 마대를 매고 있다. 토끼 사료나 불발탄, 혹은 두 개 다 줍고 있는 것처럼 보였다. 누구도 말을 하지 않은 채 일제히 눈이 개개풀린 듯한 충혈된 눈으로 나를 올려다보다 그대로 비탈길을 내려가기 시작했다. 여자아이의 짧은 스커트에서 삐져나온 헐렁헐렁한 팬티가 더러워져 있었다. 긴네무의 가지를 꺾지 말았어야 했다. 지나치게 눈에 띈다. 언덕의 급커브가 있는 길모퉁이에서 아이들 모습은 사라졌다. 나는 자전거로 내달렸다. 밀짚모자가 날아갈 것만 같다.

어젯밤은 잠들기 힘들었다. 무더웠다. 나는 몇 번이고 잠에서 깨어 일어나 모기장에서 나와 차를 마셨다. 조선인이 예전의 나를 기억하고 있는 듯한 기분이 들었다. 조선인의 옛 얼굴이 천장에 떠오르기도 했다. 어떻게 출세를 한 것일까? 조선인의 얼굴을 보며 나는 사실 과거의 모습을 알고 있다고 말하면 득을 볼지도 모른다. 아무도 구해주지 않았었다. 어째서 요시코를 덮친 것일까? 꼬리에 꼬리를 물고 이런저런 사념이 소용돌이 칠 것 같은 예감이 강해졌다. 나는 하루코를 흔들어서 잠옷 가슴 부근의 옷고름을 풀었다. 하루코의 유방에는 땀이 배어 있어서 손이 미끄러졌다. 하루코는 졸린 듯 무언가 한마디 말했지만 내 손길에 응하며 내 목덜미와 등을 문질렀다. 돈을 전부 들고 나하로 가서 하루코와 단둘이 작은 요릿집을 시작하고 싶었다.

조선인은 툇마루 쪽에서 기다리고 있었다. 나는 가볍게 인사를 했다. 조선인도 인사를 받고 홍초 군생 쪽으로 눈길을 돌렸다.

"이 꽃은 무더위 속에서도 매우 빨갛군요. 지나치게 붉어요."

나는 하리망당히 수긍했다.

"석 달 전부터 피어 있습니다. 가랑비에 젖어서……. 저는 똑똑히 기억하고 있습니다. 자 어서 들어가시죠."

셰퍼드는 없었다. 나는 전에 앉았던 곳에 또 앉았다. 바람이 스쳐 지나갔다. 조선인의 긴 머리카락이 얼굴을 덮었다. 나는 다른 사람을 보고 있는 듯한 기분이 들었다. 조선인은 부드럽고 조금 불그스름한 빛을 띠는 머리카락을 양손으로 쓸어 올리며 내게 담배를 권했다. 나는 담배를 받아들고 라이터를 든 조선인 앞으로 내밀었다. 평소에는 담배를 태우지 않는다. 군침을 삼켰다. 밖에 나가기 전에 차를 충분히 마셔서 목이 마르지 않게 주의를 했지만 차가운 콜라가 있으면 했다. 담배 연기는 금방 바람에 날려 밖으로 날아가 흩어졌다. 조선인은 가만히 나를 보고 있다.

"오늘은 마음 편히 맥주라도 마시면 어떨까요?"

나는 뜻하지 않게 수긍했다. 조선인은 일어섰다. 속마음이 들여다보였다. 하지만 마시면 긴장도 풀어지는 법이다.

"저 대숲은 밤이 되면 매우 떠들썩합니다."

내가 앞마당으로 시선을 향하고 있자 조선인은 미국산 맥주 두 캔을 테이블에 올려놓고 뚜껑을 땄다.

"시끄러워서 저는 지난 석 달 동안 하루도 눈을 감고 잔 적이 없습니다. 어서 드시죠."

조선인이 한 입 마시는 모습을 보고 나도 삼분의 일 정도를 단숨에 들이켰다. 조선인의 눈꺼풀에는 붉은 기가 감돌아서 부어올라 있는 것처럼 보였다.

"……혼자서 사십니까?"

나는 말했다. 아무런 말도 하지 않으니 갑갑했다.

"그렇습니다."

조선인은 담배를 재떨이에 뭉개어 끄고 다른 담배에 불을 붙였다.

"괜찮으십니까?"

애매하게 물어봐서 뭐가요? 하고 반문을 당할 듯한 느낌이 들었다. 조선인은 입술 가장자리를 찡그렸다.

"이 집에 유령이 나온다는 소문이 있죠? 괜찮습니다. 아마도 조선인 앞에서는 둔갑하지 않는 듯하군요. 마루 아래에 묻었다는 것 같습니다. 일본군 두 명은…… 여기서 주무시고 가시지 않으실래요? 유령이 나올지도 모릅니다. 오키나와 사람 손에 괭이랑 낫으로 갈기갈기 찢겨졌다고 하니까요."

나는 대답할 말이 없어서 맥주에 입을 갖다 댔다. 자고 갔다가는 조선인에게 살해당할지도 모른다. 미군 엔지니어 중에는 권총을 휴대하는 사람이 많다. 나는 누구한테도 이 집에 온다는 말을 하지 않았다. 아까 만났던 아이들이라면 알고 있을지도 모르지만……. 테이블에 올려놓은 조선인의 팔은 털이 적고 근육은 긴장돼 있었다.

하지만 어딘지 모르게 언행은 부드럽다.

"미군 엔지니어 대부분은 철조망 안에 있는 미군 하우징에 살고 있지 않나요?"

나는 말했다. 조선인이 눈을 감고 있는 모습이 어째 으스스하다. 조선인은 눈을 바로 떴다.

"저한테 그런 곳은 어울리지 않습니다……. 그렇지만 이 집도 땅도 제 것이란 느낌은 안 듭니다. 제가 사기는 했으나…… 뜰에도 잡초가 제멋대로 자라있지요."

나는 앞뜰을 봤다. 잡목 잎에 흰 빛이 튀어서 눈부시다. 집 안의 부족한 광량에 눈이 적응을 했는지도 모른다. 나는 문득 외발 할아버지를 두 번이나 데려온 것을 후회했다. 상처받은 사람을 불쌍한 듯 들이밀지 않았어도 조선인은 순순히 돈을 내놓았을 텐데…… 하지만 조선인은 내게 무얼 말하고 싶은 것일까. 무슨 용건이 있단 말인가.

"……결혼은 하셨습니까?"

나는 물었다. 요시코 사건으로 불이 붙을지도 모른다.

"피우시겠습니까?"

조선인은 내게 담배를 권했다. 나는 또 거절하지 못하고 한 대 뽑아 들었다. 조선인도 입에 물었다.

"전 담배가 없으면 일을 못 합니다. 나이가 많아서인지 곧잘 어지럼증이 일어나서……. 천천히 정신이 아찔해집니다. 아직 정신을 잃은 적은 없지만요. 이전에는 일에 빠져 살려고 노력했지만 요즘에는 일을 하는 도중에도 꿈을 꾸는 듯한 기분이 듭니다."

담배를 너무 핀 탓일까, 이례적으로 말을 너무 많이 했기 때문일까. 조선인의 목소리는 쉰 것 같았다.

"애인이 있었습니다. 결혼은 하지 않았지만요."

조선인은 등줄기를 쭉 펴고 양손을 겹쳐 테이블 위에 올려놓은 채 내 눈을 봤다.

"제 이야기를 가볍게 들어주시지 않겠습니까? 반시간 정도면 충분합니다."

나는 우물쩍 수긍하고 조선인이 말하기 쉽도록 그의 입 주위를 응시했다.

어째서 소리가……. 연인의 이름은 강소리일본식 읽기는 간샤리라고 합니다. 어째서 그렇게 됐는지는 짐작도 되지 않습니다. 소리는 고향에 있을 때는 가난에 익숙했습니다. 매춘소에 들어갔을 때 창부 네 명이 등을 보이고 앉아있었습니다. 저는 이름을 부르는 것이 두려웠습니다. 그러자 키가 작고 이중턱을 한 안내역의 여자가 오른쪽 끝에서 여자 얼굴을 사이에 두고 돌아보게 했습니다. 그 여자는 긴 머리카락이 얼굴의 반을 가리고 있었습니다. 흙색 얼굴에 두껍게 분을 바른 듯 했고요. 바르지 않은 목덜미는 군데군데 얼룩이 보여서 알았습니다. 아니야 하고 나는 머리를 흔들었지요. 그러자 마담은 한 손으로 여자의 머리카락을 헤집고 다른 손으로 턱을 들어 올려서 오키나와 방언으로 무언가 크게 외쳐댔지요. 나는 두세 걸음 다가가서 자세히 들여다봤어요. 하지만 몸의 특징을 거의 떠올릴 수 없었습니다. 하지만 소소한 습관이 하나 있었습니다. 조용히 웃음 지을 때면 오른쪽 귓불을 엄지와 집게손가락으로 얼굴을 가볍게 꼭 감싸고 조금 갸웃하는 몸짓…… 그때 앞에 있던 여자가 그 몸짓을 짓는 게 아닙니까. 불그스름한 옷자락 끝에 나와 있는 허벅지에 보라색 주사 자국이 몇 군데나 퍼져 있었습니다. 눈은 움푹 패여 있고…… 사람이 어떻게 이토록 변할 수 있나요. 전 정신을 차리고, 그녀의 이름을 불렀습니다. 하지만 여자는 마담에게 더듬거리는 오키나와 방언으로 말하며 수상쩍은 듯이 저를 보는 게 아닙니까. 저는 소리가 아직 사람을 응시하는 힘을 잃지 않은 모습을 보고 마음이 놓였습니다. 하지만 그 사이에도 손가락 세 개를 세우고 네 개를 세우며 마담의 안색을 살폈습니다. 값을 가늠하는 것이겠죠. 나는 여자의 낙적을 하고 싶다고 마담에게 말한 후 아마도 상식의 열 배에 달하는 돈을 제시했습니다. 마담은 저를 한참 주시했습니다. 마침내 한숨을 작게 내쉬고 돈은 있냐고 물었습니다. 저는 함께 따라오면 바로 주겠다고 말했습니다. 마담도 일어서려고 했지만 마을에서 멀리 떨어진 유령 집에 산다고 하자 갑자기 의심스러운 표정을 짓더니 자리에 다시 앉더군요. 내일 아침에 돈을 가져오면 여자를 넘기겠다고 말했습니다. 저는 내일이 되면 돈을 꾸러 사람이 오기 때문에 지금 말한 금액 전부를 준비할 수 없다고 마담의 마음을 술렁이게 만드는 거짓말을 했습니다. 하지만 마담은 흥정에 익숙한 듯 돈이 준비되면 넘긴다. 뭣하면 이 이야기는 없었던 것으로 해도 좋다. 사겠다는 사람이 아예 없는 것도 아니고 하고 말하는 겁니다. 결국 저는 타협을 했습니다. 마담을 죽여 버리고 싶은 충동도 몇 번이고 일어났지요. 두 번째 살의랍니다. 첫 번째 살의는 조금 있다 말씀드리겠습니다. 그날 밤은 한숨도 자지 못했습니다. 평상시에 찬장에 넣어두던 돈을 강도가 들어 훔쳐갈 것 같은 기분이 들어서 참지 못 하고 카펫 아래에 숨겼고요.

저희는 서로 결혼하겠다고 언약을 했던 사이입니다. 하지만 저는 소리의 입술에 닿은 적도 없습니다. 갑자기 일본군이 징용을 하러 나타났던 겁니다. 아니 닿을 기회는 있었지요. 소리는 그때 운명을 예견했는지도 모릅니다. 징용 며칠 전에 소리는 제게 몸을 맡기려 했어요. 밖에는 큰 눈이 내리고 있었는데 그녀의 유일한 육친인 어머니는 일이 생겨서 외출 중이었습니다. 저는 육친이 아무도 없습니다. 소리는 몸이 미묘하게 휘어있었지만 딱딱해진 얼굴에는 붉은 기가 감돌고 있었습니다. 그렇지만 전 몸이 경직된 채로 있었습니다. 결혼 전이었으니까요. 제가 이렇게 태평스럽게 살아남은 것은 소리를 봤기 때문입니다. 일본군에게 끌려나와 요미탄에서 오키나와인이나 타이완인과 함께 비행장 건설 강제노동을 하고 있던 때였습니다. 저는 직사광선과 눈으로 파고드는 땀 때문에 눈이 부셨지만 수십 미터 앞에 멈춘 군용트럭에서 대장과 동행해서 내린 여자가 소리임을 바로 알아차렸습니다. 저는 곡괭이를 버리고 달리기 시작했습니다. 하지만 바로 옆에 있던 일본 병사에게 붙잡혔고, 놀라서 달려온 반장에게 호되게 두들겨 맞고 발로 차인 후 쭈그려 앉은 채로 원래 서 있던 장소로 질질 끌려갔습니다. 소리는 이 소란을 언뜻 봤을 뿐 막사 쪽으로 사라졌습니다. 그래도 전 그녀가 믿음직스러웠습니다. 19살 밖에 안 된 여자가 먼 곳에 와서 이국 병사들 한복판에서 태연하게 있었으니까요. 저는 미소를 머금고 있었는지도 모릅니다. 제 얼굴에 묻은 피를 수건으로 닦고 수통에 얼마 남지 않은 물을 마시게 해준 젊은 오키나와인도 묘한 얼굴로 저를 봤으니까요. 우리 조선인은 매일 밤 모여서 북쪽 방향, 즉 조선 방향을 보면서 서로를 위로했습니다. 그런데 그날 밤 본 그 여자가 틀림없이 조선인이라고 제가 주장해도 그럴 리 없다 본 적도 없다며 아무도 상대해주지 않더군요. 동료들도 그 후 모두 동굴 안에 갇힌 채 학살당해 이제 증인도 없지만요. 확실히 소리는 쌍꺼풀에 검은자위가 크고 부리부리한 모습이 오키나와인과 닮았기 때문에 저 외에는 눈치 챌 수도 없었을 것이라고 이제 와서 생각해 보기도 합니다만…… 제가 여자의 정체를 확인하고 싶다고 고집을 부려서 몇 번이고 마치 꿈을 꾸는 듯이 막사 밖으로 나갔다가 그때마다 동료들에게 끌려 들어갔습니다. 한밤중에 대장의 막사에 다가가면 총살당하리라는 사실을 잊고 있었습니다. 낮 동안의 노동으로 몸은 움직일 수 없을 정도로 피곤한 상태였으나 이상하게 눈이 또랑또랑해졌습니다. 막사 안에서 허공을 바라보는 밤이 계속됐습니다. 소리는 간호부로 징용됐을 뿐이라고 몇 십 번이고 중얼거렸습니다. 종군간호부면 모두 위안부가 아닙니까. 그렇지요? 오키나와 여자도 마찬가지입니다. 당신의 여동생도 징용되지 않았나요? 여동생이 있습니까? 그렇습니까. 그렇지만 말입니다, 오키나와인은 전쟁이 없는 곳으로 소개하고 조선인은 격전지에 가야 하다니 정말 이상하지 않나요? 물론 그쪽 책임은 아니지만요. 마음 상하지 않기를 바랍니다. 한때는 여러분들이 옥쇄玉碎, 옥쇄는 옥처럼 아름답게 깨져 흩어짐, 즉 지도층이 제창하는 대의·명예 따위에 목숨을 바쳐 깨끗이 죽는다는 뜻하지 않아서 분했습니다. 삼십 만 명이나 살아남다니 비겁하다. 저는 오키나와인은 한 사람도 남김없이 전부 스파이라고 믿었습니다. 하지만 더 이상 오키나와인을 원망하지 않습니다. 미군도 원망하지 않습니다. 우리를 끌고 간 인간을 원망합니다. 그것도 아니라면 심장과 뇌에 탄환을 맞지 않고 살아남았다는 사실을 원망합니다. 아닙니다. 저는 죽는 것이 정말 무서웠어요. 저는 겨우 며칠 만에 소리의 모습을 보고도 일본군 대장이 옆에 있으면 작은 신호 하나 보내지 못했습니다. 소리의 이름을 큰 소리로 부르며 부둥켜안았더라면 좋았겠지요……갈기갈기 찢겨 죽더라도…… 살아있는 한 후회할 겁니다. 대장에게 살의를 품고 있었습니다. 첫 번째 살의입니다.

하지만 그저 품고만 있었습니다. 비행장이 완공되면 순진하게도 소리와 함께 고향으로 돌아갈 수 있다고 믿었습니다. 그런 꿈을 꾸고 저는 비행장 건설에 온 힘을 다했습니다. 하지만 비행장이 드디어 완공돼 축하연을 열려고 했지만 이번에는 파괴 작업으로 내몰렸습니다. 미군이 사용하지 못하게 하기 위해서입니다. 일본군은 궁지에 몰리고 있었습니다. 다 부수기도 전에 일본군 부대는 소리를 데리고 남부 쪽으로 이동했습니다. 저는 소리를 따라 도주 하려다 잡혀서 총신 뒷부분에 맞아서 발이 뭉겨졌습니다. 얼마 후 미군에게 공습과 함포사격을 당하고 기지에 잔류했던 일본군은 전멸 당했습니다. 저는 미군의 포로가 됐고요. 얼마 후 저는 미군 군함을 타고 연안에 숨어있는 일본군에게 마이크로 항복하라고 소리를 질렀습니다. 전쟁도 완전히 끝나가고 있었습니다. 조선인이 일본군에게 대량학살 당했다는 사실도 확인했습니다. 제 속마음은 항복보다는 그들을 궤멸시키고 싶었습니다. 넝마 조각을 입고 야자수 삿갓을 쓰고 지역 주민인 척해서 살아남아 있는 일본군 장교도 적지 않았습니다. 하지만 아무리 주의 깊게 찾아봐도 소리를 데려간 대장은 찾을 수 없었습니다. 일본군 대장도 남부로 도망치기 직전에 극도의 흥분 상태로 이성을 잃었습니다. 조선인에게도 죽으면 야스쿠니 신사에 넣어주마 하고 말을 하더군요. 그냥 죽으면 개죽음이지만 미군과 싸우다 죽으면 야스쿠니 신사의 신이 된다고요. 미군과는 비교도 안 되는 제안입니다. 미군은 저희에게 바로 금전적 보상과 함께 지위를 부여했습니다. 저희에게 돈과 지위는 별 의미가 없지만요. 이국에서 저희 같은 사람은 지배자가 되지 않으면 살아갈 수 없음이 확실합니다. 저는 지배자가 될 기력도 자격도 없었습니다. 다만 이 작은 섬에 소리가 살고 있다는 확신만이 저를 지탱했습니다. 그 후 8년 동안 아무리 해도 소리를 찾을 수 없었습니다. 조선인이라는 사실을 숨기고 살아왔던 셈이지요. 야바위꾼 아이에게 끌려서 간 어두운 방에서 그녀를 발견한 것은 바로 석 달 정도 전의 일입니다. 제 이야기가 지루하시죠? 조금만 참고 들어주세요. 곧 이야기는 끝납니다.

저는 돈을 써서 소리를 거두었습니다. 정액으로 소리를 엉망진창으로 만든 사내들에게 살의를 느끼지 않았습니다. 누구를 죽여야 좋을지 알 수 없으니까요. 일본 병사, 미군 병사, 오키나와인……. 그중에 조선인 사내는 한 명도 없었음이 분명합니다. 아니에요. 사실 그저 죽음이 두려워 살의가 일어나지 않았는지도 모릅니다. 전쟁 중에도 몹시 두들겨 패는 일본 군인에게조차 한 조각의 증오도 품지 못 하고 그저 저를 죽이지만 말아달라고 매달렸습니다. 용기도 없는 놈이 용기를 낸 것이 애초부터 잘못이었을까요. 고향에서 저는 소리의 손도 잡아보지 못했습니다. 발버둥 치며 함께 도망치자는 소리를 양손으로 끌어안았습니다. 소리는 오랜 세월 어두운 방안에 갇혀 있었기 때문에 흰색으로 차오르는 아침에 당황했나 봅니다. 저도 필사적이었습니다. 저를 위협할 심산으로 마담의 등 뒤에 세워뒀던 상반신을 탈의한 까까머리 중년 사내가 쫓아오지는 않을까 불안해서 견딜 수 없었습니다. 간신히 택시를 타고 이 집에 소리를 데려왔습니다. 소리는 한마디 말도 하지 않았습니다. 가장자리에 앉아 더 이상 도망칠 낌새도 보이지 않더군요. 마침 5월이라 가랑비가 내리고 있어서 안에 들어가라고 저는 몇 번이고 소리를 재촉했습니다. 하지만 미동도 하지 않더군요. 저는 소리의 팔을 붙잡았습니다. 하지만 격렬하게 뿌리치더군요. 가만히 소리의 눈을 보니 그녀는 대나무숲 쪽을 가만히 응시하고 있었습니다. 무언가를 숨기고 있는 눈은 아니었습니다. 정말로 저를 잊었는지도 모릅니다. 저를 기억해 준다면 미군에게 더 이상 알랑거리지 않아도 될 텐데 하고 그때 생각했습니다. 저는 미군 파티에도 자주 갔지만 미국 여자는 마음에 들지 않았습니다. 제가 어깨에 가만히 손을 올리자 서 있던 소리가 갑자기 도망쳤습니다. 저는 맨발로 뛰어가 대나무숲 둑을 기어 올라가려는 소리의 윗옷 자락을 잡았습니다. 그러자 소리는 젖은 땅에 발이 미끄러져서 잡고 있던 대나무를 크게 흔들었습니다. 그 바람에 저는 대나무에 눈을 세게 맞았습니다. 저는 고통을 참았지만 눈물이 흘러넘쳐 나와서 잘 보이지 않아 그녀의 어깨를 잡으려다 긴 머리카락을 당기고 말았습니다. 저는 그녀의 머리카락을 흔들어 움직이며 한마디라도 해봐! 하고 애원했습니다. 소리는 새된 비명을 지르더니 뒤를 돌아보자마자 제 얼굴에 침을 뱉었습니다. 저는 소리를 끌어내렸습니다. 양손에 이상한 힘이 넘쳤습니다. 소리는 전신의 힘을 빼고 제게 기댔지만 저는 한동안 목을 졸랐습니다. 소리는 격렬하게 날뛰었습니다. 도망치기 위해서가 아니라 자신이 보이는 광기에 넘치는 힘에 깜짝 놀랐을 따름인지도 모릅니다. 제가 손에 힘을 풀어도 소리는 도망치지 않았을지도 모릅니다. 하지만 저는 그저 소리를 진정시키기 위해 힘을 줬습니다. ……아닙니다. 살의가 있었을지도 모릅니다. 세상에 나온 이후 세 명에게 살의를 품었고, 세 명 째에 겨우 그것을 실현시켰을 뿐입니다. 그런데 이상하지 않나요. 저는 죽을 수 있었던 전쟁 중에는 소리를 항상 떠올렸습니다. 괴로워지면 질수록 더욱 선명하게 떠올리며 그녀에게 의지해서 살아남을 수 있었습니다. 그런데 전쟁이 끝나고 죽을 염려가 없어지자 저는 간단히 소리를 죽여 버리고 말았습니다. 정말로 이상할 정도로 간단히……. 소리는 어째서 변해 버린 것일까요……. 지금도 믿지 못하겠습니다. 아닙니다. 제가 미쳐버린 것이겠죠. 저는 전쟁 중에는 아무것도 변하지 않았습니다. 변하지 않았다니 정말 이상하죠? 살아갈 수 없지 않습니까? 아, 시체는 이곳 대나무 숲 아래…… 땅이 조금 솟아올라 있는 부근에 묻었습니다. 옆으로 홍초가 늘어져 있는…… 바로 그곳에 묻었습니다…… 그곳에서 죽였으니까요…… 저는 한밤중에 소리를 여기 카펫 위에 눕혔습니다. 알몸으로 만들 생각은 없었습니다. 소리가 성병에 걸린 후 미군한테도 버려져서 거지꼴을 한 오키나와인이 앉은뱅이걸음으로 찾아오는 매춘 업소에서 꿈틀대고 있었기 때문이 아닙니다. 이유는 알 수 없습니다. 아직 본 적 없는 유방도 부패하고 백골이 돼서 흙덩이가 되리라는 사실을 알고 있으면서도 저는 단념할 수 없었습니다. 시간屍姦이 두려워서도 아닙니다. 알몸을 깨끗이 씻겨서 머리카락을 정리하고 궤짝에 넣은 후 정상적인 무덤에 넣는 대신에 어둠이 흰색으로 바뀔 무렵에 구덩이를 파고 매장했습니다. 흰자가 보이고 혀를 멋대로 내밀고 침을 흘린 얼굴의 소리를……. 하지만 다 묻고 나니 그 옛날 쾌활하고 수줍음이 많았던 시절 소리의 옛 모습을 저는 떠올릴 수 있었습니다. 이미 땅 구덩이 속에서 소리는 백골이 돼 있을 겁니다. 하지만 저는 그저 슬퍼할 수만은 없습니다. 그 뼈들은 아무리 고민해도 순수하게 죽었다고만 볼 수는 없습니다. 같은 동료마저도 죽여버린 범인같이 느껴졌습니다. 우물 안에도 두 구 쯤 백골이 가라앉아 있습니다. 비가 적게 내리는 계절에는 바닥이 들여다보입니다. 당신들은 뼈의 주인이 오키나와 주민이나 미군이나 일본 병사라고만 믿는 듯 합니다. 그럼 수백 수천에 이르는 조선인은 뼈마저도 모두 썩어서 사라져 버렸나요. 물론 생각하기에 따라서 조선인의 뼈는 행복한지도 모릅니다. 정체를 알 수 없게 됐으니까요. 위령탑이 요즘 제대로 만들어 지는 듯 하니 탑안에 납골을 해줄지도 모릅니다. 다만 그 안에 조선인의 뼈와 일본 병사나 오키나와인의 뼈가 함께 뒤섞여 싸우고 있다고 해도 사람들은 모를 겁니다. 후일 탑을 찾아오는 사람들은 일본 병사와 오키나와인의 뼈에 꽃다발과 묵념을 바칠 테니까요. 영원히…… 이미 석 달이 지났습니다. 전에 말했나요? 경찰은 한 번도 찾아오지 않았습니다. 아마도 피해자가 조선인 매춘부라서 일겁니다. 아니면 가해자가 미군 엔지니어인 조선인이라서 일까요? 아니 뭐 어찌 됐든 상관없습니다. 저는 다만 구덩이 속의 뼈가 정말로 소리의 것인지 의심이 들기 시작했습니다. 최근의 일입니다. 다만 이제 와서 다시 파내는 것도 별 소용이 없을 것 같습니다. 달 밝은 밤이면 솟아오른 땅 위로 여자의 모습이 보이는 듯 했습니다. 착각일까요? 소리와는 다른 모습인 듯 했습니다. 저는 이 집 주위의 망령들에게 앙화를 입고 있는 것인지도 모릅니다. 하지만 망령은 약한 자가 강한 자에게 앙화를 입힌다고 하지 않습니까. 어째서 저 같은 겁쟁이에게…… 소리는 정말로 저기 묻혀 있는 뼈가 됐겠죠. 그게 맞는 거겠죠.

　더위는 느껴지지 않았다. 페달을 밟는 다리의 피로도 느껴지지 않았다. 그저 조선인의 허튼소리일 뿐이라고 일축해도 될 듯한 기분이다. 하지만 좀처럼 뇌리에서 사라지지 않았다. 어째서 조선인은 내게 그런 이야기를 한 것일까. 전쟁 중에 상처에서 뿜어져 나온 피를 닦아줘서일까. 아니지, 정체를 밝히려 했으나 그러지 못 했다. 어째서 그때 나는 그를 안아 일으켰던 것일까? 조선인이 우리와 동일한 노동밖에 하지 않음에 불만을 품고 있던 때였음에도…… 요시코를 왜 폭행했는지 결국 묻지 못

했다. ……사랑하는 사람을 엉망진창으로 만든 원통함을 토해낸 것치고는 목소리가 너무 조용했다. 대나무숲의 술렁임이나 말매미 소리도 확실히 들렸다. 하지만 조선인은 약간 흐트러진 모습을 보였다. 아카바나 산울타리 바깥쪽에서 느닷없이 내 오른손을 양손으로 잡더니 "제가 꿈을 꾸고 있는 것은 아니죠! 미쳐버린 것은 아니겠죠!" 하면서 떨고 있었다. 충혈된 눈으로 나를 응시하고 있었다. 나는 엉겁결에 고개를 옆으로 흔들었다. 조선인은 큰 숨을 두 번 쉬더니 바로 안정을 되찾았다. 나는 일부러 천천히 자전거에 올랐다. 그러자 조선인은 자전거 짐받이를 붙잡더니 내 주소와 이름을 물어봤다. 나는 으스스함을 느끼고 입가가 굳어졌다. 하지만 정직하게 대답했다. 조선인은 돈을 주지 않았다. "그 위자료는 적다고 할아버지가 불만을 토로했다"고 한마디만 말해도 더 줬을지도 모른다. 하지만 끝까지 말하지 못했다. 그때 조선인의 출혈을 막아준 이유가 한 사람의 노동력을 잃으면 그 만큼의 부담이 내게 올 것 같았기 때문은 아니었을까. 조선인은 내 눈빛을 읽어냈는지도 모른다. 나는 고개를 가로저었다. 자전거가 크게 흔들리며 나아갔다. 조선인은 전쟁 이야기를 했다. 나는 잊으려 하고 있는데……. 조선인의 죄악은 그것이다. 덕분에 나는 조선인의 이야기를 들으면서 내 아이를 떠올려 버려서 얼굴에서 핏기가 싹 가셨다. 조선인의 연인인 유령은 불과 1미터도 떨어지지 않은 땅 속에 묻혀있다. 6살이었던 내 아들은 한암산에서 잔해에 깔려있다. 나는 그때 현기증이 났다. 일어섰다면 쓰러졌을지도 모른다. 아들이 숨어 있던 방공호 출입구는 알아볼 수도 없게 막혀있다. 산 그 자체의 형체가 무참하게 무너져서 방공호가 어디 쯤 있었는지조차 확실하지 않다. 나는 종전 후 얼마 있다 기노완에 있는 친척집에 있었다. 쓰루는 정신을 차리지 못하고 털썩 쓰러지며 들어왔다. 나는 관청 사무소나 정부, 미군을 분주히 찾아다녔다. 한시도 마음을 놓을 수 없었다. 뼈를 파내서 납골항아리에 넣지 않으면 미쳐버릴 듯한 강박관념이 나를 괴롭혔다. 나는 이른 아침에도 대낮에도 밤중에도 쓰루의 육체를 탐하고 온갖 수단을 다해 아들을 찾아다녔다. 전력을 다했다고 마음을 안정시켜도 봤다. 하지만 쓰루는 눈이 우묵하게 들어가고 머리카락은 흐트러지고 몽유병자처럼 배회했다. 얀바루에 있는 친부모님께 쓰루를 부탁한 후 나는 모두 잊기 위해 하루코를 찾아서 걸었다. 그 후 쓰루가 회복해 나하로 돌아와 혼자 살기 시작했다는 연락을 부모님에게서 받았지만 하루코와의 생활을 계속 이어갔다. 하지만 얼마 지나지 않아 쓰루에게 들켜버렸다. 쓰루는 떨리는 목소리로 주먹을 꼭 쥔 채 우리를 몇 시간이고 책망했다. 나는 병이 재발하지 않을지 무서웠다. 하지만 하루코가 "이 사람이 없이는 못 사는 것은 나도 매한가지야. 당신은 오래 함께 살았으니까 나랑 비교하면 훨씬 만족해야 하잖아요." 하며 울부짖었다. 쓰루는 "곧 다시 올 거야. 꼭 다시 올 테다" 하고 결판이 나지 않은 상태에서 돌아갔다. 우리가 빈번하게 이사를 한 탓도 있지만 4주 전까지 쓰루는 나타나지 않았다. 2, 3년 전인가 쓰루가 북부 어촌의 시부모에게 읍소를 했다. 시부모도 쓰루를 동정하고 편을 든 모양이지만 나는 부모님께도 이사한 곳 주소를 숨겼다. 쓰루의 친형제가 전쟁에서 모두 죽은 것이 신경 쓰였으나, 그때마다 그건 하루코도 마찬가지라고 말하며 자신을 타일렀다. 그러다 꿈에 쓰루가 나타났다. 선명하고 강렬한 꿈이다. 언제까지고 잊을 수 없었다. 떨어져 나간 아들의 목이 아버지 아파요 하고 외치면서 어디까지고 굴러다닌다. 나도 무언가를 외치면서 그 목을 힘껏 쫓아가 본다. 하지만 발걸음이 떨어지지 않는다. 뒤를 돌아보니 쓰루의 얼굴이 내 어깨너머에서 불쑥 나타나 실쭉 웃는다. 쓰루가 내게 업혀 있다. 또 다른 꿈도 있다. 내가 땅에 묻혀 발버둥치는 아들을 삽으로 필사적으로 파내려 하지만 파면 팔수록 땅은 솟아오르기만 한다. 주의 깊게 보니 바로 건너편에서 쓰루가 큰 소리로 웃으면서(소리는 들리지 않았지만) 손으로 땅을 퍼내며 그 위에 끼얹고 있다. 나는 세차게 고개를 저으며 페달을 밟는 속도를 올렸다.

긴네무 뿌리 부근에 숨겨둔 불발탄을 파내서 쓰루의 집에 가려 했다. 조선인의 이야기는 거짓말이 아니다. 그는 정말로 괴로워하고 있다. 땅에 묻힌 사람은 내 아들만이 아니다. 젊은 아가씨도 있다. 무수히 많다……. 쓰루와 만나면 나와의 사이를 되돌리려 아우성을 쳐대지나 않을까? 하루코가 있는 6조 방다다미 6개 넓이의 방에서 뒹구는 것이 안전한지도 모른다. 하지만 돗자리의 먼지가 땀에 젖은 등짝에 달라붙는 것은 싫었다. 그보다는 온몸에 땀을 흘린 채로 자전거로 힘껏 내달리는 편이 그래도 기분은 좋았다. 조선인은 돈을 베풀었다고 믿을지도 모른다. 나는 유키치나 할아버지와는 다르다. 쓰루에게 돌아간 후 직장을 찾으면 세상에도 면이 선다. 하지만 하루코는 누가 돌보나? 하루코는 내가 없으면 살아 갈 수 없다. 한번은 공무원이 될 결심을 했다. 류큐정부^{미군정 하에서의 중앙정부} 과장이었던 마에다 씨를 슈리에 있는 관공서까지 찾아간 적이 있다. 그런데 저녁때까지 기다려도 그는 돌아오지 않았다. 공무원이 되면 쓰루에게 주소지가 알려져서 위험하다. 하지만 아들이 등장하는 악몽이 드디어 약해져서 결심은 얼마 되지 않아 흐지부지됐다. 확실히 나는 쓰루뿐 아니라 하루코에게도 살의를 품은 기억이 없다. 술집에서 잡다한 남자들에게 희롱을 당해도 아무런 행동도 하지 않는 나를 조선인은 모욕하고 있다. 아니 지나친 억측이다. 고개를 다시 가로저었다. 핸들이 꺾이며 자전거가 고구마 밭에 꼬라박힐 뻔해서 브레이크를 꽉 쥐었다. 그 타이밍에 쓰러질 뻔했다. 재빨리 발을 땅에 대고 자전거를 지탱했다. 피해망상을 지우기 위해 나는 얼굴이 온통 피범벅인 조선인을 구해줬던 무렵의 일본군 비행장 건설 상황을 떠올렸다.

헝뎅그렁한 군용 1호선 아스팔트 도로는 흰 먼지를 뒤집어쓰고 있다. 때때로 미군 군용차량이 지나갈 뿐이다. 하지만 내 발은 자전거 페달을 과감하게 밟지 못했다. 잎이 적은 가로수 그늘이 길가에 드리워져 있다. 반대 방면으로 가면 할아버지가 사는 마을이다. 마을 안에 있는 길로 들어섰다. 아스팔트길은 끝났지만 길의 폭은 넓다. 마을은 철물점, 잡화점, 식당 등으로 북적댔다. 새로 올린 함석지붕은 강렬한 태양빛을 받아 흰색으로 퇴색돼 있다. 엷은 색 긴 스커트를 입은 여자들은 화려한 색양산을 쓰고 있다. GI모자를 쓴 젊은이와 팔짱을 끼고 걷고 있는 여자의 민소매 블라우스가 땀에 젖어 등에 달라붙어 있었고 슈미즈의 선이 내비쳤다.

자전거포는 바로 찾을 수 있었다. 어스레한 천장에 튜브와 바퀴살 등이 매달려 있었다. GI헤어컷을 하고 얼음 가게를 하는 듯한 사내가 얼굴이 시뻘겋게 달아올라서 얼음을 실은 자전거 타이어에 펌프로 공기를 넣고 있다. 옆 3층 건물 콘크리트 건물이 반 정도 올라가고 있었다. 목공들은 콘크리트 벽돌이나 발판 목재 주위에서 차를 마시거나 드러누워 있다. 히가 자전거 상점 정면에 반은 붉은 벽돌집이고 나머지 반은 낡은 함석지붕 집이 있다고 유키치에게 들었다. 틀림없다. 나는 한숨을 쉬었다. 잠시 자전거에 걸터앉아 있었다. 보퉁이를 들고 게타를 신은 젊은 여자가 양산을 기울이다 나를 보고 지나쳐 갔다. 짐수레를 끌고 가는 야자수 삿갓을 쓴 사내가 가까이 오는 바람에 길을 비켜줬다. 나는 심호흡을 하고 대나무를 엮은 작은 울타리 안으로 자전거를 밀고 들어갔다. 집 뒤쪽에 고구마밭이나 야채밭이 가꿔져 있다. 건너편은 잡초가 자라서 퍼져나가 있고 그 너머에는 함석이나 판자로 만든 작은 집이 있었다. 나는 자전거를 세우고 말려둔 세탁물을 지나서 입구에 섰다. 여자가 허리를 펴다 나를 봤다. 순간 쓰루인줄 알았다. 격한 심장 고동이 좀처럼 사라지지 않았다. 백발이 흐트러진 여자는 포대에 채워 넣으려던 공병을 한 손에 들고 눈을 크게 뜬 채로 몸이 경직돼 있었다. 이윽고 그녀는 병을 놓고 곱사등이처럼 등에 포대를 올린 후 허둥대며 집 모퉁이를 돌았다. 나는 유심히 들여다보았다. 노파는 멈춰 서서 상황을 살폈다. 나와 눈이 마주쳤다. 그러자 튕겨나가듯이 판자로 만든 담장 그늘에 숨었다. 덧문이 열려있었지만 안은 어두컴컴했다. 쓰루는 엎드려 누워있다. 나는 쓰루 하고 부른 후 소리를 삼켰다. 검게 더러워진 발바닥은 작았지만 사내의 것이다. 엎드려 있어서 얼굴은 알 수 없다. 노인인 것 같다. 할아버지? 순간 뜨끔했지만 발이 두 개다. 한숨을 쉬었다. 이걸로 결판을 지을 수 있을 듯한 기분이 들었다. 하지만 그저 친척 노인은 아닐까. 나는 자전거로 돌아와 짐받이에서 불발탄을 꺼내 오래된 양동이에 던져 넣었다. 불발탄과 불발탄이 부딪치는 둔탁한 소리가 났다. 설마 저 사내가 유키치는 아니겠지. 문득 고민했다. 이미 정분이 났는지도 모른다. 아니지. 작은 발이었다. 고생스럽게 유키치와 쓰루를 엮어줘도 어쩔 도리가 없을 지도 모른다. "나는 네 전 남편에게서 돈을 받고 있어. 네 전 남편의 명령으로 너와 결혼했어" 하고 떠벌리면 어쩌나. 유키치는 함구하기로 했던 약속을 깨고도 남는다. 아니지. 그래도 좋다. 적어도 돈이 있는 동안은 얌전하다. 그 사이에 쓰루와 나는 인연이 끊어질 테니.

자전거에 걸터앉은 채로 큰 길로 나왔다. 그러자 앞에 쓰루가 보였다. 나는 당황해서 원래 있던 장소로 돌아갔다. 쓰루는 순간 멈추더니 불룩해진 포대를 등에 진채로 나를 바라봤다. 모양을 보니 안에 든 것은 알 수 있다. 쓰루는 주머니를 내려놨다.

"잘 찾아왔네……. 병을 사서 모아왔어. 오래 기다렸어?"

"아니, 방금 전에."

"나도 그래."

쓰루는 턱으로 집을 가리켰다. "곧 부술 거야. 새로운 건물이 세워 질 거야. 집주인에게 쫓겨나게 생겼어."

함께 살자고 하지 않을지 신경 쓰였다. 거절하면 안에 있는 남자가 나타나서 돈을 뜯어내려고 하지 않을까.

"안으로 들어갈래?"

쓰루는 목덜미를 수건으로 훔쳤다. 나는 애매하게 고개를 저었다.

"……그럼 저기로."

쓰루는 적당한 돌에 앉았다. 나도 비슷한 돌에 앉았다. 한데 묶인 낡은 목재의 그림자가 떨어지고 있었다. 쓰루는 여전히 목덜미와 얼굴을 닦고 있다.

"건강은 어때?"

나도 손수건으로 목덜미를 닦았다.

"음……. 당신은 나이를 안 먹네. 나 할멈이 다 됐지?"

쓰루의 굵은 다리는 예전 그대로였지만 색이 검게 변한 얇은 털도 자라있다.

"그런데 당신 좀 마른 거 아니야? 병이 생긴 건 아니지."

나는 고개를 저었다. 쓰루는 변했다. 예전에는 말수가 적었다. 지금의 하루코와 비슷했다.

"당신 그 여자와 아이를 가질 거야? 안 되는 건가."

"아니야. 아이는 안 가지려고."

나는 거짓말을 했다. 쓰루에게 동정을 얻고 싶었다. 하지만 쓰루가 바로 나라면 아이를 가질 수 있어 하고 말할까봐 신경 쓰였다.

"왜 그래. 아이는 있는 편이 좋잖아. 난 이제 아이를 낳지 못하는 나이가 됐지만. 당신이 내버려두고 가지 않았다면 아이도 다시 낳았을 텐데……. 당신을 원하는 게 아니야. 아이를 갖고 싶어. 그렇지 않으면 너무 쓸쓸하잖아."

쓰루는 발밑에 있는 잡초를 뿌리째 뽑았다. 흙이 내 발가락에 떨어졌지만 털어 낼 수 없었다. 쓰루는 나보다 8살이나 연상이지만 여전히 생리를 할 것이다.

"그 여자 가게에도 갔었어. 솔직히 이제 글렀다고 생각했어. 세련된 여자더라. 여자는 피부에 주름이 퍼지고 느슨해지면 좋지 않잖아."

나는 무언가 말해 주고 싶었다. 하지만 아무것도 떠오르지 않았다. 다만 쓰루의 젖가슴은 이제 탱탱함을 잃었겠지 하고 아련히 떠올렸다.

"언젠가 내가 당신 집에 술 마시고 난폭하게 쳐들어갔었잖아. 뭐 당신에게 의지 하려고 했던 것은 아니었어. 그 예쁜 여자를 용서할 수 없었어. 나한테 어쩜 그렇게 상냥한 얼굴을 할 수 있어. 어째서 아무렇지도 않은 거야. 여유까지 보이다니."

"……."

"참 어리석지. 이제 당신과는 어찌해도 안 된다는 것을 알면서도 말이야. 이 세 상에서 그래도 마음이 이어진 사람이 한 사람은 있다고 믿고 살아왔었는데…… 제 멋대로였던 거야."

쓰루는 더러워진 앞치마 주머니에 손을 찔러 넣고 고무 밴드를 꺼내서 백발이 섞인 숱이 적은 머리를 뒤로 묶었다. 광대뼈가 적나라하게 드러났다.

"여자는 바보야. 원망해야 하는 것은 당신인데 같은 여자를 증오하잖아."

쓰루는 '여자'와는 썩 잘 어울리지 않는다. 이미 여자가 아니라는 생각이 갑자 기 들었다.

"나는 그 여자에 대한 증오심으로 지금까지 살아왔는지도 몰라. 이대로 죽으면 비웃음거리밖에 되지 않잖아. 하지만 그 여자에게 되갚아줄만한 것을 언제까지고 찾을 수 없었어. 빨리 찾아내지 않고서는…… 도둑고양이에게 남편을 빼앗긴 비참한 여자라는 험담을 계속 들어야 하니까. 나는 태도를 바꾸기로 했어. 역시 잘 안 됐어. 나도 사내 하나쯤은 있다고 자신에게 타이르면서 마음을 풀어왔으니까……."

쓰루는 내 얼굴을 들여다봤다. 나는 엉겁결에 눈을 내리깔았다.

"많은 남편이 전쟁에서 죽었는데도 남편이 없다느니 어디에 곰팡이가 피었다느니 하면서 업신여기는 멍청이들이 우글우글 거려. 나라를 위해 죽었는데 말이지."

나는 고개를 들지 않았다.

"여자도 좀 적당히 함께 죽였으면 좋았을걸. 남겨두니까 나 같은 젊은 여자가 넘쳐나지."

쓰루가 쓴웃음을 짓는 것을 나는 곁눈으로 봤다.

"그 여자는 혹시 전쟁 만세라고 생각하는 거 아니야? 나한테서 좋은 남자를 뺏어갔잖아."

쓰루는 목소리를 내서 웃었다. 하지만 바로 입술을 닫았다.

"걱정해줄 필요 없어."

속마음을 들켰다고 나는 느꼈다.

"다시 합치고 싶어서 하소연 하는 게 아니야. 확실히 헤어져 줄게. 당신보다 백 배는 더 좋은 남자를 찾아 낼 테야……. 요즘 저 인간이 기어들어왔어."

쓰루는 집안을 턱으로 가리켰다.

"본 그대로야. 당신처럼 멋진 남자는 아니지만……. 사내인 것만은 틀림없어."

"……."

"저 남자는 하루 종일 빈둥빈둥 거려. 하지만 요상한 기분을 달래는데 그만이야. 내가 너무 말이 많은가?"

나는 고개를 저었다.

"이렇게 더우면 견딜 수 없어. 정말로. 몸 안에 있는 것들을 다 토해내고 싶어. 그런데 말이지. 여자는 남자가 생기면 다른 여자에게 질투하지 않게 된다고 하더라.

대체 왜 좀 더 일찍 알아채지 못했을까. 어쩌면 지난번에는 헤어지자고 말하러 갔던 것인지도 몰라. 당신이 배신한 것도 그 여자 탓만은 아니라 믿게 됐어. 그 여자도 가족이 없다며."

쓰루의 시선을 느끼고 끄덕였다.

"그 기분을 모르는 바 아니야. 누군가에게 안기지 않으면 밤에도 잔 것 같지 않잖아…… 당신이 알까 모르겠지만……. 부모님 두 분 다 살아계시니까."

나는 얼굴을 들었다. 나도 알고 있어. 옛날에 당신한테 안겨서 자고는 했잖아. 하지만 입을 다물었다.

쓰루는 아이고 하며 일어섰다.

"드디어 빈 병을 받으러 온데."

쓰루는 눈앞에 쌓여 햇빛을 받고 무디게 빛나는 병을 턱으로 가리켰다.

"분류를 해놓아야 할 텐데……. 안에 들어갔다 가지 않을래?"

"아니야. 그만 가볼게."

나는 엉덩이를 털었다.

"왜 조금 더 천천히 있다 가도 돼."

콜라, 맥주, 주스 병을 골라내면서 쓰루는 나를 올려다봤다. 흙탕물이 바닥에 모여 있는 병, 담뱃재가 구겨 넣어진 병, 녹색 수초가 빛나는 병도 있다.

"도와줄까?"

나는 물어봤다.

"아니 괜찮아. 금방 끝나."

"……그럼 난 그만 갈게."

"일부러 왔는데 차도 대접하지 못하고 미안한데."

나는 고개를 저었다.

"그건 그렇고 우리 아기 사진 한 장도 없어? 머지않아 얼굴까지 잊어버릴 것 같아서."

쓰루는 가만히 나를 봤다. 나는 고개를 세게 저었다.

"그렇구나. 그러면 조심해서 가."

나는 자전거에 걸터앉았다. 오늘 내가 뭐하러 여기에 온 것인지 쓰루는 묻지 않았다. 쓰루에게 버림받았다고 느꼈다. 그리고 유키치는 쓰루와 만난 적도 없다. 내가 준 돈을 전달하지 않았음이 확실하다.

문을 두드리는 소리가 들렸다. 꿈인가 하고 아련히 생각했다. 몸을 뒤척였다. 방금 전 꾸었던 꿈이 조각조각 되살아났다. 유키치가 쓰루를 뒤에서 범하고 있다. 쓰루는 나를 노려보고 매춘부가 됐으니 이제 당신에게 짐이 되지 않아 하고 말했다. 쓰루는 웃었지만 치아가 하나도 없었다. 실례합니다 하는 큰 소리를 들었다. 땀이 불쾌했다. 관자놀이가 무겁다. 장작을 써서 불의의 방문객 얼굴을 때려 부수고 싶다.

허둥대며 들어온 하루코가 어깨를 흔들어댔다.

"큰일이에요. 미군 2세가 지프를 타고 왔어요. 당신을 잡으러."

나는 아차 하는 순간에 상반신을 일으켰다. 창문으로 도망치려고 생각했다. 아니지, 그랬다가는 바로 사살을 당할 수도 있다.

"어쩌면 좋아요. 위험한 일이라도 했어요?"

하루코는 눈을 크게 뜨고 요란을 떨었다. 자리에서 일어났다. 어지럼증이 일어났다. 꿈이길 바랐다. 달라붙어 있는 하루코를 마음껏 껴안고 싶다. 백광 아래 서 있는 2세^{미군에 소속돼 있는 일본인 혹은 오키나와인 후예}의 노란 와이셔츠에 묶인 붉은 넥타이가 눈을 자극했다.

"당신 미야기 도미오 씨입니까?"

2세가 말했다. 어딘가 두루뭉실하고 홀쭉한 얼굴이다. 나이챠^{내지인} 2세라고 느끼자 나는 몸에서 힘이 빠졌다. 이제는 틀렸다.

"미야기 도미오 씨 되시죠."

2세가 다시 질문을 했다. 나는 끄덕였다. 2세는 가까이 다가와 손을 내밀었다.

간신히 그 포즈가 악수를 하자는 뜻임을 알았다. 악수를 했다. 칠대 삼으로 가른 머리에서 포마드 냄새가 났다. 카키색 군복을 입고 군 모자를 쓴 미군이 핸들을 쥔 채로 나를 노려보고 있었다. 불그스름한 말과 같은 얼굴에 땀방울이 맺혀있다.

"당신 부락 외곽 사는 조선인 엔지니어 알고 있습니까?"

2세가 어색한 일본어로 물었다. 나는 엉겁결에 고개를 옆으로 저었다.

"몰라? 그러니까 저기 긴네무 둘러싸인 독채 집 사는 조선인. 모른다?"

2세가 손가락으로 가리켰다. 나는 끄덕였다. 하루코와 눈이 마주쳤다. 나는 침을 꼴깍 삼키고 하루코의 어깨를 밀었다.

"안에 들어가 있어."

하루코는 주저하다가 들어갔다.

"그 사람 죽었어요."

2세는 아무렇지도 않은 듯 말하고 내 얼굴을 들여다봤다. 나는 잠시 후 한숨을 내쉬었다.

"당신 원인 모릅니까?"

"제가 알 리가 없지 않습니까."

나는 빠른 말투로 말했다. 사람을 시험하는 듯한 2세의 비웃음이 어린 눈이 불쾌했다.

"재산 당신한테 준다고 유서 써놨습니다."

2세는 엷은 웃음을 띤 채 내 얼굴색을 다시 살폈다. 하지만 갑자기 2세가 더 이상 신경 쓰이지 않았다. 조선인은 전쟁 중에 내게 입은 은혜를 잊지 않았다. 겨우 그 정도 일로……그에게는 대단히 큰일이었던 것이다.

"우리와 그 집 함께 가지 않으면 안 됩니다. 오 분 안에 준비 빨리 합니다."

2세는 집 안을 가리키며 어색한 일본어로 말했다. 나는 마음이 들뜬 채 얼굴을 씻고 다림질한 깃을 헤친 셔츠 그리고 바지를 입고 하루코가 허둥대며 닦은 구두를 신고 지프 뒷좌석에 탔다. 하루코는 양손으로 지프를 잡았다.

"걱정 없어요. 부인."

2세가 눈을 가늘게 뜨고 웃었다. 나는 하루코에게 고개를 끄덕여 보였다.

지프는 상당한 속도로 내달렸다. 익숙한 풍경이 달라 보였다. 그런 유령 주택에 사니까 일어난 일이라고 어렴풋이 떠올렸다. 누군가의 혼에 씐 것이다. 설마 나를 멸시하려는 최후의 일격은 아니겠지? 복수는 아닐 거야. 나는 심장의 격렬한 고동을 느꼈다. 아니야, 그건 아니지. 조선인은 그 집에서 내게 미소를 짓고 있었잖아. 그리운 듯, 온화한 눈으로…….

"왜 죽었나 커다란 수수께끼네요. 유서에 아무 말 없어요."

조수석에 탄 2세가 뒤돌아봤다.

"당신도 몰라요?"

나는 고개를 흔들었다.

"당신 다카미네 유키치라는 청년과 아사토 노인 알아요?"

2세는 몸을 틀어서 나를 바라보며 말했다. 나는 주저했다. 하지만 끄덕였다.

"그 둘이 시체 발견했습니다. 이른 아침입니다. 이상합니다. 민간 경찰 연락 받고 우리 바로 달려갔어요. 그 둘 묘하게 떨고 있었어요."

"……죽은 사람을 봐서겠죠."

나는 말했다. ……하지만 둘은 내게 비밀로 하고 돈을 또 우려내려고 했는지도 모른다.

"그렇습니까? 꼭 그렇지만도 않았습니다."

2세는 입술을 일그러뜨리고 웃었다. "당신들 이렇게 이른 아침 왜 이런 곳에 왔어 하고 제가 물어봤어요. 그러자 물 마시러 들렀다고 했어요. 이상하지 않습니까?"

2세는 내 얼굴을 들여다봤다. 어째서 두 사람은 경찰에 통보한 것일까. 1엔 어치 득도 되지 않는데…….

"단도직입적으로 말하죠."

2세는 계속했다. "그자들 무언가 물색하러 갔어요. 다리 하나 없는 노인이 제초도 합니까?"

"외다리 노인은 도둑질을 하지 못 합니다."

나는 둘을 변호하지 않으면 안 된다.

"그자들 죽였다고 판정하지 않아요. 하지만 해부해 보지 않는 한 자살인지 타살인지 알 수 없어요. 유서 사인도 진짜인지 어떤지 아직 몰라요. 당신 가능한 빨리 이번 문제를 정리하는 것이 좋아요. 내가 일하는 곳에 오세요. 나쁘게는 안 할 테니. 여기 명함있어요."

2세는 명함을 내밀었다. 일본어와 영어로 쓰여 있다. 미군의 통역인 모양이다.

"여기에 전화해요. 알겠습니까?"

2세가 말했다.

"……고민해 보겠습니다."

나는 주머니에 명함을 넣었다. 2세는 물끄러미 나를 바라보다가 자세를 바로잡고 앞을 향했다.

지프 양측에 긴네무가 우거진 잎이 이어져있다. 지프는 언덕길에서도 속도를 줄이지 않았다. 이미 유서에 쓴 사인이 진짜라는 것은 판명됐을 터다. 나는 진동으로 흔들리는 2세의 뒷통수를 응시했다. 2세에게 맡기면 속임수를 써서 유산의 반 이상을 빼앗기기 쉽다. 할아버지와 유키치랑 협력해서 오키나와인 변호사를 찾아보자. 셋이서 나누자. 그 후 내 몫을 이등분해서 하루코와 쓰루에게 주자. 아니지. 나와 하루코 만의 것이다. 모두 다…… 저런 외발 할아버지와 불량 풋내기랑 오래도록 친하게 지내서는 안 된다. 다 망쳐놓을 것이다. 이런 생활을 완전히 바꿔야 한다. 미군 엔지니어가 아닌가. 상당한 재산을 남겨 놓았을 것이다. 가늠이 되지 않는다. 반은 하루코에게 주고 나머지 반은 쓰루에게 줄까. 둘이 기뻐하는 모습이 눈앞에 어른거린다. 안정이 될 때까지는 한동안 은행에 예금을 해두는 것이 안전하다. 2세와 미 병사는 영어로 무언가 서로 이야기를 나누고 있다. 둘 다 조금도 웃지 않았다. 갑자기 답답해졌다. 빨리 도착하기를 바랐다.

지프는 조선인 집의 앞뜰로 들어갔다. 다른 지프가 한 대 세워져 있다. 화원 테두리를 장식하고 있던 채송화가 타이어에 깔렸다. 우리는 내렸다. 2세는 집안으로 들어갔다. 할아버지가 툇마루에 앉아있다. 나는 다가가서 가볍게 인사를 했다. 할아버지는 인사를 받지 않고 "자네는 행운아야"라고 한마디 하고 바로 고개를 숙이더니 목발로 지면을 툭툭 두드려대기 시작했다. 유키치를 찾아봤다. 담팔수 뿌리 근처에 앉아있던 유키치와 눈이 마주쳤다. 유키치는 일어서더니 담팔수 가지를 꺾고 잎을 떼어내서 나무 작대기로 만들더니 그것을 지긋지긋하다는 듯이 내리치며 가까이 다가왔다. 지프에 기대있던 미군 병사가 약간 준비 태세를 갖췄다. 실수로라도 미군을 때리기라도 하면 허리춤에 있는 권총에 사살될 것이다.

"할아버지가 낫을 허리에 차고 다니는 바람에 집요하게 추궁 당했어."

유키치는 내 옆에 앉았다. 셋 다 입을 다물었다. 매미 소리가 소란스럽게 느껴졌다.

"이제 할아버지는 누구한테서 배상금을 받아내면 되는 거야. 그놈은 죽어버렸잖아."

유키치가 말했다. 얼굴은 할아버지를 향하고 있지만 내게 말하고 있다. 그럼 어째서 나한테는 입을 다문 채 둘만 여기에 왔냐고 묻고 싶다. 하지만 너도 얼마 전 혼자서 여기에 오지 않았냐고 반론 당할 것 같다. 입 다물고 있는 편이 오히려 위압감을 줄 듯 했다.

"그건 얼마 안 되는 돈이었어. 할아버지, 이제 남은 돈이 없어요. 할아버지는 남았어요? 그때 좀 더 받아낼 걸 그랬잖아."

유키치는 내 눈앞을 가로질러 가는 할아버지를 봤다. 할아버지는 고개를 숙인 채로 있다.

"할아버지에게는 몫이 더 있어야 하잖아. 이대로라면 요시코가 너무 가여워."

그때 할아버지는 얼굴을 들고 나를 살피다 바로 다른 곳을 봤다.

"들어오시오."

2세의 목소리가 들렸다. 나는 둘의 얼굴을 보지 않으려고 노력하며 구두를 벗었다. 처음 들어가 보는 방이다. 검은색 가죽 소파에 앉아있던 군복 차림의 미군이 일어서서 악수를 청했다.

"저 분 챈들러 대위입니다."

2세가 말했다. 나는 악수를 했다. 부드럽고 큰 손이다. 금발이 벗겨져 이마가 훤히 드러났는데 선글라스를 벗지 않아서 어쩐지 으스스했다. 입술은 마치 찢어진 것처럼 얇고 길다. 대위는 테이블 위 서류를 확인했다. 입을 다물 수밖에 없었다. 2세가 든든하게 느껴지기도 했다. 십이 첩이나 되는 넓이다. 미국산 냉장고, 양주가 가득 찬 장식장, 정리용 장롱, 두꺼운 침대가 눈에 들어왔다. 축음기나 라디오는 먼지를 뒤집어쓰고 있다. 벽에 걸린 커다란 유화는 마리아가 예수님으로 보이는 아이를 안고 있는 어두운 작풍이다.

대위가 소파에서 몸을 뒤로 젖히더니 내게 영어로 무언가 말했다. 2세가 통역했다.

"어째서 당신 앞으로 쓴 유언장이 있냐고 물으십니다."

"그와는 친구입니다."

나는 단언했다.

조선인의 목숨을 그때 구해줬다고 강하게 자신을 타일렀다.

2세는 대위에게 귀엣말을 했고 대위가 무언가 말했다.

"조선인과? 당신도 조선인?"

"전 오키나와인입니다."

2세는 좀 더 듣기 위해서 대위와 내 얼굴을 번갈아 봤다. 조선인의 이름을 물어볼까봐 나는 제정신이 아니었다. 나는 그의 이름을 모른다. 대위가 서류를 내 앞에 놓았다. 2세는 손가락으로 하나하나 가리키며 설명했다. 예금 통장은 세 개다. 두 개는 오키나와 시중은행, 하나는 미국은행이다. 토지, 건물 권리증, 등기도 있다. 인감도 있다. 유언장은 간단한 내용이었다.

우라소에촌浦添村 아자字 도오야마 하치한에 사는 미야기 도미오 씨에게 제 전 재산을 증여합니다. (과거 행정 구역 상의 단위로 大字오오아자 다음에 小字고아자가 뒤따른다)

일본어와 영어로 적혀있다. 각각 날인과 사인이 돼 있다.

대위는 빠른 말로 2세에게 무언가 말하고 모자를 쓰고 일어나 내게 다시 악수를 청했다. 나는 앉은 채로 악수를 받았다. 2세는 대위의 뒤를 따라나가면서 뒤돌아 봤다.

"대위는 런치타임 돌아갑니다. 난 더 있을 테니 기다리고 있으시오."

나는 고개를 크게 끄덕였다. 나는 예금액을 봤다. 동화처럼 막대한 금액은 아니지만 한평생 아무 일도 하지 않고 먹고 살 수 있는 액수다. 유키치 등이 안으로 들어오는 느낌이 들었다. 커다란 봉투 속에 테이블 위에 있던 것들을 모두 집어넣었다. 열쇠 더미는 주머니에 넣었다. 방 안을 다시 둘러봤다. 서랍이나 자질구레한 물품함에는 열쇠가 채워져 있어서 열리지 않았다. 봉투를 들고 방에서 나왔다. 조선인과 이야기를 나누던 소파에 앉았다. 앞뜰에 솟아오른 땅에 심은 홍초가 그때보다 적어진 것처럼 느껴졌다. 그 대신 옆쪽에 새로 솟아오른 땅이 있는 듯한 기분이 들었다. 셰퍼드가 묻혀있는지도 모른다. 땅에 연인이 묻혀있지 않다고 한다면 조선인을 미치게 했던 석 달 전 사건은 도대체 뭐였단 말인가? 조선인은 일본군 비행장의 염천아래에서 이미 미쳐버렸는지도 모른다. 그 무렵 땅에서 열기가 들끓고 있었다. 감시하던 동안의 일본군 한 명이 일사병으로 쓰러지기도 했다. 연인의 환영이 백일하에 흔들리고 있었던 것인지도 모른다. 설마 나까지도 환영을 본 것은 아니었을 것이다. 내가 조선인을 구한 것은 사실이다. 그렇지 않으면 왜 내게 재산을 남긴 것인지 설명이 되지 않는다.

집 주위를 돌고 있던 유키치가 우물에 얼굴을 내밀고 들여다봤다. 올해 장마는 강수량이 적었다. 바닥에 있는 백골이 비쳐서 보일지도 모른다. 혹시 지프 좌석에 앉아서 2세가 말하고 있는 것을 노트에 메모하던 지아이[6]나 2세가 무언가 수상히 여겨 우물을 파헤쳐서 꺼내올린 뼈가 미국인임이 밝혀지는 날에는 대위의 마음도 바뀌겠지. 젊은 지아이의 군복 겨드랑이 부근이 둥근 모양으로 변한 채 땀에 젖어있다. 지금도 땀이 불쾌할 것이다. 등에가 내 눈앞을 날아다닌다. 쫓아내도 좀처럼 나가지 않았다. 유키치는 지프를 향해 차츰 다가가더니 뒤쪽 타이어를 두세 차례 발로 찼다. 이윽고 매화나무 그늘 아래 쭈그리고 앉아 옆에 있는 할아버지에게 무언가 말을 걸었다. 아, 하고 나는 숨을 멈췄다. 신뢰하고 있던 내게 위협을 받고 돈을 뺏긴 충격에 자살을 결심한 것이 아닐까. 유일하게 마음을 허락한 사람인 내게 공갈을 당하고 조선인은 마음의 모든 활기를 잃었던 것은 아니었을까? 조선인은 원래부터 내게 유산 전부를 주려 했나보다. 나는 눈에 거슬리는 등에를 잡으려고 달려들었다. 하지만 놓치고 말았다. 나는 할아버지를 위해서 수치심을 참고 교섭 역할을 맡았던 것뿐이다. 스스로를 그렇게 타일렀다. 내가 자살의 원인이라면 왜 내게 유산을 남겼겠는가? 그는 복도에 선 채 어둠 속에서 야릇하게 눈만 번뜩이며 불룩이 솟아오른 흙을 매일 밤 바라보는 사이에 미쳐버렸다. 그 뿐이다. 나는 깊이 한숨을 쉬었다.

2세가 걸어서 다가왔다. 그 모습을 보더니 유키치가 일어섰다. 2세는 나와 마주볼 수 있는 소파에 앉았다. 유키치는 툇마루에 앉았다.

"원래대로라면 저 사람 재산 조선 있는 가족에게 보내는 것 당연합니다. 그렇지 않다면 군속이라서 미군에게 몰수됩니다. 하지만 미국 민주주의 국가입니다. 본인 의지 우선합니다. 즉 당신 것이 된다는 말입니다."

2세는 붉은 기가 감도는 얇은 입술을 핥았다.

"전부? 말도 안 돼. 우리에게는……. 할아버지! 조선인 재산을 혼자 다 받는답니다. 그것도 전부."

유키치가 몸을 쭉 내밀었다. 할아버지가 다가왔다. 나는 가슴이 뛰었다.

"당신들 둘 돌아가도 됩니다. 허가 나왔습니다. 하지만 나중에 다시 조사 받아야 할지도 모릅니다."

2세가 말했다. 하지만 유키치와 할아버지는 움직이지 않았다. 2세는 나를 향해서 말했다.

"유해 미군이 외인묘지에 매장할 겁니다. 장례비용 다 내주시기 바랍니다. 나중에 청구서 보내겠습니다."

나는 바로 수긍했다. 2세가 빨리 가기를 바랐다. 이대로라면 유키치가 무엇을 떠벌릴지 모른다고 생각하니 제 정신이 아니었다.

"유해 육군 병원 지하 시체 안치소 있습니다. 당신 거두시겠습니까."

2세가 말했다. 끈덕지다. 내 속마음을 꿰뚫어 보고 있는 듯 했다.

"아닙니다. 그쪽에서 부탁드립니다."

나는 확실히 말했다.

"당신 그다지 기뻐 보이지 않는군요. 재산 받아 기쁘지 않습니까?"

"아니요. 기쁩니다."

2세는 일어섰다.

"당신 이제 가도 됩니다. 2주 정도 어디 가지 말고 집에 있으시오. 내게 조사 받으러 와야 합니다. 알겠습니까."

당신의 진의는 잘 알겠습니다 하고 말하고 싶다. 하지만 일을 다문 채 두세 번 끄덕였다. 2세는 나갔다. 지프는 배기가스를 내뿜어대며 바로 사라졌다.

"저 자식에게 질문을 많이 받았지만 아무것도 들키지 않았어. 아무 걱정하지 않아도 돼. 그렇지 할아버지."

유키치는 지프가 사라진 방향을 주시했다.

"할아버지가."

유키치가 계속 말했다.

"요시코를 매일 밤 이곳으로 보냈으면 유산이 전부 굴러들어 왔을 텐데…….
내가 그러라고 했는데 듣지 않아서잖아."

"내 손녀딸에게는 아무것도 없다니……. 잘 좀 찾아보게나, 도미오."

할아버지가 나를 쳐다봤다. 나는 눈을 피했다.

"어떻게 전부 받아낸 거야? 겁을 줬어?"

유키치는 나를 들여다보려는 듯 고개를 기울였다.

"너라면 충분히 겁을 줬을 거야. 가라데 사단이니까."

나는 고개를 들어 유키치를 보고 곧이어 할아버지를 봤다.

"전쟁 중에 저 조선인의 목숨을 살려준 적이 있어…… 2세에게 물으면 알거야……."

"그래도."

유키치가 입을 삐죽 내밀었다.

"내가 알려준 것이 계기였잖아. 내가 알려주지 않았다면 조선인과 만나지도 못했을 거 아니야."

유키치의 러닝셔츠에서 겨드랑이 털이 삐죽 튀어나와 있다. 혐오감이 들끓었다.

"……사내자식이 계집애처럼 독약이나 처마시다니. 권총으로 머리를 쏘지도 못한다니까."

유키치가 혀를 찼다.

"너 쓰루에게 전해달라고 한 돈을 떼먹고 나한테 시치미를 뗐지?"

나는 단호하게 말했다. 유키치는 어리둥절해 하며 얼굴을 들더니 바로 눈을 피했다.

"그거 돌려줘. 쓰루에게 꼭 돌려줘."

나는 목소리를 굵게 냈다. 유키치는 할아버지를 향해 혀를 찼다.

"와 돈은 정말 갖고 싶지 않아. 정말이야. 이렇게 사람이 하루아침에 변할 수 있어. 그렇죠? 할아버지."

"뭐라고!"

나는 자리에서 일어섰다.

"네 자신을 잘 생각해 보도록 해."

유키치는 나를 노려보고 허리를 들썩였다. 나를 한 대 치고 싶은 것 같았다. 나는 앞뜰을 봤다. 일부러 천천히 일어섰다.

"오늘은 그만 가지."

나는 할아버지와 유키치를 일으켜 세우고 덧문을 닫은 후 바깥 열쇠를 채웠다. 나는 앞뜰을 가로지르면서 불룩 솟아오른 땅에 멈춰 섰다. 아프리카달팽이와 달팽이의 하얀 껍질이 표면에 흩어져 있다. 파 볼 용기는 없다. 모르는 척 유키치에게 파 보라고 할까? 아니지, 성가신 일이 생길 것 같다. 이 유령 집을 팔아버리자. 유키치에게 구매자를 알아보라고 하자. 경매를 해도 좋다. 신문에 광고를 낼 수도 있다. 스님을 불러서 깡그리 태워버리면 어떨까 하고 방금 전까지 고민해 봤지만 역시 아깝다. 일을 하자, 시끄러운 음악 속에서 술 파티 속에서 여자들과 미군들과 함께…… 하루코와 함께 하루코를 마담으로 하고……. 이 부락을 나가자. 기지 근처 마을로 가자. 사는 곳은 누구에게도 알려주지 않으련다. 쓰루에게도 돈을 주지 않을 것이다. 어차피 그 남자에게 빨아 먹힐 테니. 미군을 접대하는 술집이 성공하고 난 뒤라도 늦지 않다. 미군은 바에서 있는 대로 돈을 탕진한다고 한다. 영어를 배우자. "당신에게 도움을 받은 조선인 말입니다. 기억하죠?" 하고 어째서 한마디 말해주지 않았던 것일까. 둘은 입을 다문 채로 내 뒤를 따라왔다. 무슨 생각을 하고 있는 것일까. 목발 때문에 할아버지는 겨드랑이 털이 다 벗겨진지도 모른다. 요시코가 제가 연 술집에서 일해도 좋아요. 월급을 듬뿍 줄게요 할아버지 하고 말해주고 싶다. 비탈길에 접어들었을 때 나는 뒤를 돌아봤다. 그러자 할아버지가 기다렸다는 듯이 말했다.

"나는 살아갈 자신을 잃었어."

"조선인을 바로 죽여 버렸어야 했어요, 할아버지. 오키나와사람에게 치욕을 줘 놓고 그냥 죽다니."

유키치가 말했다.

"난 언제까지나 불쌍하게 살아야만 하는가 보네."

할아버지는 고개를 숙였다. 일부러 그러는 것 같다. 나는 빠른 걸음으로 비탈길을 올랐다.

"오래도록 동료였잖아. 우리를 배신할 거야! 같은 오키나와사람끼리 이럴 거야."

긴네무 잎사귀와 가지에 바람이 술렁대는 소리가 났다. 마치 들어보란 듯이 떠들어대는 유키치의 욕설이 그 소리와 섞였다. 나는 발걸음을 더욱 빨리 옮겼다. 조금 지나자 유키치가 무시무시한 기세로 달려오는 기척이 느껴졌다. 나는 돌아보고 방어 자세를 취했다. 유키치는 내 옆에 섰다.

"사실 난 그 남자가 무서웠어. 그래서 바로 도망치려고 집 안에 들어가지 않았어. 그 사내가 영문도 모르는 조선어로 계속 요시코에게 말을 걸어서 나는 소름이 끼쳤어. 아무리 봐도 미치광이 얼굴이었어. 갑자기 울음을 터뜨리다가 요시코의 목에 달라붙었어. 목을 졸라 요시코를 죽이려고 한다고 나는 생각했어. 지면에 쓰러진 요시코가 어딘가에 부딪친 것인지 비명을 지르자 그 남자는 바로 얼굴을 들었어. 오랫동안 양손으로 머리를 감싸쥐고 미동도 하지 않더라고. 조선인은 요시코를 겨우 일으켜 세우더니 먼지를 털어주면서 몇 번이고 고개를 숙여서 용서를 빌었어. 조선인이 가고 나서 요시코와 실제로 한 것은 나야. 하지만 요시코가 내게 달려들어 안겼어. 정말이야. 오키나와인끼리 서로 좋아하는 게 뭐가 나빠? 돈으로 사서 안는 게 더 더러운 거잖아."

유키치는 목소리를 내지 않고 웃었다. 나는 주먹으로 유키치의 뺨을 갈겼다. 유키치가 비슬거렸다.

"……나는 정말로 요시코를 좋아해."

유키치는 나를 보지 않은 채 뺨을 손으로 감싸면서 할아버지가 올라오기를 기다렸다. 나는 잠시 주저했지만 다시 걸음을 옮겼다.

헌병 틈입 사건

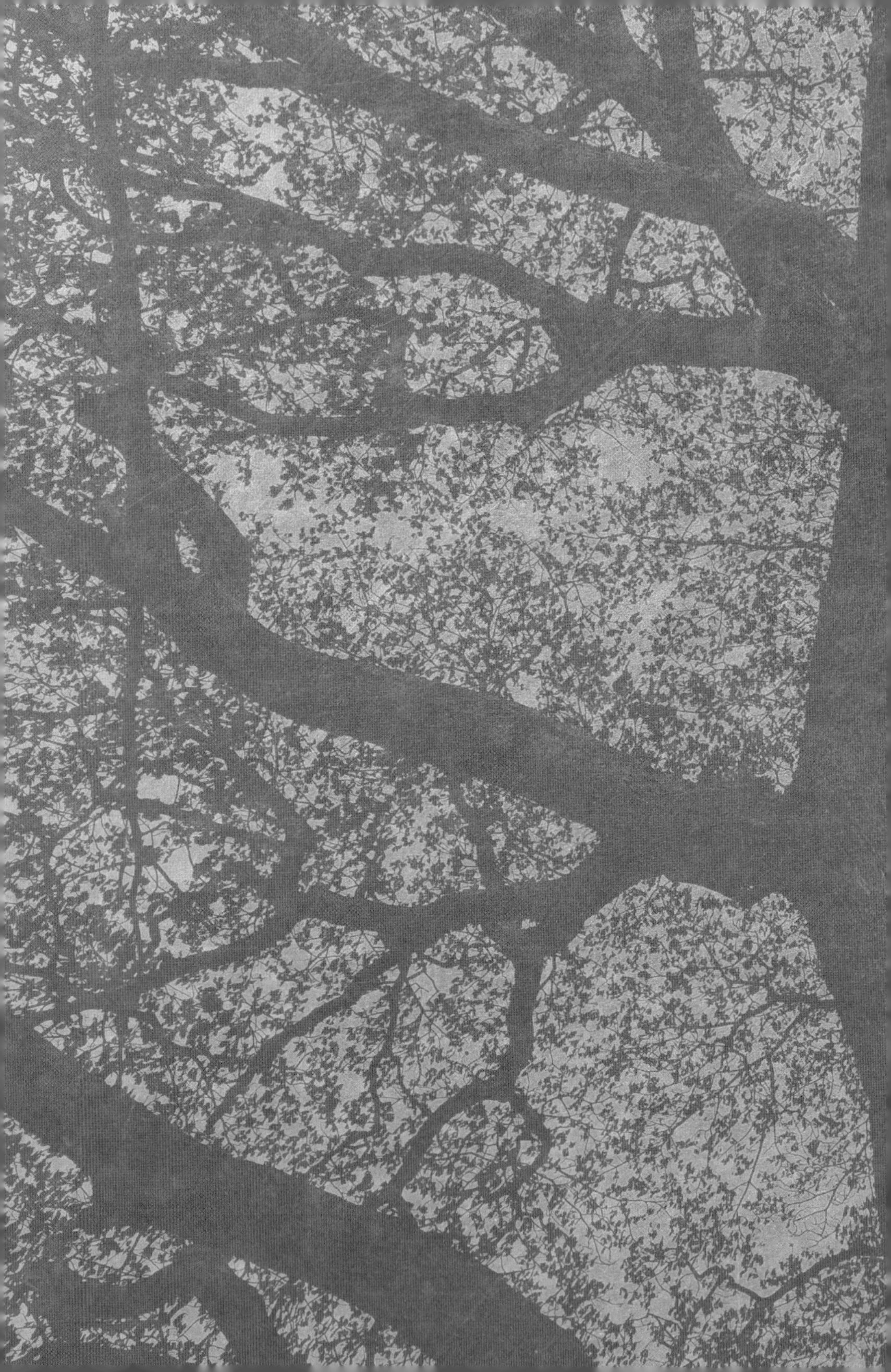

미군 헌병 8명이 소싸움장 입구에 갑자기 나타났다. 소는 싸우고 싶은 마음이 아직 없는 듯 했다. 가만히 멈춰있을 뿐 서로 기술을 써서 달려들 낌새도 없었다. 투우사는 얼굴이 굳어지더니 눈을 번쩍번쩍 부릅뜨고 힘을 모아 한 발씩 지면을 밟고서 엉뚱하게도 구호를 연신 외쳐댔다.

키가 크고 마른 남자가 소에게 성큼성큼 다가갔다. 상관인 듯 하다. 남은 헌병 7명은 권총을 굳게 쥔 채 뛰다 흩어지며 장내 곳곳에 장승처럼 우뚝 서서 관중을 노려보고 있다. 상관이 영어로 크게 외쳤다. 투우사는 헌병이 난입한 사실을 그제야 눈치 챘는지 어리둥절해 했다. 하지만 소들은 귓가에 들려온 큰 소리를 구호로 받아들였는지 밀치락달치락하기 시작했다. 상관은 마구 지껄여대고 있었고 투우사 두 명은 소 고삐가 끌리자 겨우 정신을 차렸다. 투우사는 이대로 소를 싸우게 해서는 안 된다고 느꼈는지 고삐를 강제로 당겨서 소들을 떼어놓으려 했다. 이제 막 싸우기 시작한 소는 투우사의 기분 따위는 아랑곳하지 않고 뿔을 더욱더 깊게 뒤얽고 서로 밀어댔다. 네 다리에 이어 이윽고 여덟 다리가 토사로 파고들어갔다. 대기하고 있던 투우사 여럿이 허둥대며 뛰어서 다가갔다. 뿔과 얼굴에 끈을 걸어서 떼어놓으려 했지만 좀처럼 잘 되지 않았다. 상관의 굵지만 묘하게 새된 소리가 소를 흥분하게 만드는 효과음처럼 들리는지도 모른다. 상관은 소를 무서워하지 않았다. 소의 배나 등을 찰싹 때리면서 허리업 허리업 하며 소에게 명령했다.

"사란케(건들지 마!)"

동안의 투우사가 갑자기 말했다. 상관의 귀에는 들리지 않는 듯 했다. 무모하게도 상관은 소의 옆구리를 주먹으로 내질렀다. 투우사는 주의를 주지 않았다.

몇 분인가 흘렀다. 소는 흰자를 굴려 주변 사람들의 소동을 본 후 마음에 들지 않는지 도리질을 하듯 두세 번 고개를 저었다. 그러다 고개를 든 후 겨우 서로 떨어졌다. 투우사들은 소 두 마리를 8, 9미터 떼어놓고 서로 도발하지 않게 하려고 엉덩이를 마주보게 했다. 투우사들은 소 두 마리를 중심에 놓고 군집했다. 상관의 권총대에 꽂혀있는 무거워 보이는 권총은 좋든 싫든 눈에 띄었다. 투우사들은 무의식적으로 소를 총알받이로 삼았다. 상관은 광장 정중앙에 홀로 남겨졌다. 하지만 걸어서 소에게 바로 다가가더니 투우사 무리에게 외쳤다. 투우사들은 서로 눈을 마주 보거나 소의 몸뚱이를 어루만지고 있었다. 햇볕에 탄 갈색 얼굴 윤곽이 뚜렷했다. 눈의 깜빡임조차 없다. 상관의 얼굴 윤곽은 투우사들보다 뚜렷했다. 하지만 피부가 조금씩 경련을 일으켜서 차분함은 느껴지지 않았다.

관중은 미군 헌병들의 권총, 흰 헬멧, 카키색 군복, 검은색 굵은 가죽 밴드, 붉은 완장, 어깨의 훈장, 옹골찬 구두, 허리의 경찰봉 등에 겨우 익숙해졌다. 하지만 어찌하면 좋을지 여전히 알지 못했다. 일어서는 사람도 도망치는 사람도 없었다. 소싸움장 안으로 밀어닥칠 기색도 없었다. 작은 목소리가 구석구석에서 술렁임으로 변했다. 하지만 바람에 날려 음향이 되지는 못했다. 풀숲에서 웅성거림과 말매미의 히스테릭한 울음소리가 아직 크게 들렸다. 장내 아나운서는 아무 말도 하지 않고 있다.

중부 소싸움연합회 회장인 가마스케가 장내 방송석 근처에서 나왔다. 상관은 가마스케가 천천히 다가오는 모습을 재빨리 알아차렸다. 상관은 총총걸음으로 가마스케 쪽으로 걸어가다 손짓을 섞어 무언가 말했다. 가마스케가 영어를 알아들을 수 있다고 착각한 모양이다.

"누야가(뭐라고?)"

가마스케는 상관을 노려봤다. 가마스케는 노려보고 있다고 생각했지만, 27센티미터나 더 키가 큰 상관의 얼굴을 올려다봐야만 했기 때문에 그의 눈은 아무래도 온화해 보였다. 그래서 겁을 줄 수도 없었고 하물며 눈빛으로 상대방에게 불만을 호소하는 것도 대단히 어려웠다. 험상궂은 눈빛을 억지로 지으려 해도 눈을 크게 뜨는 꼴이 돼 익살맞아 보였다. 상관의 영어는 멈추지 않았다. 가마스케도 오키나와 방언으로 대항했다. 서로 의미를 알 수 없는 말을 했다. 상관은 좀처럼 화를 내지 않았다.

관중은 유쾌해졌다. 술렁임이 더해졌다. 하지만 큰 소리는 내지 않았다. 소싸움장 안으로도 들어오지 않았다. 가마스케는 물러서지 않았다. 양보하지 않았다.

"허가를 받고 하는 건가?"

관중은 방긋 웃었다. 하지만 웃음소리는 커지지 않았다. 박수갈채도 없다.

"어서 나가지 않으면 쫓아버리겠소."

관중의 술렁거림이 여기저기서 커지며 점차 퍼져나갔다.

"가마스케 잘 하고 있어."

"가마스케는 배짱이 있군."

"지겨운 미국 놈들 소싸움을 못하게 하려고 그러는 거잖아?"

"왜 그러는데? 허가를 받고 하는데……. 니들 맘대로 했다간 무사하지 못할 줄 알아."

"지겨운 미국 놈들 같으니라고."

"지겨운 미국 놈들……"

여기저기서 혀를 차고 한숨을 내쉬고 중얼거리고 있다.

"가마스케, 힘내라. 잘 하고 있어."

"참말 잘하고 있구만."

모든 것이 구부려질 듯한 염천 아래에서 가마스케는 관중에게 일종의 청량감을 안겨줬다. 권총을 휴대하고 있는 몸집이 큰 남자와 왜소한 가마스케의 몸이 부딪칠 수도 있었다. 하지만 가마스케는 맨주먹만으로 양팔을 끼고 가슴을 편 채로 상관을 칩떠보고 있었다. 노랗게 변한 흰 색 노타이셔츠도 밀짚모자도 빈약해 보이지 않았다. 카키색 바지는 미군의 불하품이라서 상관의 옷과 비슷했다. 하지만 헐렁했고 옷단을 세 겹이나 걷어 올려 입었다. 게다가 맨발에 샌들을 신고 있다. 상관의 단단하고 큰 군화나 꽉 조여진 다림질 자국이 있는 바지랑 비교하면 어딘가 빠져 보였다. 가마스케가 허세를 떨고 있음을 부정할 수 없다. 발로 싸웠다가는 가마스케가 이길 확률은 거의 없다.

가마스케는 대회 주최자의 한 사람으로서 아나운서 옆자리에 앉아서 입장객이 많다고 말하며 거무스름한 얼굴 한 가득 흰 치아를 드러내며 입을 벌렸다. 그러다 소가 좀처럼 싸우지 않는다고 말하며 흰 치아를 드러냈다. 이윽고 소가 잘 싸운다고 하면서 네모진 턱에 흰 치아를 드러냈다. 그는 소싸움이 멈추는 틈틈이 공동 주최 측인 청량음료 회사의 마실 것이나 차, 혹은 검은 설탕을 쟁반에 올려 내빈석으로 내가며 촌장이나 류큐정부 고관에게 권했다.

여섯 번째 소싸움 순서다. 우선 선진인 후쿠다호호는 싸움소를 부르는 호칭가 배를 좌우로 느긋하게 흔들면서 입장했다. 소 주인이나 그 가족 그리고 투우사가 머리, 코, 등, 옆구리를 세게 문지르자 소는 애무라고 느꼈는지 고개를 숙이더니 눈을 반만 뜬 채로 멍한 표정을 지었다. 격렬하게 싸우기 직전의 소로는 도저히 보이지 않았다. 2, 3분 후 라이운호가 후쿠다호보다 어딘가 싸울 의지가 없는 온화한 표정을 지으며 등장했다. 역시나 남자 네 명이 몰려들어 소의 몸을 어루만지면서 밀거니 끌거니 했다. 관중의 환호나 박수는 없다. 대진표가 공표된 후부터 잠들기 직전 누구나 경험하는 여유로운 한때에 마치 약속이라도 한 것처럼 두 소의 싸움 장면을 떠올린 관중은 한두 명이 아니다. 그것이 마침내 실현되는 현장에 있는데도 사람들의 표정은 그다지 변화가 없다. 입가가 굳어있다. 다만 눈만은 부릅뜨고 있다. 뒤에 입장하는 소가 앞서 입장한 소를 향해 굉장한 기세로 돌진하는 경우도 드물지 않다. 그래서 앞쪽에 있는 소는 입구에서 반드시 뿔끝을 향한 채 대기했다. 하지만 이번 싸움에 그런 걱정은 필요 없다. 만약에 후쿠다호가 엉덩이나 옆구리를 향하고 있더라도 라이운호는 시치미를 떼고 그 옆을 산책하던가, 사이좋게 늘어선 채로 풀이라도 뜯을 것이다. 두 소의 나이는 4살과 5살이라 한창 때로 소싸움 경력은 두 소 모두 10회를 넘었다. 하지만 어째서 오늘 두 소 모두 전의가 없는 것인지 아무도 몰랐다. 뿔을 맞걸기 전부터 서로가 정적이 흐르는 자세로 가만히 있는 상황은 흔치 않다. 거대한 검은 돌처럼 두 소는 정면으로 직사광선을 흡수하고 있다. 소의 몸 표면은 흐릿해 보였다.

소나 투우사의 작고 검은 그림자가 선명히 흰 빛을 띠는 적토에 달라붙어 있다. 필사적으로 빈틈을 노리고 있는 것인지 혹은 정말로 싸울 마음이 없는 것인지 좀처럼 달려들지 않았다. 후쿠다호는 여전히 서쪽 둑을 등 뒤로 하고 있고 라이운호는 동쪽 입구를 뒤로 하고 있는 채였다. 두 소는 서로 노려보고 있는지도 모른다. 소는 무언가를 보고 있는 것처럼 보인다 해도 그렇지 않을 때가 간혹 있다. 소의 눈은 커다랗고 검고 윤이 날뿐이라서 오랜 세월 사육한 사람이라도 희로애락을 드러내는 표정을 늘 간파할 수는 없다.

그런데 몇 분이 지나고 호흡이 맞은 것인지 귓가에서 떠들어대는 투우사의 용을 쓰며 독장치는 소리와 구호가 들려오자 소는 소란스러움에 단념한 듯 역동하는 날카로운 소리를 냈다. 뿔을 서로 교묘하게 뒤얽은 채 후쿠다호는 동쪽으로, 라이운호는 서쪽으로 향하더니 왼쪽으로 돌아 들어가며 위치를 반대로 바꾸고 다시 멈췄다. 하지만 이번에는 방금 전까지와는 달랐다. 이 정지 상태는 혼신의 힘을 짜내서 힘의 균형을 유지하고 있기에 가능한 것이다. 두 소의 사지는 땅으로 파고들고 있었다. 뿔을 서로 맞대는 순간 관중은 술렁거렸고 소가 돌아서 공격하자 술렁임은 더욱더 커졌다. 하지만 소가 멈춰 서자 다시 조용해 졌다. 말매미 소리가 선명해졌다. 별안간 미군 헌병이 난입해 들어왔다. 관중은 간이 떨어질 뻔 했다. 가마스케도 한동안 무슨 일이 벌어진 것인지 알 수 없었다. 눈 깜짝할 순간이었다. 몸집이 큰 사내들치고는 솜씨가 좋았다.

헌병 7명은 3,000명 가까운 관중의 움직임을 살피고 있다. 권총은 어느새 허리춤에 있는 권총대에 들어가 있다. 맨 앞줄에서 수 미터 떨어져서 약간 앞으로 상반신을 구부리며 권총대에 손을 걸치고 있다. 돌입해 오는 배짱 좋은 반역자를 조준해 한 발만 쓰고도 확실히 죽이기 위해서 필요한 거리다. 관중과 거리를 너무 두면 압도하는 느낌이 약해진다. 엄격한 군사훈련을 받은 듯 했다. 흑인 병사도 한 명 있다. 권총 외에 소총을 어깨에 걸치고 있는 병사도 있다. 하지만 아무리 무기가 있다 하더라도 관중이 일시에 밀어닥쳐 습격한다면 헌병들도 견딜 수 없다. 원형 소싸움장은 몇 겹의 사람 울타리에 둘러싸여 있다. 도망칠 수 없다. 몇 십 명은 사살할 수 있겠지만 헌병들도 반드시 살해되고 만다. 속으로는 두려워하고 있을지도 모른다. 서서 경계를 하고 있는 헌병들 몸은 딱딱해 보였다. 무엇보다 상관이 그치지 않고 요설을 뱉어내는 것을 보니 사태를 빨리 해결하고 싶어서 초조해 하는 듯 했다.

가마스케에게 헌병을 습격할 마음은 결코 없다. 그제야 꿈속에 있는 듯한 기분이 사라졌다. 사태가 쉽지 않음을 헤아렸다. 소가 사살되지 않을까 싶어서 제정신이 아니었다. 엉겁결에 일어섰다. 당황해서 주위를 바라봤다. 가마스케 근처에 서있는 헌병이 신중한 모습으로 노려봤다. 가마스케는 눈치 채지 못했다. 차스레스무가야(어찌 하면 좋담). 가마스케는 간이 의자에 늘어선 채로 앉아있는 촌장과 류큐정부 고관을 번갈아가며 봤다. 둘 다 잠자코 있다. 촌장은 가마스케가 몇 번이고 눈빛으로 호소하고 있는 것을 곁눈으로 보면서 혼잣말처럼 말했다.

"누가야(이게 무슨 일이야?)" 그러자, 류큐정부 고관이 맞장구를 쳤다.

"영어를 할 줄 아는 사람은 아무도 없나?"

하지만 서로 다가서기는커녕 일어서는 기색도 없다. 가마스케를 노려보고 있는 헌병이 이곳으로 뛰어 올라오지는 않을까 걱정됐다. 가마스케 제발 얌전히 앉아 하고 바랐다. 바랄 뿐 소리를 내지 않았고 눈도 맞추지 않았다. 목소리를 내거나 눈을 맞추거나 하면 오히려 가마스케에게 어떻게 좀 해봐요 하는 독촉을 당할지도 모른다. 등장한 소는 가마스케가 키우지 않았다. 하지만 가마스케는 소가 걱정됐다. 안절부절 못했다. 순간 가마스케는 넋을 잃고 소싸움장 안으로 내려갔다. 그러자 지금까지 개운치 않았던 마음이 갑자기 사라졌다. 토사를 힘 있게 밟는 양발의 감촉은 흔들림 없이 명확했다. 가장 가까이 있는 헌병이 권총을 꺼내서 자신을 향하고 있음을 가마스케는 눈치 챘다. 하지만 이상하게도 신경이 쓰이지 않았다. 관중 한 명 한 명의 얼굴이 묘하게 선명히 보였다. 곧바로 거침없이 상관을 향해 나아갔다.

끝까지 모른 척을 했다면 어떻게 됐을까. 관중 대부분은 곧바로 생각했다. 가마스케와 상관의 대화는 종잡을 수 없다. 버드나무에 바람이 불어대는 것처럼 반응이 없다. 그래서 헌병들이 기다리다 지쳐서 아무 것도 하지 않고 철수했는지도 몰랐다.

그런데 마주보고 있던 긴조가 시원시원한 태도로 통역을 하겠다고 나섰다. 미군 불하품 그린베레 모자와 검은 가죽구두가 많은 사람들에게 언짢은 기분을 즉시 안겨줬다. 특히 거무스름하고 낮은 코에 걸친 검은 테의 커다란 근시 안경이 이상하게 불쾌했다. 이런 안경을 쓰는 오키나와 사람은 많지 않다. 돋보기가 태양 빛을 한 곳으로 모아 검은 종이를 태우듯이 검은자위가 타지는 않을지 걱정하는 사람도 있다. 마키미나토^{우라소에시 북부에 있는 지역}에 있는 미군 제2병참부대에서 일하고 있는 긴조는 상당한 실력의 영어를 피로했다. 상관을 올려다보고 상관의 입술 움직임을 바라보더니 입버릇인 경박한 목소리로 두 번을 되물은 후에야 마침내 아이씨 아이씨^{I see} 하며 몇 번이고 끄덕였다. 그러더니 팔짱을 낀 채로 서있는 가마스케에게 통역을 했다. 키는 비슷했지만 가마스케 쪽이 살집이 더 있었다.

“소싸움을 바로 멈추라고 합니다.”

긴조는 빨간 꽃무늬가 들어간 알로하셔츠를 입고 있다. 이 녀석은 같은 편이 아니군 하고 가마스케는 직감했다. 말투가 강해졌다.

“무슨 소리야? 허가를 받고 하고 있잖아.”

긴조는 상관에게 통역했다. 상관은 긴조가 말한 것보다 몇 배나 더 길게 대답했다. 긴조는 가마스케를 바라봤다.

“동물 학대는 안 된다고 말하고 있습니다.”

“학대? 학대한다니 그게 무슨 말이야.”

“뭐라고 하면 좋을지…… 음…… 요컨대 소끼리 싸우게 해서는 안 된다 정도로 말하면 뜻이 맞을 겁니다.”

“뭐라고! 예부터 하던 전통인데 뭐가 나빠!”

“헌병이 안 된다고 말하고 있지 않습니까.”

"그러니까 어째서 안 되는 것이냐고 묻고 있지 않나."

긴조는 한동안 입을 다물었다. 일부러 그러는 듯 했다. 마침내 상관에게 무언가 말했다. 방향에 따라 안경이 햇볕에 빛나서 안쪽의 기름기 도는 눈이 보이지 않았다. 상관은 한 발 두 발 가마스케 쪽으로 좁혀 다가오더니 갈라져 있는 듯한 작은 입술을 빈번히 일그러뜨리며 외치기 시작했다. 확실히 화를 내고 있다. 긴조는 가마스케의 대수롭지 않은 표정도 놓치지 않겠다는 듯 응시하고 있다. 가마스케는 눈을 깜빡이지도 않고 올려다보고 있다가 침방울이 얼굴에 떨어지자 긴조 쪽을 향했다. 긴조는 가슴을 폈다. 어때 내가 말한 그대로잖아 하고 말하고 있는 것처럼 말이다. 긴조는 젠체하며 조금 간격을 뒀다. 의식적으로 목소리도 누그러뜨려 말했다.

"그러니까 말이죠. 지금 당장 소싸움을 중지하라고 명령하고 있습니다."

"야기바루에 있는 참모본부까지 가서 허가를 받아왔어."

긴조는 상관에게 설명했다. 바로 대답이 돌아봤다.

"그걸 보여 달라고 하고 있습니다."

"집에 두고 왔어. 바로 사람을 보내 가져올 테니 기다리라고 전해."

긴조는 상관에게 그것을 말했지만 바로 반문하더니 가마스케를 봤다.

"그건 안 됩니다. 당장 해산하라고 말하고 있습니다."

긴조는 녹음한 음성을 그대로 말하는 기계처럼 말하고 있다. 어조도 기복이 없다. 가마스케는 상관이 이런 대화를 즐기고 있는 듯 하자 점점 더 화가 치밀어 올랐다.

"네 놈은 어디 사람이야. 좀 더 강하게 타일러 봐."

그러자 긴조는 가마스케를 노려봤다.

"넌 오키나와 사람이 아닌 거야?"

가마스케는 상관하지 않고 계속했다. 긴조가 자신을 노려보는 것은 번지수가 틀려도 한참 틀렸다.

"지휘관은 화가 나있습니다."

긴조는 지독하게 천천히 말했다. 뻔한 일이라고 가마스케는 생각했다. 너도 화가 나있잖아.

"그게 어쨌다는 거야?"

가마스케가 정색을 하고 나섰다. 긴조의 눈은 렌즈 너머로 휘둥그레졌지만 바로 눈을 치켜뜨고 가마스케를 봤다. 위압할 작정이라고 가마스케는 느꼈다. 똑같이 노려봐줬다. 한 동안 서로 노려보고 있었다. 긴조는 노려보다 기세에 눌렸다.

"헌병에게 전달해도 되겠죠?"

이젠 위협하기 시작했다. 가마스케는 이렇게 애매한 태도를 취하는 남자를 몹시 싫어했다. 차라리 얀바루무시지네처럼 생긴 벌레를 목덜미에 풀어놓는 편이 더 낫다. 피가 얼굴로 치솟아 퍼지면서 뜨거워졌다.

"할 수 있으면 말해봐! 떠벌려 보라고! 그 대신 네 놈도 무사하진 못해."

긴조는 가마스케의 사나운 태도에 눌려서 시선을 내리 깔았다. 하지만 바로 얼굴을 들었다. 억지로 아무렇지도 않은 척 하고 있다고 가마스케는 느꼈다. 상관에게 고자질을 하고 있는 것 같지는 않다. 가마스케는 서로 한동안 노려보고 있던 긴조의 눈 안쪽에 힘이 하나도 없음을 알아차렸다.

"자네 이제 몇 살인가? 어린이가 아니잖아."

긴조와는 이야기가 통하지 않으니 상관과 직접 담판을 지어야겠다고 느꼈다. 가마스케는 상관을 올려다봤다. 긴조는 28살인데, 검은테 안경과 알로하셔츠 탓에 약간 더 나이가 들어 보였다. 상관은 통역과 가마스케의 대화를 주의 깊게 지켜보고 있었다. 말은 몰라도 어떻게 돼가는지 사정은 알아챈 것 같았다. 상관이 가마스케의 어깨를 덥석 쥐고 흔들었다. 지금이라도 때리기라도 할 것처럼 오른쪽 주먹이 떨리고 있다.

"무슨 짓이야. 건방진 미국 놈의 자식."

가마스케는 격앙됐다. 하지만 어깨에 놓인 손을 뿌리치지 않았다. 두들겨 맞을 각오를 하고 있다. 싸워도 이길 수 없다. 어깨를 덥석 쥐고 있는 손이 미묘하게 움직였다. 때릴 조짐이라고 느꼈다. 가마스케는 이를 악물었다. 긴조는 끝도 없이 위세 좋게 지껄여대던 상관이 갑자기 침묵한 모습에 깜짝 놀랐다. 긴조는 상관이 가마스케를 때리려 달려들고 싶은 충동을 느끼고 있음을 알아챘지만, 상관의 손을 눌러서 제지하려 하지 않았다. 자칫하다가는 자신이 두들겨 맞을 위험이 있다. 그 대신에 영어로 무언가를 왕성하게 떠들어 댔다. 상관은 두 마디 세 마디 무언가를 확인하더니 가마스케를 놔줬다. 그러자 긴조는 라이운호에게 다가가 주위 투우사의 얼굴을 둘러보며 빠르게 말했다.

"지금 미군 병사는 정말로 화가 나있어. 지금 당장 소를 데리고 떠나지 않으면 큰 일이 날거야."

투우사들은 당황해서 서로 얼굴을 마주봤다.

"알아들었지?"

긴조는 거듭 주의를 주더니 다른 쪽 소에게 다가가서 그쪽에 서있는 투우사에게도 같은 충고를 했다. 투우사들은 고삐를 들고 있는 두 사람을 남겨놓고 후쿠다호와 라이운호 중간 부근에 모여서 "어쩌면 좋지" 하고 의논을 했다. 하지만 어리둥절함은 좀처럼 사라지지 않아서 "성가신 일이야" 하고 말하며 한숨을 쉴 뿐이었다.

마침내 그 중에서 가장 나이가 많은 스물다섯이나 여섯 살 정도의 청년이 가마스케 쪽으로 다가왔다. 그는 스포츠머리를 하고 있는 이마에 수건을 비튼 머리띠를 대고 있었는데 불그스름한 등번호가 희고 긴 소매 셔츠에 비쳐 보였다. 각 부락 대항으로 치러지는 가을 운동회에 나갈 선수다. 키가 작고 상반신의 근육은 단단했다. 투포환 던지기 선수임이 틀림없다.

"어르신 어찌하면 좋을까요."

투포환 선수가 말했다.

"허가를 받았다네. 이런 바보 같은 이야기가 어디에 있겠나."

"미국인들은 여기서 떠날 마음이 없는 것 같습니다."

상관은 두 손을 허리춤에 대고 사태의 추이를 살피고 있다. 투포환 선수는 곁눈으로 상관을 봤다. 상관과 눈이 마주쳤다. 그러자 상관은 투포환 선수를 내쫓는 몸짓을 하더니 새된 소리로 다시 외쳐대기 시작했다. "쩌리업"이라는 말은 투포환 선수도 이해할 수 있었다. 투포환 선수는 가마스케 쪽을 향했다.

"서두르라고 떠들어 대고 있어요."

"좋아 기다려 봐. 허가증을 가져올 테니."

가마스케는 달렸다. 달리면서 촌장과 류큐정부의 고관을 향해 고함을 질렀다.

"허가증, 가져오면 되죠?"

달려가는 가마스케는 힘차게 팔을 휘젓는 것에 비하면 발이 잘 올라가지 않는 바람에 회전이 느려서 엉뚱한 모양으로 가고 있는 것처럼 보였다. 물결이 밀려와 모이더니 노도와 같이 높아졌다. 서서 경계하고 있던 헌병은 긴장했다. 경계하는 자세를 취했다. 관중의 대수롭지 않은 움직임에도 신경질적으로 사방을 살폈다. 조선인과 닮은 가느다란 눈의 아나운서가 무언가 말하고 있었다. 헌병이 틈입한 이후 계속 침묵했기 때문일까, 아니면 소싸움과 관련이 없는 이야기를 말하는 것에 익숙하지 않은 탓일까. 그는 목이 쉬어서 유창함을 잃은 목소리로 말했다.

"회장님은 연합 회장님은 허가증을 가지러 갔습니다. 허가증입니다. 이 소싸움 대회의."

별안간 스피커로 소리가 나왔다. 진상을 알고 싶어 하는 관중은 바로 귀를 쫑긋 세우고 하나도 빠짐없이 들었다. 연속해서 나오는 소식을 기다렸다. 수초 후 소싸움장은 쥐 죽은 듯이 조용해 졌다. 하지만 바로 소란스러워졌다.

"어째서 애초부터 증명서를 제대로 가져 오지 않은 거야!"

가마스케 비판파가 있다.

"허가를 받았는데 누가 조사하러 올 줄 알았겠어."

옹호파도 있다. 허가증 문제로 소싸움장의 여론은 반으로 갈라졌다. 장내의 소란함이 더해졌다. 수습이 되지 않았다. 오히려 소란함이 만연해졌다 갑자기 굉음이 났다. 상관이 권총을 땅에 발사했다. 흰 연기가 바람에 날아갔다. 투우사들은 매우 당황하며 소의 그늘에 숨었다. 옆에 있는 라이운호 쪽으로 모두가 모여들었다. 투우사 두 명은 비어져 나와 있어서 소를 방패로 삼을 수 없었다. 둘은 연신 상관의 틈을 살피다 미묘한 때를 노려 재빨리 뛰어나가 후쿠다호 그늘에 숨었다. 투우사들은 두 소에게 몸을 숨긴 채로 상관의 일거수일투족에 집중해서 소를 교묘하게 억지로 끌고 갔다. 후쿠다호는 시계 바늘 방향으로, 라이운호는 역방향으로 돌아서 각자 출구로 향했다. 소는 굉음에 놀라서 한순간 머리를 높이 들어 젖혔지만 바로 냉정함을 되찾았다. 소는 당당히 퇴장하고 있다. 상관이 겨냥하고 있는 권총을 전혀 신경 쓰지 않았다. 고개를 조금 들고 배를 편하게 옆으로 흔들면서 정확한 걸음으로 대지를 밟았다.

긴조는 오! 노노 하며 날카로운 목소리로 외치면서 손을 높이 들더니 상관을 향한 채로 뒷걸음질 쳤다. 그러다 방향을 홱 바꿔서 아나운서 자리로 달려들어 아나운서의 어깨를 격렬하게 흔들었다.

"이봐 큰일이잖아. 서둘러 어서 집으로 모두 돌아가라고 말해. 말하라고. 어서 말해!"

깜짝 놀란 아나운서는 조건반사를 한 것처럼 새된 목소리를 내질렀다.

"큰 일이 벌어졌습니다. 지금 당장 집으로 돌아가세요!"

탄환이 발사되는 순간 관중 대부분은 경련을 일으킨 듯 깡충 뛰어올랐다. 몇 초 후 군중은 서로 도망치려고 우왕좌왕했다. 둑에서 여러 명이 굴러 떨어졌다. 아나운서가 끓는 물에 기름을 부은 격이었다.

"괜찮아. 천천히, 천천히."

"허둥대지 않아도 돼. 아무 일도 아니라고."

여러 사람이 각자 외쳐댔다. 외쳐대며 구르는 사람도 있다. 관람석은 상당한 경사가 있다. 풀이나 흙덩이에 발이 걸려서 구르는 사람도 많았다. 하지만 바로 아래에 사람이 잔뜩 있어서 굴러 떨어지지는 않았다. 구를 뻔해도 누군가가 지탱해 줬다. 굴렀지만 누군가가 바로 일으켜 줬다. 뛰어가는 사람은 많지 않았다. 뛰어갈 수 없었다. 사람이 너무 많았다. 통역 긴조, 아나운서, 류큐정부 고관도 졸지에 무리에 섞였다. 사람이 3,000명이나 있다. 겨우 8개의 총구에서 탄환을 발사할 수 있을 뿐이다. 하지만 3,000명 가까운 사람들은 그 탄환이 자기 몸에 명중될지도 모른다는 기분을 느꼈다. 일본과 미국 사이의 전쟁이 끝난 지 15년도 채 지나지 않았다. 군대의 탄환에 부모, 형제, 자식이 살해당했던 기억이 여전히 생생하다. 관중은 앉아있을 때와 비교해보면 몇 배나 많아진 것처럼 느껴졌다. 총은 딱 한 발이 발사됐을 뿐이다. 미군 부하 7명은 상관의 흉내를 내지 않았다.

약 20분 후 관중은 모두 모습을 감췄다. 관람석은 원래대로 둑으로 돌아왔다. 멀리 소나무 숲 그늘로부터 열 명이 넘는 얼굴이 이쪽을 엿보고 있다. 사람들은 폭이 수 미터, 길이가 수백 미터인 농로를 가득 채우고 꿈실꿈실 꿈틀대고 있다. 흰빛을 띠는 겉옷이나 밀짚모자 무리 속에 검은 소 십여 마리가 섞여 있다.

상관은 무언가를 명령했다. 헌병 7명은 권총을 권총대에 넣었다. 헌병은 정렬하더니 소가 없는 넓은 원형 투우장으로부터 의기양양하게 물러나서 지프차 세 대에 나눠 탔다. 지프차는 배기음과 흙먼지를 흩뿌리며 관중과 반대 방향인 미군부대 쪽으로 사라졌다. 건조한 산호초 석분이 차례차례 날아올랐다. 하지만 흰색의 외길을 달려서 사라지는 지프차에 짧고 검은 그림자가 언제까지나 들러붙어 있다. 길을 따라 나있는 잡목 잎이나 잡초는 구석구석까지 흰 먼지를 뒤집어써서 햇볕도 무디게 반사됐다. 말매미 우는 소리만이 그곳에 소란스럽게 남았다.

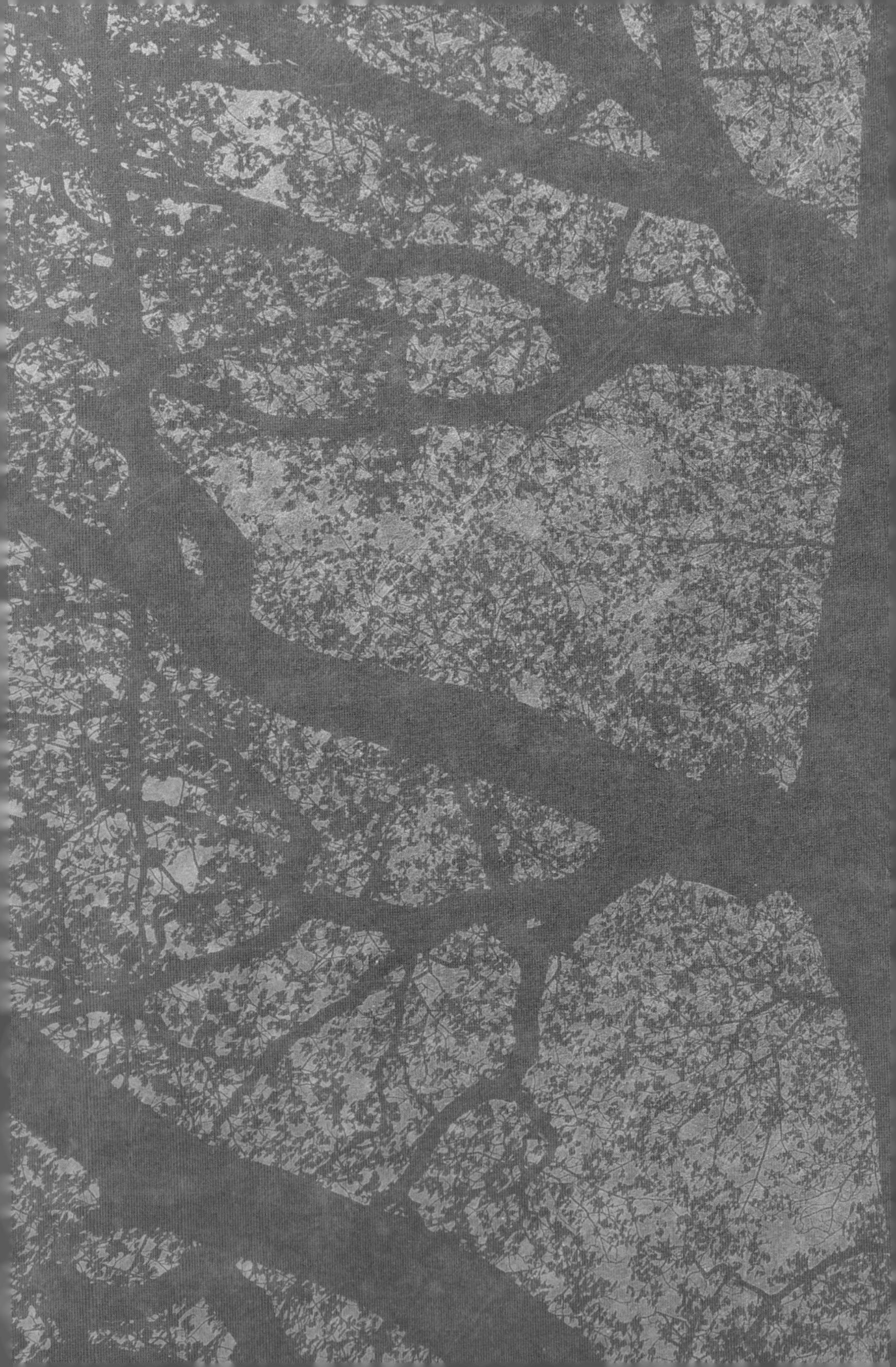

소 싸움장의 허니

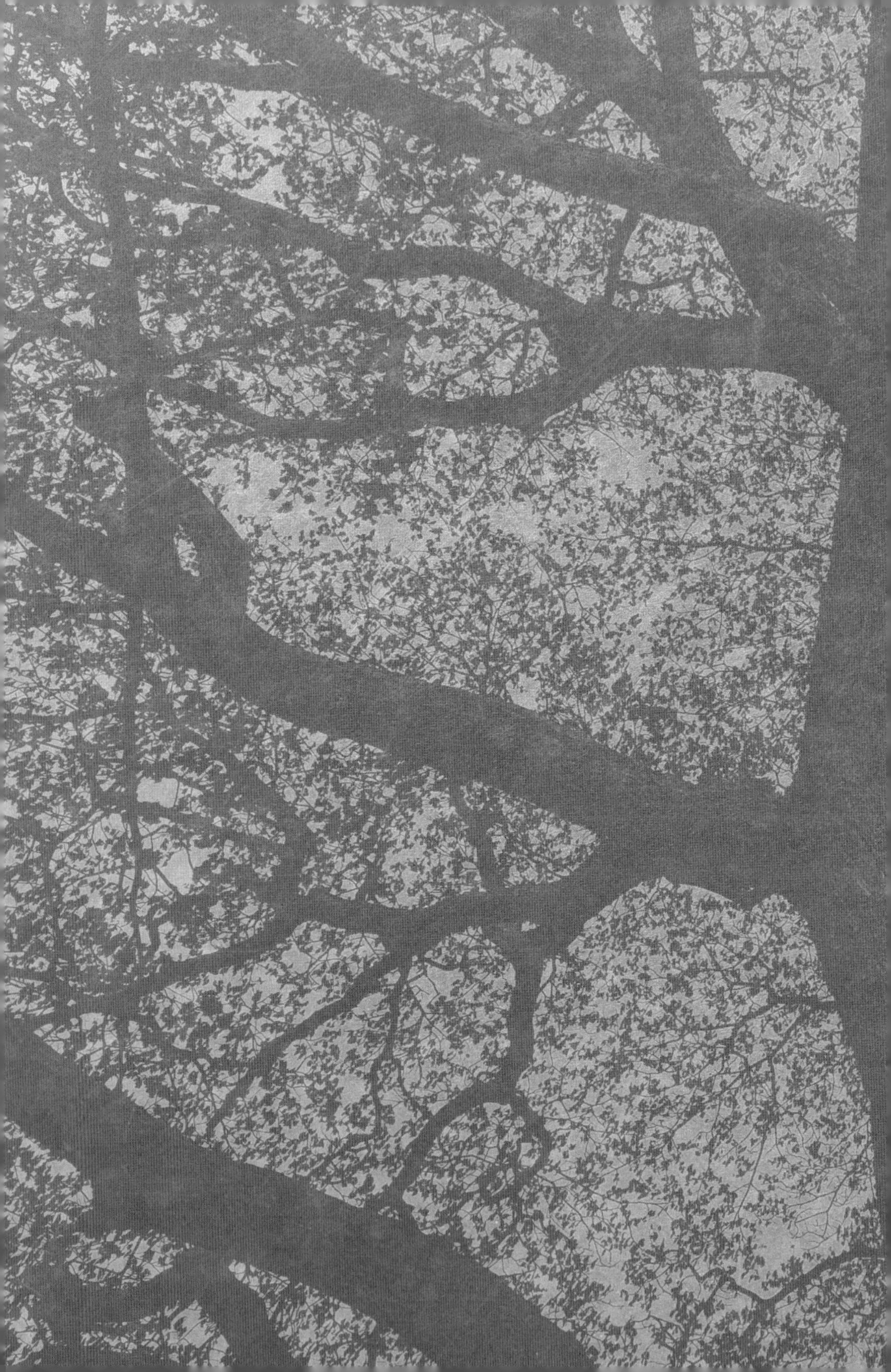

말매미 소리가 소란스럽다. 건조한 공간에 금이 가는 듯한 소리. 말매미가 나무에 수액이 없어 울고 있는 듯 하다. 나무에서는 수지가, 몸에서는 땀이 스며서 나오고 있다. 바위와 풀에서 수분이 방울져 떨어지고 있다. 바다의 수평선이 하얗고 흐리게 보이는 현상은 공기의 흔들림 때문일까, 아니면 수증기 때문일까? 땅과 무덤에 균열이 생길지도 모른다. 소나무나 관목, 참억새와 활엽수를 둘러보고 멀리 바라봐도 잎사귀는 모두 시들시들 하다. 잎사귀는 움쭉도 하지 않는다. 식물도 인간도, 소도……. 소는 마치 뼈가 다 빠진 것처럼 엎드려 있다. 하지만 앓는 소리는 내지 않는다. 아무 소리 없이 견디고 있다. 어디서도 원색을 찾아볼 수 없다. 하얀 햇살이 튀어오른다. 리듬도 끊어짐도 없이 계속 되는 매미소리도 별안간 귀에 들어오지 않았다. 태양은 움직임이 없다. 구름도 움직이지 않는다. 관중 3,000명은 꿈적도 하지 않았다. 뜨거운 목욕탕 안에서 움직이면 열기를 느끼는 것과 같은 이치다.

소년들의 발이 소나무 가지에 대롱대롱 달려 있다. 소년들은 굵은 가지 하나에 모여 앉아 다리 6개를 제멋대로 흔들고 있다. 계속 흔들지 않으면 선잠이 들고 만다. 꿈결에 그대로 바닥에 떨어질 위험이 있다. 소싸움장 주위 소나무는 가지가 길고 곧장 뻗어 있다. 소년들이 앉아 있는 가지는 5미터 상공에 있다. 소나무는 위로 올라가면 갈수록 작은 가지가 얽히고설켜서 앉기 힘들고 시야도 차단된다. 수 미터 높이가 딱 좋다. 잎사귀와 작은 가지가 소년들의 머리 위에서 옆으로 퍼져 있어서 양산 역할을 하고 있다.

소나무 아래는 어두운 느낌이 있지만 눈이 부시지 않아서 소싸움장이 잘 보인다. 크로포드 씨의 붉은 얼굴이 기름기에 번쩍이는 광택도, 길고 가느다란 입술 안으로 들여다보이는 흰 치아도, 커다란 어깨의 부드러워 보이는 둥그스름한 모양도 선명히 알 수 있다. 요시코의 어깨에 두드러진 가느다란 뼈 모양도 잘 보인다. 햇볕을 받고 있는 관중의 윤곽이 둔하게 반사되고 있다. 관중의 움직임이 누긋해 보인다. 직사광선이 강해 눈이 부셔서 적응이 안 된다. 눈이 조금 아프다. 관중은 땀을 닦으려고도 하지 않는다. 미제 수통에 담긴 물을 마시는 사람들의 움직임이 눈에 띄지만 그 또한 누긋해 보인다. 피하 지방이 많은 크로포드 씨는 가만히 있지 못 한다. 알로하셔츠 단추를 풀고서 파란색 수건으로 겨드랑와 가슴, 목덜미의 땀을 연신 훔치고 있다. 튀는 행동이다. 더위에 익숙하지 않아서다. 양산을 쓴 어머니의 등에 업힌 갓난아기는 녹초가 됐다. 눈을 감고 있다. 죽은 것이 아닐까? 소년은 정말로 그렇게 의심해 봤다.

해가 바로 위에 있다. 크로포드 씨는 그늘 안에 쏙 들어가 있다. 크로포드 씨는 소년이 볼 때마다 그늘에 앉아 있었다. 크로포드 씨의 몸은 너무 커서 엉덩이 한 쪽만 의자에 겨우 들어간다. 왜 더 큰 의자를 주문하지 않는 것일까 하고 소년은 의아했다. 발밑에 둔 야자나무 잎으로 만든 원뿔 모양의 삿갓은 오키나와 직인에게 특별히 주문한 것이다. 크로포드 씨의 앞머리는 대머리라서 다갈색 곱슬머리가 단정해 보이지는 않았다.

높은 코 아래로 진한 수염이 보인다. 올챙이배가 튀어나와서 다리가 짧아 보인다. 카키색 반바지를 입고 있다. 부드러워 보이는 굵은 다리털은 소년보다도 적다. 소년은 이상하다고 생각했다. 혼잡할 때도 크로포드 씨의 바로 뒤에는 아무도 앉지 않았다. 오늘도 마찬가지다. 신장 190센티, 체중 120킬로의 체구가 50센티 높이의 의자에 앉아 있으니 등 뒤의 관중은 서서 보지 않는 한 앞이 보이지 않았다. 경사가 있었지만 계단식 관람석이 아니다. 자리에서 일어서면 발 디딜 곳이 불안정하다. 가만히 앉아 있어도 엉덩이가 아래로 서서히 미끄러져 내려간다. 하지만 아무도 불평불만을 늘어놓지 않는다. 만약 크로포드 씨가 오키나와인이라면 흙덩이나 작은 돌, 그리고 둥글게 만 종이로 얻어맞았겠지만 말이다.

우리는 자유롭다. 나무 위는 우리가 지배하는 영역이다. 어른들은 고분고분하다. 찌는 듯한 무더위 속에서 가만히 앉아 있다. 더위에 익숙한 것일까. 그늘로 들어갈 수 없는 이유라도 있나. 아니면 고집이 센지도 모르겠다. 이렇게 시시한 소싸움을 어떻게 하면 질리지도 않고 가만히 앉아서 보고 있을 수 있나. 소가 들어오는 입구와 출구 두 곳을 제외하면 소나무가 소싸움장을 둘러싸서 짙은 그늘이 드리워져 있다. 하지만 그늘로부터 소의 모습은 멀리 떨어져 있다. 그늘 여기저기에 소년들이 몇몇 보인다. 어른은 한 명도 없다. 여기는 좋은 자리야 하고 소년은 생각한다. 이렇게 가까이서 소를 볼 수 있다니. 크로포드 씨가 아래에 없었다면 특등석을 놓쳤을지도 모른다. 크로포드 씨가 아래에 앉아 있어서 이렇게 훌륭한 소나무를 찾아낼 수 있었다.

소나무 위에서 보자니 모자가 눈에 띄었다. 밀짚모자, 구바가사삿갓, 파나마모자, 등산모자, 미 육군 베레모, 운동용 모자, 학생 모자…… . 흰 색, 노란 색, 검은 색, 회색 모자…… . 손수건이나 종이를 뒤집어쓰고 있는 사람도 있다. 하지만 그 중에서도 담갈색 밀짚모자를 쓴 사람이 가장 많다. 히가에 사는 할아버지단메의 모습도 보였다. 시무죠에 사는 아는 형닌세의 모습도 보였다. 소년은 자신이 알고 있는 사람을 얼마든지 더 찾을 수 있다. 가늘고 긴 목제 간이 테이블 끝에서 안내 방송을 하고 있는 사람은 표준어야마토구치를 잘하는 마쓰카와 씨다. 테이블에는 "경축 고완 소싸움 한마당"이라고 주홍색으로 크게 쓴 현수막이 걸려 있다. 글자 양 옆으로는 청량음료 회사와 아와모리 회사의 선전 마크가 새겨져 있다.

소가 미동도 하지 않고 가만히 있는 모습이 오히려 훨씬 더워 보인다. 배를 조금씩 움직일 때마다 윤기 나는 검은 소의 몸에서 땀방울이 탁 하고 튀어 오른다. 싸움판이 벌어지기 전에 소의 주인이나 후원모임에서 소의 몸을 수건, 솔, 손으로 문지르거나 만져서 새까만 몸의 윤기를 더욱 돋보이게 해 등장시킨다. 그렇게 나타난 소는 굉장한 기세로 여기저기를 뛰어 다닌 끝에 흙먼지가 달라붙어서 몸 전체가 탁한 갈색으로 변한다. 싸울 채비를 다 갖춘 후에 뿔을 맞걸고서 수십 분 동안 서로 밀어대다 힘이 엇비슷해 움직이지 않고 있을 때면 땀이 계속 뿜어져 나와서 흘러 떨어진다. 싸움소의 몸에 붙은 먼지가 땀에 씻겨 내려가자 검은 윤기가 다시 돌기 시작한다. 바람 없는 날이라 흙먼지는 날리지 않는다. 먼지가 날아오르지도 않는다. 소의

등에 흙먼지가 묻는 일은 좀처럼 없다. 삭신이 늘어지는 한낮의 희뿌연 환상을 일
톤 가까이 되는 맹렬한 싸움소의 돌진이 깨뜨린다. 사발을 엎어 놓은 것 같은 말발
굽 모양 발이 딱딱한 땅에 달라붙어 있는 잡초를 파헤친다. 탁 하는 소리와 함께 뿔
을 부딪치는 둔중한 소리가 조용한 오후의 분위기를 깬다.

　싸움소 그라만이 조금 뒷걸음질을 치는 것 같더니 오른쪽으로 바로 몸을 튼다.
상대 소의 공세를 눈치 챈 아라가키호호는 싸움소를 부르는 호칭가 자세를 무너뜨리면서 앞
을 향해 몸을 낮춘다. 엉켜있던 뿔이 빠졌다. 관중이 술렁였다.

　크로포드 씨를 언제부터 의식하게 됐는지 소년은 잘 알지 못했다. 친구들 사이
에서도 크로포드 씨에 관한 소문은 꽤 퍼져 있었다. 스가에 씨보다 몸이 두 배나 크
다는 소문을 듣고서 소년은 몇 번이고 한숨을 내쉬었다. 작년 여름 어느 날, 구스크
마 소싸움대회에서 크로포드 씨를 처음 봤다.

　친구들이 크로포드 씨를 둘러쌌다. 소년은 어설프게 다가서지 않았다. 총검은
없지만 거대한 몸집이 소보다 더한 중압감을 줬다. 도무지 가까이 다가서고 싶은 마
음이 들지 않았다. 이중턱이 두드러지는 붉은 얼굴이 쉬지 않고 해죽대서 어쩐지 기
분이 나빴다. 얇은 입술과 작은 눈은 온화해 보였다. 하지만 코는 색달랐다. 너무 높
다. 소년은 훔쳐보면서 계속 관찰했다.

　요시코가 크로포드 씨의 허니양공주와 유사한 존재라는 사실은 이미 알고 있었다. 요
시코는 대단한 여자지만 어쩐지 기분이 나빴다. 2, 3년 전까지만 해도 같이 뛰어 놀
던 사이라고는 도저히 믿을 수 없었다. 어머니들끼리 나누던 대화를 소년은 기억하
고 있다. 요시코의 친척 몇 명이서 그녀를 기다렸다가 캐물었던 모양이다. 대낮 큰
길가에서 요시코는 울었다. 죽은 자를 때리지 않듯 울고 있는 요시코를 친척들은 더
이상 추궁할 수 없었다고 한다.

　크로포드 씨가 소싸움을 보는 자리는 지정석이다. 소싸움장 타원형 싸움판은

직경 20미터에 이른다. 중앙에는 싸움소나 조련사가 분주하게 움직이고 있어서 주황색 땅 색깔이 변해 있었다. 싸움판 주변에는 모래가 섞여 있고 부드러운 흙이라 희어 보인다. 싸움판은 1미터 높이의 제방과 맞닿아 있는데 그 끝에는 싸움소의 흔적이 적어서 연두색 풀이 듬성듬성 자라나 있다. 이 소싸움장은 언덕의 경사와 우묵한 지형을 이용해서 만들어졌다. 싸움소가 올라와서 관중을 걷어차거나, 혹시라도 관중이 미끄러져 떨어지지 않도록 경사를 수직으로 만들었음이 틀림없다. 2년 전에 제방을 따라서 철골 세 개를 둘렀다. 철책의 높이는 120에서 130센티 정도다.

크로포드 씨는 철책에서 5미터 정도 바깥쪽 경사면에 삽으로 2제곱미터 정도의 평평한 공간을 만들었다. 나무로 만든 접이식 의자를 거기에 놓고 앉았다. 삽질을 시작하기 몇 달 전부터 그곳은 크로포드 씨의 점령지였다. 관중들은 그것을 이해하고 있다. 크로포드 씨는 소싸움이 벌어지는 날이면 이른 시간에 나타났다. 하지만 가끔 오키나와인이 먼저 와서 '지정석'을 차지할 때가 있다. 다만 어떤 오키나와인이라도 크로포드 씨가 다가오면 자리를 비워준다. 좀처럼 눈치를 채지 못하는 사람은 주변에서 충고를 해서 자리를 비우게 했다. 자리 문제로 한 번도 다툼이 벌어진 적은 없다. 여기는 내 자리라고 크로포드 씨가 말한 적은 한 번도 없다.

크로포드 씨의 자리에서 비스듬히 뒤쪽에 어린 소나무가 자라고 있다. 언제부터인가 소년들은 소싸움이 벌어지는 날이면 소나무에 올라가서 아침부터 밤까지 시간을 보냈다. 소나무 가지에 앉거나 누워 자거나 발을 걸고서 거꾸로 매달렸다. 그렇게 소싸움을, 크로포드 씨를, 요시코를, 소싸움장 건너편에 나란히 있는 장엄한 세 개의 가메코바카를 보고는 했다. 그리고 돌무덤 뒤에 있는 소나무 숲과 휘어 구부러져 관목 속으로 사라지고 있는 미군 철조망을 바라봤다.

오늘도 철조망 건너편에서 카빈총을 등에 맨 미군과 오키나와인 경비와 셰퍼드가 소싸움장을 지켜보고 있다. 돌무덤 위에는 웃통을 벗어부친 젊은 미군 병사들이 엎드려 누워 있다. 비번인 모양이다. 돌무덤 위에 올라가면 다리가 썩는다고 어른들이 말해서 소년은 그렇게 믿고 있다. 그래도 미군 병사들의 행동을 용서할 수 있었다. 미군 병사들은 소싸움에 흥미를 느끼지 못하는 듯 했다. 심심함을 달래는 것에 지나지 않는다. 그런데 저 미군 병사들은 우리와 똑같은 인간일까? 소년은 그렇게 의심해 봤다. 모자도 쓰지 않고 벌거벗은 채로 살을 태우며 돌무덤 위에 아무렇게나 드러누워 있다니.

섭씨 30도를 넘는 날이 3주나 이어지고 있다. 앞으로 며칠만 지나면 대서다. 바람은 없었다. 약하고 부드러운 활엽수를 가만히 지켜봤으나 흔들림이 거의 없다. 깊고 푸른 바다 표면 위로 솟아올라 있는 적란운이 묘하게 선명히 보인다. 하늘이 하얗게 빛나고 있다. 가까운 곳과 먼 곳의 나뭇잎과 3,000명이 넘는 관중의 모습이 하얗고 멍하게 흐려졌다가 다시 번쩍번쩍 빛난다. 수십 년 동안 비바람과 혹서에 노출돼 무수히 많은 다갈색 얼룩과 검은 균열이 생긴 돌무덤이 새하얗게 보였다.

더위 때문인지 싸움소 두 마리는 시합에 집중하지 못하고 있다. 소년이 소나무 위에서 내려다봐도 소싸움은 통 진전이 없었다. 소싸움 경력 등을 소 주인이 유창한 일본어로 간결하게 말한 후에 어린 소가 시범 시합을 한참 벌이고 있다. 둘 다 두 살이 된 소로 몸집은 갖췄으나 투지가 없어 서로 장난을 치고 있는 느낌을 지울 수 없다. 소싸움 특유의 격렬하게 부딪치며 내는 둔탁한 소리와 가속이 붙은 그 격렬한 돌진, 네 발을 땅에 박고서 지키기 자세에 들어가는 모습 등을 전혀 찾아 볼 수 없다. 싸우는 시늉을 하다가 잠시 쉬고, 뺨을 비비거나, 한 줄로 늘어서서 집에 돌아가려는 듯한 몸짓을 하거나, 무언가를 떠올린 듯이 다시 서로 마주보고 뿔을 걸고서 밀어대다 바로 귀찮은 듯이 힘을 빼고서 다시 정답게 소싸움장 안을 거닌다. 싸워서 승부를 겨룰 상태가 아니다. 두세 번 야유가 터져 나왔지만 관중 대다수는 철부지 소에게 화를 내봐야 소용이 없다며 쓴웃음을 짓는다. 조련사는 자신의 체면이 말이 아니라서 싸움소의 귀에 대고서 호령_{야구이}을 넣고 질타를 하다 소에게 진동을 전달하려 주위의 땅을 계속 좌우 할 것 없이 힘껏 밟으면서 고삐로 소의 등과 복부와 엉덩이를 때린다. 결국 소는 조련사의 처사에 부아가 치민 듯 했다. 하지만 길가나 밭 안에 묶어 놓은 소처럼 가끔 머리를 두세 번 움직일 뿐 그 외에는 미동도 하지 않는다. 그것도 소 두 마리가 마치 짜기라도 한 것처럼 굴어서 관중의 떠드는 소리와 웃음소리가 커졌다. 조련사는 점차 더 몸이 달아서 고삐를 앞으로 끌어서 상대방 소와 접촉하게 했다. 하지만 소는 양 다리를 벌리고 땅에 뻗디디며 버틴다. 그런 모습은 팔뚝 근육의 혈관이 튀어나와 있는 거무스름한 얼굴에 커다란 눈을 크게 뜨고 있는 조련사와는 대조적이다. 두 마리의 익살꾼 소는 아무 일도 없는 것처럼 태연한 모습이다. 몇 분이 지났을까. 십 분 정도다. 아무리 발로 차고 끌고 밀어도 소는 미동도 하지 않았다. 결국 비겼다. 멋진 싸움이 되리라 예상했던 장내 아나운서가 사과 방송을 했다.

크로포드 씨는 오늘도 자신의 허니인 요시코를 데려왔다. 요시코는 소싸움을 그다지 좋아하지 않는다. 그런데도 함께 소싸움을 보러오다니 이상한 일이다. 이렇게 무더운 날인데도……. 소년은 왜 그런지 알고 있다. 크로포드 씨에게 버림받지 않기 위해서다. 크로포드 씨의 비위를 맞추고 있다.

소싸움은 언제나 오후 1시에 시작된다. 소년은 3시간 전부터 소나무 주위에서 친구들과 놀고 있다. 12시가 지나자 관중이 갑자기 늘었다. 거대한 체구의 크로포드 씨와 작고 마른 요시코가 손을 잡고 나타났다. 요시코는 화학섬유 재질의 노란색 원피스를 입고 있다. 몸에 착 달라붙는 옷은 아니지만 커다란 속옷이 들여다보인다. 요즘 유행하는 스타일이지만 요시코와는 어울리지 않는다. 특히 스커트 부분이 부풀어 올라서 광대뼈가 튀어나온 얼굴과 가늘고 긴 양팔이 두드러져 보인다. 혹시 흑인 병사의 혼혈이 아닐까. 때때로 소년은 그렇게 믿었다. 하지만 17살인 혼혈아가 있을 턱이 없다. 백인 병사나 흑은 병사가 이 섬에 들어온 지는 13년 밖에 되지 않았다. 마침 소년이 태어난 해에 처음으로 상륙했노라고 소년의 어머니가 말했다. 그렇다 해도 소년은 마치 아주 오래 전부터 백인과 흑인 병사가 이 섬에 있었던 듯한 기분이 들었다. 요시코의 얼굴빛은 병든 사람처럼 흙빛으로 보였다. 얼핏 보면 32살 정도로 보인다. 크로포드 씨가 원하는 것을 다 사주고 있으니 좀 더 살이 오르고 얼굴빛도 더 좋아져야 정상이 아닌가. 소년은 소나무 위에서 요시코의 오글쪼글한 파마머리를 가만히 내려다 봤다. 크로포드 씨와 요시코는 대화를 거의 나누지 않는다. 그러면서도 용케도 서먹서먹해 하지 않는다. 소년은 그렇게 느꼈다. 가끔 요시코가 크로포드 씨의 옆모습을 보면서 짧은 영어로 말을 걸었지만 크로포드 씨는 끄덕이기는커녕 쳐다보지도 않는다. 요시코는 나이 때문인지 늘 감기에 걸린 듯한 목소리를 낸다. 말이 빠르고 목이 쉬어서 가까운 나무 위에서조차 잘 알아들을 수 없다. 게다가 소년도 요시코만을 주목해서 보고 있는 것은 아니라서, 실제로는 그녀가 더 말을 많이 하고 있을지도 모른다.

요시코의 새로운 면모를 소년이 깨달은 것은 사십 여일 전 소싸움 날이었다. 지금 다시 생각해 봐도 기이한 느낌이 든다. 한낮 많은 사람들 속에서 요시코는 홀로 울고 있었다. "미야자토 공민관 후원 모금" 소싸움 대회에서였다. 난세이1호 쪽이 데뷔는 십 개월 정도 빨랐지만 성적은 똑같이 3승 무패다. 두 소의 체력은 싸우기 전부터 확실히 대조됐다. 역대 소싸움 대회에서도 좀처럼 볼 수 없는 체중 1,000킬로, 가슴둘레 2미터 39센티, 뿔 길이 41센티의 거대한 소, 구로이와호. 이 소는 싸움판 가운데로 조련사를 끌다시피 해서 난폭한 모습으로 나타난 후 흙을 앞발로 번갈아가며 파내면서 충만한 전의를 감추지 않았다. 3, 4분 후 좀처럼 내키지 않는 모습의 작은 소 난세이1호가 천천히 다가왔다. 난세이1호의 모습을 보자마자 거대한 구로이와호가 섬뜩한 뿔을 아래로 낮게 내리깔고 겨냥하고서 눈을 칩뜬 커다란 눈에 흰자를 드러내며 돌진하고 격렬하게 뿔을 맞걸었다. 그러더니 갑자기 뿔을 뒤로 빼고서 정면으로 바로 돌진해 박치기를 했다. 구로이와호는 숨을 쉴 틈도 없이 몇 번이고 그것을 반복했다. 따앙 따앙 하고 큰 쇠망치가 맞부딪치는 듯한 둔중한 소리가 들려왔다. 작은 소는 약간 뒷걸음질을 치다가 몸을 낮추고서 체중을 앞으로 실으며 있는 힘껏 공격을 받아냈다. 거대한 소는 뿔을 다시 떼고서 뒷걸음질 치다가 도움닫기를 해서 뿔로 박치기를 했다. 작은 소가 교묘하게 몸을 돌려서 받아넘겼다. 뿔과 뿔이 약간 닿았을 뿐이다. 목표를 잃은 거대한 소는 달리던 속도 그대로 앞으로 내던져져서 몇 미터 정도 엉뚱한 곳으로 내달렸다. 하지만 바로 몸을 돌려서 과녁을 정하고서 맹렬하게 돌진했다. 빠드득 하고 마치 이 가는 소리를 확성기로 튼 듯한 뿔이 바람에 흔들리는 소리가 들려왔다. 작은 소는 코끝을 땅에 거의 닿을 듯한 거리까지 내리고서 있는 힘껏 견뎠다. 작은 소의 눈에 땀이 흘러내렸다. 눈은 묘하게 윤기가 흐르고 맑았다. 호흡은 흐트러질 대로 흐트러졌다. 거대한 소가 보여준 찌르기 기술은 순식간에 작은 소의 목을 조였다. 작은 소의 뼈가 그대로 부서지지 않을지 소년은 겁을 먹었다. 거대한 소는 작은 소의 얼굴을 더욱더 우스꽝스러운 모습으로 비틀고는 있는 힘껏 눌렀다. 작은 소는 필사적으로 네 다리를 벌리고 버텼지만, 얼굴이 자신의 뜻과는 달리 이상한 방향을 향하는 바람에 몸의 중심을 뜻대로 잡을 수 없었다. 목이 꺾인 방향 그대로 질질 미끄러졌다. 누런 흙먼지가 계속 날아올라서 두 소의 발 언저리가 잘 보이지 않았다. 거센 목 힘으로 작은 소를 비트는 머리 공격은 확실히 효과가 있었다. 동쪽에서 북쪽으로, 북쪽에서 서쪽으로 휙휙 밀린 작은 소는 계속 몸을 돌리려고 했다. 하지만 뿔이 마치 자물쇠를 채운 것처럼 빈틈없이 엉켜 있다. 약간 벌어진 작은 소의 입 안에서 흰 거품이 보인다. 이윽고 거품은 가늘고 긴 끈적끈적한 침으로 변해서 수직으로 늘어져 땅에 떨어지고 있어 더러워졌다. 거대한 소는 아무리 공격을 해도 작은 소가 항복하지 않자 애를 먹고 있었다. 속공을 멈추고 다음 공격을 위해 숨을 가다듬었다. 얼마 안 있어 작은 소는 긴 혓바닥을 축 내밀었다. 두 소의 배가 물결치고 있다. 두 소 모두 멈춰있는 것처럼 보이지만 혼신의 힘이 서려 있다. 작은 소의 입안에서 거품이 크게 늘더니 부글부글 넘치며 커다랗고 긴 침이 흘러내리다 바람에 흔들렸다. 거대한 소가 서서히 공격했다. 작은 소의 다리가 좌우 앞뒤로 흔들리며 삐걱 하고 관절이 돌아가는 소리가 들렸다. 작은 소가 불쌍하다고 소년은 생각했다. 소나무에서 뛰어내리고 싶었다. 소나무 가지에 매달렸지만 눈을 뗄 수 없었다. 이렇게 많은 사람이 보고 있지 않나. 저 소가 싸우다 죽어도 내 책임이 아니다. 묘한 생각이 떠올랐다. 작은 소가 방뇨를 했다. 그렇게 몇 분을 더 버텼다. 그러다 갑자기 지금까지 버티고 있던 작은 소의 힘이 빠졌다. 거대한 소가 마치 공중에 떠 있는 박스를 미는 것처럼 엄청난 속도로 작은 소를 들이박았다. 거대한 소를 몰던 조련사는 그 움직임에 버티지 못하고 고삐를 놓았다. 다음 순간 거대한 소가 작은 소의 왼쪽 배로 돌진해서 긴 뿔을 깊게 박아 넣었다. 작은 소는 남쪽 둑 쪽으로 내동댕이쳐졌다. 하지만 거대한 소는 공격을 멈추지 않았다. 작은 소는 둑과 거대한 소의 뿔 사이에 끼어서 뿔에 세차게 찔렸고 그럴 때마다 복부의 상처는 더욱 커졌다. 힘껏 들이밀어도 작은 소가 움직이지 않자 거대한 소는 네다섯 걸음 뒤로 물러섰다. 군데군데 흰 반점이 보이는 피가 묻은 뿔이 빠졌다. 작은 소는 둑에서 떨어졌다. 누런 흙먼지가 피어올랐다. 거대한 소는 기세를 올리면서 다시 돌진했다. 고삐를 쥐고서 필사적으로 제지하려는 조련사는 힘없이 끌려갔다. 대기하고 있던 조련사들도 뛰어나왔다. 작은 소에게 뿔을 박아 넣으려던 거대한 소를 몇 명이 달라붙어서 겨우 제지했다. 관중 대부분이 죽었다고 믿었던 작은 소가 갑자기 일어나서 경련을 일으키며 몇 걸음 도망치는가 싶더니 털썩 쓰러졌다. 흙먼지가 피어올랐다. 콸콸 흘러넘친 대량의 피가 흰 흙 속으로 스며들었다. 피는 점차 거무칙칙한 색으로 변했다. 기름처럼 보이는 선지피도 나왔다. 창자가 비어져 나왔다. 작은 소의 배는 작게 출렁이고 있었지만 옆모습은 조용했다. 입밖으로 나와 있는 긴 혀는 보라색으로 변했다. 맑고 커다란 눈이 크게 벌어진 채로 한 곳을 보고 있다. 그 눈. 인상 깊은 눈. 온힘을 짜내서 이쪽으로 달려오던 작은 소의 모습이 40여 일이 지난 지금도 소년의 눈에 떠올랐다. 그 소는 살려고 했다. 소년은 그렇게 믿었다. 설령 육체가 파괴되더라도 소 안에 있는 어떤 힘이 몇 미터나 작은 소를 더 달리게 했다. 거대한 소는 얼마 안 있어 원래대로 편하게 숨을 쉬었다. 같은 소가 중상을 입고 있는데 거대한 소는 발을 구르기만 할뿐 조금도 책임감을 느끼지 않고 있다. 살인자가 태연하게 살 수 없듯 소를 죽인 소도 평온할 수 없을 텐데 말이다. 하지만 싸움소는 아무렇지도 않았다. 너무나도 태연했다. 오히려 온 힘을 다 쏟아내서 후련함을 느끼고 있는 것 같았다. 하지만 소는 왜 싸우는 것일까? 왜 그러는지 알 수 없다. 소년은 소들이 한창 싸울 때도 냉정함을 유지했다. 소년은 누군가와 싸우고 싶은 마음이 들지 않았다. 하지만 작은 소의 죽음은 어쩔 수 없다. 소년은 그렇게 생각했다. 그것이 싸움이다. 다만 작은 소는 정정당당하게 싸웠다. 이길 수 있는 상대하고만 싸우는 비겁자가 아니다. 아무 것도 겁내지 않았다. 노력의 결과를 자각하고, 힘을 믿고, 그것을 시험했다. 작은 소는 혼자서 살고, 혼자서 싸우고, 혼자서 죽었다. 작은 소는 오키나와의 소다. 소년의 가슴이 불규칙하고 크게 고동쳤다. 소싸움을 좋아하게 될 듯한 기분이 들었다. 소년은 거대한 구로이와호의 주인이 자신의 아버지라는 사실도 까맣게 잊고 있었다.

조련사나 작은 소의 주인, 그리고 소 주인의 가족, 친구 7, 8명이 작은 소를 밧줄로 묶어서 마차에 실었다. 오래 써서 낡은 미 군용차의 커다란 고무타이어를 바퀴로 쓴 마차는 짐받이가 높았다. 남자들은 기합을 맞춰가며 단숨에 죽은 소를 당기고 밀었지만 사체가 무거워서 힘이 들었다. 다음 대전이 꽤 늦어졌다. 하지만 야유를 하는 사람은 단 한명도 없었다. 3,000명 사이로 적막이 무겁게 떠돌았다. 말은 언덕을 올라갈 때처럼 고개를 두세 번 아래위로 흔들면서 발로 힘껏 버티며 세차게 땅을 밀어서 그 반동으로 마차를 끌었다. 일단 움직이기 시작하자 마차는 아무 일 없었다는 듯 앞으로 나아가기 시작했다. 그렇게 마차가 눈앞에서 사라졌다. 소년은 그 전모를 눈을 크게 뜨고서 지켜봤다. 소가 죽을 것을 알고서 마차를 준비해둔 것일까. 소년은 종잡을 수 없는 고민을 계속했다. 관중들의 한숨이 휴우 하고 새어나왔다. 그들도 온몸에 힘을 주고 있었던 모양이다.

오키나와 사람들이 이렇게 감정을 생생하게 표출하다니 신기한 일이다. 거짓말 같은 기분이 들었다. 요시코는 미국사람이 다 됐다. 소년은 갑자기 그렇게 느꼈다. 화장이 잘 먹지 않는 잔뼈가 튀어나온 얼굴이 일그러졌다. 금을 씌운 앞니가 더욱더 눈에 띄었다. 붉은 립스틱을 바른 입가가 약간 지워져 있다. 요시코는 눈을 가리고 있다. 커다란 눈은 시선을 잃고 생기가 없다. 눈물이 가득 고여 있지만 이상하게 물기를 느낄 수 없었다. 눈물과 땀이 두꺼운 화장 위로 흘러 떨어지면서 얼룩 모양이 생겼다. 울음소리는 새어 나오지 않았다. 흐느껴 울었던 것인지 콧물을 훌쩍인 것인지 흑흑 거리는 커다란 소리가 때때로 들려왔다. 어깨를 늘어뜨리고 턱을 올리고서 우는 얼굴로 크로포드 씨를 때때로 바라봤다. 요시코의 흐트러진 우는 얼굴에서는 우는 소리가 들려오지 않았다. 앞뒤가 맞지 않다. 무언가 이상했다. 울음을 참고 버티고 있는 것이 아닐까. 소년은 걱정했다. 자존심이 강한 아이는 울 때 얼굴빛이 검푸르게 변하고 입을 크게 벌리지만 울음소리는 조금도 새어나오지 않는 기묘하게 멈춘 듯한 표정을 짓는다. 지금 그런 상태가 아닐까. 그런데 요시코는 왜 울고 있을까. 소년은 이유를 알 수 없다.

"저 작은 소는 처음부터 싸우고 싶지 않다고 말하고 있었어" 하고 요시코는 몇 번이고 말했다. 분명히 작은 소는 불쌍하다. 하지만 그것 때문에 울다니 거짓말을 하고 있는 것 같았다.

크로포드 씨의 제스처도 이상했다. 한동안은 요시코가 울고 있는 모습을 곁눈으로 보면서 태연하게 있더니, 무언가를 떠올린 것처럼 갑자기 요시코의 머리카락을 쓰다듬고 어깨에 커다란 팔을 두르고 손수건으로 눈을 닦아주는 등…… 부자연스러운 행동이다. 날씨는 숨 막힐 듯이 더웠다.

요시코는 자리에서 일어나서 크로포드 씨의 무릎에 올라가더니 그의 두터운 가슴에 얼굴을 대고서 코를 문질렀다. 소년은 더욱더 숨이 막히고 더웠다. 요시코의 땀과 몇 종류의 화장품이 섞여서 질척질척한 액체가 흠뻑 젖은 알로하셔츠를 입고 있는 크로포드 씨의 이국적인 냄새가 나는 땀에 달라붙었다. 조금 전에 요시코가 보여준 인정미 넘치는 모습은 역시 가식적이다. 소년은 다시 생각했다. 그러자 크로포드 씨가 작고 약한 사람처럼 보였다.

소나무 가지에 매놓은 스피커에서 15분 동안의 휴식을 알렸다. 요시코는 자리에서 일어나서 화장실에 갔다. 크로포드 씨도 일어섰다. 소년의 친구들이 크로포드 씨에게 다가갔다. 소나무 가지에 올라가 있던 친구들도 뛰어내렸다. 소년은 망설였지만 천천히 가지를 타고서 내려갔다. 소년의 친구들은 손을 내밀고서 기브미 기브미 하고 말했다. 친구들이 발가락 끝을 세우고서 손을 있는 힘껏 뻗어도 크로포드 씨의 가슴팍에 닿을까 말까다. 곱슬머리 소년이 제멋대로 크로포드 씨의 바지 뒷주머니에 손을 넣었다. 크로포드 씨의 손이 뒤로 향했다. 곱슬머리 소년은 손을 바로 뺐다. 친구들은 크로포드 씨가 옆구리에 끼고 있는 커다란 카키색 종이봉투를 잡으려 뛰어 올랐다. 겨우 손가락 끝이 닿을 뿐이다. 크로포드 씨는 웃으면서 친구들의 동작을 지켜보고 있었다. 머지않아 친구들은 몸이 달았다. 오케이 오케이 크로포드 씨는 고개를 끄덕이면서 일렬로 서라는 시늉을 반복했다. 친구들은 바로 그 의미를 이해하고서 내가 먼저 서겠노라 다투면서 여섯 명이서 한 줄로 섰다. 소년은 허둥대며 군중의 혼잡함 속에 숨었다. 크로포드 씨에게 자신만이 주목을 받는 것은 역시 싫었다. 소년은 친구들이 나중에 자랑스럽게 내보이는 물품을 지금도 보고 싶지 않았다. 그걸 보면 어째서 줄을 서지 않았을까 하고 크게 후회하는 마음이 들었다. 정말 크다, 이것 봐. 좀 이상해, 맛있겠다 하며 서슴없이 말하는 친구들의 목소리가 들렸다. 소년은 도망쳤다. 크로포드 씨의 시선을 등 뒤에서 따갑게 느꼈다.

철조망 구멍

1

　게이스케는 우표 카탈로그를 하루에도 몇 번씩 펼쳐서 넘겨봤다. 가득 실려 있는 전 세계의 동식물, 풍경, 풍속과 관련된 천연색 우표를 보며 눈을 크게 떴다.

　삼각형과 마름모꼴 우표도 있어서 몇 시간을 보고 있어도 질리지 않았다. 특히 대형 우표를 볼 때는 숨을 멈추고 볼 정도였다.

　잠들 무렵에는 미국의 광대한 오렌지 밭과 남양의 야자수 나무에 앉아 있는 화려한 새 등이 비몽사몽 중에 눈앞에 다가왔다.

　어느 날 무척 신기한 몇 종류의 우표를 카탈로그에서 잘라내 우표 수첩에 붙이고 바라봤는데 가슴이 전혀 설레지 않아 얼마 지나지 않아 바로 떼어냈다.

　카탈로그 우표에는 가격이 표시돼 있었다. 게이스케는 구사주라는 버들붕어를 잡은 후 근처에 사는 필리핀 사람에게 팔아서 우표를 사고 싶어 했다.

　하지만 며칠이고 하천에 나갔지만 좀처럼 버들붕어는 잡히지 않았다. 겨우 두 마리를 잡았다. 하지만 필리핀 사람은 전근을 간 모양인지 마을을 떠난 후였다.

　게이스케는 이전부터 은밀히 쓰레기장에 드나들었다. 미국인 하우스 지구 옆 길 앞쪽 커다란 움푹 팬 땅을 쓰레기장으로 만든 곳이다.

　쓰레기장을 뒤지는 일은 창피하다고 느끼는 초등학교 5학년 게이스케는 언제고 재빨리 쓰레기장 전체를 둘러보고 봉투를 찾으면 우표만 떼어낸 후 도망치듯이 돌아왔다.

　한 학기가 끝난 후 다음날 정오가 지났을 무렵 툇마루에 엎드려 누워있던 게이스케는 항공우편 전용으로 붉은색과 파란색으로 테를 두른 봉투에 있는 우표가 떠오르자 가만히 있을 수 없어서 자리에서 일어났다.

미국인 하우스 지구에 둘러친 철조망 펜스 연변의 외길을 지나야만 쓰레기장에 갈 수 있다. 석회암을 부숴서 간 흰 길은 좁고 반대편은 경사가 있어서 바위 사이나 위에는 떨기나무나 소철상록 교목이 자라고 있다.

게이스케는 밀짚모자를 꺼내서 솟아나오는 목덜미에 부채처럼 흔들었다. 두꺼운 회색 그름 사이로 얼굴을 살짝 내민 태양이 반삭 머리를 쨍쨍 찔러댔다.

길가의 잡초는 축 시들어 있고 나뭇잎이 흔들리는 소리도 없다. 가만히 몸을 숨기고 있는 곤충이 무언가 계기가 생기면 일제히 날아올라서 여기저기 뛰어다닐 듯한 분위기다.

쓰레기장에 가까운 북쪽에서 가장 가까운 미군 하우스는 헌병이 있는 출입구에서 멀리 떨어져 있다.

중간 정도 크기지만 털이 적고 다리 근육과 턱이 발달돼 있는 개가 철조망 안쪽을 게이스케와 보조를 맞추면서 걷고 있었다.

그는 집요하게 따라오는 개에게 혀를 내밀고 놀렸다. 개가 눈을 치켜뜨고서 날카롭게 짖었다. 게이스케는 상관하지 않고 계속 걸었다.

개의 모습이 사라졌다. 다음 순간 개는 철조망 바깥에 있었다. 착시라고 느끼고 고개를 가로저어 봤지만 개는 바로 눈앞에 있었다.

어째서 까맣게 잊고 있었던 것일까. 올해 봄 중학교를 졸업한 미쓰오가 우리 초등학생들에게 내가 철조망에 구멍을 냈어. 자주 다니는 길이야. 절대로 들어가지마 하고 경고했다. 다만 어디에 구멍이 나 있는지는 전혀 몰랐다.

펜스 철조망 아래가 세로로 30센티, 가로로 40센티 정도 잘려나가 있었다. 주의해서 보지 않으면 알 수 없었다. 철조망 건너편에는 한 면에 잔디밭이 펼쳐져 있었고 철조망을 타고 올라올 정도로 키가 큰 잡초가 자라 있었다.

개가 어금니를 드러내고 덤벼들었다. 게이스케는 순간적으로 뛰었다. 달리기에는 자신이 있었지만 어디로 도망치면 좋을지 순간 망설였다.

떨기나무 안쪽으로 도망치려는 순간 개가 반바지 아래로 나와 있는 허벅지를 물었다. 극심한 통증이 느껴지자 게이스케는 그 자리에서 멈춰 섰다.

하지만 바로 물린 채로 도망쳤다. 상당한 무게라서 물리치려고 몸을 강하게 비틀려다가 균형을 잃고 바닥으로 굴렀다. 그러는 사이에 개는 일시적으로 떨어져 나갔지만 다시 달려들어 같은 곳을 물었다.

미국인이 키우는 개는 사람 목을 물도록 훈련을 받는다. 목을 물리면 정신을 잃을지도 모른다. 정신을 잃으면 목을 물려서 숨통이 끊어질 것만 같았다. 옆으로 누워 있던 게이스케는 목을 방어하면서 필사적으로 저항했다.

큰 소리가 들렸다. 게이스케의 허벅지에서 입을 뗀 개가 아쉬운 듯이 게이스케를 흘끗 보다가 철조망 구멍 안쪽으로 바로 뛰어갔다.

게이스케는 휘청거리며 일어섰다. 철조망 안에서 거구의 미국인 남성이 게이스케를 응시하고 있었다.

피해 보상을 해달라고 게이스케는 말을 걸었다.

미국인은 알로하셔츠를 걷어붙이고서 바지 허리띠에 끼워둔 까맣고 무거워 보이는 권총을 꺼내서 홀드업^{손들어}이라고 소리쳤다.

게이스케는 눈을 동그랗게 뜬 채로 얼어붙었다. 미국인은 헌병이 자주 하듯이 권총을 하늘로 치켜들고서 소리쳐댔다. 게이스케는 양손을 머리 위에 올렸다. 이유는 알 수 없지만 체포될지도 모르기 때문이다.

미국인은 철조망 안에서 밖으로 나오지 않았다.

미국인의 머리카락은 GI컷^{짧게 자른 머리}은 아니었지만 짧았다. 붉은 얼굴에서 그의 번쩍이는 날카로운 눈이 게이스케를 계속 주시하고 있었다.

게이스케는 치료비용을 청구할 수 있는 상황이 아님을 깨닫고서 입을 꾹 다물었다. 철조망 안쪽으로 돌아간 개는 미국인의 발밑으로 가서 꼬리를 흔들었다.

미국인은 철조망 아래에 뚫린 구멍과 게이스케의 얼굴을 손가락으로 번갈아가며 가리키면서 무언가 외쳐댔다. 철조망에 구멍을 내지마 하고 말하는 듯 했다. 게이스케는 자기가 한 일도 아니면서 끄덕였다.

미국인은 게이스케의 허벅지를 유심히 보다가 권총을 허리띠에 끼워 넣고서 개와 함께 거대한 성냥갑처럼 생긴 하얀 집 방향으로 걸어갔다.

2

철조망에 구멍을 낸 미쓰오에게 불평을 늘어놓고 싶었지만 그만두기로 했다. 그에게 은혜를 입은 적이 있어서다.

구멍을 낸 사람이 미국인이나 개가 아니라 미쓰오라고 생각하니 허벅지의 통증이 다소 약해진 듯한 기분이 들었다.

게이스케의 동급생은 한 명도 빠짐없이 왜 우리보다 키가 큰 거야? 건방진 녀석들. 선배들에게 그런 말을 들으며 자주 얻어맞았다. 게이스케는 같은 마을 달리기 선수인 미쓰오가 눈을 번뜩이며 감시를 한 덕분에 누구에게도 맞지 않았다.

게이스케는 걸으면서 몸을 비틀어서 허벅지를 봤다. 아직 피가 조금 나오고 있었다.

피가 난 걸 보면 할머니에게 혼이 날 것이다. 할머니는 내가 다치기라도 하면 어째서인지 크게 화를 내셨다. 화를 낸 후에는 어째서인지 걱정을 했다. 이대로 집에 돌아갈 수는 없지만 마을 병원은 3킬로나 떨어져 있고 가진 돈도 없어서 치료를 받을 수 없다. 피가 장딴지를 지나서 운동화를 적셨다. 근처에 있는 돌팔이 치과의사에게 가면 되겠다는 생각이 문득 들었다. 돌팔이의사라서 약값은 나중에 내면 그만이다.

하라다라는 중년 남자는 의치 기공사지만 몰래 치아 치료도 하고 있다. 게이스케와 친구들은 돌팔이 치과의사라고 불렀다.

조금 돌아가야 하지만 동네 사람들에게 다친 부위를 들키지 않기 위해서 좁은 밭길을 지났다.

발이 빠른 미쓰오라면 개로부터 간단히 쉽게 도망칠 수 있었을 것이다. 미쓰오를 따라잡을 수 있는 개는 없다.

마을에는 촌락이 일곱 개 있다. 초등학교와 중학교 운동회의 마지막 종목은 촌락 대항 학년별 이어달리기다. 운동회의 꽃으로 유명하다. 미쓰오는 초등학교 1학년 때부터 매해 G마을 대표 선수라는 영광을 누구한테도 양보하지 않았다. 게이스케는 초등학교 1학년 때 대표로 뽑혔다.

여름방학에 들어서자마자 소나무 숲에 둘러싸인 작은 광장에 각 학년 대표 선수가 모였다. 게이스케는 미쓰오에게서 배턴터치나 코너를 도는 기술을 반복해서 배웠다. 미쓰오에게 인정받으려고 광장을 호흡이 이어지는 한 몇 바퀴고 돌았다.

연습을 하며 20미터 앞을 달리고 있던 나를 순식간에 추월한 후 거리를 벌린 미쓰오의 빠른 발에 경탄했다. 동시에 미쓰오의 씩씩한 모습을 보고 있는 사이에 내 발도 빨라진 듯한 착각과 G마을 1학년 대표라는 강한 자긍심이 가슴 가득 부풀어 올랐다.

운동회 전날 영양을 보충하는 회식이 열렸다. 콘크리트 단층 공민관^{마을회관}으로 어른들이 염소탕을 들고 왔다. 청년 회장이 활력의 근원이니 많이들 먹어 하고 힘차게 말했다. G마을 대표 선수는 초등학생도 중학생도 남자도 여자도 가릴 것 없이 염소탕을 땀을 흘리며 입을 호호 불어가며 비계도 살코기도 기름이 번쩍이며 떠있는 탕도 허겁지겁 먹었다. 몇 그릇을 먹었는지도 모르겠다.

기름에 취한 것인지 얼굴이 빨개진 미쓰오가 꼭 우승 깃발을 흔들자 하고 소리쳤다. 게이스케와 일행은 미쓰오의 선창에 맞춰서 승리의 함성을 질렀다. 질릴 만큼 먹은 게이스케와 일행은 어깨동무를 하고서 G선수가 가는 곳에 적수는 없다는 노래를 합창했다. 게이스케는 흥분한 선수들을 돌아보면서 첫 주자인 자신이 반드시 일등을 해야겠다고 다짐했다.

공민관 안에는 염소 특유의 꼬릿한 냄새가 가득 찼다. 배가 불러서 몸이 마음대로 움직이지 않았지만 반드시 일등을 할 수 있다는 자신감이 넘쳤다. 전신의 피가 용솟음치면서 마을 안을 마구 뛰어다니고 싶은 충동에 휩싸였다.

운동회 오전 종목이 끝나고 학생들은 가족이 있는 자리로 흩어지고 평소에는 좀처럼 구경할 수 없는 다양한 종류의 요리가 찬합에 담겨 있어서 마음껏 먹었다. 요리를 잘 하는 게이스케의 할머니도 찬합을 두 개 가져왔다. 게이스케가 무심히 돌아보자 할아버지와 둘이서 사는 미쓰오는 구석에 깐 돗자리에 앉아서 단빵과 바나나를 먹고 있었다.

본부석 옆 학교 건물 차양에 달려있는 스피커에서 마지막 종목인 마을 대항 학년별 이어달리기 안내가 흘러나왔다. 게이스케는 파란색 머리띠를 고쳐 메고서 출발선으로 갔다. 심장 고동소리보다 더 큰 출발 신호음이 울렸다. 재빨리 뛰어나가서 상위 세 명 그룹에 합류해서 뒤에 있는 선수 네 명과의 거리를 크게 벌렸다. 선두 세 명은 가로로 늘어서 있었는데 게이스케는 첫 번째 코너를 제대로 돌지 못 해서 3등으로 밀려났다. 게이스케는 이거 큰일이다. 어쩌지? 하며 마음속으로 외치면서 필사적으로 달렸지만 따라잡을 수 없었다. 머릿속의 혼란이 가라앉지 않은 상태로 러닝셔츠에 크게 G자가 새겨진 2학년 계주자를 찾아서 배턴을 넘겼다.

돌팔이 치과의사 집과 면해 있는 마을에서 가장 큰 길로 나갔다.

작년 가을 운동회 날 저녁, G마을 선수들은 중학교 3학년인 미쓰오를 선두로 해서 이 길을 지나 개선 행진을 했었다. 미쓰오는 우승 깃발을 자랑스러운 듯이 힘주어 쥐고 있었다. 그 해에 대표선수가 아니었던 게이스케도 공민관에서 가져온 작은 북을 쳤다.

중학교를 졸업한 미쓰오는 매일 밤 짐수레를 끌고 미군기지 출입문으로 가서 우르르 나오는 미군기지에서 일하는 인부들에게 야채를 시세보다 싸게 팔았지만 머지 않아 모습을 감췄다. 먼 섬 출신인 수위에게 쫓겨났다는 소문을 게이스케도 들었다.

게이스케가 은밀하게 존경하고 있던 발이 빠른 미쓰오가 미군 하우스를 터는 도둑이 됐고, 값진 물건이나 무엇에 쓸지 모르는 잡동사니를 훔치고 다닌다는 소문도 들려왔다.

붉은 벽돌로 지은 집 객실에 돌팔이의사의 진료실이 있다. 게이스케는 골목길로 들어가서 뒷문으로 돌아갔다. 앞뜰 파파야 나무에 몇 개인가 푸른 열매가 달려 있다. 덧문이 열려 있었다. 흰 노타이셔츠를 입은 조금 살이 찐 돌팔이 치과의사는 기둥에 기대 신문을 읽고 있었다. 게이스케는 갑자기 상처에서 강한 통증을 느끼고 약을 발라주세요 하고 말했다.

기름기 도는 붉은 빛의 얼굴로 게이스케의 허벅지를 본 돌팔이의사는 자리에서 일어나더니 안으로 들어오라고 손짓을 했다.

좁은 진료실에는 아무도 없었다. 돌팔이 치과의사의 손가락은 짧고 두꺼운데다 단단해 보이는 털이 자라 있었다. 돌팔이의사가 치료를 위해 입속 깊숙이 강제로 손을 집어넣으면 환자는 모두 괴로운 듯 얼굴을 찡그리고 눈물을 흘린다고 했다. 하지만 치료비가 저렴해서 다른 마을에서도 환자가 끊이지 않고 찾아왔다.

진료용 의자 옆에 작은 금속제 침상이 있었다. 게이스케는 의사의 지시대로 침상에 누우면서 약값을 어찌하면 좋을지 문득 고민했다. 역시 할머니에게 이야기를 해야만 할까.

치과의사가 자초지정을 물어보면 거짓말을 할 작정이었지만 엉겁결에 정직하게 털어놓고 말았다. 권총 이야기를 하면 일이 커질 듯 하여 그것만은 비밀로 했다.

"철조망에 구멍이? 뭐 하러 그런 곳을 지나간 거야?"

우표를 모으는 학생은 게이스케 외에는 없어서 누군가 선수를 칠 염려는 없었지만 여름방학이 시작되자마자 쓰레기장으로 향한 자신이 비참해져서 구아바트로피칼프루츠 열매를 찾으려 했어요 하고 거짓말을 했다.

"금방 낫나요?"

좀처럼 치료를 하지 않는 돌팔이의사에게 게이스케가 물어봤다.

"개한테 물리는 사람이 얼마나 많은지 알아? 내가 다 고쳐줬어."

중학생 형들은 개에게 물린 상처의 크기를 놓고 서로 잘났다고 경쟁했다. 상처가 큰 사람일수록 용감함을 칭송받는다고 돌팔이의사가 말했다.

“아프잖아요. 자랑할 게 그렇게 없으세요.”

“들개에게 아무리 물려봤자 상처는 일 센티 밖에 안 된단다.”

돌팔이의사는 유리 상자를 열어서 무언가를 꺼냈다.

“이거 비싼 약이야.”

돌팔이의사는 커다란 약통 뚜껑을 돌리면서 말했다.

미군에게서 몰래 손에 넣은 전투용 상비약이라고 했다. 큰 뱀이나 악어에게 물린 들쭉날쭉한 상처도 아무는 명약인 모양이다.

냄새가 독한 진노랑 연고가 상처에 바로 스며들었다. 게이스케는 비명을 간신히 참았다.

돌팔이의사는 연고를 듬뿍 바르고 약통의 뚜껑을 닫고서 손을 씻은 후 진료실에서 나갔다.

비싼 약이니 약값을 누군가에게 받아내겠노라고 따끔거리는 고통을 견디면서 생각했다. 미쓰오? 미국인? 미국인은 허벅지에서 나는 피를 뻔히 보고서도 무시했다. 약값을 낼 리가 없다. 게다가 권총과 난폭한 개도 있다. 외국이랑 다를 바 없는 미군 하우스 지구의 철조망에 구멍을 내면 무슨 짓을 당해도 불평을 할 수 없다.

자신이 낸 구멍에 절대로 들어가지 말라고 미쓰오는 우리에게 신신당부 했었다. 내가 들어간 게 아니라 개가 구멍에서 나왔다.

돌팔이의사가 돌아왔다.

허벅지의 고통과 치료비 걱정이 게이스케의 머릿속을 순간 혼란하게 만들어서 입이 자동으로 열렸다.

“구멍을 낸 건 미쓰오 선배에요.”

“……사람도 들어갈 수 있니? 개만 가능해?”

“사람도 충분히 들어갈 수 있어요. 미쓰오 선배에게 불평을 해도 되겠죠?”

“개에게 물렸으니 개 주인에게 항의하는 게 맞아.”

“미쓰오 선배가 구멍을 내지만 않았으면……. 철조망 안쪽에서 개가 아무리 짖어도 아무렇지도 않았을 거 아니에요."

"미쓰오는 백수야. 네 치료비를 내줄 수 있는 처지가 아니잖아?"

"하지만 구멍이 없었으면 개도 나오지 않았겠죠."

"그러면 횟집에 회칼이 놓여 있으면 손님이 그걸로 사람을 찔러도 된다는 말이야?"

게이스케는 무슨 말인지 이해하지 못 해서 입을 다물었다.

"이론을 말해봐야 꼬마에게는 무리겠지. 치료비는 내가 미국인에게서 받아낼 테니 안심하렴."

"하라다 선생님이요?"

약값은 이렇게 정리됐다. 게이스케는 순간 안심했다.

"잘 들어. 미국인에게 미쓰오가 구멍을 냈다는 말은 절대로 해서는 안 돼. 누군지 모르는 미국인이 구멍을 내는 모습을 봤다고 해야 해."

영어로 말을 할 줄 모르니 말하고 싶어도 할 수 없다고 게이스케는 생각했다.

"오키나와인이 구멍을 냈다고 하면 미국인에게서 배상금을 받아낼 수 없잖아."

배상금? 받아내는 것은 약값이 아닌가? 게이스케는 머릿속이 혼란스러웠다. 도대체 무슨 일이 벌어지고 있는 것일까.

"집에 돌아가면 할머니에게는 들개에게 물렸지만 약을 발랐으니 걱정하지 말라고 말씀드리렴. 철조망 구멍 이야기는 절대로 해서는 안 돼. 무슨 일이 생기면 바로 연락하고."

돌팔이의사가 게이스케의 허벅지에 붕대를 감으면서 말했다.

게이스케는 할머니가 걱정하고 화를 낼까 무서워서 집에 들어가기 전에 붕대를 풀 작정이다.

"내가 대신 할 게. 다른 사람이 교섭하는 편이 배상금을 받아내기 쉬우니까."

문득 기둥에 걸려 있는 편지꽂이가 게이스케의 눈에 들어왔다. 봉투에 신기한 우표가 붙어 있다. 침상에서 일어나서 편지를 만지며 "이거 제가 가져도 되나요?" 하고 물었다.

돌팔이의사가 다른 사람의 편지를 어디에 쓸려고 하는 거지 하는 미심쩍은 표정을 지었다. 게이스케는 깜짝 놀라서 우표를 모으고 있어서요 하고 말했다.

"우표를 모은다고? 가져가렴."

"우표만 뜯어내도 되죠."

게이스케는 편지를 손에 들고서 물었다.

"그렇게 해. 다 쓴 우표는 아무데도 쓸모가 없어."

게이스케는 우표 주위를 뜯어내면서 미국인이 약값을 많이 주면 카탈로그에 있는 우표를 전부 주문하고 싶다고 생각했다.

3

마을에서 많은 집이 난폭한 미국인을 피하기 위해 개를 키우고 있다. 하지만 개는 미국인에게 다가가지 않고 그저 짖기만 했고 마을 사람들을 자주 물었다.

게이스케도 물린 적이 있다. 작년 장마가 끝날 무렵, 다른 집 앞 멀구슬나무에서 울고 있는 매미를 잡으려고 손을 뻗은 순간이었다. 중간 크기의 집 지키는 개에게 물려서 흰 바지가 진흙투성이가 되었다. 발로 차버리려고 발을 들어 올렸다가 정강이를 물렸다.

상처는 심하지 않았지만 개의 이빨 자국이 그대로 났다. 어머니와 자매만 있는 여자들이 어렵게 살림을 꾸려가는 집이라서 항의도 하지 못 하고 약값도 달라고 하지 못 했다.

하지만 화가 치민 게이스케는 몽둥이를 찾아서 주인에게 안 들키게 개를 두 번 세게 두드려 팼다. 다음날 개는 게이스케의 얼굴을 보자마자 마룻바닥으로 도망쳤다.

돌팔이의사가 약값을 할머니가 아니라 개 주인인 미군에게 받겠다는 것은 정의감이 강해서일까?

할머니에게는 들개에게 물렸다고 말씀 드리면 광견병 걱정을 할 수도 있어서 바다에서 헤엄을 치다가 바다 밑바닥의 울퉁불퉁한 바위에 긁혔다고 둘러댔다.

하우스 미국인이 약값을 많이 주면 우표를 우선 산 후 남은 돈으로는 앞니가 없는 할머니 치료비로 쓸 예정이다. 어린아이와 놀아주는 미국인이나 마을 젊은 여자와 사귀는 미국인도 있지만 사실은 어떤 사람인지 정체를 알 수 없다고 게이스케는 생각했다.

류미친선(류큐와 미국 사이의 친선) 행사가 자주 알렸다. 크리스마스 무렵이면 구민회관으로 찾아오는 산타클로스 차림의 미국인은 게이스케와 친구들에게 미제 과자와 장난감 등을 선물로 나눠줬다. 또한 학교에도 매해 체육 용품이나 브라스밴드 악기를 기증했다. 여름 축제 때면 비로야자수 잎으로 만든 삿갓을 쓰고 야자수부채를 든 미국인들이 허물없이 참가했다.

하지만 개를 키우는 하우스의 미국인에게 친선 따위는 적용되지 않는다.

돌팔이의사는 자신감에 넘쳐서 작전을 짜고서 연락할 테니 누구에게도 말 하지 마 하고 말했다. 하지만 미국인에게 요구를 해도 들어줄 것 같지 않다. 자치회장과 학교 선생님도 미국인들과 가끔 행사를 함께 할 때가 있는데 고역을 치르는 듯했다. 미국인의 얼굴도 손짓도 가능한 쳐다보지 않으려 했고 이야기도 못 들은 척을 했으니까.

하우스의 미국인에게서 쉽게 약값을 받아내는 방법이 있으면 좋겠다.

욱신욱신한 상처는 좀처럼 낫지 않았다. G마을 이어달리기 선수가 개보다 느리게 달려서 물리다니 그런 자신에게 화가 치밀어 올랐다.

문득 좋은 아이디어가 떠올랐다. 친숙한 미국인 소년을 내세운다면 약값을 톡톡히 받을 수 있다. 어른처럼 악한 것에 정신이 물들지 않았고 난폭해 보이는 인상도 아니다. 또한 내게만 세 가지 색이 나선형을 이루는 미제 막대사탕을 주기도 해서 부탁하기 쉬울 듯 하다고 게이스케는 믿었다.

미국인 소년과 언제 처음 만났는지 떠올려봤다.

지난 해 이 무렵 새하얀 콘크리트로 지은 미국인 하우스가 점재돼 있는 언덕 위에서 게이스케와 동갑인 미국인 소년이 내려왔다.

그 소년은 키가 컸지만 부드러운 금발과 상냥해 보이는 크고 푸른 눈동자로 인해서 여자아이처럼 보였다. 그는 함께 놀고 싶어 하는 듯 했지만 게이스케와 친구들에게 접근하지는 않았다. 소년은 지금도 나를 문 개 주인과 같은 하우스 지구에 살고 있을 것이다. 서투른 영어로 손짓발짓을 섞어서 말하면 어떻게든 말은 통할지도 모른다.

매일같이 소년은 바다에 나왔지만 형제나 친구가 없는지 언제나 외톨이였다.

어느새 게이스케 일행과 소년은 조금 거리를 두면서 함께 헤엄치고 있었다. 때때로 일렬횡대로 늘어서서 수영 경기를 했다. 누구도 소년을 이길 수 없었다.

낚시를 하는 게이스케 일행을 계속 바라보던 소년은 어느 날인가 멋진 릴이 달린 카본 낚싯대를 흔들면서 낚시를 했다. 산에서 꺾어온 대나무 끝에 나일론실을 묶은 우리의 낚싯대가 초라하게 느껴졌다.

화가 난 동급생이 바보취급하지 말라는 듯한 익살스러운 시늉을 했지만 소년은 웃지 않았다. 동급생은 그 녀석은 이가 없을 거야. 그러니 안 웃는 거야라고 말했다. 친구들은 크게 웃었는데 어째서인지 게이스케는 웃지 않았다.

학교 성적이 좋지 않아서 언제나 선생님에게 혼나는 동급생들은 낚시를 그만두고 소년에게 다가가서 미군 병사 중에는 자기 이름도 못 쓰는 멍청이가 있다고 말하며 웃었다. 침착성이 없는 옆 반 친구는 소년의 등 뒤에 서서 미군은 총성이 한 발만 나도 순식간에 혼비백산해서 도망친 후 숨어서 무턱대고 기관총을 난사하는 겁쟁이들이라고 말했다.

동급생들은 5분 동안 잠수해보라는 손짓을 하면서 소년의 머리를 물속에 처넣었다. 소년은 거의 발버둥치지 않았지만 게이스케가 그만 두게 했다.

동급생들의 손에서 벗어난 소년은 낚싯대를 들고서 언덕으로 가는 구불구불한 좁은 길을 뛰어서 올라갔다. 동급생들은 포복절도 하다가 갑자기 불안해했다. 소년이 미국인 하우스에서 부모의 권총을 들고 와서 우리 머리를 향해서 총알을 쏠 거라고 소란을 떨면서 언덕 위를 보면서 도망쳤다.

미국인은 화가 나면 여자도 바로 총을 빼든다고 한다. 게이스케는 소년의 편을 들어줬다고 믿고 한동안 홀로 해안가에 남아 있었다. 하지만 소년은 언덕에서 내려오지 않았다.

동급생들은 보복이 두려웠는지 다음날부터 바다에 나오지 않았다. 평상시처럼 찾아온 소년은 게이스케에게 손을 내밀어 악수를 권했다. 둘은 갑자기 친해졌다. 하지만 어째서인지 서로 이름을 묻지 않았다.

내일 바다에 가자. 그 소년은 작년 여름방학과 마찬가지로 언덕에서 반드시 내려올 것이다.

할머니의 부채를 들고서 열이 나는 허벅지 상처에 부치면서 몇 번이고 뒤척였다.

다음날 약간 주눅이 들었지만 10시 넘어서 집을 나섰다.

움푹 팬 쓰레기장 옆에 바다로 가는 지름길이 있다. 떨기나무 사이의 오솔길을 십여 미터 걸어가자 언덕 언저리로 나갔다. 언덕에서는 쉽게 해안가로 내려올 수 있다.

하지만 게이스케는 큰 길을 피해서 먼 길이지만 마을 밭 외곽에서 바다로 이어지는 길을 걸어갔다.

소년이 구멍 난 철조망 옆길로 올 텐데 개에게 물리지는 않을지 걱정이다. 개는 미국인과 지역 주민을 구별하는 훈련을 받았을까. 고깃덩어리를 던져주면 개는 온순해진다고 한다.

해안가에 도착했지만 아무도 없었다.

지난해에도 가끔 지역 사람들이 보이면 소년은 모습을 드러내지 않았다.

미국인들은 적지 않은 사건을 일으켜 왔다. 지역 어른들 중에는 보복할 기회를 엿보는 사람도 있다. 소년은 사건에 말려들 듯한 예감이 들었는지도 모른다.

바다에 미국인 어른들은 나오지 않았지만 딱 한 번 젊은 여자가 나타난 적이 있다. 눈부신 금발 여자와 그 소년은 이야기는 나누지 않았지만 어머니나 누나가 아닐까 하고 추측했다. 유어 마더? 시스터? 하고 묻지 못 했다. 밀려오는 파도에 작은 비명을 내지르면서 젖은 바위 위를 위험하게 걷고 있던 여자를 게이스케는 선헤엄을 치면서 바라봤다. 원피스차림의 수영복을 입고 있는 약간 마른 체형이다. 하지만 풍만한 가슴에 허리가 잘록한 백인 여성이 금발을 바닷바람에 날리면서 붉은 입술 사이로 새하얀 치아를 드러냈다.

개에게 물려서 약값을 받고 싶다는 이야기를 어떻게 전하면 좋을까. 서툰 영어로 손짓발짓을 섞어서 말하면 통할까? 그런 걱정을 하면서 오랜 시간 동안 해안가 바위 그늘에 앉아있었지만 소년은 나타나지 않았다.

다음 날도 그 다음날도 소년은 바다에 나오지 않았다.

나흘째 되는 날 정오가 지난 무렵, 바다로 향하는 길에 잠자리와 풍이를 잡고 있는 동급생들과 마주쳤다. 게이스케는 아무렇지도 않게 미국인 소년을 봤냐고 물어봤다.

죽었다고 하던데 하고 몸집이 가장 큰 동급생이 말했다. 깜짝 놀란 게이스케는 언제? 병이야? 사고야? 하고 물었다. 밀짚모자를 쓰고 곤충채집망을 손에 든 동급생들은 익사했다나봐. 언덕 아래 바다는 아닌가봐. 얼마 안 됐다고 하던데 하고 제각각 말했다.

"어떻게 알았어?"

게이스케는 몸집이 큰 동급생에게 물었다.

"우리 형이 말해줬어."

게이스케는 믿을 수 없었다.

해안가에서 파티를 하다가 술에 취한 미국인이 익사했다는 이야기나 맥주를 마시고 취기를 깨우려고 호안에 서 있던 미국인이 파도에 휩쓸려서 행방불명이 됐다는 이야기는 들어본 적이 있다. 하지만 미국인 소년은 수영도 잘 하고 술을 마시지도 않았을 텐데 어째서 익사를 한단 말인가.

4

다음날 오후 1시 전에 돌팔이의사의 심부름을 하는 어린아이가 찾아왔다. 청년들이 모여 있으니 바로 오라고 했다. 게이스케는 집을 나섰다.

돌팔이의사는 진료실 침상에 게이스케를 눕히고서 허벅지를 청년들에게 보여줬다. 게이스케는 이상하게 창피해져서 시선을 상처로 옮겼다. 고통은 거의 사라졌지만 아직 검붉게 부어올라 있었다. 청년들은 다리 한 쪽이 썩을지도 몰라. 자르지 않으면 세균이 뇌로 올라갈 수도 있어. 미국인 개에게 물리는 바보도 있네 등등 말하고 싶은 대로 떠들어댔다.

게이스케는 설마 하면서도 조금 불안해져서 돌팔이의사의 표정을 살폈다. 돌팔이의사는 아무런 말도 하지 않고 냄새가 지독한 연고를 바르고 붕대를 감았다.

게이스케는 개에게 증오심을 품고 있지만 친구들과 함께 별명을 붙여줬던 청년들은 제각각 개와 관련된 자랑을 늘어놓기 시작했다.

대두를 빡빡 민 허깨비 형이 우리집 개는 사람보다 더 사람 같아. 내가 하천에 뛰어들면 바로 뒤따라서 뛰어든다니까 하고 말했다. 홀쭉하고 창백한 얼굴의 수세미 형은 우리집 개는 신문배달이 오면 짖지 않지만 월초에 신문 구독료를 받으러 오면 마구 짖는다니까 하고 말했다. 너희들 개는 궁상맞아. 위협적이지 않잖아 하고 녹색 러닝셔츠 밖에 드러난 검고 윤이 나는 근육을 과시하는 근육질 팔뚝 형이 말했다.

"너희들 개는 사람이 수상해서 짖는 게 아니지 않아? 배가 고프거나 초조해서 짖어대니 볼썽사나워."

왕눈이 형이 근육질 팔뚝 형에게 동조했다.

뭐라고? 하며 허깨비 형이 의자에서 일어나서 왕눈이 형을 내려다봤다.

"일이 커지면 안 되니 자치회장에게도 교장 선생님에게도 연락은 하지 않았어. 신용할 수 있는 건 너희들뿐이야."

돌팔이의사가 말했다.

허깨비 형이 자세를 고쳐 앉으며 차를 마셨다.

어떤 놈이죠? 하고 근육질 팔뚝 형이 조용히 앉아 있는 미쓰오에게 물었다. "얌전한 상대면 이쪽도 얌전한 사람을 내보낼 거야. 격렬한 자라면 내가 앞에 나서면 되고."

"잘 모르겠어." 하고 미쓰오가 툭 던지듯이 말했다.

제가 앞장서도 좋아요 하고 근육질 팔뚝 형이 말했다.

"정말이야? 그러면 네 검은 충치를 무료로 뽑아줄게. 알았지 하라다!"

근육질 팔뚝 형이 입술 끝을 일그러뜨리며 웃었다. 왕눈이 형이 분개했다.

"자기 이는 펜치로 직접 뽑아."

미국인이 무섭다고 게이스케는 느꼈지만 입 밖으로 꺼내지 못 했다.

돌팔이의사가 저쪽 하우스 지구에서 수위를 하고 있는 다쓰로를 오라고 했어. 세수를 하고 오기로 했어 하고 말했다. 낮까지 자요? 하고 왕눈이 형이 질렸다는 듯이 말했다.

안경을 쓴 인텔리 청년이 갑작스럽게 싸움에서는 져라! 그게 내 좌우명이야 하고 말했다.

"진다고? 지면 뭐가 좋아? 분할 뿐이잖아? 그러고도 네가 사내자식이야?"

근육질 팔뚝 형이 말했다.

"지는 척을 하면서 이긴다는 의미잖아. 할아버지의 유언이라 나는 그 말을 굳게 믿고 있어."

"구멍을 낸 미쓰오가 미국인에게 무릎 꿇고 빌어야 한다는 거야?"

수세미 형이 구멍을 낸 사람이 미쓰오라는 사실이 미국인에게 알려지면 정말 위험해 하고 말했다.

"하우스의 미국인에게 미쓰오가 구멍을 냈다는 이야기는 절대로 해서는 안 돼."

돌팔이 치과의사가 한 명 한 명의 얼굴을 돌아보며 다짐을 받았다.

"마을 사람이 구멍을 냈다는 사실이 알려지면 절대로 보상금을 받아낼 수 없어.

무엇보다 미쓰오의 목숨도 위험해져." 근육질 팔뚝 형이 말했다.

나는 뭐 하러 돌팔이의사에게 미쓰오가 구멍을 냈다는 이야기를 한 것인지 모르겠다고 후회했다.

"하지만 미쓰오 너 정말 배짱이 두둑하구나. 미국인에게 붙잡히면 강간을 당하는데."

근육질 팔뚝 형이 말했다.

"남자도 강간을 당한다고?"

왕눈이 형이 놀란 듯 근육질 팔뚝 형의 얼굴을 봤다.

"미국인은 남자든 여자든 상관 안 해."

근육질 팔뚝 형이 히죽 하고 웃었다.

누구도 말을 하지 않았다. 게이스케는 눈을 내리뜨며 미쓰오를 봤다.

중학교를 졸업한 후 아직 반년도 지나지 않았는데 미쓰오의 풍모는 완전히 변해 있었다. 특히 눈이 날카로워졌다. 원래부터 웃음기는 별로 없었지만 고생을 많이 한 사람처럼 미간에 주름이 잡혀 있다. 문득 작년 가을 우승 후 개선 퍼레이드를 했을 때 득의양양했던 미쓰오의 얼굴이 떠올랐다.

인텔리 청년이 구멍을 막아야 미국인이 교섭에 응하지 않을까? 미국 법률은 장난이 아니야 하고 말했다.

게이스케는 뜨끔했다. 미군 형법은 무척 엄하고 사형도 적지 않다고 한다. 철조망에 구멍을 내면 어느 정도의 벌을 받게 되는 것일까.

왕눈이 형이 놈들은 같은 인간이 아니야. 웃으면서 도끼를 머리에 내리찍는 놈들이라고 말했다.

근육질 팔뚝 형이 너한테 개고기를 억지로 먹게 했다며? 하고는 웃었다.

충분히 성찬을 즐기는 미군들이 가주마루 나무뿌리에 묶어 놓은 개의 머리에 도끼를 내리찍어서 사체를 불에 구웠다고 한다. 그 옆을 지나가던 왕눈이 형을 부르더니 맛있어 하면서 크게 자른 고깃덩어리를 먹게 했다. 다 먹은 후에 개고기라는 사실을 안 왕눈이 형은 심하게 토를 했다고 한다.

돌팔이의사가 다쓰로 녀석 왜 이렇게 안 오는 거지 하고 뒤뜰 쪽으로 고개를 돌렸다.

다쓰로는 믿을 수 없어 하고 인텔리 청년이 말했다.

같은 마을 사람들의 잘못을 봐주지 않고 호시탐탐 출세를 노린다는 이유다.

다쓰로가 하우스에서 펜치를 훔친 노인의 목덜미를 붙잡고서 헌병에게 넘겨준 이야기는 게이스케도 잘 알고 있다. 미국인 헌병이 옆에서 본 게 아니라면 못 본 척을 하는 게 맞다고 생각했다.

다쓰로도 근무가 끝나면 다른 사람처럼 변해. 우리 편이야. 좋은 녀석이야 하고 돌팔이의사가 말했다.

"게이스케, 너는 어쩌고 싶어?"

"개를 죽이고 약값을 받고 싶어요."

게이스케는 말하면서도 개를 죽이다니 잔혹하다고 생각했다.

"바보 같은 놈. 개를 죽이면 미국인은 단 일 센트도 내지 않을 거야. 그런 길로 다녀서 개에게 물린 거잖아."

왕눈이 형이 말했다.

"사람들이 마을 도로 어디를 다니든 자유야. 지나갈 수 없는 길이 있는 것 자체가 이상한 일이야."

인텔리 청년이 말했다.

다쓰로가 뒤뜰로 들어오고 있었다. 돌팔이의사가 내가 말 할게. 너희들은 조용히 해 하고 말했다. 키는 작지만 중년의 단단한 체격을 지닌 다쓰로는 눈을 문지르면서 툇마루에 앉았다. 출입구 초소에 서 있는 동안 제복을 입고 있어야 하는 것에 대한 반동인지 상의 단추를 전부 푼 채로 진한 가슴 털을 드러내고 있다.

다쓰로 옆에 돌팔이의사가 앉았다. 다쓰로는 돌팔이의사를 바라보며 웃었다. 금니를 해 넣은 앞니가 빛났다. 돌팔이의사에게 금니를 시술받은 다쓰로는 무뚝뚝

한 성격에서 완전히 변해서 누군가와 만날 때마다 이를 드러내고 웃었다. 금니를 과시하고 있지만 게이스케는 전혀 멋있어 보이지 않았다.

돌팔이의사는 다쓰로에게 개를 풀어서 키우고 있는 미국인에 대해서 물었다. 다쓰로는 과장되게 몸서리를 쳤다.

그 하우스에 사는 미국인과는 이야기를 하지 않아서 다른 미국인에게 물어봤다는 사실을 전제로 해서 그 녀석은 거의 프로 킬러야 하고 말했다.

"살인에 프로가 있어?"

근육질 팔뚝 형이 다쓰로 뒤에서 물었다.

"그 미국인이 출입구를 지나갈 때 나는 가능하면 웃고만 있지 말을 걸지 않아. 무슨 생각을 하는지 전혀 알 수 없는 사람이야."

"미군 병사는 누구나 살인이 프로 아니야?"

인텔리 청년이 다쓰로에게 물었다.

"보통이 아니야. 특수 부대 출신인 것 같아."

특전사 소속이라고 한다. 무기를 만들고 절벽도 기어 올라간다. 나뭇잎, 풀, 벌레를 먹으며 생존한다. 뱀이나 바퀴벌레도 잡아먹는다. 어떠한 고문을 받아도 절대로 입을 열지 않으며 유사시에는 간단히 스스로를 죽일 수도 있다.

모두가 말을 잃었다.

"같은 구역의 미국인들도 겁을 내고 다가가지 않는다고 했어."

다쓰로가 차를 마시며 말했다.

"가족은 없어?"

돌팔이의사가 다쓰로에게 물었다.

"아내는 있지만 혼자서 불안한 나날을 보내는 모양이야."

그 미국인은 아내에게 자신이 살아서 돌아온다는 기대를 조금도 해서는 안 된다고 말했다고 한다. 군사기밀이라면서 가는 곳을 알려주지도 않고 부재중에는 누구하고도 말을 해서는 안 된다고 명령했다고 한다.

"정말 큰일 날 놈이잖아. 어떻게 할까요, 하라다 씨?"

근육질 팔뚝 형이 돌팔이의사의 얼굴을 들여다봤다.

"어쩌기는 교섭하러 가야지!"

왕눈이 형이 인텔리 청년에게 너 외국인에게 권총을 샀다면서? 소문이 돌고 있어 하고 말했다.

인텔리 청년은 긍정도 부정도 하지 않았다. 월급보다 비싼 권총을 샀지만 미국인이나 경찰에게 발각되면 큰일이라서 마루 아래에 숨겨두고 있다는 소문을 게이스케도 들은 적이 있다.

"내일 혹시 모르니 가져와봐."

근육질 팔뚝 형이 말했다.

"나를 감옥에 넣을 작정이야? 미국인에게 권총을 겨누면 끝장이야."

인텔리 청년이 보기 드물게 언성을 높였다.

"넌 게이스케가 불쌍하지도 않아? 네 안위만 소중한 거잖아."

하고 근육질 팔뚝 형이 말했다.

내 걱정은 안해도 돼요 하고 게이스케가 중얼거렸다.

"미국인이 그렇게 위험하면 하우스 앞에 영어로 플래카드를 걸면 어떨까? 하라다 씨의 주소를 써서."

세수미 형이 돌팔이의사에게 말했다.

돌팔이의사가 왕눈이 형에게 개가 나오면 이야기를 할 수 없으니 내일 구멍을 막을 판자를 가져와 하고 말했다.

"요즘 네가 구멍으로 숨어들어가지 않는 이유는 미국인의 정체를 알아서야?"

근육질 팔뚝 형이 미쓰오에게 물었다.

확실히 최근 미쓰오는 자신이 낸 구멍이니 마음대로 드나들지 말라는 말을 전혀 하지 않았다.

미쓰오가 자리에서 일어나서 외치듯이 말했다.

"모두 꽁무니를 뺄 거야? 게이스케의 허벅지 상처를 보고도 이러기야."

"구멍을 낸 건 너잖아? 너 혼자서 가." 하고 왕눈이 형이 말했다.

"누가 구멍을 냈는지는 중요하지 않아. 문제는 미국인 개에게 우리 마을 어린이가 물렸다는 사실이지."

돌팔이의사가 다쓰로에게 초소에서 미국인 하우스로 가는 것이 좋을지, 구멍이 난 곳에서 직접 미국인과 교섭하면 좋을지를 물어봤다. 다쓰오는 초소로 들어가면 문제가 커질 거라고 했다. 구멍을 낸 미쓰오와 배상금을 요구하는 하라다 씨가 재판에 넘겨질 수도 있다고 말했다.

미국인은 거구라서 구멍으로는 나오지 못 해 하고 게이스게 마치 어른처럼 말했다.

하라다 아저씨, 미국인에게 맥주를 선물해요. 친선으로요 하고 허깨비 형이 말했다. 수세미 형도 동조하더니 아내도 있다면서 그러면 아이스크림이 좋아. 여자들 모두 좋아해 하고 말했다.

"아내에게 다른 남자가 선물을 하면 화를 내는 미국인도 있으니까 그건 좋지 않아." 인텔리 청년이 말했다.

돌팔이의사가 맥주를 가져가자. 술을 마시면 마음이 관대해져서 이야기가 잘 될 거야 하고 말했다.

어린애 속임수 같은 것으로 효과가 있을지 모르겠다고 게이스케는 생각했다.

"미국인에게 다가갈 때는 수류탄이나 화염병으로 오인 받지 않기 위해서라도 라벨이 잘 보이게 들고 가야 해." 다쓰로가 말했다.

미국인 소년이 있다면 내일 무서운 일을 당하지 않고 끝날 수 있을 텐데 하고 게이스케는 아쉬워했다. 미국인 소년이 정말로 죽었는지 확인한 후에 보상금 교섭을 하러 가고 싶었지만 이미 어른들이 움직이기 시작했다.

5

다음날 약속한 시간이 됐지만 게이스케와 미쓰오 이외에 누구도 돌팔이의사 집에 나타나지 않았다. 일이 있다든가 가족이 갑자기 아프다든가 등의 구실을 내세웠다. 근육질 팔뚝 형은 돈보다는 목숨이 소중하잖아 하고 거절하는 연락을 해왔다.

"사내에게는 목숨보다 소중한 것이 있잖아." 미쓰오가 중얼거렸다.

어제는 그렇게 용감한 말을 하다가 막상 일이 닥치니 꽁무니를 빼는 모습에 게이스케는 분개했다.

돌팔이의사가 연락이 없는 나머지 두 명에게 연락을 해볼까 하고 미쓰오에게 물었다.

"아니요. 한 번 꽁무니를 빼고 튄 놈들은 쓸모가 없어요. 미국인이 그렇게 무서워서야 어떻게 살려고 하는 거지."

게이스케가 미쓰오에게 인텔리 형은 권총이 있잖아 하고 말했다.

"게이스케, 권총 따위는 가져가봤자 소용이 없어. 총을 쏘기라도 하면 미국인에게 순식간에 살해당하고 말 거야."

돌팔이의사가 허벅지 상처를 미국인에게 보여준 후에 약을 다시 발라주마 하고 말했다.

돌팔이의사는 가로 50센티의 사각형 판자 구석 네 곳에 구멍을 낸 후에 철사를 넣으면서 돈을 듬뿍 받아내면 치아를 뽑는 신형 펜치를 살 거야 하고 미쓰오에게 말했다. 지금 쓰고 있는 커다란 펜치는 환자의 입에 넣기 힘들어서 건강한 치아도 상처를 입히기 쉽다고 했다.

반드시 약값을 받아 내리라고 강하게 마음먹은 게이스케는 엉겁결에 주머니에서 작은 칼을 꺼내서 휘둘렀다. 칼을 꺼내면 미국인이 흥분할 거야. 여기에 두고 가 하고 돌팔이의사가 말했다.

불안을 달래려 주머니에 무심코 넣고 왔던 모양이다. 저쪽은 권총이 있잖아요 하고 말했다.

"넌 작은 칼로 권총과 싸울 작정이야? 죽창으로 대포와 싸우는 꼴이잖아."

미쓰오가 입을 벌리지 않고 웃었다.

게이스케는 작은 칼을 테이블 위에 올려뒀다.

"미국인은 권총이 있어?"

돌팔이의사가 진지한 얼굴로 게이스케에게 물었다.

"그냥 으름장을 놓을 뿐이에요."

미쓰오가 말했다.

권총을 철조망 밖에서 쏴대면 틀림없이 커다란 사회적인 문제다. 미국인이 모를 리 없다고 미쓰오는 말했다.

오후 1시 반, 미쓰오가 여섯 개 들이 맥주를 들고 게이스케가 판자를 메고 돌팔이의사의 집을 나섰다. 세 명 모두 왠지 모르게 수위를 하는 다쓰로와 만나고 싶어졌다. 정문을 피해서 가는 도중에 밭길을 지나 펜스 근처의 좁은 외길에 들어섰다.

하얀 지면에 강한 햇볕이 둔하게 반사되고 있었다. 돌팔이의사의 기름진 붉은 얼굴에 땀이 큰 방울 크기로 솟아나고 있었다.

미쓰오는 자신이 철조망에 구멍을 낸 이야기는 전혀 하지 않고 게이스케, 널 문개가 목의 경동맥을 무는 셰퍼드가 아니라서 얼마나 다행인지 모를 거야 하고 마치 남 일처럼 말했다.

게이스케는 욱 하고 화가 치밀었다. 허벅지 상처도 아직 아물지 않았다. 돌팔이의사는 들쭉날쭉한 상처도 깨끗하게 나을 것이라 말하고 있지만 추한 상처 자국이 남을지도 모른다. 하지만 함께 약값을 받으러 가면서 말대답을 하고 싶지는 않았다.

얼마 지나지 않아 한쪽에서 떨기나무와 바위가 보이기 시작했다.

미국인 소년도 이 길을 지나갔겠지. 그대로 내 부탁을 들어줬을 텐데…….

미국인 소년이 살아 있다면 먼 훗날 하우스의 난폭한 미국인처럼 변했을까?

미쓰오는 하우스에서 뭘 훔치려고 구멍을 냈나? 구멍이 나 있으면 경비가 책임을 져야한다. 야채를 팔 때 자신을 쫓아낸 경비에게 복수하기 위해서 그랬는지도 모른다. 하지만 쫓겨났던 미군기지와 구멍을 낸 하우스 지구는 다른 곳에 있어서 관련이 없다고 게이스케는 생각했다.

이런저런 잡념에 빠져 있는 사이에 초등학교 1학년 운동회 날 있었던 이어달리기 기억이 되살아났다.

일등을 하지 못 해서 풀죽은 게이스케는 환성과 손가락으로 부는 휘파람과 북소리와 행진 음악을 피해서 목조 교사의 그늘 아래에 숨어있었다. 작은 연못 물옥잠 사이로 얼굴을 내밀고 입을 빠끔빠끔 거리는 잉어를 멍하니 바라봤다.

경쾌한 음악이 끝나고 울적한 음악이 흘렀다. 집합을 재촉하는 장내 방송이 멀리서 반복해서 들려왔다.

게이스케는 학교 건물 아래에서 벌러덩 누워서 움직이지 않았다.

머릿가에 누군가가 서 있는 듯한 기색이 느껴졌다. 게이스케는 눈을 떴다. 러닝 셔츠에 알파벳 G가 새겨져 있다. 미쓰오가 내려다 보고 있다. 게이스케는 얼굴을 돌렸다. 미쓰오는 이어달리기에서 G마을이 우승했어 하고 생긋 웃으며 게이스케의 손을 당겨서 일으켜 세웠다. 미쓰오는 그 후 아무런 말도 하지 않았고 눈물이 글썽한 게이스케도 입을 다문 채로 운동장으로 향했다.

게이스케는 맥주를 들고 있는 미쓰오를 흘끗 쳐다봤다. 그때와는 완전히 다른 상황이다. 한숨을 깊이 내쉬었다.

사건이 있었던 미국인 하우스에 가까워졌다. 만약 약값을 받지 못 한다면 그 개라도 혼내주고 싶다. 미국인에게 개는 무기 중 하나지 일반적인 애완견이 아니다. 돌로 만든 만주라도 먹일 작정이다. 10년 묵은 체증이 가라앉을지도 모른다.

하우스 뒤편에서 고개를 내민 개가 잔디밭을 가로질러서 게이스케 쪽으로 맹렬히 돌진해 왔다. 판자! 판자! 하고 돌팔이의사가 큰 소리를 질렀다. 미쓰오는 맥주를 내던졌다. 게이스케와 미쓰오는 철조망 아래 잡초를 좌우로 밀어 헤치고서 네 귀퉁이의 철사를 철조망에 세게 동여맸다.

개가 추하게 험악한 표정으로 격렬하게 짖으면서 발을 뻗어 판자를 세게 긁었다. 게이스케는 개를 보면서 미쓰오가 날씬하지만 어떻게 저렇게 작은 구멍을 드나들었을지 생각하니 기가 막혔다. 소나무 숲에 둘러싸인 광장을 당당하게 뛰어서 돌던 미쓰오가 이렇게 작은 구멍으로 정신없이 기어들어갔다니 믿기 어려웠다.

개가 갑자기 조용해지더니 모습을 드러낸 주인에게 뛰어갔다.

상의를 입지 않은 미국인의 가슴에는 길게 베인 상처가 나 있었다. 뱀이나 바퀴벌레도 먹을 수 있어야 이렇게 강건한 체격이 되나 하고 게이스케는 놀랐다.

돌팔이의사는 아무렇게나 던져놓은 맥주를 집어 들고 수류탄처럼 안 보이게 하려고 높게 들어 올린 후 철조망으로 다가갔다.

돌팔이의사는 미국인에게 맥주를 주려고 했지만 철조망 틈이 작아서 그럴 수 없었다. 철사로 동여맨 판자를 떼어낸 후 주고 싶었다. 하지만 개가 판자 근처를 어슬렁거렸다.

미국인이 번쩍이는 눈을 크게 뜨고서 큰소리로 노!라고 말하면서 고개를 가로로 저었다. 억지로 권하자 붉은 얼굴을 더욱 붉히며 격노한 모습을 보였다.

돌팔이의사가 맥주를 게이스케에게 주더니 주머니에서 꺼내든 담배를 입에 물고 불을 붙인 후 미국인에게 내밀었다. 미국인은 다시 노!라고 말했다. 이번에는 권총이 없는 듯 하여 게이스케는 안심했다.

돌팔이의사가 미국인에게 경례를 했다. 미국인은 무시했다. 너희들도 경례해 하고 돌팔이의사가 말했다. 게이스케도 미쓰오도 마지못해 경례를 했지만 역시 미국인은 반응하지 않고 세 명을 한 명씩 돌아가며 노려봤다.

조금 영어를 할 줄 아는 돌팔이의사가 미국인에게 인사말을 했다. 미국인은 게이스케에게 무언가를 말했다. 돌팔이의사가 통역했다.

"철조망에 구멍을 낸 사람을 알고 있는지 묻고 있어."

게이스케는 강하게 고개를 흔들었다. 미쓰오라고 말할 것만 같아서 입술을 악물었다. 내가 미쓰오를 지목하면 미국인은 하우스에서 권총을 가져와서 미쓰오를 다짜고짜 쏴 죽일지도 모른다.

돌팔이의사는 겁을 먹은 듯 치료비만을 요구했다.

"허벅지 상처가 나아도 게이스케가 입은 마음의 상처는 낫지 않잖아요. 위자료도 듬뿍 받아내야 해요." 미쓰오가 말했다.

미쓰오가 미국인을 노려봤다. 미쓰오의 눈이 날카롭게 변하더니 벌레라도 씹은 듯 미간을 찌푸렸다.

미쓰오는 게이스케 허벅지에 감아놓은 붕대를 풀어서 상처를 미국인이 볼 수 있도록 했다. 개에게 턱을 치켜 올리고서 이 녀석이 물었으니 변상해 하고 말했다. 돌팔이의사가 영어로 통역했다.

미국인은 철조망에 구멍을 낸 자를 여기로 데려와주면 응해준다 하고 말했다. 돌팔이의사가 통역했다. 미쓰오가 게이스케의 허벅지를 손가락으로 가리키며 이 상처를 우선 변상해주는 것이 우선이라고 말해줘요 하고 말했다. 통역은 알아서 해줄게 하고 돌팔이의사가 끄덕이며 말했다.

"게이스케는 구멍으로 들어가려던 게 아니라 그저 그 옆을 지나가고 있었을 뿐인데 어째서 개에게 물려야 하지."

미쓰오가 미국인에게 말했다.

돌팔이의사가 계속 통역했다.

"내가 개를 멈추게 하지 않았으면 소년은 이 세상에 없어."

"우리 마을에서 사람을 문 개는 죽여야 해."

미쓰오가 허세를 부렸다.

미쓰오는 손짓을 섞어가면서 계속 말했다.

"그렇지만 이런 개를 받아도 써먹을 곳도 없고 경찰에게 넘기는 것도 귀찮아. 오십 달러를 주면 해결될 일이야. 어떻게 할래?"

협상이 잘 돼도 미쓰오는 화를 입지 않을까. 게이스케는 그게 신경 쓰였다.

미국인은 돌팔이의사에게 무언가 말했다.

"개는 줄에 잘 묶여 있었는데 도둑이 철조망에 구멍을 내고 하우스에서 도둑질을 해대서 풀어 놓은 거라고 말하고 있어."

돌팔이의사가 미쓰오에게 말했다.

"그러니까 도둑도 아닌 선량한 게이스케가 왜 개에게 물려야만 했는지를 묻고 있잖아요. 재판을 하더라도 당당하게 보상을 요구합시다. 가야 할 곳이 있으면 가고요."

돌팔이의사가 거친 어조로 통역했다.

어떻게 미쓰오가 이토록 거칠게 미국인에게 달려들 수 있는 것인지 게이스케는 신기했다. 내가 당한 일에 책임감을 느끼고 있는 것일까?

"구멍을 낸 사람이 구멍을 막으면 응할 거야."

"배상이 먼저야."

미쓰오가 어딘가 필사적이라고 게이스케는 느꼈다.

하우스 쪽에서 여자가 달려오고 있었다. 비쳐 보일 듯한 풍부한 흰 색 가슴이 흔들리며 햇볕을 받아 빛나고 있다. 꿈을 꾸는 듯한 기분이 들었다.

옷을 안 입고 있는 듯 하다고 순간 생각했다. 상의를 입지 않고 흰색 슬랙스를 입고 흰 샌들을 신고 있었다.

게이스케는 가슴이 뜨끔했다. 작년 여름방학 때 절벽 아래 해안에 있던 여자였다. 원피스 수영복을 입고 있던 여자를 게이스케는 명확히 기억하고 있다. 하지만 사람이 완전히 변한 것처럼 여위었다.

여자는 갓난아기에게 젖을 주는 모습으로 무언가를 외쳐댔다. 게이스케와 일행은 오도 가도 못 하고 있었다.

지금까지 무서운 표정을 짓고 있던 모습에서 완전히 바뀌어서 평범한 표정으로 바뀐 미국인이 여자의 허리에 팔을 두르고 하우스로 향해갔다.

둘의 뒷모습을 바라보면서 게이스케는 낮부터 농탕치고 있었던 것이라 생각했다.

"무슨 말을 한 거예요?" 하고 게이스케가 돌팔이의사에게 물었다.

"아기를 돌려달라고 외치고 있었어."

"아기요?"

"잠이 덜 깬 거 아닐까."

미쓰오가 말했다.

6

돌팔이의사는 차를 끓이러 부엌으로 들어갔다.

미쓰오는 수면 부족인지 의자에 축 기댄 채로 잠이 들었다.

수영복 차림의 모습은 말라 보였는데 하고 떠올리며 게이스케도 눈을 감았다. 한 번 보고 나면 잊을 수 없는 풍만한 흰 가슴이 흔들리면서 눈앞으로 육박해 왔다.

갑자기 어떤 여자의 목소리가 들렸다. 눈을 떴다. 뒤뜰에서 진료실로 뛰어 들어온 젊은 여자가 게이스케에게 미쓰오와 여러분 모두 무사한 거죠? 하고 말을 걸었다. 게이스케는 당황했다.

미쓰오가 눈을 뜨더니 돌팔이의사가 찻주전자를 들고 부엌에서 나왔다.

왕눈이 형 여자 친구에게 소식을 들은 그녀는 안절부절 못 하다가 마침 미군기지 일을 쉬는 날이라서 뛰어왔다고 한다.

게이스케는 옆 마을에 살고 있는 입술을 붉게 바른 여자를 알고 있었다. 하우스 지구의 출입구를 하우스메이드^{하녀} 차림으로 지나가는 모습을 몇 번 본 적이 있다.

"너희들 북측에서 가장 가까운 하우스에 사는 미국인에게 보상금을 청구하러 갔다면서?"

하우스메이드가 미쓰오에게 물었다. 미쓰오는 아무런 대답도 하지 못 했다.

"내가 거기서 일하고 있지만 그 하우스 미국인은 위험해. 뭐 하러 돈을 받으러 간 거야?"

"그 하우스에서 메이드를 하고 있어?"

돌팔이의사가 의외라는 듯 말했다.

"처음에는 메이드를 했지만 갓난아기가 태어나자 다른 일을 했어요."

오로지 베이비시터 일을 하고 미국인 아내가 침대를 정리하고 청소를 하고 가구를 닦았다고 했다.

미쓰오도 돌팔이의사도 침묵하고 있자 게이스케가 그 하우스 정말 위험해요? 하고 물어봤다.

"두 번 다시 가서는 안 돼. 정말 위험해. 알았지 미쓰오!"

미쓰오는 모른 척을 했다.

"그 하우스에서 아무 이유도 없이 잘렸어. 월급을 많이 받고 있어서 애원하며 매달렸지만 쫓겨났어."

"잘렸다고?" 미쓰오가 말하며 여자를 봤다. 여자는 크게 끄덕였다.

"아기는 내가 그만둔 후에 병으로 죽었다고 들었어. 불쌍해라."

"언제 죽은 거죠?" 하고 게이스케가 물어봤다.

"이 년 쯤 될 거야."

지난 해 여름방학에 바다에서 본 여자는 이미 아기를 잃은 후다. 여자의 표정이 밝았던 것 같은데 그렇다면 그 때 쯤에는 이미 충격에서 회복됐던 것일까. 역시 정신이 나갔던 것인지도 모르겠다.

"한때 엄마가 아이를 죽였다는 의심을 받았던 것 같아. 헌병대가 조사를 했다고 하니까."

여자가 심각한 표정으로 눈을 크게 떴다.

남편이 전쟁터에 나가 있을 때 충동적으로 아기를 죽였다는 의심을 받았지만 해부 결과는 병사로 판명됐다고 한다.

"그럼 난 이제 갈게, 미쓰오. 어쨌든 위험한 하우스 근처에서 얼쩡대면 안 돼."

여자는 의자에서 일어났다. 돌팔이의사가 수고 많았어 하고 말했다.

게이스케가 툇마루에서 내려온 여자에게 그 하우스에 자신 또래의 소년이 없었는지 물었다.

"그런 애는 없었어. 아이는 갓난아기 하나였어."

"죽은 소년이 있었어?"

"죽은 것은 아기라니까."

여자는 허둥대며 뒤뜰로 나갔다.

여자가 위험한 하우스라고 말한 이유를 게이스케는 잘 이해할 수 없었다.

그녀는 미쓰오를 좋아하는 것인지 모른다고 게이스케는 생각했다. 문득 의문이 들었다. 경비를 하는 다쓰로는 이 여자가 하우스메이드를 했다는 사실을 알았으면서도 왜 우리에게 알려주지 않았던 것일까.

살인에 프로인 남편 이상으로 아내가 어쩐지 으스스하다고 게이스케는 느꼈다. 만약 자신이 개를 죽인다면 화가 나서 게이스케가 자기 아기를 죽였다고 고발할 수도 있다고 의심했다.

게이스케는 기묘한 하우스네요 하고 돌팔이의사에게 말했다.

돌팔이의사는 그 하우스는 정말 복잡한 집안 사정이 있는 것 같으니 배상금 요구는 옆 마을 법률가에게 부탁하면 어떨까 하고 미쓰오에게 말했다.

옆 마을 법률가는 지역 출신 여성과 미국인의 혼인이나 이혼 수속, 양육비 청구, 미국인 상대의 손해보상 청구 등을 전문으로 하고 있다고 했다. 돈이 많이 들잖아요. 그만 하죠 하고 미쓰오가 말했다.

돌팔이의사와 미쓰오는 졸린 것인지 생각을 정리하려는 것인지 눈을 감고서 침묵했다.

얼마나 시간이 지난 것일까. 뒤뜰로 남자 세 명이 들어왔다. 키는 작지만 몸집이 크고 텁수룩한 팔뚝의 남자가 돌팔이의사에게 말을 걸었다. 경찰이라고 했다. 경찰 뒤에는 미군 헌병 두 명이 서 있었다. 헌병의 권총대에는 중후한 모양의 권총이 꽂혀 있었다.

세 명은 안으로는 들어오려 하지 않고 툇마루에 앉았다. 돌팔이의사는 세 명에게 담배를 권했는데 경관만이 한 대 뽑아들었다.

돌팔이의사의 면허 위반을 혼내주러 왔다고 게이스케는 생각했다.

돌팔이의사는 경관의 담배에 라이터로 불을 붙였다.

“무슨 일로 오셨죠?”

돌팔이의사가 경관에게 물었다.

“북측 하우스와 관련된 일입니다.”

경관은 담배를 피우면서 말했다.

미국인이 통보했다고 게이스케는 생각했다.

공갈죄가 될지도 모른다고 놀랐는지 돌팔이의사는 바로 게이스케의 허벅지 붕대를 풀어서 방금 전에 약을 듬뿍 바른 상처를 경관에게 보여줬다.

“꽤 좋아지고 있습니다.” 게이스케가 말했다. 경관은 게이스케의 상처를 흘끗 보더니 뭐 하러 철조망 구멍에 간 거야? 하고 물었다.

“구아바 열매를 따러 지나가는 길이었어요.”

“구멍이 난 걸 몰랐나?”

게이스케는 순간적으로 구멍은 잘 모르는 미국인이 냈어요. 제가 멀리서 봤거든요 하고 거짓말을 했다.

경관은 반응하지 않고서 미쓰오 쪽을 바라보면서 미쓰오가 바로 너구나. 하우스 미국인의 아내가 고발을 했어. 그러니 사정청취를 한다고 말했다.

미쓰오는 경관을 눈을 응시했다.

“아기 유괴 건이야.”

게이스케와 돌팔이의사는 말이 나오지 않았지만 미쓰오는 어딘가 태연해 보였다. 날카로운 눈빛이 온화해지고 미간의 주름도 적어졌다.

“우선 미국인 하우스 지구에 난 철조망 구멍 말이야. 알고 있지?” 경관이 말했다.

무턱대고 무슨 건, 건건 거린다고 게이스케는 생각했다.

“틀림없이 네가 낸 구멍이잖아. 맞지?” 경관이 미쓰오를 추궁했다.

“물건을 훔치려고 구멍은 냈지만 한 번도 들어가지 않았어요.”

미쓰오는 결심한 듯이 말했다.

“좋아. 철조망 구멍 건은 잘 알겠어.”

경관은 헌병들에게 눈짓을 했다.

헌병들은 일본어를 이해하지 못 하는 것인지 침묵하고 있다. 하지만 날카로운 눈빛을 번뜩이며 상황을 살폈다.

“하우스 미국인 아내는 유괴범을 찾아내면 쏴 죽일 거라고 하고 있어.”

경관이 미쓰오에게 말했다.

“기지에서 물건을 훔치는 사람은 있죠. 그런데 아무리 그래도 갓난아기를 훔치다니요.”

돌팔이의사가 경관에게 말했다.

“구멍을 낸 정도면 괜찮지만 미국인의 아기를 훔치면 사형이야. 사정 청취를 한 후에 이 자가 구멍으로 잠입할 수 있는지 동행해서 현장 조사를 해야겠어.”

“그렇게 작은 구멍으로 미쓰오 선배가 들어갈 수 있을 리 없어요.” 게이스케가 말했다.

경관이 자리에서 일어나더니 함께 가줘야 겠어 하고 미쓰오에게 말했다. 백인 헌병들이 미쓰오의 양쪽 겨드랑이 옆에 섰다.

미쓰오는 고무신발을 신으면서 미국인을 겁내면 여기서는 못 살아, 게이스케 하고 말했다.

미군기지 안으로 끌려가면 무슨 일을 당할지 알 수 없다고 게이스케는 걱정했다.

오키나와 경찰이 데려가는 거죠? 하고 게이스케는 경관에게 말했다. 경관은 못 들은 척을 했다.

미쓰오와 경관들이 떠났다.

“어이쿠 큰일이 났어.”

돌팔이의사가 마음을 진정시키려 담배를 뻐끔뻐끔 피웠다.

　내가 개에게 물리지 않았다면 미쓰오도 체포되지 않았을 텐데……. 쓰레기장으로 우표 따위를 찾으러 가지 말았어야 했어 하고 게이스케는 후회했다.

　"경비를 보는 다쓰로 녀석 짓이야."

　돌팔이 의시가 던지듯이 말했다.

　출세를 위한 공훈을 세우기 위해서 철조망에 구멍을 낸 범인이 미쓰오인 것을 헌병에게 밀고했음이 틀림없다고 했다.

　"설마 다쓰로가 배신을 할 줄이야. 그렇게 믿었는데."

　"……."

　"바로 옆에 배신자가 있을 줄은 꿈에도 몰랐어."

　오늘은 이만 돌아간다고 게이스케는 말했다. 돌팔이의사는 또 오라고 했다.

　뒤뜰을 지나 밖으로 나갔다. 갑자기 강한 햇볕을 맞자 눈이 부셨다. 미쓰오를 석방시키려면 난 무엇을 해야만 하나.

　미쓰오가 체포돼 있는 사이에 미쓰오네 할아버지의 말상대가 돼 드려야지 하고 다짐했다.

　마을에서 가장 큰길로 나아가서 미쓰오 네 집 방향으로 걸으면서 문득 지난 해 가을 있었던 그리운 개선행진을 떠올리며 가슴을 폈다.

터너의 귀

1

철조망 안에 있는 광대한 미군 보급기지 안에는 모두가 탐내는 물건이 수도 없이 많았다. 하지만 고지는 무슨 수를 써도 안으로 몰래 들어갈 수 없었다.

이제 막 여름방학이 시작된 어느 날 오후 2시 무렵이었다. 직사광선이 강해서 무척 무더웠다. 고지는 깡마른 목덜미에 고인 땀을 닦은 후 비틀비틀 대며 조금 녹슨 통조림, 라벨이 없는 통조림, 찌그러진 통조림을 찾아 언덕 아래 쪽 움푹 팬 땅에 있는 미국인 하우스 쓰레기장으로 향했다.

중학교 3학년 이후 갑자기 커진 손발과 함께 수치심도 커진 고지는 소학생이 먼저 와 있으면 얌전히 물러났다. 그런데 오늘은 그들이 먼저 다녀갔는지 신기하게 아무도 없었다.

고지의 눈에 바위 그늘에 가로놓인 커다란 자전거가 번뜩 눈에 띄었다. 순간 꿈을 꾸는 듯한 기분이 들었다. 눈을 크게 떴다. 스프링에서 팅겨나가는 돌처럼 앞으로 뛰어갔다. 골판지 상자나 흠이 난 오렌지, 기름종이에서 비어져 나온 햄이나 치즈가 들어 있는 빵, 건조된 고기 따위를 밟아 뭉개며 달렸다. 체인은 빠져 있었지만 파손된 것도 없고 녹도 거의 보이지 않는 자전거다.

농부에게 들킬 위험이 있었지만 체인이 아래로 늘어진 자전거를 안고 지름길인 밭 옆길을 지나 몇 번이가 쉬면서 집으로 걸음을 재촉했다. 좀처럼 볼 수 없는 보물의 무게가 묵직하게 몸으로 전달됐다. 모두 식사를 하거나 혹은 낮잠을 자고 있는지 누구도 보이지 않았다.

고지는 어머니가 이제 그만 자렴. 자전거는 도망치지 않는단다 하고 말씀하시는 커다란 목소리와 손짓을 무시하고 오랫동안 현관 앞 벽에 세워둔 자전거를 넋을 잃고 바라봤다.

다음날은 평소보다 두 시간이나 일찍 눈을 떴다. 이른 아침부터 자전거 수리에 착수했는데 몇 번이고 쉬면서 쳐다보고 만져서 그런지 다 고칠 때까지 세 시간이나 걸렸다.

빵과 오렌지 잼으로 점심을 서둘러 먹고 시험 삼아 자전거를 타보려 외출했다. 체인의 상태는 나쁘지 않았는데 핸들이 기대한 것만큼 움직이지 않았고 안장도 빙글빙글 돌았다. 핸들을 세게 쥐고 똑바로 앞으로 나아갈 작정이었는데 왼쪽으로 자꾸 틀어졌다. 벨은 잘 울렸지만 라이트는 들어오지 않았다.

먼지 많은 길 오른편에는 은색 미군기지 철조망 펜스가 뻗어 있고 왼쪽 들판에는 작은 밭이 점재돼 있었다.

밭을 만지기라도 하듯이 불어오는 바람을 맞으며 멍하게 낮잠을 자고 있는 것인지 야채에 항상 날아드는 나비도 배나무진디도 보이지 않았다.

고지는 부서진 석회암이 깔린 흰색 길에 뚫린 구멍을 피하려고 핸들을 자주 틀었다. 자전거는 더욱더 흔들렸다. 반대편에서 흰 먼지를 날리면서 적동색 외제차가 달려오고 있었다.

고지는 자전거에서 내려 외제차가 지나가기를 기다리고 있었는데 브레이크가 말을 듣지 않았다. 강한 햇살이 외제차 앞 유리에 반사돼 눈이 부셨다. 외제차가 급브레이크를 밟으며 타이어 쓸리는 소리가 고지의 귓가에 날아들었다. 자전거가 한쪽으로 기울었다. 비쩍 마른 몸에 강한 충격이 순식간에 전해졌고 고지는 자전거와 함께 단단한 땅에서 미끄러졌다.

안경을 쓴 몸집이 큰 백인 남자가 외제차 문을 열고 달려왔다. 고지는 순식간에 자리에서 일어나 도망치려 했지만 꿈적도 할 수 없었다.

남자가 고지의 어깨에 손을 올렸다. 고지는 어찌하면 좋을지 알 수 없었다. 갑자기 차를 변상하라고 하면 큰일이라 걱정하며 눈을 감고 온몸의 힘을 뺀 채 기절한 척을 했다. 남자가 말을 걸더니 고지의 어깨를 흔들었다. 글러브를 낀 것처럼 커다란 손의 감촉이 전해져 왔다. 긴바지를 입어서일까 낙법이 좋았던 것일까 몸은 전혀 아프지 않았다.

똘마니에게 다음에는 뭘 훔칠까 하고 미군기지 안을 물색하며 철조망을 따라 걷고 있던 만타로가 사고가 난 것을 눈치 챘다.

만타로는 단숨에 달려가서 숨을 크게 쉬며 남자에게 경례를 하더니 고지의 머리 가까이 앉아서 절대로 움직이지 마 하고 속삭였다. 고지는 눈을 옅게 열었다. 팔뚝이 보였다. 만타로는 키가 작고 조금 살이 쪘지만 팔뚝의 근육은 불룩하고 검고 윤이 났다.

만타로가 남자에게 무언가를 말하고 있다. 엉터리 영어가 통하지 않는 듯 상대방은 입을 다물고 있다. 하지만 만타로는 굴하지 않고 계속 말을 이어갔다.

고지는 전혀 아프지 않은데 계속 누워 있어야 하다니 자연스럽지 않다고 생각해 몸을 일으켰다. 움직이지 말라고 했잖아 하고 만타로가 혀를 끌끌 찼다.

눈앞에서 몸을 구부리고 있는 남자의 등 뒤로 차가 보였다. 군용이 아니라 일반적인 대형 외제차가 철조망에 닿은 채로 멈춰 있었다. 남자는 군복이 아니라 노란색 노타이셔츠를 입고 있었다. 흰 팔뚝에 텁수룩이 나 있는 금색 털이 햇볕에 빛나고 있다. 고지는 안경너머로 보이는 남자의 푸르스름하고 크게 뜬 투명한 듯한 눈이 유리구슬 같았다. 시선을 맞추려 했지만 묘하게 맞지 않아 고지는 당황했다. 남자는 아유 오케이? 등의 말을 고지에게 하고 있었는데 큰 몸집에 맞지 않게 목소리는 가늘고 위압감이 느껴지지 않았다. 고지는 애매하게 끄덕였다. 야 임마 넌 좀 짜져 있어. 내가 알아서 할 테니 하고 만타로가 말했다.

자전거 핸들과 바퀴가 휘어져 있다. 고지는 엉겁결에 자리에서 일어났다. 남자도 등을 폈다. 그를 올려다봤다. 남자의 키는 190센티가 넘는다.

"네가 중학교에 입학할 때 부모님이 사준 소중한 자전거잖아." 만타로가 고지에게 말했다. 만타로가 눈짓을 했다.

만타로는 남자에게 다시 말을 걸었다. 영어가 통한 모양인지 남자는 끄덕였다. 만타로는 고지와 남자의 손을 잡더니 악수를 시켰다. 역시 글러브 같은 손이라고 고지는 느꼈다.

"이 소년은 고지야. 당신은? ……? 이쪽은 터너 씨야."

만타로는 터너와 무언가를 말한 후 고지 쪽을 향했다.

"터너 씨가 대단히 미안하다고 말하고 있어. 또한 너와 친구가 되고 싶으시데. 좋은 기분으로 미국에 돌아가고 싶으니 헌병을 부르지는 말고 변상도 제대로 할 거라고 하셔. 너만 좋으면 헌병도 경찰도 안 불렀음 하는데 어때? 부르더라도 네가 득을 볼 것은 없어. 오히려 벌을 받을 텐데 어찌 할래?"

"저 사람은 군인이야?"

"아마도."

"귀휴병歸休兵인가?"

"그런 건 나중에 알아봐도 되잖아. 어쩔래, 고지?"

"만타로 선배한테 맡길게."

만타로는 터너를 올려다보며 조금 당황한 표정으로 이야기를 했다.

고지는 터너라는 이름의 키가 큰 백인을 전에도 봤던 적이 있는 듯 했으나 기억이 잘 나지 않았다.

술을 마시지도 조수석에 있는 여자와 불장난을 하지도 않았다. 또한 사람을 차로 치지도 않았는데 백인이 어째서 저자세로 나오는지 고지는 신기하고 의아했다. 미국인은 사람을 차로 쳐서 죽여도 차에 치인 사람이 나쁘다며 정색을 하고는 조금도 죄책감을 느끼지 않는데……. 헌병을 불러도 자전거가 부서진 정도도 그렇고 피해자도 멀쩡해서 자신의 군이력에 흠집이 나지도 않을 텐데…….

"자전거 수리비용으로 10달러를 지불하겠다고 하고 있어. 괜찮겠어, 고지?"

고지는 바로 끄덕였다. 굉장한 돈이라 무언가 무서운 속셈이라도 있는 듯 하여 오히려 무서웠다.

"보상금만이 아니라 고지를 하우스보이로 고용하라고 으름장을 놨더니 바로 오케이를 했어."

"앗, 뭐라고?"

"그러니까 터너 씨 집에서 하우스보이를 하면 돼."

"하우스보이? 내가? 터너 씨는 얼마 안 있어 미국으로 돌아간다고 했잖아?"

"매일 쓰레기장을 어슬렁거리고 있는 주제에 지옥에서 천국으로 가는 거야. 어떻게 하면 되는지 내가 가르쳐 줄게."

터너는 검은 가죽지갑에서 지폐 열 장을 꺼내서 고지에게 줬다.

자전거 변상금이지만 어쩐지 하우스보이 일을 시작하는 착수금처럼 여겨졌다.

터너는 고지에게 손을 내밀었다. 크고 두툼한 손이다. 고지는 충분히 쥘 수 없었다. 터너는 차에 타더니 금방 사라졌다.

"저 백인이 혹시 헌병을 부를까봐 조마조마 했어. 그러면 우리는 기지 안으로 끌려가서 울고 싶을 때까지 조사를 받았을 거야."

"저런 백인은 좀처럼 없어."

"내가 달려오지 않았으면 지금쯤 어떻게 돼 있었겠어. 돈은 10달러가 맞아?"

만타로는 고지의 손에서 달러 지폐를 집어 들더니 반만 돌려줬다.

"반이나……"

고지는 입을 삐죽 내밀었다.

"고지, 의논을 하고 싶어. 하우스보이 아르바이트 월급을 나와 반씩 나누지 않을래? 그 대신에 내가 안전을 보장해 줄게."

"터너는 위험한 사람이야?"

"군인은 발작적으로 무슨 짓을 할지 몰라. 특히 터너처럼 얌전한 군인은 더 주의를 해야 해. 하지만 내가 뒤에 있으면 손가락 하나 까딱할 수 없을걸."

"……조금 고민해 보고 싶은데."

"고민? 뭘? 뭐 좋아. 내일 오후 세 시까지 터너의 집으로 가. 가기 전에 내가 지도를 보내줄게."

집 번호만 알면 바로 찾을 수 있을 텐데 하고 고지는 생각했다.

만타로가 자전거 핸들을 잡고 고지가 짐받이를 밀며 철조망을 따라 마을 쪽으로 걸어갔다.

만타로는 이제 갓 스무살이 됐는데 평소부터 미국인을 곧잘 구워삶았다. 매년 여름과 겨울 기지 안에서 두 번 열리는 마라톤 대회에도 참가해 군사훈련을 받고 있는 미군 병사에게 참패를 당하면서도 가슴을 펴고는 결과가 다가 아니야. 친선이지 하고 말했다. 그러고는 히죽히죽 웃으면서 커다란 미제 물건을 가지고 돌아왔다.

만타로가 말하는 '친선'은 '구워삶기' 혹은 '물건 얻기'와 같은 의미라고 고지는 생각했다.

여름 마라톤 대회가 다음 달로 다가왔는데 만타로는 평소처럼 전혀 연습을 하지 않고서 미군기지에서 똘마니가 훔쳐온 물건을 몇 번이고 바라보며 이번에는 무엇을 훔칠까 하고 입맛을 다시고 있었다.

갑자기 돈을 빼앗긴 듯한 기분이 들어서 화가 났다.

중학교를 졸업하지 않아서 미군 기지에서 종업원이 될 수 없는 만타로의 등 뒤에서 만타로 선배는 왜 미군기지에서 일을 못 해? 엉터리 영어라도 할 수 있으면서 하고 조롱을 섞어 물어봤다. 만타로는 가슴을 펴고 기지는 일하는 곳이 아니야. 훔치는 곳이지 하고 말했다.

우리의 적국 미국인의 물건을 훔치는 것이니 마음을 크게 먹고 죄악감을 품지 말고 오히려 긍지라고 느껴야 해 하고 말하며 똘마니를 늘 격려하고 있다고 한다.

만타로는 훔친 물건을 내다 팔아서 돈을 모은 다음에 곧 사업을 하겠노라고 때때로 으스댔지만 모은 돈은 얼마 안 가 술값으로 죄다 사라졌다.

철조망 버팀목 냄새를 맡고 있던 검은 개가 공격할 자세를 취하며 고지 일행을 노려봤다. 이 부근을 어슬렁거리는 개는 군용견처럼 난폭하기에 평상시 강아지를 괴롭히는 만타로라 해도 고개를 돌리고 빠르게 지나갔다.

고지는 문득 깨달았다. 터너는 감사장을 받은 미군 병사다. 미군 병사 네 명이서 가끔 방긋 웃으며 하얀 치아를 보였는데 그 중 한 명은 노면노가쿠(能楽)를 할 때 쓰는 가면을 쓴 것 같은 얼굴을 하고 있었다.

상품도 상금도 없이 감사장뿐이라 화를 낸다고 생각해서 웃지 않는 미군 병사의 얼굴을 눈여겨보았기에 기억이 생생하다.

작년 가을 중학교 운동장 확장공사가 끝났다. 전교생과 교직원 그리고 사친회PTA, 교사와 학부모의 모임가 정렬한 가운데 학생회장이 가슴을 펴고 무료 봉사를 해준 다섯 명의 미군 병사 대표에게 감사장을 직접 건네줬다.

내가 바라보고 있던 미군 병사는 웃지 않았지만 키가 크고 피부가 하얘서 명문 학교를 나온 장교처럼 보였다. 갑자기 출세한 하사관이나 여자를 보면 야단법석을 떠는 전투 병사이와는 확실히 다르다고 그 때도 느꼈다. 저 미군 병사와 터너가 같은 인물이라면 사고가 났을 때의 신사적인 태도도 이해할 수 있다.

만타로가 뒤를 돌아봤다.

"알겠지 고지? 터너에게 아부를 해서 네 편으로 만들어. 무슨 말을 하든 맞춰주라고."

"뭐든지?"

"대답은 항상 옛썰! 하고 힘차게 하고 꼭 썰을 붙여. 터너가 기뻐할 거야. 터너가 말할 때 말끝을 올리면 질문을 하는 거니까 머리를 쥐어짜서라도 대답을 해야 해."

뭐든지 다 제대로 대답을 해야 한다는 것인가.

"내가 영어를 가르쳐줄까?"

하우스보이의 일은 구두를 닦거나 집주인의 잡일을 해주거나 하면 되는 간단한 일이지만 영어를 알아듣지 못 하면 주인이 초조해 한다고 만타로가 말했다. 그래야 해? 하고 고지가 물었다. 수업료는 일 회에 1달러라고 했다. 너무 비싸잖아 말도 안 돼 하고 고지는 생각했다.

"만타로 선배의 영어는 엉터리잖아?"

어차피 수업료를 낼 정도라면 하와이 포로[PW]로 잡혀 있다 돌아온 영어가 능숙한 마을회관 관장님에게 배워야겠다고 생각했다.

"터너와 너 사이의 까다로운 문제를 해결한 게 누구야? 내가 한 말을 제대로 알아듣지 못 해서 이래? 뭐 어쩔 수 없지. 일단 미군 하우스에서 일을 시작하면 제발 알려달라고 울며불며 할 테니까."

만타로는 입술 끝이 일그러지며 웃었다.

군작업원 대부분이 영어를 할 수 없었지만 몸짓 손짓을 하며 한두 마디만 가능해도 미국인과 의사소통이 가능했다.

나 또한 영어를 전혀 못 하지는 않는다고 중얼거렸다. 중학교 2학년 때 영어 선생님은 회화를 잘 하지 못 했다. 미국인 몇 명인가가 시찰을 하러 왔을 때 선생님의 영어가 통하지 않아서 급기야는 평소 시원찮았던 미국에서 돌아온 이과 선생님이 불려왔다. 이과 선생님은 유창하게 영어를 했다. 다음날 영어 수업 시간부터 대부분의 학생이 몰래 다른 공부를 했다.

작은 마을의 T자 도로로 접어들고 있었다.

만타로는 잡고 있던 핸들에서 손을 뗐다. 고지는 쓰러질 듯 하며 지탱했다. 만타로는 전부 나한테 맡겨 넌 정말 행운아야 하고 말한 후 돌무더기가 쌓여 있는 울타리 사이에 있는 뒷골목으로 사라졌다.

푸른 잎채소와 고구마 밭에 둘러싸인 함석지붕 집에 도착했다.

어머니는 집에 없었다. 어머니는 마을에서 여자가 할 수 있는 일이 거의 없자 언덕 위 잔디 위에 드문드문 있는 철조망 안쪽 미국인 하우스 구역에 매일 나갔다. 경비에게 통행증을 보여주고 게이트를 빠져나가 미국인 하우스에 세탁물을 배달하고 더러워진 옷을 받아왔다.

고지는 현관 벽에 자전거를 세워두고 처마 그림자가 떨어져 있는 툇마루에 앉았다. 미국인의 세탁물이 고구마 밭 맞은편의 소나무와 멀구슬나무 가지에 걸어둔 빗줄에 즐비하게 걸려 바람에 흔들리고 있었다.

미국인 하우스에 갔다가 폭행을 당한 마을 여자도 있다. 귀가 들리지 않는 어머니는 미국인에게 습격을 당하면 소리도 내지 못 할 것 같아서 걱정이 됐다.

받아온 세탁물은 이틀 후에 다시 배달해줘야 한다. 매일 아침 날이 밝기 전에 일어나서 십여 명 분의 세탁을 하고 마르면 바로 거둬들여서 열심히 다림질을 했다.

빨래비누 비용과 풀칠하는 비용과 다림질 전기료도 모두 자비다. 팁도 없으니 수입은 정말 쥐꼬리 만큼이라고 고지는 생각했다.

터너에게 말해서 어머니에게 세탁물을 맡겨달라고 하면 어떨까 하는 꼼수가 갑자기 들었다. 하지만 일을 더 늘리는 것은 가혹하다는 생각에 그만뒀다.

언젠가 어머니의 세탁일을 한 번 도와드린 일이 있다. 빨래판에 미국인의 단단한 바지를 있는 힘껏 문질러서 떼를 없앴다. 몇 개 밖에 세탁을 하지 않았는데 등과 허리가 극심하게 아파서 새우처럼 등이 굽은 채로 두 시간이나 누워 있었다.

고지는 저녁밥으로 고구마를 먹으면서 하우스보이로 일하게 됐다는 이야기를 어머니와 필담으로 나눴다. 안색이 좋지 않은 어머니는 다소 걱정하면서도 기뻐했다.

어머니는 종전을 일주일 앞둔 어느 날 철의 폭풍포탄이 비처럼 쏟아져서 붙은 이름을 맞고 청력을 잃었다. 전후 얼마 지나지 않아 '몸보다 마음이 소중'하다며 구혼한 옆 마을 직공과 결혼해서 고지를 낳았다.

고지가 두 살 무렵 아버지가 폐렴에 걸린 탓에 어머니는 밤낮 없이 간호를 했지만 그 보람도 없이 며칠이고 심하게 앓다가 세상을 떠났다.

식사를 마친 고지는 뜰 앞 야채밭에서 울리는 벌레소리를 들으며 중학교를 졸업하면 팔자가 좋지 못 한 어머니를 어떻게든 편하게 모시려 했다. 우선 하우스보이가 돼 돈을 모아서 어머니의 귀를 꼭 고쳐드리고 싶었다.

2

고지의 실력으로 자전거 수리를 하는 건 어림도 없었다. 터너로부터 받은 수리비의 반은 만타로에게 빼앗기고 말았다. 마을 자전거포에 가져갈 생각은 없었다. 우선 열쇠를 채울 수 있는 헛간에 넣어두었다.

두 평 남짓한 자신의 방으로 들어갔다. 바닥판이 끽끽 소리를 내며 삐걱댔다. 어머니에게 사고가 난 사실을 들키지 않으려고 비어 있는 미제 분유통에 달러를 넣은 후 구석의 바닥판을 한 장 떼어내서 그 아래에 숨겼다.

오후 2시 전에 나타난 러닝셔츠 차림의 만타로가 세탁물을 말리고 있는 귀가 들리지 않는 고지의 어머니의 뒷모습을 바라보며 목소리를 죽여 말했다.

"고지, 말하고 싶은 게 있어. 터너의 집에서 값이 나가는 물건을 주머니에 넣어서 가져와주지 않을래? 게이트도 없고 경비도 없으니 신체검사도 받지 않을 거야."

고지는 만타로의 여드름이 난 옆모습을 바라봤다. 하우스보이 아르바이트를 제대로 하면 돈을 벌 수 있다고 생각했다.

"담배 한 대는커녕 말린 포도 한 알도 훔치지 않을 거야."

"훔치는 게 아니야. 주머니에 물건을 넣어서 가져오기만 하면 돼."

만타로의 눈빛이 험해졌다.

"만타로 선배, 급료의 사분의 일을 줄게."

"사분의 일이라고? 반이라고 했을 텐데. 말했잖아."

만타로가 입술을 잔뜩 일그러뜨렸다. 고지는 작게 끄덕였다.

"조금씩 훔쳐서 나오면 절대로 눈치 채지 못 해. 들어봐, 꼭 두 개씩 있는 것을 훔쳐야 해. 하나만 있으면 눈치 채기 쉽잖아."

방금 전에 훔치는 게 아니라고 힘주어 말했으면서 뭐야 하고 속으로 혼잣말을 했다.

만타로는 카키색 헐렁한 바지 주머니에서 종이를 꺼냈다. 고지는 꾸깃꾸깃한 종이를 받아 들고 펼쳤다. 영문 잡지의 빈 부분에 터너의 집 지도와 번호가 간단히 적혀 있었다.

"내가 시간을 들여서 썼어. 공짜가 아니야."

만타로는 더러워진 손을 내밀더니 10센트야 하고 말했다. 고지는 주저하다가 10센트 동전을 만타로의 손바닥 위에 놓았다.

"집 안에는 탐나서 안달이 날 만한 물건이 가득할 거야. 너도 엉겁결에 주머니에 넣고 말걸. 뭐 네가 일을 시작한 후에 다시 이야기를 하자."

일도 하기 전에 훔치는 이야기라니 하고 고지는 묘하게 화가 났다. 나는 지금 하우스보이 일을 제대로 할 수 있을지 어떨지 긴장하고 있다.

"터너에게 아부를 해서 무언가 받으면 솔직하게 말해야 해. 반은 내 꺼야. 아부를 해서라도 선심을 사라고 알려준 건 나니까."

도둑질 다음은 받아내는 것인가. 애매하게 끄덕였는데 정직하게 말을 할 마음은 전혀 없었다.

구멍이 큰 세탁용 대바구니를 안고서 어머니가 다가왔다. 만타로가 터너에게 아무쪼록 잘 부탁해 하고 입술 끝을 일그러뜨리며 말한 후 자리를 떠났다.

미국인과 만날 때는 꼭 선물을 가져가야만 한다고 고지는 생각했다. 전에 어머니가 세탁물을 배달하러 간 미군하우스에서 받아온 미제 담배 한보루가 식기 선반 위에 있다. 어머니는 때때로 떠올린 듯이 담배를 피웠다. 고지는 주저했지만 두 갑을 주머니에 넣었다.

외출용 흰색 노타이셔츠와 감색 바지를 입은 고지는 마을에서 2킬로 정도 떨어진 바닷가 근처의 언덕 위에 있는 터너의 집으로 향했다.

미군하우스로 이어지는 언덕길 어귀 근처에 엄중한 경계 태세를 갖추고 있는 미군기지 게이트가 있다. 직육면체 크림색 게이트 초소 옆에 서서 철모를 쓰고 어깨에 카빈총을 걸고 있는 미군 병사와 그의 다리 근처에서 엎드려 누워 있는 군용견이 고지를 힐끗 봤다.

고지는 언덕을 올라갔다. 미군하우스를 건설할 때 미군 불도저가 대대적으로 판다누스 숲을 허물며 길을 냈다. 군용도로가 아니라서 아스팔트가 아니라 석회암 가루가 채워져 있었다.

언덕 건너편에 몇 겹의 희고 거대한 적란운이 하얀 성냥갑처럼 생긴 미군 하우스 위로 피어오르고 있었다.

언덕 위에 도착했다. 철조망 펜스도 없고 순찰하는 경비도 없었다. 평평한 암반이 노출돼 있고 곳곳의 움푹 팬 땅에 채워진 흙에 키 작은 잡초나 가느다란 관목이 자라고 있었다.

고지는 개에 쫓기면 나무에 올라가서 위기를 모면했던지라 엉겁결에 높은 나무를 찾아 봤는데 어디에도 보이지 않았다. 여기저기 미군 하우스를 둘러봤는데 풀어놓은 경비견도 없었다.

지붕도 외벽도 모두 하얗게 칠한 미군 하우스가 열 채 정도 점재돼 있었는데 이웃과의 교류는 전혀 없는 듯 차가운 분위기가 감돌고 있었다. 약속한 3시까지는 아직 여유가 있었지만 터너의 집 현관 손잡이를 돌렸다.

눈앞을 막아선 흰색 목욕가운 차림의 터너는 문을 열 때 노크를 해야지 하는 제스처를 취했다. 고지는 아임쏘리 하고 대답했다. 터너가 손짓으로 불렀다.

샤워를 방금 전에 한 것인지 터너의 곱슬곱슬한 금발이 젖어 있었다. 목욕 가운 사이로 나온 다리는 털투성이로 봉처럼 똑바로 길게 뻗어 있다.

흰색 즈크화를 벗고 있는 고지에게 신발을 신은 채로 들어오라고 터너가 말했다.

레이스가 달린 커튼, 새하얀 시트, 대형 냉장고, 중후한 집기가 고지의 눈에 가장 먼저 들어왔다. 고지는 터너가 지시한 대로 커다란 검은 소파에 앉았다. 소파에 탄력이 있어서 몸이 조금 튀어 올랐는데 바로 다시 가라앉았다.

터너는 무언가를 곰곰이 살피듯 고지의 눈을 응시하며 아임 쏘리라고 반복해 말했다. 군인이 가벼운 접촉 사고를 신경 쓰고 있다. 고지는 믿지 못 하겠다는 표정을 지었는데 속으로는 어쩐지 섬뜩한 기분이 들었다.

고지는 옷 주머니에서 꺼낸 담배 두 갑을 내밀며 프레젠트선물 하고 말했다. 터너는 위로 세운 약지를 옆으로 흔들며 노싫어라고 말했다.

담배가 마음에 들지 않는다면 다음에는 위스키를 구해서 가져와야겠다고 생각했다. "위스키 오케이?" 고지가 손을 입가로 가져가더니 머리를 흔들며 술에 만취한 흉내를 냈다. 터너는 노싫어 하고 말하며 다시 고개를 옆으로 흔들더니 옆방으로 들어갔다.

술도 마시지 않고 담배도 피우지 않는 미군 병사가 있다니 정말로 뜻밖이었다.

간격이 넓지 않은 방충용 망창으로 바람이 불어오고 있었다. 커다란 가구도 있었지만 생각보다 한산했다. 바닥에는 회색 타일이 깔려 있었지만 천장이나 벽에는 콘크리트에 직접 흰색 페인트가 칠해져 있었다. 소파 주위에만 융단이 깔려 있었다.

고지의 눈길은 어느새 부엌 선반 안의 은색 스푼이나 백자 쟁반에 고정돼 있었다. 만타로가 말했던 '값진 물건'을 어느새 물색하고 있음을 깨닫고 시선을 돌렸다.

미군 병사는 벽과 선반에 전쟁 무훈 메달, 트로피, 군복 차림의 사진을 반드시 장식해 놓는다고 만타로에게 들었다. 고지는 주위를 둘러봤지만 그런 것은 하나도 보이지 않았다.

터너는 푸른색 윗옷과 갈색 바지로 갈아입고 나왔다. 그는 이국 향기가 나는 각양각색의 눈깔사탕이 놓인 붉은색과 오렌지색 그릇을 양손에 들고 있었다.

고지는 조금 어린아이 취급을 받고 있는 느낌이 들었지만 터너가 내민 기다란 보라색 사탕을 받아들고 혀로 핥았다. 박하 향과 맛이 입안으로 퍼지며 기분이 갑자기 안정됐다.

고지는 비스듬히 건너편에 앉은 터너에게 제스처를 섞어서 리턴 웬?이라는 단어를 붙여서 미국에는 언제 돌아가나요 하고 물어봤다.

터너는 손가락 세 개를 세워서 쓰리 먼스 애프터 하고 말했다.

고지는 영단어와 손짓을 섞어가며 어떻게든 대화를 했다. 터너는 미국에 있는 고향집에는 어머니만 있다고 했다. 고지는 세임 세임 하고 말하며 자신의 얼굴을 손가락으로 가리키고는 터너와 악수를 했다.

일주일에 두 번 화요일과 목요일에 오라고 터너가 말했다.

다림질을 하거나 요리를 해야 하는 것일까 하고 고지는 걱정했다. 주저하다 물어봤다. "넌 식모가 아니라 그런 건 하지 않아도 돼." 터너가 말했다. 그럼 난 뭘 해야 하는 거야? 뭘 당하는 걸까? 하고 생각하다 알바비나 제대로 받을 수 있냐고 물어봤다. "물론 주고말고." 터너가 대답했다.

어쨌든 구두를 닦으려 고지는 소파에서 일어서려 했다.

터너가 갑자기 머리를 감싸 쥐더니 테이블 위에 상반신을 엎드렸다. 고지는 깜짝 놀랐다. 기분 안 좋아요? 하고 물었다. 터너는 새파랗게 질린 얼굴을 들더니 오늘은 이만 돌아가. 이틀 후 9시에 와줘 하고 말했다.

터너는 눈깔사탕을 한가득 집더니 고지의 양손에 쥐어줬다.

3

이틀 후인 목요일, 고지는 외출할 때 입는 노타이셔츠와 회색 긴 바지로 갈아입고 약속 시간인 9시에 늦지 않으려고 서둘러 집을 나섰다.

터너의 집 정문을 노크했다. 귀를 기울였는데 쥐 죽은 듯이 조용했다. 더 세게 두드렸다. 소리가 들렸다. 플리즈라는 목소리로도 낑낑 대는 동물의 신음소리로도 들렸다.

안으로 들어간 순간 보랏빛이 나는 흰 연기가 얼굴로 육박해 오고 무언가가 타는 냄새가 코를 찔렀다. 불이라고 생각했지만 공기는 썰렁했다. 조금 현기증이 났으나 들판에 불을 지르거나 모닥불 연기를 들이마셔서 숨이 막힐 때처럼 눈에 파고들거나 목이 막히거나 하지 않았고 눈물도 나오지 않았다. 염소 털을 태울 때 나는 냄새와 비슷하다고 생각하면서 안쪽으로 들어갔다.

터너의 얼굴에서 증기기관차처럼 연기가 분출하고 있다. 그는 소파에 푹 파묻히듯 앉아 이상한 형태의 연초를 맹렬히 피우고 있다. 고지는 머리가 조금 몽롱해졌다. 안경 렌즈가 흐릿해졌기 때문인지 터너가 마치 다른 사람처럼 보였다.

고지는 창문을 열고 환기를 하려 했다.

노 하고 터너가 흰 벽에 달아놓은 에어컨을 가리켰다.

고지는 터너에게 다가갔다. 오렌지색 가운에서 더부룩한 금색 가슴털이 들여다보였다. 얼굴은 홍조를 띠고 안개가 걷힌 안경 너머 눈은 활력이 없는 것인지, 아니면 법열法悅에 빠져 있는 것인지 눈이 개개풀려서 반쯤 열려 있었다. 하지만 두 콧구멍에서는 슉슉 하고 기세 좋게 연기가 뿜어져 나왔다.

분명히 터너는 담배를 피우지 않는다고 했는데 하면서 고지는 그를 응시했다.

도넛을 먹고 있는 것처럼도 보였다. 건조된 잎을 몇 장이고 조심스레 만 연초는 도넛을 반으로 자른 듯한 형태였다.

소파에서 일어나 한 걸음 내딛는 순간 터너의 양발이 얽히더니 코너에 있는 선반에 상체를 부딪쳤다. 고지는 엉겁결에 거구의 터너를 몸으로 지탱하려 했다. 술 안 마신다며 마셨어요? 하고 고지는 술을 마시는 시늉을 하며 물었다. 터너는 고개를 옆으로 흔들더니 냉장고에서 콜라를 꺼내 고지에게 줬다.

현관문을 열었을 때 났던 악취는 어느새 뭐라고 표현하기 힘든 향기로 바뀌어 있었다. 머리가 어떻게 된 것인지 갓난아기였을 때 맡았던 냄새처럼 느껴졌다. 보랏빛 연기가 꽤나 아름다워 보여서 킁킁거리며 깊이 들이마셨다. 몸이 2, 3센티 정도 공중에 붕 떠 있는 듯한 기분이 들었다. 정면 소파에 앉아 있는 터너의 목소리가 뒤에서 들려왔다. 잘 들어보니 사탕을 먹어 하고 말했다.

고지는 선명한 색의 접시에서 눈깔사탕을 집어서 입에 넣었다. 눈깔사탕의 향기도 연기에서 나는 냄새 때문에 사라졌다.

마약이 아닐까 하는 의구심이 갑자기 들었다. 미군 병사가 마약을 하게 했다는 옆 마을 젊은 여자의 이야기가 머릿속을 스쳤다.

2년 전 마약중독에 빠진 여자가 휘발유를 뒤집어쓰고 성냥을 그어서 불덩이로 변했다. 불을 붙이기 직전에 몸에 구더기가 기어 다닌다며 울부짖었다고 한다.

뭘 들이마셔? 하고 고지가 엉겁결에 물었다. 터너는 아무런 말도 하지 않았다.

터너의 높다란 코의 양쪽 구멍에서 연기가 뿜어져 나왔다.

"터너 씨, 군대 무슨 일 해요?"

엊그제도 오늘도 집에만 있는 걸 보면 야근을 하는 것일까.

단어와 몸짓으로는 더 이상 말이 통하지 않는 것인지 터너는 대답을 하지 않았다.

작년 가을에 혹시 미야기중학교에서 감사장을 받았나요? 하고 물으려다 감당하기 어려운 단어가 필요해서 그만뒀다.

고지는 콜라를 다 마셔 버린 후 하우스보이는 구두 닦을게 하고 말하고서 현관으로 향했다. 터너가 불러 세우더니 따라오라고 말했다.

왼쪽 안쪽의 4평 남짓한 방은 헛간인지 한쪽 면에 깔린 회색 비닐시트 위에 부서진 의자와 골판지 상자 몇 개, 목공 도구 등이 놓여 있었다.

유리문을 열고 닫을 수 없는 내닫이창을 터너가 손가락으로 가리켰다. 창가에는 화분 일곱 개가 나란히 놓여 있었다.

고지는 거침없이 화분으로 다가갔다. 늘씬하게 뻗은 50센티 정도의 식물 잎은 조금 노란빛을 띠고 있었다. 부드러운 줄기에도 낭창낭창한 넓은 잎에도 잔털이 나 있었다.

어떤 꽃이 피나요? 하고 고지가 물었다.

화분 몇 개인가에서 잎을 뜯어낸 흔적이 있었다.

터너는 여전히 말이 없다.

잎이 해바라기와 비슷하다고 생각했다.

"미국산 해바라기?"

대답은 없었다.

터너는 이 잎을 말려서 연초로 말아 피운 것이 아닐까.

"터너가 피우는 연초는 이거?"

고지는 화분을 손가락으로 가리켰다. 묘하게 달변이다. 터너는 역시 대답하지 않았다.

어쨌든 아부를 하라는 만타로의 목소리가 머릿속에서 들려와서 좋은 풀이군요 하고 말했다.

"이걸 잘 관리해줘." 하고 터너가 말했다.

고지는 어릴 적부터 식물 재배를 좋아하지 않았다.

"맡은 일은 침대 정리인데……."

"넌 가정부가 아니야. 전에도 말했잖아. 침대 정리는 내가 하면 돼. 넌 이걸 정원에 심고 잘 자라는지 살펴봐줘. 그것만 하면 다른 일은 아무 것도 하지 않아도 좋아."

터너의 부산한 몸짓은 마치 고주망태가 춤을 추는 모습과 비슷했다.

"그것만?"

"절대로 말려 죽여서는 안 돼."

터너의 개개풀린 눈이 가만히 고지를 응시했다.

무언가를 지시 하면 기세 좋게 옛썰 하고 '썰'을 붙여서 대답하라고 만타로가 말했지만 고지는 아무런 대답도 하지 않았다.

"……특별히 키우는 방법이라도?"

"오늘은 뜰에 옮겨 심고 물만 주고 퇴근해도 돼."

터너는 헛간에서 나갔다.

잎이 조금 노란빛을 띠고 있어서 제대로 자랄까 걱정하며 화분 두 개를 들어 올렸다. 터너는 거실 소파에 앉아서 고지 쪽으로 고개를 돌렸는데 눈은 아무 것도 비추지 않는 것처럼 멍했다.

미국해바라기 잎은 부드러웠지만 두께가 꽤 있었다. 자란 잎을 건조시키면 터너가 피우고 있는 연초처럼 둘둘 말 수 있다. 고지는 마지막 화분을 옮기면서 터너가 입에 물고 있는 연초와 미국해바라기를 번갈아 손가락으로 가리키며 세임 세임? 하고 물었다. 터너는 아무런 말 없이 미동조차 하지 않았다.

화분 일곱 개를 현관 통로로 다 내놓은 후 삽과 물뿌리개를 가지러 헛간 방으로 돌아갔다.

거실을 가로질러 현관에서 나오려던 고지에게 터너가 다가왔다.

터너는 이건 일주일 분의 돈이야 하고는 10달러 지폐를 고지에게 줬다. 고지는 너무나 큰 액수에 깜짝 놀랐다.

고지는 감사 인사를 하려 했다. 거실 쪽으로 걸어가던 터너는 머리가 총에 꿰뚫린 것처럼 머리부터 소파로 자빠졌다. 엎드려 누운 채로 미동도 하지 않는 터너를 고지는 한동안 바라보다가 숨을 쉬고 있음을 확인한 후 안심하고 현관문을 열었다.

화분을 들고 뜰로 돌아갔다. 말려 죽이면 아마도 잘리겠지. 일주일에 10달러라는 큰 돈을 잃고 만다.

노출된 하얀색 암반은 둔하게 빛나고 있다. 미군하우스 남쪽 벽을 따라 열 평 정도의 장방형 뜰이 있었다. 잡초가 화단 주위를 빙 포위해서 꽃을 시들게 만들어서 작게 금이 간 흙에는 잡초만이 자라나 있다.

고지는 주위를 둘러봤다. 수십 미터 떨어진 미군하우스 뜰에는 백일초나 홍초로 보이는 붉은색과 노란색 꽃이 피어 있었다.

삽으로 땅을 팠다. 생각보다 단단하지는 않았다. 땅은 30센티 정도 객토 공사가 돼 있었다. 잡초를 다 뽑았다. 쏟아지는 햇볕에 쓴 적이 없는 삽날이 둔하게 빛났다. 약한 바람이 불어오고 땀이 배어 나왔다.

수십 센티 간격으로 미국해바라기 씨 일곱 개를 정성스레 심고 흙을 뿌렸다. 처마 밑에 있는 수도꼭지로 몇 번이고 물뿌리개에 물을 담아서 미국해바라기를 심은 자리에 뿌려줬다.

4

고지는 다음날 점심식사 후에 수세미 꽃 위로 난비하는 무당벌레 몇 마리를 보면서 툇마루에 엎드려 누워 있었다.

나비 한 마리가 날아갔다. 고지는 얼굴을 들고 나비를 바라봤다. 밭고랑 길에 만타로가 서 있었다. 만타로는 덧문을 열어젖혀 놓은 거처방에 앉아 다림질을 하고 있는 고지의 어머니가 신경 쓰였는지 가까이 다가오지 않았다. 고지와 눈이 마주치자 바로 손짓을 해 불렀다.

고지는 툇마루에 있는 어머니의 밀짚모자를 쓰고 뜰을 가로질러 밖으로 나갔다.

둘은 당근 밭 옆에서 자라고 있는 커다란 타이완아카시아 아래에 앉았다. 만타로가 손을 계속 쥐고 펴는 모습을 고지는 이상하다는 표정으로 바라봤다.

"내 몫은?" 만타로가 애태우지 말라는 듯 굵은 목소리를 냈다.

"다음 주에 받아. 2주에 한 번 받는다고 하던데."

어제 받은 돈을 만타로에게 바로 나눠주는 것이 울화가 치밀어서 고지는 거짓말을 했다.

"보통 주급을 줄 텐데." 만타로가 혀를 끌끌 찼다. "어쨌든 하우스보이 일을 소개한 건 나란 걸 잊지 마."

고지는 외면했다. 딱딱한 땅에 떨어진 타이완아카시아 잎의 그림자가 흔들리고 있었다.

"주급으로 계산해서 얼마나 준데?"

고지는 10달러를 받았지만 그 반이라고 말했다.

"너무 짜잖아. ……너 거짓부렁 하는 거 아니지?"

만타로는 고지를 노려봤다.

"터너는 의외로 쩨쩨해"

고지는 알바비를 받으려고 온갖 일을 다 하고 있다고 만타로에게 각인시켜야겠다고 느꼈다. 구두닦이, 마루 청소, 침대 정리, 방 정리정돈, 세차 등을 한다고 떠오르는 대로 말했다.

"침대 정리는 가정부 일이잖아."

만타로가 고개를 갸우뚱 했다.

"구두를 닦으면 손으로 확인한 후에 아직 더럽다고 화를 낸다니까."

고지는 기세를 타고 이야기를 만들어냈다.

"고지, 그럼 갈 때마다 주머니에 뭐라도 하나 넣어오지 않으면 타산이 안 맞아."

"좀도둑질 흉내는 낼 수 없어."

만타로가 다시 째려봤다.

만타로가 묻지도 않았는데 매주 화요일과 목요일에 아침 9시부터 출근한다고 고지는 말했다.

돈을 받으면 꼭 알리러 오라고 만타로는 신신당부를 했다. 돈을 받으면 거꾸로 만타로 쪽에서 찾아와야 이치에 맞잖아 하고 고지는 속으로 불평을 했지만 작게 끄덕였다.

"고지, 미군 집에 권총은 없어?"

"없어."

권총을 훔쳐오라고 할지도 몰라서 어디에 뭐가 있는지도 잘 몰랐지만 단정해 말했다.

집에 둘 리가 없잖아 그런 걸. 군인은 바로 방아쇠를 당기려 하니까 하고 고지는 말하려다가 그만뒀다.

고지는 가끔 부모님의 밭일을 돕고 있는 만타로에게 미국해바라기를 키우는 법을 물어보려 했다. 하지만 바로 입을 다물었다. 물어보면 연기가 뭉게뭉게 피어나는 반 도넛 형태의 연초 이야기나 터너 씨 집에서 하는 일이라고는 미국해바라기 재배밖에 없다는 사실을 이야기해야 할지도 모르기 때문이다.

"고지, 영어 배우지 않을래? 싸게 가르쳐 줄게."

“손짓 발짓으로 괜찮아. 말은 못 해도 돼.”

만타로의 엉터리 영어보다 자신이 발음은 훨씬 좋다고 속으로 혼잣말을 했다.

“네 어머니는 귀가 안 들리니까 너도 손짓발짓은 잘 하겠네.”

만타로는 자기 혼자 끄덕이며 웃었다.

아침부터 햇살이 따가웠다. 고지는 눈을 찌푸리고 구부정한 자세로 철조망을 따라 터너의 집으로 향했다.

터너의 집 창문 유리창이 번쩍번쩍 빛나고 있었다. 현관문을 두드리려다 뜰로 돌아갔다. 미국해바라기는 햇볕을 받아서인지 혹은 흙이 좋아서인지 화분에 있을 때보다 더욱 윤기가 났다. 노란빛을 띠는 잎이 두 장 떨어지려 했지만 위쪽에 새로운 싹이 힘차게 나오고 있었다.

고지는 수도꼭지를 비틀어 물뿌리개에 물을 담은 후 미국해바라기에 뿌렸다. 몇 번이고 반복했다. 흙이 촉촉이 젖었다. 터너는 인기척을 느끼지 못 했는지 모습이 보이지 않았다.

마약이라면 내게 옮겨 심으라고 하지는 않을 듯 하다고 생각하며 현관문을 두드렸다. 반복해서 두드려도 반응이 없었다. 조용히 문을 열고 터너를 불렀다. 쥐 죽은 듯 조용했다. 실내에 가득한 연기는 지난주보다 적었지만 마시고 있는 사이에 향기로 변해서 머리가 멍해졌다.

거실 소파에도 터너의 모습은 보이지 않았다. 옆에 있는 침실을 들여다봤다. 그는 엎드려 자고 있었다. 서 있을 때보다 키가 더욱더 커 보였다.

터너가 질식해 죽어 있는 것 같다고 생각했다. 몸을 뒤로 젖히려고 어깨에 손을 올렸다. 터너는 상반신을 벌떡 일으키더니 오른손을 힘껏 흔들었다. 고지의 얼굴에 스칠 정도로 날카로운 바람이 스쳤다.

고지는 엉겁결에 몸을 젖히고 침대 옆에 엉덩방아를 찧었다. 터너는 커다란 칼을 쥐고서 고지를 바라보고 있었다. 칼을 침대 어딘가에 숨겨 놓아서 언제 잡은 것인지 전혀 알 수 없었다. 터너의 텅 빈 눈빛이 쏟아졌다.

“말을 건 후에 내 몸에 손을 대는 게 좋아.”

터너는 제스처를 섞어서 말했다.

고지는 한동안 일어나지 못 했다.

터너는 침대에서 내려와 칼을 던졌다. 둥글고 단단한 문 이음매에 가서 박혔다. 연초를 피울 때는 마치 죽은 문어처럼 축 늘어져 있더니……. 숨겨 놓은 힘이 있다니 참으로 뜻밖이었다. 문에 직각으로 싹이 튼 것처럼 깊이 박힌 칼은 접는 방식이 아니라 양날이다.

고지는 자리에서 일어나 칼로부터 가능한 멀리 떨어지려고 침실에서 나왔다.

머리가 멍했을 텐데도 칼을 던질 때 자세가 흐트러지지 않은 것은 엄격한 군사 훈련을 받았기 때문이라고 생각하며 매우 감탄했다.

그대로 돌아가려 하다가 만타로가 뭐라고 할지 몰라서 고민한 후 거실 소파 옆에 있는 작고 둥근 의자에 앉았다.

어쩌면 터너는 미국해바라기로 연초를 말아 피우면서 적과 싸웠던 것이 아닐까? 머릿속이 몽롱해져도 적을 향해 던진 칼이 명중하니 제대로 싸울 수 있다.

터너가 연초를 피우면서 다가왔다. 손에 유리병을 들고 있었다.

터너는 소파에 앉아서 테이블에 놓은 유리병 뚜껑을 열고 건조된 표고버섯 같은 것을 꺼내서 알록달록한 접시에 올린 후 고지 쪽으로 밀었다.

고지는 얼굴을 가까이 댔다. 엉겁결에 몸을 젖혔다. 사람의 귀다. 살아 있는 사람 옆머리에 붙어 있는 귀보다는 조금 작았지만 형태는 명확했다.

중학교에서 감사장을 줄 정도로 성실한 병사인 터너가 인간의 귀를 건조시켜서 유리병에 보관하고 있다니 믿을 수 없었다.

귀를 자르는 악행을 저지르는 사람으로 터너를 변화시킨 상대방은 어떤 사람일까. 아마도 터너는 귀의 주인이 몹시 미웠던 모양이다. 고지는 귀의 뿌리 부분이 굼실굼실 해졌다. 문에 박힌 커다랗고 날카로운 저 칼에 걸린다면 옆머리에서 귀가 잘려 나가는 것 쯤은 순식간이다.

고지는 고개를 들고 자신의 귀를 가만히 응시하고 있는 터너에게 미소를 지었다. 왜 웃는지 이유를 알 수 없었다.

터너는 자신이 자른 누군가의 귀를 왜 내게 보여주나? 네 귀도 이렇게 되고 싶어라고 말하고 싶은데 제스처로는 약해서 샘플을 가져왔나?

"귀를 모아?" 고지는 엉뚱한 질문을 던졌다.

터너는 초조한 듯이 연초를 뻑뻑 피웠다.

"장식해 둬도 아무도 기뻐하지 않아. 기분이 으스스할 뿐이잖아."

터너는 입을 다물고 있다.

여자의 귀? 하고 고지는 어림짐작으로 물었다. 무언가 말하지 않고서는 마음이 진정이 잘 되지 않았다.

"살아 있을 때는 아름다운 귀였어?"

아름다운 사람이었어? 하고 물었어야 하는데 허둥대다 엉뚱한 질문을 하고 말았다. 터너는 눈을 감았다.

좋아하는 여자에게서 무언가를 떼는 상황에서 나라면 여자의 귀가 아니라 입술이나 눈을 떠올릴 텐데 하고 야릇한 망상을 했다.

이제 돌아가는 게 좋겠다고 고지는 생각했다. 어쨌든 그를 자극하지 않으려면 귀 이야기는 그만둬야 한다. 자리에서 일어나려 했다. 터너가 눈을 떴다.

하지만 말을 하려는 듯한 기색은 없었다. 고지는 무언가 말을 하지 않으면 큰일이라고 생각했다.

"이 귀는 나와 비슷한 또래의 소녀?"

고지는 다시 물었다. 말이 계속 튀어나왔다.

터너는 다시 눈을 감았다.

"여군의 귀인가? 터너."

고지는 터너의 무서운 눈빛을 피하려는 듯이 귀를 손가락으로 가리켰다.

"내가 이 남자를 죽였어."

터너는 조용히 말했다.

고지는 등줄기가 서늘해졌다. 순간 살해된 남자가 미국해바라기를 말려 죽인 것이 아니었을지 걱정이 됐다. "전쟁이지? 그러면 어쩔 수 없어." 고지가 말했다.

"터너는 몇 명이나 죽였어?"

그렇게 말한 후 고지는 손을 입에 댔다.

"한 명."

터너는 명확하게 대답했다.

"고작 한 명?"

고지는 엉겁결에 물었다.

어째서 죽인 남자의 귀를 보관하고 있는지 알 수 없다. 터너는 얌전한 성격이라서 제사를 지내주나?

고지의 손은 무언가에 이끌리듯이 건조된 귀를 잡았다. 판지처럼 가벼웠고 이상하게도 느낌이 없었다. 냄새가 났다. 방부제와 같은 냄새가 났지만 방에 가득한 연초 냄새가 그것을 쫓아냈다.

터너는 귀를 다시 유리병에 넣고서 묘할 정도로 정중하게 그것을 들고서 침실로 들어갔다. 고지는 현관 밖으로 뛰어 나갔다.

5

터너가 남자의 귀를 자른 곳은 아마도 먼 전쟁터다. 건조된 귀에도 곧 익숙해질 수 있을까.

하지만 우리 마을도 위험이 가득하다. 미군기지 근처를 지나던 사람이나 미군 하우스에 가까이 다가간 사람이 땅에 묻힌 것인지 불태워진 것인지 모르겠으나 몇 명인가 갑자기 모습을 감췄다.

어머니가 드나들고 있는 미군하우스에도 섬뜩한 집 주인이 살고 있지는 않을까?

건조된 귀를 본 날 밤에 가슴이 짓눌리는 악몽을 꿨다. 터너가 미국으로 돌아가면 고액의 급료를 받지 못 한다. 그리 길지 않은 기간이니 으스스한 미군하우스라 해도 참을 수 있다고 자신을 타일렀다.

다시 터너의 집으로 향했다. 터너는 집에만 계속 있는 것 같은데 군대 일은 안 해도 되는 것일까. 그는 볼 때마다 연초를 피우고 있었다. 내가 쉬는 동안 뜰에 심어 놓은 미국해바라기에게 물은 제대로 주고 있는 걸까?

고지는 집으로 들어가지 않고 뜰로 돌아갔다.

놀라서 숨을 죽였다. 미국해바라기가 시들어 있었다. 커다란 잎이 노랗게 변해 있고 가늘고 긴 줄기도 힘없이 활모양으로 굽어 있었다.

수도꼭지를 틀어서 물뿌리개에 물을 채우다가 손을 멈췄다. 고함 소리가 들여왔다. 고지는 수도꼭지를 잠그고 자리에서 일어났다. 사람의 목소리보다는 목을 졸린 동물의 비명과도 같았다. 주위를 둘러봤지만 사람 그림자 없이 아주 조용했다.

고지는 현관의 흰 문을 열었다. 실내의 연기는 전보다 훨씬 지독하게 자욱이 끼어 있다. 고지는 터너의 이름을 부르며 침실로 들어갔다.

침대 위에 실내복의 앞가슴을 벌리고서 터너가 앉아 있었다.

고지 쪽으로 몸을 틀었지만 눈은 콘크리트가 드러나 있는 천장을 보고 있다.

시선이 천천히 내려와서 고지의 머리에 고정됐다. 지독하게 공허한 눈빛을 하고 있다.

터너는 자신의 붉어진 귀에 손을 대면서 무언가 중얼거렸다. 하지만 목소리가 가늘어서 알아들을 수 없었다.

고지는 되물었다.

"……지프차가 돌진해 왔어. 마구 쏘았어. 그 남자의 몸은 벌집이 됐어. 무서워서 통곡했어."

비명에 가까운 소리는 우는 소리였구나 하고 고지는 생각했다.

"다 꿈이야, 터너."

고지는 숨이 막혔지만 묘하게 아무렇지도 않게 말했다.

한 번 깼다가 다시 잠들었지? 무서운 꿈을 꿀 거야 하고 속으로 말했다.

우두커니 서 있던 고지는 미국해바라기에 물을 줘야 한다고 생각하면서 흐트러진 침대 시트를 바로잡으려 했다. 하지만 바로 손을 멈췄다. 베개 아래에 긴 칼이 보였다.

터너가 소리를 내지 않고 웃었다. 잘 웃지 않는 사람이 웃으면 섬뜩하다고 느끼면서 엉겁결에 뺨을 오그리며 억지웃음을 돌려줬다. 터너가 갑자기 베개로 손을 뻗었다. 다음 순간 칼이 바람을 가르고 문에 깊이 박혔다.

칼이 얼굴을 스쳐지나갔던 날의 기억을 떠올리며 소름이 끼친 고지는 총총걸음으로 현관 쪽으로 걸어갔다. 이전에 깡마른 미군과 고지는 팔씨름을 한 적이 있는데 양손을 썼지만 상대방의 오른손은 꿈적도 하지 않았다. 거구인 터너는 그때의 상대보다 더욱 괴력으로 보였다. 그가 깔아뭉개면 전혀 움직일 수 없다. 글러브처럼 두툼한 손이 내 얼굴을 거칠게 움켜쥐고 귀를 싹둑 자르면…….

터너가 고지를 멈춰 세웠다. 경직된 얼굴로 뒤돌아 봤다.

터너는 불을 붙인 연초를 입에 물고서 휘청거리며 찬장에 기대서 작은 좌우 여닫이문을 열고 유리병을 꺼냈다.

유리병 안의 귀를 응시하며 다시 웃었다. 묘하게 잘 웃는다.

이번엔 마네키네코^{앞발로 사람을 부르는 시늉을 하고 있는 고양이 장식물}처럼 고지를 불렀다. 고지는 도망치고 싶었으나 거실로 들어갔다.

터너는 소파에 앉아 연초를 피우면서 황홀한 표정으로 귀를 쳐다보고 있었다.

고지는 머릿속이 조금 멍해졌다. 방에 가득 찬 연기가 전쟁터에 자욱한 초연처럼 느껴졌다. 연기를 마시자 무서움이 덜한 듯한 기분이 들었다. 터너는 연초를 피운 후 적을 죽이고서 귀를 잘랐던 것일까? 연초를 피우지 않으면? 이상해지겠지 하고 고지는 중얼거렸다. 고지는 목을 흔들흔들 거리며 머리가 이상해진 듯한 흉내를 냈다.

고지는 집게손가락을 세워서 가운데손가락에 가볍게 부딪치면서 뜰에 심은 미국해바라기는 다 베어버리는 게 좋아 터너 하고 중얼거렸다.

터너는 알아들은 것인지 고지를 응시하며 고개를 옆으로 저었다. 터너는 그걸 자르면 네 목도 자를 거야 하고 눈빛을 보내고 있는 것 같아서 고지는 입술을 꽉 깨물었다.

터너는 유리병 뚜껑을 열고서 냄새를 맡고 있다. "뭐라고? 터너." 고지가 물었다.

귀가 전보다 조금 상처를 입은 것처럼 보였다. 방부제를 바꿨어? 하고 묻고 싶었지만 방부제라는 영어 단어를 알 수 없었다.

귀를 내가 만질 수 있게 해서 공기에 닿은 것이 좋지 않았던 거야.

터너의 눈은 새로운 귀를 원하고 있다고 고지는 느꼈다. 이제 그 귀는 넣어두지 그래? 하고 속으로 말했다.

고지는 터너로부터 시선을 돌렸다.

"뭐라도 좀 마셔."

터너가 갑자기 소리치더니 냉장고에서 꺼내 온 콜라를 단숨에 들이켰다.

권하는 대로 콜라를 몇 병이나 마시자 구역질이 나서 화장실로 뛰어갔다. 위에서 식도를 통과해 역류해 오는 콜라 때문에 얼굴이 일그러지면서도 무슨 이유로 차례차례 콜라를 마신 것인가 하고 멍하니 생각했다.

화장실에서 돌아온 고지의 눈은 충혈 돼 있었고 눈물이 흐르고 있었다.

"터너, 미국에 돌아가는 거야?"

전부 다 토했기 때문일까 기분이 꽤 차분해졌다.

터너는 말을 걸자 이미 눈을 감고 있었다.

터너, 귀를 처분하는 게 어때? 내가 도울게. 제사를 지내주고 귀 주인을 빨리 잊는 편이 좋아 하고 고지는 중얼거렸다.

고지의 목소리가 들렸을 리는 없지만 절대로 잊어서는 안 돼 하고 말했다.

고지는 터너가 죽인 사람을 잊지 않기 위해 귀를 보관하고 있는 것이라고 믿었다. 있을 수 없는 일이다.

잘라낸 귀를 남자의 옆머리에 붙일 수 없는 것처럼, 죽인 남자를 다시 살릴 수는 없는 법이야 터너. 끔찍한 과거는 잊는 게 좋아 하고 고지는 다시 중얼거렸다. 귀를 정중하게 묻어주면 악몽을 안 꾸게 되지 않을까. 들판에 작은 무덤을 만들면 어떨까.

고지는 유리병 안에 들어 있는 귀에 흙을 뿌리는 시늉을 하고는 손을 모았다.

"귀가 사라지면 꿈인지 현실인지 내가 살아 있는 것인지 죽은 것인지 알 수 없게 돼."

고지는 터너의 영어를 어떻게든 일본어로 변환했는데 터너가 무엇을 말하고 싶은 것인지 정확히는 알 수 없었다.

다음날 아침 만타로가 집 근처의 타이완아카시아 나무 아래로 고지를 불러냈다.

오늘도 돈을 받아낼 목적으로 왔다니 고지는 지겨워졌다. "터너는 돈은 없지만 귀가 있어." 고지가 만타로에게 말했다.

"날 놀릴 셈이야?"

만타로는 고지의 얼굴에 여드름이 가득한 얼굴을 들이밀고 무시무시한 눈빛을 하고는 러닝셔츠 밖으로 나온 검은 팔을 굽히고는 근육을 실룩실룩 움직였다.

고지는 만타로가 여자라면 관심을 보이리라 믿었다.

"건조돼 있지만 여자의 귀 같았어."

남자의 귀였지만 거짓말을 했다.

"건조된 여자의 귀? 그렇다면 그건 부적이야. 그러니 터너는 전쟁터에서 죽지 않고 살아 돌아온 거야."

만타로는 나무그늘에 앉았다. 고지는 줄기에 기대서 앉았다.

"전쟁터였던 마을에 살던 소녀라고 하던데."

고지는 기세를 몰아 거짓말에 양념을 더했다.

"기념물이야. 반지나 검은 머리카락과 똑같아. 넌 중학생이라 남녀 사이의 미묘한 관계를 잘 모르겠지만."

만타로는 간들거리는 웃음을 지었다.

반지나 검은 머리카락이라면 알 것도 같지만 귀는 도대체 알 수 없다고 고지는 투덜대며 말했다.

"고지, 터너가 그 귀에 무언가 속삭이지 않았어?"

고지는 고개를 갸웃했다. 계속 보고 있었지만 속삭이는 것처럼 보이지 않았다.

터너는 죽이고 싶을 만큼 소년이나 소녀가 좋은 것인지도 모른다고 만타로가 말했다.

"얼핏 봐서 진지해 보이는 미군 병사 중에도 그런 사람이 많아."

"소년도?"

"너도 마음에 들면 무슨 짓을 당할지 몰라."

고지는 깜짝 놀랐지만 얼굴에 드러내지는 않았다.

"귀를 좋아하는 걸까?"

"귀는 시작에 불과해. 정말로 좋아하면 목을 자를 걸."

사랑하는 적국 여자의 목을 미라처럼 건조시켜서 은밀히 가져가는 미군 병사도 있다고 한다.

고지는 입을 반쯤 벌렸다.

귀처럼 주머니에 넣을 수 없으니 가져가는 사람은 그리 많지 않다고 만타로가 말했다.

고지는 엉터리로 급조한 이야기라고 믿으면서도 군법에 회부되지 않을까? 하고 물었다. 그야 안 들키려고 이런 저런 수를 쓰겠지 하고 만타로가 말했다.

"사랑하는 사람의 목이라면…… 가져가서 장식해 놓는 것일까?"

"장식을 하거나 소중하게 보관하겠지."

“영원히?”

“싫어지면 다른 방법을 찾을 거야.”

액막이로 쓰거나 난치병을 고치기 위해 뇌수를 태워서 먹거나 한다고 한다.

이야기가 생생하다. 정말일까. 고지는 너무 놀라 가슴이 뛰었다. 숨이 답답하고 가슴이 울렁거리는 등 묘한 감각이다.

“내가 애써 널 만나러 온 이유는 잘 알겠지?”

만타로는 은근히 돈을 요구했다. 몇 번이고 터너의 집에서 무서운 상황에 직면했던 고지는 화제를 돌려서 터너가 칼을 가지고 있다고 말했다.

“군인에게 칼은 필수품이야. 사과나 고기를 잘라서 입에 넣잖아.”

문에도 던진다고 말하고 터너가 전쟁터에서 죽인 사람은 남자 한 명뿐이라고 말했다.

“그걸 진짜로 믿어? 너도 참 어수룩하다. 죽은 적의 숫자를 미군 숫자로 나눠봐. 한 명당 몇 명이나 죽였는지 알게 되면 놀랄 거야.”

그런 계산을 누가 할 수 있어 하고 고지는 속으로 말했다.

“한 명만 죽였다는 말이 진실이라면 터너는 장교 급이야. 장교는 책상에 지도를 펼치고 보면서 명령을 내리니까. 어쩌다 한 명을 죽인 거겠지.”

만타로는 귀 주인과 살해된 남자가 다른 사람이라고 믿고 있다.

만타로는 손을 내밀었다. 고지는 주머니에서 나누기로 한 2달러 50센트를 건네줬다. 만타로는 돈을 세보더니 히쭉 하고 웃었다.

만타로는 터너가 어떤 사람인지 정체를 알아볼게 하고 말한 후 자리에서 일어나 밭고랑 길에서 잡초가 무성한 둑으로 올라가서 철조망을 따라 뻗어 있는 흰색 길로 사라졌다.

출근하는 날 이른 아침 만타로는 고지를 지난번처럼 타이완아카시아 아래로 불러내더니 군병원에서 근무하는 불량한 미국인에게서 터너의 정체를 알아냈다고 말했다.

한동안 일부러 입을 다물고 있던 만타로는 돈을 달라는 듯이 손을 내밀었다.

보통은 가치가 있는 정보인지를 가린 후에 돈을 내는 것이 일반적이지만 우연히 가지고 있던 25센트 동전을 만타로에게 줬다.

만타로는 부족하다는 듯 혀를 찬 후 이야기를 시작했다.

터너는 2년 전에 머리가 이상해져서 전쟁터에서 송환됐다고 한다.

"몇 달 동안 기지 안에 있는 육군병원에 입원돼 있었어."

만타로는 이야기를 잠시 멈췄다.

병원에 불량한 미군이 근무하고 있는 것도 매우 위험한 일이지만, 나도 엄청난 미군하우스에서 일하고 있다고 고지는 생각했다.

병은 이제 나은 것일까.

"재택 치료를 했는데 자전거랑 부딪친 쇼크로 다시 병세가 나타난 모양이야."

"설마…… 자전거랑 부딪친 정도로 군인이 쇼크를 받다니 이상하잖아. 군인은 사람을 깔아 죽여도 멀쩡하잖아."

"원래 뿔뿔이 흩어져 있던 정신이 가까스로 붙어 있었던 것 같아. 네 자전거랑 부딪치면서 다시 흩어진 거지."

만타로는 "네 자전거"를 힘주어 말했다. 그 이후부터 병원에서 받아가는 약이 늘은 것은 확실하다고 했다.

그렇게 섬세한 사람도 미국에서는 징병을 하는 것일까 하고 생각했다.

"얼마 안 있어 미국으로 돌아간다고 돌아가고 싶다고 했었는데……"

"이제 쉽게 돌아갈 수 없어. 고지도 여름방학 동안에는 하우스보이를 계속 하도록 해. 우린 돈을 듬뿍 벌 수 있어."

"우리?"

"나는 더 이상 일할 마음이 없어" 하고 고지는 말했다.

"그만 둔다는 소리야? 돈을 이제 겨우 한 번 받았어. 귀 때문이지? 넌 겨우 귀 때문에 귀한 돈을 날릴 생각인 거야. 하우스보이로 소개해줬는데 내 신용을 깎아먹을 셈이야?"

만타로는 강한 어조로 말했다.

"터너는 아파. 내가 감당할 수 없어."

만타로는 거칠게 자리에서 일어났다.

"넌 달러에 욕심도 안 나? 다시 미국인 하우스 쓰레기장을 뒤질 셈이야?"

고지의 눈앞을 노랑나비 몇 마리가 제 멋대로 날아다니고 있었다.

"어머니가 얼마나 고생하시는데. 조금이라도 생각해 봐. 귀 따위는 좀 잊어버리고. 일어서 고지."

고지는 일어서면서 엄마도 그만두라고 하실 것이 틀림없어 하고 말했다.

"사실은 귀 같은 건 없지? 그만둘 구실을 만든 거잖아. 넌 고생스러운 일은 안 하려 하니까."

고생스러운 일을 안 한다고? 자기는 일하지도 않으면서 똘마니가 미군기지에서 훔쳐온 물건을 빼앗는 주제에 하고 고지는 속으로 말했다.

"그래 그만두게 해주지. 대신에 귀를 훔쳐서 나한테 보여줘. 네 말이 거짓말인지 아닌지 확인하고 싶어."

"귀를? 설마."

터너는 귀를 응시할 때면 황홀경에 들어 무아지경에 빠져 있다. 만약에 귀가 없어지면 터너는 미쳐서 누군가의 귀를 분별없이 잘라낼 것이다. 그 칼이라면 어떤 귀라도 싹둑 하고 간단히 자를 수 있다.

미군 병사와 쉽게 우호 관계를 맺는 만타로지만 어째서인지 터너와는 거리를 두고 있다. 병원의 불량한 미국인으로부터 더 무시무시한 이야기라도 들었던 것일까.

"내 대신 만타로 선배를 터너에게 소개해 줄까?"

"소개? 하우스보이로? 네 소개는 필요 없어. 내가 하고 싶으면 언제든 하면 되니까."

나무 사이로 새어나온 햇볕이 거무스름한 터너의 얼굴에 닿아 흔들리고 있다.

"남자라면 용기를 내봐, 고지. 언제 그만두면 되는지 내가 알려줄게. 그러고 나서 그만둬."

"그렇지만 목숨이 위험해."

고지는 다소 과장을 섞어 말했다.

"지금은 하우스보이를 하며 받는 돈이 더 중요해."

"하지만 돈보다 목숨이 더……"

"너랑은 친하니까 확실히 이야기를 해줄게."

도둑질을 시킨 똘마니가 경비에게 붙잡혀서 고문을 당했다고 했다.

"고문? 죽었어?"

"죽지는 않았지만 잘렸어. 그러니 지금 내게는 고지 너밖에 믿을 사람이 없어."

만타로의 신뢰를 받다니 몸이 간지러운 기분이 들어서 목을 움츠렸다.

똘마니 이야기가 사실인지 거짓인지 고지는 알 수 없었다. 몸도 건강한데 자기가 일하면 되잖아 하고 불만을 품고서 만타로를 흘끗 봤다. 어쨌든 터너가 부여한 임무인 화분에 물주기라도 제대로 하자고 생각했다.

6

고지는 점심 식사 후 짙은 녹색 러닝셔츠 옷단을 걷어 올린 채 배꼽을 내놓고 툇마루에서 엎드려 누워 있었는데 만타로가 다시 찾아와 불러냈다.

각진 미군 모자를 푹 눌러 쓴 만타로는 갈색이 물들어 있는 흰색 윗옷 단추를 풀고서 검게 탄 가슴을 내밀고 있었다. 긴 바지를 무릎 근처에서 잘라낸 헐렁한 바지를 입고 있다.

둘은 마늘밭 옆에 있는 타이완아카시아 나무 그늘에 앉았다. 딱딱한 줄기에 말매미 몇 마리가 달라붙어서 울다가 날아갔다.

바람은 거의 없고 타이완아카시아의 작은 잎사귀도 조금 흔들리고 있을 뿐이다. 앞쪽에 보이는 고구마 잎은 강한 햇볕을 받아 시들어 있다.

"귀 주인이 누군지 알아냈어."

고지는 만타로에게 얼굴을 돌렸다. 만타로는 거드름을 피우듯이 잠시 간격을 뒀다.

"병원에 있는 불량한 미국인에게 들었어."

불량한 미국인은 맥주를 반 다스 주면 뭐든지 말해주는 편리한 녀석이라고 만타로는 말했다.

"최전선에 배치된 터너가 적군 병사를 쏴 죽이고 귀를 잘라냈다고 하더라."

터너로부터 들었던 이야기라 그다지 놀랍지 않았다. 고지는 설마 하는 마음으로 만타로의 번쩍이는 분을 바라봤다.

"신경 쓰지 마, 고지. 전쟁이잖아. 적을 죽이는 일은 당연해."

죽인 남자를 잊지 않기 위해 귀를 보관하고 있다고 터너는 말했지만 "하필 왜 귀를?" 고지가 물었다. 귀는 전리품이라고 만타로가 대답했다. 부상병 병실 벽 한쪽 구석에 잘라낸 귀가 몇 개인지를 경쟁하는 막대그래프가 붙어 있다고 한다.

"반정부 쪽에 잡히기라도 하면 여군이 될지도 모른다면서 철수 전에 작은 마을 소녀들의 귀를 잘라낸 군인들도 있다고 했어."

고지는 큰 동작으로 고개를 들었다. 눈이 깜깜해졌다. 새파란 하늘에 떠 있는 구름은 꿈적도 하지 않고 태양이 쨍쨍 내리쬐고 있다. 발밑을 봤다. 불룩해진 땅 주위로 커다란 개미가 움직이고 있었다.

"터너는 곧잘 목을 조르는 시늉을 하는 모양이야, 고지."

터너는 수건을 자신의 목에 감더니 세 개 조이며 섬뜩하게 웃었다. 자살을 하고 싶은 것인지 적을 죽이던 당시를 재현하는 것인지 병원의 불량한 미국인도 알 수 없었다고 한다.

"터너는 귀를 자랑하려고 날 고용한 것일까?"

미국해바라기를 재배하는 역할만이 아니라 귀를 보여줄 대상이 필요했던 것은 아니었을까.

군 동료도 애인도 아닌 네게 자랑할 리가 없어 하고 만타로가 말했다.

"혹시 네가 보여달라고 했어?"

"연초를 피우고 있는 도중에 갑자기 가져왔어. 일반적인 연초가 아니야."

고지는 자욱하게 방안에 끼어 있는 연기의 냄새며, 건조된 귀의 섬뜩함을 참을 수 없다고 말했다.

"냄새 나는 연기? 그게 뭐야."

"그걸 마시고 있어. 아마 내게 옮겨 심으라고 한 미국해바라기의 이파리야."

만타로는 눈을 크게 뜬 채로 한동안 입을 다물고 있다가 미국해바라기는 어떤 꽃이야 하고 물었다.

고지는 상세히 식물의 모습을 설명한 후 연초가 도넛을 반으로 자른 것 같은 이상한 형태를 하고 있다고 했다. 연기는 처음엔 냄새가 심하지만 얼마 안 있어 향기로 바뀌는데 머리가 이내 멍해진다고도 덧붙여 말했다.

"그래 역시. 그냥 풀은 아니야, 고지."

만타로는 고지의 깡마른 어깨를 세게 흔들더니, 전에 불량 미국인에게 들었는데 연기가 자욱하게 끼는 것이 특징인 연초가 있다고 했다.

"이상해진 후의 터너의 얼굴은 이런 표정이야?"

만타로는 이상한 표정을 지었다. 눈은 불상처럼 반쯤 열려있고 입은 천국에라도 들어간 양 반쯤 벌어져 있다. 비슷한 듯 아닌 듯 했지만 고지는 고개를 끄덕였다.

만타로는 평소의 표정을 짓더니 어떤 풀인지 터너가 말해줬어? 하고 물었다.

"미국해바라기야. 내가 이름을 지었어."

"이름을 누가 짓든 말든 관심 없어."

갑자기 초조해진 만타로의 어조에 고지는 기분이 나빴다.

"화분은 한 개였어?"

사실은 일곱 개였지만 고지는 다섯 개라고 대답했다.

"그 풀을 재배하는 일을 한다고 했지?"

"……"

고지는 확실히 미국해바라기를 재배하는 일만으로 터너가 고액의 급료를 주는 것은 이상하다고 생각했다.

"풀이 시들면 안 된다고 했고."

"말려 죽이면 아마 난 칼을 맞을지도 몰라."

한여름에는 매일 물을 줘야만 하는데 내가 쉬는 날 미국해바라기를 그렇게 소중히 생각하는 터너가 한 번도 뜰에 나온 흔적이 없다니 아무래도 이상했다.

사실 터너는 미국해바라기를 말려 죽이고 싶은지도 모른다. 연초를 더 이상 피우고 싶지 않은 마음이 있는 것은 아닐까.

만타로는 너 말고 또 아는 사람이 있어? 하고 물었다. "뭘?" 고지는 되물었다. "그 풀 말이야." 만타로가 목소리를 죽이며 말했다.

"미국해바라기? 아마 다른 미군하우스 사람들도 봤을 테지만 관심이 없던데."

만타로는 그건 아마 보통 풀로 보이기 때문일 거야 하고 혼잣말을 하다가 비명을 내지르더니 자신의 발을 세게 쳤다. 그러더니 이놈의 개미 새끼가 하고 혀를 찼다.

미국해바라기를 건조한 연초를 피운 후 터너는 귀를 자른 것일까. 아니면 남자를 죽인 죄책감을 참을 수 없어서 연초를 피운 것인지 고지는 신경이 쓰였다. 고지는 연초와 귀는 상관이 있을까? 하고 물었다.

"없지. 전쟁터에서 자른 귀는 흔해서 아무런 가치도 없어. 하지만 그 풀은 돈이 될 거야."

아니지, 무조건 관계가 있어 하고 고지는 생각했다.

"고지, 그 풀을 훔쳐 와."

"……설마."

만타로는 자기가 하고 싶지만 좀 있다가 미군기지 안에서 친선마라톤 대회에 나가야 하기에 지금 터너와 트러블을 일으킬 수는 없다고 말했다.

우호를 가장해서 똘마니에게 미군기지 안에 있는 물품을 훔쳐 오게 하는 만타로와 마찬가지로, 터너는 남자의 귀를 잘랐으면서도 학교에서 감사장을 받았다. 고지는 참으로 이상한 일이라고 생각했다.

"두 개만 훔쳐 와. 전부 훔치는 것이 아니니까 터너도 눈치 채지 못 해. 몇 번이고 말했지만 경비도 없고 게이트도 없으니 간단해."

"그렇게 쉬운 일이면 만타로 선배가 훔쳐오면 되잖아."

"내가 가고 싶은 마음이야 굴뚝같지만 하우스보이인 너만 할 수 있어. 네게는 터너가 틈을 보일 거야. 뒷일은 내게 맡기면 돼. 돈은 똑같이 나눌 거야."

육군병원 안에도 풀을 사고 싶어 하는 사람이 꽤 많으니 황금알을 낳는 풀은 숨기고 잎사귀만 건조시켜 팔겠다고 했다.

만타로는 내게 맡겨 하고 말하면서 윗옷의 옷단을 말더니 알통을 만들었다.

"고지, 머리가 이상해진 군인은 무섭지 않아. 정상적인 군인이 무서운 법이야. 냉정하게 사람을 죽이니까. 터너는 위험하지 않아."

"만에 하나 터너에게 들키기라도 하면?"

"도망치면 되잖아. 연초를 마시고 있는 터너의 머리는 멍하고 어질어질하고 다리는 후들후들 할 거야."

"집요하게 나를 잡으러 오지 않을까?"

휘청거리면서도 칼을 던졌는데도 명중률이 높은 것을 고지는 잘 알고 있다.

"네 얼굴은 바로 잊어버릴 거야. 그 풀을 흡입하면 모두 잊게 돼 있어."

확실히 터너는 며칠 전의 일밖에 기억하지 못 한다고 말했다.

얼마 안 있어 터너는 헌병에 붙잡히고 풀은 압수될 것이다. 지금 훔치지 않으면 평생 후회하리라고 만타로가 고지를 다그쳤다.

"만타로 선배, 정직하게 말해 주지 않으면 미국해바라기를 훔쳐오지 않을 거야.

나도 필사적이야."

"뭘?"

"만타로 선배가 전에 이야기 했잖아. 옆집 여자를 미치게 해서 죽게 만든 마약 말이야. 그거랑 똑같아?"

"정확히 말해줄게. 마시면 두려움과 슬픔도 없어지고 천국을 빙빙 떠도는 듯한 기분이 들어."

만타로의 설명이 두루뭉술하다고 고지는 생각했다.

만타로가 손가락으로 가리켰다. 소나무와 멀구슬나무 가지에 걸어놓은 줄에 발돋움 하면서 고지의 어머니가 미군 병사의 바지를 말리고 있었다.

"중학생인 주제에 큰돈을 벌 수 있는 방법이 달리 있어?"

고지는 애매하게 고개를 기울였다.

"너희 어머니는 미국 놈 바지랑 팬티 따위를 빨면서 비참하게 살고 있어. 그러고도 네가 사내자식이야? 너란 새끼는."

"팬티는 빨지 않아."

"뻔질나게 밀실 같은 미군 하우스로 세탁물을 받으러 가시잖아."

만타로는 무섭다는 듯이 얼굴을 찡그리고 미군 병사가 꼼짝 못 하게 괴롭히면 어쩔 거냐고 힘주어 말했다.

"무엇보다 너희 엄마의 귀가 걱정이야. 돈을 들여 치료를 하면 들리실 거야. 효도를 하려면 지금 밖에 없어."

"……"

"넌 내 말은 믿지 않고 터너가 말하면 뭐든지 네네 하고 따르는 거야? 터너의 아버지 세대가 너희 엄마의 귀를 못 쓰게 만들었잖아."

남자 한 명을 죽이고 귀를 잘라낸 터너와 미국해바라기를 훔치려 하는 나, 둘 중에 누가 더 나쁜 것일까. 모두 누가 더 나쁜지 알 거라고 고지는 자신을 타일렀다.

7

고지와 만타로는 미군기지의 철조망 펜스를 만지거나, 곳곳에 생긴 작은 구멍을 피하면서 외길을 걸었다. 반대쪽에 점재된 밭에 나비나 풍이^{풍뎅이 과의 곤충}가 난비하고 있었다.

짙은 녹색 티셔츠 옷자락을 걷어 올려 검은 피부의 근육을 자랑하듯 내보인 만타로가 고지의 얼굴을 들여다보며 풀이 두 개 있으면 5, 6년은 호화롭게 살 수 있어. 더 이상 미군하우스 쓰레기장을 뒤지지 않아도 돼 하고 말했다.

"수익은 반씩 제대로 나눌 거야?" 고지가 물었다.

"그럼 둘이서 반씩이야."

만타로는 고지의 어깨를 툭툭 치며 녹이 슨 양동이를 떠안기듯 주면서 뿌리가 상처를 입지 않게 두 그루를 훔쳐오라고 말했다.

양동이 안에 나무 손잡이 주걱이 들어 있었다. 풀을 훔쳐오는 대신에 불량 미국인이 알려준 터너의 정보를 들려주겠다고 만타로가 말했다.

전쟁터에 파병된 터너는 바로 최전방으로 보내졌다. 자신을 다그치고 투쟁심을 계속 불태웠지만 적군을 한 명 죽이자마자 정신이 나갔다. 연대가 전의를 상실하고 혼란에 빠질 것을 두려워한 지휘관이 터너를 바로 미군기지 안에 있는 병원으로 송환했다.

몇 년이고 매일같이 살인하는 법을 몸과 머리에 주입한 군인이 미치면 대단히 위험하지 않을까 하고 걱정했다.

터너는 윤군병원을 퇴원한 후 군의관의 조언에 따라 마음의 깊은 상처를 치료하려고 군인과 군대의 그림자가 옅은 언덕 위 미군하우스로 옮겨가 살았다. 한때 육군의 감시 하에 있었지만 얼마 안 있어 '무해' 판정을 받고 자유롭게 생활했다.

"터너가 풀을 손에 넣은 시기는 감시가 해제된 후야."

"미국해바라기 연초를 피우기 시작한 것도?"

"네 자전거를 쓰러뜨린 후부터 대량으로 흡입한 모양이야. 약 대신에 말이지. 병원 약은 듣지 않았던 것 같아."

"터너는 귀를 왜 잘라낸 거야? 왜 보관하고 있어? 불량 미국인이 말해주지 않았어?"

자신이 죽인 사람을 잊지 않으려고 해서 그렇다고 터너는 말했지만 고지는 다시 물었다.

"그야 들었지."

잘라낸 귀는 살인한 사실을 잊지 않기 위해 생활 반경 안에 놓고 있다고 했다.

"역시……"

"고지, 터너는 역시 제 정신이 아니야. 군인은 모두 열에서 백은 사람을 죽이지만 군대를 떠나면 모두 모른 척을 하는데."

잊지 않아서 머리가 이상해진 것 같다. 어째서 잊지 않으려고 매일 귀를 바라보고 있을까.

미국해바라기는 나쁜 풀이니까 훔치면 터너를 구할 수 있고 엄마의 귀도 고칠 수 있다고 자신을 타일렀다.

"뭘 그렇게 투덜거리고 있어?"

만타로가 걸으면서 뒤돌아봤다.

미군기지 게이트 앞을 통과했다. 게이트에 있는 초소 안에는 커다란 수입 인형과 같은 헌병이 미동도 없이 고지 일행을 감시하고 있다. 쇠사슬에 연결된 군용견 셰퍼드는 배를 깔고 엎드려서 긴 혀를 내밀고 분주하게 숨을 내쉬고 있다.

부서진 석회암이 가득 채워진 언덕길을 올라갔다. 언덕을 오르던 중에 만타로가 잡목 그늘로 들어가더니 여기서 기다리고 있을게. 빨리 훔쳐와 하고 말했다.

커다란 암반이 다 드러나 있는 언덕 위 미군하우스 구역에 도착했다. 내가 그 귀를 묻어버리거나 태우거나, 혹은 제사 지내주면 사람을 죽인 사실이 터너의 머릿속에서 사라져서 편안하게 생활할 수 있지 않을까.

곧바로 터너의 집으로 가지 않고 땅위로 튀어나온 바위 그늘에 앉았다.

귀가 아무리 살인한 사실을 떠올리게 해도 미국해바라기가 그 공포심을 잊게 해준다……. 두 개를 훔쳐도 다섯 개가 남는다…….

고지는 자리에서 일어나 터너의 집 쪽을 향해 걸었다.

귀를 버리면 사람을 죽인 사실을 잊을 거야. 미국해바라기를 피우지 않아도 좋다.

미국해바라기를 훔치려는 죄악감을 느껴서인지 고지는 터너를 걱정했다.

사람 그림자 하나 보이지 않는 마을에서 미군하우스는 둔한 햇볕을 받고서 늘어지듯이 고요했다.

터너의 집 뜰로 바로 가서 미국해바라기를 뽑은 후 양동이에 넣으려 하다가, 우선 터너에게 얼굴을 내밀자고 다시 생각했다. 현관 앞에 양동이를 두고서 흰 문을 열었다.

에어컨을 틀어놓은 실내에는 보랏빛이 섞인 흰 연기가 가득했다. 냄새에는 다소 적응했지만 한동안 그 자리에 우두커니 서 있었다. 눈에 스며들지는 않았지만 시력이 흐릿해서 가구와 벽이 조금 부옇게 보였다. 입술이 조금 저리고 머리가 멍해진 탓일까 담력이 세졌다.

터너는 죽은 것처럼 침실 침대에 엎드려 있었다. 조금씩 낮잠 자는 시간이 길어지고 있다고 고지는 생각했다. 이제 제대로 걷지도 못 하고 외출도 하지 못하는 듯했다.

말을 걸었다. 반응이 없어서 반복해서 불렀다. 터너는 손과 머리를 조금 움직였다. 얼굴을 옆으로 향하는 듯 했지만 눈은 뜨지 않았다. 며칠 사이에 터너의 팔뚝은 얇아졌고 뺨도 홀쭉해졌다.

터너, 잠들면 살해한 사람의 악몽을 꿀 거야. 미국해바라기 연초를 피워서 졸린 거야 하고 고지는 중얼거렸다.

연기를 지나치게 많이 마신 탓인지 청력이 저하돼 갑자기 불안감이 엄습해 왔다. 침대 옆에 있는 보조 탁자에 놓인 유리병이 보였다. 순간 터너가 소중히 다루고 있는 죽은 자의 검붉은 귀가, 귀가 들리지 않는 어머니를 비웃고 있는 듯한 착각이 일어났다. 어머니를 희롱하고 있다고 생각했다.

고지는 거칠게 보조탁자로 다가가서 유리병의 뚜껑을 돌리고 안에 있는 귀를 주머니에 처박았다.

거실을 통과해 현관문을 연 순간, 갑자기 제정신으로 돌아왔다. 뒤에서 날카로운 칼이 날아올 듯한 기분이 들어서 등줄기가 서늘했다.

양동이를 들고 뜰로 돌아갔다. 터너를 위해서다. 귀가 없어지면 미국해바라기도 필요하지 않을 것이라고 혼잣말을 했다.

부드럽고 두터운 미국해바라기의 잎은 햇볕을 받아 빛나고 있다. 노란 색을 띤 두세 장의 이파리 위로 넓고 싱싱한 잎이 기세 좋게 자라고 있다. 60센티 정도 자란 미국해바라기 두 그루의 주변을 파서 흙 채로 양동이에 넣었다.

인기척이 갑자기 나서 뒤돌아 봤다. 거구의 터너가 서 있었다. 안경 안쪽의 푸르른 눈이 유리구슬처럼 보였다. 얼굴을 마주보고 있지만 초점이 없다고 고지는 느꼈다.

금색의 덥수룩한 털이 자라 있는 팔뚝은 전보다 꽤 얇아져 있었고 커다란 칼을 세게 쥐고 있었다. 고지는 양동이 손잡이에 힘을 넣자마자 튀어나가듯이 도망쳤다.

흰색 언덕길을 뛰어서 내려갔다. 석회암에서 작은 먼지가 피어올랐다.

언덕 중간의 나무그늘에서 기다리고 있던 만타로가 뛰어나오더니 큰 소리를 지르고 고지를 불러 세웠다. 고지는 이어달리기 배턴 터치를 하듯이 양동이를 만타로에게 넘겨주고 쏜살같이 뛰어갔다.

만타로는 순간 어안이 벙벙했는데 언덕 위에서 식칼과도 같은 커다란 칼을 휘두르고 무언가를 부르짖으며 쫓아오는 터너의 모습을 보더니 안색을 싹 바꾸고 도망쳤다.

무슨 일이지 하고 고지는 도망치면서 생각했다. 미국해바라기를 피우면 몸과 마음도 축 늘어져서 달리기는커녕 서 있기도 힘들 텐데……. 터너를 완전히 미치게 하고 말았다. 붙잡히면 틀림없이 귀도 손도 다 잘린다.

만타로는 양동이를 안고서 어색하게 뛰고 있었지만 발이 빨라서 얼마 안 있어 고지를 추월했다.

만타로는 언덕길 옆 풀숲으로 미국해바라기가 들어 있는 양동이를 던졌다. 하지만 터너는 눈길도 주지 않았다.

"풀을 돌려줬는데도 왜 따라오는 거야?"

만타로가 거칠게 숨을 내쉬며 부르짖었다.

"고지 너 또 뭘 훔친 거야?"

"……귀 때문일까."

"귀? 귀를 훔쳐 왔어? 바보 같은 짓을 왜 한 거야."

터너의 비명과도 같은 소리가 날아들었다.

고지는 숨이 턱턱 막혔다.

"그런 걸 누가 훔쳐오라고 했어? 터너에게 얼른 돌려줘."

"돌려주라고? 지금? 저렇게 화가 나 있는데."

고지는 계속 달렸다.

"터너는 귀를 찾으러 쫓아오고 있어."

고지의 귓가에 귀를 돌려줘 하고 울며 외치는 듯한 터너의 목소리가 들려 왔다.

"던져서 줘버려. 던지라고."

만타로가 숨이 막 끊어질 것 같은 목소리로 말했다.

고지는 귀를 아무렇게나 내던지면 목숨은 없는 것과 매한가지라고 생각했다.

"얼른 주라고." 만타로가 큰 소리로 외쳤다.

달리면서 주머니에 손을 넣는 것은 지극히 어려운 기술인데 고지는 가까스로 귀를 꺼냈다. 만타로가 얼른 던져 버려 하고 외쳤다. 하지만 고지의 손가락은 굳어져서 움직이지 않았다. 멈춰 서서 정중히 귀를 돌려줘도 이제 터너는 용서하지 않을 것이다.

달리면서 주머니에 귀를 밀어 넣다가 귀 끝이 떨어져나갔다. 머릿속이 새하얘지고 귀를 산산조각 내고 싶은 충동이 일어났다. 필사적으로 그것을 참았다.

"미군 게이트에 던지자."

만타로가 큰 소리로 말했다.

둘은 언덕 어귀에 있는 콘크리트로 만든 직방체 초소로 숨어 들어간 후 의자에서 일어난 마른 미국인 경비의 발밑에 개처럼 웅크리고 앉았다. 군용견은 없었다. 교대를 한 것인지 전에 봤던 경비병이 아니었다.

미국인 경비와 옆 마을 출신의 조금 살이 찐 경비가 터너를 제지하려고 양손을 벌려서 장승처럼 우뚝 서서 버텼다. 하지만 터너는 속도를 줄이지 않고 칼을 휘두르며 돌진해 왔다.

미국인 경비가 권총대에서 권총을 빼서 사격 자세를 잡았다. 터너는 조금도 기가 죽지 않았다. 미국인 경비가 기성을 내질렀다.

살이 조금 찐 경비가 하늘을 향해 위협사격을 했다. 총성을 들은 터너는 더욱더 흥분해서 칼을 마구 휘둘렀다.

미국인 경비가 권총의 방아쇠를 당겼다. 터너는 무언가를 토해내는 듯한 소리를 내며 배를 움켜쥐더니 아스팔트로 포장된 땅 위에 웅크렸다.

멀리서 사이렌 소리가 서서히 커지며 다가오고 순찰차와 구급차가 급브레이크를 밟더니 게이트 앞 경비 초소에 멈췄다.

터너를 실은 구급차는 급발진을 해서 기지 안쪽으로 쭉 뻗은 아스팔트 도로를 달려 사라졌다.

"너희들은 조사를 받아야 하니 저기 철조망 앞에 앉아 있어."

살이 조금 찐 경비가 눈을 흘기며 말했다.

고지와 만타로는 은색 철조망에 기대서 힘없이 앉았다.

만타로가 무언가 이야기를 하고 있는 미국인 경비와 순찰차에서 내린 병사를 쳐다보며 고지에게 말했다.

"미국해바라기를 훔쳤다고만 말하지 않으면 금방 집에 갈 수 있어. 알았지? 입이 찢어져도 그건 말하면 안 돼."

"귀는?"

"귀 이야기는 아무래도 좋잖아. 훔쳤다고만 말하지 마."

"터너는 날 원망하고 있을까?"

"원망? 터너는 입원해야 해. 네 얼굴도 까맣게 잊어버릴 거야."

"………"

"그렇지만 여기로 도망치길 잘 했어. 마을 경찰서로 도망쳤더라면 우리는 터너에게 마구 찔렸을 거야."

"……터너는 괜찮을까?"

"만약에 터너를 쏜 사람이 살이 찐 경비였다면 우리도 철저히 조사를 받았겠지. 미국인이 미국인을 쐈으니 그건 이제 미국인 사이의 문제야."

고지는 이제 평생 동안 터너와는 만나지 못 할 것이라고 느끼고 주위를 둘러봤다. 미국인 경비와 헌병에게 살이 찐 경비가 무언가를 묻고 있었다.

고지는 귀를 돌려받지 못 한 터너가 가엾게 느껴졌다.

고지와 시선이 마주친 살이 찐 경비는 미국인 경비에게 뭐라고 한두 마디를 한 후에 고지에게 다가왔다.

살이 찐 경비가 주소와 이름을 물었다. 만타로가 고지를 찌르며 적당히 대답했다. 어째서 미국인이 너희들을 쫓아온 거냐는 질문에도 만타로는 풍이를 잡으려고 언덕길을 걷고 있었는데 아무 이유도 없이 쫓아왔다고 거짓말을 했다. 스무살이나 되는데 풍이를 잡다니 이상하다고 고지는 멍하니 생각했다.

살이 찐 경비는 바인더 종이 위에 무언가를 쓰면서 계속 이런저런 것을 물었지만 만타로는 거짓말을 이어갈 뿐이었다.

살이 찐 경비는 다시 군에서 소환할지도 몰라. 오늘은 돌아가도 좋아 하고 말했다.

고지 일행은 미군 게이트에서 멀어졌다. 십여 미터 쯤 걸었다.

고지는 뒤를 돌아봤다. 미국인 경비와 헌병이 얼굴을 맞대고 심각한 표정으로 이야기를 나누고 있었다. 살이 찐 경비는 거기에 끼지 못 하는 듯 구석에 멍하니 서 있었다.

고지의 발걸음이 미군 게이트 초소로 향했다. 만타로가 야 어디가? 하고 혼잣 듯이 말하며 따라갔다.

살이 찐 경비가 둘에게 다가갔다.

고지는 주머니에서 귀를 꺼내더니 이걸 터너에게 돌려주세요 하고 말했다. "이게 뭐야." 살이 찐 경비가 얼빠진 목소리로 말했다.

터너의 하우스보이를 하고 있었는데 엉겁결에 책상 위에 있는 귀를 주머니에 넣고 말았다. 눈치를 채니 터너가 쫓아왔다고 정직하게 말했다.

초소 안에 있는 미국인들은 이마를 맞대고 이야기에 집중한 나머지 셋의 움직임을 눈치 채지 못 했다. 살이 찐 경비는 고지의 손바닥 위의 건조된 상태의 귀를 바라봤다. 미국인 경비를 부르려는 움직임은 없었다.

만타로가 고지에게 넌 도대체 뭘 들은 거야. 아무 것도 훔치지 않았다고 말하라고 내가 몇 번이나 말했어 하며 작게 말했다.

카빈총을 어깨에 걸친 미국인 경비들이 가까이 다가왔다.

살찐 경비가 고지의 손바닥에서 귀를 재빨리 집어서 윗옷 주머니에 넣으며 이 귀와 관련된 것은 군의 기밀 사항이다. 군에 알려지면 큰일이니 내가 처분한다. 귀에 관해서는 절대로 아무한테도 발설하지 말라고 신신당부했다.

"터너는 죽을까요?"

고지가 물었다.

살 찐 경비는 고지와 만타로의 얼굴을 번갈아 쳐다봤다.

"앞으로 총을 맞은 그 미군 이야기는 하지 말아야 해. 어서 돌아가."

고지와 만타로는 걷기 시작했다.

"고지, 우리는 다시 소환되지 않을 거야. 터너는 제대로 말을 할 수 없을 테니. 어쩌면 죽을지도 몰라."

미군 게이트에 다가가기 전에 터너에게 귀를 돌려줬다면 총에 맞지 않았을 텐데 하고 후회하면서 고지는 철조망을 따라 이어진 흰색 외길을 계속해서 걸어갔다.

난민 텐트촌 기담

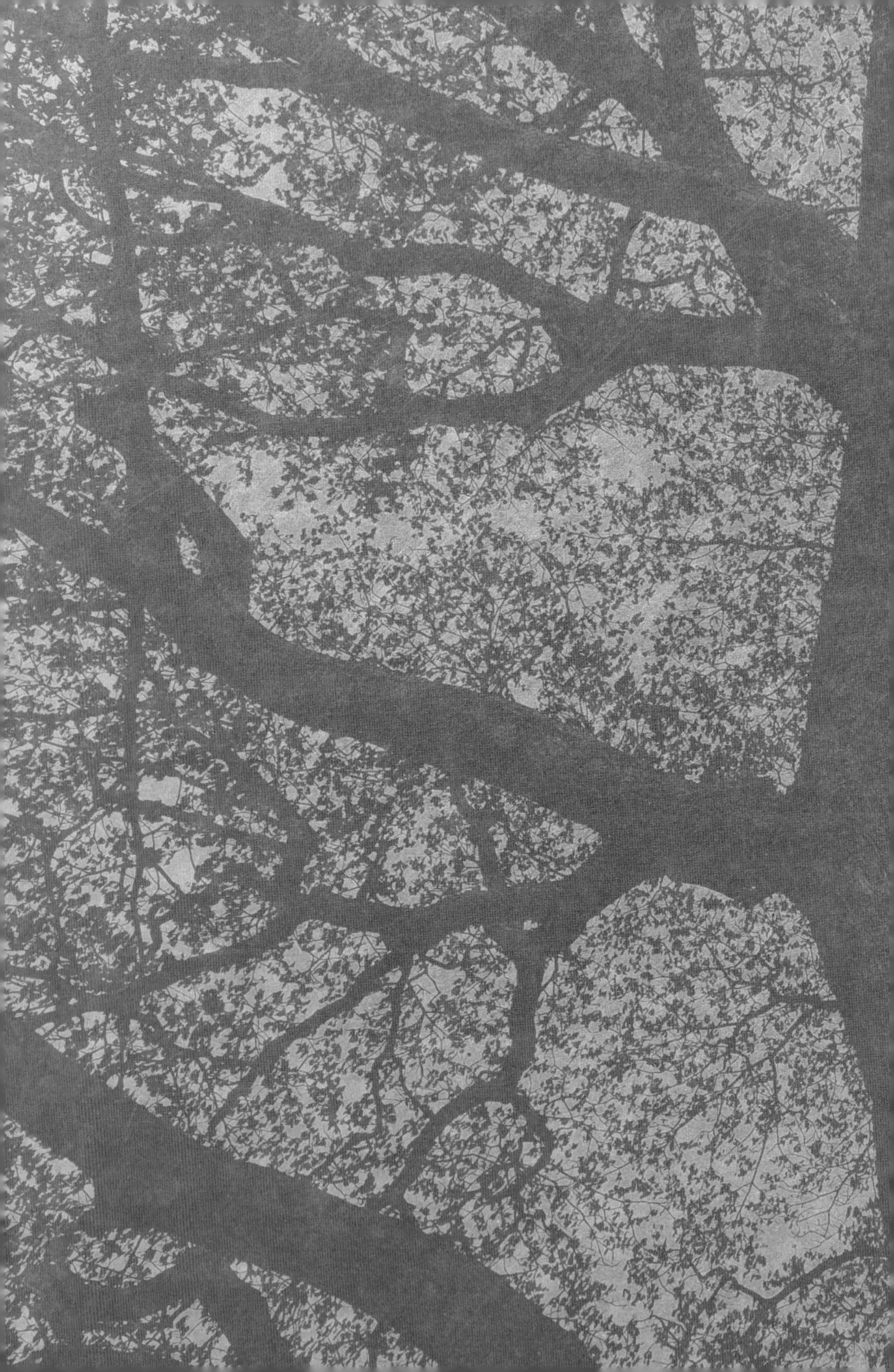

혹서로 인해서 죽은 사람이 나와서만은 아니지만 유령 이야기를 하고자 합니다.

32년 전인 1946년 여름, 제가 19살 때 일입니다. 저는 깊은 산 속에 있는 북부 긴수용소에서 옮겨져 중부 우라소에 나카마 지역의 철조망에 둘러싸인 난민 텐트촌에 수용됐습니다.

주위가 이상하게 검붉게 보였던 이유는 모든 돌과 흙이 불에 탔기 때문인지도 모르겠습니다. 깨져서 떨어진 석회암 단면은 소문으로만 들어서 알고 있을 뿐인 눈이 내린 것처럼 보였습니다.

참억새와 작은 잡목이 곳곳에 자라 있었지만 전쟁 전의 큰 나무는 하나도 안 남아 있었습니다. 바람이 춤을 추면 온몸이 먼지투성이였습니다.

때때로 태양에 달구어진 들판과 민둥산에 있던 불발탄이 폭발해서 난민 텐트촌에 으스스한 소리가 울렸습니다. 언덕 중턱에 있는 광장에는 서른 개 정도의 막사가 있습니다.

텐트 주위 얕은 땅에는 키가 작은 잡목이 자라 있고 돌멩이가 흩어져 있습니다. 광장 네 구석에는 총으로 뚫린 사람의 두개골처럼 구멍이 나 있는 돌이 높게 쌓여 있습니다.

올려보면 눈부신 하얀 태양이 돌담을 뚫을 듯이 쏟아지고 있습니다. 대부분 광장에서 굴러다니던 돌입니다. 햇볕 때문인지, 피로와 허기 때문인지, 헷갈려서 돌담이 아니라 두개골을 쌓은 담이라고 말하는 사람도 있습니다.

광장 땅을 고르게 하면서 주변보다 풀이 무성하게 자라있는 곳에는 시체가 묻혀있다거나, 물밑 돌에 걸린 낚싯바늘을 빼내려고 하천에 잠수해서 보니 바늘이 두개골 치아에 걸려 있었다는 등의 이야기가 사람들의 입에 오르내렸습니다.

전쟁이 종결된 후 1년이 지났는데, 이 언덕에서 서쪽으로 2km 떨어진 제가 나고 자란 구스쿠마는 여전히 황폐한 채였습니다. 살아남아 이곳저곳의 피난처에서 살아 돌아온 마을 사람들은 어쩔 수 없이 미군이 설치한 난민 텐트 막사에 수용되었습니다.

미군이 야전용으로 쓰는 두툼한 텐트 안은 빗물이 새지는 않지만 한여름인 지금 후텁지근한 열기가 가득해서 현기증이 납니다. 밤이 돼도 열기는 사라지지 않습니다. 출입구 덮개를 조금 연 채로 간이침대에 누워서 밤바람을 맞았습니다. 석유램프를 켜고 있었지만 열기에 당한 것인지 벌레는 단 한 마리도 보이지 않았습니다. 모포도 받았지만 더위에 지쳐서 꼴도 보기 싫었습니다.

미군 트럭이 정기적으로 난민 텐트촌에 허둥대며 와서는 이장 텐트 앞에 식량이 들어 있는 나무상자를 내립니다. 이장은 100명 정도의 주민에게 식량을 배급하고요.

미군이 주는 식량만으로는 부족했습니다. 많은 사람이 황무지에서 덩굴풀을 찾아서 고구마를 캐서 먹었습니다.

텐트촌에서 200미터 정도 내려간 곳에 있는 마을 우물을 썼습니다. 함포탄이 작열해서 민가 자체는 흔적도 없었지만 주위를 둥글게 돌로 쌓은 우물에 차가운 물이 가득 차 있었습니다.

난민텐트촌에는 젊은 남자가 적어서 여자와 아이들이 물을 길어오는 일도 해야 했습니다.

일을 마친 후에 검고 짧은 그림자를 하얀 암반에 늘어뜨리고 불볕더위 아래에서 뛰어다니며 놀던 아이들도 밤이 되면 죽은 듯이 잠을 잤습니다.

암반의 균열이나 틈에서 자란 풀 사이로 여름철 벌레가 얼굴을 내밀며 필사적으로 우는 소리가 밤바람을 타고 제가 자고 있는 텐트 안에도 흘러들어 왔습니다.

2

　저와 문지기노인의 관계는 누구의 눈에도 기이해 보였음이 분명합니다. 저는 19살, 그는 50대 초의 나이입니다. 일종의 주종관계라고 해야 할까요. 이런 관계가 요즘 세상에도 남아 있다니 좀처럼 믿기 어렵습니다.

　문지기노인의 정체를 잘 알지 못 했습니다. 어머니는 살아 계실 때 아무런 말씀도 해주지 않으셨고, 저와 같은 마을 출신도 아니었으니까요.

　문지기노인은 호걸과도 같은 풍모를 하고 있습니다. 이마는 대머리로 변해가고 있었지만 눈빛이 날카롭고 어깨가 넓고 키가 컸습니다.

　어느 날 힐문하듯이 묻자 문지기노인은 이윽고 무거운 입을 열었습니다. 전쟁 중에 지켜주지 못 했는데 이렇게 다시 만나다니 하늘의 은혜라는 말을 했습니다. 무슨 의미인지 알지 못 해서 다시 물어봤습니다. 나하 쓰지에서 유녀였던 제 어머니를 상대했던 어느 고귀한 사람이 저를 보호하라는 분부를 내렸다지 뭡니까.

　문지기노인이 모시고 있던 고귀한 사람이 제 아버지일지도 모르겠다고 문득 생각했습니다. 며칠 동안 그러한 의문이 머릿속을 떠돌았습니다. 하지만 저는 묻지 않았고 문지기노인도 말하지 않았습니다.

　아버지는 전쟁 중에도 어머니 곁을 지켜주지 않았습니다. 이제 와서 부녀 사이라고 해봤자 아무런 의미도 없으니까요.

　문지기노인의 본명은 아무도 모릅니다. 어느새 난민텐트촌 사람들이 문지기노인이라고 불러서 그렇게 이름이 굳어졌습니다.

　문지기노인은 저를 선녀로 착각하고 있는 것일까요. 매일 아침 민둥산 능선에서 솟아오르는 태양과 텐트 안에 있는 제게 무언가 중얼거리면서 손을 모으기 시작했습니다.

　천천히 시간을 들여서 손을 모아 절을 한 후에 제가 부탁하지도 않았는데 멜대에 두 개의 통을 늘어뜨리고 마을에 있는 우물로 향해갑니다.

길어온 물을 제 텐트 안에 있는 미군기지에서 보조휘발유 탱크를 떼어온 용기에 부었습니다. 그 후에 십여 미터 떨어진 자신의 텐트 안으로 들어가 제 텐트를 눈을 크게 뜨고 응시했습니다.

어린아이고 여자고 상관없이 제 텐트 안으로 들어가려는 사람이나, 밤에 출입구의 덮개를 열려는 사람은 뛰쳐나온 문지기노인에게 쫓겨나거나 손이 비틀렸습니다.

작은 몸집의 요사스러운 눈빛을 한 영민한 이장도 문지기노인과는 거리를 뒀습니다. 전에 저를 놀리다가 문지기노인에게 내던져진 후부터는 태도가 변했습니다.

저를 지키려는 문기지노인의 정열은 날이 갈수록 더욱 뜨거워졌습니다.

제 텐트 좌우와 후방에 텐트촌 밖에서 가져온 석회암을 쌓아서 높이 1미터 정도의 돌담을 만들었습니다. 또한 제 텐트 앞에 나무 기둥을 세워서 어디서 굴러온 것인지도 모르는 미군의 가스통을 매달았습니다. 여자에 굶주린 미군 병사들에게 제가 납치되거나 습격을 받으면 두드려서 큰 소리를 낼 거라고 했습니다. 요즘은 매일 싯누런 콧물을 흘리는 어린아이들이 가스통에 돌맹이를 던지며 놀고 있습니다.

3

어느 날 군모를 제대로 쓴 미군 두 명이 철조망 밖에서 텐트 앞에 앉아 있는 저를 향해 컴온컴온 하면서 가까이 오라고 손짓을 했습니다. 두 사람은 얼굴 형태와 모습만이 아니라 목소리도 비슷했습니다. 키는 그렇게 크지 않았지만 목과 손발이 길고 얼굴이 작아서 균형 잡힌 모습이었습니다. 얼굴과 팔 색깔도 대부분의 미군과 달리 검붉은 색이 아니라 하얀 색이었고 옷차림이나 움직임에도 품위가 있었습니다.

두 병사는 카키색 상의와 바지 주머니에서 진주목걸이와 은반지를 꺼내서 머리 위로 치켜 올렸습니다. 저는 일어났지만 갑자기 불안해져서 한동안 우두커니 서 있었습니다.

지금까지 미군 몇몇이 주민들에게 과자와 비누 등의 일상용품을 평등하게 나눠줬습니다.

저는 주위를 둘러봤습니다. 어째서인지 근처에는 아무도 없었습니다. 전부 내게 주려는 것 같다고 생각했습니다.

처음 보는 액세서리에 저는 마법에 걸려서 두 병사에게 가까이 갈 수 있었습니다.

하지만 액세서리를 받으려면 아무래도 보상을 해줘야 할 것 같았습니다. 철조망 사이로 미군이 플리즈 하고 말하면서 내민 액세서리를 향해 저는 손을 뻗지 못했습니다.

기품 있는 미군이라고 해도 남자입니다. 전쟁터를 헤쳐 나온 남자가 젊은 여자에게 무엇을 요구할지 저는 잘 알고 있었습니다.

긴수용소는 규모가 커서 젊은 여자가 많이 있지만 미군 대부분은 제게 눈독을 들였습니다. 저는 무서워져서 얼굴에 검댕을 바르고 머리카락을 마구 흩뜨리거나, 노파의 구깃구깃한 옷을 입었습니다. 하지만 미군은 바로 간파하고 과자 등을 억지로 떠안겼습니다. 미동도 하지 않는 제 발밑에 조용히 놓더니 무언가 말한 후에 미군은 자리를 떠났습니다.

곧 저를 찾아온 문지기노인이 긴수용소에 나타났습니다. 문지기노인이 뒤에서 지켜보고 있다는 느낌이 들자 어느새 추한 얼굴을 억지로 만들지 않아도 됐습니다.

쌍둥이와도 같은 미군은 정신세계가 황폐해져 있을 터인데 어쩌면 저렇게 맑은 빛을 내고 있지 하고 신기해 할 정도로 푸른 눈이 맑았습니다. 저를 어떻게든 해보려고 하는 번쩍번쩍하는 욕정은 티끌만큼도 서려 있지 않는 눈이었습니다. 이들은 미군의 습관인 악수를 하려고 하는 기색조차 없었습니다.

미군은 저를 살아있는 여자가 아니라 성스럽고 투명한 여자라고 믿는 것일까요. 말수도 적고 매일 가만히 조용히 서성이는 인형 같은 저를 그저 아름답게 치장해주고 싶은 것일까요.

저는 '구스크마의 신'이라고 불릴 정도로 얼굴도 모습도 아름다웠습니다. 그 소문이 북부의 긴수용소에 수용돼 있을 무렵 중부와 남부까지 퍼질 정도였습니다. 도시락을 싸서 저를 보러 오는 그 지역 농가의 딸들도 있었습니다.

눈을 번쩍이며 제 뒤에 서 있는 문지기노인에게 미군 두 명은 눈길도 주지 않고서 저를 응시했습니다. 푸른 눈이 저를 어지럽게 만들어서 정신을 차리자 열 개가 넘는 장신구를 미군에게 받은 후였습니다.

여기저기에 몇십만 명이나 죽은 일본 병사와 주민의 유령이 섞여 있고, 한시도 쉬지 않고 무언가를 찾아다니는 미군 유령도 있다는 소문입니다. 한 발을 잃은 일본군 유령이 자신의 다리를 찾아서 헤매 다니고 있다는 이야기가 문득 떠올랐습니다. 한낮에 미군 두 명은 무엇을 원하고 있는 것일까요. 쌍둥이 미군 유령이 텐트 주위에 서있는 듯한 기분이 들어서 저는 하룻밤 내내 잠을 자지 못 했습니다.

한 번 뿐이라고 생각했는데 미군 두 명은 말끔하게 머리카락을 자르고 다림질을 한 카키색 옷을 입고서 일주일에 두세 번은 꼭 나타났습니다.

몹시 기뻐하며 팔을 벌리면서 달려오는 어린아이나 여자를 무시한 후, 미군 두 명은 철조망을 따라서 쏜살같이 제 텐트로 다가왔습니다.

구깃구깃한 옷 앞가슴이 벌어진 어린아이들은 철조망 건너편의 미군 앞을 가로막아선 채로 앞을 다투어 손을 내밀었습니다. 팔을 필사적으로 펼쳐서 미군 바지에 손을 넣으려는 아이도 있었습니다. 소녀는 대바구니를 내밀고서 무언가를 넣어 달라고 졸랐습니다.

플리즈라고 쓴 작은 판자를 흔드는 젊은 여자와, 손을 모아서 피리소리로 주위를 끌며 춤을 추는 노인도 있었습니다.

중년 여자들은 입으로 산신^{오키나와 산신은 중국 삼현(三弦)을 기반으로 만들어진 현악기로, 14세기 경 중국에서 온 이민자들에 의해 전파됨}과 북 소리를 흉내 내면서 손가락으로 휘파람을 불었습니다. 그 소리에 맞춰서 젊은 여자들이 경쾌하게 춤을 췄고요. 미군 두 명은 신기한 듯이 봤지만 아무 것도 주지 않았습니다.

무슨 생각인지 검은 머리를 틀어 올리고, 먼지를 뒤집어써서 하얗게 변한 감색 스커트를 허벅지가 다 드러나도록 걷어 올린 중년 여자도 있었습니다.

하지만 미군 두 명은 전혀 관심을 보이지 않았습니다.

미군이 제게 조금만 닿아도 멜대를 휘두를 듯한 기세의 문지기노인도 그들이 위험하지 않다는 것을 깨달은 후에는 점차 자세가 바뀌었습니다. 하늘에서 보내준 선물이니 너희들과는 상관이 없다고 화를 내면서 선물을 노리는 어린아이와 여자들을 쫓아버렸습니다.

저를 질투하는 사람이 나온다고 해도 이상하지 않았습니다.

난민 텐트촌 여자들과 마찬가지로 언덕 주변에서 장작을 주우러 가는 것이 제 일과였습니다.

처음에는 문지기노인이 저를 대신에서 장작 줍기를 하겠다고 했지만 조용하고 강하게 거절했습니다. 여자들 모두에게 부여된 일이니 도와야 한다고 이장도 문지기노인을 설득했습니다.

액세서리를 받은 후 다른 여자들보다 돋보이지 않기 위해서 더욱 힘을 내서 장작을 주웠습니다. 하지만 숨어 있던 미군 두 명이 바위 그늘에서 나타나더니 제가 주운 장작을 자신들의 품에 안았습니다. 저는 거절했지만 그들은 웃음을 지으며 고개를 옆으로 흔들었습니다. 저는 안절부절못하며 텐트막사 근처에서 그들에게 애원한 끝에 장작을 놓고 돌아가게 했습니다.

세 번째 쯤 문지기노인이 뛰어와서 미군을 쫓아버렸습니다. 미군은 돌아가면서 미제 담배를 평평한 돌 위에 놓았습니다.

지금은 문지기노인이 저를 보호하면서 장작을 나눠서 들고 있습니다.

옆 텐트에 혼자 사는 할머니가 계셨습니다. 전쟁 전에는 같은 마을인 구스쿠마에 살았습니다. 하지만 이제는 가까운 곳에 살지 않아서 가끔 이야기를 나눴습니다. 얼굴을 겨우 아는 정도입니다.

저는 때때로 할머니의 옷이나 속옷을 대바구니에 넣고 언덕 아래 우물로 가서 빨아서 드렸습니다. 하지만 할머니는 매번 고맙다는 말을 하지 않았습니다. 텐트를 지탱하는 줄에 빨래를 널고 있는 제 희고 부드러운 팔을 문지르면서 너 참 마음이 곱구나 하고 말하는 법이 없습니다. 대신에 80년을 살았는데 너처럼 미인은 본 적이 없어 하고 한숨을 섞어서 말하는 것이었습니다.

철이 들 무렵의 여자아이들도 과자를 먹고 싶어 하는 눈빛과는 다른 눈물이 글썽이는 듯한 시선을 제게 보냈습니다. 제가 돌아보면 수줍은 듯이 고개를 숙이거나 후유 하며 한숨을 쉬었습니다.

저는 얼굴도 자태도 어여뻐서 미군이 선물을 많이 줬습니다. 아름답지 않은 사람들을 가엾게 느끼지는 않았지만 선물을 나눠줘야만 했습니다.

당당한 태도로 나눠주는 것은 조금 꺼림칙했습니다. 남 몰래 조용히 한 명 한 명에게 주려고 했습니다.

텐트촌 분뇨를 근처 바위 우묵한 곳에 버리고 온 지독하게 마른 노인에게 문지기노인이 받지 않고 돌려준 미제담배를 시험 삼아 줘봤습니다. 노인은 고맙다는 말도 없이 눈을 희번덕대고 입을 반쯤 벌리다 똥통을 발밑에 떨어뜨렸습니다. 분명히 무언가 착각을 하는 듯 했습니다. 주위에는 문지기노인을 포함해 아무도 없었습니다. 저는 텐트로 도망치듯 돌아왔습니다.

조금 떨어진 곳에서 문지기노인이 지켜보고 있었지만 발정난 개와 같은 노인의 모습이 떠올라서 온몸의 떨림이 진정되지 않아 좀처럼 잠을 잘 수 없었습니다. 무턱대고 남에게 물건을 주면 안 된다고 반성했습니다.

미군 두 명은 제 이름이나 나이 고향 등은 알고 싶지 않은지 묻지 않았습니다. 저는 여자들을 자극하지 않으려고 액세서리를 숨겨왔지만 가끔 몸에 치장을 했습니다. 그럴 때면 미군은 감탄한 듯한 한숨을 내쉬면서 눈을 반짝거리며 좋아했습니다.

끌리듯이 저도 조그맣게 미소를 지었는데 친해지는 것이 무서워서 바로 액세서리를 떼서 그들의 눈을 피했습니다.

문지기노인의 눈에는 액세서리도 발밑에 굴러다니는 자갈 정도로 밖에 보이지 않는 것 같았습니다. 다만 변함없이 제 뒤에 서서 미군에게서 눈을 떼지 않고 움직임을 감지하고 있었습니다.

어느 날 저는 무슨 생각인지 완고한 문지기노인을 위해서 미군들이 신는 튼튼한 구두를 달라고 했습니다. 미군 두 명은 조금 당황하다가 평소와 같은 미소를 지으면서 짙은 갈색 구두를 벗었습니다. 저는 갑자기 미군들도 안 됐다는 생각이 들었지만 손을 뻗어서 구두를 받아들었습니다. 암반 모서리나 돌출된 자갈이 아픈 모양인지 둘은 무릎을 구부린 채로 양쪽 어깨를 흔들면서 신중히 걸었습니다. 문지기노인이 신기해하며 입술을 일그러뜨리고 웃었습니다.

제가 미군 두 명에게 선물을 요구한 것은 그게 처음이자 마지막이었습니다.

미군 두 명도 제게 무언가를 요구한 적은 한 번도 없었습니다.

그들은 액세서리 이외에 립스틱이나 화장품 크림도 가져왔습니다. 저는 여자들의 눈을 신경 쓰면서 텐트를 닫고서 무더위를 견디며 화장을 했습니다. 화장을 하니 한층 더 예뻐졌습니다. 몸에 바른 향기로운 이국의 향기는 오랜 시간 동안 저를 황홀하게 만들었습니다.

미군 두 명은 매번 저 외의 사람을 철저히 무시했습니다. 저는 점차로 마음이 괴로워졌습니다. 하지만 바로 광채를 뿜어내는 액세서리와 매혹적인 향수가 저를 도취시켰습니다.

눈부신 액세서리를 손에 넣고 싶은 마음이 굴뚝같은 여자는 한 둘이 아닙니다. 어느 중년 여자는 조상 대대로 전해 내려오는 놋쇠로 만든 향로를 가져와서 액세서리와 교환하려고 안달이었으나 미군 두 명은 거들떠도 보지 않았습니다. 남편의 정교하게 만들어진 목제 곰방대를 미군에게 내밀고서 목걸이와 교환하려고 했던 여자는 뒤따라온 남편에게 끌려서 돌아갔습니다.

열네 다섯 살 쯤 돼 보이는 통통하고 묘하게 색기가 있는 딸을 미군에게 바치려는 여자도 있었는데 역시 미군은 거들떠도 보지 않았습니다. 저는 어째서인지 마음이 놓였습니다.

미군 두 명이 이제 제 앞에 나타나지 않게 해달라고 기도했습니다. 문지기노인이 매일 하듯이 텐트 틈 사이로 아침 해를 보며 손을 모았습니다.

하지만 손을 모으고 기도를 하는 도중에도 미군 두 명의 생기 넘치는 모습이 떠올랐습니다. 변함없이 주에 두세 번 나타났지만 저는 참을 수 없어져서 목을 빼고 기다렸습니다. 액세서리와 화장품을 쓰면 마음이 춤을 추었습니다. 절대적으로 우월한 마음이 생기는 것도 억누르기 어려웠습니다.

저는 가능하면 남들 앞에서는 선물을 받지 않으려고 노력했지만 미군 두 명은 텐트 주위에 열 몇 명이 있어도 쏜살같이 제게 다가왔습니다. 저는 눈살을 찌푸렸지만 액세서리를 손바닥에 받아든 후에는 어쩔 수 없이 마음이 싱숭생숭했습니다.

이장은 왕성하게 무언가를 먹는 시늉을 하면서 제 옆에서 손을 내밀었지만 미군은 눈길도 주지 않았습니다. 몇 번이고 같은 시늉을 했지만 완전히 무시를 당한 이장은 화풀이를 하고 싶은 것인지 여우같은 눈을 더욱 치켜 올리고서 이 근처에는 얼씬도 하지 말라고 화를 냈습니다.

제가 혼나고 있다고 착각을 한 것인지 뛰어온 문지기노인에게 이장은 자네 공주님은 텐트촌 사람들의 화합을 깨고 있어. 귀축영미악귀와 짐승 같은 영국 미국이라는 뜻와 마을 사람 중에 누가 더 중요한 거야. 배신자 같으니라고 하며 내뱉는 말을 남기고 황망히 자리를 떠났습니다.

미군에게서 과자를 포함해 아무것도 받을 수 없다는 것을 깨달은 아이들은 미군은 겁쟁이야. 겁쟁이 자식들 하고 소란을 떨며 이장의 뒤를 따라갔습니다.

아이들은 잠자리에서 전쟁 중에 미군은 한 발의 폭발음에도 혼비백산해 도망을 친다는 이야기를 부모에게 들었습니다. 일본군이 총을 한 발 쏘면 미군은 겁을 먹고 백 발을 쏜다는 이야기도 있습니다.

좀처럼 잠을 못 자고 텐트 안에 누워 있는 제 귀에 텐트촌 주위를 빙글빙글 돌며 우왕좌왕하는 많은 사람들의 교성이 들려왔습니다.

4

작열하는 태양이 광장에 노출된 흙과 바위를 달구고 있습니다. 텐트에 시커먼 그림자가 지면에 들러붙어 있습니다.

며칠 전 미군 두 명에게 욕지거리를 했던 이장이 오늘은 간살부리는 웃음을 지으면서 차를 드릴 테니 텐트로 와주세요 하고 서툰 영어로 말하며 초청하는 손짓을 반복하고 있었습니다.

하지만 미군들은 이장의 얼굴은 꼴도 보기 싫다는 듯한 표정을 지으면서 상대도 하지 않았습니다.

이장은 땀이 솟아오른 얼굴을 일그러뜨리고 기관총에서 뿜어져 나오는 듯한 불평을 쏟아냈습니다. 냉정을 바로 잃다니 이장 자리에도 맞지 않다고 저는 느꼈습니다.

미군 두 명은 이장의 얼굴을 쳐다보지도 않았지만 불평하는 소리가 귀에 거슬렸는지 제게 금팔찌를 선물한 후에 바로 돌아갔습니다.

이장은 미군의 뒷모습을 바라보며 입술을 일그러뜨렸습니다. 저는 무언가 말하고 싶어 하는 이장을 남겨둔 채로 바로 텐트에 들어갔습니다.

이장은 텐트 밖에서 제게 식량이 들어 있는 상자를 가져오라고 말해줘 하고 간사한 목소리로 말했습니다. 정기 배급만으로는 도저히 버틸 수 없다는 것이었습니다. 저는 동냥을 하고 싶지 않아요 하고 대답을 했습니다. 식량 조달이나 배분은 이장의 일입니다. 영양실조로 죽으면 목걸이를 하고 있어도 본전도 못 찾을 거야 하고 이장은 이번에는 타이르듯 말했습니다.

저는 원래 소식을 합니다. 배고픔은 거의 느끼지 못 했습니다.

이장은 목소리를 낮추더니 근처 마을에 식량이나 옷가지와 장작을 팔러오는 사람이 있어. 내가 장신구랑 바꿔줄까? 하고 말했지만 저는 대답을 하지 않았습니다.

"딸을 인신공양 하듯이 미군에게 바치려 했던 어머니에게 아가씨는 인간이 어떻게 그럴 수 있냐며 꾸짖었어. 이야기를 들어보니 그 딸이 눈물을 흘리면서 액세서리를 무슨 짓을 해서라도 갖고 싶었다고 하더군. 무슨 짓이든 하고 싶다는 거야. 그 딸이 자신의 소원을 들어달라며 나서서 어머니를 강하게 설득했다고 했어."

사실일지, 못된 꾀를 잘 쓰는 이장의 거짓말인지 알 수 없었습니다. 될 대로 되라고 생각했습니다. 저는 아무런 말도 하지 않고 그저 문지기노인이 빨리 오기만을 기다렸습니다.

"아가씨 혼자 그렇게 많은 선물을 받으면 텐트촌에 균열이 생겨. 모두 매일 초초하게 살고 있는데 혼자 태평성대인 거야?"

이장은 결국 화를 내면서 큰 소리로 그쪽에게는 더 이상 배급하지 않을 거야. 굶어 죽게 만들겠어 하고 협박했습니다.

마침내 땅울림 소리를 내면서 뛰어온 문지기노인이 이장의 멱살을 잡고서 불만이 있으면 내게 말하라고 무시무시한 태도로 위협했습니다.

5

저는 액세서리와 화장품을 누구에게도 주고 싶지 않았습니다. 고구마와 교환하려는 마음이 들면 제 아름다움을 우러러 받드는 미군 두 명의 순수한 푸른 눈이 원망과 배신의 빛을 띠는 듯 했습니다.

문지기노인에게 그렇게 당하고서도 아직 질리지 않았는지 이장이 다음날 아침 제게 다가왔습니다. 앞으로도 계속 액세서리를 독차지하면 난민텐트촌 사람들이 폭동을 일으킬 수도 있으니 전쟁 전 만났던 친한 친구에게라도 나눠주라고 했습니다.

K(그녀의 명예와 관련된 일이라 실명은 쓰지 않습니다)와 친하다고 할 수 있을지 모르지만 유일한 친구이기는 했습니다.

폭동과 K가 어떻게 연결돼 있다는 것일까요. 하지만 저는 아무것도 받아들이지 않았습니다.

"어때? 아마도 K는 여자의 자존심 때문에 자기가 나서서 부탁하는 일은 절대로 없을 거야."

액세서리를 팔면 K의 성형수술 비용을 마련할 수 있다고 이장은 말했습니다.

성형수술이라는 말이 익숙하지 않았지만 미군의 의료시설에서 받을 수 있는 시술인 듯 하다고 저는 생각했습니다.

소꿉친구인 K라면 살짝 액세서리를 어느 정도 주고 싶은 마음이 들었지만, 켈로이드로 뒤덮여 차마 볼 수 없는 K가 얼굴과 목에 귀걸이나 목걸이를 걸치는 모습을 상상하니 추악함만이 더욱 두드러질 듯 했습니다.

K는 그런 상태의 얼굴에 액세서리를 하고서 누구에게 보여주고 싶은 것일까요? 혼자서 거울로 보나요? 뭐라고 표현하기 힘든 기분이 들었습니다.

조금 고민해 볼게요 하고 이장에게 말했습니다. 이장은 약속이라도 받아냈다는 듯 몇 번이고 확인을 하고서 떠났습니다.

미군 두 명에게 저는 몸짓과 손짓을 섞어서 서툰 영어로 얼굴에 지독한 상처를 입은 K를 미국의 최첨단 병원에 입원시켜서 수술을 받게 해달라고 부탁했습니다.

최근 미국은 선진적인 기술이 상상도 할 수 없을 정도로 발달돼 있다고 모두 믿었습니다.

제 참뜻이 전달되지 않는 것인지 미군은 K에게 동정하는 모습도 없이 그저 미소를 지으며 고개를 옆으로 저었습니다. 미군들이 이토록 박정하다고 느낀 적은 없었습니다.

다음날 저녁의 일입니다. 저녁이라고 해도 아직 열기도 흰 빛이 약해지지 않은 6시 무렵, 텐트 줄에 말려 놓은 빨래를 걷고 있는 저를 철조망 앞에 나타난 미군 두 명이 손짓을 해서 불렀습니다.

이틀 연속 미군이 나타나다니 이상한 일입니다. 하지만 끌어당겨지듯 그들에게 가까이 갔습니다.

저를 가만히 응시하던 키가 조금 작은 미군이 갑자기 당신 위해서라면 지옥에 떨어져도 좋아. 당신 미국에 데려가고 싶어 하고 말했습니다. 서툰 일본어라서 종잡을 수 없는 말이었습니다.

저는 두려움과 이상할 정도의 가슴 떨림을 동시에 느꼈습니다. 다리가 조금 떨렸지만 의식을 잃을지도 모른다는 두려움에 정신을 바짝 차렸습니다. 둘 다 수십 번 얼굴을 마주했던 미군과는 전혀 다른 사람 같다는 느낌이 들었습니다.

우연인지 의도적인 것인지 양동이를 들고 복면을 쓴 K가 지나가면서 저와 미군을 봤습니다. 저는 어떻게든 해보려고 그녀에게 신호를 보냈습니다. 하지만 그녀는 고개를 돌리고 잰걸음으로 사라졌습니다.

저는 아무런 말도 없이 미군들에게 등을 돌리고 휘청대며 텐트로 향했습니다.

저는 문지기노인에게 앞으로 미군 두 명이 오면 철저하게 쫓아버리라고 명령했습니다. 부탁을 할 작정이었지만 공포심에서 강한 어조로 말하고 말았습니다.

또한 그들에게 앞으로는 절대로 모습을 보이면 안 된다고 자신을 타일렀습니다.

6

제 신호를 무시했던 K가 다음날 아침 텐트로 찾아왔습니다.

가끔 흘긋 눈을 마주쳐도 말없이 그냥 지나쳐 놓고서 무슨 일로 찾아온 것일까요.

2주 전에 저는 미군 두 명이 준 다채로운 색의 네커치프를 그녀에게 선물로 주려고 내밀었습니다. 그녀는 너 참 호사롭게 살고 있구나 하면서 잰걸음으로 광장을 빠져나갔습니다. 저는 그때 조금 주눅이 들었지만 시간이 지나면서 다시 우쭐한 마음이 들었습니다. 우월한 마음을 품고 있는 자신을 허용하고 말았던 겁니다.

저와 K는 텐트촌 외곽에 여기저기에 떨기나무가 자라 있는 바위가 많은 곳으로 갔습니다.

보라색 복면을 쓴 K의 머리에 쓴 이름도 알 수 없는 풍매화의 풀솜으로 만든 쓰개를 저는 조용히 집어서 날려버렸습니다.

"밥은 잘 먹고 있어?" 저는 물었습니다. K는 하브를 넣은 잡탕죽을 종종 먹고 있다고 가느다란 소리로 말했습니다. 하브를 넣어 피부를 재생하고자 하는 희망을 담아서 끈적끈적할 때까지 오랜 시간 동안 푹 삶았다고 합니다.

복면으로 엿본 눈꺼풀이 찌부러진 눈이 웃고 있었습니다. 눈동자에 아름다움의 편린이 남아 있었습니다.

"한밤중에 아무도 모르게 가끔 하브를 잡으러 가고 있어."

"물리면 큰일 나잖아. 맹독이 있으니까."

"이제 와서 뭐가 무섭겠어."

K의 눈이 으스스한 빛을 발하며 웃고 있었습니다.

"넌 겁이 정말 많았었는데."

저는 K의 눈을 들여다봤습니다.

K는 소녀 시절로 돌아가고 싶다고 중얼거렸습니다. 소년들이 비위를 맞춰주던 자신의 모습이 언제나 환상처럼 떠오르는 것만 같았습니다.

그 무렵 K에게는 소녀들이 항상 붙어있었습니다. 제가 더 예뻤지만 제게는 다가오기 힘든 차가운 분위기가 항상 감돌고 있었기 때문입니다.

성격 때문인지 유녀였던 어머니 때문인지 혹은 지나치게 아름다워서였을까요? 동년배 소년 소녀만이 아니라 마을의 어른들까지도 저를 멀리 했습니다. 외톨이인 저를 K만이 친하게 대해줬습니다.

"어머니 돌아가셨다면서?" 제가 물었습니다.

"난 육신은 보존했지만 얼굴을 당했어."

피난 중에 함께 걷고 있던 어머니는 쌀알 크기의 포탄 파편을 눈 위에 맞고 즉사했지만 K는 얼굴도 머리카락도 불덩이에 휩싸여 불탔지만 가까스로 살아남았다고 했습니다.

K의 얼굴을 정면에서 보던 서너 살 어린아이가 마치 불이 옮겨 붙은 것 마냥 울기 시작하더니 자기 엄마 품으로 뛰어들어서 자신도 엉겁결에 도망쳤다고 K는 소리를 내며 웃었습니다. 웃음이라고는 믿기 힘들 정도로 등골이 오싹한 소리였습니다.

"내 얼굴을 보고 우는 모습도 도망치는 것도 이상한 일이 아니야. 나도 거울을 보면 구역질이 올라오고 정신을 잃을 듯 하니까."

미군이 내 성격이나 성장 과정, 마음속을 다 알고도 액세서리를 줬을까 하는 의문이 문득 들었습니다.

"넌 전쟁을 거치며 더욱 아름다워졌구나. 전생에도 아마 추악한 사람을 구했을 거야, 틀림없이."

"전생에 추악한 사람을?"

"……"

"신에게 비는 게 어때?"

나는 순간적으로 말이 튀어나왔습니다.

"얼굴을 원래대로 돌려주세요. 제 소원을 들어주신다면 뭐든지 드리겠다고 빌었어. 하지만 이뤄지지 않아서 증오하는 마음만 더 깊어졌어."

"증오하는 마음이라고?"

K는 미군의 몸에 빽빽하게 자라 있는 곱슬곱슬한 털에 성냥으로 불을 붙이고 싶다고 계속 생각해온 듯 합니다.

"내 얼굴은 거들떠도 안 보고 자신의 귀와 목을 치장하면 마음이 아프지 않아?"

K는 얼굴에 화상을 입은 후에 사람이 변해서 저를 계속 피해왔습니다. 하지만 그녀와 완전히 멀어진 이유는 미군 두 명이 준 선물 때문일 거라는 생각이 갑자기 들었습니다.

"내 몸은 탄력이 있고 부드러워서 무척 아름다워. 그러니 내가 얼마나 분하겠어?"

K는 이대로 나이를 먹고 머리카락을 쥐어뜯으면서 홀로 외롭게 죽어가는 것일까요. 저는 어렴풋이 그런 생각을 했습니다.

제 귀에 K의 목소리는 선명히 들려왔지만 어째서인지 이해가 잘 되지 않았습니다.

"나를 이런 얼굴로 살아남게 한 이유가 뭘까? 신은 알고 계실지도 몰라. 어쩌면 이 세상에서 고통스럽게 살아가라는 뜻인지도 모르겠어."

나는 고개를 저으며 신을 악당처럼 말하면 안 된다고 말했습니다. K가 날카로운 눈빛으로 저를 노려봤습니다.

"지나치게 아름다워서 벌을 받게 될 거야."

"……"

"미군들은 내 옆에 오는 것도 기겁을 해. 자기들이 이런 얼굴로 만들어 놓고서 다 잊어버린 거야."

저는 끄덕일 수밖에 없었습니다.

"너 내 얼굴 보고 싶니?"

K는 묘하게 자신 넘치는 말투로 말했습니다. 저는 시선을 피하고 고개를 떨궜습니다.

"앞머리도 화상을 입어서 문드러졌지만 피부를 이식하면 검은 머리카락이 다시 나온다는 것 같아."

피부 이식은 미군이 알려준 정보일까요. 저는 아무런 말도 할 수 없었습니다.

"미군에게 얼굴을 보여주고 성형수술을 할 돈을 달라고 할 작정이야. 하지만 좀처럼 복면을 벗을 수 없었어."

"……"

"네가 쉽게 받은 액세서리를 모두 팔면 성형수술을 할 수 있어. 아름다운 여자의 추악한 얼굴을 고쳐줘야겠다는 생각은 안 드니?"

저는 숨이 막혀왔습니다.

성형수술을 하는 곳이 미군이나 미국의 의료시설이라면 미군의 원조를 받을 수 없는 것일까요? 그건 저만의 착각일까요?

문지기노인이 천천히 다가왔습니다.

"하지만 전쟁에 져놓고서 추악한 얼굴을 적에게 드러내다니 좀처럼 못 할 짓이야."

K는 문지기노인과 반대 방향으로 걸어갔습니다.

7

어느 날 아침 눈이 큰 노파가 와서는 며느리가 너희 공주님의 보물을 훔치려 한다고 문지기노인에게 고했습니다. 문지기노인은 노파의 말을 믿지 않고 자리에서 일어나지 않았습니다. 노파를 쫓아온 턱도 머리도 작은 며느리가 노파에게 악다구니를 쓰며 몹시 난폭하게 손을 잡아끌었습니다.

난민텐트촌은 턱진 아홉 개의 철조망에 둘러싸여 있습니다. 외부에서의 침입을 막기 위한 조치라고만 생각했는데 고민해 보니 제가 액세서리나 화장품을 안고서 도망치는 것 또한 막고 있더군요.

한밤중에 제 텐트 주변을 몰래 걸어 다니는 발소리가 들려왔습니다. 한 사람 같기도 여러 사람의 발소리 같기도 했습니다. 얼굴을 내밀면 습격을 당할 것 같은 기분이 들어서 한 번도 텐트 문을 열지 않았습니다.

발소리는 매일 밤 들려왔습니다.

"유녀의 자식이라서 미군을 홀리는데 재주가 있어,"

"유녀는 아이를 안 낳지 않아?"

"낳지 않는 게 아니라 낳을 수 없게 되는 거야."

"정말로 유녀의 자식일까? 입양한 아이가 아닐까?"

마치 들으라는 듯이 크게 말하는 여자들의 목소리가 멀리서부터 흘러 들어와서 귓속 깊은 곳에서 들려왔습니다.

최근 갑자기 빨래를 할 때도 누워 있을 때도 누군가가 보고 있는 듯한, 누군가에게 고자질을 당하고 있는 듯한 기분이 들었습니다.

8

문지기노인이 언덕 아래 우물에서 길어온 물을 텐트 안으로 옮겼습니다. 제 몸은 납을 올려놓은 것처럼 나른했지만 있는 힘을 쥐어짜서 머리카락과 몸을 씻었습니다.

야위고 안색이 놀랄 정도로 창백해진 것과 달리 몸에 두른 액세서리는 반짝이며 존재감을 더욱 드러내고 있었습니다.

저는 어린 시절부터 병약했습니다. 체육 수업 때는 매번 상사수 나무 아래에서 앉아만 있었습니다. 전쟁터에서 도망쳐 다닐 때는 여유가 없어서 몸 상태가 어떤지 느낌이 전혀 없었는데, 난민텐트촌에 들어온 무렵부터 조금씩 체력이 떨어졌습니다. 결국에는 밥알을 삼킬 수 없게 됐습니다.

이미 살릴 수 없다고 문지기노인도 생각하는 듯 했습니다. 늘 날카롭던 눈빛에는 그림자가 드리워져 있고 눈언저리가 붉어져 있었지만 눈물은 흘러내리지 않았습니다. 문지기노인은 제가 죽으면 따라죽겠다고 했습니다. 언제 제가 죽더라도 후회는 없다는 듯 초연했습니다. 저는 간이침대 옆에 앉아 있는 문지기노인의 손을 잡고 그동안 돌봐줘서 고맙다고 인사를 했습니다.

제 텐트 출입구 앞에 모여서 얼굴을 마주보며 수군대는 사람들을 문지기노인이 쫓아버렸습니다.

미군 두 명이 어쩌면 저를 어떻게든 해주지 않을까 하고 순간 생각했지만, 문지기노인에게 그들이 나타나면 돌려보내라고 한 후부터는 전혀 모습을 보이지 않았습니다.

왜 갑자기 이렇게 몸이 약해진 것일까요? 하지만 젊고 예쁠 때 천국에 가는 것도 나쁘지 않은 것 같습니다. 지금이 미모의 절정이니까요. 이제부터는 날이 갈수록 추해질 뿐입니다.

다음날 간이침대 머리맡으로 문지기노인을 불러서 자신도 이유를 잘 알지도 못 한 채로 죽게 되면 모든 액세서리와 화장품을 매장해달라고 부탁했습니다.

문지기노인을 돌려보낸 후에 마지막 남은 힘을 쥐어짜서 정성껏 화장을 하고 목과 귀, 팔, 가슴, 허리 등 몸 곳곳에 빛나는 액세서리를 걸쳤습니다.

문지기노인은 제 텐트 안을 자주 들여다봤지만 어찌할 방도가 없는지 아무런 말도 하지 않았습니다.

텐트 출입구 덮개를 내렸습니다. 그러자 광장도 바위도 별도 차단돼 작은 공간이 부드럽게 저를 감쌌습니다. 다양한 소리가 원통함을 호소하는 듯 들려오며 밖으로 나와 밖으로 나와 하고 말하고 싶은 듯 덮개를 흔들었습니다.

물론 착각이었습니다. 바람이 거의 불지 않는 날이었으니까요. 전쟁 중에 사람들은 어두운 밤이 찾아오면 안심하지 않았을까요? 무참한 시체도 포탄의 파편을 맞아 문드러진 시체도 어두운 밤이 차단해 사람들의 마음을 구했습니다.

비몽사몽 중에 죽은 동급생 소녀를 찾았습니다. 제일 먼저 동급생이 저 세상에서 배웅하러 올 거라고 누군가 말했습니다.

마중하러 나온 것은 도대체 누구일까요? 대부분의 동급생이 전쟁 때 죽었습니다. 한 명 한 명의 얼굴이 선명히 떠오릅니다. 복수의, 무수의 동급생이 저를 부르고 있는 것 같았습니다.

소녀 한 명이 제게 다가왔습니다. 얼굴이 잘 보이지 않습니다. 소름이 돋습니다.

9

제가 죽은 것은 8월 중순으로 아직 밤이 다 밝기 전이었습니다. 몸은 틀림없이 쇠약해졌지만 병사한 것은 아닙니다.

휘발유 탱크를 손 봐서 만든 물탱크에 물이 가득 차 있었습니다. 뒤에서 누군가 제 머리를 눌러서 머리가 물탱크 안에 처박혔습니다. 몸에 힘이 하나도 들어가지 않았습니다. 조금도 허우적대지 않았고 돌아보지도 않았습니다.

저를 누르던 손은 길었고 균형이 잘 잡힌 남자 두 명 같기도 했고, 손가락이 긴 젊은 여자 같기도 했습니다. 아닙니다. 뒤에는 아무도 없었는지도 모릅니다.

제 아름다움은 자신이 봐도 공포에 젖을 정도였습니다. 자만할 생각은 없습니다. 자만할 것 같으면 마음은 편합니다. 더 이상 절대로 아름다워질 수 없다고 생각하는 날이 며칠이고 계속됐습니다. 얼굴의 피부가 굳어질 듯한 숨 막힘을 더 이상 견딜 수 없었습니다.

걷는 것만으로도 피부의 윤기가 사라지지 않을까 싶어서 제 정신이 아니었습니다.

문지기노인은 제 몸이 뼈가 되면 파내서 난민텐트촌에서 십여 킬로 떨어진 북쪽에 있는 제 모친의 무덤에 납골하려는 듯 했습니다.

제 곁을 지키는 문지기노인의 생각과 행동은 투명한 물속처럼 잘 알 수 있습니다. 문지기노인의 그 어떤 것이 생사를 넘어서까지 저와 감응하고 있는 것일까요?

언제 들어온 것인지 문지기노인은 배급품으로 받은 모포를 제게 푹 씌우고 삽을 손에 들고 몰래 난민텐트촌을 벗어났습니다.

난민텐트촌이 고요히 잠들고 별도 달도 모두 숨은 한밤중에 문지기노인은 전신에 액세서리를 걸친 제 시체를 가볍게 메고서, 몸에 치장하지 않은 액세서리와 화장품을 가득 넣은 자루를 왼쪽 허리춤에 차고서 어딘가로 향해갔습니다.

오른쪽 허리춤에는 날카로운 날이 번쩍이는 제초용 낫을 꽂고 있었습니다. 도중에 만나는 자가 누구든 베어버린다고 하는 엄청난 살기가 느껴졌습니다.

문지기노인은 풀이나 나무 가지를 좌우로 밀어 헤치며 어둠 속에서 조금도 망설임 없이 앞으로 나아갔습니다. 어두운 밤이었지만 제게는 풍경이 잘 보였습니다. 꼬불꼬불한 길은 아열대 나무들에 덮여 있고 축축했습니다. 땅은 이상하게 검붉고 바람도 정체돼 이상한 냄새가 떠돌고 있었습니다. 길 바닥에는 바싹 마른 죽은 생선이 널려 있었습니다. 길이 아니라 냇바닥이었던 겁니다.

도랑에 조금 남은 물에 물고기가 뱉어낸 듯한 기묘한 기름이 떠 있었습니다.

난민텐트촌에서 2킬로 정도 떨어진 골짜기에서 문지기노인은 '죽어 있는' 동안 누워 있는 제가 발을 쭉 뻗은 채로 들어갈 정도의 구덩이를 파고 있었습니다. 문지기노인은 호흡을 고를 틈도 없이 구덩이 바닥에 저를 눕히고 흙을 뿌렸습니다. 그는 한동안 솟아 오른 흙더미를 보고 있다가 허리에 힘이 빠진 듯 주저앉았습니다. 조금 후에 그는 겨우 정신을 차린 듯 두 손을 모았습니다.

난민텐트촌 풍경도 이곳에서는 잘 보였습니다. 다음날 아침 저를 염탐하러 왔던 이장은 어디로 데려갔냐? 죽어가던데 살아있냐? 등등의 추궁을 했지만, 문지기노인은 조용히 고개를 옆으로 저었습니다. 그러고는 미동도 하지 않았습니다.

점심 식사 후 문지기노인은 제 어머니 무덤을 깨끗이 정리하러 갔습니다.

제가 죽었다는 소문이 난민텐트촌에 퍼졌습니다. 사람들은 액세서리는 고인의 것이라서 손을 대면 안 된다고 하면서 관에 잘 넣어야 한다는 등의 말을 소곤거렸습니다.

여자들은 제 시신이 아니라 액세서리를 찾으려고 텐트 주위를 파면서 샅샅이 뒤졌지만 단 하나도 찾지 못 했습니다.

어떤 여자는 북쪽 끝 텐트에 사는 천리안을 지닌 장발의 노파에게 조언을 구했습니다. 하지만 아무리 물어도 애매한 대답밖에는 얻을 수 없었습니다.

10

이제 와 생각해 보면 화장을 했어야 했습니다. 순식간에 잘게 부순 유골이나 재가 되고 싶었습니다.

누가 이렇게 빨리 제가 누워 있는 구덩이를 찾아낸 것일까요. 무엇이든 잘 볼 수 있지만 가장 필요한 그것만은 32년 동안 알 수 없었습니다.

어두운 밤 저를 묻으러 가던 문지기노인의 뒤를 조용히 따라간 사람이 있었던 것일까요? 어두운 밤에도 후각이 발달한 개와 비슷한 사람이 냄새를 맡았던 것일까요?

귀와 목, 가슴에서 거칠게 액세서리를 뜯어갔던 것인지 고통이 여전히 조금 남아 있습니다. 범인이 한 명인지 여러 명인지 알 수 없지만 문지기노인이 저를 에워싸듯이 묻은 액세서리는 단 하나도 남아 있지 않습니다.

문지기노인은 제 시체가 밤과 낮에 누군가에 의해서 욕을 보고 있는데도 제 어머니 무덤에 간 후로 좀처럼 돌아오지 않았습니다. 파괴된 무덤을 복원하는 것은 재료가 부족해서 여간 손이 가는 일이 아닙니다.

액세서리와 화장품을 텐트 안에 그냥 둘 걸 그랬습니다. 그렇게 했다면 제 무덤이 파헤쳐지는 화는 면할 수 있었을 텐데요.

11

열흘 후에 제 조상의 무덤에서 돌아온 문지기노인은 마치 들개에게 파헤쳐진 듯한 구덩이 옆에서 망연히 서 있었습니다. 곧 넓은 어깨를 떨면서 통곡했습니다. 격노하며 크고 작은 흙덩이를 집어던지고 풀을 잡아 뽑고 나뭇가지를 꺾었습니다. 난민텐트촌으로 돌아가서 몇 시간이고 가스통을 두들겼습니다. 모두 시끄러웠지만 불평하는 사람은 단 한 명도 없었습니다.

다음날 아침 일찍 문지기노인은 골짜기 구덩이에서 들어 올린 지독하게 부패한 저를 커다란 자루에 넣어서 짊어지다가, 안아들고 십여 킬로를 계속 걸어가서 이윽고 해 질 녘 제 어머니 무덤에 이장했습니다.

올해는 영원히 천상에 오르는 33회기^{32년 후 기일에 이뤄지는 법요}입니다.

구스크마는 묘한 어둠에 휩싸여 있습니다. 곳곳에 외등이 세워져 있는데 전구가 끊어져 있거나 도난을 당했습니다. 민가를 둘러싸고 있는 방풍림은 낮에 비해 몇 배나 울창해 보입니다.

곳곳에 작은 불빛이 외따로 들어와 있습니다. 어두운 언덕 위에 있는 집의 불빛은 공중에 떠 있는 것처럼 보입니다. 저는 불빛에 이끌려 가까이 다가갔습니다. 호기심과 한밤의 냉기가 몸에 엉겨 붙어서 조금도 피로를 느끼지 못 했습니다.

문에서 현관까지 석회나 소금을 뿌려두면 돌아가신 분의 발자국이 남는다거나, 죽은 사람이 지나가는 순간에 불이 꺼진다거나, 개나 갓난아기가 일제히 운다는 소문은 예전에 제가 살아 있을 때 시간을 잊게 해줬습니다.

K는 집 앞 길이나 뜰에 아무것도 뿌리지 않았지만 묘하게 흰빛을 띠었습니다.

제 발자국이 거기에 남았는지는 잘 모르겠지만 문 앞에 있던 개가 저를 보고 짖었습니다.

제 시체를 건든 자를 저주하는 마음은 이윽고 사라졌습니다. 그러자 갑자기 시야가 넓어졌습니다. 영원히 '죽기' 직전 신의 마음이 이런 것일까요.

몸에 걸치고 있던 모든 것을 약탈당하고 태어난 그대로의 모습인 저를 내려다보는 여자의 모습이 보였습니다.

보름달이 뜬 밤이었지만 강한 불빛의 군용 랜턴을 들고 서 있었습니다. K였습니다. 복면을 벗고 있더군요. 제게 남은 것은 이제 아무것도 없음을 그녀도 잘 알고 있었습니다. 무엇을 찾고 있는 것인지 저는 전혀 알 수 없었습니다. 무척 집요하게 제 얼굴에 불빛을 비추며 보고 있더군요.

피부가 문드러져서 백골이 보여서 저조차도 무서울 정도로 기절할 것 같은 얼굴을, 이 세상의 것이라고 보기 힘든 제 얼굴을, 엷은 웃음을 지으면서 물끄러미 보고 있었습니다.

그녀는 부채를 가볍게 쥐고서 작은 뜰과 접한 툇마루에 앉아 있습니다. K의 얼굴은 성형수술을 받지 않은 모습 그대로였습니다. 아무렇지도 않은 듯 했습니다. 매끄러운 손에는 아직 젊음의 흔적이 남아 있었습니다.

저 사람이 죽으면 내 인생은 하며 한숨을 지으면서 K는 노년기를 맞이하고 있는 것 같았습니다.

제가 온 기척을 느낀 것일까요? 제 이름을 부르면서 K가 울기 시작했습니다. 정말로 오랜만에 K가 제 이름을 부른 순간입니다.

1975년, 마타요시 문학의 원점

마타요시 에이키가 오키나와문학의 차세대 작가로 등장한 시기는 오키나와의 '일본 복귀'로부터 3년 후, 미군의 베트남 철수로부터 2년 후인 1975년이었다. 마타요시는 제1회 신오키나와문학상[가작]을 수상한 데뷔작 「바다는 푸르고」[1975] 이후 수십 년간 왕성한 창작 활동을 이어오고 있다. 특히 그는 미군기지가 오키나와에 미친 영향을 다룬 미군 관련 작품을 다수 집필해 왔다. 「바다는 푸르고」를 제외하면 이 작품집에 수록된 모든 소설이 이에 해당된다. 마타요시는 데뷔 후부터 현재에 이르기까지 미군기지와 오키나와인의 관련 양상을 가장 많이 쓴 작가이기도 하다. 이 작품집에 수록된 「낙하산 병사의 선물」[1976], 「카니발 소싸움 대회」[1976], 「조지가 사살한 멧돼지」[1978], 「창가에 검은 벌레가」[1978], 「긴네무 집」[1980], 「헌병 틈입 사건」[1981], 「소싸움장의 허니」[1983], 「철조망 구멍」[2007], 「터너의 귀」[2007], 「난민 텐트촌 기담」[2009] 또한 마찬가지다.

마타요시가 오키나와문학계에 등장한 일본 복귀 직후의 오키나와문학은 전통적인 생활, 풍속, 습관, 언어 등과 관련된 '오키나와적인 것'을 전근대적인 산물로 간주하면서 일본을 추종했던 과거에서 벗어나 지역의 독자성을 추구하는 방향으로 나아가고 있었다. 마타요시가 문단에 데뷔한 1975년은 일본복귀 이전부터 전개되어 온 '오키나와적인 것'과 '토착' 및 '유민流民'을 둘러싼 논의가 일본 본토와의 관계 등을 포함하여 활발하게 논의되던 시기이기도 했다. 마타요시는 토착이라는 개념이 일본 본토와의 관계 속에서 본격적으로 사고되기 시작한 시기에 자신의 고향인 우라소에를 중심으로 반경 2km의 원풍경原風景을 중심으로 소설을 쓰기 시작했다.

미군과 교섭하는 소년과 공동체의 파열

　　마타요시 문학에서 오키나와인과 미군의 관계는 이민족 사이의 투쟁보다는 일 상적인 교섭을 통한 이득의 획득과 그로 인한 공동체 내부의 균열과 갈등으로 이어 진다. 마타요시는 그 과정에서 오키나와인 뿐만 아니라 미군의 내면을 세밀하게 묘 사함으로써 양측 사이에서 벌어지는 사건의 복잡성을 독자가 상상할 수 있도록 해 준다. 그 예로 나약한 미군 병사 조지를 시점 인물로 삼은 「조지가 사살한 멧돼지」를 들 수 있다. 마타요시 문학에 등장하는 오키나와의 공동체는 타자와의 교섭에서 획 득한 이익을 둘러싸고 분열과 갈등을 거듭한다. 이러한 교섭은 오키나와의 소년·소 녀들이나 A사인바에서 일하는 호스티스와 미군 사이에서 이루어지는 특징을 보여 준다. 이들은 오키나와전의 트라우마를 내면 깊이 고통스럽게 간직하면서도 현실에 서는 적군이었던 미군 병사와 교섭해 이익을 추구한다.

　　"어쩌면 받을 수 있을지도 몰라."

　　얏치는 지금까지 미군으로부터 받았던 것이 무엇이었는지 득의양양히 공표했 다. 나는 귀까지 덮을 수 있는 모자가 갖고 싶다. 확실히 낙하산 병사는 모자를 쓰고 있 다. 아마도 소가죽으로 만들어서 부드럽겠지.「낙하산 병사의 선물」중에서

　　소설에 등장하는 소년들은 낙하 훈련 중 궤도를 이탈한 미군 병사 챔버즈를 미 군 부대로 데려다 주는 대가로 미군에게 불발탄과 포탄 파편을 요구한다. 이들은 거 기서 그치지 않고 이익을 얻기 위해 친구인 마사코의 몸조차 미군에게 팔려고 한다. 이들의 범죄와도 같은 행동은 오키나와에서 기지 경제에 의존하는 어른들의 삶의

방식을 그대로 모방한 것이기도 하다. 소년들은 여성의 육체야말로 미군의 달러와 맞바꿀 수 있는 최고의 '상품'이라는 사실을 어른들로부터 배워서 잘 알고 있다.

마사코는 이미 어른이다. 나는 그것을 알고 있다. 미군이 젊은 여자를 안고 싶어 한다는 사실을. 너는 아직 꼬맹이다. 마음속에서 나는 유키오를 비웃었다. 마사코는 눈도 입술도 아름답다. 가슴도 부풀어 있다. 언젠가 산바시에서 봤던 허니와는 비교조차 할 수 없다. (…중략…) 마사코가 물놀이를 하는 장소와 시간을 몰래 미군 병사에게 가르쳐주면 무언가 받을 수 있을 터다. 커다란 불발탄을 놀랄 정도로 많이 받을 수 있을지도 모른다. 챔버즈도 다르지 않다. 마사코에게 커다란 불발탄을 보여주고 가게에서 달러로 바꾼 후 콜라를 사주고 싶다.「낙하산 병사의 선물」중에서

'나'는 마사코가 물놀이 하고 있는 연못을 체임버스에게 알려주고 그 대가로 불발탄을 받으려 했으나 야치에게 저지당한다. 소년들에게 마사코는 교환가치를 지닌 '물건'으로 취급될 뿐이다. 마사코는 스스로 발화하지 못하는 존재로 소년들에 의해서만 대변된다. 이는「바다는 푸르고」에 등장하는 스스로 발화하는 '소녀'와 크게 다른 점이기도 하다. 마타요시는「낙하산 병사의 선물」을 발표한 후 30년이 지난 후에도, 일본 복귀 이전 오키나와인과 미군 사이의 교섭과 그로 인한 균열을「철조망 구멍」2007,「터너의 귀」2007,「난민 텐트촌 기담」2009에서 계속 그렸다.「낙하산 병사의 선물」와 비교해 보면 이들 작품에 드러난 미군과의 교섭은 더욱 폭력적이며 비극적이다.

「철조망 구멍」에서는 미쓰오가 잘라낸 미군기지 철조망 옆을 지나가던 게이스케가 미군이 키우는 개에게 다리를 물린 후 큰 상처를 입는 사건이 벌어진다. 게이스케를 치료해준 돌팔이 치과의사는 미군에게 거액의 피해보상을 요구할 생각으로 마을 청년들을 모아서 교섭을 시도한다.

"개를 죽이고 약값을 받고 싶어요."

게이스케는 말하면서도 개를 죽이다니 잔혹하다고 생각했다.

"바보 같은 놈. 개를 죽이면 미국인은 단 일 센트도 내지 않을 거야. 그런 길로 다녀서 개에게 물린 거잖아." (…중략…)

"어쩌기는 교섭하러 가야지!" 「철조망 구멍」 중에서

이 소설에서 오키나와인이 발화하는 '교섭'이나 '친선'이라는 말은 마치 공동체를 위한 행위인 것처럼 위장되어 있으나, 실제로는 미군에게서 돈을 받아내기 위한 레토릭에 불과하다. 허위로 가득 찬 '교섭'이나 '친선'은 미군기지에서 일하는 다쓰로의 밀고로 미쓰오가 미군 헌병대에 체포된 후 오키나와인 사이의 갈등으로 파국을 맞이한다. 한편 「터너의 귀」에서는 중학교 3학년이 된 고지가 미군 병사 터너의 차에 치이는 사건으로부터 이야기가 시작된다. 터너는 베트남 전쟁에 참전한 후 PTSD 증상에 시달리고 있는데 기괴하게도 전쟁터에서 죽인 남자의 귀를 보관하고 있다.

고지는 얼굴을 가까이 댔다. 엉겁결에 몸을 젖혔다. 사람의 귀다. 살아 있는 사람 옆머리에 붙어 있는 귀보다는 조금 작았지만 형태는 명확했다.

중학교에서 감사장을 줄 정도로 성실한 병사인 터너가 인간의 귀를 건조시켜서 유리병에 보관하고 있다니 믿을 수 없었다. 「터너의 귀」 중에서

선배인 만타로는 고지가 당한 사고를 이용해 터너에게서 거액의 피해보상금을 받아내려 한다. 하지만 고지가 협조하지 않으면서 갈등은 깊어지고 이야기는 파국으로 마무리 된다. 마타요시 문학에서 소년과 미군의 관계는 주로 물건의 증여를 둘러싼 교섭을 통해 성립되는데, 「터너의 귀」에서는 터너의 극도로 불안정한 정신 상태로 인해서 오키나와인이 아니라 터너가 파국을 맞는 결론으로 끝난다. 「철조망 구멍」에서 파국은 오키나와인이 체포되는 것으로, 「터너의 귀」에서는 귀를 도둑맞은 터너가 발광하는 것으로 귀결된다.

한편 「긴네무 집」1980은 타자와의 교섭이라는 측면에서 유사하지만 오키나와인이 가해자로 '조선인'을 억압하는 내용을 담고 있다는 점에서 특별한 주의를 요한다. 이 소설에서 불량배 유키치는 '조선인'을 협박해서 돈을 빼앗으려 한다. 유키치는 지적 장애가 있는 요시코가 '조선인'에게 성추행을 당했다는 거짓 소문을 퍼뜨려 '조선인'에게서 위자료를 받아내려 한다. 유키치는 협상이 가능한 미야기 도미오를 내세워서 '조선인'을 찾아가는데, 그는 미야기가 오키나와전 당시에 '조선인'을 구해준 이력을 알지 못 한다. '조선인'은 자신의 연인이었던 종군위안부 '소리'를 찾아내 집으로 데려온 후 자신의 손으로 죽인 후 그 고통을 품고 살다가 미야기와 만난 후 자살로 생을 맞이한다. 미야기는 전전과 전후를 잇는 전쟁의 기억을 잇는 매개자이며 '조선인'으로부터 전 재산을 증여받은 후 양심의 가책에 시달린다. 오키나와전 당시 '조선인'을 죽음에서 구한 미야기조차 유키치가 꾸며낸 연극에 협력하여 그의 돈을 빼앗는데 가담하면서 가해자로서의 오키나와인의 모습은 더욱 명확해진다.

중층적인 타자상의 창출을 향하여

일본 프롤레타리아 문학은 타자계급를 고정된 일면적인 존재로 형상화는 경우가 많았다. 고바야시 다키지는 "우리 동지는 공장에서 자본가에게 착취당하고, 전장에 가서는 적탄의 희생이 된다"라고 쓰며 자본가와 프롤레타리아 사이의 대립 구도를 명확히 구분하고 있다. 구로시마 덴지는 「썰매」1927 등의 시베리아전쟁 소설에서 자본가와 민중, 출병한 장교와 병사를 극단적으로 다른 존재로 묘사했다. 인물의 전형을 확립하는 것은 프롤레타리아 문학의 특징이기도 하다. 인물의 전형화는 오키나와문학에서도 오키나와인과 미군, 혹은 야마토인일본 본토인 사이의 갈등을 다룰 때 유효하게 쓰이기 쉬운 방식이다. 하지만 마타요시는 오키나와인 뿐만 아니라 미군을 묘사할 때도 의식적으로 인물의 전형화를 피하는 방법을 택했다. 마타요시 문학에서 인물과 민족에 관한 묘사는 민족이나 마을 공동체 내부에서 일어난 갈등과 분열을 배제하고는 이야기할 수 없는데, 인물의 전형화는 물론이고 민족 대 민족의 대립이라는 전형적인 대결 양상을 의도적으로 피하고 있는 것처럼 보인다.

「난민 텐트촌 기담」은 여성을 주인공으로 한 소설로 오키나와 전쟁이 끝난 후 폐허가 된 우라소에 난민 텐트촌을 배경으로 하고 있다. 가난하고 물자가 부족한 텐트촌에 아름다운 여성 '나'가 살고 있는데 그녀는 미인이기 때문에 미군으로부터 특별대우를 받는다. 자신들과는 달리 미군에게서 여러 가지 물건을 받고 있는 그녀에게 마을 사람들은 노골적인 반감을 드러내며 그녀의 죽음으로 이야기는 파국을 맞이한다. 이 작품에서 '나'는 미군보다도 동족에게 박해를 받으며 공동체 내부의 분열 속에서 이단자인 '나'는 철저히 배제당하는 것만이 아니라 오키나와전에서 얼굴에 화상을 입은 친구 'K'에 의해서 묘까지 파헤쳐진다.

제가 혼나고 있다고 착각을 한 것인지 뛰어온 문지기노인에게 이장은 자네 공주님은 텐트촌 사람들의 화합을 깨고 있어. 귀축영미^{악귀와 짐승 같은 영국 미국이라는 뜻}와 마을사람 중에 누가 더 중요한 거야. 배신자 같으니라고 하며 내뱉는 말을 남기고 황망히 자리를 떠났습니다. (…중략…) 제가 죽은 것은 8월 중순으로 아직 밤이 다 밝기 전이었습니다. 몸은 틀림없이 쇠약해졌지만 병사한 것은 아닙니다.

휘발유 탱크를 손 봐서 만든 물탱크에 물이 가득 차 있었습니다. 뒤에서 누군가 제 머리를 눌러서 머리가 물탱크 안에 처박혔습니다. ^{「난민 텐트촌 기담」}중에서

'나'가 죽은 이유는 미군에게 받은 장신구 등을 마을 사람들에게 나눠주지 않고 독점했기 때문이다. 오키나와전 직후를 시대적 배경으로 하는 「난민 텐트촌 기담」에서 대립 구도는 오키나와인 대 미군이 아니라, 마을 사람들 대 '나'다. 이와 같은 구조는 「긴네무 집」에서도 확인할 수 있다. '나'가 '조선인'의 유산을 전부 상속받게 되자 이에 불만을 품은 유키치와 할아버지가 자신들이 오키나와인이라는 동질성을 내

세워 양도를 요구하는 장면과 겹쳐진다. 마타요시 문학에서 두드러지는 공동체 내부의 분열과 갈등은 대개 미군과의 협상을 통해 얻은 이익을 누군가가 독점하려는 과정에서 발생한다고 말할 수 있다.

마타요시 문학에서 미군은 집단과 개인을 어느 정도 분리하여 묘사하는 특징을 보인다. 이는 전쟁 전부터 형성된 미군에 대한 선전과 같은 집단적 기억을 떠올리게 하는 서술과, 미군을 집단과 개인으로 철저히 구분하여 바라보는 서술이 그것이다. 우선 집단적 기억으로 형성된 역사적 기억으로 형상화된 미군의 모습은 전쟁 전의 정신론이 전쟁 후에도 크게 변하지 않았음을 보여준다.

학교 성적이 좋지 않아서 언제나 선생님에게 혼나는 동급생들은 낚시를 그만 두고 소년에게 다가가서 미군 병사 중에는 자기 이름도 못 쓰는 멍청이가 있다고 말하며 웃었다. 침착성이 없는 옆 반 친구는 소년의 등 뒤에 서서 미군은 총성이 한 발만 나도 순식간에 혼비백산해서 도망친 후 숨어서 무턱대고 기관총을 난사하는 겁쟁이들이라고 말했다.「철조망 구멍」 중에서

겁쟁이로서의 미군은 2차 세계대전 당시 일본 군부에서 유포했던 정신주의의 한 형태이다. 국력 등에서는 현저하게 일본이 열세지만, 정신력에서는 미군보다 압도적으로 우위라는 정신주의를 바탕으로 한 사고방식이다. 기관총을 난사하는 미군을 향해 일본도를 들고 덤벼들었던 무모함이 가능했던 이유다. 이러한 묘사는「낙하산 병사의 선물」에서는 더욱 과장된 형태로 나타난다.

"놈들은 벌레야. 아부지가 그러셨어. 지난 전쟁에서도 겁쟁이였다고. 어처구니없는 놈들이야."

"그치만 권총이 있어."

히데미쓰가 말했다.

"놈들은 못 쏴."

얏치는 히데미쓰를 노려봤다.

"어째서?"

내가 물었다.

"겁쟁이니까."「낙하산 병사의 선물」 중에서

겁쟁이 미군이라는 인식은 전쟁 전에 일본 군부에 의해 유포된 것이지만, 전후 오키나와에서 미군을 향한 공포를 상쇄하는 방식으로 작동하고 있다. 마타요시 문학에서 미군 개인에 대한 표상은 집단과 구별되는 개성을 지닌 존재로 그려진다. 마타요시 문학에서 개인으로서의 미군은 베트남전쟁에서 거침없이 적을 죽이는 것에 거부감을 품거나 전쟁이 무서워 미쳐버리는 나약한 존재로 등장한다. 백인 병사와 호스티스 사이에서 태어난 미노루의 시점으로 전개되는「셰이커를 흔드는 남자」1980에 등장하는 미군 병사는 죽을지도 모른다는 공포에 떨며 알콜 중독에 빠진다. 한편 백인 병사와 오키나와 여성 사이에서 태어난 혼혈 여성인 미치코고등학생와 미군인 재키의 사랑을 그린「등에 그려진 협죽도」1981에서는, 재키가 베트남전에 파병되기 직전 탈영하는 내용이 전개된다. 마타요시 문학에서「등에 그려진 협죽도」보다 훨씬 심각한 이야기는 베트남전에 가면 전사할지도 모른다는 공포에 떨고 있는 내성적인 성격의 조지를 시점 인물로 한「조지가 사살한 멧돼지」다.

공포와 증오. 바로 적의 눈이다. 검고 욕심이 가득한 눈, 공포와 증오로 크게 뜬 눈. 베트남인의 눈. 피부 색, 몸 모양, 게릴라. 내 적은 저런 인간이다. 조지는 갑자기 몸서리를 쳤다.「조지가 사살한 멧돼지」 중에서

마타요시 문학에서 미군에 관한 서술은 대체로 앞서 언급한 두 가지 방식으로 나뉜다. 그중에서도 후자인 미군을 집단과 개인으로 철저히 분리하여 바라보는 서

술은 미군 병사 개인의 비극을 민족적 편견에서 벗어나 중립적으로 형상화하는 방법이기도 하다. 이는 베트남전쟁에 참전해야 했던 미군이 오키나와 청년보다 더 비극적일 수도 있다는 가능성을 나타내는 것이기도 하다. 이처럼 미군 개인의 시점과 심정을 소설에 담아냄으로써 집단 기억으로 형성된 역사적 기억 속의 미군 이미지만으로는 포착할 수 없는 나약한 내면을 지닌 미군의 존재가 부각된다. 이는 집단으로서의 미군이 자행한 폭력을 감추기 위한 것이 아니라, 가해자 미군 안에 존재하는 나약한 개인의 내면 또한 조명하는 서술 방식이라 할 수 있다.

오키나와의 자연과 토착, 미군기지

마타요시 문학에는 오키나와 '공동체'를 크게 다음의 두 가지 테마로 그리고 있다. 첫 번째는 오키나와의 자연 및 토착적인 세계를 중심으로 오키나와를 그리는 방식이다. 이는 초기 작품에서는 소싸움의 역동적인 힘을 중심에 놓고 미군과의 갈등을 다루는 양상으로 전개되었다. 마타요시가 자신의 문학의 가장 큰 특징으로 내세운 '반경 2km' 안에 있는 원풍경은 단순히 오키나와의 아름다운 자연으로 수렴되지 않는다. 요컨대 마타요시 소설 세계에 투영된 작가의 원풍경은 오키나와의 토착적인 것을 의미하지만, 그 자체가 미군기지에 둘러싸여 있다는 점에서 양자 사이의 상호 교섭과 파열을 전제로 한다. 마타요시 문학에 나타난 오키나와인 공동체는 이러한 원풍경에 담긴 역사적 현실^{미국과 일본의 이중지배} 속에서 우치난추 사이의 갈등과 이민족과의 교섭 과정에서 형성된 것이라 할 수 있다.

두 번째는 오키나와인이 미군 병사 및 타민족^{조선인 등}과 교섭 갈등하는 것을 중심에 두고 오키나와인 공동체가 변모하는 양상을 다루고 있다. 그 교섭의 중심에는 소년 / 청소년이 있으며 이들은 어른들의 행위를 모방해서 미군과 교섭해서 이익을 얻으려 한다. 이 작품집에 수록된 작품은 모두 이 두 카테고리에 수렴된다고 할 수 있다.

　　마타요시 문학에 나타난 원풍경은 오키나와의 토착적인 요소를 포함하는 것만이 아니라 미군기지에 둘러싸여 있는 유민적인 것이기도 하다. 따라서 광대한 미군기지 주변에서 살아갈 수밖에 없는 오키나와 주민들은 미군과 교섭하며 일상을 영위했다. 마타요시가 어린 시절부터 경험한 ‘원풍경’은 단순히 오키나와의 아름다운 자연이나 전통만을 의미하는 것이 아니라, 미군기지와 끊임없이 대립하면서도 공존할 수밖에 없었던 이들의 생활공간이기도 했다. 따라서 그가 그려낸 오키나와의 원풍경은 아름다운 자연에 대한 단순한 향수만을 의미하지 않는다. 마타요시가 묘사하는 바다, 우라소에구스크^{류큐의 성터와 무덤}, 투우장, 가미지^{거북바위} 등은 모두 미군기지 및 시설과 ‘공존’하는 공간이다. 따라서 초기 마타요시 문학에서의 원풍경은 오키나와인과 미군 사이의 교섭을 빼놓고는 논할 수 없다.